JENNI KRAWIEC

A Mountain Between Us

JENNI KRAWIEC

a mountain between us

blanvalet

MIX
Papier | Fördert gute Waldnutzung
FSC® C014496

Penguin Random House Verlagsgruppe FSC® N001967

1. Auflage 2025

Dieses Werk wurde vermittelt durch die Textbaby Medienagentur,
www.textbaby.de

in der Penguin Random House Verlagsgruppe GmbH,
Neumarkter Straße 28, 81673 München
produktsicherheit@penguinrandomhouse.de
(Vorstehende Angaben sind zugleich Pflichtinformationen nach GPSR)
Redaktion: Birthe Vogelmann
Umschlaggestaltung: Anke Koopmann | Designomicon
Umschlagmotive: Shutterstock.com (Innoria (2x), Subash kavinda)
Innengestaltung unter Verwendung der Bilder von: © Adobe Stock
(Narin, vita_olivko)
JS · Herstellung: DiMo
Satz: Uhl + Massopust, Aalen
Druck und Bindung: GGP Media GmbH, Pößneck
Printed in Germany
ISBN 978-3-7341-1424-3

www.blanvalet.de

Für die erste Person,
die je so viel von mir gelesen hat.
Für die Fremde,
die sofort an Vic und Samu geglaubt hat.
Für die Freundin,
die nie müde wird an mich zu glauben.
Für Janika Mielke

Playlist

Cześć, jak się masz? – Sanah und Sobel
The Mountain Is You – Chance Peña
Rewrite the Stars – Zac Efron und Zendaya
can't give back your love – clide
trouble – Camylio
Anti-Hero – Taylor Swift
that way – Tate McRae
Intimacy – Alex Kehm
If You Want Love – NF
Nur kurz glücklich – Madeline Juno und Max Giesinger
The Top – Eva McBel
Us (Acoustic) – James Bay
Pillow – Ruuth
Lost Without You – Berre
Gewitter – LEA
Body – SYML
feelings – clide
Kiss Me (Guitar) – Dermot Kennedy
Good Without – Mimi Webb
Stay – Hugo Barriol
I Want More – KALEO
I'll Stay – Kyd the Band
i am not who i was – Chance Peña
broken (Acoustic) – Jonah Kagen
Mountains – We Are All Fossils

PROLOG

Samuel

Glücklichsein lohnt sich nicht –
es ist nur eine verdammte Momentaufnahme.

Ein weit entferntes Geräusch lockt mich aus dem Schlaf. Schrill, wellenartig und seltsam vertraut bringt es mich dazu, die Augen einen Spalt zu öffnen. War das eine Sirene?

Ich lausche, aber da ist nichts weiter, nur das Brummen meines Schädels, das Gurren irgendwelcher Tauben auf der Dachrinne und ... mein Herz fängt an, schneller zu schlagen: ihr sanftes Schmatzen, das sie manchmal macht, wenn sie schläft. Andere Menschen könnte ich für dieses Geräusch verjagen, bei ihr löst es, direkt an meinem Ohr, die schönste Form von Gänsehaut aus. Langsam drehe ich mich auf die Seite, spüre das Gewicht ihres Kopfes auf meinem Arm und vergesse, was auch immer mich geweckt hat.

Sie ist kein Traum! *Wir* sind es nicht. Nicht mehr.

Guten Morgen, denke ich nur und betrachte Vic. Beschließe, sie nicht zu wecken, sondern uns beiden ein Katerkaffee *à la Samu* zuzubereiten.

Langsam und seltsam verdreht – wie eine billige Superheldenversion – beuge ich mich über sie. Strecke erst ein

Bein, dann einen Arm zur anderen Seite des Bettes hinüber und verharre in einer liegestützähnlichen Haltung.

Vic liegt zwischen meinen Armen, mit geröteten Wangen und vollen Lippen, die ein winziges bisschen geöffnet sind. Sanft streift ihr Atem meinen Mund, und die süßliche Fahne, die mir dabei nicht verborgen bleibt, entfacht wilde Erinnerungen an letzte Nacht. Ich muss grinsen.

Während die Muskeln in meinen Oberarmen zu ziehen beginnen, beobachte ich im gedämpften Licht, wie sie die Nase rümpft. Eine ihrer dunklen Strähnen ist ihr ins Gesicht gefallen und ärgert sie wohl. Natürlich kann ich dem Drang nicht widerstehen, sie wegzustreichen. Dabei kommt ihr kleines Muttermal zum Vorschein, das sich wie eine Sichel um ihren rechten Nasenflügel schmiegt.

Verflucht, sie ist so verdammt schön.

Sie windet sich etwas unter mir, und ich halte den Atem an. Habe ich sie geweckt? Oder ist sie schon wach?

Nie im Leben. Bei der Nummer, die ich hier über ihr veranstalte, hätte sie schon längst losgelacht und mich einen Creepy Stalker genannt.

Ich spüre, wie meine Wangen anfangen zu brennen, und atme gedämpft aus. *Was machst du nur mit mir?*

Mit einer vorsichtigen, raschen Bewegung reiße ich mich von ihrem Anblick los und schwinge mich von meinem alten Kinderzimmerbett.

Mit beiden Beinen lande ich auf dem Boden und fühle mich noch immer betrunken – nur auf diese andere Art, die Darf-für-immer-bleiben-Trunkenheit. Schmunzelnd grabe ich meine Zehen in den abgenutzten Frotteeteppich und spüre das Kitzeln eines leichten Windzugs. Er dringt durch das offen stehende Dachfenster und bringt eine kühle Brise Alpenluft herein.

Ist es früher Morgen oder schon Mittag? Wo sind noch mal die Handys? Oder können wir uns für immer hier verstecken?

Das Rollo ist heruntergezogen, aber durch den Schlitz an der Seite dringt ein greller Lichtstrahl, der aufgescheuchte Staubkörner zum Tanzen bringt und auf ein zerfleddertes Poster von Ash Ketchum und Pikachu trifft.

Genau hier habe ich mich mal dabei erwischt, wie ich einen verdammten Ständer bekommen habe. Nur weil Vic nach einer verlorenen Runde Mario Kart fluchend und kitzelwütig über mich hergefallen ist.

Genau hier habe ich gelernt, diese Gedanken, diese Gefühle zu verdrängen, sie zu vergessen und nie wieder zuzulassen.

Nur damit wir schließlich – genau hier – in der verstaubtesten Version meines Kinderzimmers stranden und spüren, was wir beide verdammt noch mal schon immer wollten.

Mickriger Versuch, Dinge richtigzustellen, liebes Universum.

Mit einem stummen Seufzen ertappe ich mich dabei, Vic erneut zu betrachten. Nein, ich kann mich nicht an ihr sattsehen. Wie sie seelenruhig in meinem T-Shirt schläft, auf dem *Serial Killer Documentaries and Chill* steht. Es war ein Geschenk von ihr, zu meinem Achtzehnten.

Das Oberteil ist ihr bis über den Bauchnabel gerutscht. Schlagartig wird mir heiß, und meine Fingerspitzen kribbeln, weil ich nun weiß, wie es sich anfühlt, sie dort zu berühren. Wie es sich anfühlt, sie überall zu küssen und von ihr ... Okay. Wow. Ich brauche ganz klar ein Glas kaltes Wasser.

Das hier ist unser Anfang ...

Ich schleiche im Halbdunkel Richtung Zimmertür, steige

über eine der Kisten, weil ich mit einundzwanzig wieder bei meinen Eltern gelandet bin, und unterdrücke ein Keuchen. Verflucht! Ein brennender Schmerz fährt durch meinen kleinen Zeh, und ich tanze wie ein beschwipster Pelikan auf einem Bein. Als würde das helfen, den Schmerz zu lindern.

»Elende ...«, *Kartonecke,* beende ich meine Worte gedanklich und halte mir lachend die Hand vor den Mund. Amüsiert schaue ich über die Schulter und stelle sicher, dass ich auch mit dieser Nummer keine schlafende Prinzessin geweckt habe.

Das, Mademoiselle, nennt sich wahre Liebe. Wenn ich den Weg überlebe, komme ich mit Aspirin und frischem Anti-Kater-Kaffee nach polnischer Familienrezeptur zurück.

Sobald ich durch die Tür gehuscht bin, schließe ich sie so leise wie möglich und atme grinsend aus. Gut, dass Vic nichts mitbekommen hat, denn sie hätte ganz sicher auf meine Kosten den Spaß ihres Lebens gehabt.

Die Packung Aspirin habe ich zwischen meine Lippen geklemmt. Übervolle Kaffeetassen in den Händen und zwei Flaschen Wasser unter den Armen. Genauso trete ich aus der winzigen Küche, die mein Vater gerne die Kräuterkammer meiner Mutter nennt, gehe vorbei an den beigefarbenen Wänden, an denen kaum noch ein freier Platz ist, weil die beiden den Flur liebend gern mit peinlichen Details meines Lebens tapezieren. Damit jeder Gast die Fotos von meiner Einschulung betrachten kann, von jeder Zeugnisausgabe bis hin zum ersten Unitag. Aber es gibt auch Aufnahmen unserer Hunde oder von mir an etlichen der Kletterwände, die die Umgebung zu bieten hat – doch eindeutig die meisten Fotos zeigen Vic und mich.

Ich bin schon fast wieder vor dem Kinderzimmer, da klopft es plötzlich an der Eingangstür. Vor Schreck bleibe ich abrupt stehen. Heißer Kaffee ergießt sich über meine Handflächen, und ich beiße fest in die Tablettenschachtel.

Ich mache auf dem Absatz kehrt und spucke die Packung auf den Schuhschrank neben der Eingangstür. Tassen und Wasserflaschen stelle ich daneben und seufze, bis ... Shit. Die Erkenntnis, dass hinter diesem Klopfen meine Eltern stecken könnten, löst Vorfreude, gemischt mit Panik, in mir aus.

Sie wollten doch erst nächste Woche aus ihrem Urlaub in Warschau zurückkommen. Haben sie angerufen, weil sie mal wieder ihre Schlüssel verlegt haben? Scheiße, bestimmt, aber kein Plan, wo die Handys sind.

Das Klopfen wird penetranter. Es wird sogar so laut, dass es Cooper, meinen Hund, aus den Federn wirft. Der gescheckte Mischling schlägt kurz Alarm, stürzt aus dem Schlafzimmer meiner Eltern und flitzt an mir vorbei. Ich will ihn beruhigen, da ertönt die raue, rasende Stimme meines besten Freundes Mo. »Fuck! Du bist da?«, schreit er. »Mach auf!«, ruft er. »Mach sofort auf, Mann!«

»Ich komme«, sage ich irritiert, und doch zögere ich.

»Oder ich trete sie auf, Alter!«, schreit Mo, weil er nicht weiß, dass ich die Hand schon am Knauf habe. Was folgt, ist ein dumpfer Schlag, der mich zusammenzucken lässt. Ich glaube, Moritz hat soeben tatsächlich gegen die Tür getreten.

Was ist los?

Was ist passiert?

Und warum will ich es nicht wissen?

Ein Kribbeln jagt mir den Nacken hoch, und ein Knoten dreht sich in meinem Magen zusammen. Ehe ich wieder Luft hole, drücke ich die Klinke herunter, und in der nächsten Sekunde scheppert die Tür mit voller Wucht gegen die

Wand. So doll, dass eines der eingerahmten Fotos von seinem Platz kracht.

Keine Ahnung, welches es ist, denn Mo packt mich und presst mich gegen den Wandspiegel. Auf dem Weg dahin stoße ich mit meiner Seite gegen den Schuhschrank. Und es ist ein Wunder, dass die Kaffeetassen sich kein Beispiel an dem Bilderrahmen nehmen und zugrunde gehen, wie dieser Tag es gerade tut.

Keuchend frage ich, was los ist. Cooper winselt neben uns. Aber Moritz ist völlig außer sich. Er ist einen Kopf größer als ich. Sein weißblondes Haar klebt an seiner Stirn. Er ist verschmutzt, und die blasse Narbe, die sich von seiner linken Schläfe bis zur Wange zieht, kommt krass zum Vorschein, weil er so rot ist. Was mir jedoch Angst macht, sind seine hellen Augen, die in unkontrollierten Emotionen ertrinken.

»Ich habe gedacht, du bist auch dort.« Er schnauft, und seine Finger graben sich in meine Schultern. Da liegt Erleichterung in seinen Zügen, aber seine Brauen schieben sich zusammen und drücken ein weiteres Gefühl aus: Zorn. »Dass du auch in diese ganze Scheiße verwickelt bist.«

Irritiert reiße ich die Augen auf. »Wo, dachtest du, bin ich?«, frage ich, während Cooper überfordert aufbellt. Ich muss schlucken, weil sich eine Vermutung in meinen Kopf schleicht. Das Gefühl in meinem Bauch wird schlimmer. Mos hellblaue Augen füllen sich mit Tränen und drücken jetzt keinen Zorn mehr, sondern nur noch eines aus: Furcht.

»Was macht ihr da?«, will Vic unerwartet wissen und läuft aus dem Kinderzimmer zu uns rüber. Ich komme gar nicht dazu, mich zu fragen, wie lange sie schon wach ist, da lässt Moritz von mir ab. Er wischt sich übers Gesicht und scheint sich zu sammeln. Dann stößt er ein zynisches Lachen aus, das etwas Frostiges in sich trägt. »Hast du vergessen, was du bist, Samuel?« Er zeigt mit dem Finger auf mich. »*Du* bist Teil eines Teams! *Du* bist im Besitz eines beschissenen Handys. *Du* hast verfickt noch mal dranzugehen, wenn *wir* versuchen, dich zu erreichen.« Er stockt, holt Luft, und da sind verdammte Tränen. Ich kenne ihn seit Jahren. Noch nie habe ich ihn weinen sehen. »Und *jetzt* fragst du, was los ist?«

Ich muss schlucken, hab das Gefühl, nicht richtig atmen zu können.

»*Was* ist passiert?«, sagt Vic, dicht neben uns. Sie fragt mit einer Gewissheit, die keinen Zweifel daran lässt, dass etwas Furchtbares geschehen sein muss. Ich betrachte sie und höre Mos verächtliches Lachen.

»Du hast echt nichts anbrennen lassen, oder?«, pampt er. »Scheiße, Mann, ich glaub's echt nicht! Seit Stunden suchen wir *euch* … vergeblich.« Sein Lachen wird bitter. »Und du hast nichts Besseres zu tun, als sie flachzulegen.«

Ich starre auf den zersprungenen Bilderrahmen, den Vic in ihren Händen hält. Darin ein Foto von ihr und mir in einem selbst gebauten Schloss aus Decken und Kissen, während keines von Mos Worten wirklich zu mir durchdringt außer: Suchen. Vergeblich. Und *euch,* Mehrzahl.

KAPITEL 1

Victoria

Fast viereinhalb Jahre später

»Hallo? Junge Dame, treten Sie hinter die weiße Markierung!«

Nein, dreh einfach wieder um.

»Hören Sie schlecht? Gehen Sie vorwärts!«

Nein, rückwärts!

»Das ist doch unmöglich!«

Nein, steig wieder in den Zug, und verschwinde.

Eine plausible Ausrede kann ich mir auf dem Rückweg einfallen lassen, und niemand muss je erfahren, dass ich fast in meine alte Heimat zurückgekehrt wäre – guter Plan.

Ein schrilles Pfeifen lässt mich zusammenfahren. Verdattert sehe ich in das verschwitzte Gesicht eines Schaffners, der seine Pfeife wieder an die Lippen presst und losbläst, obwohl ich direkt neben ihm stehe. Was ist sein Problem?

Er packt meinen Koffer, stellt ihn etwa einen Meter nach vorn, wendet sich wieder zu mir, packt mich an den Schultern und parkt mich neben meinem Gepäck.

»Hinter diese Markierung«, schnauzt er und zeigt mit beiden Händen auf den Boden, während die Farbe in seinem

Gesicht langsam den tiefroten Ton seiner Schirmmütze annimmt.

»Entschuldigung?«, murmle ich.

»Ja, na klar.« Er streift sich schnaubend über seinen Ziegenbart und scannt den Bahnsteig, auf dem, bis auf uns, niemand ist. Und ich sollte auch nicht hier sein.

»Ich wollte eigentlich ...«

»Was auch immer«, fällt er mir schroff ins Wort und verstaut die Pfeife in der Brusttasche seiner blauen Uniform. »Schönen Tag, junge Dame.« Er richtet seine Schirmmütze und wendet sich ab.

»Nein!« Ich ziehe den Griff meines Koffers hoch und drehe ihn unbeholfen Richtung Zugtür. »Sie verstehen nicht. Ich will jetzt doch lieber ...«

»Himmel, Herrgott!« Er zieht scharf die Luft ein und dreht sich zu mir. »Bleiben Sie gefälligst, wo Sie sind!«

Ich öffne den Mund, schließe ihn wieder und bewege mich nicht von der Stelle. Beobachte, wie der Schaffner kopfschüttelnd einsteigt.

»Und dann ist es unsere Schuld, wenn die Züge zu spät kommen.«

Hey, nein, warte!

Doch die Motoren des Zuges starten, und die Tür schließt sich. Hektisch stürze ich darauf zu und betätige den Knopf. Einmal, zweimal, dreimal. Vergebens.

Meine beste Fluchtoption fährt ab, und ganz nebenbei ist mein Herzschlag damit beschäftigt, sich dem immer schneller werdenden Zug anzupassen. Ich suche Halt an meinem Koffer und nestle mit der anderen Hand am Riemen der Kameratasche, die über meiner Schulter hängt. Fahre über den Big Ben, der als Pin in den seidigen Stoff gesteckt ist, und atme stockend ein. Er steht für den Beginn meiner

Reise. Heute sind dutzende Anstecker von jedem Kontinent dieser Welt der Beweis, dass ich den Mumm hatte, meinen Traum durchzuziehen. Doch jetzt ...

Ich bin zu Hause. Vier Wörter, die nur Chaos in mir auslösen.

Vor ein paar Tagen war es unglaublich einfach, mir einzureden, ich wäre bereit, wieder an diesen Ort zurückzukehren. Nach all der Zeit. Aber Zeit ist kein vertrauenswürdiges Konzept, denn jetzt fühlt es sich an, als wäre ich in eine Zeitmaschine gestiegen und in einer alten Version von mir gelandet, die Angst mit Mut verwechselt hat.

Was hat mich bloß geritten, diesen Job anzunehmen? Das Einzige von mir, das in den letzten Jahren den Weg hierher gefunden hat, war mein Gekrakel auf Postkarten: Liebe Grüße aus Frankreich, Argentinien, Nepal ...

Und jetzt plötzlich bin ich bereit, alle wiederzusehen?

Der Zug rattert davon, und es wird immer stiller auf dem Bahnsteig. Nicht mal ein Auto ist zu hören, nur das Zwitschern munterer Spatzen – wenig verwunderlich für einen Samstagmorgen um kurz nach acht. Während ich meinen Blick über Everstein wandern lasse, wirbelt eisiger Wind meine dunklen Haarsträhnen auf, sodass sie mir ins Gesicht peitschen. Ich drehe mich in Windrichtung und ... Oha. Ich hatte ganz vergessen, mit welch wunderschönem Bergblick meine Heimat einen willkommen heißt.

Da der Bahnhof in einem kleinen Tal liegt, blickt man von den Gleisen hinauf zum höher gelegenen Ortskern, auf dessen Dächern nächtlicher Frost gegen die frühe Sonne kämpft. Meine liebste Jahreszeit, weil es hier unten langsam nach Frühling riecht, aber die Gipfel der Alpen noch in purem Weiß erstrahlen.

Gut möglich, dass meine Heimat jahrelang nicht existent

für mich war. Zugedeckt. Verschüttet. Vergraben unter einer Lawine aus Angst. Aber jetzt gibt es kein Zurück mehr. Ich atme den Anflug von Schwäche ein und ersticke ihn im Keim.

Entschlossen straffe ich die Schultern und fische mein Handy aus der Jackentasche. Als würde das Universum mir keinen weiteren Moment des Zweifels erlauben, erscheint Lexis Name auf dem Display, und die Melodie von *Thunder* von den Imagine Dragons zaubert mir ein Lächeln auf die Lippen.

»Perfektes Timing!«

»Immer doch«, höre ich die vertraute Stimme meiner besten Freundin. Im Hintergrund wird eine Autotür zugezogen, gefolgt von einem Rascheln und dem Klacken des Anschnallgurts. »Und ich wäre pünktlich, wenn du mir nicht erst vor zwanzig Minuten geschrieben hättest, dass du einen Tag früher kommst.«

»Ach, das«, säusle ich und kann mir ein Grinsen nicht verkneifen. »Sorry! Das war eine spontane Aktion.« Die fast in einer Flucht geendet hätte, aber dieses Detail bleibt mein Geheimnis.

»Natürlich. Wie viele Stunden fährt der Zug noch mal? Da hattest du keine Zeit, um ... Na, egal jetzt!« Sie hält inne, und ich sehe sie förmlich am anderen Ende der Leitung im Auto sitzen, die Augen geschlossen, den Atem anhaltend, um ihren kleinen Ärger zu verjagen.

»Aaaah!« Plötzlich kreischt und lacht sie so laut, dass ich kurz das Handy vom Ohr weghalte. Verrücktes Huhn.

»Du bist wirklich da!«

»Ja«, sage ich und lache ungläubig mit. »Ich bin wirklich da.« Und stolz auf meine Selbstbeherrschung, die mich daran hindert, dem Zug hinterherzurennen.

»Warte am Ausgang, ja?«

»Okay. Ist ja nicht so, als wüsste ich, wohin mit mir.«

»Gib mir zehn Minuten! Wir machen jeden Samstagmorgen den Praxisplan für die kommende Woche und haben …«

»Das kannst du mir erzählen, wenn du da bist!«

Damit beende ich unser Telefonat, schiebe mein Handy in die Tasche meines Windbreakers und mache mich auf den Weg.

Lexi ist der Mensch, der mich davor bewahrt hat, jedes Seil aus meinem früheren Leben zu kappen. Der Erfolg, unsere Freundschaft aufrechtzuerhalten, geht klar auf ihr Konto. Während ich im Zurückschreiben einem Totalschaden gleiche, ist sie Königin im Verschicken von ungeduldigen Emojis, und zwar so lange, bis man ihr antwortet.

Kein Zweifel, sie hatte die besten Karten, um mich von diesem Job – und dessen Dringlichkeit – zu überzeugen.

»Finde mir eine geeignetere Fotografin mit deinem Knowhow. Und vor allem eine, die die Berge besser kennt als du, dann gebe ich Ruhe.« Das war ihr Schlussplädoyer in einer für mich chancenlosen Verhandlung. Ihre siegessichere Miene war trotz der grottenschlechten Videoschaltung nicht zu übersehen gewesen.

»Ich bin noch in Shaanxi, am Hua Shan«, meinte ich kleinlaut.

»Keine Sorge«, entgegnete sie achselzuckend und mampfte gemütlich ihre Erdnussflips. »Selbst mit dem langsamsten Flieger schaffst du's, in vier Wochen hier zu sein.«

Dass sie summend einen Erdnussflip dazu benutzte, ein lahmes Flugzeug nachzumachen, machte die Situation nicht besser. Aber was danach kam, setzte mir ein Messer auf die Brust – beziehungsweise direkt auf mein Herz. »Du bist unsere letzte Rettung, Vic! Ich weiß, dass dir die ganze Sache genauso viel bedeutet.«

Damit war es beschlossen gewesen. Wie ich Lexi kenne, wäre allein die Bitte, eine Nacht drüber zu schlafen, der Killer unserer wankenden Freundschaft gewesen ... Jeder Protest der Beweis, dass ich immer noch einen großen Bogen um potenziell zwischenmenschlich komplizierte Dinge mache und mein Spitzname Programm ist.

Wie gut, dass ich schon lange kein scheues Reh mehr bin, kein Bambi. Ich bin hier um ... ja, um was zu tun, eigentlich? Um diese Fotoreihe Schrägstrich Rettungsaktion über die Bühne zu bringen! Immerhin trage ich in meinem Rucksack nicht umsonst eine ganze Projektmappe mit mir rum.

Ehe meine Gedanken irgendwo in der Vergangenheit hängen bleiben, erreiche ich die Stufen des Bahnhofsgebäudes. Natürlich gibt es noch immer keinen Aufzug. Oben angekommen, presse ich mich durch die Schwingtür in die urige Halle des Bahnhofs. Es riecht nach altem Holz, und mein Koffer rollt geschmeidig über die Marmorplatten. Und bis auf einen älteren Herrn, der am anderen Ende einer Bank sitzt, ist niemand hier. Mit der Schiebermütze tief ins Gesicht gezogen, scheint er zu schlafen.

Seufzend gehe ich auf eine Infosäule zu, die am Ausgang neben den Flügeltüren steht. Bisher kannte ich solche Säulen nur aus großen Ferienorten; man kann sich Kurtickets ziehen oder das neue Fünf-Sterne-Resort begutachten. Ich dachte echt, Lexi würde übertreiben, als sie gemeint hat, Everstein würde langsam zur europäischen Version von Aspen mutieren. Zumindest legen es gewisse Menschen hier wohl darauf an, aus dem Städtchen so einen Ort zu machen ...

Mein Blick fällt auf mein Gesicht, das sich im Display der Säule spiegelt. Eigentlich war in München ein Zwischenstopp geplant, um ausgeschlafen und top vorbereitet hier anzukommen. Leider hat sich mein gebuchtes Zimmer am Flughafen als Doppelbelegung entpuppt, also bin ich planlos und übermüdet in den nächstbesten Zug gesprungen.

Und genau so sehe ich jetzt aus. Der Dutt hat sich verselbstständigt, einige meiner Locken stehen in alle Himmelsrichtungen ab, und ich sehe blass aus, was den Muttermalen in meinem Gesicht ihren Shining Moment verpasst. Gut, dass es kein richtiger Spiegel ist, noch mehr Details will ich gar nicht sehen.

Gerade als ich den Ausgang passiere, biegt ein giftgrüner Wagen mit quietschenden Reifen um die Kurve. Lexi hat ihren alten Fiat eindeutig nicht aufgegeben, und auch ihrer draufgängerischen Fahrweise ist sie treu geblieben. Mit einer abrupten Bremsung kommt sie vor mir zum Stehen, würgt den Motor ab und springt in einer unbegreiflichen Geschwindigkeit aus dem Wagen.

Dass sie mindestens ebenso eilig aufgebrochen ist, verrät ihr Anblick: keine Jacke, nur ein kurzärmliger Kasack mit Dumbo, dem Elefanten, drauf. Ihre honigfarbenen Haare wippen von einer Seite zur anderen, ehe sie mir wenige Sekunden später so überschwänglich um den Hals fällt, dass ich mich beinahe an meinem eigenen Lachen verschlucke. Gott, habe ich sie vermisst!

»Da ist unsere chaotische Weltenbummlerin!«, ruft sie und drückt mich mit einem Lachen von sich weg. Dabei fällt mir der Nasenring auf, der bei unserem letzten Videocall noch nicht da war. »Schick«, meine ich und stupse mit dem Finger kurz auf ihre von Sommersprossen bedeckte Nasenspitze. Aber sie lenkt ab. »Wie geht's dir?«, will sie wissen und sieht mich aus großen Augen an. Darin haben sich eindeutig Tränen gesammelt, und ich muss gerührt schlucken.

Gute Frage.

»Eigenartig«, presse ich hervor und erwidere ihr Lächeln.

»Her damit!« Lexi nimmt mir den schweren Rucksack ab. »Ich werde ganz sicher nicht deinetwegen heulen.«

»Ich hab dich auch vermisst«, sage ich, zwinkere und verstaue meine anderen Sachen im Kofferraum.

»Selbstverständlich.« Ihre Mundwinkel heben sich frech.

Bevor ich einsteige, erkenne ich etwas Neues an der alten Klapperkiste und erstarre für den Bruchteil einer Sekunde. Die Vordertür ziert ein Logo: Tierklinik am Kleeberg, Gemeinschaftspraxis Alexandra Braun und Dr. Samuel Lowak.

Eilig öffne ich die Beifahrertür, schnalle mich an und blicke konzentriert auf die sattgrünen Tannen, die sich die Bergkette hinauf aneinanderreihen. Nur um den Namen, den ich auf dem Logo gelesen habe, in die hinterste Ecke meines Herzens zu verbannen. Ich beiße mir sogar auf die Zunge, aber der Schmerz ist nicht stärker – nicht einnehmender – als die Erinnerung an ihn.

»Also, wohin bringst du mich?«, will ich wissen, als wir auf die Straße biegen, die höher in den Ort führt. Ehe mich weitere Erinnerungen heimsuchen, schaue ich zu Lexi, aber sie ignoriert meine Frage, schaltet in den dritten Gang und klickt sich durch die Radiosender. Bei einem Song von Harry Styles dreht sie lauter.

»Also?«, dränge ich.

»Das wirst du schon früh genug herausfinden. Hast du dich schon bei deiner Familie gemeldet?«

»Hey, weich meiner Frage nicht aus. Du machst seit Wochen ein Geheimnis daraus!«, entgegne ich und stelle das Radio leiser.

»Und genau deswegen kannst du die letzten Minuten,

bevor du es erfährst, auch noch aushalten. Also! Weiß deine Familie, dass du hier bist?«

»Sie denken, ich komme nächste Woche«, gebe ich murrend nach.

Verstohlen huscht ihr Blick zu mir. Dann schüttelt sie den Kopf und bewegt ihre Finger wieder zum Radio. Kurz dreht sie die Musik lauter, im nächsten Moment schaltet sie das Gerät jedoch aus.

»Okay, na schön«, seufzt sie. »Also ... Die Wohnung ist super gelegen ... Einen Moment.« Sie bleibt stehen, um einen Postboten über die Straße zu lassen. Dabei greift sie zum Handschuhfach und reicht mir einen Schlüsselbund. Endlich! Zwei Schlüssel und ein geschnitzter Wolfskopf hängen daran.

»Der große Schlüssel ist für die Redaktion. Ben meinte, du hättest sogar ein eigenes Büro, weil sie momentan eine Kraft weniger sind als sonst. Du kannst dich also einrichten.« Sie streift sich ein paar helle Haarsträhnen hinters Ohr und lächelt. Jedes Mal, wenn Lexi von ihrem Mann erzählt, schleicht sich ein Lächeln auf ihr Gesicht, und ich bin unendlich froh, dass meine beste Freundin jemanden hat, den sie so sehr liebt.

»Ich arbeite ungern in einem Büro.« Einer der Gründe, warum mein Schwerpunkt auf Fotojournalismus liegt, ist, dass ich weder gern endlos lange Texte schreibe noch auf einengende Büroräume stehe. Ein Bild sagt mehr als tausend Worte, der Leitsatz meiner Arbeit.

»Ja, das habe ich meinem Lieblingsmann auch gesagt, aber er ist neugierig. Du bist immerhin eine Exotin unter den eingestaubten Lokaljournalisten hier.« Sie lacht, sieht kurz zu mir und legt einen Finger an ihren Mund. »Aber sag dem Redaktionschef bloß nicht, ich hätte seinen Job als langweilig betitelt! Ah, und der andere Schlüssel, da, wo der Anhänger dranhängt, der ist von der Ferienwohnung.«

Die letzten Worte klingen dabei gewollt beiläufig. Etwas ist doch im Busch!

»Seit wann bist du eigentlich Job- und Wohnungsvermittlerin?«, hake ich nach.

»Sagen wir, ich bin deine persönliche Vermittlerin?« Sie hebt belustigt ihre dichten Brauen.

»Eindeutig, immerhin lässt du alles stehen und liegen, um mich vom Bahnhof abzuholen.«

»Ich habe die ganze Sache ins Rollen gebracht. Da fühle ich mich verpflichtet. Abgesehen davon ist die Praxis in guten Händen, wenn ich nicht da bin.«

In den Händen von Dr. Samuel Lowak.

Mit klopfendem Herzen seufze ich schwer und richte meinen Blick auf die Straße. Wir steuern immer weiter auf die steile Felswand zu, die den Ortsteil umarmt. Es kribbelt in meinen Füßen, so gern würde ich meine Wanderschuhe anziehen und zu einem der Wasserfälle aufbrechen, die diese Umgebung zu bieten hat. Einer der Pfade ist sogar ganz in der Nähe.

Bekannte Häuser ziehen an uns vorbei, aber auch wenn die Gebäude die gleichen sind, übersehe ich nicht, wie sehr sich alles verändert hat. Wo früher ein antiker Uhrenladen war, befindet sich jetzt ein Souvenirgeschäft. Doch Oma Gabis Café, in dem die Inhaberin den Kaffee immer mit Schuss verkauft, erstrahlt in alter Frische. Oma Gabi selbst müsste mittlerweile Ende achtzig sein. Ein Kiosk, bei dem Lexi und ich früher immer Center Shocks gekauft haben, steht leer. Und gleich …

Oh. Mein. Gott.

Ich presse mich in den Sitz und falte meine schwitzigen Hände ineinander. Ich weiß genau, wo unser Ziel liegt!

Diese Strecke habe ich früher unzählige Male zurückgelegt. Zu Fuß, mit dem Fahrrad. Mitten in der Nacht. Wenn ich einen Streit mit meinen Eltern hinauszuzögern versuchte. Immer, wenn ich mich zu Hause fühlen wollte.

»Lexi, sag mir bitte nicht, dass wir da hinfahren, wo ich denke, dass wir hinfahren.« Meine Stimme klingt heiser, und ich trete mit meinem Fuß auf eine imaginäre Bremse, als könnte ich dadurch irgendwie den Wagen anhalten.

»Na schön! Okay.« Mit einem theatralischen Seufzer setzt Lexi den Blinker und macht einen waghalsigen Schlenker, um an einer Bushaltestelle stehen zu bleiben.

»Bevor du einen Herzinfarkt bekommst. Ja, wir fahren genau dorthin, aber du hast nichts zu befürchten.«

Ach nein?

Ungläubig sehe ich sie an. »Du machst Witze, richtig?«

»Vic, du versuchst, zu verhindern, dass ich Samus Namen überhaupt denke.« Sie richtet sich im Sitz auf und verzieht das Gesicht vorwurfsvoll. »Schluss mit dem Eiertanz, meine Liebe! Du hast dich lange genug versteckt.«

»Ich«, setze ich an, aber mein Mund ist auf einmal ganz trocken. »Ich weiß, dass wir uns sehen werden«, bringe ich nach einer Ewigkeit so gelassen wie möglich hervor.

Nur noch nicht heute.

Lexi kann unmöglich von mir verlangen, dass ich gleich am ersten Tag vor meinen ehemaligen besten Freund, vor meine verfluchte erste Liebe, trete. Vor allem, wenn ich aussehe, als hätte mich ein Zug überrollt. Nein!

Als hätte sie meine Gedanken gelesen, schüttelt sie den Kopf. »Vic, das alles ist Jahre her. Was ist dein Plan? Ihn einfach zu ignorieren? Oder denkst du ernsthaft, ihr werdet euch nicht über den Weg laufen?«

Nicht heute! Nicht heute! Nicht heute!

»Hör zu.« Sie nimmt meine Hände, mit denen ich den Schlüsselbund umklammere, in ihre. »Ich weiß nicht genau, was damals zwischen euch vorgefallen ist, du hast ja rein gar nichts rausgerückt. Manche Wunden brauchen Zeit, aber ich bin mir sicher, eure ist längst verheilt.«

Unfähig, etwas Vernünftiges zu sagen oder zu denken, sehe ich sie an. Auf ihre Züge legt sich ein sanftes Lächeln, und sie strahlt eine einnehmende Ruhe aus, die allmählich auf mich übergeht. Ich versuche, ihr Lächeln zu erwidern.

»Also«, sagt sie und drückt meine Hände. »Samuel wohnt ja nicht dort. Die ehemalige Wohnung der Lowaks steht leer.«

Stirnrunzelnd atme ich aus. Auch wenn ich noch immer so gut wie nichts verstehe. *Niemand* und leer ist bei mir angekommen. Warum fahren wir dann zur Wohnung der Lowaks? Und was haben sie mit meiner Ferienwohnung zu tun?

»Ich wollte es dir sagen«, meint sie und streicht mir mit der Hand über den Oberarm. »Aber ich hatte Angst, du würdest nicht herkommen. *Berechtigte!*«

Lexi piekt mir in die Seite, und ich seufze – sie hat ja recht. »Nun klär mich auf, ehe ich durchdrehe«, dränge ich.

»Die Kurzversion: Die Lowaks touren seit ein paar Jahren mit dem Camper und vermieten ihre Wohnung als Ferienunterkunft. Momentan sind sie in Spanien oder so.« Okay. Das wundert mich kaum. Im Gegensatz zu Samu hielten es seine Eltern nie lange an einem Fleck aus.

»Verstehe. Und warum komme gerade ich dort unter?«

»Samu verwaltet die Wohnung und hat eine Stornierung bekommen.« Sie klingt fast euphorisch, als wäre es Bestimmung oder so ein Quatsch. »War Zufall. Im Grunde hat er es angeboten«, fügt sie hinzu, und ich muss schlucken. Zufall, genau.

Ich weiche ihrem Blick aus. In mir wütet ein Sturm aus ratlosen Gedanken und Gefühlen. Hinter Lexis Schulter sehe ich die verglaste Bushaltestelle. Neben Edding-Penis-Zeichnungen glotzt mich ein schief lächelnder Smiley an.

»Moment.« Plötzlich wird mir etwas klar. »Er weiß, dass ich dort unterkomme?«

»Sagen wir, er weiß, dass eine ambitionierte Fotojournalistin für die Dauer ihres *sehr wichtigen* Auftrags dort unterkommt?« Sie verzieht entschuldigend das Gesicht.

»Er wird dich killen, wenn er das erfährt.«

»Das bezweifle ich.«

»Gott! Ich muss erst mal klarkommen«, nuschle ich.

»Da bin ich mir sicher«, sagt sie und grinst breit.

Ich lege erschlagen meinen Kopf in den Nacken und hebe den Schlüsselbund vor die Augen. Wieso ist es mir nicht sofort aufgefallen? Diesen Wolf hat er gemacht. Jetzt, wo ich mir den Anhänger genauer anschaue, kann es auch ein Hund sein. Ganz sicher sogar. Samu liebt Hunde. Wie es wohl Cooper geht?

Seufzend umschließe ich den Anhänger und schaue zu Lexi, die mich schuldbewusst ansieht. Immerhin scheint sie ein schlechtes Gewissen zu haben. Und sie lag richtig: Hätte ich es gewusst, nur geahnt, dann wäre ich jetzt nicht hier.

Ein Bus hupt hinter uns, wir zucken zusammen, nur um gleich darauf lautstark loszuprusten. Lexi mit ihrem typischen Lachen, das sich nach einem skurrilen Mix aus Atemnot und hustendem Quiekton anhört. Eine Lache, die live wilder rüberkommt als über irgendeine Schaltung und die ich – wie mir jetzt klar wird – unendlich vermisst habe.

Keine Ahnung, wie ich das alles überstehen werde, aber eines ist sicher: Solange Lexi mich aus emotionsgeladenen Lawinen birgt, wird es gehen.

Sie winkt dem Busfahrer belustigt zu und startet den Motor. Wir biegen hinter der Haltestelle ab, fahren ein paar hundert Meter bis zu drei dicken Tannen, die an eine Wiese grenzen. Über diese Wiese führt ein Kiesweg zu einem Haus mit weiß gestrichenem Erdgeschoss, in dem noch immer dieselbe Bäckerei ist, die noch immer die besten Alpenkrusties der Stadt verspricht. Die erste und einzige Etage ist holzvertäfelt, hat einen winzigen Balkon, auf dem im Sommer Geranien blühen, und ein flaches Dach. Ein typisches Alpenhäuschen, mit einem wundervollen Blick auf den höchsten Bergkamm. In diesem Haus lebte mal der Junge, der die roten Gummibärchen für mich gehortet hat.

In diesem Haus befinden sich die schönsten Erinnerungen meiner Kindheit, meiner Jugend, meines früheren Lebens.

KAPITEL 2

Victoria

Immer, wenn man die Wohnung der Lowaks betreten hat, roch es nach Essen. Meistens nach Pierogi oder Kuchen. Immer nach Hunden. Alles gemischt mit dem Duft exotischer Räucherstäbchen. Eine totale Geruchsexplosion, deren Fernbleiben mir nun einen Stich versetzt.

»Hinter der Abtrennung steht das Bett. Den Kamin neben dem Balkon kennst du ja. Ach, die Lammfelle sind alle aus Kunsthaar. Mein Beitrag. Die offene Küche, rechts. Und …«

Lexi hat nicht mitbekommen, dass ich ihrer kleinen Führung nicht beiwohne. Ihre Stimme hört sich dumpf an. Als hätte ich endlich mal ein Paar Ohropax in den Ohren, das etwas taugt.

In mir tobt ein unbändiger Sturm, angetrieben durch all die Dinge, die ich heute nicht erwartet hatte.

Allen voran die Tatsache, dass ich in den nächsten Wochen in der Wohnung der Lowaks leben werde.

Und nichts mehr so ist, wie es damals war.

Tja, nur weil Everstein für dich gestorben war, heißt das nicht, dass hier die Zeit stillgestanden hat.

»Hast du dir schon das Bad angesehen?«, schallt es aus dem hinteren Teil der Wohnung.

»Ja«, lüge ich und gehe langsam über den Läufer, auf dem ich bis jetzt festgewachsen war.

»... wegen der Handtücher, aber mach dir keinen Kopf«, beendet Lexi einen Satz, dessen Anfang mir entgangen ist. »Fühl dich wie zu Hause! Dir soll's an nichts fehlen.«

Sie klingt ganz aufgedreht, und ich wünschte, ein Funken ihrer Begeisterung würde auf mich überspringen.

»Wie lieb. Danke.« Ich streife meine Kameratasche von der Schulter und hänge sie an einen hohen Birkenast, der als Garderobe dient. Über einer Massivholzkommode ist der Ast an einer dunkelgrün gestrichenen Wand angebracht. Einer leeren Wand.

Wie soll ich mich wie zu Hause fühlen, wenn nichts mehr davon übrig ist?

Googelt man nach Synonymen für *zu Hause,* findet man Worte wie: Wurzeln, Heimat, Zufluchtsort. Meine Zusammenfassung dazu lautet in etwa so: Ich habe meine Wurzeln vergiftet, meine Heimat verlassen und wundere mich jetzt, dass mein Zufluchtsort nicht auf mich gewartet hat. Das ist unglaublich naiv, ich habe einfach nicht so weit gedacht, aber vor allem steht es im Widerspruch zu dem, was ich wollte – Freiheit.

Mein Kopf kann mir noch so viele Bilder vorführen, die einst an dieser Wand gehangen haben. Von Samus Eltern. Seinen Großeltern aus Polen. Einem grimmigen Baby-Samu mit elektrisierten Locken. Bilder von uns. Im Kinderzimmer, vor einem Schloss aus Decken, das Samu mir gebaut hat, im Sandkasten, beim Sortieren von Gummibärchen, zusammen in ...

»Es ist schön geworden, was?« Lexi steht plötzlich vor mir im Türrahmen und lehnt lässig an einem der Holzbalken.

»Hm?« Ich fahre mit den Händen über meine Jeans.

»Na, die Wohnung!« Grinsend macht sie eine einladende Handbewegung und wirkt in ihrem Dumbo-Kasack wie der pure Sonnenschein. Zögerlich wage ich einen Blick über ihre Schulter bis zum Balkon. Was früher eine Vierzimmerwohnung war, ist jetzt, bis auf den Eingangsbereich, ein einziger Wohnraum. Groß und modern und vollkommen fremd.

»Nicht das, was ich erwartet habe«, gestehe ich und klappe mein imaginäres Fotoalbum zu.

Was mal war, spielt heute keine Rolle mehr.

»Aber die Lowaks haben das Beste aus der alten Hütte rausgeholt, ja. Wow.« Hoffentlich stimmt mein Gesichtsausdruck wenigstens etwas mit meinen anerkennenden Worten überein.

Als Antwort zuckt Lexi nur mit einer Schulter, schnappt sich meinen Koffer und zieht ihn in den Wohnraum, wo sie ihn mittendrin stehen lässt und ihre schulterlange Mähne zu einem zerzausten Half Bun bindet. »Bevor ich es vergesse: Ein paar Getränke stehen im Schrank. Wir haben alles besorgt, weil wir dachten, dass du morgen kommst und Sonntag ja alles ...« Sie stemmt ihre Hände in die Hüften und sieht mich mit tadelnder Miene an. »Was stehst du da eigentlich so rum?«

»Lust auf Frühstück? Ich sterbe vor Hunger«, kommt es prompt aus meinem Mund, und ich setze noch ein Eins-a-Grinsen dazu. »Unten in der Bäckerei? Hier oben ist doch sicher nur Instantkaffee?« Ein Bluff, mit dem ich ins Schwarze treffe, denn sie sieht zum Koffer, wieder zu mir und zieht eine Schnute. »Komm schon«, dränge ich und halte meinen Bauch. Ich brauche neutralen Boden und frische Luft, um das Durcheinander in mir zu bändigen. Und etwas Süßes kann dabei nicht schaden.

»Soll ich dir nicht beim Auspacken helfen?«

»Der Koffer kann warten. Ich möchte jetzt genau zwei Dinge: mit meiner besten Freundin frühstücken und danach tot ins Bett fallen.«

Keine Lüge. Aber auch der perfekte Vorwand, um zu kaschieren, dass ich eigentlich nur fliehen will. Zum zweiten Mal heute, und diesmal funktioniert es sogar.

Die kleine Außenterrasse der Bäckerei wird von klaren Scheiben umarmt. Ich spüre das Kitzeln sanfter Sonnenstrahlen in meinem Gesicht, und auch wenn der Frost der Nacht sich zurückgezogen hat, sehe ich, wie mein Atem tanzend in die Luft steigt.

Lexi und ich waren nicht die Einzigen, die die Bäckerei als Ziel hatten. Und weil nur noch ein Platz in der Sonne frei war, sitze ich nun hier, während Lexi sich eine Jacke aus dem Auto geholt hat und die Bestellung aufgibt.

Früher stand auf der Terrasse nur eine alte Bank, auf der die Mitarbeiterin gern eine Zigarette rauchte. Es hat keinen Kaffee *to go* gegeben, nur Brot und Semmeln – *to go*.

»Sie wissen das sicher!« Eine ältere Frau mit grauem Bob stupst mich an. Der Mann, der ihr gegenübersitzt, hantiert mit einer Landkarte herum, als wäre sie ein Lenkrad.

»Wo geht es zum Denkmal? Mein Mann hat vergessen, sich den Weg im Hotel markieren zu lassen, jetzt sind wir unsicher …« Sie sieht mich flehend an, während ihr Mann nicht mitbekommt, dass er eine Ecke seiner Karte in seinem Kaffee versenkt.

Ich verziehe mein Gesicht etwas, schaue vom Alpenhaus zum angrenzenden Wald … »Ich kenne mich hier leider nicht aus«, sage ich und wende mich wieder ab. Als könnte das irgendwie verhindern, dass Erinnerungen über mich herfallen.

Zudem macht sich ein schlechtes Gewissen in mir breit, weil die beiden zu diskutieren anfangen. Ich beiße mir auf die Unterlippe und drehe mich wieder um. »Entschuldigung.«

Sofort sind sie still und sehen zu mir. Ich deute auf ein Schild hinter der Treppe, die in die erste Etage führt.

»Man erkennt es kaum von hier, aber dort steht *1,5 km Everdenkmal.*« Eigentlich erkennt man es gar nicht, aber die beiden nicken zustimmend. »Der Pfad hinter dem Haus führt durch den Wald hoch. Es ist ein schöner Aufstieg, weil man die meiste Zeit an einem kleinen Bach entlanggeht.«

Super, Vic, so viel zum Thema, ich kenne mich hier nicht aus. Sie scheinen meine unfreundliche Art jedoch vergessen zu haben und hängen an meinen Lippen.

»Sobald Sie den Bach gefunden haben, folgen Sie ihm einfach bis zum See. Der Everstein ist nicht zu übersehen.«

Umgeben von dichten Tannen thront der namensgebende Felsbrocken am Ufer eines glasklaren Sees. Es heißt, er habe mal eine gigantische Gesteinslawine aufgehalten, sodass der See als wichtige Wasserquelle nicht zugeschüttet wurde. Von den Steinen fehlt heute jede Spur, vermutlich ist es ein Märchen, um der Stadt eine Geschichte zu verpassen. So hat es mir jedenfalls mein Vater immer erzählt, und es gibt wohl keinen Mythos dieser Stadt, den er nicht in und auswendig kennt – oder sogar selbst inszeniert hat. An dem Felsbrocken ist nicht mal etwas Besonderes, bis auf die Tatsache, dass man ihn an heißen Sommertagen gut als Sprungbrett nutzen kann.

Es war unser See.

Ich blinzle den Gedanken an meine Familie und an *ihn* hektisch weg und konzentriere mich auf die Maikäferbrosche, die die Frau an ihrem Schal trägt.

»Sie finden den Ort sicher«, presse ich hervor.

»Dass wir das nicht gesehen haben! Vielen Dank und schönen Urlaub noch.« Das leicht faltige Gesicht der Frau leuchtet auf, und sie gibt ihrem Mann einen Klaps auf die Schulter. »Ich habe es doch gesagt, du liest die Karte falsch! Vertrau lieber deinen Instinkten.«

Ihr Mann fährt sich verlegen über seine ergrauten Schläfen und schielt amüsiert zu mir. »Ja, ja! Ich höre lieber auf die Frauen. Die haben immer recht«, säuselt er und erntet einen erneuten Klaps seiner Frau.

Schmunzelnd lehne ich mich wieder zurück und schaue zum Alpenhäuschen. Neben der gläsernen Eingangstür der Bäckerei stehen braune Blumenkübel. Bunte Primeln blühen darin, und in einem steckt eine Tafel, auf der in schnörkeliger Schrift »Bäck & Bistro« steht.

Hinter den hohen Fensterfronten steht Lexi vor dem Tresen und zeigt auf eine der Leckereien, die im Schaufenster liegen. Dort drin muss es fantastisch riechen – allein bei dem Gedanken knurrt mein Magen.

Und doch wird mein Blick wie ein Magnet auf den Balkon in der ersten Etage gezogen.

Es ist jetzt eine Ferienwohnung. Natürlich haben die Lowaks alle persönlichen Dinge entfernt.

Ist ja nicht so, dass ich in Samus ehemaligem Zimmer noch immer Poster von Pokémon und Billy Talent erwartet habe.

Warum wühlt es mich dann so auf?

In den vergangenen Jahren habe ich keinen Gedanken an die Wohnung verschwendet. Nicht mal an Samus Eltern.

Und jetzt ... werde ich nicht damit anfangen!

Um mich auf andere Gedanken zu bringen, greife ich nach meinem Handy, das auf der Glasplatte des runden Tisches liegt, und öffne meine Instagram-Seite.

Ich habe immer ein Geheimnis daraus gemacht, woher

ich komme. Angeblich, um meine Privatsphäre zu schützen, aber die Wahrheit ist, dass ich lange Zeit allein bei dem Gedanken an Everstein in Tränen ausgebrochen bin.

Aber ich bin nicht mehr das unsichere Mädchen von damals. Ich habe keine Angst mehr vor meiner Heimat, basta.

Ein Selfie ist schnell gemacht. Kurz die Locken etwas aufschütteln, ein breites Strahlen aufsetzen, den richtigen Winkel erwischen – fertig. Auf der Aufnahme sieht man nur die Hälfte meines Gesichts, dahinter strahlend blauen Himmel und die gezuckerten Bergkronen der umliegenden Zweitausender im Hintergrund. Das Bild lade ich mit dem Text: *Kurzer Zwischenstopp in meiner alten Heimat* als Story hoch und ergänze die Frage: *Wer errät, wo ich bin?* Als ersten Hinweis füge ich den Hashtag *#DeutscheAlpen* ein.

»Na, du bist noch nicht wirklich angekommen, was?« Lexi hält mir einen duftenden Kaffee vor die Nase.

»Bin bloß hundemüde«, meine ich ausweichend und nehme dankbar den Kaffee entgegen. Der Milchschaum ist schon etwas zusammengefallen, doch die mit Kakaopulver daraufgepuderte Sonne ist makellos.

Lexi nimmt mir gegenüber Platz, stützt das Kinn auf ihrer Hand ab und sieht mich verschwörerisch an. »Vielleicht wirst du langsam zu alt fürs Reisen?« Sie spielt mit ihren Fingern an den goldenen Earcuffs, die sich ihr ganzes linkes Ohr hochziehen.

»Machst du Witze?« Kopfschüttelnd stehe ich vom schweren, geschnörkelten Metallstuhl auf, ziehe ihn neben Lexis und setze mich. »Was viel wichtiger ist: keine weiteren Überraschungen?«

»Ehrenwort.« Lexi hebt die Hände und überkreuzt Zeige- und Mittelfinger. Ich lache über die kindliche Geste, während sie den Kopf an meine Schulter legt. »Ich wusste, du lässt mich und das Team nicht hängen, Vic. Dein Rettungsplan wird Berge versetzen, da bin ich mir sicher.« Ohne es zu wissen, legt sie mit ihren Worten eine tonnenschwere Erwartung auf meinen Schultern ab, von der ich nicht weiß, ob ich ihr gerecht werden kann.

Die Sonne scheint, die Tannen schunkeln im Takt eines kaum spürbaren Windes. Alles wirkt ruhig ... aber diese Ruhe möchte sich einfach nicht mit meinem Kopf, geschweige denn mit meinem Herzen synchronisieren. Ich puste die Sonne auf dem Milchschaum kaputt und nehme einen Schluck.

»So! Bitte schön, euer Gesunder-Schmarrn!« Die Bedienung taucht plötzlich neben mir auf. Ich zucke zusammen und fange zu husten an. Beim dritten Huster klopft Lexi mir gegen den Rücken und kichert, während die junge Frau schnell die Schüsseln abstellt und mich entschuldigend ansieht. »Sorry! Oh mein Gott. Alles gut?«, fragt sie halb besorgt, halb lächelnd.

»J... ja«, krächze ich und stelle die Tasse mit geröteten Wangen ab. Zum Glück habe ich mich nicht eingesaut.

Japsend stimme ich in Lexis quiekendes Lachen ein und schließlich auch die Bedienung. Sie ist groß, und mit ihren braungrünen Augen schaut sie mich noch immer mitfühlend an.

»Danke, Anni«, sagt Lexi. »Das sieht superlecker aus!«

Äpfel und Himbeeren sind sicherlich das einzig Gesunde darauf. Im Gegensatz zu Puderzucker, Schokostreuseln und einer kleinen Herzchenwaffel. Aber das ist mir vollkommen egal. Mir läuft das Wasser im Mund zusammen, und für einen Augenblick scheint das Wirrwarr in mir vom Hunger übertroffen zu werden.

»Sicher, dass ihr draußen sitzen wollt?« Anni streift sich eine ihrer dunklen Strähnen hinters Ohr, wobei sie Puderzucker in ihrem aschbraunen Haar verteilt. »Ach, klar. Vic wohnt jetzt übrigens über dir«, wirft Lexi ein.

»Ich hab euch mit dem Koffer gesehen und es mir schon gedacht.« Ihr Blick fällt auf mich, und das Lächeln, das sie mir nun zuwirft, wirkt aufrichtig. »Wie lange bleibst du?«

»Für die Dauer meines Jobs«, antworte ich vage. »Vermutlich ein paar Wochen. Schwer zu sagen bei komplexen Fotostrecken.«

»Also bist du Fotografin?«

Ich nicke. Über mich zu sprechen, ist keines meiner Talente.

»Sie begleitet die Bergrettung bei ihrer Arbeit«, übernimmt Lexi, schaut von mir zu Anni und macht eine bedeutende Pause. »Was eine wirklich sehr, sehr komplexe Strecke sein wird.«

Ich hoffe nicht!

Lexi plappert munter weiter: »Die Saison steht vor der Tür, es wird viel zu tun sein. Und oben wird das Wetter ja gern unterschätzt. Wer denkt bei dreizehn Grad im Tal bitte daran, dass Lawinen ein Thema sein könnten? Oder an die passende Kleidung? Es kann rutschig sein und glatt. Warm, windig, Schnee, Regen, Sonne. Total wechselhaft. Von Frei-Schnauze-Pistenjägern bis zu hoffnungslos verlorenen Mountainbikern. Alles wird dabei sein. Und Vic, unsere Profi-Fotografin«, sie stößt mit ihrer Schulter gegen meine, »wird alles bis ins Detail festhalten. Was du übrigens auf dem Account der Bergwacht verfolgen kannst, Vic wird ihn nämlich auch ordentlich aufpeppen!«

»Spannend! Mich bekommt niemand in die Berge, aber ich freue mich drauf, deine Bilder zu sehen. Gut, dann lasst es euch schmecken. Ach ja, …« Sie streicht ihre Schürze glatt. »Gäste der Lowaks dürfen sich immer Semmeln bei mir abholen.« Mit einem Lächeln zieht sie sich fröstelnd den Kragen ihres blauen Rollkragenpullovers hoch. Sie hat einen dunkleren Hautton und ein rundliches, aber markantes Gesicht, weshalb ihr der Pullover unglaublich gut steht.

»Darauf werde ich sicher zurückkommen. Danke.«

»Na gut. Und falls es euch zu kalt wird, kommt ruhig rein.« Sie reibt sich die Hände und hastet ins Warme.

Weder Schmarrn noch Kaffee helfen mir, mich wirklich zu entspannen. Mein Herz pocht immer wieder in Wellen, die mich bis in die Zehen erschüttern.

Nur trifft den Kaffee keine Schuld. Es ist dieses Gefühl, genau zu wissen, was zu tun ist, das sich immer tiefer in meine Eingeweide zieht. Ich hasse es. Ist es erst mal da, kann man es unmöglich ignorieren.

»Ich muss Samu treffen«, sage ich.

Lexi stoppt in der Bewegung, sich die Herzwaffel in den Mund zu stecken. Ihre Augen weiten sich, ihr Mund klappt zu, und die Waffel landet vergessen in der leeren Schüssel.

»Heute Abend?«, schlägt sie vor und klingt dabei, als hätte sie nur auf diese Feststellung gewartet.

»Heute Abend«, antworte ich. »Je schneller ich es hinter mich bringe, desto besser.«

Denn nur wenn ich Samu und diese aufwühlenden Erinnerungen aus der Vergangenheit abhake, kann ich Lexis Erwartungen gerecht werden. Ich muss dafür sorgen, dass mein Fokus einzig auf dieser Fotostrecke liegt, weil es nicht nur wichtig ist, sondern sich auch so anfühlt, als wäre dieser Job meine Chance, etwas wiedergutzumachen. Gleichzeitig … Gleichzeitig darf meine Anwesenheit in Everstein einfach nicht mit dem Untergang der Bergwacht einhergehen. Nein, keine Option. Mein Rettungsplan wird die Wache vor ihrem Ruin bewahren, auch wenn ich noch nicht genau weiß, wie ich ihn umsetze.

Projekttagebuch

Rettungsaktion Bergwacht Everstein

Ideen, was ich fotografieren könnte:

- Helikopterflüge: Rettungsaktionen an Steilwänden, Wasserfällen, Schluchten, Bergseen
- Einsätze im Bergland: Wanderwege, Off-Road-Wege, Skipisten, an Bergbahnen, Höhlen, Bergminen, Kletterwände, Klettersteige ...
- ~~Lawinen~~
- Übungs- und Trainingseinheiten
- Aufgabe der Bergwacht bei Naturschutz, Prävention, Aufklärung usw. (kann man auch gut auf Insta zeigen)

Was ist interessant für Social Media?

- Das Leben eines Bergretters – wenn der Pager losgeht, das Privatleben zurückgestellt wird und nur noch der Einsatz zählt
- Die Leitstelle
- Natürlich der Star – Cooper, der Rettungshund

(Wie soll ich mit seinem Herrchen zusammenarbeiten?)

Liste von offenen und erledigten Einsätzen erstellen!
(Kann ich fotografieren, wenn jemand in Gefahr ist?)

KAPITEL 3

Victoria

Ich stöhne auf, drehe mich auf den Rücken und spüre einen eisigen Luftzug auf meiner Haut. Über mir steht das Dachfenster offen. Beim Anblick des goldenen Abendhimmels kneife ich frustriert die Augen zusammen. Warum kann ich nicht einer dieser Menschen sein, die nach dem Aufwachen orientierungslos sind? Was würde ich jetzt dafür geben, mich einen Moment lang vollkommen verloren zu fühlen. Aber so funktioniert mein Kopf nicht. Im Gegenteil, es war pure Gewissheit, die mich wach werden ließ.

Ich greife nach dem Kissen neben mir, presse es auf mein Gesicht und erlaube mir, theatralisch hineinzuseufzen.

Ich schiele zurück zum Fenster und folge einem Segelflugzeug vom letzten bisschen goldenen Licht der Sonne weg, hin zum immer dunkler werdenden Horizont.

Heute Abend ist jetzt.

Der Gedanke, Samu gegenüberzutreten, fühlt sich nicht nur surreal an, sondern lässt meinen Körper am Rad drehen. Ein Zittern überkommt mich.

Wie soll das alles nur ablaufen? Soll ich ihm die Hand geben? So tun, als wären wir Fremde? Als hätte es nie eine Zeit gegeben, in der unsere Welten eine waren?

Momentaufnahmen erscheinen in meinem Kopf. Von zerzausten goldbraunen Haaren, einem zerknitterten weißen Hemd und nagelneuen Anzugschuhen. Von braunen Augen, die immer für mich gestrahlt haben. Bis das Strahlen zerfiel und nichts weiter als Verachtung für mich übrig blieb.

Die Erinnerungen von damals schnüren mir die Luft ab. Eilig fahre ich mit der Hand unter meinen Pullover und atme befreit aus, als sich der Verschluss meines BHs öffnet.

Nach dem Frühstück hatte ich nur ein Ziel: das Bett. Ich bin aus meinen Boots geschlüpft, auf die weichen Kissen gefallen und eingeschlafen.

Ich richte mich auf, um etwas umständlich den BH unter meinem Pullover hervorzuholen, als ich eine Vibration auf dem Bett wahrnehme. Achtlos lasse ich den Stoff los und fische unter dem Kopfkissen nach meinem Handy.

Ich komme dich in zwei Stunden abholen 😊

Offensichtlich hat Lexi innere Fühler, die Alarm schlagen, sobald in mir Zweifel aufkeimen. Na schön, also habe ich knapp zwei Stunden Zeit, um mich vorzubereiten und nicht durchzudrehen.

Quatsch, wohin geht's? Schick mir den Standort, dann komme ich rum. Ein Spaziergang tut mir gut 😉

Sicher? Ins Moe's. Ein paar andere aus dem Team werden auch da sein. Neutraler Boden. Klingt doch gut? 😊😊😊

Moe's wie die Bar bei den Simpsons? In Everstein ist nichts neutraler Boden, aber ich verkneife mir einen Kommentar und schreibe Lexi knapp, dass ich mich freue.

Kurz kommt mir der Gedanke, dass es langsam an der Zeit ist, mich bei meiner Familie zu melden. Dass ich vor Lexi behauptet habe, es schon getan zu haben, war gelogen. Ich habe die Nachricht über meinen geplanten Job zwar eingetippt, aber ... nie in den Familienchat geschickt.

Stattdessen schwebt mein Daumen wie von selbst über das Display und öffnet lieber die Social-Media-Seite der örtlichen Bergrettung. Manche Aufnahmen tun dem Fotografinnenherz in meiner Brust weh. Teamfotos, atemberaubende Bergkulissen oder Beweise spannender Einsätze gibt es kaum. Dafür jede Menge abfotografierter Statistiken, Jahresbilanzen erfolgreicher Rettungsaktionen und Tabellen über Wetterverhältnisse. Wichtig, ja – und es könnte auch spannend sein, wenn die Darstellung nicht an eine Textaufgabe aus dem Mathebuch erinnern würde. Die Rettung wird größtenteils aus Spendengeldern finanziert, genau deswegen darf sie sich Social Media heutzutage nicht entgehen lassen. Was aber auch bedeutet, möglichen Geldgebern etwas präsentieren zu müssen.

Das schreit nicht nur nach einem Makeover, sondern nach einem Neustart. Die meisten ... nein, eigentlich alle Beiträge gehören ins Archiv.

Belustigt scrolle ich immer weiter durch den Feed und merke gar nicht, wie ich ein Jahr nach dem anderen hinter mir lasse. Bis ich bei einem Foto stoppe und sich der Knoten in meinem Bauch hoffnungslos zuzieht. Schuld ist nicht die Qualität, denn selbst verpixelt geben die Alpen noch etwas her.

Wir gratulieren Cooper und seinem Herrchen Samuel L. zur bestandenen Prüfung und sind glücklich, dass die beiden fortan Teil des Teams sind.
#Hundestaffel #BergrettungEverstein2021

Mein Herz schlägt mit dem Gewicht eines immer schwerer werdenden Brockens gegen meine Brust. Auf dem Foto posiert Samu zusammen mit seinem Australian-Shepherd-Husky-Mix für die Kamera. Er legt kniend seinen Arm um den Hund, während ihm der Rüde über die Wange schleckt. In der anderen Hand hält er eine Urkunde und strahlt voller Stolz.

Schluckend presse ich die Lippen zusammen, würdige das Foto keines weiteren Blickes und sperre mein Handy.

Etwa anderthalb Jahre nach meinem Fortgehen ist das Bild online gegangen, und es war das letzte, das ich von Samu zu sehen bekam. Vielleicht klingt es absurd, aber der Tag, an dem Samu und Cooper die Prüfung bestanden haben, war auch der Tag, an dem ich ihn ein weiteres Mal verloren habe. Obwohl wir zu diesem Zeitpunkt schon längst kein Wort mehr miteinander gewechselt haben, wusste ich, dass er mir auf Social Media folgte, dass er meine Storys ansah, und das bedeutete, dass er an mich dachte. Dass er wusste, dass ich dasselbe bei ihm getan habe. Auf schmerzhafte, stille Art waren unsere Leben noch immer verbunden gewesen, bis er beschlossen hat, dass ich selbst da keinen Platz mehr verdiente, und mich einfach blockiert hat.

Kein Wunder also, dass er in meiner Vorstellung noch immer so aussieht wie früher. Gewisse Details müssen einfach immer noch dieselben sein: dass er bloß eine Stirnlänge größer ist als ich, weil der Wachstumsschub, den er sich so erhofft hatte, nur kurz vorbeigeschaut hat. Oder die kleine

Narbe an seiner rechten Unterlippe, von einem Piercing, mit dem er sich mal besonders toll fand. Ob er noch immer genauso riecht, wie ...

Ich beiße mir derb in die Lippe, weil ich nicht will, dass er zum Zentrum meiner Gedanken mutiert. Nicht mehr.

Frustriert rutsche ich vom Bett und steuere auf meinen Koffer zu, der noch immer da steht, wo Lexi ihn abgestellt hat.

Hastig ziehe ich am Reißverschluss, klappe ihn auf, fische nach meinem Duschzeug und marschiere ins Bad. Als ich die große, ebenerdige Regendusche entdecke, reiße ich mir meine Sachen vom Leib, starte meine Lieblingsplaylist auf dem Handy und steige unter die Dusche.

Sobald das heiße Wasser meine Haut berührt, durchfährt mich ein wohliger Schauer. Ich nehme ein paar tiefe Atemzüge, presse meine Stirn gegen die kühle Steinwand und bin bereit, mein Gefühlsdurcheinander den Abfluss hinunterzuspülen.

Immerhin habe ich ein Ass im Ärmel: Ich kann mich auf unser Wiedersehen vorbereiten. Wenn ich Lexi richtig verstanden habe, wird mein Auftauchen für Samu eine Überraschung sein. Also brauche ich einen Plan, damit der Abend nicht in einem Desaster endet.

So wie unser letztes Zusammentreffen.

Während das prasselnde Geräusch unendlich vieler Wassertropfen fast meditativ auf mich wirkt, fallen mir drei Punkte ein, um ein Drama zu vermeiden: innere Ruhe, Verständnis und Vernunft.

Mein Auftauchen könnte ihn aufwühlen, also werde ich ihm Zeit geben, *das* zu verdauen. Wir haben Karriere gemacht, unsere Träume verwirklicht. Wir sind erwachsen. Verstaubte Gefühle haben hier nichts zu suchen. Punkt.

Ich seife meine Arme ein, nehme dabei den sanften Duft

von Kakaobohne wahr und halte bei meinem Tattoo auf der Innenseite meines Unterarms inne. *Feel the Fear* ist in schnörkliger Schrift auf meiner Haut verewigt, und ich fühle endlich, was ich schon den ganzen Tag über wusste: Ich brauche diesen Schlussstrich.

Gerade als ich das Wasser ausstellen möchte, dringt ein lautes »Oh, verdammt!« durch die Tür, und mein Herz macht eine übelerregende Notbremsung.

Diese Stimme würde ich unter Millionen erkennen, dieses kaum hörbare rollende R jedes Mal bemerken. Trotz des heißen Wassers bekomme ich eine Gänsehaut.

»Hallo? Entschuldigung? Ich wollte nicht einfach so hereinplatzen!«, ruft er aus dem Flur und klingt dabei gleichzeitig amüsiert.

Bitte! Bitte, liebes Universum, das darf nicht wahr sein!

Ich rege mich nicht und schließe die Augen. Samuel kann unmöglich in der Wohnung stehen. Ich reiße die Augen auf, wende mich zur Tür und atme erleichtert aus. Zum Glück habe ich sie nicht offen stehen lassen.

»Könnten Sie die Musik vielleicht leiser stellen?«

Musik? Plötzlich nehme ich meine Playlist wieder wahr. Sie besteht zu neunzig Prozent aus den Songs von *Greatest Showman*. Lieder, die auch er in- und auswendig kennt. Schlagartig erinnert sich mein Herz wieder an seine Anwesenheit und pocht wild.

Auf keinen Fall! Das hier darf auf gar keinen Fall unser erstes Wiedersehen sein. Nichts davon entspricht auch nur im Ansatz innerer Ruhe, Verständnis und Vernunft. Ich lasse das Wasser laufen, steige aus der Dusche, mache die Musik aus und schleiche zur Tür, als könnte er mich an meinem Gang erkennen.

»Danke. Der Schlüssel hat gesteckt, und ich dachte, Sie seien die Reinigungskraft.« Sanft dringt sein Räuspern durch die Tür. »Wollten Sie nicht erst morgen anreisen?« Seine Schritte kommen hörbar näher. »So weit alles klar bei Ihnen?«

Er erwartet eine Antwort von dir, Vic.

Wenn ich etwas sage, wird er mich erkennen. Was soll ich tun?

Weil ich das Bedürfnis habe, mich an etwas festzuhalten, umklammere ich den Türknauf. Dahinter raschelt es. Jede seiner Bewegungen hallt lautstark in meinen Ohren nach. Ich bilde mir sogar ein, seinen Atem zu hören.

»Noch mal von Anfang. Ich bin Samuel Lowak, der Eigentümer.«

Es klopft sachte an der Tür, ich zucke zusammen und drehe den Schlüssel um. Ein Reflex, der uns beiden klarmacht, dass ich mich nicht mehr unter der Dusche befinde, obwohl das Wasser läuft.

»Keine Sorge! Ich werde nicht reinkommen, sondern sofort wieder verschwinden. Ich habe nur ein paar Sachen vorbeigebracht.« Ein unterdrücktes Schmunzeln ist nicht zu überhören. »Auch etwas, das ganz praktisch für Sie sein könnte.«

Er macht eine Pause, wohl in der Hoffnung, irgendeine Reaktion aus mir herauszukitzeln. Vergebens.

»Hallo?«, fragt er laut und deutlich. Sein »Scheiße, ist das peinlich« entgeht mir jedoch auch nicht. Samuel schnalzt mit der Zunge, und seine Ratlosigkeit ist beinahe spürbar. Langsam ist die Situation nicht nur peinlich, sondern steuert geradewegs in ein Desaster.

»Handtücher«, sagt er schließlich.

Ich schiele zu den leeren Haken zu meiner Linken. Duschen zu gehen, ohne ein Handtuch parat zu haben – ein Detail, das mir auch früher hätte auffallen können. Auf einmal bin ich mir meiner Nacktheit mehr als bewusst, mein Puls rast, und Panik kratzt sich meine Kehle herauf. Kurz bin ich versucht, in meine dreckigen Klamotten zu steigen, aber was dann? Wenn ich nicht will, dass er aus Sorge die Tür aufbricht, muss ich ihm eine Antwort geben.

Langsam lasse ich den Türknauf los. Meine Finger fühlen sich kribbelig an, und ich zittere. Trotzdem presse ich meine Hände gegen meinen Mund und quetsche ein schräges »Alles okay« über die Lippen.

»Sicher?« Er atmet hörbar aus.

Ich verkneife mir ein weiteres Okay und nicke.

Sinnvoll, so was von sinnvoll.

Aber mein Gehirn ist maßgeblich damit beschäftigt, nicht durchzudrehen.

»Na schön, ich störe Sie auch nicht weiter.«

»Okay.«

»O…« Er stoppt und schluckt das Wort hinunter. Statt Worten erklingt sein Lachen. Losgelöst, warm und klar raubt es mir den Atem. Weil es genau so klingt wie früher. Doch er fasst sich schnell. »Die Handtücher liegen vor der Tür. Auf der Kommode steht ein Korb. Sehen Sie ihn als Wiedergutmachung für meinen Überfall.«

Die Eingangstür macht beim Öffnen ein schiebendes Geräusch über den Holzboden und löst dabei eine zentnerschwere Anspannung von mir.

Er hat dich nicht erkannt. Du bekommst noch eine Chance, es richtig zu machen.

»Also dann«, fügt er noch hinzu. »Ich hoffe, wir starten demnächst noch mal von vorn.«

Seine Worte sind nicht wirklich an mich gerichtet, und sie sollten nichts in mir erschüttern. Warum kann ich dann nicht verhindern, dass sich meine Augen mit Tränen füllen?

KAPITEL 4

Victoria

In Dunkelheit gehüllt hat mir Everstein schon immer am besten gefallen. Tagsüber stiehlt das Bergpanorama der Kleinstadt die Show. Doch in der Nacht, wenn die Berge nur noch ein schwarzer Schatten am Horizont sind, erstrahlt der Ort in einem ganz eigenen Charme.

Auf der Suche nach dem Moe's komme ich dem alten Stadtkern immer näher. Mit meinen Fingern, die von der abendlichen Kälte schon ganz steif sind, umklammere ich mein Handy und folge der Navigationsapp in die Richtung einer Bar, die es erst seit Kurzem zu geben scheint. Meine Hoffnung ist, dass das Moe's daher wirklich so etwas wie neutraler Boden sein könnte.

Ich lege einen Zahn zu, um mich warmzuhalten und um das unruhige Gefühl in meiner Brust auf meine mangelnde Kondition schieben zu können. Die Straßen werden enger, Asphalt weicht kleinen rotgrauen Pflastersteinen, und Geschäfte wechseln sich mit Lokalen ab. Mehr Läden, mehr Restaurants, mehr Menschen als in meiner Erinnerung. Mehr Gelächter gut gelaunter Menschen, die ihren Samstagabend ausklingen lassen.

Mich passiert eine Traube englischsprachiger Touristen,

und mir wird klar, dass ich stehen geblieben bin. Sie reden vom besten Partyleben *ever*, und ein spöttisches Lachen juckt in meinem Rachen. Everstein und ein Nachtleben? Ich bin versucht, ihnen zu folgen, um herauszufinden, ob in meiner Abwesenheit tatsächlich so etwas entstanden ist, da erinnert mich mein Gewissen daran, dass mein Ziel woanders liegt.

Ich schlinge meinen grünen Schal enger um mich, husche in die Seitenstraße und spüre meine eisigen Ohren unangenehm brennen. Zwei Gassen weiter habe ich laut App mein Ziel erreicht.

Im Ernst?

Ich stehe vor einem alten Fachwerkhaus. Die flatternde Straßenlaterne davor lässt das Weiß der Fassade gelb und die Holzverzierungen modrig erscheinen. Wenn ich zuvor noch über den Charme von Everstein nachgedacht habe, ist diese Bruchbude so ziemlich das Gegenteil davon.

Uneingeladen drängt sich die Stimme meines Vaters in meine Ohren. »Es gibt Ecken in Everstein, in denen du nichts verloren hast, Victoria Sommer.«

Was bitte ist es, das mich gedanklich immer wieder zu meiner Familie, zu meinem Vater zerrt? Ein schlechtes Gewissen? Nein! Ich habe sicher kein schlechtes Gewissen, wenn es um meinen Vater geht ... Aber wegen Mama und meinem Bruder? Sicher? Oder will ich mich vor einem Treffen mit der Familie Sommer drücken?

Tropfen einer matschigen Mischung aus Regen und Schnee ploppen auf meine Stirn und lenken meinen Fokus wieder aufs Hier und Jetzt. Vielleicht bin ich doch falsch?

Ein Blick in die Bar ist unmöglich, da die Sprossenfenster mit Zeitungspapier abgeklebt sind. Neben dem Eingang stapeln sich Bierkästen und auf den Stufen mehrere Farbeimer.

Dem allen stiehlt ein vom feuchten Wetter aufgedunsenes Sofa, gleich neben dem Eingang, die Show.

Das soll der Ort sein, an dem die Mitglieder der Bergwacht einen anstrengenden Einsatztag ausklingen lassen?

Offensichtlich. Auf der Eingangstür klebt ein Zettel mit der Aufschrift »Moe's«. Kein Zweifel, dort muss ich rein.

Ich rufe mir die drei Punkte, die dafür sorgen sollen, dass der Abend kein Desaster wird, wieder ins Gedächtnis – innere Ruhe, Verständnis und Vernunft –, während der Schneeregen sich langsam in meine gemachten Locken und durch meinen Parka bis in meine Knochen frisst.

Jetzt oder nie.

Mit einem Mal überwinde ich die letzten Schritte bis zur Tür, halte die Luft an und lehne mich mit all meinem Mut dagegen.

Beim Eintreten erklingt ein Glöckchen über mir, und der Geruch von frittiertem Essen, Bier und frischer Farbe erschlägt mich zusammen mit dem von warmer Heizungsluft.

Eine Sache bald hinter sich zu wissen, ist super, ändert nur nichts daran, dass man – noch immer – kurz davor ist, sie durchleben zu müssen.

Ich trete hinein, lasse den Knauf los, das Glöckchen ertönt erneut, ich atme aus, die Tür fällt ins Schloss, und ich bin drin.

Wo bist du?

Das Einzige, das an meinem Körper zu funktionieren scheint, sind meine Augen, der Rest ist erstarrt. Sie suchen ihn, als wären sie die letzten Jahre auf Stand-by gewesen. Als hätten sie endlich ein Ziel, mit einem neuen Objektiv und einem eingestellten Fokus namens Samuel.

Links von mir stehen Massivholztische, umgeben von dunklen, mit Leder überzogenen Stühlen. Schwarze Glühbirnen hängen dicht über den Tischen und lassen das Holz golden wirken. Rechts von mir erstreckt sich ein langer Tresen, gleicher Stil, gedimmtes Licht, schwarzgoldene Akzente, Efeu zwischen Whiskyfässern im Hintergrund, davor dunkelbraune Lederhocker.

Und: Die Bar ist voll. Überall sind Menschen. Sie lachen, reden, diskutieren. Wippen ihre Köpfe zu seichter Rockmusik. Halten inne und starren mich an.

Du starrst nicht zurück.

»Vic! Hier sind wir!« Lexis Stimme stoppt meine Suche.

In meinem Bauch zieht sich alles zusammen, trotzdem gehe ich entschlossen auf sie zu.

Meine Freundin strahlt, rutscht in ihrem senfgelben Oversized-Jumpsuit von einem Hocker und eilt mir entgegen, als könne sie nicht abwarten, bis ich den Tresen erreiche. Drückt sich an mich, und ich japse erleichtert auf.

»Wie geht's dir? Alles gut? Hast du dich eingelebt?«

Ich presse die Lippen zusammen und verkneife mir einen Kommentar zu Samus plötzlichem Besuch, klammere mich stattdessen an ihrer Hand fest, als wäre sie mein Anker.

»Bei dir? Wie war's noch in der Praxis?«

Sie ignoriert meine Frage: »Ich stell dir jemanden vor.«

Lexi zieht mich mit, und der Blick einer Blondine mit langem Pferdeschwanz landet auf mir. Sie steht von ihrem Hocker auf und reicht mir ihre Hand. Sie wirkt auf mich nicht nur selbstbewusst, sondern mit ihren gut eins achtzig auch etwas einschüchternd. Auf ihrem roten T-Shirt ist das Logo der Bergwacht.

Ich nestle die drei Knöpfe meines Parkas auf und hänge ihn über den Hocker zwischen Lexi und dem ersten Mitglied der Bergwacht, das ich kennenlerne. Meine Mundwinkel zucken unsicher nach oben.

»Victoria.«

Ich nehme ihre Hand und spüre an ihrer Handinnenseite raue Stellen, die vom Klettern kommen können.

»Klar, wer sonst?« Sie zwinkert. »Ich bin Paulina.« Ihre blauen Augen haben etwas Einnehmendes, und ich komme nicht um den Gedanken herum, dass sie mir bekannt vorkommen.

»Wird Zeit, dass die Rettung weiblichen Zuwachs bekommt.« Sie drückt meine Hand und lässt sie gleich darauf los.

»Ich bin mit meiner Kamera mehr so etwas wie euer Schatten.« Der Wollstoff meines Pullovers klebt kratzig an meinem Rücken, und ich kann mich kaum auf das Gespräch konzentrieren.

»Aber du hast die Ausbildung zur Bergretterin doch gemacht, oder? Haben wir nicht denselben Kurs besucht?«

»Ich ... habe nur die Sommerprüfung absolviert«, antworte ich halbherzig.

»Mhm«, macht Paulina.

Etwas orientierungslos suche ich Lexis Blick und zucke zusammen, als sie mir sanft über den Rücken fährt. Kopfschüttelnd beugt sie sich an mein Ohr und flüstert, dass er noch nicht da sei. Automatisch huscht mein Blick zur Tür. Wo ist er dann?

Konzentriere dich aufs Jetzt, er taucht schon noch auf.

»Eins würde ich gern wissen: Gibt es einen Grund dafür, dass die Mitglieder der Bergwacht in einer Bruchbude abhängen? Und ich habe übrigens keine Einwände, mir die Antwort bei einem Bier anzuhören.« Ich lehne mich auf dem Hocker zurück.

Die Wahrheit: Ich brauche dringend Ablenkung und etwas Alkoholhaltiges, denn mit jedem Atemzug schwindet mein Mut, steigt meine Angst, und mir fällt keine bessere Lösung ein, dem entgegenzuwirken, als mit Alkohol.

»Deal«, sagt Paulina. »Wie fange ich am besten an ... Na, wie du siehst, sind wir noch in der Renovierungsphase.« Sie deutet zu einer Plane hinter den Tischen.

»Wir? Dann gehört die Bar dir?«

»Nie im Leben!« Paulina schüttelt den Kopf. »Seit ein paar Wochen nennt sich mein Bruder stolzer Besitzer, und der hat sich entschlossen – organisiert, wie er nun eben ist –, ein paar Tage vor der Eröffnung eine ganze Wand einzureißen. Um die Bar um einen ehemaligen Lagerraum, nenn es lieber Rumpelkammer, zu erweitern.« Sie bläst schmollend Luft durch ihre vollen Lippen. »Und weil Männer ja so viel Ahnung vom Handwerk haben, reißt man natürlich sofort die Wand nieder, ehe man den Raum leer räumt. Zum Glück ist das jetzt so etwas wie ein Gemeinschaftsprojekt der Bergwacht geworden. Nur weil alle mitgeholfen haben, konnte die Bar rechtzeitig und halb fertig eröffnen. Wir hoffen übrigens, dass das Moe's nicht allzu viele Touristen anziehen wird, damit ...« Doch ehe sie auf den Punkt kommt, unterbricht sie eine brummige Männerstimme.

»Ist sie nicht genau das?«

Groß gewachsen, blaue Augen, einen Tick heller als die von Paulina und tausend Grad kälter.

»Eine Touristin«, antwortet er selbst, und sein Blick verhärtet sich. Mein Kopf fängt an, in die Vergangenheit zu spulen. Der Mann dreht ein Küchentuch in seinen Händen, und ich bin ganz froh darüber, dass zwischen uns ein Tresen steht, denn erdrosseln trifft es eher.

»Moritz.« Ich spreche seinen Namen aus, und seine Nasenflügel blähen sich auf. Sein Haar ist kürzer als früher, fast raspelkurz, dennoch sieht man den weißblonden Touch. Beinahe hätte ich ihn nicht erkannt, doch da ist diese verräterische Narbe in seinem Gesicht. Ich kann mich noch erinnern, wie im Dorf getuschelt wurde. Ein kleiner Junge hatte in den Bergen gespielt und sich dabei verletzt – aber er wollte partout nicht verraten, was passiert war.

Ein Geheimnis, welches er wohl bis heute nur seinen engsten Freunden erzählt hat. Wozu ich nie gehört habe. Kein Wunder, wir haben uns nur ein paarmal gesehen. Zum ersten Mal, als er auf dem Stadtfest möglichen Bergrettungsanwärtern davon erzählt hat, wie spannend die Bergwachtjugend ist. Als er *uns* dafür begeistert hat.

Ich hätte es wissen müssen, dass der Name der Bar nicht direkt etwas mit den Simpsons zu tun hat. Das Moe's gehört Moritz Landmark.

»Hast du nicht entschieden, dass dir unsere Berge zu langweilig sind?« Seine Worte sind spitz. Zwischen seinen markanten Brauen gräbt sich eine immer tiefer werdende Falte, und ich erkenne, wie er über Dinge nachdenkt, die ihn nichts angehen. Wie er mich ansieht und nach Worten sucht, die ich nicht hören will.

Ich kneife meine Augen etwas zusammen und hoffe, dass mein Starren, meine Botschaft bei ihm ankommt.

»Drei Bier, Bruderherz!« Paulina schnipst mit den Fingern vor seinem Gesicht. Er blinzelt, ich atme aus und rutsche auf dem Hocker weiter nach vorn.

»Sonst noch etwas?« Er verzieht seine Lippen zu einem provozierenden Grinsen.

»Gibt es auch etwas zu essen?«, frage ich.

»Ja.« Sein Blick wandert genervt langsam wieder zu mir. »Was denn?«

»Steht in der Karte.«

»Und ... wo finde ich besagte Karte?«

»Irgendwo liegen welche rum.«

»Wunderbar«, sage ich nüchtern, während Wut meinen Puls beschleunigt. »Dann spiele ich mal Orakel und tippe, dass Pommes darauf stehen.«

»Die besten.« Er hört auf, das Handtuch zu erwürgen.

Ich fahre mit den Händen zwischen meine Knie und balle sie zu Fäusten.

Ja, ich habe eine Scheißangst in mir. Mein Wollpullover frisst mich auf, weil ich so schwitze, mein Magen flattert nervös. Aber nein, ich lasse mich nicht von irgendeinem Typen einschüchtern. Schon lange nicht mehr. Dafür, mein Lieber, habe ich die letzten Jahre zu oft allein in Bars gesessen und versucht, aufdringliche Erinnerungen mit belanglosen One-Night-Stands zu verdrängen.

»Ach ja, und um noch was klarzustellen«, sage ich also und richte mich auf. »Ich bin zum Arbeiten hier. Soweit ich weiß, ist das ungefähr das Gegenteil einer Touristin.« Ich hole tief Luft und lege eine Hand auf den Tresen. »Zweitens: Ich möchte ein großes Bier. Und drittens: Ich kann die *besten* Pommes kaum erwarten.«

Innerlich klopfe ich mir und meiner äußerlichen Taffheit auf die Schulter und füge noch ein »Herzlichen Dank« hinzu.

Seine Kiefer mahlen, doch anstatt etwas zu sagen, atmet er schnaubend aus. »Ohne Soße«, entscheidet er, wirft sich das Küchentuch über die Schulter und verschwindet.

»Hach, Mo kann so ein Arsch sein«, murmelt Lexi, stützt sich mit dem Ellbogen auf dem Tresen ab und dreht mit ihrem Mittelfinger eine ihrer honigbraunen Strähnen nach.

Ich muss lächeln, kann nichts sagen, weil mein Mund sich fusselig anfühlt. Was, wenn Mo jedes Recht dazu hat? Wenn er nur ein guter Freund ist … für Samu, genau wie Lexi für mich?

»Wenn er so weitermacht, muss er seine Kundschaft dafür bezahlen, herzukommen«, meint Paulina und ruft ihrem Bruder nach, dass er sich mit den Getränken beeilen soll.

Ich lächle weiter, nicke, während beide zu dem Schluss kommen, dass Moritz das beste Beispiel dafür ist, wie wichtig Frauenpower im Team ist. Aber nichts davon dringt richtig zu mir durch, mein Puls rast noch immer. Ich möchte nicht, dass die beiden merken, wie viel Anstrengung dieses kleine Wortduell mich gekostet hat.

Hast du nicht entschieden, dass dir unsere Berge zu langweilig sind?

Genau so hat Moritz das gesagt. Je länger ich darüber nachdenke, desto klarer wird mir, dass Moritz' Abneigung mir gegenüber mit Samus Abneigung einhergehen muss. Weil er viel mehr mitbekommen hat, als ich Lexi je sagen konnte.

Die Zeit vergeht, aus acht wird neun, aus neun zehn. Jetzt ist es kurz nach halb elf, und von Samu fehlt noch immer jede Spur.

Mittlerweile sitzen wir an einem der großen, runden Massivholztische. Lexis Mann Ben ist hinzugekommen und hat mich genauso herzlich empfangen wie sein Cousin Aljoscha. Dann wären da noch: Dominik, Kiano, Daniel und Omar. Alle reden von ihren Brotjobs und davon, dass das Ehrenamt bei der Bergwacht ihre wahre Leidenschaft sei. Sie berichten vom unterbesetzten Team, von zu wenigen aktiven Mitgliedern, von denen, die heute nicht da sind.

Nach dem zweiten Bier habe ich fast alle Namen wieder vergessen. Bis auf Rosi, die mir schräg gegenübersitzt und der ich damals schon begegnet bin. Sobald die nächste Runde den Tisch erreicht, prostet sie mir mit ihrem Bananenbier zu. Sie hat sich mit ihren netten Grübchen und den Sonnenblumen-Ohrringen nicht nur als herzlichstes Teammitglied geoutet, sondern mit ihren fünfundsechzig auch als ältestes. Früher, so hat sie stolz erzählt, war sie eine der ersten und aktivsten Bergretterinnen in ganz Deutschland, heute kümmert sie sich um den Papierkram, um die Koordination der Bereitschaften und Verfügbarkeiten aller Mitglieder.

»Man ist nie zu alt, um seiner Berufung zu folgen. Einmal Bergwacht, immer Bergwacht.« Sie stößt so engagiert gegen mein Glas, dass weißer Schaum überschwappt. Wir kichern, stoßen noch einmal an, und Rosi fügt noch die Worte »Schön, dass du da bist, Liebes« hinzu, womit sie unerwartet eine angenehme Wärme in meiner Brust auslöst.

Die Stimmung hat fast etwas Ausgelassenes. Und bis auf Moritz, der entweder auf sein Handy starrt oder irgendwo in der Bar rumrennt, scheint mich niemand offensichtlich zu hassen. Selbst Mos Pommes waren wirklich der Wahnsinn. Und seine Schwester ist, dank ihrer gesprächigen Art, zusammen mit Lexi wesentlicher Grund dafür, dass ich den Abend tatsächlich etwas genieße. Alles könnte wunderbar sein, wenn ich nicht bei jedem Windzug zusammenzucken, bei jeder Regung des Glöckchens über der Tür die Luft anhalten würde.

»Sorry, lasst ihr mich kurz durch?«

Meine Blase zwingt mich dazu, alle in meiner Reihe nach vorn rücken zu lassen, damit ich mich auf die Suche nach den Klos machen kann. Ich quetsche mich an den anderen vorbei und folge einer Beschilderung, die mich in den abgetrennten Bereich der Bar führt.

Hier ist es bis auf das Licht, das durch die Plane dringt, dunkel. Im Schatten stapeln sich Tische und Stühle auf einer

Seite, Kisten und Fässer auf der anderen. Ich ziehe mein Handy aus der Hosentasche und schalte die Taschenlampe an. Mitten im Raum liegt eine Matratze, die genauso fehl am Platz scheint wie das Klavier, das sich in der hintersten Ecke vor einem der abgeklebten Sprossenfenster befindet. Darauf stehen Bilder, und ich kann dem Drang nicht widerstehen, auf sie zuzugehen. Sie zeigen Gruppenfotos von Mitgliedern der Bergwacht verschiedenster Generationen.

Unter dem Klavier entdecke ich einen halb aufgeklappten Karton, auf dem *Sperrmüll* steht. Ich gehe in die Hocke und finde Bücher über die Geschichte der Eversteiner Bergwacht. Sofort bereue ich es, meine Kamera nicht mitgenommen zu haben. Was hier vergraben liegt, würde ich gern festhalten, bevor es der Renovierung zum Opfer fällt. Staub brennt in meinen Augen, ich wische mir mit meinem Ärmel übers Gesicht, öffne die Kamerafunktion meines Handys und unterdrücke ein Husten.

Ein mürrisches »Was machst du da?« lässt mich zusammenfahren. Beim Aufstehen stoße ich mit dem Kopf gegen das Klavier, das sich erst summend beschwert und mich dann mit einem lauten Wumms der zufallenden Klappe von sich jagt.

Mit dem Handylicht leuchte ich Moritz direkt ins Gesicht. Er blinzelt verärgert, betätigt neben sich an der Wand einen Schalter, und ein Deckenlicht flutet den Raum.

Oh! Gute Idee.

»Hab die Klos gesucht«, verteidige ich mich. Während er eine seiner Brauen schief nach oben zieht, schiebe ich noch schnell eine Erklärung hinzu, um einem blöden Kommentar zuvorzukommen. »Und bin auf die Aufnahmen der Bergwacht gestoßen. Ich würde sie gern festhalten.« Ich klopfe mir etwas Dreck von den Knien und verstecke mein Handy, dann setze ich ein Lächeln auf und hoffe, eine Art Zugang zu Moritz zu finden. Immerhin sind wir beide irgendwie Team Bergrettung, Team Samu ...

»Was dagegen, wenn ich die Tage mal mit meiner Kamera rumkomme? Der Lieblingsort des Teams, das alles präsentiert sich toll und eignet sich perfekt, um die Seele einer Fotostrecke einzufangen. Mein erster Tag ist zwar erst Montag, aber wie wäre es zum Beispiel, wenn ich morgen ...«

»Ja«, unterbricht er mich und geht an mir vorbei auf eine der Kisten zu, um eine Flasche Whisky hervorzuholen. Ein paar Hobelspäne fallen dabei zu Boden.

»Ist Vormittag okay?«

»Ich meine, ja, ich habe was dagegen«, antwortet er knapp und deutet mit der vollen Flasche in seiner Linken zurück zum intakten Teil der Bar.

»Was? Wieso? Moment, der Karton da.« Ich deute hinter mir unter das Klavier. »Auf dem steht Sperrmüll! Darf ich den wenigstens mitnehmen?« So viel zum Thema Zugang finden.

Er schüttelt vehement den Kopf, und mir entfährt ein Schnauben. Das ist doch kindisch!

»Was willst du hier, Bambi?«

Sein ablehnender Tonfall versetzt mir einen Stich in der Brust. »Wie gesagt, ich suche die Klos«, antworte ich patzig. Wenn ich noch einmal das Wort Klo in den Mund nehme, platzt meine Blase. Und höre ich noch einmal das Wort Bambi, platzt mir eine Ader!

Ich entdecke am Ende der Plane einen Durchgang, von dem ich annehme, dass dort die Toiletten sind, stiefele los und ignoriere, wie er lautstark Luft holt.

»Er wird nicht mehr kommen, klar? Egal, wie lange du wartest oder wie oft du noch zur Tür guckst.«

Ich bleibe abrupt stehen, wende mich wieder zu ihm und starre Moritz an. »Wie bitte?«

»Samu kommt nicht mehr. Ach, und dein Tisch hat sich etwas Besseres gewünscht, um auf dich anzustoßen.« Er hält mir die Flasche hin.

Fragen brechen auf mich nieder. Weiß er, dass ich hier bin? Hat er mich in der Wohnung erkannt? Kommt er deswegen nicht?

»Warum?« Meine Stimme ist ein Krächzen.

»Jo, wüsste ich auch gern. Aber die Flasche bringt gutes Geld.«

Ich ziehe scharf die Luft ein. »Ich meine, warum kommt Samu nicht mehr?«

Moritz schwenkt die Flasche in seiner Hand, ich beobachte, wie die bernsteinfarbene Flüssigkeit hin und her schwappt. »Weil ich dafür gesorgt habe. Ganz einfach.«

Unvermittelt greift eine fremde – allzu bekannte – Hand nach der Whiskyflasche und reißt sie an sich.

»Tja, wie es aussieht, ist er doch da.«

Samus Stimme.

Laut und klar und direkt neben uns.

Ungläubig blicke ich in Augen, die dem Farbton des Whiskys ähneln. Nur sind sie vollkommen still, fast reglos, scheinen sich an meinem Blick zu verbrennen, ehe sie wegsehen.

Ich öffne den Mund, aber mehr als ein Keuchen kommt nicht heraus. Samu verzieht seine Lippen und hebt die Flasche an.

»Alles klar«, sagt er zu Moritz. »Von wegen, komm nicht her, keiner mehr hier!« In seiner Stimme liegt eine kalte Wut, die mir eine Gänsehaut über den Rücken jagt. »Richtiges Scheißtheater, das ihr da abzieht.«

»Samuel, ich hatte keine Ahnung, dass sie in Everstein ist und in die Bar kommt, Mann!« Moritz fährt sich übers Kinn und will Samu die Flasche wieder abnehmen, doch dieser weicht aus und fängt meinen Blick auf.

»Na dann«, sagt er tonlos und richtet die Flasche auf mich. »Auf die neue Fotografin.«

Sein Ausdruck, sein Blick sind vollkommen leer. Seine Worte kalt. Ich atme stockend ein.

Nein, nein, nein! Nicht so ...

Die drei Punkte! Was waren die drei Punkte?

Ich presse meine Fingernägel in die Innenseiten meiner Hände.

Das ist kein Schlussstrich, nur der Beweis dafür, wie es anfing und wie alles in den Abgrund stürzte. Dass wir noch immer dort sind.

»Samu«, höre ich mich sagen.

Rede weiter. Irgendwas ... du warst doch vorbereitet.

Mein Herz pocht heftig. Es hämmert schnell und wüst und raubt mir den Atem. Weil da ein Funke in mir ist, der sich zu freuen versucht. Der erleichtert ist und meinen Körper dazu ermutigen will, Samu um den Hals zu fallen, ihn zu spüren, ihn zu atmen. Ein absurder Funke Hoffnung, der Glück empfinden will.

Samu blinzelt, er fährt mit der Zungenspitze über seine Unterlippe, als wäre er kurz davor, etwas zu sagen, und ich mache einen Schritt auf ihn zu. Doch er bewegt seinen Oberkörper weg, versteift sich, schluckt die Worte wieder herunter, dreht sich um ... und geht.

Meine Hoffnung wird im Keim erstickt. Was bleibt, ist ein Schmerz, der nicht in Worte zu fassen ist.

»Herzlich willkommen«, sagt Moritz und kickt einen leeren Farbeimer zur Seite.

Innere Ruhe, Verständnis und Vernunft. Alles ist gut. Er muss deine Rückkehr einfach nur verdauen.

Dabei weiß ich es besser. Nichts ist gut. So viele Tage, unendlich viele Stunden. Jahre. Verfluchte Jahre, und die Zeit zwischen uns hat nichts verändert. Nichts geheilt.

Samuel, der Mann, der alles und jeden zu lieben vermochte. Der Mann mit einem Herzen, das größer ist als jedes, das ich treffen durfte, empfindet für mich noch immer ... nichts.

KAPITEL 5

Samuel

Stolpernd komme ich vor dem Moe's zum Stehen. Mir peitscht eisiger Regen ins Gesicht, so kalt, dass er mir die Luft abschnürt. Doch das brodelnde Gefühl in meiner Brust kühlt nicht ab. Es wird nur stärker und bringt mich an den Rand meiner Selbstbeherrschung.

Mehr als vier Jahre habe ich versucht, mein Leben, meine Gedanken, meine verdammten Emotionen zu kontrollieren.

Ihretwegen kommt alles ins Wanken.

Ich verliere den Halt, die Macht über Mauern, die ich so lange gebaut habe. Wobei, das trifft es nicht. Keine Mauern, sondern gigantische Felswände zwischen meinem jetzigen Leben und dem vor mehr als 1.500 Tagen.

Illusionen, die sich wie lose Klemmkeile aus einer spröden Felsspalte lösen.

Reiß dich zusammen, du hast es dir geschworen.

Ratlos drehe ich mich im Kreis, suche nach etwas, das mir die Kontrolle über die Situation zurückgibt. Was soll das sein? Was muss ich tun? Der Whisky in meiner Hand fühlt sich einladend ein. Ich könnte ihn trinken, ihn auf den Boden donnern. Doch das alte Sofa vor dem Moe's sieht verlockender aus. Ich haste darauf zu, will gegen den vergammelten Stoff treten und erstarre auf halbem Weg. Die Eingangstür der Bar wird aufgerissen, und mein Herz bleibt ein zweites Mal zwanghaft stehen.

Lexi stürzt aus der Tür, kurz fühle ich Erleichterung, weil *sie* es nicht ist. Doch der besorgte Blick in ihren Augen mischt die Wut in mir mit dem Gefühl, verraten worden zu sein.

»Du!«, schreie ich und beiße mir auf die Zunge.

... hast dir geschworen, nie wieder die Kontrolle zu verlieren.

»Du hast es gewusst!« Ich zeige auf Lexi, marschiere auf sie zu. »Du hast es verflucht noch mal gewusst und mir wochenlang ins Gesicht gelogen!«

Das, was eigentlich das Sofa treffen sollte, wütet gefangen in mir, und es kostet mich jede Faser meiner Beherrschung, es nicht an Lexi auszuleben, es überhaupt nicht freizulassen.

Sie zieht sich eine übergroße Kapuze über, von einer Jacke, die eindeutig Bens ist. »So einfach ist das nicht!« Abwehrend verschränkt sie die Arme vor der Brust, doch ihre Mimik bleibt entschuldigend. Oder mitfühlend? Ich will kotzen.

»Ach nein?«

»Nein! Ich wollte es dir sagen, wirklich. Aber lange war es ja gar nicht sicher, ob Vic ankommt. Dann der Schlafplatz ...« Sie hält inne, und mir kommt so ein Verdacht, wer zuvor unter meiner Dusche stand.

Ich warte, und der strömende Regen klopft eine Melodie auf das neoprenartige Material der Jacke.

»Die Suche nach einem bezahlbaren Zimmer war megaschwer, bis deine Stornierung reinkam und du es quasi selbst angeboten hast.«

Ich balle meine Hände zu Fäusten und spüre das Glas zwischen meinen Fingern, doch obwohl ich so fest zudrücke, gibt es nicht nach.

»Jetzt bin ich also selbst schuld?«

»Nein. Die Wohnung war der springende Punkt, warum ich's dir nicht gesagt habe. Mir war schon klar, dass dir das nicht gefallen wird, aber jetzt ist sie nun mal hier.«

Ich lache auf. »Und was? Dachtest du, ich würde sie jetzt nicht mehr rausschmeißen? Wart's ab!« Ich bin viel zu laut.

Doch Lexi wirkt unbeeindruckt, fasst mich am Arm und holt tief Luft. »Samu, es ist doch nur Victoria.« Die Sanftheit ihrer Stimme lässt meine verstummen.

Eben!, will ich schreien.

Ich schweige, entdecke Ben auf den Stufen neben uns und schlucke. Mein Puls rast immer schneller, weil in seinem Ausdruck der gleiche Mist geschrieben steht wie im Gesicht seiner Frau. Eine Mischung aus Verständnis und ... Sorge. Ich muss hier weg.

»Du wirst ganz nass«, presse ich hervor. »Geh rein, und macht euch noch einen schönen Abend.«

Ich drehe mich um, gehe los und bekomme erst wieder richtig Luft, als Lexis Rufen vom Rauschen des Regens ertränkt wird. An der Hauptstraße renne ich los.

»Endlich bist du wieder da«, sagte sie, während wir in unserer Umarmung so stürmisch aufeinanderprallten, dass mein Atem aussetzte. Sie roch nach Erdbeeren, die sie gemampft hatte, bis sie erkannte, dass unser Wohnwagen vorfuhr, und alles stehen ließ. Ihre geglätteten Haare kitzelten mein Gesicht, ihre Finger griffen in den Stoff meines T-Shirts.

»Wie war dein Sommer in Polen?«, fragte sie und streifte mich mit ihrem Atem am Hals. Eine Gänsehaut überzog meinen Körper und löste ein eigenartiges Ziehen in meinem Bauch aus, setzte den Wunsch frei, sie noch fester zu umarmen. Ich ließ es bleiben.

»Du meinst die knapp vierzig Tage, die meine Eltern mich

bei meinen Großeltern geparkt haben, weil sie Spanien bereisen wollten? Ohne mich? Die waren phänomenal – nicht. Vor allem unter den Umständen, dass mein Polnisch schrecklich und das Deutsch meiner Großeltern kaum vorhanden ist.« Die Vibration ihres Lachens ging auf mich über und verstärkte den Druck in meinem Bauch.

»Es war eine Ewigkeit«, flüsterte sie. »So lange waren wir noch nie getrennt.« Sie ließ das T-Shirt los, verdrehte die Augen und grinste mich mit ihrem Zahnspangenlächeln an. »Das hat sich jetzt ... aber verzweifelt angehört. Bild dir da ja nichts drauf ein!«, schob sie eilig hinterher. Ihre Stimme war höher, so, wie sie klang, wenn sie nervös wurde. Dabei war ich es, der verzweifelt gewesen war. Das auszusprechen, verkniff ich mir.

Ich nahm ihre Hand. »Da ist jemand, den du kennenlernen musst.« Mit festem Griff zog ich sie zum Wagen.

Vic drückte meine Hand. Als sie abrupt stehen blieb, wandte ich mich zu ihr um und erkannte die Angst in ihren Augen.

»Meine Eltern haben sie in Spanien gerettet. Sie ist total lieb, und ihr Fell ist sooo weich. Komm!«

Gemeinsam liefen wir zum Wohnwagen, vor dem meine Mama mit einem dunklen Welpen in den Armen stand.

Ich schlage die Augen auf, schlucke und starre auf mein Bett. Das Leder meines Lesesessels löst sich unangenehm von meinem nackten Rücken, als ich mich nach vorn lehne.

Wie wahrscheinlich ist es, dass die letzten Stunden nur ein Albtraum gewesen sind? Ein kalter Schauer durchfährt mich, und ich reibe mit meinen Händen über meine Schlafshorts.

Erinnerungen bröckeln auf mich herab, und scheiße, ich würde mir am liebsten einen Stein suchen, um sie mir wieder komplett aus dem Schädel zu schlagen.

Meine Augen brennen, ich stütze mich auf die Oberschenkel und drücke die Handflächen gegen mein Gesicht. Erhöhe den Druck auf meine Lider, bis ich Sternchen sehe und aufkeuche. Der Schmerz in meinem Kopf wird schlimmer, duelliert sich mit dem Elend in meinem Magen. Mit den Füßen fahre ich über den kalten Holzboden und stoße gegen eine Glasflasche. Sie kommt in Bewegung, und obwohl es dank der dicken Vorhänge im Schlafzimmer finster ist, schnappe ich sie, bevor sie den Boden erreicht. Ich hebe sie hoch und spüre ihr Gewicht. Denn ich habe den guten Whisky aus Mos Bar nicht angerührt. Keinen verdammten Schluck habe ich genommen, und doch fühlt sich alles in mir nach dem Kater des Jahrhunderts an.

»Richtiges Scheißtheater«, brumme ich, knibble am Logo der Flasche und denke an Mo. Mir fallen keine akkuraten Beschimpfungen ein, die ich diesem … Ich beiße mir in die Zunge und knurre.

Komm nicht. Die anderen sind so gut wie weg, tote Hose, nur Aufräumstress. Reden morgen.

Mo tippt normalerweise Nachrichten in Form von Romanen. Diese Wortwahl war für ihn viel zu kurz, aber nicht der ausschlaggebende Punkt, warum ich aufgetaucht bin: Es gab keinen Kommentar zur unbekannten Fotografin. Eine Neugier, die mich ins Messer laufen ließ. Der Druck in meinem Kopf wird schleichend zu einem konstanten Hämmern.

Sie war einfach da. Zwischen *meinen* Menschen, in *meinem* Leben.

Stoisch drehe ich am Korken und lasse ihn aufploppen. Der süßlich holzige Duft ruft mir die Erinnerung an einen

Spätsommer vor viereinhalb Jahren ins Gedächtnis. An einen viel schlechteren Whisky, der mehr nach Alkohol als nach anderen Noten gerochen hat. Ich sehe uns in dieser Bar mitten auf dem Marktplatz. Spüre den Mut in meiner Brust, der mich zum größten Fehler meines Lebens verleitet hat. Selbst jetzt fühle ich die Berührung ihrer Haut wie einen Phantomschmerz, weil ich sie nicht nur flüchtig an der Wange berührt habe, sondern auf eine andere Weise. Ich höre ihr Seufzen, als ich meine Hand an ihre Halsbeuge wandern ließ, sehe, wie sie ihren Atem angehalten hat, als ich mit meinen Fingern über ihr Schlüsselbein fuhr. Ich nahm ihren Herzschlag wahr, spüre meinen und ...

Die Übelkeit ist zurück, und ein Stich fährt durch meine Kiefer, weil ich die Zähne zu fest zusammenpresse. Fluchend drücke ich den Korken zurück in die Öffnung.

Ein Wiedersehen in einer Bar. Der perfekte Ort, um mir eins auszuwischen. Wütend stelle ich die Flasche auf den Beistelltisch neben mir und knipse die kleine Leuchte an.

Vor mir auf meinem Bett regt sich etwas, und ein tiefes Schnauben dringt durch die Bettdecke, gefolgt von einem rhythmischen Klopfen. Unter den Daunen taucht eine wilde Mähne auf, die elektrisiert in alle Richtungen absteht.

»Na, wenigstens einer von uns hat bequem geschlafen.«

Coopers Rute klopft schnell gegen die Matratze, und er öffnet sein Maul, was so aussieht, als würde er grinsen.

Ich drücke mich vom Ledersessel ab, mache einen Schritt bis hin zur Bettkante und beuge mich über den Räuber.

»Was genau verstehst du nicht an hundefreier Zone?«

Als Antwort bekomme ich ein leises Bellen und die stumme Bitte, ihm den Hals zu kraulen, indem er den Kopf in den Nacken legt. Dieser Hund kennt keine Grenzen, weder die Kindersicherung unten an den Stufen noch die Tür, die ihn von seinem Lieblingsbereich fernhalten soll: dem Obergeschoss, das im Grunde nur aus Dachschrägen, einem verwinkelten Bad sowie einem Kingsize-Bett besteht.

Mich durchfährt erneut ein eisiger Schauer. Kurz entschlossen gebe ich dem Bedürfnis nach, schlage die Decke zurück, schiebe Cooper zur Seite und grabe mich unter die Daunen an sein warmes, flauschiges Fell.

Ein Morgen, der noch die Kurve hätte kriegen können, bis wenig später das Deckenlicht anspringt und Alexas Stimme durch die Boxen dröhnt.

»Guten Morgen, Samuel. Es ist sieben Uhr an einem Sonntag. Auf deiner To-do-Liste stehen folgende Punkte: Post öffnen, Hofarbeiten mit drei Ausrufezeichen und Bereitschaftsdienst. Du hast eine gespeicherte Erinnerung: Neuen Gast der Ferienwohnung willkommen heißen.«

Mein Herz stolpert, weil sie plötzlich überall zu sein scheint ... Wenn ich nur gewusst hätte, wer da unter der Dusche gewesen ist!

»Wie wäre es mit einer Playlist, um gut in den Tag zu starten?«

»Bitte nicht«, stöhne ich. Cooper befreit sich aus meinen Armen, springt vom Bett und stellt sich freudig zappelnd vor die Schlafzimmertür. *Oh Happy Day* beginnt aus den Boxen zu trällern. Ich raufe mir die Haare, bin kurz davor, sie mir herauszureißen.

»Keine Musik«, flehe ich, aber dieses Roboterding führt ein Eigenleben.

Mit dem falschen Bein steige ich aus dem Bett und fröstle noch mehr als eben schon.

Schnellen Schrittes öffne ich die Tür, lasse Cooper nach unten und drehe mich in dem kleinen Raum zu meinem Kleiderschrank. Mit einer Jogginghose und einem Shirt im

Schlepptau husche ich durch den Vorhang zwischen Lesesessel und Bett ins angrenzende Bad, dessen Dusche gerade so in die Dachschräge gepasst hat und für die ich keinen Zentimeter größer hätte sein dürfen.

Während ich mich etwas frisch mache, gehe ich die Route im Kopf durch, die ich zusammen mit Cooper laufen könnte. Die mich nicht zu weit weg vom Hof führt, da ich Bereitschaft habe, die aber dennoch anspruchsvoll genug ist, um meinen Kopf auszuschalten.

Noch mit der Zahnbürste im Mund ziehe ich den Vorhang zur Seite, strecke mich nach Alexa aus, die auf meinem Nachtisch steht, und lasse AJRs *The Good Part* noch vor dem Refrain verstummen. Dieser Ohrwurm kann mir gestohlen bleiben. Zusammen mit jedem weiteren Möchtegern-Gute-Laune-Song, der sicher dazu führen würde, dass Alexa fliegen lernt. Was wiederum potenzielle Katastrophen mit sich bringt, da dieses Ding mein Leben besser kennt als ich.

Ich spucke die Zahnpasta aus, wasche mir das Gesicht mit kaltem Wasser und laufe die knarrenden Stufen nach unten. Bevor es losgeht, brauche ich Kaffee.

Im Flur steht das Herzstück des Blockhauses: eine dicke Eiche, um die einfach herumgebaut wurde. Im Vorbeigehen streife ich über die alte Rinde und erinnere mich an das Glück, das ich dank des Hauses empfinde. An den Stolz, das alles, bis auf die Grundmauern, zusammen mit meiner Familie und meinen Freunden erbaut zu haben.

Mein Heim, mein Grund, mein Leben.

Cooper umkreist mich und folgt mir in die offene Küche. Dort stelle ich den Wasserkocher an, lehne mich gegen die Kücheninsel und warte.

Vor den bodentiefen Fensterfronten im gegenüberliegenden Wohnraum liegt der Morgentau auf den Nadelbäumen, und Nebel verzieht sich in den angrenzenden Wald. Erste Sonnenstrahlen, die sich über die Berge trauen, erreichen das Sofa und die beiden Dackel, die darauf zusammengekuschelt um die Wette schnarchen. Automatisch zucken meine Mundwinkel nach oben, denn die Pfoten der beiden spazieren zapplig im Traum. Meine ältesten Mitbewohner waren einst die besten Drogenspürnasen des Hamburger Flughafens. Heute ist Hanne blind, und Walter würde nicht mal mehr ein Steak riechen, das direkt vor seiner Nase liegt.

Mit verschränkten Armen und hochgezogener Braue schaue ich zu Cooper, der neben mir sitzt, und deute auf sein großes, mit Decken bestücktes Körbchen, das in der Nähe des Sofas vor dem Kamin steht.

»Dort ist dein Platz, Liebster!« Aber Cooper schaut desinteressiert in die andere Richtung und tut so, als würde er mich nicht hören. Dabei sind bei diesem verflucht perfekt ausgebildeten Suchhund alle Sinne in Topform.

Kopfschüttelnd drehe ich mich wieder zur Zeile, hole zwei große Tassen aus der Schublade vor mir, greife nach dem Instantkaffee, der immer bereitsteht, und gieße heißes Wasser darüber. Bereite alles zu, wie jeden Morgen, wie jeden Tag, eine Tasse für jetzt, eine für später.

»Wusstest du, dass abgestandener Kaffee mit Milch nach zwei Stunden ungesund ist?« Sie schnappte sich lachend meine Tasse.

»Ich nenne das gut gezogenen Selfmade-Iced-Coffee, der mir, im Gegensatz zu dir, hilft, die nächste Hausarbeit fertig zu bekommen«, konterte ich und streckte die Hand nach meinem Kaffee aus.

»Mit dem Extrakick Bakterien. Mhmm!« Sie wich meinem Griff aus und schüttete den Kaffee über meinen Kaktus.

»Den hast du jetzt sehr wahrscheinlich auf dem Gewissen«, sagte ich und verzog gespielt verärgert das Gesicht.

»Jep. Aber auf den kann ich verzichten.«

Die Wucht, mit der ich den Wasserkocher zurück in seine Halterung stelle, bringt das Wasser zum Überschwappen, es spritzt auf meine Hand und verursacht einen brennenden Schmerz, der die Verbindung zur Erinnerung kappt.

»Fuu... Fürchterliches Höllenfeuer.«

Mit wedelnder Hand und stockendem Atem taste ich nach einem Küchentuch und wische die nassen Stellen weg. Zitternd kommt mir ein weiterer Gedanke. Sie hat sich kaum verändert. Ihre Locken sind wilder, das stürmische Grau ihrer Augen erinnert mich an Wolken zwischen malerischen Berggipfeln ...

Das reicht! Solche kitschigen Gedanken bedeuten meinen Untergang. Das, was mein Körper da macht, irgendwelche Emotionen, Erinnerungen und Gedanken verbinden ... Ich will das nicht.

Ich will, dass mein Körper sich auf seine Grundfunktion konzentriert, deswegen leere ich die erste Tasse in einem Zug und steige im Flur in meine Laufschuhe. Cooper merkt, dass es gleich losgeht, und wuselt aufgeregt neben mir her.

An der Garderobe hängt meine Sweatshirtjacke, ich schnappe sie mir, wobei ich meine klamme Jacke von gestern mit herunterreiße. In der Tasche finde ich mein Handy mit einem Akkustand Level Nahtoderfahrung. Neben einer Nachricht von Lexi erscheinen vier verpasste Anrufe von Mo, von denen der letzte keine zehn Minuten her ist.

Na, der Sack kann jetzt auf meine Antwort warten.

Ich schmeiße mein Handy auf die Kommode neben der

Eingangstür, nehme stattdessen mein tierärztliches Diensthandy und den Pager der Bergwacht mit, klopfe Cooper sanft auf den Rücken und sehe im Gästezimmer Schrägstrich provisorischen Lager nach den anderen Hunden, die um diese Zeit noch im Tiefschlaf sind.

Auf den zweiten Kaffee lege ich einen Holzdeckel, nehme ihn aus der Küche mit und trete auf die Terrasse. Die Wolken der letzten Nacht sind gänzlich verschwunden, doch trotz der Sonne steigt mein Atem dampfend auf.

Plötzlich habe ich es unglaublich eilig. Ich lasse die Tasse auf dem Gartentisch zurück, schließe fahrig den Zipper meiner verwaschenen Sweatshirtjacke mit dem Unilogo der LMU, bringe die Stufen zur Wiese stolpernd hinter mich und laufe los. Ich pfeife Cooper zu, der mit einem Ast im Maul zu mir aufschließt. Wir werden immer schneller, stürzen in den aufsteigenden Wald und lassen den Ort mit all seinen Menschen zurück.

»Du hörst dich ganz schön aus der Form an. Hast du Sex, oder bist du am Laufen?«

»Was denkst du?« Mein Atem geht viel zu schnell, weshalb meine Stimme weniger gereizt klingt als gehofft.

»Nun, du bist ein guter Läufer, ich würde glatt auf Sex tippen.«

»Weil ich Moritz heiße, oder was?« Ah, ja, das hört sich schon angepisster an. »Dir ist klar, dass du auf meinem Diensthandy anrufst, oder? Noch dazu anonym.«

»Seit wann wundert es dich, dass mir jedes Mittel recht ist?«

Keuchend verdrehe ich die Augen, stelle das Handy auf laut, beuge mich vornüber und stütze meine Hände auf den Knien ab. Der abrupte Stillstand meines Laufes führt dazu, dass mir schwindelig wird und ich eine Mischung aus Eisen und Kaffee schmecke.

»Wie spät ist es?« Meine Kleidung klebt an mir, und Schweißperlen rinnen an mir herab.

»Kurz nach neun«, sagt Moritz und redet weiter. Seine Worte übertönen jedoch nicht das Rauschen in meinen Ohren. Erleichtert atme ich aus und genieße das vor Anstrengung rasende Klopfen in meiner Brust. Fast anderthalb Stunden war mein Schädel leer.

»Hörst du?«

»Du blockierst die Leitung.« Meine Atmung normalisiert sich, und meine Stimme trifft den richtigen Ton.

»Du bist sauer, schon klar. Aber ich hatte keine Ahnung.«

»Das sagtest du.« Ich verkneife mir einen Kommentar zu seiner Nachricht und dass er spätestens da ziemlich im Bilde war. Moritz' Seufzen ist nicht zu überhören, weshalb ich scharf die Luft einziehe.

»Sie will mit dir reden«, sagt er mit unruhiger Stimme.

Halt einfach die Klappe!, ermahne ich mich. Wenig überzeugend. »Und du bist jetzt parteiisch?«

Sein verächtliches Lachen ist ihm nicht zu verübeln, trotzdem, oder gerade deswegen, kann ich meinen Mund nicht daran hindern, aufgebrachte Kacke auszuplaudern, wo er einmal damit angefangen hat. »Machst du jetzt einen auf Krisenintervention? Dann viel Spaß. Sie schüttet dir sicher gern ihr Herz aus und entspricht dazu gleich deinem Beuteschema.«

»Komm mir nicht so«, fährt er mich an. Was folgt, ist angespanntes Schweigen, das meinen Finger zum roten Button treibt, doch ehe ich draufdrücke, setzt Mo neu an.

»Auch wenn ich mich wiederhole: Ich habe nicht gewusst, dass Victoria herkommt, nicht mal geahnt, und – Schande über mein Haupt – ich wollte nicht, dass du in meinem Happy Place davon erfährst.« Er schnaubt und holt Luft.

Ich schweige weiter, auch weil in meiner Kehle ein Kloß anschwillt.

»Komm schon, Samu, hör mir zu, und find raus, ob ich parteiisch bin.« Seine Stimme klingt nicht herausfordernd, sondern einfühlsam.

Mein Gesicht steht wegen der kühlen Luft und meinem Lauf in Flammen, Schweiß jagt mir eine Gänsehaut über den Körper. »Na schön«, keuche ich und stelle mich wieder aufrecht. »Ich höre.«

»Vic macht sich heute auf den Weg zu dir.«

Sicher, mich verhört zu haben, stoße ich ein heiseres Lachen aus. Moritz holt tief Luft, und im Hintergrund ertönt das Murmeln einer Frau. »Sch!«, macht er und schiebt noch ein Murren hinterher.

Sollte ich mich wundern? Ich zause durch meine verschwitzten Haare und warte auf einen blöden Spruch von Mo. Dass die Erwähnung von ihr ein Scherz gewesen sei, dass die letzten Stunden einfach alle nur ein richtig schlechter Witz gewesen seien. Doch er schweigt.

»Du meinst das nicht ernst?« Statt sich zu beruhigen, geht mein Herzschlag schneller.

»Gestern habe ich mitbekommen, dass sie dich sehen will.«

Ich. Will. Das. Nicht.

Ich ziehe an meiner Unterlippe und überlege, einfach wieder Richtung Berge zu laufen.

»Wenn du seelische Unterstützung brauchst, weißt du ja, wo du mich findest, Schatz.« Sein Grinsen ist durch die Leitung zu hören, dann knistert und raschelt es. »Hey! Hinter dem Tresen hast du nichts verloren, komm sofort zurück auf die Matratze«, raunzt er, und die Verbindung wird unterbrochen.

Verfluchte Scheiße, wie schafft Mo es nur, seine Techtelmechtel von der lodderigen Matratze in der Rumpelkammer der Bar zu überzeugen? Bedient er damit irgendein Klischee? Ein Faible? Ich bin kein krasser Romantiker, aber das ist eklig.

Mein Display leuchtet auf, schon wieder Mo.

> Soll ich rumkommen? Meine Begleitung packt gerade ihre Sachen. Könnte uns Frühstück mitbringen. Was sagste? Keine Antwort gleicht dem tiefen Wunsch meines Auftauchens auf deiner Fußmatte. Ich könnte auch ne Mistgabel mitbringen und SIE von deinem Grundstück jagen 😉

Schmunzelnd öffne ich die Tastatur, um eine Antwort zu tippen, doch Mos Humor färbt nur kurz auf mich ab. Zwischen seinen Zeilen trieft Besorgnis. Mitleid, das überquillt und sich über meinen Brustkorb legt, mein Herz ertränkt und nur noch Wut übrig lässt. Das Gen, zu helfen, liegt ganz sicher in jedem Ehrenamtler, es ist nichts, was man abstellen kann, nachdem man eine Schicht oder einen Einsatz beendet hat. Auch nicht im Privatleben. Und ich würde mich Hannibal Lecter zum Dessert hinlegen, um Moritz aus der Patsche zu helfen, *so* dankbar bin ich ihm, dass er nicht weggesehen hat, als die schlimmste Version von mir gewütet hat. Dass er mir geholfen hat, über jeden meiner Dämonen die Kontrolle zurückzuerlangen.

Deswegen bin ich sauer … so wütend, dass ich am liebsten schreien würde. Weil ihr Auftauchen dazu führt, dass sein

Vertrauen in mich wankt. Er so was von bereit ist, seinen metaphorischen Exorzismus-Koffer rauszuholen, und diese ätzende Vorstellung in meinem Kopf den Wunsch auslöst, etwas durch die Gegend zu schleudern. Bei meiner Suche nach dem Etwas bleibt mein Blick auf Cooper ruhen. Der zottelt gerade mit einem Stock im Maul auf mich zu. Vor mir setzt er sich hin und kaut erwartend an dem Stock herum.

»Ich hab an etwas mit einem dramatischeren Wurf gedacht.« Schnaubend gebe ich mich geschlagen und nehme ihm den Ast ab. Sofort ist er startklar und schaut zwischen dem begehrten Objekt und dem Pfad vor uns hin und her.

Weit ausholend werfe ich den Ast, und Cooper prescht davon. Ehe er zurückkommt, tippe ich Mo fix eine Antwort.

Nicht nötig. Was sie auch will – es ist mir egal.

Das Spiel beschäftigt uns den gesamten Rückweg über. Vor der Lichtung, auf der das Blockhaus steht, hebe ich meinen Arm, um den Stock so weit es geht über die Wiese zu schleudern, und erstarre.

Sie ist nicht auf dem Weg. Sie ist schon da.

Den Arm lasse ich wieder sinken und gehe ein paar Schritte zurück, dabei gebe ich Cooper das Handzeichen, sich hinzulegen. Er gehorcht sofort, obwohl die Lust auf den Stock ihn kribbelig macht.

Mit meiner zweiten Kaffeetasse in den Händen sitzt sie auf den Stufen und blickt in die Ferne.

Nicht mal im Traum habe ich mir eine Zukunft ausgemalt, in der sie bei mir ist. Aus der Entfernung kann ich den Ausdruck ihres Profils nicht erkennen, aber ihre Schultern sind hochgezogen, und sie wippt mit den Füßen. Sie friert.

Wie lange sitzt sie schon dort?

Interessiert mich nicht.

Der Ast in meiner Hand knackt und bricht, kommt dumpf auf dem weichen Waldboden auf.

In mir herrscht Chaos, mein Magen scheint mit Drahtseil zusammengezogen, und meine Beine zittern. Wenn ich nur einen Hauch meiner Selbstbeherrschung einbüßen würde, sollte es ein Leichtes sein, sie von meinem Grundstück zu treiben.

Mit geschlossenen Augen konzentriere ich mich auf all das Ungute, das sie in mir entfacht hat, auf den Teil von mir, der gestorben ist, zusammen mit alldem, was zwischen uns gewesen ist.

Was bleibt, macht es mir einfach, dich zu hassen, Victoria.

Sie hustet. Ich öffne die Augen, strecke meine Finger aus, was Cooper als Handzeichen deutet, das ihn aus seiner Starre befreit. Er springt auf, verzichtet auf den zerstörten Stock, sucht etwas Besseres und prescht bellend auf die Lichtung, als würde er rufen: gefunden, gefunden, gefunden.

»Elender Verräter!«

KAPITEL 6

Victoria

Ich springe von den Stufen auf die angrenzende Wiese, und meine gefrorenen Glieder protestieren brennend. Kurz muss ich mich orientieren, woher das Bellen kommt, und sehe, wie ein Hund über die schimmernd grüne Lichtung auf mich zurast. Angespannt umklammere ich die Tasse in meinen Händen. Sie ist schwer, rustikal, vielleicht aus einem Souvenirshop. Gelb lackiert und mit der Aufschrift *Forever in Everstein* verziert.

Was? Darüber mache ich mir Gedanken? Jetzt?

Nicht dass ich Angst vor Hunden hätte. Vor fremden Hunden aber entmutigenden Respekt. In dem Fall eher vor einem, dem *ich* fremd geworden bin. Sein Bellen wird lauter, kräftiger, und ich bin versucht, die Augen zu schließen.

»Cooper! Bleib!«, ruft Samu, gefolgt von einem lauten Pfiff, der nicht nur den Hund ein paar Meter vor mir zum Stillstand bringt, sondern auch mein Herz.

Statt die Augen zu schließen, reiße ich sie auf und beobachte, wie Samu aus dem Schatten dicker Fichten tritt und über die Wiese geht. Ich muss schlucken. Zwar habe ich mir heute geschworen, ihm keine andere Wahl zu lassen, als mit mir zu reden – Improvisation schien nach dem perfekt geplanten Desaster vom Vortag eine gute Idee zu sein –, aber während er mir immer näher kommt, macht mein eh kaum vorhandenes Improvisationstalent Anstalten, gänzlich flöten zu gehen.

Etwa zwei Meter vor mir bleibt er stehen. Zwischen uns nur Cooper, und doch ist da ein unsichtbarer, unendlich tiefer Abgrund.

Dafür ist Coopers Haltung nicht abwehrend, und mir wird klar, dass sein Ansturm auf mich mehr eine freudige Begrüßung war.

Vielleicht erkennt er mich ja doch?

Als ob, Vic. Er ist bloß darauf trainiert, alle Menschen zu lieben. Im Gegensatz zu seinem Besitzer.

Samus Blick streift meinen, ehe er seine hellbraunen Augen zusammenpresst, während er sich erst über die Stirn und dann über seinen Kopf fährt. Sein Haar ist zerzaust, und rote Flecken haben sich an seinem Hals gebildet. Er sagt kein Wort. Schaut bloß zu Cooper, der schwanzwedelnd zwischen uns liegt.

»Darf ich ihn streicheln?«

Samu atmet hörbar aus. Sein Gesicht hat immer eine Geschichte erzählt, jede Emotion lag nicht nur auf seiner Zunge, sondern zuallererst in seinem Ausdruck. Und ich habe ihn lesen können. In den leuchtenden Augen, den Grübchen ... Aber meist war es Samus Lächeln, das die größten Emotionen ausdrückte. Natürlich lächelt er jetzt nicht, und die steile Falte zwischen den zusammengeschobenen Brauen verrät mir, wie distanziert er ist. In diesem Augenblick keinen Funken Hoffnung in seinem Blick lesen zu können, versetzt meinem Herzen einen tiefen Schnitt.

»Coop«, sagt er und lässt ihn damit von einer unsichtbaren Leine. Mit schwingendem Popo tappt er auf mich zu, ich lächle erst Samu an, dann Cooper und gehe in die Hocke.

»Hallo!« Ich reiche ihm meine freie Hand, damit er an mir schnuppern kann, was der süße Vierbeiner direkt als Einladung für eine ausgiebige Streicheleinheit annimmt. »Ja, fein. Na, aus dem tollpatschigen, dünnen Jüngling in Ausbildung ist ja ein richtiger Hund geworden, was?«

Nach der missglückten Situation mit Moritz ist Cooper meine letzte Hoffnung, Mitglied im Team Samu zu werden. Eine, die funktionieren könnte, denn der Rüde bekommt vom Streicheln gar nicht genug. Während ich ihm über das gefleckte Fell wuschle, drängt er sich zappelig an mich.

»H… hey! Nicht so stürmisch.« Doch meine Worte motivieren Cooper nur noch mehr, lassen ihn aufjaulen und sich hektisch gegen meine Schulter pressen. Ich komme ins Wanken und lande im feuchten, kühlen Gras.

Auf einmal reicht mir Samu seine ausgestreckte Hand.

Ich halte den Atem an.

Endlich, endlich eine Reaktion, die nicht eiskaltes *Nichts* bedeutet. Mein Herz macht unerwartet viele Purzelbäume. Meine Mundwinkel schießen nach oben, gefolgt von meiner freien Hand.

Samu schließt die Augen, und als er sie wieder aufmacht, folgt eine wegwerfende Handbewegung mit zwei knappen Worten: »Die Tasse.«

Die … habe ich ganz vergessen. Ich gucke in den getrockneten Kaffeerest, blinzle und schlucke die Enttäuschung herunter.

»Mir war kalt.« Die Feuchtigkeit des Bodens dringt frostig durch den Stoff an meinem Hintern.

So oft habe ich seinen Kaffee getrunken, ehe er kalt oder schlecht wurde. Ich habe zur Tasse gegriffen, ohne darüber nachzudenken, was mir mit einem Mal unglaublich unangebracht vorkommt und meine Wangen zum Glühen bringt. Weshalb es auch eine Qual ist, mich dazu zu zwingen, aufzustehen und ihn wieder anzusehen.

»Mir war kalt, deswegen habe ich ihn getrunken«, wiederhole ich mich, auch in der Hoffnung, mich plausibel aus der Situation zu retten.

»Das war der Kaffee auch.«

»Nicht als ich angekommen bin.« Meine Stimme klingt nicht trotzig, sondern wacklig und viel zu hoch.

Ich strecke den Rücken durch, lächle und reiche Samu die Tasse. »Ich habe ihn also davor bewahrt, zum Bacilli-Swimmingpool zu werden.«

Er presst die Lippen zusammen, und in seinen Augen flackert etwas auf, doch ehe ich entziffern kann, was es sein könnte, atmet er aus, und es ist weg.

»Was willst du hier, Victoria?«

»Ich möchte reden. Können wir kurz reden? Der Hof war gar nicht einfach zu finden.« Mein Mund fühlt sich komisch an.

Cooper schmiegt seinen Kopf gegen meine Hüfte, und ich rede mir ein, dass er auf meiner Seite ist, mir Mut gibt.

»Du hast den schönsten Fleck gefunden. Samu…el.« Ich stocke, unsicher, ob ich ihn einfach Samu nennen kann, nachdem er mich mit meinem vollen Namen angesprochen hat. Schlucke und plappere weiter: »So einen Ort, das wolltest du doch immer.«

»Worüber willst du reden? Darüber, dass du dir eine neue Ferienwohnung suchst?« Er klingt nüchtern.

»Was?«

Er wendet sich von mir ab und geht die Stufen hinauf.

»Samu«, krächze ich, und er sieht wieder zu mir.

»Mir fällt nichts ein, das wir sonst zu bereden hätten.«

Ein Kloß im Hals drückt meinen Mut ab. Doch ich halte seinem Blick stand und verschränke meine Arme vor der Brust.

»Ich habe nicht vor, mir eine neue Wohnung zu suchen.«

Ich folge ihm auf die Terrasse, gehe auf ihn zu, doch er weicht vor mir zurück, wobei der hölzerne Boden knarrende Geräusche von sich gibt. »Immerhin ist sie bezahlt, richtig? Und zwar so lange, wie mein Aufenthalt nötig ist.«

Samu lacht. Seine Augen blitzen auf, und ich habe endlich eine Emotion gefunden: Verachtung.

»So lange, wie er nötig ist, genau«, schnauzt er. Als könnte er meinen Anblick nicht weiter ertragen, steuert er auf die Terrassentür zu und zieht sie auf.

Nein! Ich brauche diesen Schlussstrich!

»Stopp!«, rufe ich, und er hält inne. Sein Rücken ist angespannt und der graue Stoff seiner Jacke verschwitzt.

»Wir müssen reden, Samu. Ob es dir passt oder nicht. Ich lebe in deiner Wohnung, ich begleite dein Team. Dich!« Ich hole Luft, er regt sich nicht. »Hörst du? Ich bin hier, und ich werde mich nicht vor dir verstecken!« Mein Puls rast, mein Hals fühlt sich an, als würde er mit jedem weiteren Wort zuschwellen, weswegen ich hastig weiterrede. »Können wir uns wie Erwachsene benehmen? Eine Ebene schaffen, auf der wir funktionieren? Ich bin mir sicher, wir können das irgendwie ... Wir müssten einfach erst über damals reden, über J...«

»Nein.« Er fährt zu mir herum, hebt abwehrend seine Hände, und ich beiße mir auf die Zunge. Samus Brustkorb hebt und senkt sich aufgebracht, als er seine Hand flach gen Boden streckt und Cooper vor der Glastür Platz macht. Erst jetzt nehme ich wahr, wie vor der Scheibe zwei kleine braune Hunde mit Schlappohren sitzen und uns beobachten.

Samu räuspert sich, doch im nächsten Moment klingelt sein Handy, und seine Schultern spannen sich an.

»Bleib«, sagt er, dreht sich um und flitzt ins Haus.

Meint er Cooper? Mich?

Ich komme nicht mehr dazu, etwas zu sagen, da ist die Tür schon zugefallen und Samu aus meinem Sichtfeld verschwunden.

Er hat dich nicht vom Hof gejagt. Ein gutes Zeichen?

Ich schaue zu Cooper, der schwanzwedelnd zu mir blickt.

»Wir sind im selben Boot, hm?«

Also warten wir.

Die skeptischen Blicke, die die beiden Dackel mir hinter der Glasscheibe zuwerfen, bringen meine Entschlossenheit, zu warten, jedoch ins Wanken.

Weil ich mich wie ein Eindringling fühle.

An meiner Unterlippe kauend, drehe ich mich von der Tür weg, hinter der Samu verschwunden ist, und sehe stur geradeaus. Auf das Grundstück, mit dem er sich seinen größten Traum erfüllt hat und das den Eindruck erweckt, man wäre irgendwo fernab der Zivilisation – nichts als Natur, und doch ist man keine zehn Minuten Autofahrt vom Stadtkern entfernt.

Okay, nein. Stopp!

Ich kann das ungute Gefühl in mir nicht einfach ausblenden. Ich habe Kaffee getrunken, der nicht für mich bestimmt war, bin uneingeladen hier aufgetaucht und habe versucht, Samu zu einem Gespräch zu drängen, das er nicht führen will. Und jetzt lungere ich vor seiner Terrassentür herum, ohne genau sagen zu können, ob sein »Bleib« mir galt oder seinem Hund.

Ruhe, Verständnis und Vernunft sind definitiv besser als improvisiertes Durcheinander.

Hastig gehe ich auf die Stufen zu, bücke mich und hänge mir meine Kamera um, die ich zuvor dort liegen gelassen habe. Ich möchte die Biege machen und das Grundstück verlassen, als Cooper mir über die Terrassentreppen hinterherläuft und um mich herumtappst.

»He! Nein, geh wieder zurück. Los, los, dein Herrchen kommt sicher gleich.«

»Cooper!«, ruft es in diesem Moment hinter uns, und ich schließe die Augen.

Mist, Mist, Mist. Er war doch keine Minute drin!

»Wo wollt ihr hin?«

Er hat ihr *gesagt, oder?*

Stocksteif drehe ich mich um und deute unschlüssig Richtung Pfad, der von seinem Grundstück führt, halte aber inne, als ein lautstarkes Piepen an meine Ohren dringt.

Samu hat sein Handy zwischen Schulter und Ohr gepresst und steht unruhig zwischen Tür und Angel. Während er mit einer Hand versucht, seinen Pager auszustellen, hat er über den anderen Arm zwei rotblaue Jacken der Bergwacht gelegt und ein neongelbes Hundegeschirr im Griff. Mit diesem macht er eine winkende Bewegung zu sich, und Cooper und ich gehorchen.

Als wir vor ihm stehen bleiben, ist der Pager verstummt, und Samu hält das Handy ans Ohr. »Schickst du mir den Suchradius?«, fragt er und reicht mir nickend eine der Jacken. »Was frag ich eigentlich, hm?« Er schmunzelt, und ich nehme sie ratlos an mich.

Während ich mit der Situation überfordert bin, sind Samu und Cooper voll in ihrem Element. Nur ein schnelles Handzeichen genügt, und der Hund setzt sich gespannt vor seinen Besitzer.

»Ja, der steht in der Auffahrt. Wir kommen direkt dorthin. Vielleicht fünfzehn Minuten? Mhm, ja. Welcher Kanal? Okay. Du, Rosi ...« Samus Blick ruht auf mir und drückt etwas aus, das ich nicht greifen kann. Schluckend sehe ich auf die Outdoorjacke in meiner Hand und auf das geblümte Logo der Bergwacht.

»Ich bin noch nicht dazu gekommen, die Hunde zu füttern. Könntest du deine Enkelin ... Du bist ein Schatz, danke.«

Er legt auf, und ich kann hören, wie er tief Luft holt.

»Du bist zum Arbeiten hier.« Er klingt resigniert.

Ich schaue herauf, und seine zusammengezogenen Brauen zeigen deutlich, was er von meiner Anwesenheit hält. Trotzdem will er, dass ich mitkomme? Oder er weiß, dass meine Arbeit darin besteht, ihn zu begleiten, und er sich sicherlich vor den anderen rechtfertigen müsste, würde er mich nicht mitnehmen.

Nickend fummle ich am Riemen meiner Kameratasche und sage kleinlaut: »Ich habe außer der Kamera keine Ausrüstung dabei.«

Sein Blick gleitet prüfend über meine Wanderschuhe. »Zieh die Jacke an, dann hast du alles dabei, was du benötigst.«

Ich ignoriere das heftige Pochen in meiner Brust und streife die Jacke über meine eigene. Der Duft von Bergamotte, dunklen Hölzern und etwas noch Vertrauterem verlangsamt mein Tempo und verwirrt meinen Kopf.

Währenddessen kümmert sich Samu um Cooper, krault flüchtig seinen Hals und legt ihm das Geschirr an.

»Kann losgehen«, sagt Samu, bevor er wieder aufsteht und einen letzten, scannenden Blick auf uns wirft.

Wir stürmen los, laufen um das Blockhaus zu einem Parkplatz, auf dem ein blau-weißes Auto der Bergwacht steht. Mit routiniertem Griff öffnet Samu den Kofferraum, und mir gelingt kaum ein neugieriger Blick auf die Helme und den Rucksack, die über einer Transportbox hängen, da ist Cooper schon in der Box gesichert und der Kofferraum geschlossen. Auf dem Weg zur Vorderseite schlüpft Samu in seine Jacke, und ich bin glücklicherweise autogesteuert genug, um zur Beifahrerseite zu hetzen und auf den Sitz zu springen. Fast synchron schnallen wir uns an, um keinen Atemzug später über den erdigen Boden Richtung Ortsstraße zu preschen.

Es ist Sonntag, und die Sonne scheint. Tatsachen, die meine Hände schwitzig werden lassen, denn je mehr Menschen in den Bergen unterwegs sind, desto höher ist die Wahrscheinlichkeit, dass jemand verunglückt.

»Was ist passiert?« Mein Kopf spielt mir Horrorszenarien vor.

»Vermisstensuche«, antwortet Samu knapp.

»Ja, schon klar, wenn ...«

... *ein Suchhund dabei ist,* wollte ich sagen, verkneife mir den bissigen Kommentar jedoch. Muss ich ihm alles aus der Nase ziehen?

Na ja, du gehörst ja auch nicht zum Team. Du wolltest nur der Schatten sein, schon vergessen?

Schnell verdränge ich die gehässige Stimme in meinem Kopf. Mein Herz überschlägt sich fast, ich friemle am Reißverschluss der Jacke und frage mich, wie ich unter diesem Stress fotografieren soll. Hier geht es nicht nur darum, Bergkulissen festzuhalten, sondern im schlimmsten Fall um Menschenleben.

Ich hole meine Kamera aus der Tasche, schalte sie ein und nehme den Deckel vom Objektiv. Dann drehe ich mich um und betrachte Cooper durch die Linse. Im hinteren Bereich des Wagens gibt es keine Sitze, deshalb fixiere ich die Box und lege den Fokus auf Coopers schwarz schimmernde Nase. Gerade als ich auf den Auslöser drücke, schleckt er sich zuckersüß darüber. Doch trotz der putzigen Aufnahme fühlt sich mein Finger auf dem Auslöser taub an, und ich muss mich überwinden, noch ein paar weitere Bilder zu schießen. Ich passe den Zoom an, versuche, mich warm zu knipsen, und erwische weitere niedliche Aufnahmen, in denen Cooper sich schüttelt oder in einer schärferen Kurve gegen eine Wand der Box gedrückt wird.

Verbissen will ich mich beschäftigen, aber das ungute Gefühl lässt nicht nach, weil da irgendjemand ist, der Hilfe braucht. Und weil ich nicht in der Lage bin, das zwischen Samu und mir auszublenden. Die Luft im Wagen scheint knapper zu werden, und die uns umgebende Stille drückt unangenehm auf meinen Bauch, als wir das Waldgebiet verlassen, in dem Samus Grundstück liegt, und in Richtung Hochgebirge fahren.

Ich richte die Kamera auf Samu und stelle sie auf Porträt. Wie gern würde ich einen Moment einfangen, der etwas Positives ausdrückt. Das mechanische Geräusch des Auslösers lässt ihn zu mir rüberblinzeln. Doch kein sanfter Funke huscht über sein Gesicht, ehe er sich mit zusammengezogenen Brauen wieder der Straße zuwendet. Ich lasse die Kamera sinken.

Wir lassen die Minuten schweigend verstreichen, während die Straßen schmaler werden und Serpentinen mit immer tiefer werdenden Schluchten uns willkommen heißen. Ski, Snowboards oder Mountainbikes hängen an Autos mit fremden Kennzeichen, der Verkehr wird dichter.

»Hotels und Skipisten können sie bauen, vernünftige Anbindungen aber nicht«, flucht Samu. Während uns die Zeit im Nacken sitzt, wird mir klar, dass diese Straßen keinen Seitenstreifen haben. Keine Möglichkeit, Rettungsfahrzeugen einen schnellen Zugang zu den Opfern zu ermöglichen.

Samu klopft gegen das Lenkrad. Die Sorge in seinem Gesicht gräbt sich immer tiefer. Jeder geht mit einem Gedanken auf den Berg: Mir passiert schon nichts. Als Bergretter bekommt man immer die brutale Wahrheit zu Gesicht. Sie sind Helden, die in gefährlichen Höhen ihr eigenes Leben riskieren, um das anderer zu retten. Wenn es nicht schon zu spät ist ...

Ein Kloß schnürt mir die Luft ab. Was habe ich mir dabei gedacht, sie zu begleiten? Diesen Job zu machen?

Samu schaltet die Sirene des Einsatzwagens an, und wir biegen auf eine steile Straße Richtung Obereverstein.

»Wohin fahren wir? Was genau ist passiert?« Nervös kipple ich mit den Knien, während der kreisende Laut der Sirene mir ein schwummriges Gefühl verpasst. »Sag's mir! Ist es eine Lawine?«

Samu schüttelt den Kopf, und ich atme erleichtert aus.

»Vermisstes Mädchen im Waldgebiet«, meint er und scheint sich endlich einen Ruck zu geben. »Acht Jahre, blonde Haare, trägt eine rote Mütze und einen Elsa-Rucksack. Ihre Eltern suchen sie seit über einer Stunde. Touristen. Sie sind wandern gegangen, Start war die Högelbrücke, rauf zum Westmannsblick.«

Der Gurt schnürt sich fest in meinen Oberkörper, als wir wegen eines Staus wieder bremsen müssen.

»Ein gutes Zeichen? Die Strecke ist für Anfänger geeignet. Sie ist ganz sicher nur umhergelaufen und hat sich verlaufen. Der Wald ist außerhalb der Wege dicht und alt, du weißt, wie wir waren ...«

»*Wir* sind hier aufge...« Samu beißt sich auf die Lippe, als wäre es ein Verbrechen, über uns zu sprechen. »Halt dich fest«, sagt Samu, setzt den Blinker und steuert einfach in den Gegenverkehr. Mein Herz rutscht mir in die Hose, und ich umklammere den Griff zu meiner Rechten.

»Samu!«, schreie ich.

In Sichtweite taucht ein Wagen auf und steuert auf uns zu. Samu gibt Gas, und ich werde in den Sitz gedrückt. Irgendjemand hupt Sturm. Die Sirene heult.

»Los, los, los!«, krächze ich, als läge ich in den Wehen.

Das Auto rast auf uns zu.

Oh Gott! Wir sind geliefert, verloren!

Meine Augen sind so weit aufgerissen, dass es schmerzt, da biegt unser Wagen waghalsig nach links ab, donnert einen buckligen Weg herunter, und ich bin mir sicher, dass mein Herz auf der Straße zurückgeblieben ist und soeben von dem anderen Auto überfahren wurde.

Ein Forstweg.

Ich schnappe nach Luft und sehe Samu entgeistert an. Natürlich wusste er, dass hier ein Weg ist.

»Die Eltern hätten schon früher anrufen sollen. Wir haben kaum Suchhunde zur sofortigen Verfügung«, erzählt er nüchtern, als gehörten Fahrmanöver wie dieses zu seinem Alltag. »Der Heli ist auf Stand-by, bereit für einen Bergungsflug.« Er schielt kurz zu mir und drosselt das Tempo, weil der steinige Boden selbst den Einsatzwagen strapaziert. Meine Wangen brennen verlegen, dennoch bin ich erleichtert darüber, dass er endlich mit mir redet.

»Weil der Wald zu dicht bewachsen ist?«

Er nickt, und ich suche nach Worten.

»Da ist sicher nichts«, sage ich nach einer Weile, weil mir nichts Besseres einfallen will.

»Klar, die Wahrscheinlichkeit ist groß, dass die Kleine auf

einem Baum sitzt, Däumchen dreht und dabei zusieht, wie ihre Eltern panisch durch den Wald schreien.«

»So meinte ich das nicht.« Meine Anspannung lässt mich gereizt klingen. »Ich wollte die Situation nur entschärfen.«

»Ach«, spottet er. »Wie habe ich es nur geschafft, die letzten Jahre nicht am Rad zu drehen?«

Schätze, den habe ich verdient. Trotzdem jagt der klare Vorwurf einen Pfeil durch meine Brust.

Samu sitzt steif im Fahrersitz und steuert den Wagen mühsam über aufgeweichten Erdboden und über schattige Stellen mit eisigem Restschnee.

»Okay«, rudere ich zurück. »Ich wollte nur *mich* beruhigen.«

»Okay«, sagt auch Samu nach einer Weile, die mir wie eine Ewigkeit vorkommt. Was ich nicht hoffe, weil jede Sekunde eine verlorene Sekunde für das Mädchen bedeutet, das irgendwo allein in den Bergen ist und auf Rettung hofft.

KAPITEL 7

Samuel

Hinter zwei Wagen der Bergwacht und einem Quad ziehe ich die Handbremse. Ein alter Schotterweg unterhalb der Högelbrücke ist heute der von der Einsatzleitung festgelegte Treffpunkt. Man sieht die rustikale Brücke direkt vor uns, wie sie über den breiten, aber flachen Bergfluss führt.

Ich habe es geahnt, doch jetzt ist es sicher: Nirgends in diesem Gebiet ist das Wasser tief oder kräftig genug, um ein Kind mitzureißen. Erleichtert schließe ich die Augen, ziehe den Schlüssel und höre Victoria laut ausatmen.

»Von hier aus geht es also los?« Die Zerbrechlichkeit ihrer Stimme schnürt mir den Hals zu, deswegen bekomme ich nicht mehr als ein nickendes »Mhm« raus und schnalle mich ab. Flott steige ich aus dem Wagen und lasse die Tür zufallen, aber ich kann trotz des gewohnt kontrollierten Wirrwarrs des startenden Einsatzes um mich herum nicht verhindern, dass mein Blick durch die Scheibe an ihr hängen bleibt.

Sie wirkt geknickt, und der Versuch, sich abzuschnallen, gelingt ihr erst auf den zweiten Drücker. Offensichtlich seufzend legt sie den Kopf in den Nacken, schließt die Augen und greift blind nach dem Griff der Beifahrertür.

Die ganze Zeit fixiere ich sie ungewollt, als würde etwas

in mir begreifen müssen, dass Vic … Victoria, wirklich da ist. Aber wieso? Wenn sie sich so unwohl fühlt, wozu ist sie überhaupt hier? Nach all der Zeit taucht sie mir nichts, dir nichts in Everstein auf.

»Bei *mir* auf«, brumme ich. Worte, die wie Zapfen mit unangenehmen Widerhaken in meinem Hals feststecken.

Zähneknirschend wende ich mich vom Wagen ab – soll Vic sonst wem hinterherdackeln, mir sicher nicht – und lenke meinen Fokus auf den Einsatz. Auf den ersten Blick zähle ich acht Mitglieder der Bergwacht, die konzentriert umherwuseln.

Etwas abseits, auf einem Felsbrocken am Pfad hinauf zur Brücke, sitzt eine Frau mit roter Mütze und ähnlich rotem, aufgelöstem Gesicht. Neben ihr steht ein Mann mit Glatze, dessen Hände einen wild gestikulierenden Tanz aufführen. Zweifelsohne die Eltern. Bei ihnen ist Ben, der sich genervt über seine rötlichen Bartstoppeln fährt und versucht, dem Vater etwas auf seinem Tablet zu zeigen. Das Logo des Einsatzleiters glänzt auf seiner Jacke und bringt mich zum Seufzen. Na fabelhaft, eine Tatsache, die folgende Gewissheit mit sich bringt: Lexi bekommt trotz Schicht in der Tierarztpraxis einen detailreichen Lagebericht, inklusive Hot Topic namens Victoria und Samuel.

Als hätte mein Blick Bens angezogen, treffen sie sich. Direkt entspannt er seine Schultern und zeigt auf mich. Die Köpfe der Eltern folgen, und ich muss es aus der Distanz nicht gehört haben, um zu wissen, was er gesagt hat: »Der Suchhund ist da.«

Mit dem Finger tippe ich auf meine Uhr. Der Timer, den ich nach Rosis Anruf gestellt habe, zeigt mir die Zeit seit dem Verschwinden des Mädchens an, die jetzt bei einer Stunde und 35 Minuten liegt.

Ich gehe auf die Eltern zu. Ben drückt mir flüchtig den Oberarm, ehe er mich vorstellt und ich meine Hand ausstrecke, die vom Vater ergriffen wird.

»Winkmann. Werden Sie meine Tochter finden?« Sein Ton klingt harsch, eher geschäftsmäßig.

»Wir geben unser Bestes, das kann ich Ihnen versprechen. Dank meines Hundes Cooper sind wir um ein Vielfaches schneller als jeder gut aufgestellte Suchtrupp. Wie heißt Ihre Tochter?« Ich probier's mit einem Lächeln, doch der Mann lässt meine Hand unbeeindruckt los.

»Nur ein piseliger Köter? Wo ist die Staffel? Die Polizei? Wollen Sie mich verarschen?« Der Vater öffnet mit Nachdruck seine überteuerte Ralph-Lauren-Daunenjacke und schnaubt.

»Marta, Schatz, hörst du das? Nur ein jämmerlicher Kläffer!«

Jap. Der Tag wird immer besser.

Ich beiße mir auf die Zunge und verkneife mir einen Kommentar. Höre zu, wie Ben versucht, dem aufgebrachten Vater etwas zu erklären, während ich aus dem Augenwinkel sehe, wie sich seine Frau vom Stein erhebt und auf mich zukommt. In meine Jacke greift und sich gegen meine Brust stemmt, weshalb ich überrumpelt einen Schritt zurückweiche.

Was wird das jetzt?

Aber Zorn scheint nicht ihr Antrieb zu sein.

»Finden Sie sie«, sagt sie und klammert sich an mich, wobei Tränen über ihre Wangen rinnen. Sanft lege ich meine Hände an ihre Schultern und lächle. »Finden Sie meine Jette! Sagen Sie es! Versprechen Sie es. Bitte.« Sie leiert den Stoff der Jacke fast aus und wirft mit dem Wort *finden* um sich. »Sagen Sie, dass Sie sie finden. Bitte. Sie müssen sie finden.«

Finden, finden, finden.

Schlagartig fühle ich mich, als stünde ich am Rand eines Abgrunds. Als müsste ich nur einen Schritt zurücktreten, um selbst zu fallen. Ich schlucke und dränge eine aufkommende Erinnerung zurück in ebenjenen Abgrund. Beinahe krampfhaft versuche ich, an meinem Lächeln festzuhalten, und drücke die eisigen Hände der Frau, die noch immer an mir rütteln.

»Sie ist so neugierig. Und …« Ihrem gequälten Ausdruck folgt ein tiefes Schluchzen, das geradewegs aus ihrem Herzen kommt und dazu führt, dass sich mein Innerstes zusammenzieht. Ich wünschte, ich könnte ihr versprechen, dass alles gut geht.

Ehe ich dazu komme, etwas zu erwidern, zieht der Mann seine Frau zu sich, und kurz bin ich erleichtert, bis seine Worte mich versteifen lassen: »Siehst du, Marta, ich habe dir gesagt, dass dieser Urlaub eine schlechte Idee ist. Wenn du nur einmal auf mich hören würdest.«

»Wow«, gebe ich von mir und verschränke die Arme vor der Brust. Bevor jedoch noch mehr aus meinem Mund kommt, räuspert sich Ben, und ich schlucke meine Angriffslust herunter. Meine Aufgabe ist es nicht, die Angehörigen zu beruhigen.

Du bist sogar zu tausend Prozent der Falsche dafür.

Trotzdem: »Jette also.« Tief luftholend lasse ich meine Arme wieder sinken. »Sie trägt eine Mütze in derselben roten Farbe wie Sie? Und nicht zu vergessen, sie steht auf die Eiskönigin, dann ist sie sicher genauso tapfer, hm?« Mein Lächeln lässt die dunklen Augen der Mutter aufflackern, und sie nickt hastig.

»Ich bringe Sie zu einer Kollegin«, sagt Ben. Er bedeutet den beiden, auf einen Einsatzwagen zuzugehen. »Paulina ist vom Kriseninterventionsteam und wird Ihnen die genaue Lage schildern und all Ihre Fragen beantworten.«

Der Glatzkopf raunzt, die Frau weint erneut, und nicht nur mir, sondern auch Ben steht ins Gesicht geschrieben, wie froh wir sind, dass wir *endlich* ausgebildete Teammitglieder haben, die für den Umgang mit Angehörigen geschult sind.

Paulina empfängt das Paar mit einem aufmunternden Lächeln, und ohne weiter darüber nachzudenken, geht mein Blick auf Wanderschaft, um Victoria noch immer bei meinem Wagen zu finden. Sie klopft mit dem Finger gegen die Heckscheibe und zieht unentschlossen an ihrer Unterlippe herum, als würde sie darüber philosophieren, Cooper aus seiner Box zu holen. Oder darüber, was sie überhaupt mit sich anstellen soll.

»Also?«, fragt mich Ben, der plötzlich wieder vor mir steht, »benötigst du noch Infos?«

Diesmal bin ich es, der sich räuspert, scheinheilig einen Blick auf die Uhr wirft und zu lange braucht, um sich wieder auf den wichtigen Einsatz zu fokussieren.

»Sie wird jetzt eine Stunde und 41 Minuten vermisst.« Ich deute auf eine Wolkendecke, die vom Westmann, dem höchsten Berg um Everstein, zu uns herüberzieht und den ansonsten friedlich blauen Himmel befleckt. »Zieht von dort oben ein Sturm auf, verflüchtigen sich die Geruchspartikel für Coop noch schneller.«

Ben schiebt mit einem Finger seine goldumrandete Brille hoch und nickt. Sein Tablet vor die Brust gestemmt, vergrößert er eine rot eingekreiste Zone und erklärt mir, dass ein Team absteigt. Denkbar, dass Jette hinuntergegangen ist, nachdem sie sich verlaufen hat. Oder aber sie hat das geplante Ausflugsziel angesteuert. Ben und ich sehen uns an:

Egal, ob unten oder oben, sie hätte schon längst angekommen sein müssen.

Ich nehme ihm das Tablet ab und zeichne mit dem Finger einen Kreis ein, einen Suchradius oberhalb der Brücke, den Cooper in den nächsten Stunden bewältigen sollte.

Und erstarre, als neben mir eine Gestalt auftaucht.

»Ich gehe mit Samu«, sagt Victoria gelassen. Die Stelle des Displays, die ich mit meinen Fingern berühre, wird blass, weil ich krampfhaft aufs Tablet drücke. Einen Helm auf dem Kopf, meinen Rucksack geschultert und dazu noch ihre Kamera vor der Brust, steht sie mit einer Selbstverständlichkeit da, die mir einen Schauer den Nacken hochjagt. Geht's noch?

Ben nimmt sein Tablet wieder an sich, schaut von ihr langsam zu mir und holt tief Luft. Dann klappt er das Teil zu, ich zucke zusammen, und sein Ausdruck kommt ins Wanken, verzieht sich genau wie gestern vor dem Moe's. Als würde die Maske des Einsatzleiters bröckeln.

»Na schön«, quetsche ich durch zusammengebissene Zähne hervor. Bemüht, so gleichgültig wie möglich zu klingen. »Dann kann's ja losgehen.«

Mit straffen Schultern sehe ich von Ben zu Vic. Das Brennen in meinem Brustkorb ist kaum auszuhalten, aber ich will verflucht noch mal verdammt sein, einer Seele hier das Gefühl zu geben, ihre Anwesenheit würde mich dermaßen beeinflussen, dass ich meinen Job nicht richtig machen kann. Nie im Leben!

»Ich hole Cooper.«

Die Sonne bricht durch den Nadelwald und wirft Schatten auf den erdigen Bergweg, der hinauf zum Aussichtspunkt führt. Wir passieren zwei Wanderer, die aufgebracht darüber philosophieren, ob sie all die großartigen Aussichten auf ihrer Route schaffen, ehe es dunkel wird. Für sie ist es ein perfekter Tag zum Wandern. In unserer Realität ist ein Mädchen verschwunden. Cooper klebt angeleint an meiner Linken, tänzelt neben mir her und fixiert die Hand in meiner Jackentasche. Nicht mal einem Greifvogel schenkt er Beachtung, der von einem Baum abhebt.

»Warum gehen wir oben lang und die anderen nach unten?«

Ich schaue zu Cooper, der meinen Blick erwidert und sofort losbellt. Wie schön wäre das Leben, wenn mein einziges Problem die Frage »Wann?« wäre: Wann bekomme ich das Spielzeug? Wann geht das Suchspiel endlich los? *Wann verschwindest du wieder?*

»Warum?« ist viel zu komplex. Obwohl, gab's da nicht eine alles lösende Antwort? Doch ich verkneife mir ein *Darum.*

»Um ihn nicht zu verwirren«, antworte ich knapp und bleibe vor einer Gabelung stehen.

»Aber sind mehr Sucher nicht ... besser?«

Ich checke den GPS-Sensor an Coopers Geschirr, stelle sicher, dass der GPS-Reader in meiner Hand sein Signal bekommt, und löse Cooper von der Leine. Sofort dreht er sich um die eigene Achse und kann es kaum erwarten, bis ich endlich das Bringsel aka seine liebste Beißwurst aus meiner Jackentasche ziehe und wir das Spiel aller Spiele beginnen.

Grinsend gehe ich in die Hocke und tue genau das: Mit einem kleinen Klicken hänge ich das Bringsel an sein Halsband, wodurch es direkt vor seiner Brust baumelt.

»Wenn er jemanden gefunden hat, schmeißt Cooper sich das Spielzeug ins Maul und kommt zu uns zurück?« Sie fragt, obwohl sie ganz genau weiß, dass es so ist.

Während ich mir immer alberner vorkomme, Victoria einfach zu ignorieren, richte ich mich auf und gebe Cooper mit meiner flachen Hand zu verstehen, dass er sich bereit machen soll. Sobald ich das Wort »Such« ausspreche, stürmt er davon.

Als hätte ich damit die Arbeit an meinen Hund übergeben, ist mein Kopf plötzlich leer und weiß nichts Besseres zu tun, als Victoria anzusehen.

Sie ist still und erwidert erwartungsvoll meinen Blick.

Stell dir vor, sie ist irgendjemand. Eine Anwärterin, die Bergretterin werden will. Ein schmerzhaftes Ziehen macht triumphierende Dehnübungen in meinem Magen. *Nein! Stell dir genau das nicht vor.*

»Cooper ist kein Personensuchhund. Er nimmt nicht den Geruch einer bestimmten Person wahr, sondern menschlichen. Deswegen sind mehr Sucher nicht besser.« Ich klinge mechanisch.

»Verstehe. Mehr Menschen bedeuten mehr mögliche Fährten?«

Ich nicke. »Er führt uns zu jeder Spur, die er erschnüffelt.«

Vic lächelt.

Hoffnung strahlt wie ein heller Blitz durch das Grau ihrer Augen. Sie zieht am Zipper ihrer – meiner – Jacke und schaut unschuldig zu mir herauf. »Hier sind ja nicht so viele Menschen unterwegs, wie es auf der Straße den Anschein machte. Gut für uns. Wir werden sie sicherlich finden.«

Ich grabe meine Hände in meine Jackentaschen, halte mich krampfhaft an dem Innenstoff fest, während sich ein Grübchen in eine ihrer Wangen gräbt.

»Wir sollten versuchen, mit ihm mitzuhalten. Cooper ist schon hinter den Nadelbäumen verschwunden«, sage ich mindestens so verkrampft, wie meine Finger sich anfühlen, und wende mich ab.

»Ich kann den tragen, alles gut. Konzentrier dich einfach auf Cooper«, schnauft Victoria und stapft verbissen voraus.

Na bitte, wenn sie den Rucksack schleppen will. Soll mir recht sein. Genau drei Mal habe ich ihr angeboten, ihn zu nehmen. Schnaubend sehe ich auf meine Uhr. Seit fast zwanzig Minuten marschieren wir bergauf durch den Wald, der GPS-Reader verrät mir, dass Cooper den Hang vor uns absucht, bis das Geräusch sich lösender Steinchen mich aufblicken lässt.

Victoria rudert gleichgewichtsuchend mit den Armen, und eine winzige Gesteinslawine rollt gegen meine Schuhe. Ein weiterer Schritt bringt sie ins Straucheln, und sie rutscht über moosbewachsenes Gestein. Reflexartig strecke ich die Hände aus, doch sie fängt sich selbst, bevor sie sich umdreht und mich mit rot getüpfelten Wangen ansieht, als hätte ich das Universum bestochen, sie auf die Schnauze fallen zu lassen.

Eilig lasse ich meine Hände sinken.

Klar, wenn ich das könnte, hätte ich dem Universum ein Opfer geboten, und sie wäre erst gar nicht hier aufgetaucht. »Gib mir doch den verdammten Rucksack! Du hast ja dein Täschchen.«

»Alles klar«, sagt sie etwas lang gezogen, und ihre Wangen färben sich tiefer. Dann wendet sie sich ab und steigt auf einen umgefallenen Baumstamm einige Meter vor uns. Von dort schaut sie wieder zu mir und stemmt die Hände in die Hüften: »Du hast ernsthaft das Wort *Täschchen* benutzt? Meine Kamera ist in keinem zarten Täschchen. Hallo?« Auf ihren Lippen wächst ein Grinsen, das nach und nach größer wird.

»Wie auch immer«, schnauze ich und strecke meine Hand nach dem Rucksack aus. »Zum letzten Mal: Gib ihn mir einfach, und mach das, was in deiner Jobbeschreibung steht.«

Sie schnaubt, ich weiche ihrem Blick aus und glotze auf den Rucksack. Scheiße! Ich habe jedes Recht, überhaupt kein Wort mit ihr zu wechseln. Ich bin hier nicht das Arschloch!

Warum komme ich mir trotzdem so vor?

Aus ihrem Grinsen wird ein Lachen, das mich aufblicken lässt. Es ist kein ironisches Lachen, sondern eines, als hätte ich gerade den Witz des Jahrhunderts gebracht.

»Wann genau ist aus dir so ein Macho geworden, Samu?« Sie lacht immer befreiter, und ich muss meine Mundwinkel zwingen, nicht zu zucken. Die größte Katastrophe ist das Ding in meiner Brust. Jeder Schlag jagt höllische Schmerzen durch meinen Körper, die meinem Herzen vollkommen egal zu sein scheinen.

»Fein«, keife ich und klinge viel zu amüsiert. »Ich brauche etwas aus dem Rucksack.«

Sie schmunzelt, streift sich ihre dicken Locken von einer Schulter und nimmt den Rucksack ab, ehe sie sich auf den Baumstamm setzt und ihn neben sich platziert. Aus dem Seitenfach stibitze ich eine Wasserflasche und reiche sie ihr. Mit hochgezogenen Brauen nimmt Victoria sie an, und ich nutze die Gelegenheit, mir den Rucksack zu schnappen und ihn mir über die Schulter zu werfen.

»Sei nicht so stur«, knurre ich dabei.

»Schallt es von Sturkopf Nummer eins.« Während sie vor sich hinlächelt, rutscht ihr der weiße Helm über die Brauen. Wenige Sekunden später ist er jedoch wieder an der richtigen Stelle, als sie den Kopf zum Trinken etwas in den Nacken legt und dabei noch rötere Wangen als eben zum Vorschein kommen.

»Danke.« Sie reicht mir die Flasche.

»Vic ...« Sofort sieht sie mir in die Augen, und meine Wut, meine Vernunft, einfach alles will flöten gehen. Ich beiße mir in die Zunge und schüttle leicht den Kopf. Sie muss das lassen. Wir müssen das lassen, dieses ... sich so zu benehmen, als wäre zwischen uns ... als wäre da noch ...

Coopers dumpfes Bellen zieht mit einem Schlag unsere Aufmerksamkeit auf ihn. Er donnert von oben auf uns zu. Jeder Sprung sieht unkoordiniert aus, doch jede Landung zwischen Stein und altem Schnee ist präzise, bis er vor uns stoppt.

»Oh mein Gott!« Victoria springt vom Baumstamm auf, schließt die Flasche und umfasst meinen Arm. Das Chaos in meiner Brust wird unerträglich. Gerade, als ich ihre Hand abstreifen will, löst sich ihr Griff, sie klatscht in die Hände und strahlt Cooper an. »Du hast jemanden gefunden! Du bist ein richtiger kleiner Held. Oh, bitte lass es das Mädchen sein.«

Cooper mampft theatralisch am Bringsel.

»Okay. Los, Coop! Bring uns zu deinem Ziel.«

Ich streife die Leine von meiner Schulter, binde Cooper an, und er läuft los. Er führt uns über einen Saumpfad, zieht uns durch ein natürliches Gesteinstor und biegt hinter einer Felsformatierung in pfadloses, immer steiler werdendes Gebiet ab. Erst nach einem etwa fünfzehnminütigen Marsch wird er an einer Böschung langsamer und bellt mit dem Spielzeug im Maul.

»Ja mei! Was soll denn des?«

Cooper stupst einem ergrauten Mann gegen die Schulter, der etwas versteckt abseits auf dem Boden vor einem Baum sitzt und irritiert von Coopers Auftauchen seine Kopfhörer von den Ohren streift. Der Blick des Mannes schweift über das Logo der Bergwacht an unseren Jacken.

»Ist bei Ihnen alles in Ordnung?«, erkundige ich mich und brauche eine Sekunde, um die Enttäuschung herunterzuschlucken.

»Aber klar doch«, sagt er, und Cooper sieht zu mir. Sofort grinse ich ihn an und klopfe gegen meine Oberschenkel, um ihn zu mir zu rufen. Sanft nehme ich ihm das Bringsel aus dem Mund und lobe ihn überschwänglich, da er alles richtig gemacht hat.

»Wie lange sind Sie schon hier?«, fragt Victoria und übernimmt das Reden. Sie erkundigt sich, welchen Weg der Mann genommen und ob er irgendwo ein kleines Mädchen gesehen habe.

Mitfühlend schüttelt dieser nur den Kopf und wünscht uns viel Glück bei der weiteren Suche.

Nach einer kleinen Pause, in der Cooper etwas getrunken hat, ist er bereit für die nächste Runde. Er entscheidet sich wieder gegen den Pfad und verschwindet zwischen Felsbrocken.

»Lass uns auf dem Weg bleiben«, sage ich und halte den GPS-Reader hoch, da Vic Cooper über den beschwerlichen Pfad folgen will. »Hierüber sehe ich ja, wo er entlanggeht.«

Vic legt den Kopf in den Nacken und schließt die Augen, als würde sie so ihre Akkus wieder aufladen. Dann nickt sie, und vom Wind aufgewühlte Strähnen bleiben an ihren Lippen haften.

»War das Ziel der Familie nicht der Aussichtspunkt? Warum sollte sie ... hier weitergehen?«, fragt sie.

Statt zu antworten, folge ich konzentriert der schwarzen Linie, die sich zickzackartig auf das Display malt. Das Wetter ist nicht auf unserer Seite, und die Zeit rennt uns davon.

Nach über drei Stunden ist die Stille zwischen uns unerträglich geworden, und die Sorge, die auf Vics Profil liegt, geht auf mich über. Mit jeder Minute scheint meine Professionalität zu schwinden, während kalter Schweiß sich auf unseren Gesichtern ausbreitet. »Tut mir leid, dass ich zuvor einfach deinen Kaffee genommen habe. Dass ich einfach …«

»Was?«, unterbreche ich sie, schüttle gleichzeitig den Kopf.

Was hat es verdammt noch mal für einen Sinn, sie anzufahren?

Aber meine Nerven tanzen Samba, und das auf einer verdammten Achterbahn.

»Der Kaffee ist mir scheißegal.«

Klappt ja hervorragend mit dem Nicht-Ankeifen.

Augenverdrehend lege ich einen Zahn zu und folge Cooper, stolpere fast über meine eigenen Füße und stampfe wie ein stures Wildschwein weiter.

»Samu, ich will doch nur, dass wir beide …«

»Nichts da, wir beide!« Ich sehe sie an, deute den steilen Hang hinauf und spüre pure Verzweiflung, weil Cooper uns in die entgegengesetzte Richtung des Aussichtspunkts führt. In die verfluchte komplett falsche Richtung!

»Das war unpassend von mir. Ich …«

»Du hast auf meinem Grundstück nach einer Ebene gefragt, auf der wir funktionieren«, falle ich ihr ins Wort. »Ich denke, das Beste ist, wenn wir«, ich zeige mit dem Finger von ihr zu mir, während sie mich erwartend anschaut, »wenn wir nach Jette suchen.«

Sie nickt, und mir ist selbst klar, wie bahnbrechend klug mein Kommentar war. Weil wir ja seit Stunden nur Däumchen drehen.

»Und das tun wir«, plappere ich planlos weiter und verliere mich in diesem sanften, ruhigen Grau ihrer Augen, die eine unerwartete Erinnerung in mir auslösen, die nicht nur meinen Kopf benebelt …

»Konzentriert und still«, flüstere ich.

… sondern mich viel zu weich klingen lässt, viel zu vertraut, weshalb sich wieder dieses hoffnungsvolle Grübchen in ihre Wange gräbt.

»Nein! Nein, nein, nein! Ich will meinen fünfzehnten Geburtstag noch erleben. Was mache ich hier nur?«

»Vic!«

»Es war doch klar, dass ich das nicht kann. Meine Eltern wissen genau, warum sie mir das Klettern verbieten. Weil ich zu schwach bin. Dass ich …«

»Vic, hör auf zu reden, und hör mir endlich zu!« Schmunzelnd umfasste ich das Seil fester und beobachtete, wie Vic sich in zehn Metern Höhe an die Felswand klammerte. »Ich habe dir doch gesagt, wie wir das machen. Konzentriert und still.«

Statt auf mich zu reagieren, presste sie die Augen zusammen und plapperte die Worte, »konzentriert und still« nach.

»Fühlst du die Angst?«, rief ich und stemmte mich noch stärker gegen das Seil, zog Vic etwas an, damit sie aufrecht und sicher an der Wand stand. Sie sollte ganz bewusst entscheiden, sich in den Gurt zu setzen, um sich abzuseilen.

»W… was? Machst du Witze, Samu? Menno!«

Ich lächelte. »Fühlst du sie?«

»Ja. Was denkst du denn? Richtig krasse Angst!«

»Gut. Weißt du, was mein Mentor Jonas mir eintrichtert, wenn er merkt, dass ich mir bei Höhenübungen in die Hose mache?«

Sie schüttelte den Kopf.

»Spür die Angst, bedank dich bei ihr, denn sie sorgt auf dem Berg für deine Sicherheit. Stell klar, dass du nicht überheblich wirst, und dann mach es trotzdem.«

Sie lachte etwas hysterisch und tastete mit ihren Händen die Wand ab. »Wann hast du denn schon Angst?«

Viel zu oft. Stets im Schlepptau.

»Oder aber …«, lenkte ich ab.

»Oder was?« Sie schielte zu mir herunter, kniff die Augen wieder zusammen und drehte schnell den Kopf zurück zur Wand.

»Samu, hör auf zu lachen, du hässliches Eichhörnchen.«

»… oder ich lasse dich einfach da oben hängen.«

»Oh! Dann sorge ich dafür, dass du nie bei der Bergwacht zugelassen wirst. Ganz egal, ob du all deine Prüfungen als Bester bestehst«, keifte sie und versuchte, einen seitlichen Schritt zu machen.

»Bei wem beschwerst du dich? Beim Bürgermeister etwa?«

Als hätte sie ihre Angst eigenhändig erdrosselt, setzte sie sich plötzlich in den Gurt. Machte einen großen Schritt nach unten. Noch einen. Wurde immer mutiger und sprang ab.

Ich jubelte, während Stolz durch meinen Körper kribbelte. Ein paar wackelige Sprünge später stand sie mit glühendem Gesicht und Haaren, die kraus unter dem weißen Helm hervorlugten, vor mir. Sie klopfte sich die Hände ab, und obwohl sie vor Anspannung zitterte, kontrollierte Entschlossenheit ihre Angst.

»Noch mal! Diesmal fünfzehn Meter.«

»Sicher?«

»Ich bin ganz sicher nicht das Püppchen meiner Eltern! Sobald ich achtzehn bin, werde ich die beste Bergwachtanwärterin ever. Dann können sie mir nichts mehr verbieten, und bis dahin bringst du mir heimlich alles bei, was ich wissen und können muss.« Sie keuchte auf, wischte sich über die verschwitzte Stirn und grinste so breit, dass ich nach Worten rang.

Wir treten aus dem steilen Waldweg und erreichen ein Höhenplateau. Mit Frost übersäte Gräser knirschen unter unseren Schritten, und hunderte gefrorene, lila glänzende Krokusse sehnen sich im Schatten der Bergwand vor uns vergebens nach wärmenden Sonnenstrahlen.

Aus dem Augenwinkel erahne ich Victorias Seufzen, das als weiße Wolke emporsteigt.

Der malerische Anblick vor uns *könnte* uns die Luft kosten. Doch Victoria atmet stoßartig aus, sieht zu mir und zieht ihre Brauen zusammen. »Cooper.«

Ich nicke. Er hat den intensivsten Punkt seiner Fährte gefunden, kann sein Ziel aber trotzdem nicht erreichen.

»Cooper rennt im Kreis ... direkt am Abhang«, sage ich heiser.

Vic schüttelt den Kopf und rennt los.

KAPITEL 8

Victoria

Grob betrachtet ist die Fotografie nur ein Mittel, die Welt abzulichten. Für mich bedeutet sie, den Fokus auf *meine* Welt zu zeigen. Der Trubel, die Menschen – alles verschwindet irgendwo hinter der Kamera. Was zählt, ist nur der Blickwinkel auf das Wesentliche. Auf die Natur, die mich erdet, mich festhält, alles andere unwichtig macht.

Einen Moment lang hat mich der Anblick der gezuckerten Bergkette im Hintergrund zusammen mit der in ihrem Schatten liegenden Wiese eingenommen. Der Duft feuchter Zapfen und gefrorener Erde hat mich aus der Realität gelockt und meine Hände zur Kamera greifen lassen.

Aber Coopers aufgeregtes Bellen erinnert mich unmissverständlich daran, dass ich mich nicht hinter meiner Canon verstecken kann. Obwohl mir das Herz zerspringt und mein Bauch so angespannt ist, dass mein ganzer Körper zittert. Ich kann mich nicht auf die Schönheit fokussieren, die mich umgibt, weil sie die Realität, in der ein kleines Mädchen in Gefahr ist, trügerisch verschleiert.

Was, wenn Cooper wirklich Jettes Spur wahrnimmt? Wenn sie von der Klippe gerutscht ist? Ist sie verletzt? Schlimmeres?

Keine Ahnung, wann meine Beine sich in Bewegung gesetzt haben und wie so viele Gedanken auf einmal in meinem Kopf aufploppen können, während ich renne, nach Luft schnappe und sich all das Durcheinander in mir zu einem einzigen Gefühl hochzuschaukeln versucht: Panik.

Ich zwinge mich, schneller über die Wiese zu rennen, als meine Gedanken mir Bilder vorspielen können, die uns am Abhang erwarten können. Nur wenige Meter davor greift Samu meinen Arm, bringt uns beide zum Stehen, und das Durcheinander in mir hat keine Chance gegen die Art, wie er mich anschaut. Kleine Fältchen zeichnen sich fein um seine Augen, und das Braun seiner Iris schimmert vor Zuversicht, umgeben von einem Vertrauen, das Berge versetzen könnte. Ein Blick, der mir sagt, die Welt ist ein schöner Ort. Ein Blick, dem ich glaube, obwohl ich es besser weiß.

Obwohl *wir* es besser wissen.

Bei Coopers Bellen blinzelt Samu und lässt mich los. »Ich checke die Lage. Such du nach einem Fixpunkt. Egal, wer, aber jemand ist an der Wand, also klettere ich hinunter, okay?«

Ich nicke.

Samu löst ein Seil von seinem Rucksack und wirft es mir zu. Dann richtet er den Helm, dreht sich zu seinem Hund und geht vor ihm in die Hocke. Lobend nimmt er Cooper das Bringsel aus dem Mund und zeigt auf mich.

»Bleib bei Vic.« In zwei kurzen Sätzen ist der Hund bei mir.

Du weißt auch, was zu tun ist. Los! Such einen Punkt, an dem du das Seil befestigen kannst.

Aber mein Körper will mir nicht gehorchen, reglos umklammere ich das Seil und sehe zu, wie Samu an die Kante tritt.

Getrieben von der Gewissheit, dass die Berge gnadenlos sein können, pocht mein Herz qualvoll schneller und meine

Fingerkuppen kribbeln, weil ich das Seil so fest um meine Hände wickle.

»Hallo?«, ruft Samuel in den Abgrund, und der Wind nimmt zu. Pfeifend jagt er den Abhang hoch und zieht über die Kante. Lässt mich erschaudern, weil er eine Stimme mit sich trägt.

»Ich bin hier.«

»Jette?«, fragt Samu.

»Ja.« Ihre Stimme klingt ganz nah.

»Hey! Wir sind von der Bergrettung und hier, um dir zu helfen.« Samu schaut über die Schulter, und das, was zuvor nur in seinen Augen war, strahlt jetzt über sein ganzes Gesicht. Da, wo Panik war, dehnt sich pure Wärme aus, und mein Ausatmen klingt nach einer Mischung aus Keuchen und Lachen.

»Mein Name ist Samuel. Ich komme zu dir, ja?«

»Sind ... sind Mami und Papa auch da? Ich will keinen Ärger bekommen und ... Aber mir ist ganz doll kalt.«

»Die warten schon sehnsüchtig unten im Tal auf dich. Nicht bewegen, bis ich bei dir bin. Deal?«

Samu redet mit der Kleinen, und mein Körper ergreift endlich Initiative. Hastig lege ich die Kameratasche ab, werfe mir das Seil über die Schulter und bitte Samu, mir seinen Rucksack zu reichen. Als er seine Arme aus den Gurten befreit, wage ich einen Blick über die Kante und entdecke Jette in etwa drei Metern Tiefe auf einem luftmatratzengroßen Felsvorsprung. Doch noch erschreckender ist der Abgrund dahinter, der mindestens zwanzig Meter hinab bis zum rauschenden Bach führt.

An die Wand gekauert erwidert Jette meinen Blick und streift sich blonde Strähnen von ihren erröteten Wangen.

»Samuel ist gleich bei dir«, sage ich aufmunternd, wende

mich ab und tausche nicht nur ein Lächeln mit ihm aus, sondern bekomme direkt den Rucksack in die Hände gedrückt. »Danke.«

Cooper folgt mir, als ich eine Felsformation ansteuere, die wenige Meter neben uns den Hang emporragt.

»Dort finden wir einen Punkt, von dem Samu sich abseilen kann. Wir brauchen nur ... einen stabilen Brocken«, erkläre ich dem Hund. Einige Schritte entfernt ragt ein Exemplar in meiner Größe aus dem Gestein. »Genau so einen hier.«

Mit zusammengezogenen Brauen lege ich den Strick doppelt um den Felsen, wickle einen Knoten und verdränge den Gedanken, dass das, was ich da zusammenbinde, falsch sein könnte. Ziehe Karabiner aus einem Seitenfach, weiß genau, wo ich was finde, weil ich einst hundertfach wiederholen musste, wie man diesen Rucksack richtig packt. Ich hänge das Kletterseil in die Vorrichtung, stemme mich mit aller Kraft dagegen und erschaudere, als zwei Hände sanft meine Schultern berühren.

»Das ging ja schnell.« Samu schaut mir über die Schulter, und sein Atem streift meine Wange. Ich schließe die Augen und verdränge die Erinnerung an eine Zeit, als ich geschmolzen bin bei seiner Anerkennung, bei seiner Art, sich für mich zu freuen. Der Gedanke verschwindet, aber ein verbotenes Gefühl in meiner Brust flackert trotzdem auf.

»Wir haben sie gefunden«, flüstert er. Mit seinen Händen gleitet er von meinen Schultern herab zu meinen Armen, und ich bin froh, eine dicke Jacke zu tragen, die die Gänsehaut versteckt. »Aber das hattest du ja vorausgesagt.«

Er lässt von mir ab, ich öffne die Lider, und mein Herz stolpert. Warum reagiere ich noch immer so krass auf ihn?

Langsam prüft er erst den Fixpunkt und dann meinen Knoten, wobei sich unsere Fingerspitzen flüchtig berühren.

Reflexartig schaue ich hoch, und kurz machen unsere Blicke es dem Seil nach – sie verknoten sich. Ehe sie sich keine Atemlänge später wieder entwirren.

»Die Ehre gebührt dir«, haucht er, wirft sich den Rucksack über und klinkt sich mit dem Klettergurt, den er schon die ganze Zeit trägt, ins Seil.

»Welche Ehre?«

Samu zückt ein zweites Walkie-Talkie aus einer Hosentasche.

»Sobald ich bei Jette bin, schalte auf Leitung zwei.« Rückwärtsgehend wirft er es mir zu, tritt bis an den Rand, und das Seil spannt sich. Amüsiert zieht er eine Braue nach oben, aber bei mir fällt der Groschen einfach nicht.

»Du sollst den anderen Bescheid geben, dass wir Jette gefunden haben«, sagt er frech und verschwindet im Abgrund.

Nachdem Samu mir bestätigt hat, dass er mit der Kleinen sicher im Seil hängt, habe ich Ben informiert. Es folgte ein »Gott sei Dank« und die Frage, ob der Heli erforderlich sei. Mein ratloses »Ähm« wurde von Samu unterbrochen: »Auf dem Weg.«

Seitdem ist es still.

Ich sitze hockend neben dem Fixpunkt, habe das Walkie-Talkie zwischen meine Oberschenkel gequetscht und spüre die kalte Alpenluft. Mit dem Rücken gegen die Felswand gepresst nehme ich ein paar tiefe Atemzüge und blicke zu Cooper, der kerzengerade neben mir sitzt und die Stelle fixiert, an der sein Lieblingsmensch abgetaucht ist.

Irgendwann in dem ganzen Trubel hat sich etwas zwischen Samu und mir verändert. Ich hätte nie erwartet, dass es so schnell gehen könnte, aber seine Abneigung schien immer mehr abzutauen. Und ich komme nicht um den Gedanken herum, dass unter dieser Abneigung nicht *nichts* ist, sondern unsere Freundschaft darunter noch immer existiert.

Klar, Vic. Er ist nicht mehr der süße Junge, der mal die roten Gummibärchen für dich gehortet hat. Sehr wahrscheinlich ist er einfach nett, damit du die Klappe hältst und er sich auf den Einsatz konzentrieren kann.

Ich vergrabe mich bis zur Nase im Saum seiner Jacke, nehme seinen Duft wahr und sehe sein Lachen, spüre seine Hände ...

Cooper streift mit seiner Pfote über meinen Unterarm und drückt meinen Gedankenfilm auf Pause.

»Vic?« Samus Stimme erklingt über das Walkie-Talkie.

Auf den Knopf drückend krächze ich ein »Ja?« heraus.

»Ich hab dem Heli Bescheid gegeben, dass ich mit Jette zusammen zurückfliege. Wir bleiben so lange an der Wand. Warte kurz ... Jette, ich habe eine Idee.«

Bevor auch ich von der Idee erfahre, ist die Verbindung unterbrochen. Als sie wieder da ist, kann ich Teile ihres Gesprächs mitanhören: »Hier! Siehst du, das Walkie-Talkie kann nicht hinunterfallen, ich hab's dir um den Hals gehängt.«

»Und welchen Knopf muss ich drücken?«, fragt sie und zieht die Nase hoch, woraufhin die Leitung wieder still ist. Dass Samu sich für den Helikopter entschieden hat, beweist, dass Jette nicht nur einen kleinen Kratzer haben kann.

»So?«, fragt sie, und die Verbindung ruckelt etwas.

»Richtig, immer wenn du den drückst, kann Victoria mithören. Meine Partnerin würde sich bestimmt freuen, wenn du die Aufgabe übernimmst, sie auf dem Laufenden zu halten.«

Meine Partnerin.

»... Vorsprung, und dahinter geht es ganz weit runter«, setzt es mitten im Satz ein, als Jette den Knopf wohl richtig drückt. »Aber uns geht's gut. Mir ist auch nicht mehr so kalt.«

»Hallo, Jette«, schalte ich mich dazu. »Das freut mich. Ich bin hier oben mit Cooper, und wir sind sehr froh, dich gefunden zu haben.« Mein Blick huscht zu Cooper, der bei seinem Namen den Kopf schwenkt und einmal laut aufbellt.

»Der Hund soll auch mit uns fliegen! Das ist ein Befehl!«, meldet sich Jette zu Wort. Neben ihrem verschniefte Kichern läutet ein Glöckchen auf. Wo kommt das denn her?

»Jedes Läuten ist ein Kommando«, plappert sie.

»Das geht leider nicht«, sagt Samu.

»Menno, aber warum nicht?«

»Weil Coop meine Partnerin sicher ins Tal bringen muss.«

Meine Partnerin. Schon das zweite Mal, dass er mich so nennt.

»Na gut«, sagt sie seufzend.

»Geht das wirklich klar?«, fragt Samu.

Schweigen.

»Oh!«, entfährt es mir, als mir klar wird, dass er mich meint. »Ja, logisch. Cooper und ich finden schon runter.«

»Samuel sagt«, Jettes Stimme ist plötzlich ganz laut, anscheinend presst sie sich das Walkie-Talkie gegen den Mund, »er kann Papa davon überzeugen, dass wir heute nicht fahren. Und Mama und Papa mehr Zeit haben, um sich zu vertragen.«

»Versprochen«, höre ich im Hintergrund.

»Aber kann ich ihm vertrauen?«

Samu lacht, und ein entrüstetes »Was?« ist zu hören.

»Er ist nur Tierdoktor. Oder? Was, wenn mein Bein gar nicht richtig gebrochen ist?«

»Autsch«, sagt Samu, woraufhin ich mir ein Grinsen nicht verkneifen kann.

»Du kannst ihm vertrauen, ich tue es blind«, antworte ich.

»Mami sagt, Vertrauen ist wichtig. Deswegen streitet sie oft mit Papa, wenn sie denken, dass ich schon schlafe.«

Ich muss schlucken.

»Deine Mama hat recht.« Samus Stimme wird wieder lauter, als hätte er das Walkie-Talkie etwas gedreht. »Und weißt du was? Für uns von der Bergwacht ist Vertrauen das A und O. Jeder Schritt von uns ist wichtig, und solange ich bei dir bin, kontrolliert meine Partnerin da oben, dass wir sicher im Seil sind.«

Ich weiß, dass er nur Jette ablenken will, dennoch tippe ich bei seinen Worten unruhig mit meinen Füßen.

»Also vertraust du ihr auch blind?«

»Selbstverständlich.«

Und mein Hals schwillt immer weiter zu.

»Ich kenne Vic schon lange, da war ich so alt wie du und nicht im Ansatz so mutig. Nieee hätte ich mich da allein in die Berge getraut. Mädels sind einfach mutiger.«

Sie kichert wieder, und eins ist klar: Ich war auch nicht so taff wie die Kleine, die mit einem gebrochenen Bein an einem Vorsprung hängt und dabei lachen kann.

»Und der Heliflug wird super«, ergänzt Samu, hält aber inne, als das Geräusch ebendieser Maschine zu uns dringt und den Ernst der Lage in den Vordergrund rückt.

»Vic?«, ruft er laut. »Einsatzwagen! Treffpunkt Leitstelle.«

»Geht klar. Aber ... nein. Stopp!« Plötzlich geht alles ganz schnell, und jetzt bin ich es, die sich das Walkie-Talkie gegen den Mund presst. »Samu, ich habe gar keinen Schlüssel.«

Sein Lachen ist noch zu hören, doch seine Worte werden vom Lärm des näherkommenden Helikopters verschluckt. Gehetzte Windböen bringen mein Haar durcheinander, und mir kommt Cooper in den Sinn. Ich schnappe nach seinem Geschirr, aber zu meiner Verwunderung wirkt er nicht nur total entspannt, sondern wedelt mit seinem buschigen Schwanz geschmeidig hin und her.

Mit zusammengekniffenen Augen verfolgen wir den Helikopter, der schräg über uns innehält und dessen heftige Flügelumdrehungen den Boden erzittern lassen. Ich erkenne Moritz, der in der offenen Hubschraubertür sitzt und dem Piloten Handzeichen gibt. Sie führen eine Seilwinde, die unterhalb des Helikopters hängt, näher an die Felswand. Und nur wenige Augenblicke später passiert Jette, mit Helm, Beinschiene und eingewickelt in eine Wärmefolie, zusammen mit Samu den Abhang. Sie schweben in die Luft, strecken mir die Zunge raus und halten einen Daumen nach oben.

Ich winke lächelnd, und ehe die beiden zu weit abdriften, ruft Samu mir ein kaum verständliches »Achtung« entgegen. Gleich darauf landet der Schlüssel vor mir im Gras.

Ich brauche knapp eine Dreiviertelstunde für den Abstieg bis zur Högelbrücke. Es hätte auch halb so lange dauern können. Zum Leidwesen von Cooper tut es das aber nicht. Je länger wir benötigen, desto ungeduldiger wird der Rüde.

Als ich den Parkplatz erreiche, ist von dem vorherigen Trubel nichts mehr zu sehen. Der Wind rauscht sanft durch die Bäume, und bis auf das Plätschern des Bergflusses ist es vollkommen still. Nur Samus Dienstwagen steht verlassen am Rand.

Ich habe es selbst darauf angelegt, unten anzukommen, wenn die anderen schon weg sind. Trotzdem zieht sich beim Anblick des leeren Parkplatzes alles in mir zusammen.

Was ist mein Problem? Und warum kommt es mir so vor, als würden Überforderung und Einsamkeit Tauziehen in meinem Bauch spielen? Die letzten Stunden mit Samu waren aufwühlend. Viel besser als befürchtet. Also, ist das nicht der Moment, in dem es leichter werden sollte?

Ich mache einen unkoordinierten Schritt nach vorn, als Cooper mich an der Leine zum Wagen zieht, stolpere über einen etwas größeren Stein und knicke um. Trotz einer – wenig akrobatischen – Verbiegung verliere ich den Halt, weiche, um nicht auf Cooper zu landen, aus und lande in matschiger Erde.

»Fuck!« Theatralisch wie ein Kleinkind, das sich nach einem harmlosen Fall nach seinen Eltern umschaut und erst dann zu weinen anfängt, wenn es ihre Aufmerksamkeit erlangt, schießen mir Tränen in die Augen, als Cooper meinen Blick erwidert.

Du bist so peinlich, Victoria. Reiß dich zusammen!

Cooper sieht mich so skeptisch an, als wolle er mir zu verstehen geben, dass wir nicht mehr im selben Team sind. Immerhin habe ich ihm nicht genug vertraut, ohne Leine hinunterzulaufen. Zu groß war die Sorge, Cooper könnte mir entwischen, zu präsent die Angst, ich müsste Samu anrufen und ihm mitteilen, ich hätte seinen Hund verloren.

Angst.

Alles in meinem Kopf dreht sich immer nur um Angst. Sie hält mich von dem Menschen fern, der immer an meiner Seite gewesen ist. Seit ich verflucht noch mal das Laufen gelernt habe. Die letzten Jahre habe ich gedacht, mich auf einer Reise zu mir selbst zu befinden, aber was, wenn ich dabei nur die Sklavin meiner Furcht war?

Ich wische mir übers Gesicht und schmecke Erde.

Meine Partnerin. Genau so hat er mich genannt. Was wir nicht sind. Was wir aber all die Jahre hätten sein sollen.

Cooper jault kurz auf und tapst mit seinen Vorderpfoten.

»Ich … Ich mach ja schon.« Selbst der Hund ist von meinem emotionalen Anfall genervt. Und wer will es ihm verübeln? Ich bade mitten auf einem Parkplatz irgendwo im Wald im Selbstmitleid, statt mich über die Rettung eines vermissten Kindes zu freuen.

Scham jagt mir die Röte ins Gesicht, also rappele ich mich auf und gehe zum Auto. Cooper springt in seine Box, sobald ich den Kofferraum geöffnet habe. Mühsam versuche ich, mir den Dreck von der Jacke zu klopfen, verwische ihn jedoch nur schlimmer, weshalb ich mich seufzend auf den Sitz plumpsen lasse. Ich hole mein Handy aus einem Seitenfach meiner Kameratasche und erblicke eine Nachricht von Lexi auf dem Display.

> DU und SAMU im Team? Warum passieren die besten Dinge, wenn ich arbeiten muss? <3 ICH will ALLES wissen!

Ich blase meine Backen auf und richte den Rückspiegel aus, da fallen mir meine verdreckte Visage und die zerzausten Locken auf. Schnaubend reiße ich mir den Helm herunter und lege meinen Kopf in den Nacken. »Mist, Mist, Mist, Mist, Mist.«

Liegt es nicht auf der Hand, dass der Preis für die schlechteste Freundin an mich geht? Ich bin nicht hier gewesen, als Lexi und Samu die Uni absolviert haben. Nicht, als sie die Praxis übernommen haben. Ich hätte Lexis Trauzeugin sein sollen, doch am Ende habe ich an der Hochzeit nur über einen kurzen Videocall teilgenommen. Angeblich konnte ich nicht weg, aber eigentlich hatte ich nur nicht den Mumm, zur Hochzeit meiner besten Freundin zu gehen.

Und warum? Weil ich die Göre bin, die in ihren besten

Freund verliebt gewesen ist, die alles dafür tat, dass er diese Gefühle erwiderte. Die sich an seinen Hals geworfen hat, sobald seine langjährige Beziehung ins Wanken geriet.

Und als nach einer einzigen, alles zerstörenden Nacht einfach alles schiefging, habe ich nur auf mein gebrochenes Herz gehört und weggeschaut. Obwohl die Welt meines besten Freundes in Trümmern gelegen hat.

»Geh doch zu, du Kackgurt.« Ich ruckle und ziehe und schaffe es endlich, die Schnalle zu schließen. Frustriert trete ich die olle Kupplung und starte den Motor.

Super, Vic. Es war ja ach so einfach, Samu mit deiner Angst zum Buhmann zu machen.

Aber hat er mich wirklich von hier vertrieben? Oder bin ich davongelaufen? Und zwar nur vor mir selbst?

Möglich, dass ich meine vermeintlichen Ängste überwunden und das Ziel erreicht habe: mein schlechtes Gewissen.

KAPITEL 9

Victoria

Es war der hoffnungsloseste Tag meines Lebens, als ich das letzte Mal hier gewesen bin.

Nass, grau und drückend kalt hat das Wetter die Stimmung untermalt. Nur die frisch gestrichene himmelblaue Hausfassade der Leitstelle, das knallrote Flachdach und besonders die aufwendig geschnitzte Edelweißblüte, die über der Eingangstür hängt, haben Hoffnung ausgestrahlt, wo es keine gab.

Heute schon.

Auch wenn es bereits Nachmittag ist, war es gut, dass ich nicht direkt hergefahren bin. Der Umweg zur Wohnung der Lowaks hat mir geholfen. Meine Haare sind gebändigt, ich bin nicht mehr dreckig, und sogar die Erdflecken von Samus Jacke sind Geschichte. Nichts deutet mehr auf meinen erbärmlichen Gefühlsausbruch an der Högelbrücke hin, und mein einziger Zeuge – ich öffne gerade den Riegel seiner Transportbox – kann niemandem davon erzählen, selbst wenn er wollte. Als könnte er es nicht länger in der Box aushalten, springt Cooper heraus und eilt zum Eingang.

Aber nicht nur äußerlich, auch innerlich habe ich Ordnung geschaffen. Habe endlich verstanden, dass ich mit meinen Gefühlen, die ich die letzten Jahre mit mir herumgeschleppt habe, abschließen muss. Das bedeutet aber nicht, dass die Menschen, die mir etwas bedeuten, keinen Platz in der Gegenwart haben. Ich werde Lexi und Samu beweisen, dass unsere Freundschaft bleibt, und zwar nicht auf Sparflamme – selbst wenn ich Everstein wieder verlasse. Eines Tages sollen wir alt und grau in rückenschonenden Sesseln sitzen und über unser Leben lachen. Ich will daran glauben, dass es so etwas Beständiges wirklich gibt. Um zu beweisen, dass es mir ernst ist, fange ich mit einer längst überfälligen Entschuldigung an.

Mit frischem Mut marschiere ich auf das Haus zu und will die Tür öffnen, als sie aufspringt und ich zurückstolpere.

»Upsi! Hab ich also richtig gehört«, meint Paulina kauend, und Cooper bellt wie zur Bestätigung.

»Hey! Ähm, ich bringe Cooper. Ist Samu drin? Ich muss ... Könntest du ihn kurz rausschicken?«

»Machst du Witze?« Sie beißt von ihrem Keks ab und spricht mit vollen Backen weiter. »Wir warten auf dich.«

Paulina macht eine einladende Handbewegung, und bevor ich ihr ins Haus folgen kann, flitzt Cooper bereits an uns vorbei.

Am Empfangstresen der Leitstelle steht eine Mini-Elvis-Wackelfigur, die auch schon früher dort ihren Platz gehabt hat, nur trug sie da noch keine gehäkelte Bergrettungsjacke. Ich beobachte, wie sie zum Windzug tanzt, den wir von draußen mitgenommen haben, während mein Bauch ganz eigene Tanzmoves hochfährt. Erinnerungen von damals versuchen sich mir aufzudrängen, und als uns noch der Duft von deftigem Essen entgegenkommt, dreht sich mir rebellierend der Magen um.

Denk einfach nicht an diesen Tag!

Wir passieren den Konferenzraum, in dem drei beschriftete Whiteboards stehen. Hartnäckig friemele ich an einem Hautfetzen an meinem Fingernagel und bekomme nur die Hälfte von dem mit, was Paulina erzählt.

»Das magst du doch, oder?«, fragt sie, während sie den schmalen Flur vorausgeht und über die Schulter zu mir schaut.

Lächelnd nicke ich einfach.

»Gut. Rosi hat nämlich gekocht.«

Als wir den Pausenraum betreten, flötet Paulina: »Ratet mal, wen ich gefunden habe?«, und löst in mir den Wunsch nach einem Versteck aus, in das ich mich verkrümeln kann. Neben den Gesichtern von gestern wuseln weitere Retter im Raum herum. Einige sitzen an einem Esstisch vor bodentiefen Fenstern, die meisten scharen sich jedoch um einen Kicker.

»Ach, schön. Dann sind wir ja komplett.« Rosi schiebt sich mit einem Stapel Teller an uns vorbei. »Gerade rechtzeitig zum traditionellen Rudelfressen.« Wer Rosi nicht schon in der ersten Sekunde ins Herz geschlossen hat, tut es spätestens beim Anblick der rot-weiß gepunkteten Haube auf ihrem Kopf.

»Samulein wollte schon einen Suchtrupp losschicken«, sagt Aljoscha schelmisch, während ihm rötliche Dreadlocks ins Gesicht fallen. Er deutet zur hintersten Ecke, der *Sofaecke.*

»Ach was?«, erwidere ich scherzend und pule an meiner Nagelhaut, bis ein scharfer Schmerz mich aufhören lässt.

Ehe Paulina sich mit Joscha ums Aufdecken kümmert, legt sie eine Hand auf meine Schulter und flüstert: »Ist aber echt so. Nachdem Samu duschen war und du immer noch nicht da warst …« Sie lässt ihre Brauen tanzen, was mir ein belustigtes »Oh« entlockt. Peinlich berührt wende ich mich zu Rosi, um ihr meine Hilfe anzubieten, doch man hört sie wieder in der Küche rumpeln, und so werde ich wie eine Motte zum Licht gezogen.

Sein Lachen dringt im Duett mit Coopers verspieltem Bellen an meine Ohren, wobei er so ausgelassen klingt, wie ich es nie unter Menschen sein könnte – jedenfalls nicht in Everstein.

Ich habe mich immer unsicher gefühlt. Habe immer jemanden gebraucht, nach dem ich mich richten, an dem ich mich festhalten konnte. Aber am meisten habe ich ihn gebraucht. Samu war mein Sicherungsseil. Doch anstatt es zu schätzen, habe ich es unaufhörlich mit Gewicht beladen. Mehr Gefühle. Mehr Ballast. Mehr von mir, bis … es riss.

»Kläffer hat er dich genannt. Jämmerlicher Kläffer.« Samu sitzt vorgebeugt auf dem Sofa, und sein Hund tapst vor ihm auf dem rot gemusterten Neunzigerjahre-Teppich herum. Spielerisch hält Samu ihm das Maul zu, und Cooper wedelt kräftig mit seinem Schwanz. Auf einem Beistelltisch neben den beiden steht eine Glasschale im Blattdesign, gefüllt mit Äpfeln.

»Was hätte er ohne den Rettungshund gemacht, hm?«

Die Schale bekommt einen, gleich noch einen flauschigen Hieb, die dafür sorgen, dass ein paar Äpfel über die Kante, vom Tisch und bis vor meine Füße rollen. Ich hebe sie auf und gehe auf Samu zu. Genau wie an jenem hoffnungslosen Tag. Nur hatte ich da keine Äpfel in den Händen, sondern einen Schuhkarton.

Mit jedem Schritt drängt sich die Erinnerung in mein Gedächtnis und zwingt mich, sie noch einmal zu durchleben. Ich sehe Samu auf dem Dreisitzer. Zusammengekauert, aufgelöst. In Anzughose und Socken. Mit nacktem Oberkörper. In seinem Schoß zusammengeknüllt sein weißes Hemd.

»Lass uns … lass uns nicht dahin gehen, Vic. Ich kann nicht. Wir …« Er ist verstummt. Das letzte Uns. Das letzte Wir. Wenn ich gewusst hätte, wie der Tag enden würde, hätte ich seinen Wunsch vielleicht akzeptiert. Stattdessen habe ich ihm in den geliehenen Anzug meines Vaters geholfen, den er nicht wollte, aber keinen eigenen als Alternative hatte. Habe mich vor ihn gehockt und ihm die neuen Lederschuhe angezogen. Mir ist klar gewesen, er würde sie kein zweites Mal anziehen, und doch habe ich ein Vermögen für sie ausgegeben. Seine Finger haben gezittert, keine Schleifen zustande gebracht, also habe ich sie ihm gebunden, während seine Tränen gegen meine Handrücken prallten. Sie sind mir, wie Samu, einfach zwischen den Finger zerronnen.

Weil du einen Freund brauchtest, und ich nach Liebe gierte.

Samus »Hey« zerreißt die Erinnerung wie eine misslungene Fotografie. Ich platziere die Äpfel wieder in der Schale und schiebe meine Hände in die Potaschen meiner Jeans.

»Hey«, sage ich.

Sein Lachen schwindet nicht. »Ich habe schon überlegt, wie ich nach euch suchen soll. So ohne Suchhund.«

Keine Ahnung, wohin mit mir. »Habe ich gehört.«

Kurz entschlossen entscheide ich mich für den Sessel neben ihm und drücke mir ein Dekokissen mit Elchdruck vor die Brust. »Wie geht's Jette? Was ist nun der Plan?«

Cooper holt sich einen Streichler bei mir ab, dann springt er aufs Sofa und legt seinen Kopf schmatzend auf Samus Schoß. Mit einem Mal wirkt der Hund unglaublich müde, und seine Lider sinken im Sekundentakt nach unten.

»Ihr geht es so weit gut, und die Eltern weichen ihr wohl gar nicht von der Seite. Normalerweise bekommen wir nur selten mit, wie es nach der Übergabe an die Sanis weitergeht, aber unser Insider, der Oberarzt, der auch für die Bergwacht aktiv ist, hat uns eben noch upgedatet.« Frech zupft er an einer seiner gewellten Strähnen, die ihm über die Stirn fallen.

»Wadenbeinbruch. Keine OP, aber für die nächsten Tage kommt sie nicht aus dem Krankenhaus und damit, wie versprochen, auch nicht nach Hause.«

»Oh, krass! Sie war wirklich tapfer«, sage ich beschwingt. »Und die Anamnese des Tierdoktors ein Volltreffer. Aber weißt du, wieso sie überhaupt in diese Lage gekommen ist, wie sie …«

»Die Glocke.«

Verblüfft sehe ich ihn an.

»Jette hat eine Bergziege befreit, die sich mit ihrem Halsband an einem Ast verheddert hatte. Bei ihrer Befreiungsaktion hat sich das Halsband gelöst, und sie ist der Ziege hinterher, damit sie ohne Glocke nicht verloren geht, oder um ihr das Halsband wieder anzulegen? Wer weiß. Sie hatte ihre Eltern wohl auch informieren wollen, aber die waren zu beschäftigt mit Streiten, und so ist sie in eine Richtung aufgebrochen, die die Eltern gar nicht auf dem Schirm hatten. Am Abgrund hat sie der Ziege nachgeschaut, ein Blick, der zum uns bekannten Szenario führte.«

»Oje.« Ich nestele an einer kleinen Perle, die dem Elch als Nase dient.

»Na«, lenkt Samu ab und hängt todernst hinterher: »Der Geist einer Siebenjährigen ist unergründlich.«

Ich sehe ihn mit großen Augen an, was ihn dazu bewegt, eine Braue fragend nach oben zu ziehen. Während ich meine Lippen zusammenpresse, folgen die seinen schleichend, und im nächsten Moment prusten wir beide los.

Mein Herz ist immer noch schwer, und doch schickt es kitzelnde Stöße durch meinen Körper, löst die Anspannung in meinem Bauch. Da ist etwas zwischen uns. Eine Verbindung, eine Selbstverständlichkeit, die sich ihren gewohnten Platz zurückzuerobern versucht. Sie muss einfach da sein.

»Wir waren echt nicht besser«, sagt er unverhofft.

Jetzt reiße ich fragend die Augen auf, und er verdreht seine.

»Als wir die Glocken von den Weidekühen gestohlen haben?«

»Oh mein Gott!«, erinnere ich mich und drehe peinlich berührt an einer meiner Locken. »Aber unser Raubzug war sinnvoll. Wozu soll der Bauer sich an den Glocken orientieren, wenn seine Tiere eingezäunt sind? Die Dinger waren nur zur Schau, damit man auf seine eklige Butter aufmerksam wurde.«

»Hey.« Samu hebt mahnend den Zeigefinger. »Ich widerspreche gar nicht, immerhin war ich dabei.«

Ich schlage ihm sanft gegen den Finger, er legt seine Hand auf der Sofalehne ab und lehnt sich lässig in die Kissen zurück. Einen Moment schaut er verträumt an die Decke. Einer seiner Mundwinkel zuckt schräg nach oben, als er mich wieder ansieht und seine Augen verschmitzt aufschimmern. »Ob wir die Stelle noch finden würden, wo wir sie versteckt haben?«

»Wohl eher wie Leichen im Wald verscharrt«, korrigiere ich und rutsche im Sessel vor, ihm entgegen. »Weil wir so 'ne Scheißangst hatten, man würde uns als Diebe entlarven.«

»Hat man nicht.«

»Noch nicht.«

Ich drücke Samus Hand auf der Sofalehne.

Wann bitte ist meine Hand überhaupt auf seiner gelandet?

Zieh sie weg! Los. Jetzt.

Er atmet langsam aus, ich stockend ein. Seine Hand ist warm und groß, und ich kann dem Drang nicht widerstehen, einer seiner Adern nachzufühlen. Er presst seine Lider kaum merklich zusammen und fährt sich mit der Zungenspitze flüchtig über die kleine Narbe rechts unten an seiner Lippe. Eine Anspannung hat den Moment eingefangen und mischt sich zu etwas, das mein Herz immer leichter, immer höherschlagen lässt.

»Ihr zwei«, ruft Rosi. »Gesellt euch zu uns, oder ich verfüttere eure Portionen an Cooper.«

Bei der Erwähnung seines Namens macht Cooper einen bühnenreifen Abgang. Unter meiner Hand drückt sich Samus Ader gegen meine Fingerspitze, und er greift in den Stoff der Lehne.

»Du hast geblutet.« Er klingt rau, fast etwas heiser. Mein Blick folgt seinem, und ich erinnere mich an meinen aufgerissenen Hautfetzen am Nagel. Sofort ist das Brennen in fünffacher Stärke zurück, und ich reiße meine Hand weg.

»Ach, Mist.« Verlegen grabe ich beide Hände unter meine Schenkel, und das Dekokissen fällt auf den Boden.

»Wir kommen«, ruft Samu. Er hebt das Kissen mit einem Schmunzeln auf, legt es aufs Sofa und schlendert zum Esstisch.

»Dann wirst du ab jetzt jeden Einsatz begleiten?«, fragt Joscha, der am Esstisch neben Samu sitzt.

»Ich denke schon«, antworte ich. Samus Stuhl steht ganz dicht an meinem, und auch wenn wir seit eben kein Wort miteinander gewechselt haben, spüre ich seinen Blick immer wieder auf mir.

»Sobald ihr mir Bescheid gebt, jedenfalls.«

»Zu umständlich«, mischt sich Ben von der gegenüberliegenden Tischseite ein. »Rosi gibt dir einfach einen Pager mit, bevor du gehst. Dann wirst du benachrichtigt und darfst losrennen.«

Daraufhin klopft Rosi auf seine Schulter, als würde sie ihn für diese gute Idee loben, und tupft sich mit einer Serviette über ihren Mund. »Schmeckt dir das Essen, Liebes?«

Mir fällt auf, dass ihre blonden Haare elektrisiert abstehen. Ein Styling, das sie ganz sicher der Haube zu verdanken hat.

Ich nicke lächelnd und bringe sie damit zum Strahlen. Und gelogen ist es auf keinen Fall, denn bis auf die etwas durchgekochten Tagliatelle ist ihr Essen perfekt.

Sie lehnt sich zu Ben und versichert ihm, für Lexi eine Tupperdose vorbereitet zu haben. Auch ihr »Da ist alles vegetarisch drin, sogar vegan, glaube ich« entgeht mir nicht.

»Du bist ja schon echt bekannt in deiner Szene, oder, Victoria?«, fragt Paulina und lehnt sich mit den Ellenbogen auf den Tisch, um von schräg gegenüber zu mir herzuschauen. »Und auf Insta hast du über 73.000 Follower.« Sie schnalzt anerkennend mit der Zunge und zwinkert mir zu. »Sorry, ich hab dich ein wenig gestalkt. Arbeitest du eigentlich selbstständig als Fotografin?«

Oh, eine Erzähl-von-deinem-Leben-Fragerunde steht in den Startlöchern, und auch wenn ich kein Fan davon bin, ist es wohl das Mindeste, nachdem man mich so herzlich aufgenommen hat.

»Ja, schon«, setze ich also an und lege mein Besteck an den leeren Tellerrand. »Aber ich hatte Glück, weil ich für den *National Geographic* ein paar Jobs übernehmen durfte. Eine Strecke am Himalaja zum Beispiel. Und ... so Kleinigkeiten noch. Ein wenig verdiene ich mir auch mit Social Media dazu.«

Was in meinem Kopf das Potenzial einer unangenehmen Fragerunde gehabt hat, entpuppt sich als ausgelassener Austausch. All ihre Fragen von Social Media bis Reiserouten wirken nicht ausquetschend, sondern ehrlich interessiert.

»Dann warst du nie in Begleitung unterwegs?«, erkundigt sich Rosi, die dabei ganz sorgenvoll die Brauen verzieht. »Hattest du denn keine Angst?«

»Ach«, winke ich ab. Diese Frage habe ich so oft von Fremden gestellt bekommen, dass mir meine Standardantwort aus dem Mund ploppt: »Serienmörder-Hotspots habe ich vorsorglich gemieden. Und wenn ich mich doch mal an einem unangenehmen Ort wiedergefunden habe, prangte an meinem Rucksack der Spruch *Females are better at serial killing.*«

Rosis Mund formt ein kleines Oh, dann sagt sie: »Das habe sogar ich mit meinem schlechten Englisch verstanden.«

Stille. Ich räuspere mich, während mich die Frage quält, ob ich damit irgendwie eigenartig wirke, bis Samu neben mir loslacht. Und spätestens bei Paulinas »Na, so was brauche ich auch für meinen Rucksack« müssen wir alle gackern.

»Wo kommst du denn jetzt unter?«, fragt Omar, der Teamleiter, nachdem wir uns wieder eingekriegt haben.

Mein Blick huscht automatisch zu Samu, der heute Morgen noch wenig begeistert von meiner Wohnsituation war. Er fährt sich mit dem Daumen über die Unterlippe, sieht zu mir und übernimmt die Antwort: »Sie wohnt bei mir. Also in der Ferienwohnung.« Die kleinen Fältchen, die sich dabei um seine Augen bilden, schmeißen einen gigantischen Stein von meinem Herzen.

Hat Lexi mit ihren Worten recht gehabt, und die Wunden zwischen mir und Samu sind mit der Zeit doch verheilt?

Erleichtert schnappe ich mir mein Glas Cola und setze es an die Lippen, um zu kaschieren, wie sehr mich diese Tatsache freut. Doch ich halte inne und stelle das Glas zurück. Von mir aus soll Samu ganz genau sehen, wie froh mich seine Worte machen, denn ich werde ab heute dafür sorgen, dass wir die Vergangenheit abhaken und uns darauf konzentrieren, dass unsere Freundschaft so stark wird wie vor über vier Jahren.

Es ist fast Abend, als die Teller weggeräumt sind und die Anekdoten über die Mitglieder intimer werden. Cooper schnarcht auf dem Rücken liegend in einem Sessel und rülpst ab und an.

»Ah, und es gibt niemanden, der sich in den Bergen besser mit Flora und Fauna auskennt als Moritz«, erzählt Omar.

»Was ist mit mir?«, fragt Moritz, der mit Samu aus der Küche kommt. Beide haben die Hände voll mit Süßigkeitentüten.

»Man schwärmt von deinen grünen Bio-Standards«, witzelt Joscha und bekommt von Moritz eine Tüte Fruchtgummi gegen die Brust gedonnert.

»Halt's Maul, Frischling!«, kontert Moritz, während Samu die Tüten, mit Ausnahme von einer, in die Mitte des Tisches legt und sich wieder neben mich setzt. Gespannt fährt er mit den Fingern über den Rand der Verpackung, was mich daran erinnert, wie wir als Kinder vor einem dieser – rückblickend unglaublich ekligen – Süßigkeitenautomaten standen, die gern fünfzig Cent verschluckten. Wie Samu mal mit einem alten Hammer aufgetaucht ist, weil er bereit war, dieses Ding für mich zu knacken. Wie ich ihn davon überzeugt habe, den Automaten artig mit Münzen zu füttern, und wir als Dank nur Bauchweh kassierten.

Nachdem sich Samu einen süßsauren Vorrat gesichert hat, reicht er mir die Packung, doch ehe ich nach der Tüte greifen kann, kommt Paulina zu uns und stibitzt sie sich.

»Her mit dem Zeug, ich will's hinter mir haben.« Sie schiebt Samu auf seinem Stuhl nach hinten und setzt sich nonchalant auf seinen Schoß.

»Geht's noch? Du bist viel zu schwer!« Mit einem leichten Ruck zieht er an ihrem langen blonden Pferdeschwanz.

»Die Dinger sind echt widerlich«, meint sie, steckt sich aber gleichzeitig einen sauren Apfel in den Mund und reicht mir knisternd das Zeug rüber.

»Ach, stimmt ja«, wirft Rosi ein. »Liebe Victoria, du musst wissen, das Naschen ist bei uns Tradition.«

»Echt? Ich glaube, das ist meine liebste!« Während die Worte meinen Mund verlassen, verharrt mein Blick auf den beiden.

Samu kippelt mit den Füßen, um Paulina das Sitzen zu erschweren. Sie lachen, und obwohl sich etwas Unangenehmes in meiner Brust auszudehnen versucht, bin ich froh. Sie sind Freunde, und selbst wenn da mehr wäre, wäre das nach all der langen Zeit absolut in Ordnung. Samu hat so etwas verdient ...

»Egal, wie ein Einsatz ausgeht, es wird genascht«, dringt Rosis Stimme wieder an meine Ohren.

»Genau, jeder, der dabei war, wird dazu genötigt«, schiebt Paulina hinterher und blickt grinsend zu mir. »Du musst also mindestens einen essen.«

Artig schiebe ich mir einen sauren Apfel in den Mund.

»Sei froh. Wenn ein Einsatz nicht so gut endet, muss jeder noch mehr essen. Frustessen quasi«, meint sie grinsend.

»Klingt pädagogisch wertvoll.« Samu kneift ihr in die Hüfte.

»Sagt mal, wer hat das eigentlich eingeführt?«, will Joscha wissen, und Paulinas Grinsen verschwindet.

»Jonas«, antwortet Omar, und mein Herz bleibt stehen.

Samus Hände haben sich angespannt in Paulinas Pulli gegraben. Ich suche seinen Blick, doch er starrt ins Leere, als wäre er mit einem Mal kilometerweit entfernt.

»Ach, der Gute hat uns nach jedem Einsatz zu dem ungesunden Zeug genötigt«, sagt Rosi wehmütig. »Wir hatten ja keine Wahl, als es zur Tradition zu machen.«

»Wer hat morgen Pistendienst?«, grätscht Moritz neben mir ins Gespräch, und Ben geht darauf ein, fängt an, unsicher Namen in den Raum zu werfen, und wird von Omar unterbrochen, der selbstsicher den Dienstplan für die kommende Woche aufsagt.

Die Stimmung im Raum fährt wieder hoch, nur Samu scheint in seinen Gedanken festzuhängen, was das Bedürfnis in mir lostritt, ihn daraus zu befreien. Ehe mir jedoch einfallen will, wie mir das am besten gelingen kann, räuspert er sich und flüstert Paulina etwas ins Ohr. Sie nickt, steht von seinem Schoß auf, und im nächsten Moment verlässt er den Raum.

Ich springe auf und bringe meinen Stuhl ins Wanken.

»Hey!« Moritz fährt sich über die kurzgeschorenen blonden Haare und schüttelt beiläufig den Kopf.

Tief Luft holend ignoriere ich seine Warnung, denn ich bin mir sicher, dass Samu dabei ist, all seine Mauern hochzufahren. Und ich kann nur hoffen, sie aufhalten zu können, bevor sie unüberwindbar für mich werden.

Etwas, das ich nicht erneut zulassen werde.

Ich drehe mich um und bekomme aus dem Augenwinkel

mit, wie Paulina sich auf meinen Platz setzt und auf ihren Bruder einredet. Sein verletzender Kommentar »Er ist doch nur wegen der so drauf!« erreicht meine Ohren zwar noch, bevor ich aus dem Raum husche, aber Moritz' Meinung ist mir egal.

Wenn ich Samu nicht einhole, wird er mich verbannen, und zwar ganz genau so, wie er es nach Jonas' Beerdigung gemacht hat.

KAPITEL 10

Samuel

»Samu, warte!«

Ich bin noch nicht durch den Flur, da ist sie mir schon auf den Fersen.

»Hey, bitte warte. Können wir ... können wir kurz reden?«

Kommt gar nicht infrage.

Mit dem Unterarm wische ich mir übers Gesicht. Mir ist heiß und schwindelig und ... keine Ahnung, kalt?

Ziellos bleibe ich mitten im dunklen Eingangsbereich stehen und japse so aufgebracht, als hätte ich eben den höchsten Berg in Everstein bestiegen oder gleich den verfluchten Mount Everest.

Blende einfach alles aus.

Vorbeifahrende Autos und Straßenlaternen vor der Wache zeichnen schemenhafte Schatten an die Wand und bringen den Raum eigenartig in Bewegung, was mir nicht gerade dabei hilft, wieder klarzukommen.

Kontrolliere deine Atmung.

Bemüht, meinen Vorsätzen nachzukommen, stemme ich meine Hände in die Hüften und presse die Augenlider zusammen. Etwas, das tatsächlich hilft, denn bis auf dumpfes Rauschen in meinen Ohren dringt nichts mehr zu mir durch.

Fantastisch. Jetzt muss ich nur noch meine Lunge davon überzeugen, dass eine Atemmaske nicht die beste Lösung für mein Problem ist. Und ich dachte, dieser Scheiß sei längst überstanden.

Es gibt vierzehn Achttausender, für deren Erklimmen eine Atemmaske wünschenswert wäre. Einer davon ist der Manaslu mit 8.163 Metern. Er liegt in Nepal, wie der Dhaulagiri, der noch mal vier Meter höher ist. Ich kenne sie alle, ich muss mich nur konzentrieren.

Zwölf Gipfelzählungen später atme ich immer noch heftig. Mir fehlen zwei weitere, dann ist meine Aufzählung komplett.

Da wäre der Nanga Parbat, aber ich kann mich nicht an die exakten Meter erinnern. 8.000 ... 8.000 ... verflucht: 8.027 Meter? Nein, die hat der Shishapangma in China. China. Ob Vic mal in der Nähe von ihm war? Dass sie im Himalaja unterwegs war, weiß ich.

Apropos Vic.

Ein kühler Windzug streift mein Gesicht, und ich öffne die Augen, nur um meinen Blick auf das weit offen stehende Fenster vor mir zu richten. Etwas irritiert fahre ich mir über die Stirn und beobachte, wie eine Erste-Hilfe-Broschüre vom Fensterbrett flattert. Weit kommt sie nicht, da sie sich an die frostig schimmernde Motorhaube meines Dienstwagens heftet, der gleich davor parkt.

»Jetzt geh schon auf!« Vics quengelnde Stimme und ein ruckelndes Geräusch lenken meine Aufmerksamkeit zurück in den Raum. Ich drehe mich in ihre Richtung, wo sie wenig erfolgreich versucht, das zweite Fenster zu öffnen. Den Griff zu malträtieren, trifft es eher, denn so wie Vic an ihm ruckt, könnte man meinen, sie würde es darauf anlegen, das Fenster aus der Vorrichtung zu reißen.

»Es ist defekt«, sage ich abgehackt.

»Ach so«, flüstert sie, lässt davon ab und schaut über die Schulter zu mir. Aber nur kurz, schnell dreht sie sich zurück zum Fenster, das sich mit der Falschen angelegt hat. »Vergiss bitte alles, was ich gesagt habe. Ich habe mich heute einfach nicht im Griff«, murrt sie vor sich hin und lässt sich in ihrem Tun nicht beirren. Stattdessen nimmt sie den Knauf in beide Hände, zieht daran, und auch wenn ich ihr Gesicht gerade nicht sehe, entgeht mir das schnaubend keuchende Geräusch nicht. »Ich glaube, ich hab's gleich.« Sie entscheidet sich für eine neue Taktik und stemmt sich gegen das Fenster.

»Gleich hast du den Griff …«, krächze ich, aber sie fällt mir ins Wort, ehe ich auf den Punkt komme.

»Moment noch! Die frische Luft tut dir gut.«

Mit einem widerspenstigen *Plopp* springt das Fenster tatsächlich auf, und Vic taumelt ein paar Schritte zurück, wobei sie ein triumphierendes »Ha!« von sich gibt.

»Voll im Griff«, beende ich meinen angebrochenen Satz, und das mal so richtig flach. Wow. Doch an gescheitere Worte ist nicht zu denken, denn mit einem Mal stehe ich im Durchzug. Eiskalte Luft fährt mir über die Haut und durch die Haare und führt dazu, dass sich jedes Härchen in meinem Nacken aufstellt. Fast etwas beflügelt lasse ich die Hände sinken, sauge frostige Luft auf und erlaube dem Chaos in meinem Kopf, sich mit dem Wind auf den Weg zu machen.

»Geht es wieder?«, fragt Vic nach einer Weile. Sie tritt aus dem Schatten und bleibt einen, vielleicht zwei kleine Schritte vor mir stehen. »Mir hilft frische Luft immer, wenn alles zu viel wird.«

Der Lichtschein der Parkplatzlaterne hat sich an ihre Silhouette geschmiegt und lässt sie wie einen verdammten Engel leuchten. Nur ihr Gesicht liegt dank meines Schattens halb im Dunkeln. Als würde ich sie beflecken.

»Sag mir, was ich noch tun kann«, haucht sie und sieht mich so eindringlich an, dass ich die Luft anhalten will, die ich mir eben so hart erkämpft habe. »Soll ich vielleicht Moritz holen? Oder Cooper?« Ihre Pupillen bewegen sich unruhig hin und her, als würde sie jeden Millimeter meines Gesichts nach Antworten absuchen.

»Killer Mountain«, fasle ich und spüre, wie meine Mundwinkel sich nach oben ziehen, ganz ähnlich wie Vics Brauen. »So nennt man den Nanga Parbat auch. Wusstest du, dass ein Österreicher ihn als Erster bestiegen hat?«

»Ist mir zu Ohren gekommen.«

»8.125 Meter, ohne Maske, ohne künstlichen Sauerstoff.«

»Man sagt sich, dass er dabei unter Drogen stand. Pervitin, richtig? Damit war er high wie Schmitz' Katze und hat jeden Ehrenkodex gebrochen.« Sie verzieht die Lippen zu einem frechen Grinsen und bändigt ihre dunklen Haare, die sich bei dem Durchzug sofort wieder verselbstständigen.

»Klugscheißerin.«

Schweigend sehen wir uns an. Selbst bei dem schwachen Licht schimmert das Grau ihrer Augen hell auf.

»Ich kann auch bleiben«, sagt sie mit gedämpfter Stimme, und mir kommt in den Sinn, dass sie mich etwas gefragt hat. »Wir müssen nicht reden, aber ich kann bleiben, wenn das für dich okay ist.« Mit verschränkten Armen macht sie einen zaghaften Schritt auf mich zu.

»Okay.«

»Okay.« Sie beißt sich auf die Unterlippe und schmunzelt.

Ich denke an den Moment, als ich in die Ferienwohnung

geplatzt bin und wir unser eigenartiges erstes Gespräch hatten, in dem ebenso viele peinliche »Okays« vorkamen.

»Samuel.«

Eine Gänsehaut breitet sich auf meiner Haut aus, die nichts mit der eisigen Kälte um uns herum zu tun hat. Wie konnte ich nicht checken, dass es von Anfang an Vic war? Fein, dass der Groschen nicht gefallen ist, als Lexi bloß von einer Fotografin sprach. Aber als ebendiese unter meiner Dusche stand und dieser kitschige Song von *Greatest Showman* lief? Absurd. Noch absurder, dass das erst neulich Abend war.

Ich überwinde den letzten Schritt zwischen uns und komme ihr so nah, dass sich unsere Schuhspitzen beinahe berühren. Sie schaut nach unten, und als ihr Blick wieder nach oben wandert, entgeht mir nicht, wie er auf meinen Lippen verharrt. Vic lässt die Arme sinken. Ihr Atem streift meinen Hals, kitzelt über mein Kinn und verleitet mich, die Augen zu schließen.

»Verflucht, Vic«, raune ich, während ihre Brust bei jedem Atemzug meine berührt. Ich bilde mir ein, ihre Hände ganz nah an meinen zu spüren.

»Wegen vorhin.« Sie zögert, scheint nach den richtigen Worten zu suchen. »Es gibt da etwas, das mir auf der Seele brennt, das ich dir gern …«

Eine kaum spürbare Regung reicht aus, und Vic verstummt. Ich kann sogar hören, wie sie den Atem anhält. Mein Handrücken streift ihren, und eine weitere winzige Bewegung später berühren sich unsere Zeigefinger. Ihrer ist eisig kalt, meine Hand ganz warm. Langsam drehe ich sie zu mir um.

»Du wirst immer mein bester Freund sein«, sagt sie erstickt.

Ich öffne meine Augen, löse unsere Hände voneinander und lasse ihre Worte sacken. Wie können ihr jetzt diese Gedanken kommen? Das kann sie doch nicht ernst meinen.

»Das ist falsch. Nein, ich kann das nicht. Scheiße, Vic.« Ich wende mich von ihr ab, und *sein* Blick trifft geradewegs mein schlechtes Gewissen. Dass Jonas' Aufnahme keine fünf Meter neben mir in Dunkelheit ertrunken ist, hat meinem Kopf genügt, ihn einfach auszublenden. Das hätte nie passieren dürfen. Heute Morgen habe ich mir noch eingeredet, Vic hassen zu können, und nun bin ich auf dem besten Wege, meine Fehler von damals zu wiederholen, oder was?

Mit einer Hand fahre ich mir durchs Haar. »Das geht nicht«, sage ich laut und schließe die Fenster wieder. Ich bin immer noch so verkorkst drauf? Warum habe ich nichts aus meinen Fehlern gelernt?

»Das geht nicht?«, wiederholt Vic aufgebracht. »Ich verstehe nicht ... Geht es hier um diese Nacht?«

Glücklicherweise schließt das Fenster besser, als es sich öffnen ließ.

»Wenn es um diese eine Nacht geht, Samu, können wir nicht einfach so tun, als ob es sie nie gegeben hätte?«

Ich lache bitter auf und sehe zu Vic, die verloren im Zentrum des Raumes steht. »Natürlich. Wir tun einfach so, als ob wir nie miteinander geschlafen hätten.«

Ihr verzweifeltes Nicken dreht mir den Magen um und kurbelt meine Wut an, die die letzten Stunden Urlaub gemacht haben muss.

»Richtig, ich habe total vergessen, dass man so ja jedes Problem im Hause Sommer löst.« Auch wenn es die perfekte Steilvorlage war, beweist mir ihr augenblickliches Schweigen, was für ein hässlicher Move es war, ihre Familie zu erwähnen. »Das hätte ich nicht sagen sollen.«

»Stimmt. Aber du kannst mir sagen, was los ist.«

Ich weigere mich, sie anzuschauen, und lehne mich über den Empfang der Leitstelle. Strecke meine Finger nach dem Lichtschalter aus, und als das Deckenlicht den Raum flutet, stoße ich Elvis an. Die Wackelfigur, die dank des Durchzugs schon bis an den Rand gewackelt sein muss, rutscht gänzlich darüber und landet dumpf irgendwo hinter dem Drehstuhl. Scheiß drauf! Von mir aus soll diese olle Puppe genau so im Eimer sein wie wir.

»Ich wollte nicht reden, Vic, weil ... Verdammt! Eigentlich will ich nichts von alledem.«

Sie blinzelt.

»Das Problem ist, dass wir zu nichts führen. Wir können uns auch nicht alles von der Seele reden und auf heile Welt machen, weil es verdammt noch mal nicht um uns geht!«

Auch wenn ich mir einrede, dass sie gegen das heftige Neonlicht anblinzelt, muss ich hart schlucken. Ich will nicht wütend sein, ich will sie nicht verletzen. Ich will dieses ganze Chaos nicht.

»Du meinst Jonas«, sagt sie geschwollen.

Seinen Namen aus ihrem Mund zu hören, lässt mein Herz in einem schmerzhaften Rhythmus schlagen. Mein Blick huscht wie ferngesteuert hinter Vic. Neben ein paar Stühlen und einem Zeitungsstand, in dem Karten und Routenplaner ausliegen, steht die hohe Glasvitrine.

Auf dem obersten Regal, über Urkunden, Verdienstorden und einem offiziellen Dankesschreiben zum Ehrenamt des Oberbürgermeisters Robert Sommer, steht *sein* Foto.

Schwarzweiß. Mit dickem schwarzem Rahmen.

Ich muss meine Stimme davon überzeugen, nicht zu zittern, um den Satz, der mir im Rachen anschwillt, hinter mich zu bringen. »Wir sind keine Freunde, Victoria. Wir haben eine Vergangenheit, und die wird uns immer verbinden. Aber wenn ich dich ansehe, sehe ich am Ende des Tages nur das, was ich verloren habe. Deswegen kann ich auch nicht so tun, als hätte es diese Nacht nicht geben.«

Das ist der Moment, in dem sich eine verlierende Stimme in meinem Kopf nichts sehnlicher wünscht, als dieses Domino an Worten aufzuhalten. Zumal Vic bei jedem einzelnen zu schrumpfen scheint. Einen Arm hat sie fest um sich geschlungen, die Schultern sind hochgezogen, und eine Hand krallt sie in den Saum ihres Oberteils zwischen Halsbeuge und Schulter. Und das grelle Licht will mir nicht mal verschweigen, dass sie sich gerade derb in die Wangeninnenseite beißen muss, da die kleine Kerbe, die sich dabei bildet, unübersehbar ist. Aber die Wahrheit ist nun mal in Stein gemeißelt. In einen verdammten Grabstein.

»Wären wir damals nicht schwach geworden, wäre Jonas jetzt hier. Scheiße, er würde sogar ganz sicher hinten sitzen und in diesem albernen Darth-Vader-Ton jedem seine nervigen Weingummis andrehen.«

KAPITEL 11

Victoria

Samu lässt mich mit seinen alles vernichtenden Worten stehen. Er geht an mir vorbei, ohne mich noch ein einziges Mal anzusehen, biegt in den Flur, und einen Moment später bestätigt Coopers Bellen, dass er wieder bei den anderen ist.

Mit zittrigen Knien setze ich mich auf einen der Stühle neben der Vitrine, während dutzende Gedanken durch meinen Kopf wirbeln. Ohne dass eine Antwort aufploppt, wie alles nur so schieflaufen konnte.

Habe ich es verbockt? Bin ich mal wieder zu verbissen gewesen? Aber ich bin doch nicht auf den Kopf gefallen. Samu hat gewollt, dass ich bleibe, er hat sein Okay geben, und er ist von sich aus auf mich zugegangen.

Mehr als das, schallt es zwischen all den tosenden Gedanken in einer Lautstärke, die direkt in mein Herz dringt. Gleichzeitig wird mein Blick auf die Aufnahme von Jonas gezogen. Auf seinen typischen Half Bun und das unterschwellige Grinsen, eine Kombination, die ihm immer einen Hauch Jason Momoa verlieh.

Wir führen zu nichts. Stimmt das?

Ernüchtert ziehe ich ein Haargummi von meinem Handgelenk und drehe meine Haare zu einem Dutt zusammen, von dem mir total egal ist, wie er aussieht. Weil ich zwar keine Ahnung habe, was ich jetzt mit mir anstellen soll, aber zu einer Million Prozent nicht zurück zu den anderen gehen werde. Wie er.

Tut er damit nicht genau das, was er mir vorgeworfen hat?

Einen auf heile Welt machen. Na ja, vielleicht geht es ihm eher darum, dass seine Welt intakt bleibt, solange ich kein Teil davon bin.

Weil er dann nicht an seinen Verlust erinnert wird.

Eine hämische Stimme in meinem Kopf liest mir einen einfallsreichen Flugplan vor, der von München zum Rest der Welt führen könnte. Eine verlockende Vorstellung, aber ich habe keinen Grund mehr, abrupt abzuhauen. Meine schlimmsten Vorstellungen sind überwunden, und ich muss nur noch beenden, was ich angefangen habe. Wenn diese Fotostrecke erledigt ist, kann ich ohne Ballast in die Welt springen. Dann habe ich meinen Schlussstrich in der Tasche. Und das ist genau das, was vor wenigen Stunden noch meine Hoffnung war, oder etwa nicht?

Jedenfalls, bevor das Gefühlskarussell durchdrehte und mit den Worten »Wir sind keine Freunde« einen Totalschaden erlitt.

Ich kaue an meiner Unterlippe rum, die schmerzhaft rebelliert und sich unangenehm geschwollen anfühlt, dabei biegen meine Gedanken schon wieder falsch ab. Vielleicht könnten wir ... Was? Noch mal miteinander reden? Das Thema ist durch. Samu hat unmissverständlich gesagt, was Sache ist, und das muss ich akzeptieren, egal, wie weh es tut.

Freundschaften verblassen. Mit wie vielen aus der Unizeit in London bin ich noch befreundet? Einer Handvoll etwa? Welche Freundschaft geht noch über einen Follow, ein paar Likes und eingeschlafene Gruppenchats auf WhatsApp hinaus? Obwohl der Abschluss gar nicht lange her ist, sind es bedrückend wenige.

Lexi. Hauptsache, das mit Lexi bleibt. Ich zücke mein Handy, und mir fällt ein, dass ich vorhin gar nicht auf ihre Nachricht geantwortet habe – das kann ich jetzt allerdings auch nicht, denn mein Handyakku hat den Geist aufgegeben.

Seufzend lege ich das Gerät auf den Stuhl neben mir, beuge mich vor und stütze meinen Kopf in die Hände. Spitze. Vermutlich sollte ich diesen Tag einfach als tiefsten Tiefpunkt abstempeln. Ich massiere meine Schläfen und flehe mein Hirn an, mir einen Plan vorzulegen, wie ich von hier wegkomme, ohne zu den anderen ins Speisezimmer gehen zu müssen. Und ohne mir ein Taxi rufen zu können.

Eine feuchtkalte Hundenase stupst meinen Handrücken an, weshalb ich überrascht die Hände wegnehme und mein Gesicht prompt von Coopers Zunge in Beschlag genommen wird. Ich setze mich aufrecht, wische mir über die Stirn und nehme einen salzigen Geschmack wahr, der sich über meine Lippen legt. Doch mir wird klar, dass ich diesen nicht seinem Schmatzer zu verdanken habe, als ich Cooper nur durch einen Tränenschleier erkenne.

»Hey, du«, murmle ich und schniefe. »Was machst du hier?«

Cooper presst sich zwischen meine Schenkel, und als wäre es ein unausgesprochenes Gesetz, fast etwas wie ein Impuls, kraule ich ihn hinter den Ohren.

»Na los.« Ich will Cooper gerade vorschlagen, wieder zu seinem Herrchen zu gehen, da bleiben mir meine Worte im Halse stecken. Neben Schritten, die dem Eingangsbereich näher kommen, bin ich mir sicher, Omars raue Stimme zu erkennen.

»Und das mit den Leitungen klappt jetzt?«, fragt er.

Samus ausweichendes Lachen ist noch weniger zu überhören.

Klar, klar, klar. Immerhin ist das auch der Ausgang. Was hat mich annehmen lassen, ich wäre hier lange allein? Meine Wangen glühen, ich will mich verstecken, und kurz kommt mir die kindliche Idee, mich einfach vorzubeugen und mein Gesicht in Coopers Fell zu vergraben. Aber was dann?

»Hauptsache, ihr sagt das nächste Mal Bescheid, ehe alle Pfoten im Wasser stehen.« Omars Stimme wird immer deutlicher, was heißt, dass er gleich um die Ecke kommen muss, genau wie ...

»Ich bin optimistisch«, sagt Samu.

Wo soll ich hin? Ich sehe weder danach aus, noch vertraue ich mir selbst genug, einen auf Friede, Freude, Eierkuchen zu machen. Sie wollen raus, also reiß dich zusammen, lächle, und halte die Situation aus. Mit meinem Ärmel wische ich mir übers Gesicht, in der Hoffnung, mögliche Pandaaugen loszuwerden, als mein Hirn mit der Info um sich wirft, dass meine Kamera ja noch in Samus Dienstwagen liegt. Und ich nur an sie komme, wenn ich ihn anspreche. Was das Gegenteil von Aus-dem-Weg-Gehen ist.

»Sicher. Du bekommst das schon hin, Junge.« Omar tritt in den Raum und lächelt ein warmherziges Lächeln, sobald er mich entdeckt. »Da bist du ja, Victoria.«

Ich springe auf. So überstürzt, dass Cooper, der noch voll im Kraulmodus gewesen ist, erschrocken zurückweicht.

Nun tritt auch Samu hervor. Wir sehen uns an, seine Lippen formen sich zu einem Pfiff, der seinem Hund gilt, und doch bilde ich mir ein, darin einen abfälligen Unterton zu hören, der nur mir gelten kann.

»Aber leider habe ich es eilig. Schön, dass du uns heute

schon begleitet hast.« Omar reicht mir seine Hand zum Abschied. Sein Händedruck ist kurz, aber fest, was mir hilft, meine Aufmerksamkeit auf ihn zu richten und seine Worte mit einem schiefen Lächeln zu erwidern.

»Die Zwillinge killen mich, wenn ich nicht vor dem Sandmann daheim bin.« Er wirft einen prüfenden Blick auf seine lederne Armbanduhr. »Hat es dir denn gefallen?«

»Ja, es war toll. Wirklich interessant und nervenaufreibend«, gebe ich piepsend von mir. Aus dem Augenwinkel sehe ich ungewollt, wie Samu heftig schlucken muss.

Von der Stimmung zwischen uns scheint Omar jedoch gar nichts mitzubekommen, er wird vielmehr wie ein Magnet Richtung Ausgang gezogen. Als dann auch noch sein Handy klingelt, sieht er mit einem Grinsen zu uns, salutiert mit dem Smartphone in der Hand, und ich kann noch hören, wie er lachend »Ich bin ja gleich da« ins Telefon ruft, ehe er aus der Wache stürmt.

Samu hastet zur Tür und hält sie auf, indem er sich gegen sie lehnt. Mit einer Kopfbewegung gibt er Cooper das Okay, nach draußen zu huschen, und erst einen gedehnt langen Atemzug später sieht er zu mir.

»Liegt hinten im Raum noch etwas von dir?«

Überfordert schiebe ich meine Hände in die Potaschen meiner Jeans und beobachte, wie Cooper draußen die Ohren spitzt, sobald er das Bellen eines anderen Hundes hört. Frostige Temperaturen ziehen herein, und ich frage mich, wie diese schreckliche Kälte vor ein paar Minuten noch Teil eines besonderen Moments gewesen sein konnte. Schön wäre das falsche Wort, verbunden trifft es eher. Ein Wir-Moment, der mir verdeutlicht hat, wie sehr ich uns vermisst habe. Wie soll ich dieses Gefühl wieder loswerden?

»Ich habe …« Er macht eine Pause, und mir bleibt keine

logische Option mehr, seinem Blick zu entkommen. »... auf die Schnelle nichts gefunden«, schiebt er nach, wir sehen uns an, und ich kann erkennen, wie angespannt seine Wangenmuskel sind.

Ich schüttle den Kopf, beiße die Zähne zusammen und gehe auf ihn zu, um die Leitstelle zu verlassen. Aber Samu stellt sich mir in den Weg und reicht mir die rote Jacke.

»Es ist deine«, sage ich irritiert.

»Na schön.« Er seufzt, drückt sich an mir vorbei und geht zurück in die Wache. Weil ich mir aus seinem Verhalten keinen Reim machen kann, drehe ich mich um und beobachte, wie er mein Handy von einem der Stühle hochhebt. Beschämt stemme ich mich gegen die Tür und muss schlucken.

»Aber das ist deins.« Er bleibt vor mir stehen und reicht mir das Telefon.

»Danke«, krächze ich.

»Komm. Ich bringe dich nach Hause.« Nachdem diese Worte seine Lippen verlassen haben, bildet sich eine Falte zwischen seinen Brauen. Aber mir wird auch klar, dass er nicht mit der Intention zu den anderen gegangen ist, dortzubleiben.

»Nein danke«, platzt es aus mir. »Ich laufe. Nur hätte ich gern meine Kamera wieder.« Meine Worte verleiten ihn dazu, länger als nötig die Augen zu schließen. Im Ernst? Ist er genervt?

Er geht raus, und mir bleibt keine Wahl, als ihm zu folgen, wenn ich meine Kamera zurückmöchte. Vor dem Wagen bleibt er stehen und zieht einen feuchten Flyer von der Motorhaube. Das klebrige Papier haftet an seinen Fingern, seufzend stopft er es in seine Jackentasche und fährt zu mir herum.

»Du möchtest zehn Kilometer laufen? Bei der Kälte? Und

dazu ohne Jacke?«, fragt er und deutet auf die Straße, wobei er mich direkt ansieht und viel weniger angriffslustig klingt als erwartet. Eher gequält, was zusammen mit seinem stoßhaften Atem, der sichtbar gen Himmel steigt, das Bedürfnis in mir weckt, erneut meine Unterlippe zu foltern.

Ich reibe mir über die Oberarme und folge mit dem Blick den kleinen ausgeatmeten Wolken in den sternenklaren Himmel. Irgendeine Sternschnuppe mit Expresslieferung unterwegs? Ich bräuchte ganz dringend ein schwarzes Loch unter mir, um aus dieser Situation zu verschwinden. Ich will mit ihm nicht in einem Wagen sitzen. Gut, das mit dem Laufen wird vielleicht problematisch, aber ich könnte ja jemanden von den anderen fragen.

»Es ist kein Problem, dich zu fahren«, sagt er, als hätte er meine Gedanken gelesen.

Für mich schon.

»Ich fahre eh an der Ferienwohnung vorbei, also kann ich dich auch dort absetzen.« Er macht eine Pause, und mein Herz schnürt sich zusammen, aus Angst, was er noch sagen könnte.

»Okay«, bringe ich raus. Um ehrlich zu sein, habe ich heute genug von ihm gehört. »Ich fahre mit dir.« Meine Stimme bricht weg. »Aber du hattest recht mit dem, was du vorhin meintest.« *Wir führen zu nichts.* Endstation. »Zwischen uns ist alles gesagt.«

Er pfeift Cooper zu sich, der gerade dabei ist, sich an einem gestutzten Rhododendron zu erleichtern. »Fein.« Samu streckt seine Hand in meine Richtung aus. »Dann muss ich nur noch Cooper verladen, und wir können los.«

Ich nicke.

»Die Autoschlüssel wären dafür ganz praktisch.«

Stimmt, die sind ja in *meiner* Hosentasche.

Zehn Kilometer können unendlich lang sein. Dass wir nicht reden würden, ist zu erwarten gewesen. Trotzdem fühlt sich jede Regung falsch an. Aber wie soll man sich verhalten? Wenn es nicht mal einen vernünftigen Grund gibt, um zu streiten? Man aber auch nicht so tun kann, als wäre nichts?

Zu sehen, dass unser Schweigen ihn nicht kaltlässt, löst keine Zufriedenheit in mir aus, sondern dreht dieses Riesenrad mit messerscharfen Gondeln in meinem Bauch bloß schneller.

In den letzten Minuten waren seine einzigen Bewegungen die zum Radio, wofür ich ihm dankbar bin. Und eine zum Knopf der Sitzheizung, wofür ich ihm noch dankbarer bin.

Nun ist mir jedoch so heiß, dass nicht nur meine Hände schwitzen, sondern krause Babyhaare, die sich aus meinem Zopf gelöst haben, an meiner Stirn kleben. Aber hey, der Seitenspiegel hat mir gezeigt, dass das Panda-Drama in meinem Gesicht nicht dem Bild in meinem Kopf gleichkommt.

»Ihr Lieben, bevor wir bald einem Montagmorgen entgegenblicken müssen, heißt es: Zieht euch die gute Mucke rein, der Sonntagabend will gefeiert werden.« Auch wenn mir die fröhliche Stimme des Radiomoderators auf die Nerven geht, macht mein Herz einen Hüpfer, als AJRs *The Good Part* einsetzt.

Have I done my best here, or will I be here next year ...

Ich liebe diesen Song. Er hat mich begleitet, als ich in London gestrandet bin, als ich den Mut gefunden habe, völlig losgelöst zu tanzen, allein im Wohnheim oder mit anderen Studierenden auf irgendwelchen WG-Partys.

Doch noch ehe der Refrain ertönt, ist das Radio aus.

Überrascht sehe ich zu Samu, der das Lenkrad fest umklammert. So fest sogar, dass seine Knöchel weiß hervorstehen und ich mir einen Kommentar verkneife.

»Wir sind da«, sagt er stattdessen und fährt an den Straßenrand. Er parkt genau so vor den Tannen, dass ich zum Kiesweg, der zum Haus führt, aussteigen kann.

»Danke fürs Bringen.« Ich klinge, als hätte ich einen fetten Wattebausch im Mund. Dem Anschein nach hat Samu nichts mehr hinzuzufügen. Er trommelt nur mit dem Daumen gegen das Lenkrad, weshalb ich mir den Riemen meiner Kameratasche um den Hals hänge und am Türöffner ziehe. Sofort geht das Licht im Wagen an, und unsere Blicke treffen aufeinander, als wäre das die natürlichste Reaktion.

»Lass mich das noch sagen«, sagt er gehetzt.

Unsicher, ob ich nicht lieber rausspringen soll, hänge ich eigenartig schwankend an der Wagentür.

»Die Sache mit uns, Vic, ist das eine. Aber du bist hier zu Hause. Du hast jedes Recht, hier zu sein. Ich will dir nicht das Gefühl geben, dass es nicht so ist.« Er presst die Lippen zusammen, und ich kann sehen, wie eine Ader auf seiner Schläfe hervortritt. Würde ich näher kommen, ihn überhaupt richtig ansehen, dann könnte ich sie sicher pulsieren sehen.

»Schon verstanden. Ich bin willkommen, solange ich dir aus dem Weg gehe.« Den schnippischen Ton habe ich nicht beabsichtigt. Wie ein kleines Kind. Doch mir kommt Jette in den Sinn, die in dieser Situation vermutlich einen reiferen Spruch auf Lager hätte, und steige einfach aus.

Trotz des frühen Abends wirkt die Nachbarschaft wie eingeschlafen, und jedes kleine Geräusch drängt sich in den Vordergrund. Selbst das Flattern eines großen Vogels, der erschreckt aus einer der Tannen in den Wald hinter dem Alpenhaus fliegt, klingt gestochen scharf.

Und doch wäre ich lieber im Wagen geblieben. Hätte ich nur geahnt, was mich erwartet. Kurz spiele ich sogar mit dem Gedanken, einfach umzudrehen, die Tür aufzureißen und wieder hineinzuspringen. Immerhin kann die Situation mit Samu kaum schlimmer werden, oder?

Nach der Hitze im Wageninneren brennt sich die frostige Luft beißend in meinen Körper. Aber ich bleibe nicht wegen des Temperaturumschwungs wie erstarrt auf dem Fleck stehen.

»Alter, Vicky! Willst du mich verarschen?«

Sondern weil ich in meiner persönlichen Hölle gelandet bin.

»Vincent«, sage ich aufgescheucht, während ich das Brummen des Motors vom Wagen noch hinter meinem Rücken wahrnehme. Vielleicht wirft Samu mir gerade einen Rettungsring zu?

»Eine beschissene Ewigkeit bist du nicht hier, und das Erste, was dir bei deiner Rückkehr in den Sinn kommt, ist er?« Vincents dunkle Locken fegen nach hinten, so stürmisch kommt er vom Alpenhaus über den beleuchteten Kiesweg auf mich zugelaufen. Ich hebe abwehrend meine Hände, nur bin ich nicht sein Ziel.

Vincent streift mich mit seiner Schulter, die viel höher ist als in meiner Erinnerung, und hämmert gegen das Autodach. Heftig, aufgebracht und mit Beschimpfungen, die mir den Magen umdrehen. Oh Gott. Oh Gott, wie katastrophal kann ein Tag noch werden?

»Vince, hör auf!«, rufe ich schrill und zittere auf einmal heftig. Um Vincent von seinem Tun abzuhalten, greife ich nach seinem Arm, doch er schafft es gar nicht mehr, weiter gegen das Auto zu hämmern, denn es rollt langsam an, und nur eine Sekunde später drückt Samu aufs Gas und verschwindet.

»Genau! Hau ab! Bist wohl zu feige, was?«

Ich ziehe an Vincents Jacke und wappne mich für den

Blick aus den stürmischen grauen Augen meines kleinen Bruders.

»Was soll das?«, frage ich schnaubend.

»Das fragst du mich?« Mit einer Hand fährt er sich durchs Haar, ballt sie zwischen seinen Locken zur Faust und sieht mich fassungslos an. »Dieser Mistkerl ist schuld daran, dass du abgehauen bist, und du fragst *mich*, was das soll?«

»Das ist kompletter Schmarrn, und das weißt du!« Ich klinge immer noch gereizt, denn meine Social Batteries sind nicht nur leer, sondern zerbröseln regelrecht.

»Ach ja?« Vince streift meine Hand von seinem Arm. »Dann habe ich das mit fünfzehn wohl *echt* falsch gedeutet.«

Mit meiner immer noch zitternden Hand umklammere ich den Riemen meiner Kameratasche. »Dafür habe ich jetzt *echt* keinen Nerv«, sage ich und lasse ihn auf dem Bordstein stehen. Mein Hals kratzt, als hätte ich heute mehr geredet als in den vergangenen Jahren zusammen. Und sehr wahrscheinlich habe ich das sogar. Gäbe es einen Hashtag unter meiner Persönlichkeit, würde der sicher *#ZwischenmenschlichInkompatibel* lauten.

Aber Vince folgt mir bis zu den Stufen, die in die erste Etage führen. Eine Außenlampe mit Sensor lässt ein schwarz schimmerndes Motorrad erscheinen, das direkt neben dem Haus steht.

»Was ist das?«, frage ich irritiert und bleibe abrupt stehen.

Vincent überholt mich und versperrt mir den Weg nach oben, indem er sich breitbeinig auf die Stufen über mir stellt.

Er ist alt genug, aber das zählt in unserer Familie nicht. Ich schaue zu dem eleganten schwarzen Sprungbrett in den Tod. Von allem, was ihm einen Kick bescheren kann, legt er es darauf an, einer Maschine zu trauen?

»Du fragst dich, wie ich sie überzeugt habe, richtig?« Sein

Lachen klingt eigenartig brüchig und lässt mich aufschnauben.

»Vermutlich wissen sie gar nichts davon.« Unsere Eltern sind gegen jedes Hobby gewesen, das gefährlicher als Federball war. Dennoch sind die silbern eingravierten Buchstaben *VS* schräg über dem Hinterrad nicht zu übersehen.

Das *S* ist größer und in gewohnt schnörkeliger Form, wie auf jedem Eigentum der Familie Sommer. Ein Logo, von dem Vincent sich nicht trauen würde, es unerlaubt zu nutzen.

»Du bist volljährig«, sage ich abwinkend und schiebe mich an ihm vorbei. Kurz darauf ist er mir so dicht auf den Fersen, dass unsere Schritte ein aufgebrachtes Poltern auf den Eisenstufen erzeugen.

»Kannst du mir jetzt erklären, was das soll?«

Ich schüttle den Kopf und atme erleichtert aus, als ich die Eingangstür erreiche. »Tut mir leid, Vincent, können wir ein andermal reden? Ich habe einen echt krassen Tag hinter mir.«

»Mit ihm?«

Ich presse seufzend die Augen zusammen. »Mit der Bergrettung, okay?« Ich grabe in meiner Kameratasche nach dem Hausschlüssel. »Woher weißt du eigentlich, dass ich hier bin?«

Jetzt hat sein Lachen wieder diesen starken Unterton, der mich an unseren Vater erinnert. »Deine Umfrage: Wer errät, wo ich bin? Surprise, dein kleiner Bruder folgt dir auf Instagram und konnte sogar eins und eins zusammenzählen, nachdem du eine Story vor diesem Haus hochgeladen hast.«

Wegen des schwachen Lichts erscheint sein Gesicht bleich, schmaler, und das Muttermal neben seinem rechten Nasenflügel wirkt größer. Aber das hat ihn nie gestört. Während ich meines mit Tonnen von Make-up verschwinden lassen wollte, hat seines ihm zu einem noch größeren Selbstbewusstsein verholfen.

»Ich dachte, du bist in München«, antworte ich ausweichend und stecke den Schlüssel ins Schloss.

»Tja, wie du siehst, hat sich einiges verändert. Und überhaupt, was hätte das für einen Unterschied gemacht? Hätte ich da deine geniale Story etwa nicht gesehen? Oder wartet dort irgendwo eine deiner legendären Postkarten auf mich? *Liebe Grüße, bin gerade in Everstein*?«

Aufgebracht wende ich mich ihm zu. »Ich wollte mich melden!«

Vincent öffnet den Mund, aber ich komme ihm zuvor.

»Ich habe ziemlich ungeplant ein Projekt bei der Bergwacht angenommen.« Ich schiebe mich durch die Tür, drehe mich um und schaue entschuldigend zu ihm hoch.

»Und weiter?« Er verschränkt seine Arme vor der Brust und zieht die Schultern hoch. Diese Geste lässt sofort den fünfzehnjährigen Vincent vor meinem inneren Auge entstehen.

In mir zieht sich alles zusammen, auch wenn ich mir ein Schmunzeln nicht verkneifen kann. Weil ich in seinem Verhalten dieselbe Verbissenheit sehe, mit der ich heute in den Tag gestartet bin. Also versuche ich, mich zu erklären: »Du weißt doch, dass Samu ein Teil der Bergrettung ist. Da müssen wir zusammenarbeiten, das ist unumgänglich.«

Vince schweigt und wartet auf mehr, was mein schlechtes Gewissen ankurbelt. Es gewinnt sogar gegen jede Zelle meines Körpers, die nach Pause schreit, weshalb ich die Tür weit aufdrücke. »Möchtest du mit reinkommen?«

Er schielt in die Wohnung. Ob er sich daran erinnert, wie sie früher ausgesehen hat? Ob er noch weiß, wie oft wir beide hier gewesen sind und Samus Eltern auf uns aufgepasst haben? Dass er immer zu Samu aufgesehen hat?

»Lass stecken«, rudert er zurück, und ich sehe ihn mit hochgezogenen Brauen an. »Versteh mich nicht falsch, ich würde meiner Sis ansehen, wenn sie das wirklich wollen würde.«

Seine Augen funkeln auf, und ich weiß, dass er auf Worte wartet, die das Gegenteil beweisen, doch ich presse die Lippen zusammen. Schweige, als er zurückgeht und die ersten drei Stufen hinter sich lässt. Auch wenn es mir leidtut, zu sehen, wie er den Kopf schüttelt, sage ich kein Wort. Ich kann nicht mal das falsche Gefühl unterdrücken, froh darüber zu sein, gleich allein zu sein.

»Falls du das auch vergessen hast: Dir steht hier ein Haus zur Verfügung. Du könntest deiner Familie mal einen Besuch abstatten. Perfekt, wenn du es einrichten kannst, bevor Mama und Papa über die Nachbarn von deiner Anwesenheit erfahren.«

»Ich werde mich melden. Versprochen.«

»Bombe«, schnaubt er und entfernt sich. »Hat die letzten Jahre ja eins a funktioniert. Ach, und«, auf der untersten Stufe hält er inne und dreht sich zu mir um, »was ich nicht verstehen kann: wie du in der Bude von dem Typen schlafen kannst, der dich vor der ganzen Stadt blamiert hat, Vicky! Jag dir das doch mal durch den Kopf! Dieser Lowak hat dich in einer Kirche vor allen in den Dreck gezogen.«

»Dieser Lowak?«, frage ich und lehne mich über das Geländer, um ihm mein entsetztes Gesicht zu präsentieren. Das sind nie im Leben die Worte meines kleinen Bruders!

Doch Vince verdreht nur die Augen und schwingt sich auf sein Motorrad. Dann setzt er seinen Helm auf und startet einen Motor, der so leise surrt, wie es nur ein Elektromotor schaffen kann. Warum kommt es mir dennoch so vor, als würde die ganze Erde beben?

KAPITEL 12

Samuel

Obwohl es gerade mal 5:28 Uhr ist, flüstert mir mein Instinkt überzeugend zu, dass es ein Montag der übelsten Sorte werden wird. Willkommen zu Tag drei der Kategorie »Vic treibt ihr Unwesen in Everstein« und ... ja genau, und was? Ich checke das Warum ihres Auftauchens selbst Tage später nicht ... Warum sie? Und warum ausgerechnet jetzt?

Auf dem Parkplatz der Wache stehen bisher nur Lexis giftgrüner Fiat und Rosis Smart. Ich parke auf der gegenüberliegenden Seite und wische mir übers Gesicht, um die Müdigkeit zu vertreiben, die mir noch in den Knochen sitzt.

Dass dieses wichtige Meeting an Vics erstem offiziellen Tag stattfindet – und schon seit Wochen geplant war –, kann kein Zufall sein. Aber was gibt es noch zu besprechen, außer der Tatsache, dass sie uns nun auf Schritt und Tritt folgt?

Wichtige Treffen finden immer vor oder nach den üblichen Arbeitszeiten statt. Wir alle nehmen die Bergwacht ernst, doch sie ist ein Ehrenamt, und wir können nicht ständig mitten am Tag alles stehen und liegen lassen. Genau deswegen sitze ich gerade auch in einer Arbeitshose, auf der kleine bunte Pfoten aufgedruckt sind, im Auto. In ein paar Stunden habe ich die Ehre, zehn Pudelwelpen zu ihrer

Erstuntersuchung in der Praxis willkommen zu heißen. Ein Gedanke, der mir kurz Hoffnung schenkt, dass der Tag vielleicht doch nicht so übel wird.

Eines ist jedenfalls sicher: Dieses Treffen überlebe ich nur mit dem nötigen Koffeinpegel. Gähnend öffne ich das Handschuhfach des Dienstwagens – ein Hoch auf meine Notreserve Red Bull. Eine der kühlen Dosen schiebe ich in die Tasche meines Hoodies und bin bereit auszusteigen, doch da wird das Licht im Eingangsbereich der Wache angemacht, und ich halte die Luft an. Statt auszusteigen, sacke ich zurück und bin froh, dass das Standlicht erlischt. Die Sonne ist noch nicht aufgegangen und die Umgebung stockfinster, nur die Wache erstrahlt wie ein Leuchtfeuer. Von meiner Position aus sehe ich, wie Lexi und Rosi von hinten auf den Empfangstresen zugehen. Dicht gefolgt von Vic. Sie hält eine Mappe vor der Brust, ihr Gesicht ist zur Hälfte in einem gigantischen grünen Schal vergraben, und ihre wilden Locken hat sie zu einem Dutt zusammengebunden. Ob ihre Nacht auch so ein Totalschaden war wie meine?

Der Gedanke an gestern macht mich unruhig. Ich wippe mit einem Fuß. Nach allem, was zwischen uns vorgefallen war ... Als dann auch noch ihr kleiner Bruder vor der Ferienwohnung aufgetaucht ist ... Keine Chance. Auf ein Zusammentreffen mit einem weiteren Mitglied der Familie Sommer hätte ich verzichten können ... Ich spüre, dass ich meine Lippen aufeinandergepresst habe und mein Kiefer angespannt ist. *Tief durchatmen!* Bin ich stolz auf meine Aktion, davongefahren zu sein? Nein. Vor allem, weil ich mir denken kann, wie es für Vic sein muss, ihre Familie wiederzusehen. Aber hätte ich bleiben sollen? Auf gar keinen Fall!

Seufzend ziehe ich die Kapuze meines Hoodies über den

Kopf und beschließe zu warten. Alles ist besser, als unnötig viel Zeit mit Vic in einem Raum zu verbringen. Dass ich jetzt aber beobachten darf, wie die drei vor dem Empfangstresen reden und lachen, macht die Situation nicht besser. Ganz im Gegenteil: Lex dabei zuzusehen, wie sie sich bückt und diese verdammte Elvis-Wackelpuppe vom Boden aufhebt, fühlt sich eher nach Folter an. Sofort spielt mein Kopf mir weitere Szenen von gestern vor: wie ich diese Puppe umgeworfen habe, aber auch, wie dicht Vic und ich beieinanderstanden und wie mein Herz dabei eskaliert ist. Wie kurz ich davor war, sie zu berühren. Ihre Hand mit meiner – Stopp! Ich muss sie wieder aus meinem Schädel bekommen, genau so, wie ich es früher schon einmal geschafft habe. Nur war es damals einfacher, weil sie nicht direkt vor meiner Nase herumtanzte.

Als würde Vic an etwas Ähnliches denken, dreht sie Elvis genau in dem Moment den Rücken zu und zeigt auf etwas am anderen Ende des Empfangs. Ich verwette innerlich meine Red-Bull-Dose darauf, dass es ein Ablenkungsmanöver ist, um dem Gedanken an uns zu entkommen.

Tja, was können wir tun, um den jeweils anderen auszublenden, hm?

Denn ich bin nicht bereit, dass auch nur eine weitere schlaflose Nacht auf deine Kosten geht, Vic. Das kann ich mir momentan einfach nicht leisten.

Aber wie soll das gehen, wenn sie hier ist?

Und sie ist wirklich wieder hier. Dabei hatte sie nicht schnell genug aus Everstein fliehen können, damals ... Kein Wunder, nach allem, was passiert war. Das Wunder war eher, dass ich in Everstein bleiben wollte – zumindest hat Lex das mal gesagt. Selbst als ich in München studiert habe, bin ich öfter hier in den Bergen als in der Großstadt-WG gewesen. Hab mehr im Zug gelernt als sonst wo, auf dem Weg nach Everstein, nur um mich für ein paar Stunden zu Hause zu fühlen. Vic wollte immer weg, die Welt entdecken, wie meine Eltern, doch ich liebte Everstein schon immer. Ganz schön verkorkst, dass ich diesen Ort immer noch liebe, obwohl ich hier so viel verloren habe. Ich frage mich, was das über mich und über meine Art zu lieben aussagt.

Seufzend lege ich den Kopf in den Nacken und schließe die Augen. Vic in der Wache zu sehen, hat etwas Befremdliches. Sie war nie ein Teil der Bergwacht, nicht direkt. Ihre Familie war dagegen, und als sie dann endlich achtzehn war und sich uns anschließen wollte, ist …

Meine Finger waren schwitzig, und ich war froh, dass Mama die Einverständniserklärung in eine Klarsichthülle gepackt hatte. Verflucht, ich war nervös. Dabei waren Prüfungen eigentlich mein kleinstes Problem … die schriftlichen in der Schule jedenfalls. Aber das hier war anders. Es fühlte sich wichtig an, anders als eine Gedichtanalyse. Aber es war auch anders, weil ich das allein durchzog. Ohne meine Eltern … und ohne Vic. Fast ehrfürchtig las ich den Schriftzug, der die Eingangstür der Bergwacht Everstein zierte. Schon reingehen wollte ich nicht, da ich locker zwanzig Minuten zu früh war. Einfach so vor der Tür herumzustehen, fühlte sich aber auch komisch an. Wie machte ich den besten Eindruck?

Eine Frage, die sich als irrelevant erwies, da sich genau in diesem Moment die Tür öffnete und ein junger Typ dicht vor mir stehen blieb. Das Erste, was mir auffiel, war sein Strahlen, breit, frech und irgendwie selbstbewusst, aber nicht arrogant – im Gegenteil, sympathisch selbstbewusst. Es verschwand zu schnell, weil er kaute. Mein Blick wanderte weiter: Sommersprossen, gewelltes aschblondes Haar, das ihm bis zu den Schultern reichte. Breite Schultern, was in der rotblauen sommerlichen Dienstjacke der Bergwacht verdammt cool aussah.

»Bereit für den großen Tag, Frischling?« Er schluckte, wischte sich über den Mund und reichte mir locker seine Hand. Ohne auf eine Antwort zu warten, zupfte er mir die Klarsichthülle aus den Fingern. »Ist das die Einwilligung deiner Eltern?« Er wartete wieder keine Antwort ab, sondern überflog den Wisch, der genehmigte, dass ich die Ausbildung schon mit sechzehn starten durfte. »Perfekt, dann kann's ja direkt losgehen. Aufgeregt?«

»Eigentlich nicht«, antwortete ich betont locker. In Wahrheit hatte ich eine Scheißangst. Würde ich den Sommereignungstest verhauen, dann war mein Traum Geschichte.

»Wird schon schiefgehen. Mein Name ist übrig...«

»Jonas.« Unterbrach ich ihn. Wow, cringe! Aber Jonas gehörte nun mal zu der Sorte Mensch, den man einmal sah und nicht mehr vergaß. Ich versenkte meine Hände in meiner Jeansjacke und hoffte, so gelassen zu wirken wie er, dann ergänzte ich: »Letztes Wintercamp der Bergwachtjugend. Du warst Teamleiter und hast uns über die Schulter geschaut, beim Knotenbinden, Skidoo fahren und ...« Shit, war das peinlich. »Du hast mir mal gezeigt, wie man einen Teddybären reanimiert.«

Er lachte los, und ich schämte mich in Grund und Boden. »Ja klar!«, sagte er und fuhr sich durch seine Haare. »Ich erinnere mich an dich. Du warst doch richtig gut, oder? Warst du nicht sogar der Beste in dem Camp? Der geborene Bergretter!«

Ich zog eine Braue hoch. »Machst du dich über mich lustig?«

»Never. Ich bin beeindruckt.« Kurz kam es mir so vor, als wäre er verlegen. Was Quatsch war, weil er a) schon alles er-

reicht hatte, was ich wollte, und b) locker drei Jahre älter war als ich. Was immer es war, er schüttelte es schnell ab, indem er die Arme ausstreckte und sich dehnte. Dann gähnte er laut, griff mit der linken Hand in seine Dienstjacke, um ein Bonbon herauszuholen, das er sich in den Mund steckte.

»Alles klar, Frischling«, fuhr er fort und schlug mir leicht gegen den Oberarm. »Kein Druck oder so, aber sieh zu, dass du diesen Test heute bestehst, dann werd ich nämlich dein Mentor und mach den krassesten Bergretter ever aus dir.« Jonas ging zwei Schritte rückwärts, lehnte sich mit dem Rücken gegen die Eingangstür und drückte sie auf. Er neigte den Kopf zur Seite und zeigte mit einem strahlenden Ausdruck im Gesicht, der nur Stolz bedeuten konnte, in die Wache. »Fühl dich wie zu Hause, Samu, denn wir sind ab jetzt deine Familie.«

Ein lautes Klopfen direkt an meinem Ohr kickt mich aus meinem Kopf zurück in die Realität. Mir rutscht das Herz in die Hose, und ich brauche zwei Sekunden, um zu realisieren, dass ich geträumt habe. Ich sehe auf und blicke in das blasse Gesicht von Mo. Mit der flachen Hand patscht er gegen die Scheibe und nuschelt irgendetwas. Gleich darauf wird die Tür geöffnet, und eisige Kälte macht sich über mich her und jagt mir einen Schauer über den Rücken. Sie hilft mir aber auch dabei, die Erinnerung an diesen Traum zu verbannen, ehe sie ihre Klauen in mein Herz rammt und mich in die Verdammnis zieht.

Ich will nicht an ... ihn denken. Und nicht an Vic. Nur an kleine Pudelwelpen später in der Praxis ... die mich hassen werden, weil ich der Kerl mit der Spritze bin. Na, fantastisch.

»Hast du noch mal ein Nickerchen gehalten?«

Zum Teufel, wie spät ist es?

Fast panisch sehe ich mich um; mehr Autos und mehr

Bergretter, die sich im Eingangsbereich tummeln. Mit schnellem Herzschlag klicke ich auf meine Uhr und stelle fest, dass es Punkt sechs Uhr ist. *Entspann dich.*

»Momentan verbringe ich lieber so wenig Zeit wie möglich da drin«, sage ich betont gelassen.

»Verständlich. ’ne Ahnung, worum genau es gehen soll?«

Ich schüttle den Kopf, steige aus, und jetzt, wo ich Mo direkt ansehe, muss ich schmunzeln. »Deine Mütze ist seeehr cool, aber deine Ohren leiden.«

»Ha, ha«, äfft er. Kann es sich aber nicht verkneifen, zu versuchen, seine Docker über die Ohren zu ziehen – vergeblich natürlich. Wir gehen zur Rückseite des Wagens, um Cooper zu holen, und sobald ich seine Box öffne, springt dieses Gute-Laune-Wesen auf den frostig schimmernden Beton. Auf dem Weg zum Eingang spielt Mo mit Coop, der ein paar Freudensprünge hinlegt, doch als wir an der Tür sind, hält Mo inne. Wie aus dem Nichts sagt er: »Na, wenigstens hast du mehr als genug mit dem Hof zu tun; das lenkt dich von *ihr* ab.«

Und zack, wenn in mir auch nur ein Hauch einer nicht ganz so üblen Laune war, dann ist sie jetzt verpufft. Wie ist er nur auf diese bahnbrechende Schlussfolgerung gekommen?

»Ja, fantastisch«, antworte ich nach ein paar Sekunden gereizt. »Ich lenk mich mit einem Übel vom anderen ab. Sonst noch reizende So-kommst-du-bestens-durch-den-Tag-Ratschläge am Start?«

»Aaalles klar, Sunshine.« Mo atmet lautstark aus, dann landet seine Hand auf meinem Rücken. »Wir brauchen ganz eindeutig etwas, das deinen Kopf in andere Bahnen lenkt. Grumpy ist nicht so dein Style.«

Gefrustet seufze ich, was Mo dazu anstachelt, seinen Worten noch eins draufzusetzen: »Vertrau mir, ich überleg mir was.«

»Du weißt genau, was abgeht und ...« Ich beiße mir auf die Zunge. Jetzt mit ihm darüber zu diskutieren, dass ich keine Lust auf Ablenkungen à la Mo habe, oder wie unpassend sein Kommentar war, verkneife ich mir.

»Vergiss es«, stelle ich klar und hole tief Luft. »Ich brauche einfach Koffein.« Und bis dahin halte ich – im Sinne aller Anwesenden – konsequent die Klappe. Ehe ich aus diesem Tag noch das Allerschlechteste heraushole.

KAPITEL 13

Samuel

Im fast vollen Konferenzraum duftet es nach frisch gebrühtem Kaffee. Mo und ich haben noch Plätze ganz vorn – direkt bei den Whiteboard-Tafeln – erwischt, in deren Ecken irgendwer mal Herzchen und Berggipfel gekritzelt hat. Seine Schwester Paulina sitzt neben mir und mampft unüberhörbar ihre selbst gemachten Kekse. Der Grund, warum Cooper mich links liegen lässt und es sich mit seinem Kopf auf ihrem Schoß gemütlich gemacht hat. Sehnsüchtig fixiert er sie mit seinen Kulleraugen und staubsaugt herunterrieselnde Krümel.

Schmunzelnd ziehe ich mir die Kapuze vom Kopf und liebäugle, ganz ähnlich wie mein Hund mit den Keksen, mit der Thermoskanne, die Lex – gegenüber von mir – gerade in der Hand hält. Red Bull schön und gut, aber Kaffee am Morgen vertreibt Kummer und Sorgen. Irgend so was trällert jedenfalls immer meine Großmutter auf Polnisch.

»Lass mir noch was übrig«, scherze ich. Aber Lex nimmt mich gar nicht wahr. Sie füllt eine Tasse Kaffee bis zum Ansatz, stellt die Kanne zur Seite und starrt vor sich hin. Okay? Normalerweise ist Lex morgens diejenige, die einem mit ihrer guten Laune auf die Nerven geht. Als sie jedoch anfängt, an dem Edelweiß-Anhänger, der an ihrem Choker hängt, herumzuspielen, rutsche ich in dem Plastikstuhl vor und stoße mit meinem Schuh gegen ihren.

Irritiert schaut sie auf.

»Was hast du?«

»Ein schlechtes Gewissen«, antwortet sie und presst die Lippen zusammen.

Aha? »Warum?«

»Ja ... gleich.« Statt einer wirklichen Antwort weicht sie aus: »Hast du Ben gesehen?«

»Nein.« Von ihm fehlt jede Spur, genau wie von Vic.

»Hier, nimm den.« Lex scheint sich daran zu erinnern, dass sie kein wirklicher Kaffeejunkie ist, und schiebt ihre volle Tasse zu mir rüber. Ich will schon fragen, was sie noch verbrochen hat – dass sie mir Vics Aufkreuzen verschwiegen hat, habe ich noch nicht vergessen –, aber da schaut sie schon in eine andere Richtung.

Schulterzuckend greife ich nach der dampfenden Tasse und nippe am frisch gebrühten Seelentrunk. Er ist so heiß, dass meine Zunge unangenehm kribbelt, trotzdem hat allein der Duft eine entspannende Wirkung auf mich. Nur etwas zu bitter für meinen Geschmack ... Ich scanne den Tisch, ob irgendwer daran gedacht hat, Zucker mitzubringen, und ertappe mich dabei, wie ich jetzt nach jemandem suche.

Dass Vic gleich auftaucht, verrät ihr Kram, der etwa eine Armlänge von mir entfernt am Ende des Tisches liegt. Da ist ihr grüner Schal, ein Mäppchen, aus dem ein Kugelschreiber herausguckt, wo oben so ein komischer Gummitierkopf drauf ist. Soll das etwa ein Bär sein?

Am meisten »typisch Vic« schreit jedoch die große Mappe. Auf ihrer Vorderseite sind dutzende kleine Fotos befestigt. Von Pinterest, schätze ich. Es stellt eine Art Visionboard für ihr Projekt dar. Sie war nie der Mensch, der Tagebuch führte, jedenfalls nicht mit vielen Worten. Wenn sie aber eine Obsession hatte, die sie fotografierte – von Tierarten bis hin zu Altbauhäusern –, dann führte sie dazu fast akribisch eine Art Fototagebuch. Als Allererstes entstand aber immer ein Deckblatt, das den Vibe, die Atmosphäre eines Projekts einfangen sollte.

Seufzend gebe ich die Suche nach dem Zucker auf, nehme einen Schluck vom bitteren Kaffee und verliere mich wieder in Gedanken an etwas, was auch typisch Vic war. Nicht einmal Paulinas Kekskauen oder Mos Murren können mich davon ablenken.

Vic hat mal eine Art Zukunftsplan für mich gebastelt. Sobald klar war, dass ich mein Abi voraussichtlich schon mit siebzehn bestehen würde, hat sie mir eine Collage gebastelt. Unzählig viele Fotos, die etwas mit meinem Traum, Tiermedizin zu studieren, zu tun hatten. Bilder von Heimtieren, von Bestnoten, vom wilden Studierendenleben, vom Doktor und sogar von der eigenen Praxis. Vic hat mir meine ganze verdammte Zukunft vorhergesagt und mir das Gesamtwerk dann über den Schreibtisch gehängt. Damit ich mein Ziel nie aus den Augen verlieren würde ... Seufzend trinke ich den Kaffee in einem Zug aus und muss husten, weil er dafür viel zu heiß war. Das Brennen in meinem Rachen jagt mir Tränen in die Augen ... und doch kann ich nicht anders, als diesen zynischen Gedanken zu Ende zu denken. Ich habe mein Ziel nie aus den Augen verloren ... dafür alles andere.

»Möchte noch jemand Zucker?« Lexis bessere Hälfte, Ben, taucht auf und unterbricht meine sinnlosen Gedanken. Er stellt eine Dose Zucker – den ich jetzt nicht mehr brauche – auf den Tisch und nimmt neben seiner Frau Platz. Sie fährt über seinen Oberarm und schaut dann Paulina, Mo und mich an.

Schätze, wir sind kurz davor, dem schlechten Gewissen auf den Grund zu gehen.

»Okay Leute, ich muss das jetzt einfach noch loswerden, bevor die anderen reinkommen.«

So? Nun bin ich verwirrt, was hat Lexis schlechtes Gewissen mit diesem Treffen oder mit den anderen, mit Vic zu tun?

Ihre großen braunen Augen wandern von uns zu Ben. »Wir wussten schon früher Bescheid, weil Ben ja bei der Zeitung arbeitet, die wir auch in das alles einbinden wollen.«

»Worüber?«, will Mo in seinem zynischsten Ton wissen.

Lex' Hand landet auf der von Ben, der schiebt sich mit der anderen seine Rundbrille den Nasenrücken hoch und ergreift das Wort: »Omar und Rosi haben uns gebeten, niemandem etwas zu sagen«, meint er. »Das wollen sie halt selbst machen. Nehmt uns das nicht übel, okay?«

»Kann ich nicht versprechen.« Mo fährt sich über den geschorenen Kopf, und ich spüre förmlich die tiefen Falten, die sich zwischen seinen Brauen bilden, auch in meinem Gesicht.

»Oh Mann, jetzt macht ihr mir Angst. Ist es was Schlimmes?« Paulina hat aufgehört, Cooper über den Kopf zu streicheln, und einen halb abgebissenen Keks zurück in die Dose fallen lassen.

»Das hat doch alles etwas mit dem Auftauchen von Bambi Schrägstrich Ich-bin-die-krasse-und-weltberühmte-Fotografin zu tun, oder etwa nicht?«, wirft Mo in den Raum und bekommt von Lexi prompt einen finsteren Blick zugeworfen. Ich atme schwer aus. Das ist so ein Moment, in dem ich lieber die Klappe halte. Besser noch, ich klinke mich einfach aus diesem Gespräch aus. Was immer die beiden wissen, was immer Vic damit zu tun hat, wir werden es gleich alle erfahren.

Apropos, mein Kopf hat sich wie von selbst in Richtung Tür bewegt, in deren Rahmen gerade niemand Geringeres auftaucht als Vic. Sie trägt die Haare offen, und ihre dicken Locken bewegen sich im Takt ihres selbstbewussten Schrittes. Sie trägt schwarze Leggings und Wanderschuhe, darüber flauschige Stulpen. Auf den Saum ihres grauen Oversized-Pullovers sind kleine weißgelbe Blüten gestickt. *Kwiatek* ... Die Erinnerung eines Kosenamens schießt durch meine Gedanken, das erste polnische Wort, das ich aussprechen konnte, habe ich mal ihr gewidmet. Es heißt Blume.

Warum kann ich nicht wegsehen? Und warum würdigt sie mich keines Blickes? Fein, dieses Warum ist nach gestern ziemlich offensichtlich. *»Du hast recht, zwischen uns ist alles gesagt.«* Ihre Worte fühlen sich noch immer an wie ein Schlag ins Gesicht. Ich verstehe selbst nicht, warum, denn das ist doch genau das, worauf *ich* hinauswollte. Könnte ich mich etwa ... doch daran gewöhnen, dass sie hier ist? Ich zwinge mich, sie nicht weiter anzuschauen, fahre mir durch die Haare und stelle fest, dass auf meinem Kopf bedauerlicherweise mindestens genau so viel Chaos herrscht wie innen drin.

»Guten Morgen.« Omar, unser Teamleiter, betritt den Raum, und seine ernste Stimme zieht die Aufmerksamkeit aller auf sich. Er tauscht vielsagende Blicke mit Rosi und Vic aus und bleibt schließlich mit ihnen vor dem Whiteboard stehen.

»Schön, dass es alle einrichten konnten«, legt er los. Seine dunkle Stirn liegt in Falten. »Es gibt da etwas, das wir miteinander besprechen müssen. Ihr wisst, ich rede nicht gern um den heißen Brei herum, deswegen sage ich es, wie es ist: Die Bergwacht Everstein droht pleite zu gehen.«

Stille.

Moment … *was*? Die Bedeutung seiner Worte sickert nur langsam zu mir durch.

»Wie … pleite?«, frage ich stockend.

»Aber wir haben schon Vorkehrungen getroffen, um dem entgegenzuwirken.« Rosi hebt beschwichtigend die Arme und versucht, mit ihrem Lächeln den Raum zu fluten. Keine Ahnung, ob sie damit bei den anderen etwas erreicht, aber die Hoffnung, die sie wohl versprühen möchte, macht um mich einen großen Bogen.

»Pleite im Sinne von: Das war's mit uns, oder müssen wir einfach vorsichtiger mit dem Equipment umgehen?«, fragt Mo und fährt mit dem Finger über die Narbe in seinem Gesicht. Eine Eigenart, die zeigt, dass diese Nachricht ihn aufwühlt.

»Hä? Wir sind doch ein ehrenamtlicher Verein, wie sollen wir da pleite gehen?«, fragt Joscha, unser Frischling, und durch den Raum dröhnt ein Stöhnen, was gleich darauf in einem Meer aus Stimmen ertränkt wird.

Alle reden durcheinander, bis Omar ein mächtiges »Langsam!« ausspricht und Stille einkehrt. Doch die Emotionen schweben wie eine dunkle Wolke über uns. Mo kann es nicht lassen und ergreift erneut das Wort: »Kann mir mal einer erklären, warum wir dann eine Fotografin engagieren? Sollten wir nicht versuchen, unseren Arsch selbst – im Sinne von umsonst – zu retten?« Unweigerlich muss ich zu Vic schauen, die gerade den Mund öffnet. Ihre Brauen sind zusammengezogen, und der Konter liegt ihr förmlich auf der Zunge, doch Omar hebt eine Hand an und schüttelt den Kopf.

Dann ergreift er bestimmt das Wort. »Hört zu. Der Wache

ist vor zwei Monaten unerwartet ein wichtiger Förderer abgesprungen. Finden wir in einem Zeitraum von drei, vier Monaten keinen neuen, laufen wir auf Sparflamme. Haben wir bis dahin keinen Erfolg mit unserer Strategie, müssen wir darüber nachdenken, das Team in die umliegenden Stationen aufzuteilen.«

Die Information ist bei mir angekommen – das Ausmaß aber nicht.

»Wir haben doch neulich erst umgebaut und die Wache um den Neubau erweitert. Gerade die Rettung Everstein ist eine der modernsten …«, wirft Paulina in den Raum und streichelt Cooper nervös den Kopf.

»Das stimmt schon, Liebes«, setzt Rosi an. »Aber das waren gezielte Spenden, kein Geld, über das wir verfügen konnten. Außerdem war da noch nicht klar, was uns ein halbes Jahr später erwartet.«

Sie reden weiter darüber, dass man sich nicht auf diesen einen Investor hätte verlassen dürfen. Dass man manchmal nicht hinterfragt, was jahrelang gut geht. Mittlerweile habe ich eine aufgekratzte Stelle auf dem weiß lackierten Holztisch fixiert und spiele mit dem Verschluss der Red-Bull-Dose in meiner Hoodietasche herum. Ich versuche, mit dieser Hiobsbotschaft klarzukommen, bis ich etwas spüre – ein Kribbeln – und aufschaue. Graue Augen, die mich nun doch eines Blickes würdigen. Graue Augen, in denen … was? Mitleid zu lesen ist? Das will ich darin nicht sehen. Ich beiße die Zähne zusammen und höre Rosi zu: »Macht euch nicht verrückt. Unsere Strategie wird klappen, deswegen haben wir ja auch Vic hierher eingeladen.«

Vic ist also unsere Strategie, ja?

»Warum hat uns gestern niemand etwas gesagt?«, will ich wissen.

»Weil nicht alle vor Ort waren, abgesehen davon wollten wir, dass ihr Victoria ohne diesen Hintergedanken kennenlernt«, antwortet Omar.

In mir staut sich ein Druck an, gegen den ich mit aller Kraft ankämpfen muss. Das Ausmaß: Wir verlieren die Wache, wenn Vic uns nicht rettet. Vic, die nie wirklich ein Teil von uns war. Vic, die abhaut, wenn es schwierig wird. Vic, an die ich mich ganz sicher nicht gewöhnen werde ...

Mir entfährt ein zynischer Lacher.

»Wie lautet denn dieser Rettungsplan von dir, Vic? Hm? Wie bahnbrechend gut ist deine Idee, für die dich die Wache bezahlt und dir sogar eine Unterkunft stellt?« Meine Worte triefen vor Trotz. »Was bist du ...«

»Moment mal!« Vic fällt mir ins Wort und zeigt mit dem Finger auf mich. »Du bist doch gerade derjenige, der von dem Geld der Ferienwohnung profitiert, oder etwa nicht?«

»Jetzt bin also ich der, der der Bergrettung das Geld aus der Tasche zieht, ja?«

»Wenn wir von deiner Logik ausgehen, ganz offensichtlich!«

Wir funkeln uns an, und ich nehme nichts anderes mehr wahr als dieses Rauschen von Emotionen in mir und die Spannung zwischen uns. Wir fechten etwas aus, von dem ich nicht sagen kann, was es ist, bis irgendjemand einwirft, dass wir mal halblang machen sollen. Keine Ahnung, wer.

Nichtsdestotrotz hebe ich resigniert die Hände. »Schon klar, diese Diskussion ist sinnlos, also komme ich lieber zum Punkt: Wie stellst du das an, Vic? Was machst du, damit *ich* all das nicht verliere?«

Habe ich ... *ich* gesagt?

»Samu ...« So sanft, wie sie meinen Namen plötzlich betont, bestätigt sich meine Befürchtung. Vic atmet stockend ein, presst die Lippen zusammen, und weg ist ihr Zorn, da ist nur: Mitgefühl. Mein Mund wird trocken. »Ich höre!«, fahre ich sie an.

»Okay. Der Plan … ich, ähm, also …«

Dieses »Ähm« erzeugt etwas in mir, das ich nicht aufhalten kann. Angst? Wut? Hilflosigkeit? Ich fühle alles davon. Auf einmal? Keine Ahnung, aber ich fahre vom Stuhl auf und irgendwie auch aus meiner Haut. Ich kenne Vic, Scheiße, ich kannte sie viel zu lange viel besser als mich selbst. Ähms bedeuteten bei ihr niemals Unsicherheit, sondern Planlosigkeit. Ein gravierender Unterschied. Sie hat keine Strategie, jedenfalls keine, von der sie selbst überzeugt ist. »Warum bist du hier?«, fahre ich sie zornig an. »Warum, wenn du doch selbst nicht an das glaubst, was du hier schaffen sollst?«

»Doch, Samu, ich …« Vic macht einen Schritt auf mich zu.

»Hör auf, meinen Namen so zu sagen … Verstehst du es nicht? Ich kann dich hier nicht ertragen!« Ich atme stockend aus. Und während es sich so anfühlt, als wäre ich diesen innerlichen Druck plötzlich los, wird mir im nächsten Atemzug klar, was ich da rausgehauen habe … vor allen. Obwohl ich ihr nur wenige Stunden zuvor gesagt habe, ich wolle ihr kein schlechtes Gefühl geben. Dass sie hier zu Hause sei. Aber was bringt es, wenn mir schlagartig bewusst wird, wie daneben das war, wenn … es schon passiert ist? Mir wird heiß, flau, und meine Finger werden schwitzig, also vergrabe ich sie in der Tasche. Alle sind still. Alle sehen mich an. Und alle – einschließlich mir – können nicht glauben, wie ich mich aufführe.

»Samuel …«, sagt Rosi schockiert, »seit wann bist du denn so ein Griesgram!« Ich muss schlucken und sinke in den Stuhl zurück, will am liebsten im tiefsten Erdloch versinken. In meinen persönlichen Abgrund. Sehe Omar an, der mich mit seinen dunklen Augen tadelt. Weiche Lexis und Bens Blicken aus, nur um wieder dem von Vic zu begegnen.

Wenn ich es bis gestern Abend erfolgreich geschafft habe, keinem zu zeigen, wie sehr mich Vics Ankunft aus dem Konzept bringt, dann ist es spätestens jetzt jedem klar. Auch mir. So richtig.

Du verlierst die Kontrolle.

Vic selbst wirkt jedoch mit jedem Atemzug weniger schockiert. Anders als gestern scheint sie meine Art nicht mehr aus der Fassung zu bringen.

Herzlichen Glückwunsch. Ich finde mich zum Kotzen, seit du wieder da bist.

»Entschuldige …«, sage ich heiser. Was sich halbherzig anhört, aber alle hören wollen. Weil sie es verdient, das zu hören, es sich für mich aber nicht so anfühlt. Weil ich gemeint habe, was ich gesagt habe. Oder?

»Nun, das ist dein Problem. Sieh zu, wie du damit klarkommst«, meint Vic abgeklärt, nimmt die Mappe vom Tisch und hält sie sich vor die Brust. Erst jetzt entdecke ich das Foto von ihr und Lexi darauf. »Ich werde mein Bestes geben, um euch zu helfen. Nichts davon hat etwas mit dir zu tun, also machen wir es nicht unnötig kompliziert, Samu. Ich bin hier, weil mir etwas am Erhalt dieser Wache liegt, und wenn du mich jetzt zu Wort kommen lässt, würd ich gern allen von meinen Ideen erzählen.«

Ich nicke.

Warum habe ich nicht die Klappe gehalten?

Während die dunkle Wolke, die zuvor noch im gesamten Raum hing, sich nur über mir zusammenzieht, lockert sich die Stimmung des Teams auf, und Tatendrang scheint sich breitzumachen. Es fühlt sich an, als würde jeder meinen Blick meiden, als wäre ich die Reinkarnation des Pessimismus. Unruhig spiele ich mit dem Öffner der Red-Bull-Dose in meiner Tasche, höre zu, wie sie über den Nutzen von Vics Reichweite in den sozialen Netzwerken reden. Vic geht auf Videos, Storys und Bilder ein, die spannend das Treiben in der Wache und das Leben eines Bergretters darstellen. Dabei scheint sie so in ihrem Element ... und spätestens, als sie von einer Fotoausstellung erzählt, ist sie unglaublich überzeugend. Ganz eindeutig hat sie einen Plan, ich habe ihr nur nicht die Chance gegeben, ihn vorzutragen.

Plötzlich spüre ich einen Luftzug an meinen Fingern, nehme ein Zischen wahr, bis kühle, klebrige Flüssigkeit zwischen meine Finger rinnt und ganz langsam in mein Oberteil dringt. Ich hab den Öffner ungewollt ein Stück weit eingedrückt ... *Shit.* Ist das verdammtes Blitz-Karma?

Aber ich werde den Teufel tun, noch mal dafür zu sorgen, dass mich hier irgendjemand wahrnimmt.

Am Ende des Treffens verabschiedeten sich Omar und ein paar andere zu einer Übung an der Seilbahn. Vic fragte spontan, ob sie sich anschließen könne, und ich habe das als Zeichen genommen, den Raum unauffällig zu verlassen.

Ohne eine tropfende Energydrink-Lache hinter mir zu hinterlassen, bin ich den Flur runter in den Neubau gehastet. Habe die Dose entsorgt, mir die Hände gewaschen, und nun stehe ich in frischen Klamotten vor meinem Spind – genau genommen habe ich die Stirn gegen das kühle Metall gelehnt. Ich bin von mir selbst genervt.

»Wir fahren gleich zur Arbeit«, rede ich Coop gut zu. Er ist mir gefolgt und gibt etwa im Zehn-Sekunden-Takt ein kleines Murren von sich.

Er versteht nicht, was los ist. Nicht das mit Vic und auch nicht mein Verhalten. Er hat keine Ahnung, was für ein Abgrund an Problemen vor uns liegt. Er muss nicht an Jonas denken, er kann sich vermutlich nicht mal mehr an ihn erinnern. Der Gedanke versetzt mir einen Stich, doch ich schiebe ihn weg. Und Coop muss nicht befürchten, die Bergrettung zu verlieren ... der Glückliche.

Die Tür zum Sanitärbereich wird aufgestoßen. Coop und ich stehen plötzlich einer aufgebrachten Lexi gegenüber, die in ihrem sonnengelben Kordkleid nur halb so bedrohlich aussieht, wie sie es gern würde. »Was bitte war das?«

Ehe die Tür hinter ihr wieder zufallen kann, schließt Mo auf. »Das war wild!«, fügt er hinzu.

Kläglich stoße ich mit dem Kopf wieder gegen die Spindtür. »Ich habe da gerade echt keinen Nerv für ...«

Lex ist neben mich getreten und zieht an meinem Ärmel. »Okay, sorry, dass ich dir nicht früher etwas gesagt habe und dir jetzt alles um die Ohren fliegt. Aber Vic ist doch nicht schuld, dass die Wache in so einer Lage ist. Samu! Wie konntest du ...«

»Das weiß ich«, unterbreche ich sie. Theoretisch.

Ein Eingeständnis, mit dem sie wohl nicht gerechnet hat. »Warum führst du dich dann so auf?«

Als Antwort bekomme ich nicht mehr hin als ein Seufzen.

Mos Pranken landen auf meinen Schultern, er zieht mich vom Spind weg. »Samu kann sie nicht aus dem Kopf bekommen, deswegen führt er sich so auf. Klarer Fall von Kopfkollaps: All die Jahre, in denen er den Gedanken an Vic nicht zugelassen hat, verpassen ihm jetzt einen Kurzschluss. Her mit deinem Handy.«

»Freud hätte sicher was von dir gelernt«, blaffe ich, was Mo nur zum Grinsen bringt. Er streckt die Hand in meine Richtung aus. »Her damit, Mann.«

»Wozu?« Ich denk nicht daran, ihm mein Handy zu geben.

Tja, Lexi schon. Sie fischt es flink aus meiner Hosentasche und reicht es ihm. »Was immer du vorhast.«

»Alles, um Sunshine wieder auf Normalzustand zu bringen.«

»Ich bitte darum.«

Ich ziehe eine Braue hoch. »Ausgerechnet ihr beide habt euch verschworen, oder was?«

Statt einer Antwort hält Mo das Handy vor meine Visage und entsperrt es. Lexi stellt sich auf Zehnspitzen, um sein Tun zu beobachten. Sie formt den Mund ganz langsam zu einem O und sieht zu mir, dann zurück zu Mo. »Tinder?«

Nicht sein Ernst.

Mo gibt mir mein Eigentum zurück und sagt ganz stolz: »Ganz genau. Da findest du sie alle, Samu. Männlein, Weiblein. Nimm dir, wen du brauchst. Mach 'ne Orgie draus, mir egal, aber vögel dir die Kleine aus dem Kopf.«

Mo grinst schelmisch, während über Lexis Kopf nur Fragezeichen schwirren. »Du meinst Vic?«, fragt sie ihn. Sie dreht den Kopf zu mir. »Warum sollst du Vic mit Sex vergessen?«

Ich seufze.

»Denkst du, unser Sunshine würde sich so aufführen, wenn er sie nicht mal flachgelegt hätte?«

Lexi fällt wortwörtlich die Kinnlade runter, und ich lasse ergeben die Schultern hängen. Mo hat das allen Ernstes rausgehauen. Vielsagend sehe ich ihn an, und er checkt, dass Lex bis eben keine Ahnung hatte. Ich habe es ihr nie erzählt – und Vic wohl auch nicht.

»Moment, du und Vic ... ihr habt miteinander geschlafen?«

Jetzt ist der Groschen endlich gefallen.

KAPITEL 14

Victoria

Ich trete vor die Wohnung, und die Tür fährt mit vollem Wumms gegen meinen geschulterten Rucksack. Sie schubst mich quasi vor die Fußmatte und knallt krachend zu. Notiz an mich selbst: Schließ das Dachfenster, bevor du gehst.

»Huch«, ruft eine Stimme überrascht.

Anni fährt von der untersten Stufe auf und drückt eine Thermosflasche an ihre Brust. »Du bist's, Victoria. Guten Morgen«, flötet sie, während sich unsere verwirrten Blicke treffen. »Jetzt bin ich wach. Aber wenigstens sind wir quitt, nachdem ich dich neulich mit dem Schmarrn erschreckt habe.«

»Morgen«, murmle ich und richte meinen Rucksack. Es einen *guten* Morgen zu nennen, wäre gelogen. Immerhin wurde ich eben von der Ferienwohnung persönlich rausgekickt, als hätte sie nach der tränengetränkten Nacht die Schnauze voll von mir.

»Sorry, dass ich so herumlungere.« Auf Annis Zügen breitet sich ein so großes Lächeln aus, wie es nie ein Morgenmuffel hinbekommen würde. »Ich schaue mir hier gern den Sonnenaufgang an, ehe ich in den Arbeitsmodus schalte und das Bäck & Bistro öffne. Gehörst du etwa auch zum Team der

Frühaufsteher?«, plappert sie und klingt so gut gelaunt wie die Spatzen, die gerade durch den Außenbereich des Bistros zwitschern. Zusammen mit ihren fluffigen rosa Ohrenwärmern wirkt sie sogar wie ein Mensch, der zu keiner Tageszeit schlecht gelaunt sein kann.

»Normalerweise schon.« Wobei ich heute wohl unter die Kategorie *Garnichtschlafende* falle.

»Von hier hat man den besten Blick, weißt du«, trällert sie und kommt mir auf halber Höhe entgegen. »Siehst du?« Schulter an Schulter bleibt sie neben mir stehen und macht eine ausladende Bewegung mit den Händen. »Man erkennt schon einen hellen, rundlichen Fleck, gleich hinterm Bergrücken.«

Ihr Blick huscht zur Bergkette gegenüber, wo man das Schauspiel dutzender kleiner Wolken beobachten kann, die über den Berggipfeln festhängen und zwischen hellblauen Lücken in pastellfarbenen Rottönen aufleuchten.

»Willst du Fotos machen?«, fragt sie und deutet auf meine Kamera, die um meinen Hals hängt.

Ich nicke. Das habe ich auf dem Einsatz auch vorgehabt, nur hat mich die ganze Aufregung und Sorge um Jette, all das Durcheinander ... Ich war einfach nicht imstande, die Fotografin aus mir herauszuholen. Bei meinen Aufnahmen bin ich Ruhe gewohnt. Ich habe allein zwischen Gipfeln rund um den Globus gezeltet, um den sternenklaren Nachthimmel zu filmen, oder auf Sonnenaufgänge gewartet und das Gefühl genossen, der einzige Mensch auf der Welt zu sein. Das Actionreichste, das mir bei diesen Ausflügen vor die Linse gekommen war, waren zwei streitende Murmeltiere. Wenn ich so drüber nachdenke, frage ich mich, was mich überhaupt hat glauben lassen, ich sei die Beste für diese Strecke – oder für die Aufgabe, die Wache zu retten ...

»Du solltest diesen Sonnenaufgang festhalten«, holt mich Anni aus meinem Kopf heraus.

»Hm«, mache ich und schaue zurück zu den Bergen. »*Du* solltest dir mal einen Sonnenaufgang in den Gipfeln ansehen, Anni. Dort ist er atemberaubend. Vor allem, wenn frischer Schnee liegt und alles still funkelt. Als wäre die Sonne zum Greifen nahe.«

»Und eine Verbrennung riskieren? Mich blenden lassen?« Grinsend schüttelt sie den Kopf. »Nie im Leben! Ich bin mit diesem Sonnenaufgang mehr als zufrieden.«

Sie öffnet ihre rosa Thermosflasche, nur um sie im nächsten Moment wieder zuzudrehen. »Aber bevor du abreist, möchte ich deine Aufnahmen wirklich sehen, okay? Das war nicht nur dahingesagt. Uuund sollte sich dabei ganz zufällig eine Nahaufnahme von einem Sonnenaufgang in den Bergen finden, hätte ich nichts gegen einen Abzug.«

Ich muss schmunzeln, weil in ihrer Art keine Spur aufgesetzter Freundlichkeit zu finden ist.

»Hast du schon Hunger?«, fragt sie und geht eine Stufe hinunter. »Oder möchtest du vielleicht Coffee to go? Ich müsste nur die Maschine anschmeißen.«

»Sei mir nicht böse, aber ich wollte gerade zu den Wasserfällen aufbrechen, ehe andere Wanderer da sind.«

Um keiner Menschenseele zu begegnen, um meine Akkus aufzuladen und um meinen Kopf zu lüften. Um Mut zu tanken, damit ich meinen Job erledigt bekomme. Samu hat mein Zögern gestern falsch gedeutet. Ich habe einen Plan, eine ganze Mappe voller Ideen, nur fehlt es der Fotografin an Mumm, sie umzusetzen. Die Ausbeute der letzten Bilder beschränkt sich auf zehn teils verschwommene Aufnahmen von Cooper. Beim Fotografieren muss ich einfach immer in einer gewissen Stimmung sein. Mich auf das Licht, die

Gegebenheiten einlassen können und unendlich viele Fotos machen, damit überzeugende dabei sind. Aber wenn, wie Jette, jemand auf Hilfe angewiesen ist, fühlt sich die Spielerei mit der Kamera nicht richtig an. Seufzend presse ich die Augen zusammen und unterbreche meine eigenen Gedanken.

Wir erreichen den Fuß der Treppe, und Anni erwidert mein Lächeln, ohne gekränkt zu wirken.

»Gut, also dann.« Ich unterdrücke ein Gähnen und will gerade ums Haus, da streckt mir Anni ihre Flasche entgegen.

»Magst du die mitnehmen?«

Mit geweiteten Augen sehe ich sie an. Ich kann doch nicht einfach ihre Thermosflasche nehmen. Wir kennen uns kaum.

»Die kann ich nicht annehmen.«

»Aber ich glaube, der Kaffee könnte dir guttun. Keine Sorge, ich habe noch keinen Schluck genommen. Es ist zwar nur Kaffee aus meiner bescheidenen Filtermaschine, aber er erfüllt seinen Zweck, versprochen.«

Ehe ich mich's versehe, halte ich die angenehm warme Flasche mit bunten Punkten darauf in den Händen. Doch die Punkte sind, wie der zweite Blick zeigt, Donuts mit Streuseln.

»Im Ernst?«

»Klar! Und die Isoflasche ist ein Geschenk.«

Ihre Freundlichkeit verwirrt mich, und ich weiß gar nicht, wie ich reagieren soll, außer verlegen zu schmunzeln.

Anni schiebt sich eine braune Strähne unter ihren Ohrwärmer und hebt keck eine Schulter. »Schau, ist nicht ganz uneigennützig.« Sie dreht den Behälter in meinen Händen, und es zeigt sich ein kleines, süßes Logo mit der Aufschrift *Bäck & Bistro by Anni.* »Zusammen mit einem Lächeln im

Gesicht kann ich mir bessere Werbung doch gar nicht vorstellen, oder? Außerdem habe ich ein ganzes Ladenregal voll mit diesen Flaschen, Tassen und To-go-Bechern. Ich würde mich freuen.«

Als das Rauschen des Wasserfalls immer deutlicher durch den lichten Wald dringt und die Feuchtigkeit in der Luft sich an den feinen Härchen über meiner Oberlippe festhängt, bin ich mir sicher, so breit zu strahlen wie Anni zuvor. Sie und ihr Kaffee fallen ganz klar unter die Kategorie *Made my day.*

Es ist kurz nach neun, der Kaffee in meiner Linken leer und ich nur noch wenige Sekunden von meinem Ziel entfernt. Leichtfüßig bringe ich die natürlichen Stufen aus Wurzeln und größeren Steinen hinter mich und … finde tatsächlich eine menschenleere Kulisse vor. Fast hektisch lege ich Rucksack und Flasche auf einem Findling ab und trete an den Rand der Gumpe.

Ich schließe die Augen und fühle das Rauschen des wilden Wassers wenige Meter vor mir. Lecke die Gischt von meinen Lippen und strecke den Rücken durch.

In meiner schlimmsten Vorstellung war dieser Wasserfall eine zertrampelte Touristenattraktion geworden. Aber dafür ist er wohl nicht zentral, nicht spektakulär genug.

Wie selbstverständlich schiebe ich den Reißverschluss meiner Kameratasche auf. Es juckt mir in den Fingern, den Fokus auf den Wasserstrahl zu richten, der sich seinen Weg zwischen malerischen Felsformationen und Fichten bahnt.

Doch ich zögere. Annis Art hat den Tag in ein neues Licht gerückt. Die Müdigkeit ist verschwunden, und ich fühle mich nicht mehr so bedröppelt. Als hätte sie mir zu der Erkenntnis verholfen, dass zwar gerade echt vieles scheiße läuft, aber noch lange nicht die ganze Welt mies ist. Auch

Everstein nicht. Dass ich über manche Dinge die Kontrolle habe und unkontrollierbare Dinge selbst mit dem besten Plan nicht in den Griff zu kriegen sind. Auch wenn das einen bitteren Beigeschmack hinterlässt.

Das Einzige, was ich tun kann, ist Zucker drüberzustreuen, mindestens so viel, wie in Annis Kaffee war, in Form guter Taten – beziehungsweise *richtiger* Taten.

Mit neuem Mut setze ich mich auf den Findling und zücke mein Handy aus einer Seitentasche meiner Outdoorleggings.

Um mich mit Lexi zu verabreden. Und um das mit meiner Familie endlich in die richtigen Bahnen zu lenken. Habe ich das erledigt, kann ich befreit fotografieren.

Die Sonne steht am wolkenlosen Himmel, meine Leggings haben eine plüschig warme Fütterung, trotzdem friere ich langsam, und mein Handy hat fast zwanzig Prozent Akku verloren.

Die Nachricht an Lexi war innerhalb weniger Sekunden abgeschickt. Die Nachricht an meine Familie ... nicht. Keine Ahnung, warum ich mich so anstelle. Es ist nicht so, dass ich gar keinen Kontakt mit ihnen hatte. An Feiertagen und Geburtstagen zum Beispiel. Ins Moe's zu treten, ist da hundertmal schlimmer gewesen. Wegen Samu. Aber diesen Namen streiche ich gedanklich durch und fange an zu tippen.

Hallo, ihr Lieben, alles gut?
Ratet mal, wo ich gerade bin ...

Nein, Himmel, das hört sich an, als würde ich eine Caption für Instagram schreiben. Ich starte einen neuen Versuch. Komm auf den Punkt. Sag, dass du hier bist.

Hi 😊 Ich bin in Everstein.

Die Versuchung ist groß, die Nachricht genau so abzuschicken. Mit dem Daumen presse ich mir gegen den Mund und kipple nervös mit dem Fuß. Immer schneller, bis mein Oberschenkelmuskel unangenehm zieht und ich mich zwinge, irgendetwas an die Nachricht zu hängen.

Hi 😊 Ich bin in Everstein,
und ich würde gern rumkommen.
Wann passt es euch? Freu mich.

Kurz überlege ich, ob ich statt *in Everstein* nicht *zu Hause* hätte schreiben soll. Egal. Jetzt ist das erledigt.

Ich springe von dem Findling auf und möchte den Flugmodus meines Handys anstellen, da nehme ich gleich mehrere Vibrationen wahr.

Gut, dass du dich meldest ... du kannst in die Praxis kommen.

Oder lieber nicht. Ich meld mich.

Wie wäre es mit heute? 16 Uhr am Rathausplatz?

Kommt es mir nur so vor, oder sind Lexis Nachrichten abweisend? Sie nutzt keine Emojis ... Mein Bauch zieht sich alarmiert zusammen. Auch wegen der Fast-Einladung in die Praxis. Ja, ich will Lexi unglaublich gern in Aktion und im weißen Kittel sehen, aber ein Besuch in der Tierarztpraxis bedeutet auch eine mögliche Begegnung mit Samuel.

Und alles, was mit ihm zu tun hat, beschränke ich erstmal auf ein Minimum: mit ihm in einem Raum sein; mit ihm reden; an ihn denken; an ihn denken und dabei weinen. Er hat einfach vor seinem gesamten Team gesagt, dass er mich nicht ertragen kann ... Worte, die er schon einmal zu mir gesagt hat und die genauso wehgetan haben wie damals in der Kirche. Aber auch, weil ich weiß, dass er kein plumper Arsch ist, sondern ihn seine Gefühle überrollt haben. Was es – um ehrlich zu sein – noch schmerzhafter macht. Aber mein Verständnis-Limit ist erreicht, ihn zu verstehen ist nicht mehr meine Aufgabe. Ich definiere mich nicht über meine Fehler aus der Vergangenheit – so nämlich! Und jetzt weg mit den Gedanken an diesen Kerl, der es in all der Zeit nicht geschafft hat, nach vorn zu sehen.

Entschlossen konzentriere ich mich auf die Nachricht an Lexi.

Bin wandern und recht weit vorgelaufen.

Später am Rathausplatz ist perfekt 😊

Das mit der Praxis holen wir aber nach, Frau Ärztin!

Ich will dich unbedingt in Aktion sehen <3

Im nächsten Moment erscheint auf meinem Display eine Benachrichtigung, dass Vincent meine Nachricht mit einem gehobenen Daumen markiert hat. Nach dem, wie wir vorgestern auseinandergegangen sind, bin ich froh, dass er überhaupt mit mir interagiert. Die Art, wie er mich angesehen hat, seine Enttäuschung, konnte man nicht übersehen, und ich kann sie ihm nicht verübeln. Wären wir eine *normale* Familie, dann hätte mich mein erster Weg in Everstein sicher zu ihnen geführt … aber das sind wir lange nicht mehr. Ein Wisch nach links zeigt, dass meine Mama die Nachricht auch gelesen hat. Obwohl sie schweigt, sehe ich sie deutlich vor mir. In ihrem Homeoffice, wie sie erst mit ihren manikürten Fingernägeln über ihren Glastisch klopft und dann schnaubend zum Hörer greift, um meinen Vater im Büro anzurufen. Tief Luft holend stelle ich mein Handy in den Flugmodus. Der erste, richtige Schritt ist gemacht, mehr Zucker für die Familie ist von mir heute nicht drin.

Das mechanische Geräusch, das meine Kamera macht, wenn ich sie richtig einstelle, löst eine vorfreudige Anspannung in mir aus, und spätestens als ich ein Auge zusammenkneife, um durch den kleinen Sucher zu schauen, vergesse ich alles andere.

»Na, du machst es ja spannend!« Lexis aufgebrachte Stimme reißt meinen Blick vom Display meiner Kamera und lässt mich grinsen. Ihr fehlen noch ein paar Meter über den Marktplatz bis zu mir, wobei sie sich so beeilt, dass ihr Schal über ihre Schulter weht und gefährlich kurz davor ist, sich loszureißen. Er passt perfekt zu ihrem übergroßen sonnengelben Parka und den weißen Sneakern, die eindeutig Arbeitsschuhe sind.

Winkend springe ich vom Rand des Stadtbrunnens auf.

In diesem Brunnen steht ein gigantischer Braunbär auf einem Felsbrocken. Er hebt einen Fisch in die Luft, als wäre er stolz darauf, ihn gefangen zu haben. Als kleines Mädchen bin ich durchs Rathaus geschlichen und habe geprüft, ob man aus jedem Fenster, das zum Marktplatz zeigt, den boshaft aussehenden Bären sehen kann. Kann man, und ich habe lange gebraucht, um ohne Angst durch die Natur spazieren zu können.

»Es gibt hier keine Bären, Vic, schon seit über 150 Jahren nicht mehr«, höre ich eine Stimme, die das R im Wort »Bären« rollend ausspricht.

»Gut, dass du noch da bist«, sagt Lexi und bleibt schnaufend vor mir stehen.

»Wo sollte ich denn sonst sein?«, frage ich und wickle ihren weißen Schal, der ihre roten Bäckchen deutlich zur Geltung bringt, neu um ihren Hals.

»Schon wieder weg?«

»Warum denn das? Oh Gott, du bist ja richtig aus der Puste!« Und das mehr, als sie von den paar Metern hätte sein können. Fragend und auch ein wenig amüsiert über ihr Japsen sehe ich sie an und richte ihre zerzausten honigblonden Haare.

»Weil ich zu spät bin? Ich stand so lange bei der Post und kam kaum weg. Zu meiner Verteidigung, Madame: Ich wollte dir Bescheid geben, aber auf deinem Handy geht nur die Mailbox ran«, sagt sie schnaubend und hebt eine Papiertüte an, aus der ein kleiner Karton mit Spezial-Katzenfutter heraussteht.

»Ach du Schande!« Perplex packe ich meine Kamera weg und ziehe seufzend mein Handy aus den Leggings. »Ich habe beim Wandern oft den Flugmodus an und vergessen, ihn wieder auszuschalten. Mist, tut mir echt leid!«

»Hach, geteilte Schuld fühlt sich doch gleich viel besser an.« Lexi kneift mir in die Wange und grinst, aber es kommt mir auch so vor, als wenn ein stichelnder Unterton zu hören war.

»Ist irgendetwas?«, frage ich prompt und spüre, wie sich ein ungutes Gefühl in meinem Magen ausdehnt.

Sie winkt ab. »Was hast du getrieben?«

»Ach, ich bin meine letzten Aufnahmen durchgegangen. Um das Drama kurz zu halten: Ich versuche, mich warm zu knipsen, damit ich dem schnellen Tempo bei den Einsätzen gerecht werde.«

»Das wirst du schon.« Lexi hängt sich die Tasche über den Arm und deutet an loszugehen, doch dann atmet sie lautstark aus und dreht sich zu mir. »Okay, es ist doch etwas.« Um ihren Worten Nachdruck zu verleihen, krallt sie sich mit beiden Händen in einen meiner Ärmel. »Ich will verstehen, was bei euch los ist, Vic. Ehrliche Antwort, du und Samu, habt ihr miteinander geschlafen?«

Damit habe ich nicht gerechnet. Was soll ich antworten? Die Wahrheit, aber wie? Mein Herz schlägt mir bis zum Hals, und mir fehlen die Worte ... auch weil ein altes Versprechen mich daran hindert, die richtigen auszusprechen. Ich nicke wieder.

»Okay, krass.« Lexi schluckt und lässt die Schultern hängen. »Dass du mir die ganze Zeit nichts gesagt hast, ist hart, und eigentlich wäre ich jetzt gern Minimum drei Tage angefressen ... Aaaber ich habe da so eine Vermutung, könnte es sein, dass dich ein gewisser Strohkopf gebeten hat, nichts zu sagen?«

Meine Antwort: ein Nicken. Super. *Sag etwas, Vic!* Die ganze Sache hier ... Ohne Lexi ertrage ich das nicht, sie muss mir verzeihen, ich muss ihr das klarmachen, ich ...

Lexi unterbricht meinen Gedankenstrudel: »Jetzt ergibt alles einen Sinn.«

Ich nehme ihre Hände in meine, die Tüte mit dem Katzenfutter baumelt zwischen uns, und kurz atme ich tief durch.

Auf der Suche nach den richtigen Worten kann ich nicht verhindern, dass auch die Erinnerungen an damals zurückkommen. »Der Morgen, an dem wir von Jonas' Tod erfahren haben ...«, beginne ich und spüre, wie sich meine Brust zusammenschnürt, »... das war auch der Morgen, nachdem Samu und ich ... ziemlich viel getrunken hatten, und dann hatte einfach eins zum anderen geführt ...«

Wie oft habe ich Lexi davon erzählen wollen ... Aber das Versprechen an Samu hat mich abgehalten, abgesehen davon wollte ich ... nur vergessen, wie es war, mit ihm zu schlafen. »Der Kontakt zwischen uns war leichter, weil diese Sache kein Thema war und ich mich ... nicht rechtfertigen musste. Und dann ... mit der Zeit schien es irgendwie überwunden.«

Lexi seufzt. »Rechtfertigen?« Sie befreit ihre Hände aus meinen und packt mich wieder, diesmal an beiden Oberarmen. Sie schüttelt mich sanft. »Du hast das alles mit dir ausgemacht? Das allein durchgestanden? Ich wäre so gern für dich da gewesen, Vic.« Ihre dunkelbraunen Augen flackern verdächtig. »Und ich Strohkopf habe dich quasi genötigt, herzukommen ...«

»Es tut mir so leid,«, sage ich leise, weil meine Stimme nicht mehr hergibt.

Lexi seufzt kläglich, dann zieht sie mich glucksend in eine Umarmung. »Ich war so wütend auf dich, damals. Dabei hätte ich mir denken können, dass da noch so viel mehr hinter deiner Flucht steckt. Es tut mir auch leid.«

Nachdem wir uns eine kleine, heilende Ewigkeit umarmt haben, fangen wir an zu lachen. »Hab dich lieb«, sagt Lexi, und ich gebe ein heiseres »Ich dich auch« zurück. Ganz sicher ist uns beiden ein gigantischer Brocken vom Herzen gefallen.

»Worauf hast du Lust?«, frage ich einen Atemzug später und hake mich bei Lexi ein. »Sollen wir etwas essen gehen? Ich bin überwältigt von der ganzen Auswahl, die Everstein inzwischen zu bieten hat. Pizza? Sushi? Döner? Und dann noch diese schnieken Zeltchen vor den Lokalen, mit den Deckchen und den Heizern drin. Ich glaube, genau so würde ich jetzt gern einen Döner mit extra viel Zwiebel genießen. Was sagst du?«

Ich weiß, dass Veggie-Döner eine ihrer Lieblingsspeisen ist, nur haben wir den früher in einem kleinen Imbiss gefuttert, der neben einer gutbürgerlichen Hütte im Grunde das einzige »Restaurant« hier war.

»Oh, ich habe einen Bärenhunger! Und hatte ich nicht erwähnt, dass Everstein zu einer schrägen Version von Aspen mutiert?«

Jetzt, wo ich mit Lexi über den Marktplatz schlendere, scheint es mir tatsächlich so, als würde die Stadt dem amerikanischen Vorbild übertrieben schnell nacheifern wollen. Sogar Straßenschilder mit Rundgängen zu den besten Sehenswürdigkeiten gibt es – auf Deutsch und Englisch.

»Der Bürgermeister treibt die Stadt voran, was?« Das sollte sich beiläufig und witzig anhören, aber dass es einfach nur gezwungen rübergekommen ist, bestätigt Lexis Augendreher. »Du kennst deinen Vater. Aber es hat auch seine Vorteile, wie die kulinarische Auswahl«, winkt sie ab und zieht mich von der beleuchteten Promenade in eine Nebenstraße. »Vor dem Vergnügen muss ich dich noch mit zur Apotheke zerren. Die macht nämlich gleich zu.«

Während ich auf Lexi warte, die in einer Schlange in der Apotheke steht, ziehe ich mein Handy heraus. Zuvor hatte ich es wieder verschwinden lassen, ohne den Flugmodus zu deaktivieren. Jetzt kann ich meine Neugierde nicht mehr unterdrücken. Hat meine Mutter geantwortet … gibt es auch schon eine Reaktion von meinem Vater? Wenn ja, was für eine?

Sobald ich auf das Flugzeug-Icon meines Handys gedrückt habe, sucht es Empfang, und nur einen Wimpernschlag später wird mein Display geflutet. Neue Likes und ein paar neue Follower tauchen als Erstes auf, gefolgt von drei verpassten Anrufen von Lexi und einem Fenster, das geheimnisvoll tut und mich auffordert, WhatsApp auf neue Nachrichten zu überprüfen.

Sonntag, Liebes, da passt es am besten.

Okay. Eine einzige, knappe Nachricht von meiner Mutter. Meine Eltern haben es geschafft, Vicky-Zeit in einen Sonntag zu quetschen, und das, obwohl wir schon Dienstag haben. Phänomenal.

Was hast du erwartet? Dass sie eine Party veranstalten?

Der Kloß, der sich nach letzter Nacht eigentlich aufgelöst haben müsste, macht sich schwellend bemerkbar, weshalb ich den Kopf gen Himmel recke und mich darauf konzentriere. Der frühe Abend ist im Anmarsch und umarmt jeden rötlichen Fleck, der noch zur Sonne gehört, mit Dunkelheit.

Ich schlucke den Frust herunter und schicke einen Daumen nach oben als Antwort. Sonntag soll mir recht sein. Ehe ich das Handy wieder wegstecke, ploppt eine neue Nachricht von Vincent in unserem Privatchat auf.

Sie haben momentan echt viel um die …

Ich klicke nicht auf *Öffnen*, sondern sperre mein Handy. Jetzt will ich mich nur auf Lexi und unsere Zwiebelparty freuen.

Perfektes Timing, denn sie marschiert gerade mit weiteren Tüten, lachend und offenbar nicht allein, aus der Apotheke.

»Darf ich vorstellen«, sagt Lexi fröhlich und stellt die Taschen zwischen ihren Füßen ab, als sie und ihre Begleitung mich erreichen. »Dorota, gute Seele der Tierarztpraxis und Samuels Omi.« Dabei legt sie beide Hände auf Dorotas Oberarme und drückt sich vertraut an die Frau, die noch einen Kopf kleiner ist als sie.

Dorota hat einen geflochtenen grauen Pferdeschwanz und eine süße Rundbrille mit schwarzweißen Bügeln und einer roten Umrandung.

Baff schaue ich zwischen den beiden Grinsebacken hin und her.

Unmöglich. Samus Oma lebt in Polen, zusammen mit ihrem Mann. Das muss ich falsch verstanden haben. Sie sind noch nie in Everstein gewesen. Einmal vielleicht zu Besuch, ich erinnere mich schwach daran, dass wir da gerade auf Familienurlaub auf Sylt gewesen sind. Ganz sicher lebt sie nicht hier.

»Und du? Kennen wir uns?«, fragt Dorota und reicht mir ihre Hand. Ihr Akzent ist unüberhörbar.

»Sie wohnen doch in Polen«, spreche ich meine Gedanken aus und beiße mir auf die Zunge.

Dorotas dunkle Augen schimmern leicht verwundert auf.

Wie peinlich! Meine Wangen kribbeln, und ich muss mich überwinden, einen Schritt auf sie zuzugehen, um ihre Hand zu ergreifen. »E… Entschuldigung«, japse ich. Dass Lexi das gerade so komisch findet, dass sie sich eine Hand vor den Mund presst, hilft mir nicht, meine Verlegenheit zu überspielen. »Ich bin Victoria.«

»Victoria! *Kwiatek*, natürlich! Dann kennst du meinen

Enkel gut, ja?« Sie lässt meine Hand wieder los und drückt mich warmherzig am Unterarm.

Moment, wie hat sie mich genannt?

»Nur von der Bergwacht«, lüge ich unüberlegt, was mir nicht nur sofort mega unangenehm ist, sondern Lexi dazu bringt, eine Braue fragend nach oben zu ziehen.

»Aha ... wenn das so ist, treffen wir uns bestimmt bald wieder.« Samus Oma lässt meinen Arm los und nickt mir lächelnd zu, ehe sie sich Lexi zuwendet. »Ich muss los, Sonnenscheinchen. Gabi wartet auf mich. Wir besuchen einen neuen Kurs, wo sie Schachteln wie uns über diese Smartphones und Laptops unterrichten.« Dorota wirkt kurz etwas ernster und hebt mahnend einen Zeigefinger. »Das neue Futter für deine Kätzchen wird ihnen schmecken, Alexandra. Die Tabletten werden sie da niemals rausschmecken. Halt mich auf dem Laufenden. Von mir aus über dieses WhatsApp. Heute lerne ich ja, wie das Zeug funktioniert.«

Was habe ich nur alles verpasst?

»Ja, gut«, sagt Lexi und quietscht auf. »Dann viel Spaß, und ich warte auf Selfieees.«

Dorota schenkt uns beiden kopfschüttelnd ein lautes Lachen, ehe sie Richtung Marktplatz flitzt. Als sie zwischen dem Tumult, den der frühe Abend mit sich gebracht hat, verschwunden ist, sehe ich ungläubig zu Lexi.

»Bin ich in einem anderen Universum gelandet? Sie konnte doch nur etwas Deutsch. Jetzt ist es richtig, richtig gut. Aber vor allem ... Sie lebte doch mit Bartoz in Polen.«

»Seit fast zwei Jahren nicht mehr«, sagt Lexi und hebt ihre Taschen an. Ich nehme ihr eine davon ab, und mir entgeht dabei nicht, wie Lexis Lächeln abflacht, als würde sie überlegen, wo sie mit ihrer Erzählung anfangen soll.

Wir spazieren zurück, da zieht sie nachdenklich an einem

ihrer vielen Earcuffs, die sie heute abwechselnd in Silber und Goldtönen trägt, und fängt an, meine Lücken der letzten Jahre schmerzhaft detailgetreu zu füllen. »Nach dem Tod ihres Mannes ist sie hergezogen. Samu hat so lange auf sie eingeredet, bis sie nachgegeben hat, und ich bin echt froh drum, denn sie ist ein wahres Goldstück. Nicht nur, dass sie uns als pensionierte Tierarzthelferin mehr als einmal den Allerwertesten gerettet hat, ohne sie hätten wir die Praxis gar nicht erst auf die Beine gestellt bekommen.«

Ich beiße mir auf die Lippen, um zu verarbeiten, dass ich keine Ahnung gehabt habe und dass ich auch nach diesem Verlust nicht für Samu da gewesen bin. Selbst wenn Samus Opa deutlich älter als Dorota und bei meiner Abreise schon über neunzig war.

»Die beiden sind Dickschädel hoch tausend«, fischt Lexi mich aus meinen Schuldgefühlen. »Am geilsten sind ihre Diskussionen. Eine fantasievolle Mischung aus Deutsch und Polnisch, bei der man nichts verstehen, nur genießen kann. Na, jedenfalls hat Samuel ihr extra ein Zimmer auf seinem Hof hergerichtet, aber sie hat ihm wortwörtlich einen Vogel gezeigt. Dann sollte sie in die Ferienwohnung, aber auch das hat ihr nicht gepasst, wegen der Treppen und so.«

Lexi kann sich ein Kichern nicht verkneifen, aber mir legt sich ein schweres Gefühl auf die Brust, beladen mit der traurigen Gewissheit, dass die Bilder in ihrem Kopf nie meine sein werden.

»Und wo wir schon beim Thema sind: Warum hast du vor Dorota behauptet, Samu nur von der Rettung zu kennen? Als ob sie nicht wüsste, wer du bist.«

»Ich bin ihr nie begegnet … Ich hatte auch keine Ahnung, dass Samu so eng mit ihr ist. Und sie ist ja auch erst nach mir hergekommen.«

Ich weiche ihrem Blick aus und beobachte einen Straßenmusikanten, der so doll in seine Trompete bläst, dass sein Gesicht knallrot ist. »Zu lügen war falsch, aber irgendwie ein Reflex«, murmle ich und friemle an einem Druckknopf meiner Jacke. »Wahrscheinlich habe ich deswegen gelogen. Weil er will, dass ich mich von ihm fernhalte.«

Lexi schaut mich mit hochgezogener Braue an. »Ich glaube, ihr beide macht es euch zu einfach, ihr müsst vernünftig miteinander reden und fertig.«

»Nun, genau das habe ich versucht ... aber wir haben beide festgestellt, dass das nicht so leicht ist, weil da nicht nur ein Loch aus Zeit zwischen uns ist, sondern ein ganzer, gigantischer Berg an unausgesprochenen Worten. Und die wollen alle gleichzeitig raus und irgendwie auch überhaupt nicht. Apropos Gefühle, dieser Berg besteht aus emotionalem Ballast, weißt du, und ich habe einfach keinen Schimmer, wie ich unsere Freundschaft, oder *uns*, dort bergen kann! Und ich will – ich sollte – es auch einfach nicht wollen, weil das nun mal keine Sache ist, die man allein macht, das muss er auch ...« Ich halte die Luft an. »Nein! Nein! Und noch mal nein!« Genug von ihm! Ich schüttle den Kopf und komme Lexi, die mich mit offenem Mund anstarrt – weil sie sich aus meinem Gefasel wohl kaum einen Reim machen kann –, zuvor. »Schluss damit! Schluss mit ihm! Du, ich und Döner! Klar?« Ich hoffe inständig, dass sie den Wink akzeptiert. »Letzte Nacht habe ich genug Gedanken daran vergeudet, wie mies alles gelaufen ist.«

Lexi rümpft ihre kleine Stupsnase, doch schließlich nickt sie, und ich piekse ihr in den Bauch.

»Ich schwöre, dass ich ihn knurren höre.«

Sie lacht ihr typisches, hohes Lexi-Lachen und presst meine Hand an ihren Bauch. »Bärenhunger, habe ich doch gesagt! Wetten, ich bekomme Döner für zwei runter?«

»Nur zwei?«, hake ich nach.

Sie lacht noch lauter, und es kommt mir so vor, als würde der Trompetenspieler neben uns gegen ihr Lachen anspielen, denn seine kraftvolle Melodie wirkt immer schriller. Und auch sein Gesicht kommt mir langsam ungesund vor, weshalb ich Lexi zu unserem Ziel ziehe und mir dabei ein herzhaftes Lachen nicht verkneifen kann.

»Eines interessiert mich aber doch noch.« Wir erreichen das schon gut besuchte Zelt. »Wo wohnt Samus Omi denn nun?«

»Erinnerst du dich noch an Oma Gabis Café?«

Ich nicke. Das Café, in dem jedes Heißgetränk mit Schuss verkauft wurde.

»Den Laden leitet jetzt ihre Tochter, aber darauf will ich gar nicht hinaus. Dorota und Gabi wohnen in einer altersgerechten WG, und ich sag's dir, sie ist actionreicher als jede Studierendenbude. Rosi hat sich schon auf eine imaginäre Warteliste gesetzt, um mit siebzig einzuziehen.«

»Bitte sag mir, dass wir später auch in so einer WG leben werden«, gebe ich glucksend von mir.

Die transparenten Wände des Vorzelts sind beschlagen, und beim Öffnen des klapprigen Türgestells kommt uns sofort der Duft von Zwiebeln und Knoblauch entgegen.

»Machst du Witze? Selbstverständlich.«

Lexi nimmt gleich einen der ersten Tische in Beschlag, auf dem kleine Teetassen aus Buntglas stehen. Wir haben uns noch gar nicht richtig hingesetzt, da begrüßt uns eine Kellnerin und füllt die kleinen Tassen mit dampfender dunkler Flüssigkeit auf.

»So, und jetzt«, säuselt Lexi, nachdem unsere Teller leer sind, zückt einen Stapel Tierbedarfskataloge aus einer ihrer Taschen und knallt ihn auf den Tisch, »darfst du mir bei der Suche nach den perfekten Hundekörbchen helfen.«

KAPITEL 15

Samuel

»Können wir nicht einfach so tun, als wäre sie nicht da?«

»Samuel … Du hast mich doch heute darum gebeten, dich nicht mehr Sammie zu nennen, weil du ein großer Junge bist, oder?«, fragte mein Papa und machte dieses komische Ding mit seinem buschigen braunen Schnäuzer. Dann verzog er seinen Mund zu einem Strich. So fest, dass die Lippen unter seinem Bart verschwanden.

»Aber«, sagte ich, doch als sich auch seine dichten Brauen zusammenzogen, wich ich seinem Blick aus und konzentrierte mich auf meine Schultüte mit dem Hasen und dem roten Koffer.

»Aber?«

Frustriert blies ich die Luft in meinen Wangen auf und nestelte am Glöckchen. Am richtigen Glöckchen, das bimmelte und dort befestigt war, wo der Hase eine Schleife um den Hals trug. »Ihr habt gesagt, heute geht es nur um mich.«

»Nun, das tut es auch. Alle sind wegen deiner Einschulung hier. Omi und Opi aus Polen und sogar dein Großonkel aus England! Mama und ich sind auch da, und du solltest dich freuen, dass die kleine Victoria dabei ist.«

Mürrisch sah ich zu meiner Mama, die das Kleinkind um-

armte und tröstete. Weil es nicht aufgehört hatte, zu quengeln, seitdem wir auf dem Schulhof standen. Dabei sollte Mama erst morgen ihre neue Arbeit als Babysitterin anfangen. Die Eltern hatten diese Nervensäge aber einfach schon heute bei uns abgegeben, wo wir fast auf dem Weg zur Schule waren. Seitdem drehte sich alles um sie.

»Kannst du denn so tun, als wäre sie nicht da? Verrate mir, wie du sie auf eine nette Art ignorieren möchtest, Samuel, dann kann ich das vielleicht auch.«

Mit einer Schnute schaute ich wieder zu meinem Papa, dessen Brauen jetzt fast den Ansatz seiner Dauerwelle erreichten. Er sagte immer, seine Haare seien echt so und dass meine später auch so sein würden. Ich wollte keine Dauerwelle und auch keinen Quälgeist mit noch größeren Locken an meinem ersten Schultag.

Schmollend hörte ich auf, am Glöckchen zu bimmeln, und zuckte mit den Schultern. Wie konnte man jemanden nett ignorieren?

»Ach, Samu, ich kann es dir auch nicht sagen«, meinte Papa, als hätte er meine Gedanken gelesen. »Die Entscheidung, jemandem das Gefühl zu geben, nicht da zu sein, ist eine der schlechtesten, die man treffen kann. Und eine Lüge noch dazu! Man lügt sich selbst an, verstehst du? Weil du im Grunde weißt, dass jemand hier ist, oder?«

Ich fuhr mir mit einer Hand über die Wange und nickte.

»Ich tue doch gar nicht so, als wäre sie nicht hier ... schön wär's«, grummle ich und tippe mit dem Finger auf das Touchpad meines Arbeitslaptops, um ihn aus dem Tiefschlaf zu wecken. Er präsentiert mir ungelesene Mails, doch bevor ich die erste öffne, schiebt sich eine weitere mit dem Betreff *Beschwerde* ins überfüllte Postfach, und ich schließe das Programm. Ich bin nicht in der Stimmung, mich darum zu kümmern.

Als wäre es das kleinere Übel, wandern meine Gedanken zurück zu Vic. Heute ist Samstag, und in den letzten Tagen gingen mehr als genug Einsätze in der Bergwacht ein. Welcher Dämon sich da auch immer herumtreibt und Unglück auf die Menschen, die in den Bergen unterwegs sind, wirft, kann das verdammt noch mal lassen! Es gibt Wochen, da kommt vielleicht ein Einsatz rein. In den vergangenen fünf Tagen waren es verfluchte sechs.

Könnte ich einen Wettergott beschwören, ich würde es tun. Von mir aus einen Regentanz hinlegen, wenn er etwas bringen würde. Denn der trügerische Frühling treibt die Leute in die Berge, als würden sie dort mehr Vitamin D abbekommen als im Tal.

Sicher ... Weil ich es auch jedem verübeln kann, überhaupt in die Berge gehen zu wollen. Mit den Daumen massiere ich meine Fingerkuppen, die nicht nur leicht brennen, sondern auch etwas wund sind, und denke automatisch an die letzte Rettung. Vorgestern Abend ist es nass, dunkel und so neblig gewesen, dass ich mir sicher war, Vic würde bei dem Einsatz niemals mit ihrer Kamera auftauchen. Tja, sie und ihre Kamera waren wettertauglicher als erwartet.

»Coole Kletterer benutzen heilende Handcreme«, hat Vic gesagt, nachdem wir den Alpinhöh Ferrata auf etwa 1.800 Metern zurückgelegt hatten. Der mit Eisenstiften, Leitern und Seilen gesicherte Klettersteig war einem jungen Wanderer zum Verhängnis geworden, der die Länge der Route unterschätzt hatte und bei der schnellen Dämmerung ohne Licht auf einer wackeligen Leiter hängen geblieben war.

Und weil ich Vic nicht wie meine fünfjährige Version

ignorieren wollte, habe ich ihr nach erfolgreicher Rettung erzählt, dass ich die letzten Tage bouldern war und es bei dem kalten Gestein etwas übertrieben habe.

»Schon klar, dass diese Schwielen nicht nur von heute stammen«, hat sie gesagt und eine Tube aus ihrem Rucksack gezogen. »Wie gesagt, coole Kletterer nutzen Handcreme.«

»Das könnte glatt ein Werbeslogan sein«, habe ich gemeint und ihr die Creme abgenommen, weil mich das raue, brennende Gefühl an meinen Händen in den Wahnsinn trieb.

Sie hat bloß gelacht und gar nicht mehr aufgehört, ihre Wangen haben sich immer dunkler gefärbt. »Oh Gott! Samu, das ist er tatsächlich – also ein Werbespruch. Das ist aus einer Kooperation, die ich mal für Social Media gemacht habe. Wie peinlich.«

»Na, der Spruch erfüllt seinen Zweck«, habe ich grinsend von mir gegeben, als wir völlig erschöpft nebeneinander auf der Rückbank des großen Einsatzwagens Platz nahmen und mit den anderen zur Leitstelle zurückfuhren.

Es ist unmöglich. Ich kann Vic nicht stur ignorieren. Und ich kann auch nicht diese Momente verhindern, in denen wir unbehaglich schweigen oder versuchen, während der Arbeit aneinander vorbeizuschauen. Es sind unangenehme Momente, die hin und wieder von leichten aufgewirbelt werden. Augenblicke wie die mit der Creme. Sie schleichen sich ein, als wären sie 'ne verfluchte höhere Macht. Leicht, unbeschwert.

Was aber nichts an meiner Entscheidung ändert, dass ich das nicht will. Nicht kann, weil jeder Lacher an schmerzhafte Erinnerungen gekoppelt ist und mich stets auf den Boden der Tatsachen zurückholt. Was sich verflucht noch mal zum Kotzen scheiße anfühlt! Schlimmer, als beim Klettern ungesichert aus vier Metern Höhe zu stürzen und unglücklich aufzukommen. Sogar viel schlimmer. Also wie soll ich mit ihr umgehen ... Wie?

Neben mir ertönt ein Schnauben. Es lenkt meine Aufmerksamkeit zum Körbchen, das vor dem Fenster des Praxisbüros liegt.

»Was soll ich machen, Coop?«

Egal, wofür ich mich entscheide, es lässt mich wie einen pubertären Teenager auftreten, der seinen ersten Joint verdaut. Ich drehe meine Handflächen resigniert Richtung Zimmerdecke, nur um sie im nächsten Moment auf die Tischplatte zu pfeffern.

Cooper wedelt mit seiner Rute und klopft dabei gegen die Heizung hinter ihm.

»Dein Herrchen dreht am Rad. Aber kein Stress, alles easy.«

Coopers Kopf ruht unbeeindruckt zwischen seinen hellen Pfoten, während seine Augenbrauen steil nach oben wandern, als würde er mein Verhalten skeptisch bewerten.

»Sieh mich nicht so an. Sei froh, dass du nicht bei jedem Einsatz dabei bist.«

Cooper legt den Kopf in den Nacken und gibt ein raues Bellen von sich.

»Ist das eine Beschwerde? Ich habe mir bei der letzten Bergungsaktion den Arsch abgefroren und den werten Herrn dann sabbernd in meinem Bett vorgefunden«, meckere ich. Cooper springt aus seinem Körbchen auf, und während er auf mich zutapst, drehe ich mich im Stuhl zu ihm, damit er seinen Kopf auf meinem Schoß ablegen kann.

»Das nächste Mal zerre ich dich bei Wind und Wetter mit an die Kletterwand, wart's ab!« Ich kraule ihn hinter dem Ohr, was ihm ein wohliges Schmatzen entlockt. »Sie ist bald weg. Dann ist alles wieder normal. Das von damals wird sich nicht wiederholen.« Die letzten Worte meines Satzes murmle ich kaum hörbar. Als würde Cooper das nicht passen, hebt er den Kopf und legt eine Pfote gegen mein Knie.

»Spätestens, wenn sie abreist, bin ich auch wieder der Alte. Deal?« Ich reiche Cooper meine Faust, und er presst mit seiner Pfote dagegen.

»*Słońce?**«, ruft meine Großmutter, sobald sie die schwere Flügeltür der Tierarztpraxis aufgerissen hat. Cooper sprintet in der Sekunde los, in der er ihre Stimme hört. Sie schallt lautstark durch die hohen Decken des Altbaus, genau wie wenig später das Geräusch des sich drehenden Schlüssels, mit dem sie die Praxis offiziell für geschlossen erklärt. Wie so oft ist sie damit zu früh dran. Was okay ist, neben der Tür ist eine Klingel und für den Fall der Fälle unsere 24/7-Notfallnummer.

Als Nächstes dringt Coopers Happy-Knurren an meine Ohren und das Lachen meiner *Bami*, wie ich sie gern nenne. Die verdrehte Mischung aus *Omi* und der polnischen Übersetzung *Babcia*.

»*Słooońce,* bist du im Behandlungsraum oder im Büro?«

Sie wiederholt meinen Kosenamen im Singsang, während ich höre, wie sie den leeren Wartebereich durchquert. Zum Glück sind keine Patienten mehr anwesend, denn gleich darauf beschwert sie sich lautstark darüber, dass mal wieder niemand – und damit meint sie mich – daran denkt, die Grünpflanzen auf den Fensterbänken zu gießen.

»Hinten!«, rufe ich ihr zu und werfe einen prüfenden Blick über den Schreibtisch. Dabei fällt mir der Stapel ungeöffneter Briefe vom Hof auf, die sich erneut in die Post der

---

* [swo͡jtse], dt. = Sonne

Tierarztpraxis gemischt haben. Bis auf Karten meiner Eltern übermittelt die Post in der Regel nur schlechte Nachrichten. Umso ärgerlicher ist die Erkenntnis, dass ich vor meinem gedanklichen Tauchgang nicht mal bis zur Hälfte des Stapels gekommen bin.

Hastig klappe ich den Laptop zu und stopfe die Briefe in meinen Rucksack, den ich etwas zu hektisch auf das Fensterbrett werfe. »Scheeeiße«, entfährt es mir, weil ich förmlich hören kann, wie der Hals einer eh schon eingehenden Orchidee abknickt.

Kurzerhand ziehe ich den blauen Vorhang zu, drehe mich auf dem Stuhl wieder um und begegne prompt Bamis tadelndem Blick. Die Falten um ihre Augen graben sich tief ein, und die dünne Haut an ihren Wangen schimmert rosa. Ihr Fahrradhelm, der nun zusammen mit einem Korb über ihrem Arm hängt, hat auf der Stirn einen kleinen Abdruck hinterlassen.

»Steh zu deinen Gräueltaten, junger Mann«, sagt sie, und ich streife mir mit dem Daumen über die kleine Narbe an meiner Unterlippe, um ein neckisches Grinsen zu kaschieren.

»Ich kümmere mich heute um die Pflanzen, versprochen.«

Sie gibt ein wenig überzeugtes Grummeln von sich.

Um vom Thema loszukommen, tippe ich auf meine Watch und deute mit der auf dem Kopf stehenden Uhrzeit zu ihr. »Du bist zu früh. Es sind noch zehn Minuten bis zu meinem freien Samstagnachmittag. Lexi wird mit dir schimpfen, wenn sie das erfährt.«

»Ist sie etwa hier?«

Ich schüttle den Kopf, da taucht Cooper neben ihr im Türrahmen auf. Den Korb meiner Großmutter, an dem er begeistert schnuppert, würde er am liebsten für sich beanspruchen.

»Lexi war nur heute Morgen zur Planbesprechung hier.«

Bami atmet erleichtert aus. »Gut. Sonst hätte ich ihr auch eine Portion Pierogi mitgebracht. Aber sie hat mir heute eine Sprachnachricht geschickt, dass sie frei hat.«

»Eine Sprachnachricht?«, frage ich skeptisch.

»Genau. Und ich habe ihr auch eine aufgenommen. Gut, was?«

Grinsend schüttle ich den Kopf. »Sie hat Pistendienst. Aber wenn du nun so fortgeschritten unterwegs bist, können wir ihr ein Foto von mir schicken, wie ich deine Pierogi genieße.«

»Pass auf, dass ich kein Video mache, wie du meinen Pierogi hinterherläufst, während ich auf dem Rad zurück nach Hause *dose.*« Sie stellt den Korb auf dem Schreibtisch ab.

»Düse«, verbessere ich sie, und sie wuschelt mir über den Kopf, was uns beide lächeln lässt.

»Dann arbeitet sie ja doch, und ich dachte, sie hat frei.«

»Hier schon. Die Berge geben niemals fr…«

»Papperlapapp!« Ihr deutsches Lieblingswort. Sie schiebt meinen Laptop zur Seite, schlüpft schnell aus ihrer Jacke und tischt unser Picknick auf.

Der Duft der Teigtaschen wird immer intensiver, und da ihr Radweg bis zur Praxis sehr kurz ist, steigt noch warmer Dampf aus dem Korb, als sie das Geschirrtuch herunternimmt.

»Außerdem mache ich mir für das Stehlen von Arbeitszeit gern einen Namen.« Sie zieht sich den Stuhl von Lexis Schreibtisch, der parallel zu meinem steht, und sieht mich durch ihre Brille belustigt an.

»Was genau meinst du?«

Sie zückt zwei Teller, die mit Alufolie bedeckt sind, und platziert eine Tupperdose mit süßer Sahne zwischen uns.

»Deine Beschwerde darüber, dass ich zu früh dran sei. Du

arbeitest zu viel, und das hier ist meine kleine Rebellion dagegen. Immer nur Arbeit, Arbeit, Arbeit, deine Eltern sind doch auch nicht so … verbissen, was haben die bei deiner Erziehung falsch gemacht? Wo bleibt dein Spaß?!«

»Bamiiii«, sage ich gespielt vorwurfsvoll, woraufhin sie mir schelmisch zuzwinkert. Dann schaue ich rüber zu Cooper, der sich wie selbstverständlich neben sie gesetzt hat. Mit dem Finger zeige ich zu seinem Körbchen.

»Womit sind die Teigtaschen gefüllt?«

»Das musst du schon selbst herausfinden, *Słońce.*«

Bami nennt mich ständig *Sonne*. Sie tut das, um mich zu ärgern, halte ich ihr gern vor, denn dieses Wort klingt bis heute nicht richtig aus meinem Mund. Dabei haben wir einen Deal: Sie wollte für mich Deutsch lernen, und sollte ihr das gelingen, würde ich mit Polnisch nachziehen. Ihren Part hat Bami schon vor Ewigkeiten meisterlich bewältigt, während ich … Na ja, meine Aussprache ist gar nicht mehr so übel, seitdem sie vor zwei Jahren zugezogen ist. Und auch wenn wir mittlerweile so etwas wie ein fantasievolles Kauderwelsch aus Deutsch und Polnisch sprechen, gewisse Worte werden auf ewig ein Zungenbrecher für mich bleiben. *Słońce* ist eines davon.

»Erdbeeren vielleicht?«

Sie tut so, als würde sie ihre Lippen versiegeln.

»Guten Appetit«, sage ich und stecke mir die erste Pierogi genüsslich in den Mund.

»Dir auch«, erwidert sie. »Aber raus mit der Sprache.«

Ich lasse die Teigtasche mit Erdbeerfüllung auf der Zunge zergehen und sehe sie mit gerunzelter Stirn an, weil ich keine Ahnung habe, worauf sie hinauswill.

»Es ist Samstag, was hast du vor? Und sag mir nicht, es ist dieses Netflix und Chill.«

Ein einladender Gedanke.

»Ich …«, sage ich und schlucke die Worte herunter. Wenn ich ihr mit Arbeit auf dem Hof komme, sediert sie mich an Ort und Stelle und schleppt mich auf eine Touristenparty. »Angenommen, ich überlege mir etwas Feines, kommst du dann mit?«, frage ich feixend und presse mir die Gabel an den Mund. Wenn es nicht das Arbeiten sein soll, gibt es für einen Samstagabend nur zwei Optionen: Erstere hat sie schon in den Raum geworfen, letztere ist das Moe's.

Bami hebt ihre Gabel vor meine Nase und fuchtelt damit herum. »Ich sehe, was du machst! Sag deine Worte aus dem Bauch heraus! Und nein, mein Herz, ich habe andere Pläne.«

»Einen deiner geliebten Kurse etwa?«

»Nein«, sagt sie knapp und schließt die Augen.

»Vielleicht etwas mit *jemandem* aus dem Kurs?«

Sie schmunzelt, und ich bin mir unsicher, ob ich Details aus ihrem Kopfkino brauche. Bami setzt jedoch noch einen drauf, indem sie mit den Brauen wackelt, und ich lache los. Hat sie etwa tatsächlich jemanden kennengelernt?

»Apropos!« Sie reißt die Augen wieder auf und gibt mir einen Patsch gegen die Schulter, während ich mir einen weiteren Bissen in den Mund schiebe. »Ich habe Lexi neulich vor dem Technikkurs getroffen. Sie war in Begleitung einer hinreißenden jungen Dame.«

Die Gabel noch im Mund, beiße ich die Zähne so fest zusammen, dass ein unangenehmer Schmerz durch meine Kiefer donnert.

Ach, verflucht!

Es ist offensichtlich, wen sie meint. Ich bekomme nicht mehr als ein »Aha« über die Lippen und schlucke.

Egal, wie ich dieses Vic-nett-ignorieren-Thema löse, ich will ganz sicher vermeiden, dass sie zum Thema Nummer eins wird. Und Bami ist so was von Vic-neutraler Boden. Das erste und einzige Mal hat Bami sie vor etwa zwanzig Jahren gesehen, und ja, natürlich habe ich ihr während unserer Familienurlaube in Polen von einer Kindheitsfreundin erzählt, aber das ist so lange her, bestimmt erinnert sie sich nicht mehr daran, dass ihr Name Vic war. Oder? Unser Verhältnis ist erst so innig, seitdem sie in Deutschland lebt. Ich vertraue Bami so gut wie alles an. Alles, bis auf Vic. Und das ist auch gut so. Ich möchte Vic nicht auch noch in diesem kostbaren Part meines Lebens haben. Auch wenn Bami sicher einen Rat parat hätte, wie ich mit der ganzen Sache umgehen soll, sagt mir eine zynische Stimme in meinem Kopf, dass ich den gar nicht hören möchte. Frustriert kratze ich mit der Gabel durch den Sahneklecks auf dem Teller.

»Vielleicht solltest du bei ihr mal deine *Vibes* – wie du immer sagst – ausfahren.«

Entgeistert sehe ich sie an und lasse die Gabel etwas zu dramatisch auf den Teller fallen.

Ja, sicher! Die Antwort meiner beschissenen Vibes ist mir mehr als bewusst. Was habe ich mir nur dabei gedacht, mich meiner Bami gegenüber mit den Worten »Bei mir kommt alles auf die zwischenmenschlichen Vibes an« zu outen? Aber wie erklärt man sich richtig? Noch dazu, wenn das »sich erklären« einer heftigen Herausforderung gleichkommt, weil man selbst nie das Bedürfnis verspürt hat, sich ein Label aufzudrücken? Es ist eh kompliziert, aber das alles dann auch noch der älteren Generation verständlich machen, puh. Auch wenn Bami locker drauf ist. Ich hatte Vorurteile wegen ihres Alters, einfach weil ich schon mal hässliche Erfahrungen gemacht habe. Als das Thema meiner Sexualität in Everstein die Runde machte, hat mein naives Ich zu spüren bekommen, was sich auch hinter dem Wort »Dorf« verbergen kann. Bami hat mir jedoch schnell klargemacht, dass Vorurteile nur etwas für engstirnige Menschen sind.

Weil ich ihr nicht antworte, spinnt sie das Vic-Thema weiter, genauso wie den Stacheldraht in meinem Magen. »Vielleicht zeigst du ihr mal die Stadt? Oh! Soll ich für dich versuchen …«

»Ich habe heute Abend schon ein Date!«, unterbreche ich sie, hoffentlich beiläufig genug, um Vic aus dem Gespräch verschwinden zu lassen, und piekse eine Teigtasche auf. »Ein Blind Date«, ergänze ich zwischen ein paar Happen. »Es ist Zeit für *neue* Begegnungen.«

Und auch wenn ich mir ziemlich sicher bin, dass meine Abendplanung, die gedanklich erst Form annimmt, nicht unbedingt der Wunschvorstellung meiner Großmutter entspricht, erwidere ich ihr Lächeln, das nach meiner Ankündigung auf ihrem Gesicht erschienen ist.

Vielleicht muss ich Vic gar nicht ignorieren. Möglich, dass es mir gelingen könnte, sie neutral zu behandeln. Dazu muss ich meinen Kopf nur mit anderen, reizvolleren Inhalten füllen, die Vic zur Nebensache werden lassen. Ich kann nicht glauben, dass ich das denke, aber Mo könnte recht gehabt haben … Vielleicht war die Idee, Tinder auf meinem Handy zu installieren, gar nicht so verkehrt.

Ich schließe die Praxis ab – diesmal berechtigt – und Bami ihr Fahrrad auf, da bimmelt mein Handy. Ehe ich es schaffe, die Schlüssel wegzustecken und es aus meiner Kasacktasche zu fischen, ist es wieder stumm.

Bami rollt mit ihrem Rad vor die Stufen und sieht mich abwartend an. »Sag mir nicht, dass die Arbeit ruft.«

Kopfschüttelnd hebe ich mein Handy an.

»Das ist nicht das Diensthandy.« Mein Blick bleibt auf

dem Display hängen, und ich grinse, als Nachrichten von Paulina meinen Lockscreen fluten.

SOS! Ich sag's ungern: Du hattest recht.

Brauche dich, Liebster. Sofort!

»Etwa dein Rendezvous?« Bami schließt den Verschluss ihres Helms und schielt auf mein Handy, auch wenn sie von ihrer Position aus sicher keinen Buchstaben entziffern kann.

»Nun …« Ich weiß nicht, ob ich wegen des verstaubten Wortes Rendezvous schmunzeln muss oder weil ich nicht mehr damit gerechnet habe, heute noch was von Paulina zu hören. Eindeutig Letzteres, denn ihre Nachrichten bedeuten, dass die nächsten Stunden für Ablenkung gesorgt ist und ich die Tinder-Sache direkt wieder verwerfen kann, da ich danach eh tot ins Bett fallen werde.

Weil ich wohl nicht schnell genug reagiere, ruft Paulina an.

»Ich will dich betteln hören«, sage ich unüberlegt und würde die Worte am liebsten direkt zurücknehmen. Im Beisein meiner Großmutter hat sich das wohl doch etwas zu lasziv angehört, da sich ihre Lippen erstaunt zu einem Kreis formen. Aber ich könnte schwören, ein gewisses Funkeln in ihren Augen zu erkennen. Okay. Ganz eindeutig benötige ich keine näheren Details zu ihrem Kopfkino.

Während ich mir anhöre, dass Paulina sich mein gehässiges Grinsen bildlich vorstellen könne, weil ich vorhergesagt habe, dass sie heute eine Abfuhr kassiert, steigt Bami auf ihr Rad.

»Ich hab dich auch lieb, Paulina.« Ich halte mir das Handy

kurz vor die Augen und checke die Uhrzeit. »Gib mir zehn Minuten, bin schon unterwegs«, sage ich und lege auf.

»Samuel Lowak, warum habe ich den Verdacht, dass es sich hier *nicht* um ein Blind Date oder so etwas handelt?«, beschwert sich Bami, nachdem ich mein Handy wieder weggesteckt habe.

Amüsiert pfeife ich Cooper zu mir.

»Besser als das, glaub mir. Viel besser.« Fix gehe ich auf sie zu, gebe ihr einen Kuss auf den Helm und husche mit Cooper ums Haus.

KAPITEL 16

Victoria

Wenn ich daran denke, wie Samu heute zu mir steht, kommt es mir so vor, als würde das Schicksal mir Streiche spielen, indem es mir Dinge vor Augen führt, die – wäre alles anders gelaufen – Alltag sein könnten. Ein Bilderbuch voller Was-wäre-wenn-Aufnahmen.

Die Leitstelle hat einen kleinen Anbau, der erst seit ein paar Monaten existiert und den Duft von frischem Lack noch nicht losgeworden ist. Er besteht größtenteils aus einem Materiallager, einer kleinen Sanitäreinheit und einem Raum, der mich an die Umkleide unserer alten Schulsporthalle erinnert. Auch wegen der Bänke und roten Spinde, an deren Türen kleine Schildchen befestigt sind. Mit unseren Namen. Samuel Lowak. Victoria Sommer. Direkt nebeneinander.

Seufzend öffne ich die Tür, steige aus der Skihose und hänge sie zusammen mit der rotblauen Jacke auf einen Bügel. Bevor ich heute früh Lexi und Ben zum Pistendienst begleitet habe, haben sie darauf bestanden, mich mit der kompletten Montur auszustatten und mir einen eigenen Spind zu überlassen. Obwohl ich *nur* die Fotografin bin. »Fürs richtige Feeling«, haben sie mir in erschreckend synchronem Singsang erklärt.

Als wäre ich wirklich Teil des Teams.

Lexi nutzt jede Gelegenheit, mir zu zeigen, *wie* fantastisch alles in Everstein sein kann. Ich bin ihr dankbar, nur komme ich nicht hinterher. Gefühlsmäßig, meine ich. Statt mich dadurch integrierter zu fühlen, bin ich eher ein Puzzlestück mit einer abgeknickten Ecke, das nicht richtig passt.

Wow, Victoria. Streu mal Zucker über deine eigenen Gedanken.

Sollte mein Stolz mittlerweile nicht stärker sein als alle Selbstzweifel? Ich habe meine Leidenschaft zum Beruf gemacht, bin ungebunden, frei und selbstbestimmt. Und ich hasse es, dass Everstein es immer noch schafft, in mir das Bedürfnis zu wecken, mich gedanklich vor mir selbst zu rechtfertigen.

Selbstbestimmt, wie ich bin, entscheide ich, dass ich ganz dringend eine heiße Dusche brauche, die mich auf andere Gedanken bringt.

Bis auf Rosi, die ganz vorn im alten Teil der Wache am Empfang sitzt, ist niemand hier. Ich lasse Kameratasche, Pager und Rucksack auf der Bank vor den Spinden liegen und schnappe mir ein frisches Handtuch von einem kleinen Regal, weil ich den Schweiß der letzten Stunden abwaschen will. Stunden, in denen ich Lexi und Ben über die Pisten hinterhergejagt bin, während sie alkoholisierte Touristen mit blutenden Nasen und einer gebrochenen Hand von den Bahnen evakuierten.

Im anliegenden Sanitärraum, nackt und schon mit einem Fuß in der Dusche, höre ich mein Handy auf dem Waschbecken neben mir vibrieren. Neugierig strecke ich meine Hand danach aus.

😭 Bin immer noch knatschig, dass du nicht mit uns in der Hütte geblieben bist. Ehrlich, wir wären jugendfrei geblieben!

Die Bergwacht hat eine Basis auf etwa 2.000 Metern. Ausgestattet mit Quads, Skidoos und anderem Equipment, ist sie bei Bedarf sogar durchgehend besetzt. Heute verbringen vier Leute eine 24-Stunden-Schicht oben. Und ich mittendrin, das war Lexis Plan gewesen. Bis sie mir mein Bett zwischen ihrem und dem von Ben zeigte und ich ihr einen Vogel.

Bin ich irgendwie naiv? Hoffnungslos romantisch? Aber ich stelle es mir kuschelig vor, die Nacht dort oben mit der Liebe meines Lebens zu verbringen, bis es zu knistern anfängt und ... Ja, genau. Ganz sicher nicht, wenn jemand anderes in einem Bett dazwischenliegt. Da wäre ich nicht nur ein abgeknicktes Puzzlestück, sondern eins mit der Aufschrift *Moodkiller*. Danke, aber nein danke.

Mit Betonung auf »wären«. Ich will gar nicht, dass ihr artig seid.
#MachtSerienträumeReal
#TreibtsWieInGreys
#WoIstMeinMcDreamy

Ich schicke ihr die Nachricht, wissend, dass sie nicht wirklich sauer auf mich ist, und springe unter die Dusche, um auf andere Gedanken zu kommen.

Die Kabine ist klein und das Wasser erst mal kalt, weshalb ich mich in Richtung der weißen Fliesen dränge und eine wärmere Temperatur abwarte. Auf einer Ablage steht eine Tube Unisex-Duschgel, ich taste danach und rieche den Duft von Aloe vera. Nutzt Samu das immer? Stand er schon genau hier und hat seinen nackten Körper damit eingeseift?

Dampfwolken umgeben langsam den Wasserstrahl, und mir wird heiß, zu heiß ... Und warum ein unangebrachter Film in meinem Kopf startet, bei dem ich von *jemandem* an diese Wand gedrückt werde, kann ich mir auch nicht erklären.

Hastig stelle ich mich unter den Strahl und wasche die aufdringlichen Gedanken von mir.

Verflucht seien die ollen Hashtags aus meiner Nachricht. Warum mussten Lexi und ich auch jede Krankenhaus-, Feuerwehr- und Polizeiserie schauen, die wir finden konnten? Serien, in denen gefühlt jede Folge Diensträumlichkeiten für Dinge genutzt wurden, die ganz sicher nicht dort stattzufinden hatten. Dass mein Kopf diese Eindrücke verarbeitet, indem er irgendwelche Sexfantasien ausgräbt – definitiv noch schlimmer als Was-wäre-wenn-Aufnahmen.

Denn genau so hat es früher auch angefangen. Nachdem ich meinen ersten heißen Traum gehabt hatte, in dem Samu die glänzende Hauptrolle zwischen meinen Beinen einnahm, bin ich den ganzen Tag mit rotem Kopf durch die Schule gelaufen und habe ihn gemieden. Als das immer häufiger vorkam und ich mich das erste Mal mit dem Gedanken an ihn berührte, habe ich mich mit der Ausrede besänftigt, dass das alles nur in meinem Kopf stattfand. Niemand würde je davon erfahren.

Bis ich mehr wollte. Bis ich mich in der Vorstellung verrannte, dass so etwas real sein könnte.

Ich mache das Wasser aus.

Das sind also meine *anderen Gedanken?* Da kann ich mir ja direkt *#siehatsnötig* auf die Stirn schreiben. Egal, aus welcher Sehnsucht diese Fantasie entstanden ist, ich suche schon nach dem Unwiderruflich-löschen-Knopf. Ein katastrophales Mal habe ich zu spüren bekommen, wie sich die Konsequenzen solcher Begehren anfühlen, sobald sie mit der Realität kollidieren.

Ich trete hastig über den Rand der Duschkabine, trockne mich ab und wickle mich ins Handtuch. Gerade als ich in die Umkleide biege, ballt sich die Hitze des Sanitärbereichs schlagartig zu einem Feuerball zusammen, der mit voller Wucht in meinen Unterleib donnert.

»Samu«, stoße ich entsetzt hervor und räuspere mich heftig.

Er steht vor seinem Spind und dreht sich zu mir um. Sein Oberteil hat er halb hochgezogen, und ich – die offensichtlich irgendwo in der Pubertät hängen geblieben ist – starre auf das kleine bisschen Haut, das sich mir zwischen Hosenbund und Bauchnabel präsentiert. Mit den Umrissen eines kleinen Tattoos und einem trainierten Leistenbereich, die so nicht in meiner Erinnerung abgespeichert waren.

Er zieht sein Oberteil nach unten, und erst jetzt wird mir bewusst, dass er sein Praxisoutfit anhat. Einen langärmligen Kasack, auf dem Pfotenabdrücke abgebildet sind.

Ich lasse meinen Blick weiter hochwandern. Über dem kleinen V-Ausschnitt erkenne ich die tiefschwarzen geschwungenen Buchstaben *e*, *h* und *a*.

Tattoos, die früher nicht da gewesen sind. Ich wüsste gern, was auf seiner Haut geschrieben steht, was die Buchstaben bedeuten ...

»Habe mir gedacht, dass du den Spind neben mir bekommst«, sagt Samu und dreht mir den Rücken zu. »Immerhin ist es auch der neben Lexis.« Er zieht eine rote Fleecejacke aus seinem Spind. Statt sich den Kasack auszuziehen, streift er sich die Jacke schnell über, als ob er vor mir fliehen wollte.

Bei unseren letzten Begegnungen wirkte Samu gelassener, er hat sich normal mit mir unterhalten und sogar Handcreme von mir angenommen, ohne sich daran die Finger zu verätzen. Jetzt wirkt er angespannt. Seine Schultern sind steif, er redet gepresst und kann es offensichtlich nicht erwarten zu gehen. Es wirkt, als würde Samu einen Schutzschild zücken, wenn ich in seiner Nähe bin.

»Vielleicht solltest du mir einen GPS-Sender umhängen, damit du auf Nummer sicher gehen kannst, dass ich dir nicht unter die Augen komme.« Habe ich das gerade wirklich gesagt?

Das ist das Letzte, was ich will. Ich möchte vermeiden, dass er denkt, es sei das Beste, wenn wir uns aus dem Weg gehen. Ich will, dass er endlich mit mir klarkommt!

Obwohl ich am anderen Ende des Raumes stehe, höre ich, wie er ein Schnauben von sich gibt. »Darum geht's nicht.«

»Ach nein? Worum denn dann?«

»Vic, verflucht«, raunt er, schlägt den Spind zu und lehnt sich mit der Stirn dagegen. Und schon wieder gibt er ein Schnauben von sich, das diesmal mein Blut zum Brodeln bringt.

»Neulich konntest du mit mir lachen, und jetzt kannst du mich wieder nicht ansehen? Seit wann bist du *so* launisch?«

»Ich glaube das jetzt nicht!« Samu fährt zu mir herum und legt sich die Handflächen übers Gesicht. Dabei schüttelt er den Kopf, als käme ich vom Mond.

Und schnaubt schon wieder.

»Hör auf damit!«

»Du machst mich wahnsinnig.« Seine Stimme klingt rau und dumpf, weil er gegen seine Handinnenseite spricht.

»Ich werde mich nicht mehr verstecken! Komm gefälligst

damit klar, dass ich da bin und du mich einfach nicht so hassen kannst, wie du gern möchtest. Ich …«

Samu reißt sich die Hände vom Gesicht. »Vic, halt die Klappe!« Er sieht mich mit halb hochgezogenem Mundwinkel an. »Darum geht's nicht, okay?«, wiederholt er, und dieser Mundwinkel zuckt erneut, als hätte er Schwierigkeiten, ihn zu kontrollieren.

»Sondern darum«, sein Blick schweift an mir hinab, »dass ich offensichtlich gern hereinplatze, wenn du mit Duschen beschäftigt bist.«

Während mein Herz dabei ist, herumzuhüpfen, kralle ich mich an den Saum meines Handtuchs. Das mir mit einem Mal mehr als bewusst wird.

Ich stehe halb nackt vor Samu und habe vollkommen überreagiert. Dass er mich nicht ansehen wollte, habe ich vollkommen fehlinterpretiert. Er wollte einfach nur höflich sein. Mir wird ganz heiß.

Samu macht schon wieder dieses schnaubende Geräusch, und mir wird klar, dass ich auch das missinterpretiert habe, weil es gar kein Schnauben ist, sondern der Versuch, sich das Lachen zu verkneifen. Diesmal vergeblich.

»Scheiße, Vic.«

Er lacht immer ausgelassener, und ich kann nicht glauben, dass das wirklich die Melodie seines Lachens in meinen Ohren ist. Die perfekte Version eines Was-wäre-wenn-Moments? Denn als auch ich lachen muss, weil die Situation mir peinlich ist, weil ich mich wie zwölf fühle, weil das alles zu skurril ist, können wir gar nicht mehr aufhören.

Als wir uns wieder einigermaßen im Griff haben, folgt Samu meinem Blick auf meinen Pager, der auf der Bank vor ihm liegt. Das Gerät ist still, auch sonst scheint es mucksmäuschenstill in der Wache zu sein. Warum ist Samu also hier?

»Kein Einsatz, bin ungeplant hier«, sagt er und reibt mit einer Hand über seinen Nacken. »Ich helfe bei einem Kurs aus.«

Wunderbar. Wenn Samu mich so lesen kann, kann ich mich gleich erhängen. *Ich hatte beim Duschen nämlich unangebrachte Fantasien von dir, weißt du? Und natürlich muss ich wieder daran denken, aber du wirst nie von ihnen erfahren. Du bist nur irgendwie dazwischengekommen, ehe ich sie löschen konnte.*

»Ich hab schnell und kalt geduscht«, plappere ich, um meinen Gedanken zu entkommen. »Also die Dusche in deiner Wohnung ist auch okay. Lexi und Ben haben mich nur schon in aller Früh auf die Piste gezogen, und ich bin echt ins Schwitzen gekommen.«

»Na, was du nicht sagst.« Seine Miene ist todernst. »Aber sollte etwas mit der Dusche nicht stimmen, sag es mir ruhig.«

»Oh, klar. Ja, nein, eins a. Sie ist schön groß, angenehmer Druck, und ich ...« Ich beiße mir auf die Zunge. Macht Samu sich etwa über mich lustig? »Können wir das Duschthema sein lassen?«

Samus Mundwinkel zuckt schon wieder. »Natürlich.«

»Ben und Lexi«, lenke ich ab, »bleiben heute mit zwei anderen Bergwachtlern auf dem Berg. Ich hatte keine Ahnung, dass es dort oben eine Basis gibt.«

Samu nickt. Und als wäre ihm plötzlich wieder bewusst, dass ich nur im Handtuch rumstehe, dreht er sich zurück zum Spind. »Nur wenn viel los ist, bei hoher Lawinenwarnstufe und an Wochenenden. Damit Ersthelferinnen und -helfer vor Ort sind, wenn der Heli zum Beispiel nicht fliegen kann.«

»Verstehe.«

Zusammen zu lachen, hat sich wie ein Rausch angefühlt,

der mir den Mut gab, es Samu so schwer wie möglich zu machen, mich zu hassen. Ich gehe auf ihn zu, als wäre es das Normalste der Welt und total egal, dass ich nichts weiter als Frotteestoff um mich habe.

»Was ist das für ein Kurs, für den du hier bist?«, frage ich, öffne meinen Spind, und Samu tut dasselbe.

»Ach, nur einer, den Paulina immer gibt. Warum bist du nicht oben geblieben?«

»Das war Lexis Überraschungsplan samt Bambuszahnbürste. Aber ich sollte in einem Zimmer mit ihr und Ben schlafen.«

Samu zieht ein Hundehalstuch aus dem obersten Fach seines Spindes, hält in seiner Bewegung inne und schmunzelt.

Beiläufig ziehe ich aus meinem Fach Leggings und Oberteil, rolle beides zu einem Knäuel zusammen und drücke es mir vor die Brust. Ich würde mich gern anziehen, aber gleichzeitig will ich Samu nicht rausscheuchen. Ganz im Gegenteil.

»Wenn du mir erzählst, dass die beiden gelernt haben, die Finger voneinander zu lassen, glaube ich dir kein Wort, Samu.«

Denn das, was ich wirr aus Mädchenfantasien und Serien zusammengestellt habe, hat meine beste Freundin im echten Leben. Lexi und Ben haben bewiesen, wie es sein kann, wenn man seinen besten Freund heiratet. Und ich gönne es ihr – auch heißen Sex in Diensträumlichkeiten. Nur muss ich weder live dabei sein, noch sollen die Bilder in meinem Kopf rumspuken.

Samu faltet das Halstuch zusammen und neigt den Kopf leicht. »Ich denke, du hast die richtige Entscheidung getroffen.«

»Wusst ich's doch!«

Wir grinsen.

»Und was ist das jetzt für ein Kurs, für den du einspringst?«

»Eigentlich ist es eine Art Schnuppertag für Kids. Paulina arbeitet in der Jugendarbeit, und heute sollte jemand Neues den Kurs mit ihr führen. Aber wie es aussieht, hat sie einen Korb bekommen, und ich springe ein.«

»Und was thematisiert ihr so? Ist Cooper etwa auch dabei? Ich kann mir vorstellen, dass Kinder ihn anhimmeln.«

»Jep, Coop ist schon vorn bei Rosi. Heute geht es um Gefahren in den Bergen und wie Rettungshunde zum Einsatz kommen. Nichts Besonderes.« Er hebt kurz die Schultern und deutet zu meiner Kameratasche, die am Haken über einer Bank hängt. »Wie läuft die Fotografie?«

Wow. Führen wir gerade ernsthaft ein richtiges Gespräch und Samu hat mich eben nach meiner Arbeit gefragt? Was irgendwie echt schön ist, wäre da nicht der seltsame Teil mit mir in diesem Handtuch.

»Es läuft immer besser. Ich …« Mir kommt eine Idee, den Moment zwischen uns noch etwas länger am Leben zu erhalten. »Möchtest du ein paar Aufnahmen sehen?« Ohne seine Antwort abzuwarten, ziehe ich etwas unbeholfen meine Canon aus der Kameratasche und reiche sie Samu.

Als wäre ihm der Handgriff nie fremd geworden, nimmt er den Apparat und öffnet die Galerie.

»Klick dich durch, ja? Ich flitze eben nach hinten und ziehe mir etwas an. Hast du noch so lange Zeit?«

Er nickt, schaut dabei nicht zu mir, sondern wirkt vertieft in meine Aufnahmen. Was mein blödes Herz dazu animiert, wieder einen, okay, mehrere uneingeladene Hüpfer zu machen.

Angezogen trete ich wieder zu Samu, der an seinem Spind lehnt und sich durch meine Bilder klickt. Je näher ich ihm komme, desto deutlicher nehme ich das sanfte Klickgeräusch des Galerieknopfes wahr.

Ich setze mich auf die Bank vor ihm. Die Züge auf seinem Gesicht sind weich. Seine Brauen regen sich kaum merklich, und als sich sein Grübchen bildet, bin ich mir sicher, dass er bei seinen liebsten Aufnahmen gelandet ist: den Tierfotos. Vielleicht beim Specht am Wasserfall, den weidenden Ziegen oder den tobenden Eichhörnchen am Everstein.

»Wow, Vic, die sind verdammt gut.«

Es bedeutet mir viel, das von dir zu hören.

Doch ich spreche die Worte nicht aus, beobachte lieber Samu, der sich weiter durch die Bilder klickt, während mein Magen sich auf eine unangenehme Weise verkrampft. Ich umfasse meine Haare, lege sie auf eine Seite und konzentriere mich darauf, in meine Wanderschuhe zu steigen. »Die letzten Tage habe ich viel Zeit draußen verbracht, deswegen sind neben den Einsätzen auch ein paar andere Aufnahmen entstanden.«

Als die Schleifen an meinen Schuhen perfekt sitzen und sogar mit Doppelknoten ausgestattet sind, stehe ich auf.

Samu drückt noch immer in einem fast rhythmischen Tempo auf den Knopf, und da ist ein zartes Grinsen auf seinem Gesicht.

»Ich mein's ernst«, sagt er.

Das weiß ich, schießt es mir durch den Kopf. Weil es sich so anfühlt, als wäre es mein Samu, der das sagt. Mit dem schimmernden Stolz in seinem Ausdruck, aufrichtig und vertraut. Aber das ist unmöglich, oder?

»Danke. Ganz vorn sind auch ein paar Bilder von Cooper.«

Kurz öffnet er den Mund, schaut mich auf eine undurchdringliche Art an, ehe er die Lippen zusammenpresst, zurück auf die Kamera blickt und wieder den Knopf betätigt.

Klick, klick, klick. Und er strahlt.

»Am ersten Tag ist es mir schwergefallen, Fotos zu machen.«

Samus Blick liegt geduldig und erwartend wieder auf mir.

»Aber solange die Einsätze nicht so nervenaufreibend sind, geht es. Ich versuche, die Vielfalt eurer Arbeit festzuhalten.«

»Hm«, macht er und lächelt kurz. »Ich kann verstehen, warum sie dich unbedingt wollten.«

Ich frage mich, ob Samu bewusst ist, dass er mit seinem Daumen übers Kameradisplay streicht. Auf und ab. Ganz sanft, weshalb ich gar nicht wegsehen kann.

»Wirst du bis zu den Osterferien bleiben? Dann werden die Einsätze meist noch abenteuerlicher, und du kannst festhalten, wie die Retter an den Rand des Wahnsinns getrieben werden.«

Ich reibe mir über den Unterarm und schaue Samu wieder in die Augen. »Also, eine Fotostrecke kann gut und gern mal ein paar Wochen gehen. Je nachdem, wie abwechslungsreich und anschaulich sich die Aufnahmen präsentieren. Ich würde gern den kompletten Frühling einfangen und ihn mit seinen Facetten als Schwerpunkt in der Strecke festhalten. Also auch die damit verbundene Komplexität eurer Einsätze«, erzähle ich losgelöst, während Samu nicht aufhört, mich zu betrachten.

»Ich habe keine Deadline. Als freie Fotografin nehme ich mir immer die Zeit, die ein Projekt braucht. Wenn das Wetter mitspielt, kann's schnell gehen, es muss ja nur auf den Bildern nach Frühling und etwas Action aussehen.«

»Verstehe«, sagt Samu. Er stößt sich von den Spinden ab

und schaltet die Kamera aus. »Ich bin kein Profi, aber das, was ich da gesehen habe, bringt dich sicher schnell ans Ziel.« Er reicht mir die Kamera und deutet mit einem Daumen zum Ausgang. »Fein, also die Kids müssten schon längst da sein. Ich haue ab, ehe mir die Halbstarken die Ohren lang ziehen.«

»Ja ... bloß nicht«, gebe ich etwas verdattert von mir und beobachte Samu, der zur Tür tritt und zum Abschied die Hand hebt.

»Dann bis zum nächsten ungeplanten Zusammentreffen?«

»Klar, Vic. Bis dann.«

Der Empfangsraum der Leitstelle ist inzwischen rappelvoll mit johlenden Kindern, die etwa im Grundschulalter sein müssen und deren bloßer Anblick ein Gefühl von Überforderung in mir auslöst.

Rosi schenkt mir ein kurzes Lächeln, als ich bei ihr am Tresen stehen bleibe, und widmet sich einem Stapel Akten, vollkommen unbeeindruckt von dem Trubel, der direkt vor ihrer Nase tobt.

»So, ich glaube, wir sind komplett«, sagt Paulina, die mit einem Klemmbrett vor der Eingangstür steht. Sie geht mit dem Finger alle Kinder durch und zeichnet einen imaginären Haken in die Luft. Dann entdeckt sie mich und winkt mir zu, wobei ihr Mund ein nicht hörbares »Hi« formt, das ich erwidere.

Samu sehe ich nicht sofort, dafür ein sich bewegendes Fellknäuel, um das sich die Kinder geschart haben. Sekunden später taucht Samu mit Cooper auf den Schultern inmitten der Kinder auf, und ein Meer an Fragen bricht auf ihn nieder: So fährst du mit deinem Hund Ski? Wie viel wiegt dein Hund? Hat er gar keine Angst? Steigt Cooper mit dir bis zum Gipfelkreuz? Wie hast du ihm das beigebracht?

Um nur die Fragen zu nennen, die meine Ohren gefiltert bekommen. Ich habe mal gelesen, dass Kinder am Tag bis zu dreihundert Fragen stellen. Dreihundert Fragen mal mindestens dreizehn Kinder – mein Kopf qualmt allein bei der Vorstellung, sie alle zu beantworten.

»Er fliegt sogar mit dem Helikopter«, antwortet Samu keck. »Und wenn wir es sehr eilig haben, fliegen wir an einem Seil mit, das unterhalb des Helis befestigt ist, wie Spiderman.«

Ein *Whoa* und ein *Cool* raunt durch die Runde, und ich muss mir verkneifen, ein *Suuupercool* hinterherzurufen.

»Habt ihr gar keine Angst?«, fragt ein Junge mit Rundbrille.

»Anfangs hatte Cooper ein wenig Angst, aber heute freut er sich, sobald er den Heli sieht.«

Ich muss daran denken, wie entspannt der Hund war, als der Helikopter zu Jettes Rettung anflog.

»Und duuu?«, hakt der Junge nach.

»Ohne Cooper würde ich mir in die Hose machen«, antwortet Samu mit einem Zwinkern.

»Sehen wir den Heli heute?«, fragt ein Mädchen mit Afro.

»Nein, aber wir fahren rauf auf die Piste. Wisst ihr schon, was das Thema heute ist?«

»Lawiiinen«, antworten die Kinder wie im Chor, und mir sackt das Herz in die Hose.

»Okay, wer von euch weiß, wie viele Lawinenwarnstufen es gibt?«, fragt Paulina, und mindestens zehn Hände schießen hoch.

»Das weiß doch jedes Baby«, antwortet ein Junge mit Pausbacken, ohne drangenommen worden zu sein. »Fünf! Eins ist harmlos, und bei fünf gehen nur noch Lebensmüde in die Berge.«

Die Frage-und-Antwort-Runde hört nicht auf. Samu und Paulina wechseln sich mit den Antworten ab, und ihr Lachen dringt klar und deutlich zu mir. Es vermischt sich mit dem aufgeregten Gebrabbel der Kinder und Coopers gespanntem Jaulen. Während meine Hände so kalt und schwitzig werden, dass ich das Bedürfnis habe, mich am Empfang festzuklammern.

»Alles gut bei dir, Liebes? Begleitest du den Kurs?«, fragt Rosi, die ihre Akten so laut zuklappt, dass ich zusammenzucke.

Ich schüttle den Kopf, fühle mich plötzlich wie unter Wasser. Schwer, abgeschottet. »Samu ... gibt Lawinenkunde?«

»Ja, nicht nur. Heute stand Höhlenrettung auf dem Plan, aber wie es aussieht, haben sie sich für Lawinen entschieden. Wer könnte da qualifizierter sein als Samuel.«

Steif nicke ich.

Obwohl Lawinen in der Fotografieszene ein begehrtes Motiv sind und man mir schon unfassbar viel Geld für ein Foto geboten hat, bekommt mich niemand in die Nähe einer Lawine. Ich habe zwei Warn-Apps auf meinem Handy, und spätestens bei Warnstufe drei komme ich keinem Berg nah. Dass Samuel sich mehr als nötig – anscheinend sogar freiwillig – mit Lawinen beschäftigt, wirft mich geradezu aus der Bahn. Nach Samus heftiger Reaktion neulich hier im Eingangsbereich habe ich angenommen, dass er das Thema meidet.

Wie passt das mit Samus Panikattacke zusammen? Wie mit uns? Wie kann er über Lawinen reden, aber nicht mit mir, wenn Jonas doch ...

Samu setzt Cooper ab und kommt auf Rosi und mich zu.

»Wir hauen ab. Bist du später noch hier?«, fragt er sie.

»Natürlich. Wollt ihr Victoria mitnehmen?«

»Nein.« Das kam aus Samus Mund, nicht aus meinem. »Vic hat schon eine Schicht hinter sich, und abgesehen davon dürfte sie die Kids nicht ohne das Einverständnis der Eltern ablichten.«

Ist das der wahre Grund für seine Antwort? Oder will er mich nicht dabeihaben? Warum kann er Lawinen ertragen und nicht mich?

Ich verdränge die Erinnerung an den Moment, als wir von Jonas' tragischem Unfall erfahren haben. Als ganz Everstein kein anderes Thema kannte als das Lawinenunglück am Westmann.

Festgefroren beobachte ich, wie Samu, Cooper, Paulina und die Kinder kurze Zeit später in einen kleinen Bus vor der Wache steigen, und begegne einem Blick, der mich direkt in eine andere Dimension verfrachten würde, wenn es möglich wäre.

Moritz sitzt am Steuer und schaut herüber. Es gibt einen Grund, ihm zu gratulieren, denn seine Abneigung gegen mich hat zwar langsam, dafür aber stechend kalt einen Weg unter meine Haut gefunden.

KAPITEL 17

Samuel

»Samu, du musst mitkommen! Ich brauche deine Hilfe.«

Ich sehe zu Lex, die die Wagentür von Mos Pick-up mit so einer Wucht aufreißt, dass sie sie fast gegen das danebenstehende Auto gedonnert hätte. Das sollte nur ein kurzer Abstecher zur Post sein, aber wie es aussieht, hat Lex mal wieder etwas bestellt, das nicht in ihre Handtasche passt, dabei sind wir eigentlich auf dem Weg zum Baumarkt.

Ihre braunen Unschuldsaugen huschen zu Mo, der sich erst jetzt vom Fahrersitz zu uns umdreht und von ihrer Beinahe-Demolierung nichts mitbekommen hat. Sie schenkt ihm ein verschmitztes Grinsen und verpasst mir einen Hieb gegen den Arm. »Los, komm!«

»Was hast du schon wieder bestellt?«

»Nichts, das du auf meine Ladefläche lädst!« Mo fixiert Lex und zieht dabei seine linke Braue nach oben – die gefährliche. Seine rechte benutzt er zum Flirten, die linke ist seine Kannste-knicken-Braue. Er dehnt den Moment seiner spektakulären Mimik ein paar Sekunden in die Länge und dann: »Tür zu, aber dalli!«

Jap wie zu erwarten war, wendet er sich zum Lenkrad und startet den Motor, um wieder vom Parkplatz zu düsen.

»He!«, schreit Lexi neben mir. »Als ob ich je etwas Schlimmes bestellen würde.«

Niemals.

Mo dreht sich wieder zu uns. »Ach ja? Und was bitte war das, als du jemanden beauftragt hast, meinen Wagen mit einer Tonne Kuhscheiße zu beladen?«

Heikles Thema. Grinsend fahre ich mir über meine Faulheitsbartstoppeln.

»Komm, Mobibär, ich brauche dich, bitteee. Ich muss nur kurz zur Post«, äfft er Lexis Stimme deutlich zu hoch nach, obwohl eine gewisse Ähnlichkeit rauszuhören ist.

Lex schmollt. »Der Dünger stammte von glücklichen Kühen, und Samus Rasen wächst seither einwandfrei.«

»Kann ich bestätigen«, sage ich und habe die Ehre, mir Moritz' Mittelfinger anzugucken.

»Glückliche Kühe kacken in deiner Welt also Rosen, was?«

Lexi stöhnt. »Damals habe ich gesagt, ich muss in die Nähe der Post. Du hast nicht richtig zugehört.«

In dem Moment säuft der Motor ab, und der Schlüssel wird aus der Zündung gezogen.

»Karma ist solch eine unsympathische Lady!« Paulina sitzt neben Mo auf dem Beifahrersitz und hält ihrem Bruder triumphierend den Autoschlüssel vor die Nase.

»Post stand heute nicht auf der Route. Punkt! Wohin soll der Kram vom Baumarkt noch passen, hm? Das ist ein Pickup, kein Lkw.« Mo versucht es mit dem letzten Strohhalm und schnappt genervt nach dem Schlüssel.

Bevor wir noch hier sitzen, nachdem der Laden schon geschlossen hat, öffne ich die Tür und steige aus. Von unserem eigentlichen Ziel trennt uns noch eine halbe Stunde Autofahrt. Und da ich das heute unbedingt erreichen muss, sollten wir es einfach hinter uns bringen.

»Du bist parteiisch, Alter!«, ruft Mo mir nach, als Lexi kichernd ebenfalls aus dem Wagen springt und zu mir aufschließt.

»Das mit dem Mist war schlimm, oder?«, fragt mich Lexi, während ich mich gegen die Tür der Hauptfiliale drücke.

»Na, definitiv hat es ihm ein Trauma verpasst.«

Sie zuckt unschuldig mit den Schultern. »Konnte ja nicht wissen, dass die Schutzfolie reißt und sich alles großzügig in seinen Laderaum frisst.«

Es war Sommer gewesen und der Duft wahrlich nicht der angenehmste, auch nach einer Woche nicht.

»Ach du Schande.« Lexi runzelt die Stirn und gibt ein Seufzen von sich, nachdem wir die Poststelle betreten haben. »Es lohnt sich zu warten. Versprochen.«

Die Schlange bis zu den Schaltern ist riesig. Es ist gleich erst achtzehn Uhr, der Baumarkt hat bis einundzwanzig Uhr geöffnet, sollte also drin sein. Nur hatte ich nicht vorgehabt, den ganzen Freitagabend meiner Freunde in Anspruch zu nehmen, als ich Mos Wagen borgen wollte, um Sachen für den Hof zu holen. Nach der Fragerei, was ich vorhabe und wieso ich es so eilig habe, kam die Feststellung, dass ich allein ewig bräuchte, und so war nicht nur Mo mit an Bord gekommen, sondern auch die Mädels.

»Ist nämlich gar nicht für mich.« Lexi grinst *zu* breit, ich ahne Ungutes und verdrehe die Augen.

»Lex, sag nicht, dass es etwas für mich ist.«

»Ist es nicht.«

»Auch nicht für die Hunde?«

»Bevor sie deine Hunde wurden, waren sie meine Patienten! Ich kümmere mich um sie, selbst jetzt noch.«

»Sie waren genauso meine Patienten.«

»Sollen wir uns jetzt streiten?« Sie strahlt so breit wie der gelbe Smiley auf ihrem Jutebeutel. Wie kann man dieser Frau etwas abschlagen? Selbst wenn man verbal gewinnt, wie soll man es schaffen, dass sie nicht doch einfach macht, was sie will? Immerhin hat sie auch Vic in meiner Wohnung untergebracht.

»Vic hat übrigens beim Auswählen der Bestellung geholfen.«

Natürlich spricht sie von ihr, wenn ich gerade an sie denke.

Ich schiebe meine Hände in meine Jeanstaschen, während wir uns fünf Zentimeter Richtung Schalter bewegen. Wow. Nur noch ungefähr 29 Menschen vor uns.

»Sie wünscht uns heute viel Spaß«, sagt sie, und der Vorwurf ist unschwer zu überhören.

»Wir fahren in den Baumarkt, nicht auf die Kirmes.«

In der Hoffnung, das Thema abzuwenden, nehme ich mein Handy aus der Brusttasche meiner Cordjacke und checke, ob Carla mir geschrieben hat. Zweimal habe ich sie schon gefragt, ob mit dem Hof und den Hunden alles okay ist. Von Rosis Enkelin kam zweimal dieselbe Nachricht, die im Kern »Du nervst« aussagt.

Dabei weiß ich, dass sie die Bande mehr als im Griff hat, immerhin passt sie mindestens einmal die Woche auf sie auf und nennt es den Dog-Wellness-Day.

Sie macht dieses Jahr Abitur, und ich liege ihr seit Monaten in den Ohren, ernsthaft über ein Veterinärstudium nachzudenken. Ihr Abschluss könnte noch besser ausfallen als meiner, jede Uni würde Carla mit Kusshand nehmen. Der einzige Grund, weshalb sie zögert, ist die angebliche Sorge, von anderen nicht respektiert zu werden. Sollte das der einzige Grund sein, muss ich einen Weg finden, ihn ihr auszutreiben.

»Habt Spaß! Auch Mister Launisch. Ach, ich mache nichts, werde die Aufnahmen aussortieren und dann *Friends* schauen.«

Beim Klang von Vics Stimme zucke ich kurz zusammen und brauche einen Moment, um zu kapieren, dass Lexi nur eine Sprachnachricht von ihr abgespielt hat.

Mister Launisch.

»Weißt du, was mein erster Impuls war, als sie mich heute Morgen gefragt hat, was ich nach der Arbeit mache?«

Ich ahne, dass *Intervention*-Lexi mich wohlüberlegt aus dem Wagen gelockt hat.

»Ich wollte sie anlügen.« Sie dreht an einem ihrer Ohrringe und fixiert mich mit ihrem Blick.

Fabelhaft. Noch um die 25 Menschen vor uns. Das kann nur mein Untergang werden.

»Du sollst sie nicht meinetwegen anlügen.«

»Nicht deinetwegen, Strohkopf. Weil ich ihr kein schlechtes Gefühl geben wollte. Davon bekommt sie schon genug.«

Ich schnaube und starre die Jacke des Teenagers vor mir an. *GO TO HELL!* steht in verwaschenen Druckbuchstaben darauf.

»Ich schließe sie nicht aus, Lex.«

»Dass du das aus meinen Worten schließt, zeigt nur zu gut, dass du genau weißt, was du tust und was nicht.«

Scheiße. Ich wollte einfach nur Moritz' Wagen ausleihen.

»Es ist mies schwer, Team Vic und Team Samu zu sein. Zumal es klar ist, dass sie zu uns gehört.«

Selbst wenn ich ihr recht geben würde. Es würde nichts daran ändern, dass Vics Leben woanders ist.

Lexi sieht mich erwartend an, aber ich schweige, versenke mein Handy und lege ihr eine Hand auf den Rücken, um sie satte fünfzig Zentimeter vorwärtszuschieben.

»Keine Lügen, keine Teams«, gebe ich nach. Und, na bitte, wie schnell man Lexi doch ein Strahlen ins Gesicht zaubern kann.

»Wunderbar. Und ich habe schon gedacht, du willst Vic die Einweihungsfeier der Scheune verheimlichen.«

Ich würde einen Teil meiner Seele für Mos Kannste-knicken-Braue opfern. Es ist nur eine Scheune, die den Hunden einen tiergerechten Schlafplatz bieten soll. Sie ist noch viel zu weit davon entfernt, je fertig zu werden. Und es war nie eine Einweihungsparty geplant.

»Versuch gar nicht erst, sie mir auszureden. All deine Lieblingsmenschen helfen, also bekommen wir auch eine Feier! Ich kümmere mich um alles.«

Diese Frau.

Und weil Vics Stimme noch nicht genug war, hält Lexi mir nun das neueste Bild ihres Instagram-Accounts vor die Nase.

Ich möchte wegsehen, weil mir die Erinnerung an Vic im Handtuch selbst nach fast einer Woche mehr als präsent im Kopf herumgeistert.

»Steht ihr, was?«, holt mich Lexi aus meinen Gedanken.

Vic hat ein Selfie gepostet, in dem sie auf dem Everstein sitzt und der See im Hintergrund in der Sonne glitzert. Vic lächelt leicht, ihre Nase und Wangen sind gerötet und stehen im krassen Kontrast zum Rest ihrer blassen Haut. Der Beweis, dass sie viel zu lange draußen unterwegs war. Aber das ist es nicht, weshalb ich die Lippen zusammenpresse.

»Sie hat sich einfach selbst einen Pony geschnitten.«

Ihre Locken wirken dadurch befreiter, wilder ... Scheiße, was weiß ich schon. »Ist sicher nicht so schwer.«

Ich schaue nach vorn und würde am liebsten klatschen, als ein älterer Herr einen weiteren Schalter öffnet und plötzlich nur noch zehn Menschen vor uns warten.

»Sieh mich nicht so an, Lex!« Ich boxe ihr in die Seite und muss tief Luft holen. »Hab's verstanden, okay.«

»Was genau? Das mit der Feier oder dass Vic zu uns gehört? Beides will ich für dich hoffen.«

Sie schwenkt mit dem Bild vor meiner Nase herum, und erst mein seufzendes Nicken bewegt sie, das Handy in ihren Jutebeutel plumpsen zu lassen.

Intervention erfolgreich. Nett ignorieren ist nicht drin, das ist angekommen. Und mein persönlicher Abgrund ist mir nun so nah wie mein eigener Schatten. Er wartet nur darauf, dass ich an der Kante das Gleichgewicht verliere. Ohne Sicherungsseil.

Nach weiteren zehn Minuten sind nur noch drei Menschen vor uns, und Lexi hat sich bei mir eingehakt. Ihre Plappermuskeln scheinen sich entspannt zu haben, bis eine unsichere, fast geflüsterte Frage an meine Ohren dringt.

»Gibt es einen richtigen Grund, Samu?«

Mit schief gelegtem Kopf sehe ich sie an.

»Etwas, das ich immer noch nicht weiß? Etwas, das Vic mir nicht sagt? Sie macht sich so krasse Vorwürfe. Verdient sie es, dass du sie zum Teufel schickst?«

Scheiße, der Typ mit seiner Jacke vor uns hat schlechten Einfluss auf Lexis Urteilsvermögen.

Energisch schüttle ich den Kopf und unterdrücke das Bedürfnis, mir eine reinzuhauen.

»Vergessen, dass ich *Mister Launisch* bin?« Ich löse ihren Arm von meinem und lege meinen dafür um ihre Schulter. »Im Ernst: Was du da sagst, ist schlimmerer Mist als Kuhscheiße in Mos Wagen.« Lächelnd drücke ich sie an mich.

Vic macht sich wegen dem, was ich ihr in der Wache an den Kopf geworfen habe, Vorwürfe. Und Lexi sorgt sich meinetwegen um ihre beste Freundin. Ich bin nicht nur

Mister Launisch, sondern eindeutig der größte Arsch. Das Problem, genauer gesagt, weil ich mir nicht genug vertraue. Ich weiß, dass ich Vic nicht nur ein wenig an mich heranlassen kann. Gleichzeitig will ich sie nicht anlügen. Aber es gibt Dinge, die ich ihr nie sagen werde. Die perfekte Mischung eines Cocktails, der dazu gemacht ist, mir die Kontrolle zu nehmen. Was nie wieder passieren wird. Nicht mal für Vic.

»Können Sie weitergehen? Sie sind gleich dran«, nörgelt eine Dame im Hosenanzug hinter uns.

Überrascht sehe ich nach vorn.

Na immerhin. Wir haben den Schalter beinahe erreicht, und ich bin nur fast in meinen Untergang gestürzt. Der Typ mit der *GO-TO-HELL!*-Jacke tritt vor das Fenster und reicht dem grauhaarigen Mann am Schalter eine Grußkarte mit Ziegenbabys darauf.

Ich nehme meinen Arm von Lexis Schultern, da sie zum Schalter aufrücken will. »Eins noch«, sage ich und zupfe ihr den Abholschein aus der Hand, der tatsächlich auf mich ausgestellt ist. »Der Deal lautet wie folgt: Ich gebe Vic kein schlechtes Gefühl mehr, solange sie hier ist. Gib du ihr keines, wenn sie wieder abreist.«

»Hundekörbchen?« Moritz rauft seine kurz geschorenen Haare. »Alter, hättest du mir nicht sagen können, dass du hübsch verpackte Hundekörbchen bestellt hast?«

Lexi kichert und schlägt mit Paulina ein, ehe sie sich wieder in den Rücksitz fallen lässt und sich anschnallt.

»Ich bin gern Zeugin deiner Zwergenaufstände, Möchen.«

Lexi hat Hundekörbchen bestellt, mit aufgedrucktem Namen und, verdammt, es sind sogar altersgerechte. Soll ich ihr da mit »Ich will deine Almosen nicht« kommen?

Wir sind endlich auf dem Weg zum Baumarkt, und ich notiere auf einer alten Rechnung, die ich im Fach unter dem Fenster gefunden habe, sicherheitshalber alles, was ich brauche. Ich will auf keinen Fall etwas vergessen.

Spanplatten, Isolierfolie, Schmirgelpapier, Farbe, Lack, Draht und mindestens eine Million Nägel. Als letzten Punkt schreibe ich: Kaufvertrag und Lieferbestätigung unterzeichnen lassen. Noch mal lasse ich mich nicht verarschen. Denn sollte diesmal alles länger dauern, als ich hoffe, führe ich den Hof in eine Lage, an die ich jetzt nicht denken will. Muss ich auch nicht, alles ist unter Kontrolle. Alles ist okay.

Paulina und Mo diskutieren darüber, wer in den Osterferien öfter auf ihren kleinen Bruder aufpassen wird. Nachdem Mo sein Vorhaben geschildert hat, ihn einfach mit in die Bar zu nehmen, zweifelt Paulina nun daran, dass es gut ist, ihn überhaupt bei Mo zu lassen. Und seien wir ehrlich: Genau das wollte Mo damit bezwecken.

Lexi tippt neben mir am Handy, und dass sie mit Vic schreibt, kann mir gar nicht entgehen, so offensichtlich wie Lexi mir den Chat der beiden hinhält. Mit einem desinteressierten Schnauben wage ich einen kurzen Blick. Moment. Das sind bearbeitete Aufnahmen vom Wasserfall.

Welches davon soll ich in meinem Feed posten?, fragt sie Lexi, und diese beginnt, mir die Bilder zu zeigen. Eine Aufnahme ist so gestochen scharf, dass man dutzende funkelnde Tropfen in der Luft sieht, rund um den rauschenden Wasserstrahl. Gleichzeitig wirkt das Moos im umliegenden Gestein sattgrün und so real, als wäre man selbst dort. Als könnte man die Gischt an den Wangen und das feuchte Gestein unter den Füßen spüren.

»Das ist das Beste, oder?«, fragt Lex mich. Ich nicke und schaue aus dem Fenster. Wackle mit meinen verdammten

Zehen, als könnte ich dieses Gefühl verbannen und die Erinnerung doch nicht abrufen, dabei sehe ich Vic und mich schon längst an diesem Wasserfall. Vic, mit ihrer Kamera und ihren feuchten Locken, weil wir Stunden dort verbracht haben und kleine Tropfen immer wieder in ihr Haar geweht wurden. Mich, in den eigenartigsten Positionen und halb nackt in diesem Eiswasser, um ein Foto für ihre Unibewerbungsunterlagen hinzubekommen. Weil Vic beweisen musste, dass sie neben Naturfotografien auch Menschen ablichten konnte.

»Du bist der einzige Mensch, den ich je auf diese Weise festhalten möchte«, hat sie gesagt und sich vor mich an den Rand der Gumpe gekniet. »Jedes Bild ist ein Blick in deine Seele, so erschreckend und wunderschön zugleich.«

Erschreckend allemal. Ich klicke am Fensterknopf herum. Hoch, runter, hoch, runter, und lasse erst bei Mos dämonischem Blick im Seitenspiegel davon ab. Und dass Taylor Swifts *Anti-Hero* im Radio läuft, soll ein verdammter Wink des Universums sein, oder was? Schon klar, dass ich das Problem bin, aber ich habe nicht vor, Vic weiter ein schlechtes Gefühl zu geben.

Ergeben ziehe ich mein Handy hervor und öffne Instagram. Meinen eigenen Account habe ich vor einer Weile gelöscht, aber zu behaupten, dass ich kein Schlupfloch gefunden und in den letzten Jahren nie einen Blick auf Vics Profil geworfen habe, wäre gelogen. Nur Vernunft hat mich davon abgehalten, jemals eine Nachricht zu senden – bis jetzt.

»Ähm, Leute, wer benutzt außer Ben und Joscha noch den Account der Bergwacht?«, fragt Lexi, und ich sperre beiläufig mein Handy. Okay, dass das so schnell auffällt, habe ich nicht erwartet.

»Das Passwort kennen wir doch alle. Aber eigentlich nur

Ben, oder? Ich mein, Joscha hat sich doch als Influencer-Flopp entpuppt«, meint Paulina und dreht das Radio leiser.

»Warum?«

»Victoria hat eben 'ne cringe Nachricht bekommen und das angeblich von unserem Account, aber sicher nicht von Ben. Und wenn die von Joscha sein soll ... Nein, einfach nein.«

»Was?«, stößt Paulina aus. »Jetzt bin ich neugierig. Sie soll mal einen Screenshot machen.«

Nein? Was zum Teufel?

»Vielleicht hat jemand den Account gehackt. Soll sie das melden?«

Gehackt?

»Kann sein«, sagt Lexi und knibbelt an ihrem Daumen.

Das ist doch totaler Quatsch. Ich sehe Lex eindringlich an, um ihr zu signalisieren, dass ich ihrem verfluchten Ratschlag gefolgt bin, aber sie beachtet mich nicht und hört stattdessen Paulina zu, die zu bedenken gibt: »Aber wenn sie uns meldet, können wir dann nicht die Seite verlieren?«

Geht's noch? Was soll an der Nachricht so spektakulär sein? Ich entsperre mein Handy und logge mich erneut in den Account der Bergwacht ein.

Ach. Du. Heilige. Scheiße.

»Ja, das wäre mies. Warte, ich schreib ihr das mit dem Screenshot«, höre ich Lexi sagen.

Mein Puls ist auf 180.

Löschen. Löschen. Löschen.

Ich starre auf die Nachricht, sehe nur dieses lila Etwas und kann verdammt noch mal nicht glauben, was ich da sehe.

Kannst du dein letztes Bild vielleicht löschen und gegen ein anderes austauschen? Ich biete mich gern an, um ein neues auszusuchen. 🍆

Wie, zur fucking Hölle, hat sich dort eine Aubergine eingeschlichen? Man kann die Nachricht doch zurückrufen. Wo ist dieser beschissene Knopf?

Ich finde ihn.

Und ich lösche die Nachricht.

Fassungslos starre ich auf meine zuletzt genutzten Emojis, die meinen Fauxpas zwar erklären, aber nicht die Tatsache, dass die Nachricht *nicht* aus Vics Gedächtnis gelöscht wurde.

Ein harmloser, lächelnder Emoji war meine Absicht gewesen. Nur wegen des Sacks namens Moritz ist die Aubergine direkt daneben gewesen. Weil er mir mit Tinder auf die Nerven geht und ich ihm oft genug gesagt habe, dass ich nicht so *denke* wie er.

»Vic sagt, die Nachricht wurde wieder gelöscht.«

Lexi sperrt ihr Handy, sieht mich mit halb geschlossenen Lidern an.

»Falscher Alarm also«, sage ich achselzuckend und klinge viel zu aufgekratzt. Zum Teufel, niemand darf wissen, dass ich diese Nachricht geschrieben habe. »Sind wir gleich da?«, lenke ich ab und lehne mich scheinheilig gegen die Wagentür. Dann öffne ich den Chat erneut, weil ich etwas richtigstellen muss.

Das war keine Absicht mit diesem Fruchtgemüse.

Ach ja? Was sollte ich dann unter der Nachricht verstehen?

Dein letztes hochgeladenes Bild … ist unangemessen.

Inwiefern? Ich bin angezogen und ich brauche sicher niemanden, um ein »besseres« zu finden? 😉

Die Aubergine hat diese Aussage in einen ganz falschen Kontext gerückt.

So? Im Normalfall würde ich sofort blockieren, aber ich mag den Account der Bergwacht eigentlich. Die Frage ist, mit *wem* ich schreibe. Und *was* an meinem Bild unangemessen sein soll.

Du stehst direkt an einer Klippe. Damit generierst du viele Likes, aber animierst andere zum Nachmachen. Ungesichert am Abgrund zu stehen? Das ist uncool & gefährlich für Laien.

Der Everstein hat eine Höhe von 5 m …

Das kann man auf dem Bild nicht erkennen. Schon 3 m können lebensgefährlich werden. & du arbeitest für die Bergwacht.

Darüber habe ich so nicht nachgedacht.

Schon okay, jetzt weißt du es. Und ich brauchte einen vermeintlichen Grund, dich anzuschreiben.

Vermeintlich? Mit wem schreibe ich denn nun?

Können wir anonym bleiben? Die 🍆 ist mir zu peinlich.

No Deal! Gib mir drei Fragen, wenn ich nicht drauf komme, wer du bist, habe ich Pech gehabt. 😉

Eine. Aber die beantworte ich ehrlich.

Deal.

KAPITEL 18

Victoria

Ich sitze vor dem Bett in der Ferienwohnung, fahre mit meinen nackten Füßen über den Holzboden und kann nicht glauben, was für eine Wendung der Abend genommen hat.

Eigentlich lag ich schon zusammen mit meinem Laptop und einer Pom-Bär-Tüte auf dem Bett, während eine Folge *Friends* lief. Und wer könnte mir Chips und Lieblingsserie verübeln? Das Treffen mit meiner Familie letztens habe ich feige abgesagt – ich konnte mich einfach nicht überwinden hinzugehen –, doch heute Mittag bin ich mit meiner Mutter im Supermarkt fast zusammengestoßen. Es folgte ein nicht so tolles Gespräch, das ich seither versuche zu verdrängen, wobei Rachel und Phoebe mir helfen.

Als ich über den Account der Bergwacht angeschrieben wurde, bin ich hibbelig auf den Boden gerutscht und starre seitdem wie gebannt auf einen Chatverlauf, den ich für unmöglicher als einen Mordfall in *Friends* gehalten habe.

Wer auch immer hinter dem Auberginen-Rätsel steckt, mein Bauchgefühl sagt mir, dass es Samu ist. Okay, vielleicht. Es ist nur so, dass besonders zwei Wörter dafür sorgen, dass meine Hoffnung mit Konfetti um sich wirft. Mein Bild war nur sein *vermeintlicher Grund,* mich anzuschreiben.

Was bedeutet, dass er den Kontakt mit mir will?

Okay, erst sollte er zugeben, dass er es ist.

Eine Frage ist mehr als genug, um ihn aus seiner vermeintlichen (neues Lieblingswort) Anonymität zu locken. Mit einem breiten Grinsen bewegen sich meine Daumen übers Display.

Du bist Besitzer eines Suchhundes?

Sofort zeigen mir drei Punkte an, dass er schreibt. Schreibt, schreibt und schreibt ... Dann verschwinden die Punkte, tauchen wieder auf. Eine gefühlte Ewigkeit vergeht, bis endlich eine Antwort auftaucht:

Nein.

Was? Das war's? Ich beiße mir in meine Daumenspitze und warte, ob noch etwas folgt. Nichts. Der Deal war doch, dass Samu ehrlich ist. Was ist ehrlich daran, Cooper zu verleugnen?

Eine Nachricht von Lexi wird eingeblendet, und ich klicke niedergeschlagener, als ich gern wäre, auf unseren Privatchat.

Exklusivmaterial. Du verpasst hier nichts 🫶

Lexi fügt ein Video in unseren Chat ein, und ich muss seufzen. In mir tobt ein irrsinniges Durcheinander, weil das Nein aus dem ominösen Chat meine Stimmung in den Keller zu ziehen versucht, aber andererseits meine Hoffnung immer noch im Höhenflug ist.

Ich starte das Video und sehe erst nur eine wackelige Nahaufnahme von Lexi. Dann fokussiert die Kamera neu, und ich erkenne, dass Lexi durch die automatischen Türen eines Baumarkts getreten ist. Die Türen wollen wieder zufahren, da taucht Samu auf. Er stützt sich mit den Unterarmen auf einen Einkaufswagen und folgt Lexi. Doch seine Aufmerksamkeit liegt auf dem Handy in seinen Händen, ein schiefes Lächeln auf seinen Lippen.

Und es wird noch besser. Samu stößt, vertieft in sein Handy, mit dem Wagen gegen ein Regal und sieht erschrocken den Berg an Blumenerde hoch. Sein »Schwein gehabt« kann ich von seinen Lippen ablesen. Dann schaut er wieder auf das Display.

»Siehst du!« Lexi im Video hält die Kamera wieder auf ihr Gesicht. »Da will jemand einkaufen, und wir bieten unsere Hilfe an, und dann daddelt er nur am Handy! Strohkopf.«

Sie schwenkt wieder zu Samu, der auf seinem Handy tippt und gar nicht mitbekommt, wie Moritz ihm einen Sack Holzanzünder in den Korb wirft. Er verpasst Samu einen Klaps gegen den Hinterkopf, und die beiden fangen an zu diskutieren.

»Gönn dir einen entspannten Abend zu Hause.« Lexi schickt mir einen Kussmund, und das Video ist zu Ende.

Mein Herz klopft laut in meiner Brust, doch dann entdecke ich die Eins auf meiner Instagram-App, und meine Hoffnung zückt die nächste Tüte Konfetti, während mein Herz sich überschlägt.

Ehrlich bedeutet ehrlich. Ich habe nicht »einen« Suchhund, sondern neun. Alle sind mal darauf trainiert gewesen, etwas zu finden. Das macht sie wohl alle zu Suchhunden, oder?

Moment, Samu, du hast neun Hunde?

Wie bist du nur darauf gekommen, wer ich bin? Aber ja. Momentan sind es neun. 😇

Ich würde sie zu gern sehen! Und fotografieren …

Oh Gott! War es richtig, diese Nachricht abzuschicken? Vielleicht zu offensiv? Ich hänge lieber noch etwas dran.

Also irgendwann. 😊

Ich sperre mein Handy und muss erst mal verarbeiten, was Samu mir da gesagt hat – und dass es Samu ist. Also stehe ich auf und mache einen Luftsprung, drücke mir das Handy vor die Brust und gehe in die Küche.

Als ich auf seinem Hof war, habe ich die beiden Dackel vor der Terrassentür gesehen. Aber dass er *neun* Hunde hat, überrascht mich. Warum? Ist das nicht enorm viel Arbeit?

Eine neue Nachricht vibriert an meiner Brust.

Irgendwann, gern. Wir sind morgen Abend im Moe's, kommst du auch? 😊

Irgendwann, gern. Kein Nein, auch kein richtiges Ja, aber definitiv mehr als ein Vielleicht. Aber das ist mir gerade egal. Ich starre wie gebannt auf die restlichen Wörter der Nachricht. Er ist morgen im Moe's und möchte mich dabeihaben! Euphorisch stampfe ich mit meinen Füßen auf den Boden und tippe, ohne weiter darüber nachzudenken:

Ich werd da sein! 😍

Doch nachdem Samu meine Nachricht mit einem Herz markiert hat und der Account der Bergwacht offline geht, zieht die Erkenntnis wie eine dunkle Gewitterwolke über mir auf. Ich lege den Kopf in den Nacken, mache einen schwankenden Schritt rückwärts und lehne mich gegen die Küchenzeile.

»Mist!« Was mache ich jetzt nur? Seit gut zwei Wochen bin ich hier und habe das Treffen mit meiner Familie immer wieder vor mir hergeschoben. Und gar nicht daran gedacht, dass ebendieses Treffen morgen Abend stattfinden soll. Und nun? Soll ich meiner Familie wieder absagen? Soll ich Samu absagen? Dieses Szenario kann nur in Enttäuschung enden.

In drei möglichen Enttäuschungen, um genau zu sein. Entscheide ich mich für meine Eltern, enttäusche ich Samu, der endlich auf mich zugekommen ist. Eine Absage könnte alles vernichten, was heute auf wundersame Weise seinen Lauf genommen hat.

Die anderen beiden sind komplizierter, weil ich meine Eltern enttäusche, ob ich komme oder nicht. Genau wie heute Mittag, als ich meiner Mutter in der Kühlabteilung fast in die Arme gelaufen bin. Auch wenn wir kaum länger als fünf Minuten gesprochen haben, so ging doch mehr als deutlich hervor, dass Mama denkt, ich würde nicht nur kurz in Everstein bleiben. Sie war distanziert, sichtlich überrascht und überfordert, mich getroffen zu haben. Nicht einmal eine Umarmung war drin, nur die lächelnde Floskel, dass ich mich ja gar nicht verändert habe. Als sie sich aber gesammelt hatte, brachte sie die Worte »Jetzt bist du ja da« viel zu selbstverständlich heraus.

Seitdem habe ich Bauchschmerzen, wenn ich daran denke, mein Zuhause zu betreten. Mit allen gemeinsam am Tisch zu sitzen, während zu viele Zukunftsvisionen gegeneinanderprallen.

Zu behaupten, ich würde lieber wieder einfach so absagen, entspricht der Wahrheit – auch wenn mich das zu einer schlechten Tochter macht. Ist immerhin angenehmer, als in ihren Gesichtern die Enttäuschung darüber zu lesen, dass ich nie die Tochter sein werde, die der Sommers würdig ist.

Der Grund, warum ich trotzdem hingehen muss, heißt Vincent. Ich kann meinen kleinen Bruder nicht noch einmal enttäuschen, unsere Beziehung hat schon genug gelitten, mein schlechtes Gewissen darf mich nie wieder zu einem Feigling machen!

Nach mehreren Gläsern Wein und meiner Lieblingsplaylist in Dauerschleife bin ich gestern Abend zu der Erkenntnis gekommen, heute alles schaffen zu können.

Da hat eindeutig der Wein aus mir gesprochen, aber immerhin fühlt es sich so an, als hätte ich einen Plan: früher zu Hause aufkreuzen und gegen zwanzig Uhr einen Einsatz der Bergwacht vortäuschen, um abzuhauen und gegen neun im Moe's aufzutauchen. Mit der richtigen Menge an roter Flüssigkeit hat sich das grandios angehört.

An meinem Schlüsselbund, an dem der geschnitzte Hundekopf baumelt, hängen auch meine Initialen aus Messing. Ich halte sie an den Sensor am Tor, und als der Mechanismus reagiert, ist es der Beweis, dass mich die Technik nach all der Zeit nicht vergessen hat. Na immerhin. Während das Tor auffährt, schabe ich mit meiner Schuhsohle über den Kies.

Herzlich willkommen zu Hause. Warum wirft in mir jetzt nichts mit Konfetti um sich?

Umgeben von grünem Rasen endet die lange Einfahrt in einem leeren Carport, von dem ein Weg zum abgelegenen Garagenhaus führt. Im Vordergrund thront das gelb gestrichene Haupthaus, das im Licht der untergehenden Sonne etwas einsam wirkt.

Vielleicht ist keiner da? Immerhin bin ich zwei Stunden früher da als angekündigt.

Das Tor fährt wieder zu, und ich schlüpfe schnell hindurch.

Die Hecke, die das Grundstück umrahmt, war schon immer so hoch, dass sie vor neugierigen Blicken schützte. Aber genauso wenig kann man von hier den Rest der Welt sehen. Ein Haus, das die Realität in einem gewissen Maße schon immer ausgeblendet hat. So isoliert und abgeschottet, wächst das Gefühl von Einsamkeit in mir.

Ich passiere ein kahles Blumenbeet und bin überrascht, dass vor dem Haus Kübel mit gestutzten Rosenranken stehen. Dass hier Blumen gewachsen sind, liegt in meiner Erinnerung weit zurück, doch es hat mal eine Zeit gegeben, da war der Garten mein Lieblingsort. Neben Blumen gab es hier die unterschiedlichsten Bäume. Ist man bis in die Krone des höchsten geklettert, konnte man sogar die Alpen sehen. Ein geheimer Aussichtspunkt für Vincent, Samu und mich. Nachdem seine Mama Renata nicht mehr nur unsere Kindersitterin war, sondern zur fest angestellten guten Seele des Hauses befördert wurde, ist Samu oft hergekommen. Sehr oft. Zu dritt haben wir alle Bäume unsicher gemacht. 67 Stück an der Zahl, und jeder Baum wurde einer Kletterschwierigkeitsstufe zugeordnet – das zu kategorisieren, hat Jahre gedauert.

An meinem zehnten Geburtstag haben wir endlich unser lang ersehntes Baumhaus bekommen, es hat mich und Vince trotz unseres Altersunterschiedes zusammengeschweißt.

Auch wenn es verboten gewesen ist, dass wir ohne Aufsicht darin spielten, haben wir uns ständig dorthin verkrümelt, um uns Geschichten vorzulesen. Ich wusste auch, dass Vincent sich oft allein zum Schlafen dorthin verzog. Eines Morgens, da war er schon fast neun, ist er von der Hängeleiter gerutscht und hat sich nicht nur ein Bein und eine Rippe gebrochen, sondern sich auch einen Riss in der Lunge zugezogen. Hätte meine Mutter ihn ein paar Minuten später entdeckt, wäre es lebensbedrohlich für Vince geworden.

Nach dem Unfall haben meine Eltern jede Gefahrenquelle entfernt. Ganz nach dem Motto: ganz oder gar nicht. Es hat nur ein paar Tage gedauert, bis die Baumfäller jeden Baum samt Wurzel zerstört haben. Wenige Wochen, bis auf dem Grundstück nichts weiter als Gras gewachsen ist. Das bis heute auf den Millimeter genau getrimmt ist.

An der Tür prangt ein großer, mit Efeu umrahmter Blumenkranz. Ich überlege, den Schlüssel zu nehmen, strecke aber doch meinen Finger nach der Klingel aus und zucke zusammen, als die Tür unerwartet aufschwingt.

»Vicky! Du bist ja überpünktlich.«

Meine Mutter steht in einem weiten Hosenanzug aus khakifarbenem Leinen vor mir. Ihre dunklen Locken fließen offen über ihre Schultern und sind noch voluminöser als meine. Doch am meisten strahlt das Lachen auf ihren Lippen.

Ich muss schmunzeln. Gleichzeitig ist da dieser Kloß in meinem Hals, der keine Worte herauslassen will.

Meine Mutter steht im Türrahmen und zeigt mit einem Arm in den Eingangsbereich. »Komm rein! Lass dich drücken.«

Drücken? Jetzt plötzlich?

Anscheinend rege ich mich nicht schnell genug, denn sie

runzelt amüsiert die Stirn und zieht mich zu sich hinein. »Eine Begrüßung auf der Schwelle bringt Unglück. Nicht dass du mir wieder verschwindest.«

Sie drückt die Tür zu und parkt mich mitten im Raum, keine Sekunde später schließt sie mich in die Arme. Ich grabe mich mit meinen Fingern in den Leinenstoff und nehme den zarten Duft von Jasmin wahr. Sie riecht vertraut, und doch überfordert mich ihre Nähe.

Im Supermarkt konnte sie mich nicht umarmen. Ihre Hilflosigkeit ist so offensichtlich gewesen. Genauso wie der Funke Wut über mein plötzliches Auftauchen in Everstein beziehungsweise Nicht-Auftauchen beim verabredeten Familientreffen. Doch davon ist jetzt nichts mehr zu spüren, und ich weiß nicht, wie ich mich geben, wie ich das in Worte fassen soll.

»Mama«, sage ich also nur heiser. Natürlich habe ich meine Mutter vermisst, aber unser Verhältnis war schon immer eigen. Anders als mein Vater war sie ein paarmal bei mir in England. Ihr letzter Besuch ist knapp ein Jahr her. In London waren wir eher wie flüchtige Freundinnen unterwegs, da ihr Flieger sie stets zurück in ein Leben brachte, zu dem ich nicht gehörte. Jetzt scheinen wir unsere Rollen nicht wirklich finden zu können.

»Endlich habe ich meine beiden Vs wieder bei mir«, flüstert sie, und ich spüre ihren Atem an meiner Kopfhaut. »Ich habe davon geträumt, meine Schätze endlich wieder in Everstein zu haben, zu Hause ... bei mir.«

Oh Gott. Okay, eindeutig kann *ich* meine Rolle nicht finden. Aber sie kann doch nicht so tun, als wäre mein Hierblieben gesetzt. Bitte nicht. Kann sie nicht lieber sauer auf mich sein? Dann wäre es leichter, ihr klarzumachen, dass ich Everstein in ein paar Wochen wieder verlassen werde.

Sie schiebt mich von sich, um mich mit ihren großen Augen zu betrachten, und streift mir lächelnd durch die Haare. Kurz zupft sie an meinem Pony. Die Tatsache, dass sie diese kleine Veränderung unkommentiert lässt, ist ihre Art, zu zeigen, dass sie ihr missfällt. Stattdessen lässt sie ihre Finger zu meinen Schultern wandern und kann dem Drang nicht widerstehen, etwas von meinem schwarzen Schal zu picken.

»Gut, dass dein Vater noch nicht da ist. Er ist doch gegen Tierhaare allergisch.« Sie zwinkert mir zu, doch in ihrer Stimme schwingt die Bitte mit, den Schal schnell loszuwerden. »Spätestens zum Essen ist er aber hier«, ergänzt meine Mutter, und ich schaffe gerade so ein aufgesetztes Lächeln, weil ich echtes Verständnis einfach nicht ausgraben kann.

Was ist mit dem Gebot meines Vaters, dass die Wochenenden nur der Familie gelten? Was mein Vater sagt, ist Gesetz. Es sei denn, es geht um seine Arbeit, bei der alles ein dehnbarer Begriff ist. Nicht dass ich es ihm übelnehmen würde, sollte er es nicht schaffen.

Ich streife meine Jacke ab und hänge sie über die Garderobe, steige aus den Schuhen und erwische mich dabei, wie ich meinen Schal in den Jackenärmel stopfe.

Mein Blick landet wieder auf meiner Mutter, die sich unruhig über den Arm fährt und mich flüchtig anlächelt.

»Wie gesagt, du bist ja viel zu früh, Schatz.« Sie kneift entschuldigend die Lippen zusammen, streift sich eine Strähne hinters Ohr und deutet auf ein kleines Headset. »Ich habe im Büro noch einen Call, den ich beenden muss. Es geht um die Pfingstrosen-Kollektion. Wir reden mit einem Kooperationspartner aus den USA.«

»Den USA? Das klingt toll. Klar, ich haue nicht ab.« *Sicher?* »Ist Vincent oben?«

Sie schüttelt den Kopf. »Der wohnt jetzt über den Garagen.«

Auf mein überraschtes Gesicht hin winkt meine Mutter ab.

»Er hat eine seiner Phasen.«

Meint sie damit auch das Motorrad? Aber ehe ich die Frage ausspreche, stößt Mama einen Seufzer aus.

»Lass uns nicht über Vincents Launen reden, die er sicherlich ganz bald überstanden haben wird.« Sie holt tief Luft, als würde sie den Frust einfach ausatmen wollen, und strahlt mich an, während sie mir sanft die Hand auf die Wange legt. »Geh doch so lange in die Küche. Der Koch ist schon seit heute Mittag fleißig. Sag ihm, du möchtest sein Tiramisu probieren.«

»O-okay.«

Meine Mama lächelt und eilt die Stufen ins Obergeschoss rauf.

Keine Willkommensparty, aber immerhin bin ich zu gegebener Zeit ein Anlass. Ein Anlass, der erst mal klarkommen muss.

An der Wand mir gegenüber steht eine Kommode vor einem deckenhohen Spiegel. Die Vase darauf ist mit großen Pfingstrosen gefüllt. Drumherum reihen sich eingerahmte Bilder von unseren Familienurlauben auf Sylt, in Frankreich und in Italien. Ich fahre mit dem Finger über eine Aufnahme vor dem Brandenburger Tor; ich bin fast vierzehn und Vincent elf. Kurz danach wurde mein Vater zum Bürgermeister ernannt, und die Familienurlaube blieben aus.

Ich richte meine Haare im Spiegel und rieche an den künstlichen Pfingstrosen. Nur eine dezente – chemische – florale Note reicht meiner Nase aus, und ich niese.

Meine Mutter ist eine wahre Künstlerin, wenn es um

Kunstpflanzen geht. Was in einem Bastelzimmer im Keller anfing, ist zu einem Unternehmen geworden, das Hotelketten, Gastro, Einzelhandelsräume und Events mit seinen Blumenkreationen schmückt, die sich von echten Pflanzen nicht sonderlich unterscheiden. Nur dass sie ewig blühen.

Wenn es darum geht, die eigene Leidenschaft zum Beruf zu machen, ist meine Mutter mein Vorbild. Ich wünschte nur, sie würde einen ähnlichen Weg auch bei mir erkennen.

Kurz überlege ich, in mein Zimmer im ersten Stock zu gehen, aber um ehrlich zu sein, spüre ich nicht das Bedürfnis, nachzuschauen, was von meinen alten Sachen darin noch übrig ist. Alles Wichtige habe ich immer bei mir, und nichts, das ich im Affekt zurückgelassen habe, habe ich je genug vermisst, um es jetzt wieder haben zu wollen.

Ich gehe auch nicht in die Küche, sondern durchquere das weiß geflieste Wohnzimmer, passe auf, nicht über die hellen Teppiche zu laufen, weil es mir selbst mit Socken so vorkommt, als könnte ich sie beschmutzen. Mit einem Ruck öffne ich die Terrassentür und steige in die Crocs meines Vaters. Sie sind mir zu groß, weshalb ich mühsam über den Terrassenboden zum Steinweg watschle, der ums Haus zu den Garagen führt.

Sobald ich die offene Garage erreiche, schaltet sich ein Licht an. Vincents Motorrad steht angeschlossen an einer Ladestation, die Reifen sind verdreckt, und fette Schlammspuren verdecken das Familienlogo. Nicht nur, dass Vincent hier wohnt, es ist wirklich kein Geheimnis, dass er ein Motorrad hat. Wie ist das passiert? Auch wenn wir hinter dem Rücken unserer Eltern verschiedene Sportarten ausprobiert haben – Skateboarden, Skifahren, sogar Boxen –, hasste Vincent nichts so sehr wie Fahrradfahren, weil ihm die Verbindung zum Boden fehlte. Jetzt nicht mehr?

»Schätze, ich muss lernen abzuschließen.«

Vince steht auf halber Höhe der Gittertreppen, in ärmellosem Shirt und grauer Jogginghose, bei der ich mir nicht sicher bin, ob deren dunkle Flecken Muster oder Spuren fettiger Finger sind. Er hat Mama immer kirre damit gemacht, nach dem Essen seine Hände einfach an seiner Hose abzuwischen.

»Kann ich raufkommen?«

Er stützt sich am Geländer ab und scheint abzuschätzen, ob ich meine Worte ernst meine.

Um ihnen Nachdruck zu verleihen, trete ich dicht vor die erste Stufe. »Ich komme in Frieden.«

»Nur wenn du diese hässlichen Dinger ausziehst.«

Schmunzelnd steige ich die Stufen auf ihn zu, aber Vince rührt sich nicht. »Ich mein's ernst, zieh die aus.«

Nicht sicher, ob ich lachen soll, weil es nur ein Scherz ist, schlüpfe ich aus den Crocs. Die Gitter der Treppe drücken sich unangenehm durch meine Socken, aber Vince dreht sich zufrieden um und nimmt die letzten Stufen hinauf zur Wohnung.

Wir treten direkt in den Wohn- und Essbereich mit Kochinsel. Auf dieser stehen jedoch keine Töpfe, sondern ein gigantischer Flachbildfernseher, auf dem das Hauptmenü der PlayStation5 geöffnet ist. Statt eines Esstisches stehen ein ausgezogener Zweisitzer und ein Seitentisch auf Rädern davor, auf dem leere Teller von einem Spülgang träumen. Ich entdecke auch einen Controller und die Kopfhörer, die ich ihm zu seinem achtzehnten Geburtstag zugeschickt habe.

Vincent muss meinem Blick gefolgt sein, denn er räumt die Teller weg und wirft die Kopfhörer zwischen die Kissen des Sofas. »Wer hätte gedacht, dass du auftauchst?«

»Also ich nicht.« Ich zucke lächelnd mit den Schultern.

Er wuschelt durch seine Haare, und ich kann erkennen, dass es ihm schwerfällt, den angepissten Bruder raushängen zu lassen.

»Jo, willst du 'ne Cherry-Coke?« Er deutet mit dem Daumen hinter sich auf den Kühlschrank mit Glasscheibe, der bis auf ein paar Dosen mit gähnender Leere besticht. »Bedien dich. Ich ziehe mir was anderes an. Wenn ich drüben in dieser Klamotte auftauche, geht mir unsere Mutter nur endlos auf die Nerven.« Er packt die Teller in die Spüle, und ein Klirren verrät, dass sie gut gefüllt ist.

»Ich bin früh dran. Sollen wir nicht erst 'ne Runde spielen?« Was sich aus meinem Mund so anhört, als würde ich gerade mit einem Sechsjährigen sprechen.

»Du willst zocken?« Er verschränkt die Arme skeptisch.

»Zocken, quatschen. Ich hab's nicht eilig.« Noch nicht.

Vince fährt sich mit Daumen und Zeigefinger übers Kinn und schafft es nicht wirklich, sein Grinsen zu kaschieren. »Das haben wir früher immer gemacht«, sagt er.

»Ja, du, ich und Samu. Na ja, du warst erst ein Teil davon, als du das Ich-bin-der-kleine-nervige-Bruder-Alter überstanden hattest.« Vince legt den Kopf schief und verzieht seinen Mund zu einem Grinsen; er öffnet ihn, und ich bin mir sicher, einen kindlichen Protest zu hören, doch dann dreht er mir den Rücken zu und nuschelt im Vorbeigehen: »Ich zieh mich erst mal um.«

Als mein Bruder aus dem angrenzenden Schlafzimmer kommt, habe ich meine Coladose halb leer getrunken und Lexi eine Nachricht getippt, dass ich spätestens um einundzwanzig Uhr im Moe's sein werde.

Und auch wenn ich wusste, dass Vince sich umziehen wollte, habe ich nicht mit einem wandelnden Kulturschock gerechnet. Eben noch zerzaust, Level Hab-die-Nacht-durchgemacht-dann-den-ganzen-Tag-geschlafen, steht er jetzt mit Jeans, Statussymbol by Rolex am Handgelenk und einem Sweatshirt seiner Münchener Privatuni vor mir. Ein junger Mann, zu dem eher ein gelecktes Cabriolet passen würde als ein verfluchtes Motorrad oder eine PS5.

»Musst du so scheiße gucken? Fuck, war der erste Pulli auf dem Stapel.«

Blinzelnd stelle ich die Dose auf den Tisch und kann sehen, dass Vince sauer ist. Er verdreht die Augen, meine folgen. »Sorry, dass ich dich angesehen hab?«

»Jetzt tu nicht so! War klar, dass Mama es dir direkt steckt. Konntest du ihr nicht erst mal ein paar Bilder vom Arsch der Welt zeigen, oder so?«

Sind alle Männer in meinem Umfeld einfach nur launisch, oder liegt es an mir? Übertrage ich vielleicht eine spontan auftretende Tollwut?

Abwehrend hebe ich die Hände. »Ich weiß echt nicht, wovon du redest. Aber zugegeben, jetzt bin ich neugierig.«

Er lässt sich neben mich in die Kissen fallen und angelt sich den Controller vom Tisch. Angespannt knackt er mit seinen Kiefern. Statt mich anzusehen oder zu antworten, startet er einfach ein Videospiel.

Anscheinend glaubt Vince mir, dass ich keinen Schimmer habe. Sein kippelnder Fuß bestätigt mir aber, dass es ihn genauso anpisst, dass ich keine Ahnung habe. Das Opening von *The Witcher* beginnt, das Menü wird angezeigt, und statt sich zu entscheiden, ob er ein neues Spiel starten oder einen Spielstand laden soll, klickt er ziellos durch die Optionen.

»Ich hab's nicht gepackt«, sagt er schließlich.

»Was hast du nicht gepackt?« Ich schaue kurz zum Spiel, obwohl ich weiß, dass er unmöglich davon spricht.

»Die Zulassung zur Uni. Und geh mir nicht auf die Nerven mit irgendwelchen Fragen.«

Mir entfährt so schnell ein grunzendes Lachen, dass ich es gar nicht zurückhalten konnte.

Vince ignoriert es und lädt einen Spielstand.

»Verarsch mich nicht!«

»Mach ich nicht. Hab lieber gefeiert, als mir die Wälzer reinzuziehen. Dann war's zu spät.«

So ein Quatsch. Vincent ist vielleicht etwas faul, macht Dinge panisch auf den letzten Drücker, aber er schafft, was er sich vornimmt, irgendwie immer ...

»Du *wolltest* es nicht schaffen, Vincent.«

»Scheiß drauf.«

Bis jetzt lief die Melodie des Fantasy-Games nur über die Kopfhörer, die zwischen uns auf dem Sofa liegen. Aber Vince hat irgendeinen Knopf gedrückt, und nun dröhnt die Musik gefühlt durch die ganze Wohnung.

»Willst du was anderes studieren?«

Er tut so, als könnte er mich nicht hören, daher schnappe ich mir die Fernbedienung von der Sofalehne und zeige damit zum Fernseher. Doch bevor ich den Ton abschalte, drückt Vince einen Knopf am Controller, und das Spiel pausiert.

»Nö. Ich muss nie wieder studieren.«

»Was meinst du damit?«

Er pustet die Luft theatralisch aus. »Weil ich schon der Eigentümer von *Sommer Immobilien & Verwaltung* bin. Paps ist nur noch stiller Eigentümer, um sich uneingeschränkt dem Bürgermeisterleben hinzugeben. Ich bin sogar so etwas wie sein neuestes Sozialprojekt à la: Auch ohne abgeschlossenes Studium kann man die Karriereleiter erklimmen, jeder verdient eine zweite Chance, bla, bla, bla. Muss mich nur an ein paar Regeln halten, gut mit dem Vorstand sein, und wenn ich drei Qualifikationsjahre mit Bravour bestanden habe, gehört das Unternehmen uneingeschränkt mir.«

Ich weiß nicht, ob ich entsetzt sein soll oder Vincent in die Arme fallen möchte. Es war immer klar, dass er das Unternehmen übernehmen würde. Happy End mit Umwegen?

»Ich weiß noch, wie du mit Papas Aktentasche herumgelaufen bist und versucht hast, mir das Haus zu verkaufen. Du hast ultra professionell ›Gute Immobilien sind eine ausgezeichnet durchdachte Investition‹ gepredigt. Da warst du acht! Du brauchst kein Studium, um das Geschäft zu führen.« Ich stoße mit meiner Schulter gegen seine.

»Liegt mir wohl in den Genen.« Seine grauen Augen funkeln, aber das Lächeln wirkt, als bräuchte es nur einen scharfen Windzug, um zu zerfallen.

»Papa ist stolz auf dich, ganz sicher. Und gib's zu: Mit dem Sweatshirt willst du ihn auch ein wenig ärgern.«

Etwas Freches zieht seine Mundwinkel aufwärts. »Können wir uns jetzt auf das Videospiel konzentrieren?«

»Gleich. Ich bin schlecht in Mathe, Vince. Aber was null in die Gleichung passt, ist das Motorrad.«

»Das erzähl ich dir, nachdem du mir das mit Lowak und der Bergwacht erklärt hast.« Vincent startet das Spiel, dreht die Lautstärke herunter und reicht mir den Controller. »Aber ich hab jetzt keinen Bock, über das Arschloch zu reden, sondern will *dir* beim Verlieren zusehen.«

Ich möchte ihm etwas an den Kopf werfen, doch Vince presst mir seine Hand auf den Mund. »Versuch nicht, ihn zu verteidigen. Er ist die uncoole Version von Sauron in diesem Haus.« Er lässt nur von meinem Mund ab, weil ich meine Zunge gegen seine Hand gepresst habe. Angeekelt verzieht er sein Gesicht.

Dass er in Samu den Buhmann sieht, passt mir nicht. Aber

ähnlich wie bei Samu muss ich es vielleicht auch mit Vincent langsam angehen. Daher schlucke ich meinen Ärger herunter und deute zum Spiel. »Sieht mein Hexer so aus wie Henry Cavill?«

»Frauen«, keift er und tut so, als wolle er mir den Controller wieder abnehmen. »Du überlebst nicht eine Quest!«

»Wart's ab!«

KAPITEL 19

Victoria

»Ich würde sagen, wir ziehen das Dessert einfach vor, was meint ihr?« Meine Mutter steht mit einem breiten Lächeln vom Esstisch auf und geht in die angrenzende Küche.

Ich höre, wie sie mit dem Koch tuschelt, und ein paar Sekunden später mit einem Rundtablett zurückkommt, auf das kleine, mit Tiramisu gefüllte Schälchen platziert sind.

»Langt zu, ich bekomme davon ja nicht genug«, sagt sie und stellt das Tablett in der Mitte des großen Hochglanztisches ab. Dann streift sie sich dicke Strähnen hinter die Ohren, setzt ihr Lächeln wieder auf und nimmt gegenüber von Vince und mir Platz. Direkt erfüllt der Duft von Kakaopulver den Raum.

Dass Vincent und ich vom Garagenhaus gekommen sind, ist mittlerweile eine gute Stunde her. Seufzend schaut mein Bruder auf sein Handy, blickt zu mir und zuckt mit den Schultern. »Also wenn wir diese Platte leeren, haben wir sicher einen sitzen, und der Abend könnte spaßig werden. Guten, würd ich sagen«, flachst er und schnappt sich das erste Schälchen.

»Och, Vincent!«, stöhnt meine Mutter, doch als ich es ihm gleichtue und mir auch eine Portion nehme, erscheint auf ihren Lippen endlich ein entspanntes Lächeln. Bis eben war ich davon überzeugt, dass ihre Mundwinkel vor angestrengtem Dauergrinsen kurz davor waren, zu zucken – je länger mein Vater auf sich warten ließ, desto breiter wirkte ihr aufgesetztes Strahlen. »Mama, erzähl mal, ich will alles über deine neue Kollektion erfahren. USA? Was hab ich verpasst?«, lenke ich ab und tunke meinen Löffel in die klebrige Süße.

Schon wieder strahlt sie warmherzig, und ich schiebe mir zufrieden einen Happen Tiramisu in den Mund. »Oh, das ist ja echt lecker«, säusele ich, und Mama fängt an zu erzählen.

Wir reden über Gott und die Welt, und vielleicht liegt es am Tiramisu, das wirklich ordentlich Mandellikör abbekommen hat, aber die Stimmung wird immer entspannter. Manchmal zicken sich Vince und Mama zwar an, weil er nicht so schlingen soll, aber die dicke Luft, die zuvor herrschte, und die Unsicherheit bei uns allen scheinen verschwunden. Alles wirkt verblüffend vertraut, und Vince und ich müssen seufzend grinsen, als Mama mit ihrem Handy Fotos von uns machen will. Ergeben rücken wir mit den Stühlen enger aneinander.

»Ey, Vicky, machst du etwa Hasenohren an meinem Kopf?«

Ertappt gackere ich, Mama macht lachend Bilder, und Vince murrt, wie oldschool ich doch sei.

»Ma, komm lieber zu uns, und ich mach ein Selfie von uns. Ein vernünftiges, das ich auf Insta posten kann.«

Ich sehe Vince mit großen Augen an, kann aber nicht leugnen, dass mich seine Worte rühren und ein schlechtes Gewissen in mir erwecken. In meinem Feed ist kein einziges Foto mit Familienmitgliedern. Genauso wenig wie ein Foto mit Freunden oder eins aus meiner Heimat. Das Selfie am

Everstein ist das Erste überhaupt. Tja, und das habe ich wieder gelöscht.

Schluckend beobachte ich, wie meine Mama vom Stuhl aufspringt und zu uns rumkommt. »Wie wäre es vorm Kamin?«, schlage ich vor und bekomme das Handy meiner Mutter in die Hand gedrückt.

»Du bist die Fotografin«, sagt sie und streckt Vince die Zunge raus. Als wir vor dem weiß umrandeten Kamin stehen, presst sie ihre Wange an meine, und Vince beugt sich zu uns herunter. »Okay, weil ich ja so oldschool bin, bitte einmal laut *Cheeeese* sagen!«

Eine lustige Serienaufnahme entsteht, die meine Mutter direkt im Familienchat teilt. Vielleicht, um dem fehlenden Ehrengast ein schlechtes Gewissen zu machen. Die Abwesenheit meines Vaters ist in den vergangenen Jahren zur Gewohnheit geworden. Dennoch macht es mich wütend, dass er dieses Familienessen versäumt, weil es Mama und Vincent belastet.

Weil aller guten Dinge wohl drei sind, sitzen wir eine halbe Stunde später über dem dritten Dessertschälchen, während Vince lustige Reels auf seinem Handy zeigt, uns aber langsam die Gesprächsthemen ausgehen. Die Enttäuschung wegen Papa steht ihnen ins Gesicht geschrieben, und eine Anspannung schleicht sich mit jeder Minute unter die gute Stimmung.

Worüber könnten wir noch quatschen?

»Ich finde es übrigens richtig klasse, dass du Vollgas bei *Sommer Immobilien & Verwaltung* gibst, Vince!«

»Vollgas gibt er eher mit dieser schrecklichen Maschine!«, schnauzt meine Mutter, doch im nächsten Moment beißt sie sich auf die Unterlippe, und Vince gibt ein schnaubendes Lachen von sich, ohne von seinem Handy aufzuschauen.

Super, Vic, du findest auch immer die besten Fettnäpfchen.

»Das erste Großprojekt, das Papa ihm anvertrauen will, boykottiert dein Bruder einfach«, erzählt meine Mama und schenkt sich etwas Wasser aus einer Karaffe ein, die sie anschließend mit Nachdruck abstellt.

Vince schaut hoch. »Nee! Ich bin nur kein Fan davon.«

»Worum geht's dabei?«, frage ich, und Vince verzieht seinen Mund, als wäre er unsicher, ob ich meine Frage ernst meine.

»Um eine große Hotelkette. Sie hat Interesse an einem Standort in Everstein bekundet und SIV beauftragt, ein ansprechendes Grundstück dafür zu finden«, antwortet meine Mutter für Vince. Der verdreht die Augen und kratzt mit dem Löffel am Boden der Schale herum, die er in null Komma nichts geleert hat.

»Wenn ich die Reklametafeln richtig in Erinnerung habe, gibt es in Everstein schon ein großes Resort. Reicht das nicht?«

Vincent dreht beide Handflächen demonstrativ nach oben. »Meine Worte«, sagt er und richtet sich im Stuhl auf, wirkt auf einmal voll da. »Kleine, einheimische Hotels haben viel mehr Charme. Ich würde eher in sie investieren.«

»Versuch doch, Papa *davon* zu überzeugen.«

Das Strahlen weicht aus Vincents Gesicht, und seine Schultern sinken herab. Vermutlich hat er das schon längst getan.

»Oder beweis ihm, dass du zu hundert Prozent von deiner Idee überzeugt bist, und setz sie selbst durch. Immerhin hast du im Unternehmen schon was zu melden, oder?« Ich zwinkere.

»Ja, klar. Und ein anderes Immobilienunternehmen zieht den großen Fisch an Land. Paps würde an die Decke gehen.«

»Nun, das kann dir ja egal sein«, mischt sich Mama ein und friemelt aufgebracht an ihrer Kette. »Wenn du hinter deiner Entscheidung stehst, musst du ihm als Geschäftspartner gegenübertreten, nicht als Sohn.«

Vince zieht die Brauen hoch und fährt sich durch seine Locken. Auch ich bin von Mamas Worten erstaunt. Wenn es um Papa geht, gibt sie eigentlich immer klein bei. Aber sie ist mit ihrem Unternehmen auch eine knallharte Geschäftsfrau, die sich einen Namen gemacht hat, und hier geht es um die Zukunft ihres Sohnes. Vielleicht erwartet sie, dass wir für unsere Karriere ebenso einstehen wie sie für ihre?

»Vielleicht hast du ...«, setzt Vince an, verstummt jedoch, als ein unsicheres »Signora« ertönt.

Der Koch steht zwischen den Flügeltüren zur Küche. »Gegen halb neun müsste ich Feierabend machen, *Signora.*«

Oh mein Gott, was? Ich rutsche im Stuhl zurück und blicke ungläubig auf die Standuhr neben dem Kamin. Seelenruhig und unübersehbar tickt der goldene Zeiger der Neun entgegen.

Fuck.

Gedanklich gehe ich die Route bis zum Moe's durch, für die ich mindestens fünfzehn Minuten benötige. Wenn ich nicht Vincents Motorrad stehlen will, muss ich bald los.

Um um neun im Moe's zu sein? Unmöglich. Kurz nach neun wäre sicher auch okay, aber wenn mein Vater immer noch nicht da ist ... Vielleicht schaffe ich es bis zehn?

»Selbstverständlich, Fabio, das verstehe ich«, dringt das Gespräch zwischen meiner Mutter und dem Koch zurück in mein Bewusstsein. »Nun, ich würde sagen, wir fangen mit dem Hauptgang einfach schon an.« Meine Mutter steht auf und setzt – wieder – ihr bemühtes Strahlen auf. »Er hat momentan sehr viel zu tun.«

»Ja, Paps hat echt viel um die Ohren«, entschuldigt Vincent ihn, und überraschenderweise hört sich das verständnisvoller an, als ich erwartet hätte. Gerade waren sie sich noch einig, ihm Kontra zu geben. Karrieretechnisch ist es also das eine, aber als Familienoberhaupt ist er unanfechtbar, oder wie?

»Also, ihr habt Hunger, oder?« Meine Mutter fährt sich über die Oberschenkel und hebt einen Finger Richtung Koch, um ihm zu signalisieren, dass sie sofort bei ihm ist.

Ihr schlechtes Gewissen ist unübersehbar, was *mein* schlechtes Gewissen verstärkt. Was, wenn Mama erfahren würde, dass ich mit ausgeklügeltem Fluchtplan nur darauf warte, endlich loszukommen?

Sie geht zum Koch, der sich wenig später verabschiedet. Ein paar Minuten danach kracht Besteck auf die Fliesen, weshalb ich aufstehe und in die Küche gehe. Meine Mutter steht vor dem Fenster und blickt ins Dunkle.

»Du wolltest rechtzeitig hier sein«, flüstert sie ins Telefon. »Gleich ... Wann ist denn gleich?« Ihre Stimme ist weich, fast flehend, und bei diesem Klang entfacht sich ein brodelndes Gefühl in meiner Brust. Warum ist sie bei ihm nicht so knallhart, wie sie es für ihr Unternehmen ist? »Deine ganze Familie ist hier. Ja ... Ja, ich weiß, wie anstrengend ... Ja, wir warten, aber ...« Sie hält inne, als sie sich umdreht und unsere Blicke sich treffen. Ehe ich den Hörer an mich reißen kann, hat sie aufgelegt, und ihr scheinheiliges Lächeln bringt mich zum Kochen. Ich kann dieses Friede-Freude-Eierkuchen-Gehabe nicht ertragen. So viele Jahre, und nichts hat sich verändert!

»Oh, Vicky«, sagt sie viel zu liebevoll und reicht mir gelbe Kochhandschuhe. »Hilfst du mir, das Blech aus dem Ofen zu ziehen?«

Was?

»Sag mal, wie viel hat sich in den letzten Jahren bei dir

angestaut?«, rutscht es mir raus, und Mamas Brauen gehen ernsthaft verwirrt nach oben. »Bist du echt so gut darin geworden, deine eigenen Gefühle zu unterdrücken?«

Verflucht, es tut verdammt weh, ihr dabei zuzusehen, wie sie versucht, diese Beziehung aufrechtzuerhalten. Wie kann man ein Leben führen, in dem man sich selbst ausweicht?

»Vicky, Schatz. Es tut mir leid, dass dein Vater auf sich warten lässt. Aber wir sind seit über zwanzig Jahren verheiratet, und glaub mir, wenn ich dir sage, dass er ...«

»Nee!«, unterbreche ich sie und hebe meine Hände abwehrend. Zu diesem Gespräch und den Handschuhen. Ihre Worte machen alles schlimmer. Ich will weder, dass sie ihn entschuldigt, noch, dass sie sich für ihn rechtfertigt. »Ich will das nicht hören. Lass uns einfach gemeinsam sauer auf ihn sein, ja? Ich hole uns mal Wein, was meinst du?«

Sie nickt schwach, und ich fliehe beinahe aus der Küche.

Herzukommen war eine groteske Idee. Wie konnte ich mich so bewusst gegen Samu und Lexi entscheiden?

Ich habe zwar vier Gläser aufgetischt, aber nur drei großzügig mit Wein gefüllt und ein halbes bereits getrunken, während ich mit dem Gedanken spiele, einen eingehenden Anruf vorzutäuschen. Doch da taucht meine Mutter aus der Küche auf, mit den gelben Kochhandschuhen und einem großen Pizzablech. Und der Plan ist vergessen.

»Ich schlage vor, wir lassen eurem Vater nur die Stücke mit dem dicken Rand übrig.«

Ich sinke auf den Stuhl und muss schmunzeln. Schön, dass sie sich wohl fürs Gemeinsam-sauer-Sein entschieden hat. Auch die Pizza ist eine Überraschung, die mir ein hungriges Lächeln auf die Lippen zaubert. Vincent macht große Augen, als er die unterschiedlichen Pizzasorten auf dem

Blech entdeckt. Kein Zweifel: Wir beide haben ein aufgesetztes Fünf-Gänge-Menü befürchtet. Deftiger Käse ist tausendmal besser!

»Papa hat mir geschrieben, dass er von jemandem aus dem Sportbund abgefangen wurde«, erklärt Vincent. »Man will ihn beharrlich davon überzeugen, dass mehr Geld für Sportanlagen ausgegeben wird. Aber er ist schon auf dem Weg.«

Ich schlucke gehässige Worte hinunter und zücke stattdessen mein Handy, während meine Mutter summend vier Teller aus einem Sideboard herausholt.

> Komme auf jeden Fall (nur etwas verspätet)!
> Der Abend ist ja noch jung, was? 😉

Unter dem Tisch schicke ich die Nachricht an Lexi. Nicht weil mir so viel daran liegt, meinen Vater zu sehen, sondern weil Mama sich so viel Mühe gibt und ich wirklich nicht will, dass unser erstes Familientreffen in einem Desaster endet.

Thunfisch oder Margherita? Vince schnappt sich das letzte Stück Thunfisch, und ehe ich ein Knurren von mir geben kann, bleibt es mir im Hals stecken – es raschelt im Eingangsbereich. Gleich darauf ist das Seufzen meines Vaters nicht zu überhören. Nervosität drängt meinen Appetit beiseite, und statt zur Pizza greife ich zur Serviette.

Mein Vater betritt langsam den Wohnraum, stellt seinen Aktenkoffer vor den Sofarücken und streift erst sein dunkelblaues Jackett ab, das er behutsam über das Sofa legt, ehe er mich eines Blickes würdigt. Ich schlucke.

Er ist älter geworden. Seine Haare, die er schon immer leicht nach hinten gegelt getragen hat, sind gänzlich ergraut, fast weiß. Hochgewachsen, schlank, elegant und mit einem stechenden Blick aus Augen, die im Gegensatz zu allen anderen in dieser Familie einen blauen Ton haben, wirkt er so einschüchternd wie eh und je. Doch seine gut gebräunte Haut kaschiert die Augenringe nicht, die in den Jahren immer markanter geworden sind.

»Victoria«, sagt er, und ich erhebe mich vom Stuhl.

Du wirst zurückkommen, wenn dir das Geld ausgegangen ist.

Worte, die Teil unseres letzten Gesprächs in Everstein waren, drängen sich laut in den Vordergrund meiner Gedanken. Unruhig streiche ich mir über den Unterarm und fühle mich vom Blick meines Vaters eingefangen. Als wären wir allein im Zimmer. Solange ich weg war, hat er kein einziges direktes Wort mit mir gewechselt. Unendlich viel Zeit, um sich neue Floskeln zu überlegen, die das Maß seiner Enttäuschung in Worte fassen.

Nur dass kein verbaler Angriff kommt. Ich blinzele ein paarmal, weil sich ein unerwartetes Lächeln auf sein Gesicht legt. Er krempelt die Ärmel seines Hemds hoch und geht auf mich zu. Kommt mir immer näher.

Wie erstarrt stehe ich da, als er mich an sich drückt und dieses herbe Aftershave, dieser vertraute Papa-Geruch, meinen Verstand überdeutlich vernebelt, mich Jahre zurückwirft. Er legt seine Hand an meinen Kopf. Eine Berührung, die sich fremd anfühlt, vergessen. Fast sachte küsst er mein Haar, und eine uneingeladene Gänsehaut streift meine Arme. Endlos lange Sekunden, in denen ich ihm am liebsten vorwerfen würde, wie wütend ich war, als er nicht da war. Als ich mein Mortarboard in die Luft geworfen habe, weil ich den Abschluss doch geschafft habe. Selbst nachdem er mir im ersten Semester den Geldhahn zugedreht hat. Trotz aller Differenzen war ich so naiv zu hoffen, er wäre stolz auf mich, weil ich es auch ohne seine Hilfe geschafft habe. Aber mein Vater ist ein Mann mit Prinzipien. Einmal enttäuscht, ist der Zug abgefahren.

»Schön, dass du da bist, Victoria.«

... das dachte ich jedenfalls.

Er legt den Arm um meine Schulter, und als ich zu ihm hochsehe, löst das warme Schimmern seiner Augen das Bedürfnis in mir aus, ihm zu verzeihen. Warum ist da etwas in mir bereit, sich von dieser Nähe einlullen zu lassen? Diesem Gefühl, dass diese Familie nicht ganz verloren ist? Was, wenn wir beide zu stur waren, um aufeinander zuzugehen? Was, wenn die Zeit nötig war, um mit meiner Familie neu zu starten? Auch mit Papa?

»Wir haben Pizza für dich übrig gelassen«, nuschle ich.

Gut möglich, dass ich mir unser erstes Wiedersehen als Horrorszenario ausgemalt habe, um mein schlechtes Gewissen zu besänftigen. Vielleicht müssen wir uns einfach neu kennenlernen, vielleicht lag mein Bauchgefühl falsch, vielleicht bin ich hier willkommen, zu Hause.

Mein Bauchgefühl lag richtig. Denn das perfekte Familienessen hielt nur ein Pizzablech lang.

Gerade stehe ich hinter dem Stuhl meines Vaters, um den Tisch abzudecken, als mir sein Teller aus der Hand gleitet und klirrend auf dem Holz aufkommt.

»Vincent soll was?«, frage ich schrill und hebe den Teller auf, der die Bruchlandung überlebt hat.

Mein Vater schaut über die Schulter zu mir und wischt sich mit einer Serviette Ketchup vom Mund, mit dem er seine Pizza so gern *verfeinert*. Dabei nickt er lächelnd, doch ich sehe rot. Richtig rot. Stoppschildrot.

»Das ist eine wunderbare Idee«, höre ich meine Mutter sagen, die direkt neben meinem Vater sitzt. Ihnen kann mein Entsetzen gerade nicht entgehen, oder?

»Ja, Vince wollte unbedingt ein neues Projekt. Nun hat er es.« Mein Vater taxiert meinen Bruder mit seinen Blicken, dieser weicht aus und leert sein Weinglas. »Ich finde, eine Aufgabe, der ich nicht würdig war, ist die Gelegenheit, um Vincents Verkaufstalent unter Beweis zu stellen.«

Ich blicke in die Runde. Das kann nicht sein Ernst sein.

»Mein Sohn, ich übergebe dir die härteste Klientin aller Zeiten. Finde die perfekte Wohnung für meine Tochter«, wiederholt er süffisant, und Vince presst seine Lippen so fest zusammen, dass ihnen jegliche Farbe entweicht.

Ich versuche, ihm mit meinem Blick verständlich zu machen, dass alles halb so wild ist, doch er seufzt nur.

Reiß dich zusammen, Vic. Papa meint es lieb.

»Ich bin ganz zufrieden mit der Wohnung, in der ich gerade lebe«, sage ich tonlos und kann die Wut in mir kaum bändigen.

»Nun, das ist ja wohl nichts für die Zukunft, oder, mein Kind?« Der Spott seiner Stimme zeigt deutlich, dass er genau weiß, wo ich wohne.

»Für die Zukunft, in der ich vorhabe, hier zu sein, ist es perfekt.« Ich bin über den harschen Ton in meiner Stimme erstaunt, doch ihm entlocken meine Worte nur ein Schnauben.

»Abgesehen davon habe ich gar nicht die finanziellen Mittel für eine Immobilie«, sage ich in dem Versuch, das Thema abzuschwächen.

»Liebes, die Finanzierung wird kein Problem darstellen.«

Ach nein? Sicher werde ich mir keine Immobilie von meiner Familie bezahlen lassen. Sollte ich jemals auf den Gedanken kommen, irgendwo sesshaft zu werden, dann ganz sicher nicht zu den Bedingungen meines Vaters!

»Können wir das ein andermal besprechen?« Super, die Wut treibt mir Tränen in die Augen. »Ich würde jetzt gern gehen.« Ich stelle die eingesammelten Teller an den Tischrand und mache einen Schritt zurück. Mir fehlt sogar der Mut, meine Bergwacht-Aktion durchzuziehen. Nicht dass sie noch einen Sinn hätte, denn mittlerweile ist es kurz nach elf.

»Ich hau auch ab«, meint Vincent und schwenkt eine Hand.

Meine Eltern beachten ihn nicht.

»Ich bringe dich noch zur Tür«, sagt mein Vater, und ich atme tief durch. Würde es irgendwas bringen, ihm zu widersprechen?

An der Garderobe komme ich nicht schnell genug in meine Schuhe, während sich der Blick meines Vaters in meinen Rücken bohrt. Ohne den Reißverschluss meiner Halbstiefel hochzuziehen, greife ich nach meiner Jacke und versuche wild, den Schal aus dem Ärmel zu zerren. Wobei ich den Wunsch unterdrücken muss, dass sämtliche Haare, die Cooper je verloren hat, gerade daran hängen und sich im nächsten Moment über den Fliesenboden verteilen.

»Victoria, was ist so falsch daran, dass wir dich um uns wissen wollen? Weißt du, was für Sorgen sich deine Mutter gemacht hat, während du dich herumgetrieben hast?«

Ich kann ihn nicht ansehen, wickle stur den Schal um mich. Eine falsche Bewegung, und ich werde weinen. Nicht weil ich traurig bin, sondern weil ein so großer Zorn in mir brodelt.

»Ich habe …«

»Deine Jugend genossen, ja, ja«, unterbricht er mich. »Aber du bist erwachsen, deine Spielerei muss ein Ende haben.«

»Meinen Job gemacht, wollte ich eigentlich sagen.«

»Deinen Job?«, wiederholt er ungläubig.

Diese Diskussion ist zwecklos. Fotografie ist in diesem Haus keine Berufung. Das habe ich schon früh kapiert.

Mein Vater drückt sich die Finger gegen das Nasenbein. »Es tut mir leid, dass der Abend so gelaufen ist.« Ich habe echt geglaubt, es könnte anders werden.

»Wie lange möchtest du in der Wohnung dieses Lowaks wohnen?«

Okay. Nein. Das ist jetzt nicht sein Ernst, oder? Ich höre ein ersticktes Lachen aus meinem Hals, das von einem heftigen Brocken darin zurückgehalten wird. Wenn ich nicht nach seinen Wünschen tanze, soll ich also direkt wieder den Abgang machen? »Keine Sorge, nur so lange wie nötig.«

»Vicky.« Mein Vater greift nach meinem Arm und hindert mich daran, die Tür aufzureißen. »Wir reden aneinander vorbei!«

Wütend fahre ich zu ihm herum und reiße mich los. »Ich glaube kaum! Wann ist aus Samuel *dieser Lowak* geworden? Warum ist es so schlimm, dass ich bei ihm wohne, wenn ich im Grunde mit ihm aufgewachsen bin? In dieser Wohnung? In seiner Familie?«

Der Blick meines Vaters wird schlagartig frostig, und er umschließt mit seiner Hand den Türknauf. »Samuel ist ein junger Mann, der sein Leben nicht im Griff hat«, sagt er, »und ich denke nicht, dass diese Sippe mitsamt all ihrer Ärgernisse ein Problem *unserer* Familie ist.«

Das ist lächerlich! Ich schüttle den Kopf, würde am liebsten mit der Vase, die auf der Kommode steht, um mich werfen. Er spielt auf die Sache in der Kirche an, oder? Mir fällt nichts anderes ein, das ihn zu diesen Worten treiben könnte. Das ist so arm.

»Ich kenne niemanden, der sein Leben besser im Griff hat als Samuel. Er ist Mitte zwanzig, hat nicht nur sein Studium in Rekordzeit abgeschlossen, seinen Doktor in der Tasche und führt eine erfolgreiche Tierarztpraxis, nein – weil das nicht genug ist, engagiert er sich auch noch ehrenamtlich«, rufe ich und schließe doch meine Schuhe, um meinen Vater nicht anzusehen. Wegen Menschen wie ihm hat Samu viel zu oft versucht, noch fleißiger, noch artiger, noch besser zu sein. Aber es sind doch genau solche Charaktere, für die man nie genug ist, niemand, niemals. Wie frustrierend. Ich richte mich wieder auf und funkle meinen Vater an. »Und jemanden zu verurteilen, der bei der Beerdigung einer geliebten Person einen Nervenzusammenbruch hatte? Wow, die Stadt ist wirklich in den empathischsten Händen, Herr Bürgermeister.«

»Victoria«, brüllt er und lässt entsetzt den Türgriff los. Ich will die Gelegenheit nutzen, kann nicht schnell genug an die frische Luft kommen, doch statt zu gehen, drehe ich mich noch mal um und sehe meinen Vater an. Warte ab. Er schweigt. Hat nichts mehr zu sagen, presst mahlend seine Kiefer zusammen, während in seinem Blick etwas Wehleidiges liegt.

Diese Familie funktioniert nicht. Wie künstliche Blumen soll sie ewig halten und schön anzusehen sein, aber im Grunde ist sie doch nichts weiter als ein Wunschbild.

Ich wende mich ab und verlasse das Grundstück, fest entschlossen, die Tränen nicht gewinnen zu lassen.

Wie kann man so sein? Vielleicht hat mein Vater nie verstanden, was Liebe ist. Oder was es mit einem macht, eine geliebte Person zu verlieren. Vermutlich haben wir Sommers alle keinen Plan davon. Von Familie, von Liebe, von Vertrauen. Sonst hätte ich Samu nie verloren.

Die Nachbarschaft ist kaum beleuchtet, der Himmel bedeckt und der Mond vermutlich froh, dass ihm der Anblick der Erde erspart bleibt. Ich laufe Richtung Stadtkern und fixiere den Kirchturm vor mir. Den Turm derselben Kirche, in der auch Jonas' Beerdigung stattfand.

Und sehe Samu, in dem Anzug meines Vaters. Zitternd in der Kirche, die Gemeinde von Everstein im Hintergrund. Mich, wie ich direkt hinter ihm stehe. Ich wollte seine Hand nehmen, doch er hat sie abgewehrt. Ich habe es erneut versucht. Vergebens. Ich habe seinen Namen geflüstert, und er ist zu mir herumgefahren. Dabei fast von den Stufen des Altars gestolpert. Ich habe meine Hand nach ihm ausgestreckt, und er ist auf mich losgegangen.

Nicht körperlich. Nur mit Worten.

Ich habe geschwiegen, während Samu schrie. Dass er mich nicht ertragen könne. Immer und immer wieder, bis Moritz und ein paar andere zu ihm kamen. Um Samu zu beruhigen, aber er hat sich nicht beruhigt. Er ist nur zerbrochen. In einer vollen Kirche, in der es bis auf Samus Schluchzen völlig still war und in der es nach Weihrauch und Einsamkeit roch.

Der schlimmste Tag meines Lebens. Weil Samu vor den Augen von Everstein unendlich hohe Mauern gegen mich erbaut hat.

Aber ich wäre nie *deswegen* aus Everstein geflohen.

KAPITEL 20

Samuel

»Ich haue ab.« Mit der Faust klopfe ich gegen den Tresen und rutsche langsam vom Barhocker.

»Warte!«, sagt Mo. Mit einem Bierkrug steht er hinter der Zapfanlage, doch statt die Maß einzufüllen, stellt er ihn ab und kommt zu mir. Ich korrigiere: Beim Versuch, zu mir zu kommen, wird er von seinem heutigen Lieblingsgast aufgehalten.

»He! Wasch mit dem Bier?«, grölt besagter Gast, streckt sich über den Tresen und wedelt mit seiner ringbestückten Hand vor Mos Gesicht herum. Mo blickt stur zu mir, macht einen Schritt auf mich zu, aber eine Hand krallt sich in sein Jeanshemd und besteht aufmüpfig auf seiner Aufmerksamkeit. »Isch will das beste Bier, und das zügig, genau wie meine Buddys.«

Der Kerl ist mindestens fünfzig und hat das Wort vermutlich von seinem Sohn aufgeschnappt, der zusammen mit seiner Frau in Düsseldorf sitzt. Offiziell auf Geschäftsreise, ist er in Wahrheit in Everstein, um mit seinen *Buddys* 50+ mal so richtig einen draufzumachen – und nein, niemand war scharf darauf, das zu wissen.

Wie auch immer er und seine Gruppe – zum Leidwesen

des Barbesitzers – hergefunden haben, nach der dritten Runde haben sie einen (Geräusch-)Pegel erreicht, der den Rest der gut besuchten Bar in den Schatten stellt. Das Bier ist schuld, könnte man sagen, aber im Grunde holt Alkohol nur den Dreck aus einem raus, der längst vorhanden ist.

»Fünf Bier der besten Sorte, also. Kommt.« Mo wirft mir einen Blick zu, der mir signalisiert, nicht zu verschwinden, und schnappt sich fünf Krüge. Der Typ labert ihn dabei weiter voll, und Mos Braue wird auf die Zerreißprobe gestellt.

Amüsiert von dem kleinen Schauspiel schiebe ich mir die letzte Erdnuss in den Mund und beobachte, wie der Sonnenschein von Barkeeper den linken Zapfhahn benutzt – alkoholfreies, billiges Bier – und es dem Kerl auf dem Silbertablett serviert. Zufrieden stolziert dieser auf wackligen Beinen davon.

»Der hat nicht gecheckt, dass es Alkoholfreies war, und du berechnest ihm den Preis der teuersten Sorte, du Sack«, sage ich zu Mo, nachdem er endlich vor mir steht und den Tresen penibel sauber wischt.

»Besaufen sie sich weiter in dem Tempo, reihern die mir die Toiletten voll«, meint er nur mit einem Achselzucken.

Als Barbesitzer, der allein den Geruch von Alkohol verabscheut, hat Mo es nicht leicht, aber vor allem hasst er die Mentalität, die Touristen an den Tag legen können. Dass er nicht mehr zum Pistendienst antanzt, liegt auch daran, dass er sich mal mit einem sturzbetrunkenen Touristen geprügelt hat, der eine Gruppenkarambolage verschuldet hatte. Der miese Zufall: Es war derselbe Typ, der sich am Abend zuvor noch auf den Toiletten des Moe's mit einer netten Dame vergnügt hatte. Diese Bar und Mo sind die Definition einer Hassliebe. Er wollte sie nie haben, aber er liebte sie zu sehr, um ihren Untergang zu ertragen.

»Du betrügst deine Kunden, und die merken es nicht. Wie bekommt dein Charakter vom Karma nur so viele Zugeständnisse?«

»Du bist teuer«, murrt er und räumt die leere Schale vor mir weg, die vor gar nicht langer Zeit noch voller Erdnüsse war. »Das Geld für kostenlose Nüsse muss ich den Touristen eben anders aus der Tasche ziehen.«

Ich grinse. »Die esse doch nur ich.«

»Is nich wahr?«, feixt er ironisch.

Als der Lieblingsgast zu singen anfängt und Mos Braue vor einem Krampfanfall steht, zückt Mo eine Fernbedienung aus der Hose, und die Musik von Bad Omens dröhnt aus den Boxen.

»Wie kann es sein, dass die eine volle Bar übertönen? Muss diese Generation nicht langsam ins Bett? Es ist kurz vor zwölf«, sagt er und rollt genervt mit den Augen.

Ich muss grinsen. »Würde ihnen guttun. Aber das ist mein Stichwort.« Erneut klopfe ich auf den Tresen.

»Ich wünschte, ich könnte sie einfach rausschmeißen.«

»Weißt du, was in der Jobbeschreibung eines Barbesitzers steht?«, scherze ich und stehe vom Hocker auf. »Hab sie nur überflogen, aber ging in die Richtung: Der Kunde ist König.«

»Fick dich!«, wirft er mir an den Kopf. »Touristen sind Eintagsfliegen. Wann soll ich Mittwoch bei dir sein?«

»Wer kann, kommt, wann er kann. Ich habe frei, also bin ich die ganze Zeit auf dem Hof.«

»Alles klar, Schatz, ich bringe Semmeln mit.«

»Bis dann.« Ich klopfe auf Mos Schulter.

»Wo willst du hin?«, fragt mich Lexi, die meinen begonnenen Abgang von unserem Stammtisch aus mitbekommen haben muss. Mit einem vollen Teller Pommes stellt sie sich mir in den Weg.

»Cooper und die Gang werden sauer, wenn ich nicht um Mitternacht zu Hause bin«, sage ich und deute zum Ausgang.

»Sehr witzig.«

»Das meine ich todernst.« Ich schnappe mir eine Süßkartoffelfritte vom Teller.

»Vic hat gesagt, sie kommt noch.« Lexi formt die Lippen zu einem Schmollmund und kommt mir mit ihrem Teller einladend nah. »Sie ist sicher schon auf dem Weg.«

Ist mir egal. »Kann schon sein, aber ich bin jetzt weg.«

Als hätte ich damit das Recht auf Lexis Fritten verspielt, weicht sie mir elegant aus, und mein Griff geht ins Leere. Herausfordernd sehen wir uns an.

Ich habe gedacht, es wäre eine gute Idee, wenn Vic und ich uns mit den anderen treffen. Keine tiefen Gespräche nötig, leicht, mehr Kleidung als ein Handtuch und in freundschaftlicher Gesellschaft – die perfekte Gegebenheit, Mister Launisch keine Showtime zu bieten.

Aber Vic ist nicht gekommen. Punkt. Ich will nicht über das Wieso, Weshalb, Warum nachdenken. Zusammenfassend kann man sagen: Je weniger wir uns sehen, desto besser.

»Es ist erst halb zwölf«, protestiert Lexi.

Was hat Mo nur für ein Zeitgefühl?

»Ich bin zu Fuß hier.« Und wirklich erledigt.

»Ach«, sie legt einen Arm um meine Hüfte. »Doro und Rosi würden mit verbundenen Augen nicht länger als eine halbe Stunde brauchen. Für deine Geduld biete ich dir Pommes an.«

Diese Frau.

Mir gelingt ein weiterer Frittenraubzug. Demonstrativ stecke ich sie mir in den Mund und schüttle den Kopf. Diese kalten Dinger haben keine Überzeugungskraft. Neben der

Schicht in der Praxis habe ich den Samstag damit verbracht, den Betonboden der Scheune zu schleifen. Ich bin buchstäblich am Arsch. »Lex, sie reist morgen noch nicht ab, oder? Was ist schon dabei?«

Sie schnaubt, darum tue ich so, als würde ich sie erwürgen.

»Soll ich helfen, oder muss ich sie retten? Warum genau willst du meine Frau erwürgen?« Ben ist neben uns aufgetaucht und massiert Lexi die Schultern.

»*Wie* schaffst du es, sie nicht zu ermorden?«

Er lacht und schiebt sich etwas unbeholfen die Brille zurecht, nur um den Arm dann liebevoll um Lexi zu legen. Was irgendein unangebrachtes Warnsignal in meinem Körper auslöst, das behauptet, ein Teil in mir würde frieren.

»Bin weg.« Um zu beweisen, dass ich es ernst meine und Lexis Überredungskünste heute nicht gewinnen, zücke ich meine grüne Mütze aus der Jackentasche und setze sie auf.

»Dann bis Mittwoch um vier«, kapituliert Lexi.

Ich winke den anderen am Stammtisch zu, dann ziehe ich die schwere Tür auf, die das Glöckchen zum Bimmeln bringt, und werde von kühler Nachtluft willkommen geheißen.

Sobald ich die drei Stufen vom Moe's hinter mich gebracht habe, lege ich den Kopf in den Nacken und betrachte seufzend den sternenlosen Himmel. Genieße den ruhigen Moment, in dem nur der gedämpfte Geräuschpegel aus dem Moe's die Stille der Nacht durchbricht.

Ich will gerade durch die dunkle Gasse gehen, die das Moe's von der Hauptstraße trennt, da stellen sich meine Nackenhaare prickelnd auf.

Sie ist nicht auf dem Weg, sie ist schon da.

Ohne meinen Kopf wenden zu müssen, weiß ich, dass Vic in dem abgewetzten Sofa sitzt, im Schein der gelb flackernden Laterne. Was zum Teufel macht sie da?

Vic muss mich gesehen haben, trotzdem schweigt sie. Ob sie hofft, dass ich einfach gehe? Doch auch wenn ich wollte, irgendetwas zieht mich zu ihr.

Ehe mir das »Nicht« von Vic bewusst wird, lasse ich mich auf das marode, alte Sofa ...

»Was zur Hölle!«, keuche ich auf, weil ich gefühlt in einen Sumpf aus aufgeweichtem Stoff sinke.

»Das Sofa ist nass«, sagt Vic, und ich sehe sie entgeistert an, bin versucht aufzuspringen, aber nun ist es eh zu spät. Dadurch, dass die Fenster vom Moe's abgeklebt sind und die Laterne kraftlos flackert, erkenne ich ihre Konturen nur schattenhaft. Sie lächelt, aber sie hat sich traurig angehört.

»Jep«, sage ich, lehne mich vor und stütze mich mit den Armen auf meine Oberschenkel. »Verdammt nass. Zieht sich gerade richtig schön hoch bis zu meinen Eiern.«

»War nicht zu erwarten, dass du denselben Fehler machst. Und abgesehen davon habe ich versucht, dich zu warnen.« Sie lacht und schiebt sich eine Strähne hinters Ohr, dessen Spitze irgendwo in ihrem Schal verschwindet. Da ist diese bedeckte Vibration in ihrer Stimme, die dazu führt, dass ich es wissen will. Das Wieso, das Weshalb, das Warum. Wo warst du, obwohl du hier sein solltest?

»Wolltest du gerade gehen?«

Ja, beharre ich innerlich. »Nee, das ist der beste Platz, um sich die Sterne anzusehen«, scherze ich.

Habe ich mir vorgenommen, Vic nicht allein zu begegnen? Um die Möglichkeit tiefer Gespräche zu eliminieren?

Klappt hervorragend.

»Man sieht nicht mal den Mond.« Sie schaut in den Himmel, als würde sie an ihren Worten zweifeln, und flüstert: »Und ich dachte, du bist schon weg.«

Sie lächelt schwach. Ihre Augen schimmern, und auch

wenn ihr Gesicht im Schatten liegt, sehe ich, wie glasig sie sind. Sie ist den Tränen nahe. Scheiße.

»Willst du noch zu den anderen gehen?«, frage ich.

Sie schüttelt den Kopf und ... Verdammt, dieses aufgesetzte Lächeln bringt mich um.

Nickend massiere ich meine Handballen und versuche, locker zu klingen. »Du verpasst nichts, ist ziemlich chaotisch da drin.«

»Verstehe. Mein Tag war heute schon aufregend genug. Und jetzt habe ich einen feuchten Hintern.« Sie steht auf und zieht ihren Parka so weit über den Po, wie es geht. »Spricht also nichts gegen eine heiße Dusche.«

Vic will lustig klingen, weil Duschen wieder ein Thema ist, aber ihre Worte haben so aufgesetzt geklungen wie ihr Lachen. »Gute Nacht, Samu. Würde mich freuen, wenn wir das nachholen. Schreib mir, wann ihr wieder hier seid, okay?«

Vic wendet sich der dunklen Gasse zu. Sie steuert die Straße an, ohne überhaupt auf eine Reaktion von mir gewartet zu haben. Ich kenne diese Seite von Vic zu gut.

Menschen-Overload. Vic möchte nicht reden, und du bist nicht mehr der Typ, der sich Ausnahme schimpfen darf.

Ich schlucke und spüre, wie sich die kalte Nässe immer weiter durch die Jeans frisst. An der Gabelung bleibt Vic stehen und guckt nach rechts, dann nach links.

Geh nach Hause!

Sie biegt nach rechts ab.

Scheißegal. Bleib sitzen. Bleib verdammt noch mal auf diesem ekelhaften Sofa sitzen!

Sie verschwindet aus meinem Sichtfeld, ich springe auf, laufe die Gasse entlang und hole sie ein. Wir gehen keine fünf Minuten nebeneinanderher, da bleibt Vic stehen und schlingt die Arme um sich. Die Straßenlaternen sind hier heller und verbergen den Protest nicht, aber in ihren grauen Sturmaugen liegt noch mehr. »Samu, was wird das?«

Das weißt du.

Ich deute mit beiden Daumen die Straße rauf. »Du gehst in meine Richtung. Zufällig ist mir bekannt, dass deine Ferienwohnung«, ich zeige mit den Fingern in die andere Richtung, »irgendwo dort liegt.«

Ein Wagen fährt hinter uns vorbei, und erst als der Motor nicht mehr zu hören ist, antwortet Vic.

»Ich mache nur einen Umweg.«

So kann man das auch nennen.

»Dann komme ich mit.«

»Als Babysitter etwa? Nein, danke«, sagt sie und schnaubt, wird den traurigen Glanz aber nicht los. »Auch wenn mein Leben in den Augen anderer nur ein Spiel ist, bin ich erwachsen und in der Lage, allein ... sonst was zu tun.«

»Zu spazieren?«

Weil es das ist, was sie macht, wenn es Stress mit ihrer Familie gibt. *Was wir gemacht haben. In einer Zeit, als nur eine SMS genügt hat, und ich war da, bei dir ... weil du allein sein wolltest, aber allein ... mit mir.*

Sie presst die Handballen gegen die Augen, gibt ein raunzendes Seufzen von sich, und ich stecke meine Hände in die Jackentaschen, da ich mich bei dem Gedanken erwischt habe, ihr die Hände vom Gesicht zu streifen.

»Meine Babysitterqualitäten wurden mir in die Wiege gelegt. Du solltest dich von meinen Skills überzeugen. Ich kenne jeden Trick, um den größten Schreihals zu besänftigen.«

Vic lässt ihre Hände sinken und fixiert mich mit ihrem Blick. »Ich brauche keinen Babysitter. Und schreien tu ich auch nicht. Ich will nur spazieren gehen, Samu.«

Ich drücke meinen Finger sacht gegen ihre Stirn. Berühre die Haut zwischen den wilden Ponyfransen und könnte schwören, dass ich dabei bin, mich zu verbrennen.

»Doch.« Der offensichtliche Kontrollverlust meiner Hand führt dazu, dass Vic mich mit gigantischen Vollmondaugen anstarrt. »Du schreist da drin. Unüberhörbar laut.«

So habe ich sie schon einmal berührt. Sie erinnert mich an den Moment, als Vic mir von ihren Ängsten erzählt hat, eine Bewerbung an die Uni in London zu schicken, weil ihre Eltern dagegen sein würden. Als sie es nicht mal versuchen wollte und ich sie doch dazu ermutigt habe. Weil ich Hornochse sie immer wieder darin bestärkt habe, ihre Ängste zu überwinden. Als hätte ich eine Ahnung davon.

Vics Lippen schwanken zwischen einem unsicheren Lächeln und der Suche nach den richtigen Worten. Ich räuspere mich und zwinge meine Hand zurück in die Jackentasche.

»Neues Angebot. Wie wäre es mit einem Freund?«

Ihr Mund öffnet sich einen Spalt, aber nur, um mit den Zähnen unsicher über ihre Unterlippe zu schaben. Schon klar, dass ich in der Wache etwas anderes behauptet habe.

»Das wäre schön. Aber du sollst dich nicht verpflichtet fühlen.« Sie sieht mich an, als würde sie eine Gebrauchsanweisung für mich suchen. »Wenn es dich Überwindung kostet oder du noch Zeit brauchst, dann ...«

Ich seufze. »Okay, Vic. Es kostet mich Überwindung, mir nicht meine Hose auszuziehen, die wie eine arschkalte zweite Haut an meinem Hintern klebt. Aber da deiner vermutlich in derselben Lage ist wie meiner, werde ich keinen Rückzieher machen. Mister Launisch ist Geschichte.«

Vic geht ein paar Schritte rückwärts, mustert mich für einen Moment unsicher. Ihre Arme umschlingen noch immer ihren Körper, aber langsam weiten sich ihre Augen, und ein Strahlen schleicht sich auf ihre Miene.

»Auf geht's!«, sage ich bestärkend, und ihre Schritte werden immer beschwingter.

»Okay. Zum Schutz unserer Hintern schlage ich vor, wir nehmen nur den Rundgang.«

»Wie gnädig«, sage ich und grinse.

Vic dreht mir den Rücken zu, um die Straße raufzugehen, die zu den Burgmauern der Altstadt führt. Mauern, die heute kaum noch vorhanden sind. Stattdessen umschließt ein Rundweg den Marktplatz sowie die Burgkirche und lockt viele Touristen zu den kleinen Geschäften, die den Weg säumen.

Am Bürgersteig hält sie inne und wartet, bis ein Wagen mit krächzendem Motor vorbeifährt, dann überquert sie die Fahrbahn und steuert auf eine mittelalterliche Unterführung zu, die den Rundgang beginnt. Ich folge ihr und fühle mich bei jedem Schritt so, als würde ich einen Schritt zurück in die Vergangenheit gehen. Zurück zu etwas, das wir immer gemacht haben. Von dem wir bei unserem letzten Spaziergang nicht geahnt haben, dass es unser letzter sein würde. Von dem ich nicht geahnt habe, dass er der Anfang meines unkontrollierbaren Chaos sein würde.

Dass wir wohl beide mit dem Gedanken an unseren letzten Spaziergang die vergangenen zwanzig Minuten geschwiegen haben, beweisen ihre Worte.

»Als wir das letzte Mal durch diese Straße gelaufen sind, hatte ich die Zusage für mein Teilstipendium bekommen.« Sie bleibt vor einem Blumenladen stehen, der auf einer Bank vor dem Schaufenster welke Sträuße ausliegen hat. Neben einem Sparschwein prangt ein kleines Schildchen mit der Aufschrift: *So viel, wie sie dir wert sind.*

Vic hockt sich vor die Bank und zupft behutsam an einem der Blütenblätter. Kurz bin ich mir sicher, dass sie einen der Sträuße nehmen wird, aber dann richtet sie sich auf, dreht sich zu mir und verschränkt die Arme.

»Ich hasse Blumen. Oh Gott!« Sie presst sich eine Hand vor den Mund. »Habe ich das echt gesagt? Wer sagt denn so was?« Sie blickt über die Schulter zum Laden, als würde sie sich beschämt entschuldigen.

»Sind die Blumen wirklich das Problem?«

Vic zuckt mit den Schultern und kann meinem Blick nicht lange standhalten. »Ich war bei meiner Familie, deswegen war ich so spät beim Moe's.« Sie kräuselt die Lippen und betrachtet ihren Schal. »Bei meinen Eltern hat sich einfach nichts verändert, aber das ist gar nicht das Schlimmste. Mein Vater versucht, Vincent zu benutzen, um …« Sie schüttelt den Kopf. »Eigentlich will ich jetzt nicht über meine Familie reden.«

Früher hätte ich mehr aus ihr herausgekitzelt. *Jetzt* muss ich mit aller Kraft versuchen, die Fäuste in meinen Jackentaschen zu entspannen.

»Schau mal!« Ich deute zum Fenster über dem Blumenladen, um das sich kahle Rosen ranken. Eine getigerte Katze sitzt vor einer Gardine und patscht mit einer Pfote gegen die Scheibe. Ich höre es nicht, aber ihr Miauen ist deutlich zu erkennen. »Wir haben einen Beobachter.«

Vic lächelt, wirft das Familiendrama über Bord, und gemeinsam setzen wir unseren Spaziergang fort.

»Ich hätte eine Lösung für deine blumige Abneigung.«

»Und zwar?«

»Du musst sie mit positiven Dingen verbinden.«

»Positive Verstärkung, oder was?«

»Ja, klappt bei Hunden hervorragend.«

Vic zieht eine amüsierte Grimasse und tut mit ihren Händen so, als würde sie Männchen machen. »Danke für den Ratschlag, Mister Scherzkeks.«

Den Rest unseres Spaziergangs driften wir in harmlose Gespräche. Wir sprechen über ihre Fotos, wie es den Hunden geht, wo meine Eltern gerade auf ihrer Europareise sind und so weiter und so ungefährlich.

Verbal auf der Flucht vor Themen, die tiefer sind als nasse Hosen. Wow.

Es ist weit nach Mitternacht, und die Einkaufsgassen der Altstadt sind zwar gut beleuchtet, aber wie leer gefegt. Im wahrsten Sinne, denn seit einigen Minuten fährt ein kleiner Wagen der Straßenreinigung vor uns und wirbelt munter Kaugummipapier vor sich her. Da ertönt ein Piepsen vor uns.

»Endlich!«

Ich sehe, wie Vic nach meiner Hand schnappen will, sich dann aber für meinen Ärmel entscheidet. Und so laufen wir dem Wagen der Straßenreinigung nach, der darauf wartet, die abgesenkten Poller der Fußgängerzone zu passieren.

»Deswegen laufen wir hinter dem Teil her?«, frage ich. Ich muss lachen, weil Vic sich daran erinnert.

Es piepst erneut, der Wagen tuckert weiter, und Vic zieht mich am Ärmel über die abgesenkten Poller. Erst als wir beide jeweils über einem stehen, lässt sie meine Jacke los, und wir sehen uns mit so einem breiten Grinsen im Gesicht an, dass ich morgen sicher Muskelkater haben werde.

Der Mann aus dem Reinigungswagen ruft etwas von wegen »Runter da« und drückt zweimal auf eine quietschende Hupe, womit er sicher die halbe Nachbarschaft aus dem Bett wirft.

Wir schenken dem keine Beachtung, denn im nächsten Moment fahren die mechanischen Betonpoller hoch. Langsam und wacklig gleiten wir aufwärts, und ich presse mir die Faust auf den Mund, um ein kindisches Lachen zu unterdrücken.

»Stell dich nicht an! Der Aufstieg ist nie der schwierige Teil!«, sagt Vic, während ich auf der schuhkartongroßen Fläche ins Wanken komme. Mein Gleichgewichtssinn scheint betrunken, der Poller ruckelt etwas, als er seinen höchsten Punkt erreicht, und ich springe auf den Boden. Nicht ohne Vic an den Armen zu packen und mit mir zu reißen.

»Also echt! Ich habe länger als du das Gleichgewicht gehalten.« Sie tippt mir dramatisch gegen die Brust, während sich die Finger ihrer anderen Hand in den Stoff meiner Jacke krallen. Direkt auf der Höhe meines Herzens.

»Ich habe absichtlich verloren«, krächze ich lachend.

»Ist klar.«

Obwohl wir beide längst sicher zwischen den Pollern stehen, lassen wir einander nicht los. So war es immer mit Vic. Unbeschwert. Das war nie der Part, der uns schwerfiel.

»Fein«, gebe ich von mir und richte meine Mütze.

Aber Vic nimmt ihre Hände nicht weg. Sie betrachtet mich, und ich kann sehen, wie der Schalk aus ihren Augen weicht und Platz für etwas anderes macht. Ihre Atemzüge werden tiefer, und ich spüre viel zu deutlich, wie ihr Daumen über den Cord meiner Jacke streichelt.

Ich hole tief Luft, und Vic umarmt mich. Fährt mit ihren Händen um meinen Rücken und legt ihren Kopf auf meine Schulter. Ich lasse meine Hände auf die Höhe ihrer Hüften wandern, ohne sie zu berühren. Bewege sie von Vics Rücken zu ihren Armen hoch. Erst da halte ich sie fest, ohne sie an mich und ohne sie von mir zu drücken.

»Das habe ich gebraucht«, murmelt sie und redet etwas von glücklich sein. *Glück ist mein beschissener Erzfeind.*

Lange stehen wir einfach so da. Irgendwo hört man Laute, die vom entfernten Marktplatz kommen müssen, doch um uns ist es menschenleer. Obwohl es frisch ist, hat der Schauer, der mich durchfährt, nichts damit zu tun.

»Du hast unrecht gehabt, Samu. Ich habe dich vermisst. Jeden einzelnen Tag. Und gehofft, dass du dich meldest.«

Ihre Stimme ist ein Flüstern an meiner Halsbeuge. Obwohl dazwischen der Kragen meiner Jacke ist, bekomme ich eine Gänsehaut, weil es ist, als würde ihre Wärme mich durchdringen. Als wäre ihre Nähe auf der Suche nach einem Ort in mir, der immer ihr gehört hat. Phantomwärme. Phantomnähe. Auf der Suche nach etwas, das es nicht mehr gibt.

Ich will sie von mir schieben, aber Mister Launisch ist nicht mehr hier, daher flüstere ich heiser ihren Namen und mache einen kleinen Schritt zurück. Vic reagiert sofort, lässt mich los und sieht mich mit schief gelegtem Kopf an.

Wann hat meine Pumpe so zu rasen begonnen?

Ich räuspere mich. »Ab Mittwoch helfen die anderen mir, ein paar dringliche Dinge auf dem Hof zu erledigen.«

»Okay?« Sie blinzelt ein paarmal überrumpelt und friemelt an einer Franse ihres Schals. »Dringlich? Warum dringlich?«

Natürlich schnappt sie direkt das Wort raus, das ich mir bei meinem Ablenkungsmanöver verkneifen wollte.

»Seit ein paar Wochen warte ich auf einen Zaun, der um das Grundstück führen soll. Aber es gibt Lieferprobleme, deswegen muss jetzt erst mal ein provisorischer her, der nur eine Scheune umzäunen soll.« Ich presse die Lippen zusammen. »Die auch noch nicht fertig ist.«

Sie nickt. Und wartet. Ja, schon klar, ich bin noch nicht

auf dieses *dringlich* eingegangen, aber das, was hinter diesem Wort steckt, ist ein Fass ohne Boden.

Ergeben seufze ich. »Ein paar Nachbarn haben sich beschwert, dass die Hunde frei herumlaufen.«

»Welche Nachbarn? Die Eichhörnchen?«

Ich muss grinsen, während mir die Galle hochkommt. Eine kluge Feststellung, die aufzeigt, wie selten dämlich diese *dringlichen Angelegenheiten* sind, die regelmäßig in Form von Beschwerdebriefen Postfach und Briefkasten fluten.

»Für manche Menschen wohne ich einfach noch nicht weit genug ab vom Schuss.« Ich zucke mit den Schultern.

»Weil du so viele Hunde hast? Auf deinem Grundstück können die Hunde doch machen, was sie wollen, ohne dass irgendjemand etwas mitbekommt. Samu, kann man nicht ...«

»Es ist nur ein Zaun. Echt keine große Sache.« Schmunzelnd schüttle ich den Kopf. »Ich wollte eigentlich vorschlagen, dass du auch kommst.«

Sie sieht mich an, als wäre es nicht offensichtlich, dass ich darauf hinauswollte.

»Bring deine Kamera mit, und mach gern so eine Vorher-nachher-Sache daraus. Lexi plant voller Begeisterung eine Einweihungsparty für die Scheune. Du könntest mir auch helfen, sie ihr auszureden.«

Doch Vic grinst wie ein Honigkuchenpferd. Keine Frage, wer hier im Team Lexi und wer im Team Samu spielt. »Stellen Sie mich etwa als Fotografin ein, Herr Lowak?«

Kann ein ganzer Körper strahlen? Denn dass die Freude nur auf ihren Lippen und in ihren Augen sichtbar ist, wäre die Untertreibung des Jahrhunderts.

Ich nicke. »Na komm, ich bringe dich nach Hause.«

Mein Herz wird schwer. Weil ich ... Verdammt. Ich kann nicht so tun, als wären die letzten Jahre nie gewesen. Das werde ich auch nicht! Scheißegal, wie verkorkst ich bin, all das ist mein Problem. Meine Dämonen, die auch noch da sein werden, wenn Vic wieder verschwunden ist.

Vic will, dass wir Freunde sind, und solange sie in Everstein ist, werde ich ihr genau das Gefühl geben. Phantom-Samu.

KAPITEL 21

Victoria

> Ich werde das Wort Immobilienbesichtigung nicht mal denken! Vincent wird es nicht schaffen, etwas daran zu ändern. Es wäre unfair, wenn du ihm deswegen Vorwürfe machst. Und wenn ich ehrlich bin, ich verstehe nicht mal, warum gerade du willst, dass ich zurückkomme!!!!!!

Sonntagmorgen habe ich meinem Vater diese Nachricht geschickt, die eine Kettenreaktion unangenehmer Familienereignisse auslöste.

Keine Stunde später stürmten Anrufe und wütende Mailboxnachrichten mein Handy, bis ich es vor einem Einsatz der Bergwacht in den Flugmodus gestellt habe.

Am Montag habe ich einen Anruf meiner Mutter angenommen, die davon überzeugt war, dass wir alle auswärts essen gehen sollten. Ob sie darauf hofft, mein Vater und ich würden uns in der Öffentlichkeit beherrschen? Gestern hat Vincent mir eine Sprachnachricht geschickt, in der er erzählt hat, dass er für ein paar Tage in München sein wird. Seither ist sein Handy aus, und nein, ich will gar nicht wissen, was daheim los gewesen ist. Für den Segen meiner Familie sollte ich meine Arbeit in Everstein schnell erledigen.

Das Problem: So schnell habe ich das gar nicht vor. Denn ich mag den Fotojob, durch den ich fast jeden Tag in den Genuss der Berge komme. Die Bergwacht, die mich so herzlich aufgenommen hat. Und dann ist da Lexi, mit der ich endlich mehr quatsche. Unsere Freundschaft, die sich nach unserer Aussprache fast so innig anfühlt wie früher. Und dann natürlich Samuel, der mich auf seinen Hof eingeladen hat, nachdem wir als *Freunde* durch die Altstadt spaziert sind.

Vor etwas über zwei Wochen stand ich zum ersten Mal vor diesem Haus. Genau wie damals nestle ich jetzt am Riemen meiner Kameratasche und betrachte das goldbraune Blockhaus. Es ist von einer sattgrünen Wiese umgeben, auf der sich Schneeglöckchen räkeln. Es würde nur ein Foto für ein Exposé von dem Haus und den Berggipfeln im Hintergrund reichen, und die Leute würden sich daraufstürzen.

Aber es ist schon ein Zuhause, ein richtiges, echtes Stück Heimat. Unverkäuflich. Als hätte selbst die Sonne das Interesse an den Bergen verloren, bricht sie durch die Wolkendecke genau über Samus Grundstück und löst eine kribbelnde Wärme in meinem Gesicht aus.

Während sich in all den Jahren in meiner Familie nichts verändert hat, ist zwischen Samu und mir nichts mehr wie zuvor. Mit jedem Lachen, jedem Wort, mit jedem geteilten Augenblick bergen wir ein wenig mehr von uns. Unser gemeinsamer Spaziergang hat bewiesen, dass Samu das auch will. Und ich wünsche mir, dass er versteht, dass ich nicht vorhabe, ihn noch einmal zu enttäuschen.

»Erde an Victoria. Was stehst du da so rum? Samu meinte, er und Mo sind schon seit heute Morgen am Zaun dran.«

Ich blinzle und kann ein Grinsen nicht verstecken. Es ist ein gutes Gefühl, nicht als Eindringling hier zu sein.

»Ja, schon klar«, sage ich und schließe zu Lexi und Ben auf. Wir sind früher als erwartet auf dem Hof. Die Tierarztpraxis hat gegen zwei zugemacht, und Ben haben wir anschließend in der Redaktion eingesammelt.

Mit einem Sechserträger Bier und frischen *Auszognen* gehen wir auf die Scheune zu, die gut fünfzig Meter vor dem Waldrand steht. Drei anmutige hohe Fichten werfen Schatten über das süße Spitzdach.

»Moment«, sagt Ben und drückt mir das Bier vor die Brust. »Habe das Werkzeug im Wagen vergessen.« Er läuft zurück.

Lexi und ich gehen vor, wobei meine Augen nur damit beschäftigt sind, das Grundstück nach Samu abzusuchen. Doch stattdessen ...

»Ihr seid schon da.« Mo lehnt einen Erdbohrer gegen den silbernen Pick-up, der vor der Scheune parkt, und winkt uns. Wobei *uns* eine Übertreibung ist, denn je näher wir kommen, desto offensichtlicher meidet er meinen Blick.

Bei den letzten Einsätzen hat er immer wieder Sprüche geklopft. Ich meine, selbst Samu hat sich daran gewöhnt, dass ich hier bin. Grumpy Moritz kann mir gestohlen bleiben. Dennoch könnte er mir eine Chance geben, oder?

Samu steht etwas abseits und gießt, hoch konzentriert, Beton in ein Loch, um einen Zaunpfosten zu stabilisieren. Bei seinem Anblick legt mein Herz ein Schlagzeugsolo hin, so laut, dass ich jeden Wumms in meinen Ohren höre.

Dutzende solcher Pfosten stehen im Umkreis der Backsteinscheune, während sich überall im Gras Zaunelemente, Werkzeug, Eimer und Spaten stapeln.

»Hey, ihr zwei. Verschnaufpause!«, ruft Lexi und stößt mit ihrer Seite an meine, hebt die Kiste mit dem Schmalzgebäck, was ich als Aufforderung nehme, auch das Bier hochzuhalten.

»Wir haben Leckerlis mitgebracht«, sage ich amüsiert.

Samus Blick findet meinen. Er lässt den leeren Eimer ins Gras fallen, kneift ein Auge zu und wischt sich mit dem Handrücken über die schimmernde Stirn. Unsicher, wie ich ihm Hallo sagen soll, wedle ich mit dem Bier und bekomme dafür ein Grinsen. Mein Samu-Grinsen, auf das ich so lange verzichtet habe.

Das, liebes Herz, sind So-soll-es-sein-Aufnahmen, und du bekommst keine Chance, sie zu sabotieren.

Die beiden fleißigen Handwerker stiefeln auf uns zu. Samus Haar ist zerzaust, und überall kleben Erd- und Betonflecken auf ihm: auf dem hellgrünen Stoff seiner Fleecejacke, dem grauen Shirt darunter, in seinem Gesicht, an seiner Wange, an seinem Ohrläppchen. Ein Anblick, der ein unangebrachtes Ziehen in mir auslöst, das sich seit dieser fantasievollen *Sache* in der Dusche hartnäckig hält.

»Schön, dass ihr da seid«, sagt Samu und zieht Lexi in eine kurze Umarmung.

»Hallo«, murmle ich und unterdrücke den Impuls, noch mal den Sechserträger zu schwingen.

Wir haben uns auf den letzten Einsätzen gesehen, neulich Nacht war es anders. Jetzt ist es ein wenig so, als müssten wir uns erst miteinander koppeln, um uns als vertrautes System zu erkennen, erst nah genug kommen, um uns zu synchronisieren.

»Muss ich Männchen machen?«, fragt Samu.

Kopplungsprozess startet.

»Bekommst du das so gut hin wie Cooper?«

»Nie im Leben.« Er zieht auch mich in eine kurze Umarmung.

Und mein Herz setzt für einen Moment aus. »Wo sind denn *all* deine Suchhunde?«

Samu grinst, deutet zum Haus hinter uns.

Synchronisation nahezu erfolgreich.

»Die sind drin. Vorhin haben sie tatkräftig versucht, unsere Erdlöcher zu erweitern.«

Ich lache, fühle mich kurz wie beflügelt, da reißt Mo mir das Bier aus den Händen und starrt es abschätzig an.

»Starkbier? Kannste selbst trinken, Bambi.«

Dieser Arsch! Muss dieser Möchtegern-Geschmacksprofi sich immer aufspielen? Mir kommt es so vor, als würde Moritz jede Gelegenheit nutzen, um gegen mich zu schießen. Sicher hätte er nicht so reagiert, wenn er wüsste, dass Ben das Bier angeschleppt hat.

»Na, du sicher nicht, Liebster«, meint Lexi theatralisch-tragisch neben mir.

»Mich interessiert viel mehr, was da drin ist«, lenkt Samu ab und zeigt zu der Kiste in Lexis Armen. Mir entgeht jedoch nicht, dass er bedeutungsvolle Blicke mit Moritz austauscht, der murrend seine Dockermütze richtet.

Lexi hebt gönnerisch die Brauen. »Vic hatte die Idee, ein ganzes Regal *Auszogne* leer zu kaufen.«

»Von Anni?« Samu sieht mich mit leuchtenden Augen an.

»Die mit Zimt«, füge ich hinzu, und Samu hebt begeistert den Deckel an, schließt genüsslich die Augen und fügt meinen unangebrachten Fantasien ein ausgedehntes Stöhnen hinzu.

Löschen. Löschen. Löschen.

»Wann machen wir eine richtige Pause?«, scherzt er und reibt sich den Bauch.

»Wir haben noch knapp vier Stunden Sonne. Die werden durchgezogen.« Ben kommt mit dem Akkubohrer zurück, klappt Samu den Deckel vor der Nase zu und übernimmt die Rolle des Bauleiters. Er hat recht: Schwinden die Sonnenstrahlen, sinken die Temperaturen immer mehr Richtung Nullpunkt.

»Kein Stress. Wenn die Pfosten sicher stehen, schaffe ich den Rest allein. Danke, dass ihr überhaupt hier seid.«

»Klar«, sagt Mo. »Nachdem der Beton ausgehärtet ist, übernimmt Samu. Samu Nummer eins hält das Zaunelement. Samu Nummer zwei stabilisiert und Samu Nummer drei setzt die Schrauben richtig. Wozu sind wir überhaupt hier?« Er gibt Samu einen Klaps gegen den Kopf, und wir lachen. Sieht Mo denn nicht, dass ich auch nur für Samu da sein will? Dass ich mir diesen Platz zurückerkämpfe?

Wir machen uns direkt an die Arbeit und kommen trotz mangelnder Erfahrung gut voran. Wenn auch nicht so schnell wie gehofft, weil der Beton, den die Jungs in die Löcher gegossen haben, unerwartet lange zum Aushärten braucht.

Dennoch ist die Stimmung entspannt – trotz Grumpy Moritz haben Samu und ich flüchtige Worte gewechselt, Gitterzaun durch die Gegend geschleppt und frischen Beton gemischt.

Als unsere Arbeit um den hinteren Teil der Scheune endlich auch als Zaun zu erkennen ist, beschließen Lexi und ich, dass es Zeit für aufwärmenden Kaffee ist. Mehrere French Press stehen geduldig auf Moritz' Ladefläche. Die Jungs haben vorausschauend gedacht und den Kaffee zubereitet.

»Hier, für dich. Samu meinte, du trinkst ihn schwarz«, sage ich und reiche Moritz einen Edelstahlbecher. Mit einem Lächeln, das ihm hoffentlich verständlich macht, dass wir beide *wirklich* Team Samu sind.

»Soll ich mich jetzt für meinen Kaffee bedanken?« Seine

hellen Augen blitzen so frostig auf, dass es an ein Wunder grenzt, dass der Kaffee nicht schockgefriert.

Okay. Liebes Karma, das war mein letzter Versuch.

Wir sind inkompatibel, und mir soll es recht sein.

Arschloch! Hast du etwa Angst, dass ich dich vom Thron des besten Freundes kicke? Zieh dich warm an.

»Schön«, sage ich und ziehe meine Hand mit dem Becher wieder zurück. »Dann hol dir selbst welchen!« Ich verdrehe die Augen und stampfe davon. Von dem Typ brauche ich echt keine Reaktion mehr.

Als die Sonne sich langsam auf den Weg hinter die Alpen macht, hebt Samu meine Kameratasche vom Gras und legt sie auf Mos Ladefläche ab. Er wischt gedankenverloren über das Material, zupft am Anhänger, auf dem *#ThisIsMyDesign* steht, und lächelt. Eine Wärme durchflutet meinen Körper, die mit der schleichend kommenden Abendluft kollidiert und eine ganze Reihe unruhiger Wellen durch meinen Körper jagt.

Mit einem Lächeln im Gesicht, das mit jedem Meter, den ich auf Samu zugehe, breiter wird, überlege ich mir einen frechen Spruch, um zu erklären, dass meine Kamera schon an den unangenehmsten Orten war und hart im Nehmen ist – vor allem in ihrem Taschenkokon. Doch ich halte inne, als Samu sich gegen die aufgeklappte Ladefläche stützt und sich mit der anderen Hand übers Gesicht fährt. Obwohl ich nur ein paar Meter von ihm entfernt bin, scheint Samu sich unbeobachtet zu fühlen. Mit einem Mal wirkt er unglaublich müde, reibt sich über die Augen und schaut dann gedankenverloren auf seine Hände.

Etwas ist so offensichtlich nicht okay, und ich weiß nicht, was ihn belastet. Von Lexi habe ich erfahren, dass der Innenraum der Scheune noch nicht fertig ist. Samu selbst hat erwähnt, dass er den provisorischen Zaun bauen muss, weil sich jemand beschwert hat. Es sei nichts dabei, aber genau so etwas sagt man, wenn es eben doch so ist, oder? *Mein Samu sagt das.*

Samu ballt seine Hand zur Faust und drückt sie sich gegen den Mund, um ein Gähnen zu unterdrücken. Vielleicht ist er auch einfach nur erschöpft, und ich interpretiere zu viel. Die letzten Tage war er in der Tierarztpraxis, obendrein kamen fast jeden Tag Einsätze rein, und seit heute Morgen ist er draußen und ackert einem Ziel entgegen, das angeblich keine große Sache ist. Warum dann der Stress?

Langsam gehe ich wieder auf Samu zu, doch als er aus einer Tasche einen Energydrink zückt, weiß ich, dass meine Sorge berechtigt ist.

Ich kenne dieses Verhalten. Was auch immer mit dem Hof ist, Samu sitzt die Zeit im Nacken. So war es immer. Zu Unizeiten Prüfungsstress, den Nebenjob in Everstein mit all den Überstunden und dazu noch Freunde, Familie, Cooper, Hobbys, Bergwacht und die Liebe unter einen Hut bringen. Wenn sein Leben *zu viel* war, er vom Drang gelenkt wurde, alles zu schaffen, und mit Koffein nachhalf. Dann immer hat Samu *jemanden* gebraucht, der seinen metaphorischen Ausknopf drückt.

»Koffeinpolizei!« Ich schnappe mir die Dose, bevor Samu sie aufdrückt, und schiebe mich zwischen ihn und die Ladeklappe des Pick-ups. Mit hochgezogenen Brauen verstecke ich sie hinter meinem Rücken und sehe Samu an. »Herr Lowak, wussten Sie, dass erhöhter Koffeinkonsum bei Männern zu Haarausfall führt?«

Er rubbelt sich schmunzelnd über seine herrlich zerzauste Mähne. Dann greift er unerwartet um meine Hüfte, aber ich verlagere mein Gewicht und ziehe mich, umständlich, einhändig auf die Ladeklappe. Die Dose noch immer hinter meinem Rücken.

Samu hebt eine Braue, die hinter seinen wirren Strähnen verschwindet, bis er seufzt und sich erneut gegen die Ladefläche stützt.

Mit beiden Händen.

Mit mir dazwischen.

Mit meinen Knien so nah an seiner Hose, dass in mir etwas zu kochen anfängt. Zu brodeln, als Samu sich ein wenig mehr zu mir lehnt.

»In welcher deiner Ausweichfantasien komme ich *so* nicht an das, was ich will?«, fragt er frech.

Das hat sich nur in meinem Kopf so zweideutig angehört. Weil mein Herz dabei ist, meinen Kopf zu sabotieren.

»In jeder«, stoße ich unerwartet atemlos aus.

Ich nehme die Hand vom Rücken und halte die Dose lose zwischen uns. Das ist kein Spaß, kein Moment, in dem unangebrachte Gefühle etwas zu suchen haben.

»Samu, geht es dir gut? Ist alles okay?«

Seine Mundwinkel regen sich, als bräuchten sie einen zweiten Anlauf. Seine Augen sind umgeben von den winzigen Fältchen, und das Braun seiner Iris schimmert im dämmrigen Licht der Sonne golden. Er lächelt. Aber nichts davon kaschiert die Schatten unter seinen Augen.

Ich kann doch nicht tun, als würde ich das nicht sehen.

Samus Gesicht ist auf meiner Höhe. So nah, dass ich deutlich erkenne, wie die kleine Narbe an seiner Unterlippe hervortritt, weil er seine Zunge dagegendrückt. »Sieh mich nicht so an, Vic.«

Meine Wangen brennen vor Scham.

Mit meiner Hand taste ich über den Boden der Ladefläche, erreiche die Kiste mit den *Auszognen* direkt neben mir.

»Ich gucke so, weil du echt scheiße aussiehst«, witzle ich.

Samu richtet sich wieder auf, presst sich eine Hand vor die Brust und sagt: »Autsch.«

Doch er grinst, sobald ich ein mit Zimt bestreutes Schmalzgebäck zücke. Wir bekommen die Kurve. Nur ist es mir so vorgekommen, als wäre ich nur einen Atemzug davon entfernt gewesen, weggestoßen zu werden. Beim Spaziergang hat Samu ähnlich reagiert, als ich ihn umarmt habe. Samu zu berühren, war immer eine Selbstverständlichkeit, bis ich diese Vertrautheit verdorben habe. Aber ich habe aus meinem Fehler gelernt und weiß, wie ich meinem Herzen Grenzen setzen muss.

Ich wedle mit dem Gebäck vor seiner Nase. »Ich habe genau gesehen, wie du die Dinger seit Stunden anschmachtest.«

Ohne Vorwarnung beißt Samu hinein. Mein Finger berührt seinen Mundwinkel, und ich lasse das Gebäck los, ehe diese flüchtige Berührung falsche Signale in mir lostritt.

Ich weiß, dass Samu noch nicht bereit ist, sich mir anzuvertrauen. Ich werde warten, bis er bereit ist, über alles zu reden. Aber ich will, dass er versteht, *dass* er das kann. *Dass seine Liebe keine Gegenleistung ist.*

»Mhmm«, stöhnt er und hat die Nascherei in drei Bissen verschlungen. »Apropos. Du bist eine miese Fotografin!«

Mit gerunzelter Stirn sehe ich ihn an. »Wie bitte?«

»Na, der Zaun ist gleich fertig, und du hast noch kein Bild geschossen. War da nicht etwas mit Vorher-nachher?«

Dann meinte er diesen Vorschlag also ernst. Nachdem ich alles, was an Arbeit auf uns gewartet hat, gesehen hatte, habe ich die Kamera komplett vergessen. Aufgescheucht rutsche ich grinsend vom Wagen, greife nach ihr und drücke meinen Finger gegen Samus Brust. »Du wirst Augen machen!«

Bevor die Sonne ganz untergegangen ist, schalte ich meine Canon an und nehme das umzäunte Außengelände der Scheune auf. Halte Lexi und Ben fest, wie sie sich mit Erdfingern schwarze Tupfer auf die Nase drücken und dann ein weiteres Element festschrauben. Zoome mit der Kamera etwas näher an die große Flügeltür der Scheune. Ich bin noch gar nicht drin gewesen, auch nicht in Samus Haus, heute hat es dafür einfach noch nicht den richtigen Moment gegeben.

Ich knipse ein paar Bilder, dann setze ich mich etwa zwanzig Meter vor die Scheune auf den feuchten Boden, um das Gebäude aus einer niedrigeren Perspektive zu erwischen. Zoome noch ein wenig näher und erkenne, dass über der Tür in einem Tragebalken etwas eingeschnitzt ist. *Heldenlager.*

Samu hatte erwähnt, dass alle seine Hunde darauf trainiert seien, etwas zu suchen. Ich möchte jeden Hund kennenlernen und erfahren, was seine Heldenaufgabe war.

Lächelnd suche ich Samu durchs Objektiv. Ob es mir jetzt gelingt, eine Aufnahme von ihm zu machen, in der er mich anlächelt?

Ich entdecke ihn direkt neben der Scheune, zusammen mit Moritz, der wild mit seinen Händen gestikuliert. In meinem Mund verteilt sich ein bitterer Geschmack.

Samu macht eine abwertende Handbewegung und werkelt in einem Kasten herum, der an der Hauswand hängt. Sekunden später erleuchtet ein Flutlicht vom Spitzdach das Umfeld der Scheune und hilft uns, dem schwindenden Sonnenlicht zu trotzen.

Moritz diskutiert beharrlich weiter, so hitzig, dass Neugier mich dazu drängen will, aufzustehen.

Es geht dich nichts an.

Ich will die Kamera abwenden, aber da zeigt Moritz in meine Richtung, dreht den Kopf und sieht mich direkt an.

Ertappt schlucke ich, und als hätte Mo zu spät bemerkt, dass Stalker-Vic aktiv ist, dreht er mir den Rücken zu und verschwindet mit Samu in der Scheune.

Wie unter Strom schalte ich die Kamera aus, klicke den Deckel aufs Objektiv und springe auf. Es reicht! Worüber sie da auch reden, es geht um mich.

Wenn Mo ein Problem mit mir hat, soll er es mir gefälligst ins Gesicht sagen oder es sich verkneifen, aber es ganz sicher nicht mit Samu ausdiskutieren.

Ich stampfe die letzten Meter zur Tür, die einen Spalt offen steht, und will sie aufreißen, da dringt Mos Stimme schon an meine Ohren.

»Dass das zwei Jahre her ist, weiß ich, Alter. Keine Ahnung, ob mich das erleichtern soll oder ob es nicht eher heißen müsste, dass es *erst* zwei Jahre her ist.«

Oh. Sie reden gar nicht über mich.

Ich gehe einen Schritt zurück, aber Mos Stimme ist so laut und aufgebracht, dass ich sie nicht überhören kann.

»Du willst nicht darüber reden? Juckt mich nicht. Du willst *ihr* nichts davon erzählen? Ist mir wirklich scheißegal. Aber mach nach dieser ganzen Nummer bloß nicht wieder einen auf *best buddy* mit meinem Alten!«

Die Worte ergeben in meinen Ohren keinen Sinn, was nicht verwunderlich ist, weil ich vor zwei Jahren in Italien war. Wenn Samu mich hier entdeckt! Ich gehe.

»Mo, ernsthaft, ich bin nicht dein Sozialprojekt.«

Ich muss daran denken, wie Vincent dasselbe über sich und unseren Vater gesagt hat.

»Ich hab's doch gesehen.« Mos belustigte Aggressivität verwurzelt mich im Boden. »Victoria fickt deinen Kopf.«

Mein Herz bleibt stehen. Das hat er nicht gesagt?

Ich reiße die Tür auf und stürze in die Scheune, ohne auch

nur einen Gedanken daran zu verschwenden, dass damit klar ist, dass ich gelauscht habe.

Reflexartig drehen sich beide um. Das Deckenlicht ist grell, und Millionen Staubkörner scheinen von meinem Auftritt mindestens so erschreckt zu sein wie die beiden Männer vor mir. Mo regt sich als Erster, kommt gar einen Schritt auf mich zu, während Samu wie erstarrt dasteht.

»Was ist dein Problem mit mir?«

Mo presst eine Hand auf seinen Kopf, fährt über seine Docker und sieht mich mit einer abschätzigen Belustigung im Gesicht an, die meinen Puls zum Rasen bringt.

Ich zucke zusammen, als die Tür hinter mir ins Schloss knallt, gleichzeitig brechen die Worte aus mir: »Das reicht! Du kannst mich nicht leiden? Okay. Das ist mir schnuppe. Aber was ich mit Samus Kopf mache oder nicht, entscheidet er gefälligst selbst!«

Moritz grinst verachtend und verdreht die Augen, als wäre ich ein naives Mädchen, während Samu stumm neben uns steht und mich ansieht, als wäre ich ein Geist.

»Ich habe kein Problem mit dir«, sagt Moritz so ruhig, dass es mir die Kehle zuschnürt. »Jedenfalls nicht, solange du bald wieder weg bist.«

»Mo.« Samus Stimme ist ein Grollen und mir völlig fremd.

»Ich will nur für Samu da sein. Ich glaube, das wollen wir beide«, versuche ich es und balle meine Hände zu Fäusten. Sehe zu Samu, der seine Lider kurz schließt und einen Schritt zwischen Mo und mich macht, als befürchte er, dass wir gleich aufeinander losgehen.

»Witzig, dass du das sagst, Süße. Wie lange willst du das noch? Zwei Wochen? Drei?«

Ich balle die Hände so fest zu Fäusten, dass sich meine Fingernägel ins Fleisch bohren.

»Hör auf damit!« Samu hat Mo am Ärmel gepackt und zieht ihn näher zu sich.

»Worum geht es hier? Worum geht es hier wirklich?«, rufe ich und habe das Gefühl, in Wut und Verzweiflung zu ertrinken. Beide sehen mich an. Doch niemand sagt etwas.

»Ich habe einen Fehler gemacht!« Meine Stimme bebt. »Ich kann das nicht rückgängig machen. Auch nicht, dass ich die letzten Jahre nicht da war. Ich habe nicht vor, meine Fehler zu wiederholen, und ob Samuel mir verzeiht«, ich muss heftig Luft holen und drücke mit meinen Fäusten die Tränen weg, »oder nicht, ist seine Entscheidung.« Ich gucke zu Mo. »Du bist nicht sein Bodyguard.«

Mo befreit seinen Arm aus Samus Griff und kommt auf mich zu. So dicht, dass sein Atem mein Gesicht streift.

»Richtig!«, keift er und drückt mir seinen Zeigefinger gegen den Brustkorb. »Genauso wenig wie du seine beschissene beste Freundin bist!«

Ich mache einen Schritt zurück. Er drückt mit seinem Finger weiter, das spöttische Lachen auf seinem Mund lässt in meinem Hals hässliche, bittere Galle aufsteigen.

»Und dann tauchst du mit diesem verfickten Bier auf! Alter, ich dachte, ich seh nicht richtig!«

Ich mache noch einen Schritt zurück und spüre die Tür im Rücken, höre Samus Fluchen im Hintergrund, doch Mo lässt sich nicht unterbrechen.

»Du hast keinen Plan, kommst einfach her, wühlst alles auf und erwartest was? Dass dir alle Freundschaftsbändchen umbinden? Oooh, die tolle Vic ist endlich wieder da. Und dann haust du ab, zurück in die Welt, und all deinen *Freunden* bleiben nur noch Bilder, die sie auf Instagram liken sollen, oder was?«

Moritz redet so schnell, dass ich gar nicht hinterherkomme. Ehe ich ein verständnisloses *Was?* über meine Lippen bekomme, passiert alles ganz schnell. Mein Bauch ist so verkrampft, dass ich zittere, während Moritz gerade von meiner Bildfläche gewirbelt wird und die Tür hinter mir heftig ruckelt.

Samu presst Moritz gegen die Tür, stemmt sich mit dem Unterarm gegen ihn.

»Du wirst das bereuen, Mann.« Moritz' Worte haben etwas Flehendes an sich.

Samu wird *mich* bereuen.

»Mo.« Samu klingt kontrolliert. Nur dass er Mos Hoodie in seiner Faust beinahe zerreißt, zeigt, was in ihm vorgehen muss. »Ich weiß, dass du gereizt bist. Das respektiere ich. Ich bin dankbar, dass du trotzdem hier bist, um mir zu helfen. Aber«, Moritz versucht, sich zu befreien, doch Samu drückt ihn zurück, und die Tür erzittert erneut, »ich bin kurz davor, dir eine reinzuhauen, ohne es danach zu bereuen.«

Mo schnaubt und stemmt die Hände gegen Samus Oberarme, kommt aber nicht gegen ihn an, obwohl er etwas größer ist.

Plötzlich klopft es hinter mir an der Tür, und ich keuche auf, mache ein paar Schritte vor, und Lexi schiebt lächelnd ihren Kopf in die Scheune.

»Leute? Was macht ihr hier? Ben und ich haben das Zauntor eingesetzt und eben ohne euch einen Freudentanz hingelegt.«

Samu hat Moritz losgelassen, sobald Lexis Stimme erklang. Diese öffnet nun die Tür ganz und strahlt über beide Ohren.

»Habt ihr Vic die Scheune gezeigt? Oh, wehe auch die Hundebetten! Das wollte ich machen.« Sie lehnt sich gegen den Türrahmen und sieht uns mit hochgezogenen Brauen an. Hat sie etwa mitbekommen, wie das hier eben entgleist ist?

»Okay«, japse ich und umklammere mit der Hand den Stoff über meiner Brust. Unter dem Stoff fühlt es sich so an, als würde Moritz mit dem Finger in meinem Herzen stochern.

»Mo kann nicht bleiben«, sagt Samu ruhig, als hätte Lexi ihn gar nicht überrumpelt, während Moritz sich räuspert und mit dem Daumen über den Mund fährt, ohne jemanden anzusehen. »Paulina braucht ihn zu Hause«, setzt er nach.

»Oh, ja, klaro.« Lexi legt eine Hand an Mos Arm.

Ich verstehe nichts mehr.

Moritz und Samu tauschen Blicke aus, die eine Fremdsprache sprechen, aber eines sagen sie mir deutlich. Nicht Mo ist der Störfaktor im süßen kleinen Everstein. Das bin nur ich allein.

Im nächsten Augenblick presst sich Moritz an Lexi vorbei, klatscht sich kurz mit Ben ab, der dicht hinter ihr steht, und stürmt zu seinem Wagen.

»Ich«, stammle ich. »Ich sollte besser ...«

Samus Arm landet um meine Schulter. Er drückt meinen Oberarm, zieht mich an seine Seite und hält mich fest.

»Habe ich das gerade richtig verstanden? Mein Zaun ist fertig?«, fragt Samu.

Lexi verschränkt die Arme, sieht uns mit skeptischem Blick an, aber schluckt ihre offensichtlichen Fragezeichen, die nach einer Erklärung der letzten Minuten verlangen, herunter. »Ich habe Döner für uns alle bestellt.«

»Fein. Ich habe einen Mordshunger«, sagt Samu.

Wir verlassen die Scheune, und die Dämmerung drängt sich feuchtkalt an uns. Die Sonne ist verschwunden und die Scheune tatsächlich von einem Zaun umgeben.

Lexi und Ben reden vom Tor, auf das wir zugehen, davon, dass der Beton nur noch mit Erde abgedeckt werden muss, sobald er richtig hart ist. Aber ich fühle nur den warmen Druck von Samus Hand auf mir.

»Lasst uns ins Haus gehen«, schlägt er vor. Mit geschlossenen Augen lasse ich mich von ihm mitziehen, lege den Kopf an seiner Schulter ab und spüre ein paar Atemzüge später die Vibration seines Lachens. Auch wie er den Kopf schüttelt, als Lexi ihm den Tag der Einweihungsfeier mitteilt. Irgendwann kommendes Wochenende. Dass alle von der Bergwacht da sein werden und auch Rosi und Dorota, Samus Großmutter, kommen.

»Mo ist ein Arsch. Der kriegt sich wieder ein«, flüstert Samu und führt mich langsam zu seiner Terrasse. »Vic, mach die Augen wieder auf, da kommen drei Stufen.«

Aber ich will nicht. Möchte in seiner Nähe baden, darin versinken, wie in einem Meer aus Wolken. Umgeben von seinem Duft, würde ich mich gern ewig vor der Realität verstecken.

Moritz ist nicht mein Problem. Mein Problem ist die Frage, ob wir verbunden genug sind, um all diese Erschütterungen zu überstehen. Waren wir schon einmal – nicht.

KAPITEL 22

Samuel

Ben hat einen Standort mit dir geteilt.

Seit zwei Jahren haben Ben, Moritz und ich da diese Tradition. Wir gehen nachts joggen. Mindestens einmal die Woche. Und definitiv immer nach einem Lawinenabgang.

Nachts, weil dann jeder von uns Zeit hat, keine Ausreden greifen und Everstein uns in Ruhe lässt. Nach den Lawinen, um etwas in Gedenken an Jonas zu tun. Anfangs haben wir in der Kirche gesessen und die Decke angestarrt, obwohl keiner von uns an Gott glaubt.

Jeder von uns stand Jonas auf seine Weise nahe, und deswegen bin ich mir sicher, dass es bei unseren Treffen nicht nur um Jonas' Andenken geht. Es geht darum, nicht durchzudrehen, mit dem Scheiß umzugehen und damit klarzukommen. Auch heute noch. Sitzen hilft da nicht.

Das Laufen war meine Idee. Und erst jetzt, wo ich langsam auf den Stadtbrunnen zugehe, wird mir bewusst, dass diese Tradition den nächtlichen Spaziergängen mit Vic ähnelt.

Das hat nichts mit Vic zu tun. Hölle, denk an etwas anderes.

»Hey!«, höre ich Ben rufen. Im Lichtschein des beleuchteten Marktplatzes läuft er mir von der gegenüberliegenden

Brunnenseite entgegen. »Alles fit?« Er trägt, wie ich, eine schwarze Jogginghose und einen Hoodie.

Wir schlagen ein, ehe er mich kurz gegen seine Brust zieht. »Habe nicht so früh mit deiner Nachricht gerechnet.«

»War ein langer Tag, und ich muss morgen doch früh raus«, meine ich beiläufig. Es ist kurz nach zehn, aber nachdem ich die Hunde versorgt habe, konnte ich keine Sekunde ruhig sitzen. Um von meinem Gemütszustand abzulenken, zeige ich grinsend auf die wahren Hingucker des heutigen Abends.

Ben hat neongelbe Laufschuhe an, die im Dunkeln heller leuchten als Katzenaugen. Galant stemmt er einen Fuß an den Brunnenrand, und ich muss unweigerlich lachen.

»Lexi hasst sie.« Ben poliert seufzend die Schuhspitze.

»Ich verstehe überhaupt nicht, wieso. Wenn es dunkel ist, machst du damit jedenfalls alles richtig.«

»Meine Worte.« Seine Miene wird jedoch ernster, vergrault mein Grinsen und schließlich auch seins. Weil Coop und ich am Mittag zu einem Lawineneinsatz beordert worden sind, weiß ich genau, welche Frage jetzt kommt.

»Wie war der Einsatz?«

»Coop hatte den Spaß seines Lebens.« Die Suche auf großen Schneeflächen ist sein Paradies auf Erden. Was gut ist, weil er anders nicht halb so engagiert in seinem Job wäre.

Aber Ben verzieht das Gesicht, legt seinen Kopf schief und fordert mit seinem Blick eine konkretere Antwort.

Fein. Bring das Thema einfach hinter dich.

»Hat lange gedauert, aber dann gab's Entwarnung.« Mit den Jahren ist es besser geworden, und in dem Moment, in dem Cooper und ich einen Einsatzort erreichen, sind wir beide voll im Modus. Und dennoch ... Jedes Mal, wenn dieser Pager losgeht, dreht sich mir der Magen um. Jedes Mal trifft es mich, als wäre es etwas vollkommen Unerwartetes. Dabei sind sie keine Seltenheit, steigen, weil auch die Anzahl der Menschen, die in die Berge gehen, steigt. In Deutschland werden die Daten nicht erfasst, aber in den österreichischen und den Schweizer Alpen kommen jährlich um die hundert Lawineneinsätze zusammen, bei denen Menschen involviert sind.

Du sollst aufhören, daran zu denken, und jetzt holst du die Statistiken raus?

»Sollen wir loslegen?« Ben streift meinen Arm, und ich muss ein paarmal blinzeln.

Verdammt. Ich bin Führer eines Lawinensuchhunds, es sollte mich nicht mehr so beschäftigen. Hat es auch schon lange nicht mehr. Aber als der Einsatz vorhin reingekommen ist, stand Vic neben mir und – *stopp!*

»So was von!«

Ben beginnt sich zu dehnen, während ich auf der Stelle laufe und nur loswill. Scheiß drauf, dass ich schon jetzt jeden Muskel spüre. Mein Körper schlägt seit Tagen eine Pause vor. Schade nur, dass er nichts zu melden hat, wenn mein Schädel meint, sich von einem Gedankengang in den nächsten stürzen zu wollen. Mit der Intention, kleine Anxiety-Partys zu starten und am besten die ganze Nacht durchzufeiern. Das kann ich jetzt einfach nicht gebrauchen. Genau deswegen muss ich laufen. Genau deswegen muss ich mit jemandem laufen, der mich ablenkt.

»Kommt Mo noch?«, fragt Ben, der den Arm über den Nacken streckt.

Ich schüttle den Kopf.

Genau deswegen muss ich mit jemandem laufen, der ... na ja, wie soll ich es besser ausdrücken, nicht meinen Kopf fickt. Nicht noch mehr. »Der ist doch noch in der Bar.«

Nicht dass ich ihn überhaupt angeschrieben habe. Seit der Nummer in der Scheune vor zwei Tagen ist das Bedürfnis, ihm eine reinzuhauen, nur überschaubar abgeflacht, was in Anbetracht dessen, dass ich mich noch nie geprügelt habe, etwas heißen will.

»Unnormal, Samuel, ich ... muss dir deine ... Illusion nehmen.« Ben ist außer Atem. Er läuft ein paar Meter hinter mir, und mitten in seinem stoßhaften Keuchen bricht unter seinen Sohlen ein Ast, und ich muss mich nicht umdrehen, um zu wissen, dass er strauchelt.

Okay, Samu, mach mal halblang.

Ich bleibe stehen, schaue über die Schulter und presse die Zähne zusammen, um mir ein Grinsen zu verkneifen. Blut rauscht durch meinen Körper, mein Atem geht schnell, aber regelmäßig, und ich bin gerade erst in Fahrt gekommen, bin endlich wieder Herr meiner Gedanken.

Doch Ben kommt neben mir zum Stehen und klammert sich mit hochrotem Kopf an meinen Oberarm.

»Pause!«, krächzt er und stemmt die Hände in die Hüfte. Sein kurzes rotes Haar klebt ihm an der Stirn, und seine Brillengläser sind beschlagen.

Auch etwas aus der Puste lache ich los, weil mir im schummrigen Licht der Laterne klar wird, dass diese neongelben Schuhe an den Sohlen LEDs haben. »Als Teenager hätte ich dich für diese Schuhe wohl bestochen oder sie dir einfach aus deinem Spind gemopst, wer weiß.«

Ben kneift die Augen zusammen. »Mach dich nur lustig.«

»Mein voller Ernst!« Ich pruste los. Doch nur wenige Sekunden später wird mein Lachen von einem schlechten Gewissen gedämpft, weil Ben echt mit seiner Atmung zu kämpfen hat und ich das gar nicht mitbekommen habe.

»Du bist vom ... Rathausplatz ... einfach in den ... Sprintmodus gewechselt.« Ben holt ein kleines Tuch aus seiner Hoodietasche und poliert seine Brille. »Ich finde ... man sollte dir ... sagen, dass du nicht ... the Flash bist. Bevor du dich da in was verrennst.« Sein Atem normalisiert sich langsam. Ehe er sich die Brille wieder aufsetzt, wischt er sich mit dem Handrücken übers Gesicht.

»Deine Kondition lässt zu wünschen übrig, mein Freund«, sage ich mit einem Schmunzeln.

»Danke für die demonstrative Darstellung. Wenn du mir geschrieben hättest, dass wir vor etwas weglaufen, statt zu joggen, wäre ich auf meinem Sofa liegen geblieben und würde Nachos vertilgen.« Ich folge seinem Blick in den düsteren Wald zu unserer Rechten. Ein schwarzes Loch; dabei sind die dämonischen Schatten nur in unseren Köpfen.

»Ich denke, wir haben das Monster abgehängt«, scherze ich.

»Was ein Glück«, meint er mit einem Keuchen.

»So schlimm?«

»Nein, aber ich muss die ganze Zeit an diesen selbst gemachten Käsedip denken. Und daran, dass Lexi und Vic von ihm sicher nichts mehr übrig gelassen haben.«

Was für ein Themawechsel. Der so unerwartet gekommen ist, dass mir die Frage »Vic ist bei euch?« aus dem Mund fällt, bevor ich den Sinn oder die Notwendigkeit überdenken kann.

Natürlich ist Vic bei ihnen. Warum überrascht mich das? Lex und Vic waren den ganzen Tag zusammen. Was ich ja weiß, weil ich auch dabei war. Zuerst beim Praxisrundgang, ehe wir in der Mittagspause spontan los sind, um noch ein paar Besorgungen für die Scheune zu machen. Dann kam der Einsatz rein und ... andere Gedanken! Nicht an Vic denken!

Nicht an Vic denken, wenn es um Jonas geht. Das Laufen ist Vic-freie Zone. Lawinen sind Vic-freie Zonen. Jonas ist ...

»Ja, ja. Gesichtsmasken, Netflix und Soulfood. Du weißt schon«, sagt Ben und verdreht mit einem Lächeln die Augen.

»Sorry, wenn ich den Abend gecrasht habe.«

»Was? Nee, niemals. Zugegeben, du hast mich wohl eher gerettet. Die Aussicht auf den Käsedip war der Lichtblick, nebst heißer Schokolade und *The Greatest Showman.*«

»Klingt nach dem Beginn einer Magenverstimmung.« Ich fahre mir über den Nacken und spanne meinen Brustkorb an, scheitere bei dem Versuch, das unangenehme Klopfen darin zu verbannen. Zusammen mit dem Gedanken, dass ich gern dort wäre. »Sollen wir weiter? In deinem Tempo?«

»Vielleicht eher ein paar Yoga-Übungen?«

»Haha!«

Dreißig Minuten später lasse ich mich auf eine Parkbank fallen. Die kalte Frühlingsluft brennt auf meiner Haut, und es fühlt sich an, als würde mein Körper in Flammen stehen.

»Verflucht, mir tut alles weh.« Ich lege keuchend den Kopf in den Nacken.

Ben setzt sich neben mich, und die Bank gibt ein Knarren von sich, das von seinem Stöhnen übertroffen wird. »Ist es eine Sünde, wenn wir hiernach zu McDonald's fahren?«

Ich gebe ein kopfschüttelndes Lachen von mir. »Muss nur morgen früh los.« Ein Blick auf meine Watch entlockt mir ein Seufzen. »In exakt fünf Stunden und drei Minuten.«

Ich starre in den sternenklaren Himmel, der sich über kahlen, im Wind tanzenden Baumkronen deutlich präsentiert. Fast einladend, weshalb ich mit dem Hintern etwas auf der Bank vorrutsche und es mir bequemer mache. Ich will nicht an morgen denken, ich will an nichts mehr denken.

Aber Ben ist heute gesprächiger, als ich es von unseren Läufen gewohnt bin. Ich höre, wie er tief Luft holt, sogar das leise Schnalzen entgeht mir nicht, als er den Mund öffnet und wohl nach Worten sucht.

»Samu, wie geht es dir?«

»Gut«, antworte ich knapp. Was sich schräg anhört, weil ich den Kopf wieder im Nacken habe.

»Ich meine nicht nur jetzt, sondern insgesamt.«

Insgesamt? Wo fängt insgesamt an, und wo hört es auf? Alles ist so verdammt viel, dass mein Kopf platzt.

Wir reden eigentlich nicht über tiefgründigere Dinge, schweigend Frust rauszulassen, ist eher unser Ding. Aber es gibt Momente, da lässt Ben seine journalistische Neugier wohl keine Ruhe.

»Ist viel, geht vorbei«, drücke ich heraus, hebe den Kopf und sehe, wie er mich mit zusammengepressten Lippen anschaut.

»Darf ich dich was fragen?«

Keine Ahnung? Gibt es Menschen, die bei so einer Frage wirklich mit Nein antworten?

Ben reizt mich, obwohl er für mich da sein will. Ich sollte es zu schätzen wissen, aber ich habe viel zu sehr damit zu kämpfen, nicht die Kontrolle zu verlieren.

»Klar«, antworte ich und schlucke meine Scheißlaune runter.

»Du und Jonas. Ihr wart damals nicht mehr zusammen, richtig?«

Ich spüre, wie mir die Farbe aus dem Gesicht weicht. Mein Puls schlägt mir blitzartig bis in den Hals, und erst als ich die Worte »Natürlich nicht« nicht rausbekomme, wird mir bewusst, dass ich die Luft anhalte. Ich verschränke die Arme vor der Brust und spreche so gelassen wie möglich. »Nein. Ein paar Wochen vorher haben wir's beendet.«

Wie kommt er denn bitte auf *das* Thema?

Ben nimmt seine Brille ab, massiert kurz seine Augen und setzt sie dann wieder auf, ehe er mir ein Lächeln schenkt, das gequält aussieht. Oder nein, eher hoffnungsvoll, und ich verkrampfe meine Muskeln.

»Und du und Vic …«

Oh nein! Nein, so was von verdammt nein!

»Das wäre die zweite Frage.« Mein Versuch zu lächeln, misslingt gründlich.

Auch wenn Fäden-Verknüpfen die Kernkompetenz seines Berufs ist, soll er mit dem Scheiß aufhören. Ich werde mich nicht rechtfertigen.

»Also.« Ben rauft sich unbeholfen die Haare am Hinterkopf. »Gut, das hört sich jetzt wie ein kitschiges Filmzitat an …«

Ach ja?

»Worauf ich hinauswill: Samuel, dir ist klar, dass Jonas wollen würde, dass du glücklich bist, oder? Du weißt schon, dass du weitermachst, das Leben genießt. Egal, mit wem.«

Verdutzt starre ich ihn an. Mit Absolution habe ich nicht gerechnet, aber macht es das jetzt besser? Mir ist heiß und … schlecht, definitiv schlecht. Ich wische mir über den Mund, und da macht es klick.

Ben spricht von Victoria. Von ihr und mir. Das ist absurd. Sie fährt bald ab, lebt ihren verdammten Traum. Sie würde nie hierbleiben, und ich würde sie nie vom Gegenteil überzeugen wollen. Nichts von uns hat eine Zukunft – warum denke ich überhaupt darüber nach? Jonas' Tod ist doch nur die Spitze des verfluchten Eisbergs!

Ich will aufspringen und losrennen, doch ich nehme Schritte auf dem Kies wahr. Ben dreht sich um, und ich sehe aus dem Augenwinkel Mo auf uns zulaufen.

Zur Hölle, der fehlt mir jetzt noch.

Im Endeffekt bin ich froh über Mos Auftritt. Er kommt mit seiner Die-Welt-kann-mich-mal-Visage zur Bank und setzt sich neben Ben.

»Schicke Schuhe«, meinte er erst, und seitdem erzählt er davon, dass die Bar online als Geheimtipp markiert wurde und noch mehr Touristen seine Hocker belegen.

Ich schweige, und unglaublich, aber wahr, Mo hat wohl meinen Tag gerettet, indem er Bens und mein viel zu tiefgründiges Gespräch beendet hat.

Meine Watch gibt ein Piepsen von sich und unterbricht Mos Ständchen. Nach vorn lehnend lege ich meine Arme auf die Oberschenkel und stelle den Wecker aus, den ich mir extra gestellt habe, um spätestens um eins wieder zu Hause zu sein. Um wenigstens drei Stunden Schlaf einzukassieren. Aber ernsthaft, was machen die jetzt noch hier?

»Ich muss los«, sage ich dennoch.

»Was ist mit Sonntag?«, fragt Mo.

Ich sehe ihn an, mit Wut in meiner Magengrube und Fragezeichen in meinem Hirn.

»Die Einweihungsfete?«, wirft Ben ein, und ich muss derb schlucken. Natürlich, die sollte ja diesen Sonntag sein.

»Ich komme erst am Sonntag wieder zurück nach Everstein.«

»Kein Stress, wie ich meine Frau kenne, plant sie alles.«

»Das Wetter soll scheiße sein«, stößt Mo aus, und der Sack sammelt unverdiente Pluspunkte bei mir.

Es gibt nichts zu feiern, weil die Scheune immer noch

nicht fertig ist. Weil der Einsatz reingekommen ist und einfach nichts so läuft, wie es soll.

»Die Wettervorhersage ist wirklich nicht besonders.« Ben hat sein Handy gezückt und studiert eine Wetterapp.

Ha! Das ist ja wohl die Steilvorlage für ein Stoßgebet: Liebes, verfluchtes Universum, lass die Welt wettertechnisch untergehen, damit ich einen glaubwürdigen Grund habe, die Feier abzusagen. Mit freundlichen Grüßen, der, den du gerade echt auf dem Kieker hast.

KAPITEL 23

Victoria

Was willst du für die Zukunft?

Ich weiß es nicht.

Möchtest du Everstein verlassen?

Nein.

Möchtest du in Everstein bleiben?

Nein.

Die Quintessenz, die Schlussfolgerung meiner ermüdenden Gedanken, lautet: Es ist das Beste, wenn ich wieder abreise.

Nicht direkt, aber sobald die Fotostrecke fertiggestellt ist.

Mit dem Finger taste ich zaghaft über die Heizfläche meines Lockenstabs, nur um ihn sofort wieder wegzuziehen.

»Autsch!«, japse ich und wedle mit der Hand. Ich sollte mir ein neues Modell leisten, aber ich benutze dieses olle Ding nur, um »perfekte« Selfies für die sozialen Netzwerke zu machen. Heute will ich, dass jede Locke tadellos sitzt, als würde mich diese Tatsache auf ein höheres Selbstbewusstsein-Level heben. Tut es nicht, ich rede es mir ein. So wie ich mir *einiges* schönrede.

Mit dem Pony wollte ich, dass meine Familie versteht, dass ich nicht mehr die bin, die ihre Träume hintanstellt.

Nie wieder. Damals bin ich geflohen, und ich bereue das *Wie*, aber nicht, *dass* ich mich für mich entschieden habe.

Und hat man erst verstanden, wie schön es ist, mit seinem Traum als Kompass allein zu sein, will man dieses Gefühl nicht mehr missen. Wohin auch immer es mich mit meiner Kamera verschlägt. Ich liebe es, allein am Gipfel zu stehen, mit der Welt unter mir. Genauso liebe ich es aber auch, Postkarten zu kaufen, mich in ein volles Café zu setzen und sie mit den schönsten Erinnerungen zu beschriften. Ich bin da, und dann bin ich wieder weg. Dieses Gefühl würde ich für kein Geld der Welt hergeben.

Ich will mein Leben wie ein tolles, überquellendes Fotoalbum im Herzen sehen. Aber je länger ich in Everstein bin, desto öfter tauchen da andere Bilder in meinem Kopf auf. Davon, wie mich am Valentinstag ein Kellner in Chamonix fragte, ob meine Begleitung noch kommen werde oder ob er das zweite Gedeck abräumen solle. Oder das Bild engagierter Hotelangestellter, die ihre Lieblingsfrage stellen: Reisen Sie in Begleitung? Nein, allein. Eine Antwort, die mich meist mit Stolz erfüllt hat, aber manchmal hat sich auch ein unschönes Gefühl in mir breitgemacht. Einsamkeit. Wie oft war ich allein? Wie oft habe ich mir Einsamkeit mit Alleinsein schöngeredet?

Langsam drehe ich eine Ponysträhne um das heiße Eisen und passe auf, es nicht zu nah an meine Stirn zu führen. Das wiederhole ich, bis jede natürliche Locke auf meinem Kopf einer perfekten Fälschung weichen musste. Was Karl Lagerfeld über Jogginghosen behauptet hat, schreibt meine Mutter unseren Locken zu: Hat eine Frau ihre Haare nicht gebändigt, hat sie die Kontrolle über ihr Leben verloren – oder keine Lust mehr, den Schein zu wahren. Letzteres gehört nicht zu ihren Worten.

Ich betrachte mich im Spiegel. Meine Brauen sind gezupft, die Wimpern getuscht, aber Make-up trage ich nicht, die BB-Cream war alle, und die dunklen Pickelmale an meinem Kinn sind deutlich zu erkennen. Meine Lippen sind ein wenig spröde, was gut ist, weil ich heute nicht schön sein will. Ich brauche nur die Attitüde meiner selbstbewusstesten Version, um diesen Tag zu überstehen. Nur das Die-Haare-sitzen-Selbstbewusstsein.

Die meisten Menschen dieser Stadt sind noch nicht aus dem Bett gefallen, die Scheuneneinweihungsparty ist erst heute Abend, und auch wenn ich mich freue, hat die Scheune nach dem Desaster vor wenigen Tagen einen bitteren Beigeschmack bei mir hinterlassen.

Die Erkenntnis: Die einzige Chance, dass Samu sich mir wieder verbunden fühlt, liegt in dem Versprechen, dass ich da bin, auch wenn ich mich am anderen Ende der Welt befinde. Ich werde ihm beweisen, dass mir unsere Freundschaft alles bedeutet. Dass *nur* unsere Freundschaft zählt. Dass sich meine Augen bei dem Gedanken mit Tränen füllen, ist ein *Glow,* den ich wegblinzle.

Die letzten Tage haben Samu und ich uns weder gesehen noch geschrieben. Wir sind einfach noch nicht so weit, regelmäßig zu schreiben. Aber vielleicht rede ich mir auch das nur schön, und Samu hat beschlossen, dass ich doch seinen Kopf …

Schnaubend starte ich meine Moody-Playlist, winkle das Knie an und zücke neongrünen Nagellack aus meiner Kosmetiktasche. Ich fange an, die Farbe auf den Nagel meines großen Zehs aufzutragen. Summe Ruuths Song *Pillow* mit, bis es plötzlich an der Tür klopft und ich das Giftgrün großzügig über den Rand meines Nagels schmiere. Na toll.

In Schlafanzughose und einem Oversized-Shirt mit Winnie-Puuh-Aufdruck stampfe ich auf die Tür zu und schicke eine imaginäre Beschwerde an den Eigentümer, dass es keinen Türspion gibt. Ich halte die Tür fest, damit sie vom starken Wind nicht gegen die Wand knallt, aber noch überraschender als der Wetterumschwung ist der Anblick von Anni.

»Oh, gut. Du bist schon wach. Hi.« Innerhalb dieser kurzen Worte hebt sie dreimal die Hand ans Gesicht, um sich lange braune Strähnen von den Lippen zu wischen.

»Hi?« Ich werfe ihr einen fragenden Blick zu.

»Da ist jemand im Bäck & Bistro, der mit dir reden möchte.«

»Was?« Anscheinend ist mein irritierter Ausdruck nicht deutlich genug. »Wer denn?«

»Das soll ich dir nicht sagen.«

Vom Waldrand, direkt hinter dem Haus, pfeift der Wind so heftig, dass Anni ihre Stimme erheben muss. »Ist eine Überraschung.« Sie deutet nach unten und strahlt so breit, dass eine unlogische Vorfreude von mir Besitz ergreift.

Nein! Stopp! Stell dir gar nicht vor, dass es Samu ist.

»Ich ziehe mir nur etwas anderes an, okay?«

»Supi, bis gleich!« Anni bändigt ihr Haar mit beiden Händen und flitzt die Gittertreppen klappernd hinunter.

Mit Nachdruck schließe ich die Tür und husche grinsend ins Wohnzimmer. Beim Aufstehen schien die Sonne, und vom Wind war weder was zu hören noch zu sehen. Auch wenn Lexi etwas von Lagerfeuer auf dem Hof gesagt hat, würde ich mich nicht beklagen, wenn es stürmisch bliebe und ich Samus Haus endlich richtig von innen sähe.

Neben dem Bett unter dem Dachfenster habe ich meinen Koffer aufgeklappt, den ich noch nicht ausgepackt habe. Ich bin es gewohnt, so zu leben. Hastig entscheide ich mich für Leggings und mein grob gestricktes Lieblingsrollkragenkleid in Mintgrün. Erst beim zweiten Versuch treffe ich mit meinen Füßen in die Leggings und verziehe meine Lippen, als mein Nagellack zu einem verwischten Desaster mutiert. Dazu ist auf meinem rechten Fuß nur ein Nagel lackiert. Perfekt.

Das Erste, das mich im Bäck & Bistro in Empfang nimmt, ist der Duft von frischem Kaffee. Neben der großen Vitrine, in die Anni gerade ein Blech Streuselkuchen schiebt, liegen belegte Semmeln, die meinen Bauch zum Knurren bringen.

Die Tische im vorderen Bereich sind leer, aber vielleicht sitzt Samu hinten im Café? Von Lexi weiß ich, dass er und Cooper heute von einer lange geplanten zweitägigen Trainingseinheit im Bergwachtzentrum zurückkommen. Vielleicht macht er auf dem Weg nach Hause einen Stopp? Meine Gedanken habe ich noch nicht zu Ende gedacht, da vollführen sie bereits eine Bruchlandung im Trümmerhaufen meiner abwegigen Fantasien.

Gleich hinter einem hölzernen Stützbalken sitzt mein Vater als einziger Gast an einem kleinen weißen Rundtisch. Er hat mich schon gesehen. Mit schiefem Lächeln im Gesicht öffnet er den ersten Knopf seines weißen Hemdes und deutet mit seinem Blick auf den Stuhl gegenüber.

»Victoria«, sagt er, wundersamerweise ohne dass sich mein voller Name wie ein Vorwurf anhört. Statt weiter herumzustehen oder umzudrehen, gehe ich auf ihn zu.

»Ich habe nicht mit dir gerechnet«, sage ich und nehme Platz.

»Nun, das war meine Absicht.« Er lächelt und streift sich sein weißes Haar nach hinten. »Wie geht es dir?«

»Gut«, antworte ich und schäle mich aus meiner Jacke. Die Stimmung zwischen uns scheint so steif wie die laminierte Essenskarte vor uns. Konversationen waren nie unser Ding – sie endeten meist in Streitereien. Weil wir vom selben Schlag sind, hat mein Vater immer gesagt; weil wir es eben nicht sind, ist mein Standpunkt gewesen. Ist er noch immer.

»Was ist so dringend?«, frage ich, statt mich nach seinem Wohlbefinden zu erkundigen. Mir reicht die Vorstellung, wie die Stimmung zu Hause ist, deswegen verschränke ich die Arme vor der Brust und presse die Lippen aufeinander.

Mein Vater schweigt, sieht an mir vorbei, und ich zucke vor Anspannung zusammen, als Anni neben mir auftaucht.

»Dein Papa hat mich gefragt, was du gern zum Frühstück hast. Ich habe auf gesunden Schmarrn getippt, aber ich wollte lieber noch mal nachhaken.« Mit ihrer pinkfarbenen Schürze und zwei großen Tassen dampfenden Kaffees steht sie lächelnd da. Aha, sie hakt nach, ohne zu wissen, dass sie mich eben ins Messer hat laufen lassen.

Mit einem aufgesetzten Lächeln richte ich meine Haare. »Danke, aber der Kaffee reicht mir.«

Mama ist nicht hier, also muss ich gar nichts.

»Oh. Ja, klar!« Anni zieht ihre Augenbrauen leicht hoch, stellt die Tassen ab und wirft mir einen unsicheren Blick zu, als würde sie sich fragen, ob es die richtige Entscheidung war, mich herzulocken. Sich mit meinem Vater zu verbünden. In den meisten Fällen wäre es wohl etwas Schönes. Samus Eltern haben ihn oft überrascht, als sie vom Campingurlaub zurückkamen.

»Bitte, mein Schatz, ich lade dich ein.«

Ein Schnauben will mir aus der Kehle springen, aber ich schlucke es herunter und sehe zu Anni. »Dann so wie immer.«

Sie nickt zaghaft und lässt uns allein.

Mein Vater kippt einen Löffel Zucker in die Tasse und rührt mit einer Ruhe, die auch in meinen Magen unschöne Umdrehungen auslöst.

»Sieh mich nicht so an, mein Schatz.«

Ha! Was würde ich für ein immerwährendes Resting-B-Face geben?

»Du hast meine Anrufe nicht entgegengenommen und nicht mal meine Nachrichten gelesen. Was hätte ich denn machen sollen?«

Ich hole Luft, um etwas zu erwidern, schnaube aber nur.

»Lauf nicht vor mir weg. Hör mir zu, nur ein Frühstück lang. Mir liegt so viel daran, dass wir uns wieder annähern. Eine Familie sollte zusammen sein, aber das geht doch nur, wenn mein Kind in meiner Nähe ist.«

»Ich bin doch *hier*. Also?«

Er sieht mich unter trägen Lidern an. »Ich habe die letzten Jahre viele Fehler gemacht, Vicky.«

Wow. Das fängt ja gut an. Ich werde mich nicht weich klopfen lassen. Unbeholfen massiert er seinen Nacken, und ich frage mich, ob er nervös ist. Kostet ihn dieses Gespräch Überwindung? Wozu tun wir es uns dann an?

»Damit meine ich nicht nur die Jahre, in denen du fort warst.«

Ich schlucke und weiche seinem Blick aus. Wie viele Jahre gehen wir denn zurück? Zu dem Moment, in dem aus unserer Familie eine Scheinfamilie wurde? Ich kipple mit den Füßen und kann nicht verhindern, dass mein Kopf von allein in die Vergangenheit spult. Hin zu dem Moment, da ich die entwickelten Bilder seiner Kamera vom Laden abgeholt habe, weil ich die Aufnahmen von meinem vierzehnten Geburtstag unbedingt sehen wollte.

Um meine Finger daran zu hindern, meinen Nagellack

auf Annis Boden zu knibbeln, gebe ich Zucker in meinen Kaffee. Viel Zucker. Am besten, ich kippe die ganze Schale hinein.

»Deine Mutter und ich …«

Okay, ich muss etwas klarstellen.

»Ich werde mir keine Immobilie anschauen. Darauf möchtest du hinaus, oder? Siehst du nicht, dass Vince deswegen abgetaucht ist?«

»Ja, mit Vincent hast du recht. Ich habe euch beide mit diesem Auftrag überfallen.« Er macht eine Pause, und ich sehe ihm zum ersten Mal richtig in die Augen. Hat er mir tatsächlich recht gegeben?

Ich räuspere mich und blicke aus dem Fenster neben mir. Eine ältere Frau spaziert mit einem Hündchen die Straße entlang und versucht bemüht, zu verhindern, dass der Wind ihren Hut stibitzt.

»Stimmt. Außerdem habe ich eine Deadline bei der Fotostrecke bei der Bergwacht.« Eine Lüge, aber das ist mir egal. Ich knabbere an meiner Unterlippe und beobachte, wie der Hut der Frau über den Boden fegt und ihr Hund ihm hinterherfetzt. Erst als die Jagd der beiden geglückt ist, schaue ich zu meinem Vater. »Und danach ist ein neues Projekt in Planung.«

Das ist nicht gelogen. Nur habe ich mir bis eben nicht erlaubt, darüber nachzudenken. Gestern kam eine Mail von meiner Agentin. Ich habe sie noch nicht geöffnet, aber der Betreff ist eindeutig: *Glücksgriff! Rückmeldung bis Montag. Projekt: Rocky Mountains.* Und die Fotostrecke in Everstein dürfte in etwa zwei Wochen den Rahmen einer einfachen Strecke sprengen. Ich schiebe diesen Gedanken wieder beiseite.

Mein Vater fährt sich mit dem Daumen über seine ergrauten Bartstoppeln, dabei gibt er ein undefinierbares Geräusch von sich, das sich fast wie ein Seufzen anhört. Ein trauriges.

»Als junges Mädchen ...«, setzt er an, und ich halte in der Bewegung inne, um einen Schluck von meinem Kaffee zu nehmen. »Du hast immer gesagt: Everstein ist so ein unspektakuläres Dorf. Eine Stadt ist erst eine richtige Stadt, wenn sie einen McDonald's hat.« Er streift mit dem Zeigefinger über den Rand seiner Kaffeetasse, gedankenverloren, als würde er sich an mich als kleines Mädchen erinnern. Oder daran, wie es war, bevor er ... Nein, ich will nicht an diese Vergangenheit denken.

»Ich schaue mal nach dem Schmarrn«, gebe ich von mir und bin nicht überrascht, wie gereizt ich klinge.

»Aber dein Kaffee wird kalt«, sagt mein Vater mit überraschend warmer Stimme, doch dann nickt er. »In Ordnung, mein Kind, ich warte. Bringst du mir noch eine Serviette mit? Ich habe meine mit Kaffee vollgekleckert.«

Irritiert nicke ich und wende mich ab. Hat mein Vater je so liebevoll gesprochen?

Mit verschränkten Armen und einer Hosentasche voller Servietten lehne ich an der Verkaufstheke und warte, während ich Anni in der Küche hantieren höre. Hinter der altmodischen, süßen Kasse steht ein kleines Radio, auf dem der regionale Sender eingestellt ist. Erst beachte ich die Stimme des Moderators nicht, doch dann erhascht er meine Aufmerksamkeit: »Die örtlichen Bergwachten warnen davor, ins Hochgebirge zu gehen. Lasst euch von der Sonne im Tal nicht blenden. Schon auf Höhen von 1.500 Metern herrscht Lawinenwarnstufe drei. Obacht, ihr Lieben, Sturmtief Berta hält noch einiges für uns bereit.«

Mir wird flau.

»Erinnert ihr euch noch an die Lawine letzten Donnerstag?

Im Skigebiet Lechstein hinter Everstein ist sie über einer Piste abgegangen. Glücklicherweise konnten die Einsatzkräfte am Abend bekannt geben, dass niemand von der Naturgewalt mitgerissen wurde. So muss es nicht immer sein, daher bleibt informiert. Und nun gibt's was Neues von ...«

»Ah, ich hätte euch den Schmarrn doch an den Tisch gebracht.« Anni steht vor mir.

Ich muss blinzeln und strecke etwas roboterhaft meine Hände nach den beiden Schalen aus.

Samu wurde am Donnerstag zu diesem Einsatz gerufen. Trotz der Sache in der Scheune am Vortag hat zwischen uns alles gut gewirkt. Wir sind mit Paulina und Lexi in einem Farbladen gewesen, um ein sanftes Gelb für die *Wohnzimmerwand* in der Scheune zu kaufen. Von Samu habe ich erfahren, dass dies eine der wenigen Farben ist, die Hunde wirklich sehen können. Doch als wir gemeinsam den Hof erreicht haben, ist der Einsatz reingekommen. Samu und Cooper sind vom Helikopter abgeholt worden, und seitdem habe ich nichts mehr von ihm gehört.

»Hätte ich sagen sollen, dass dein Vater hier ist?«, flüstert Anni unsicher.

»Ach was, alles okidoki.« Anni hat es gut gemeint. »Ich war nur überrascht, ihn hier zu sehen«, sage ich lächelnd, wende mich ab und gehe wieder auf den Tisch zu. Auf dem Weg dahin entgleist mir das Lächeln jedoch. Ich stelle die Schalen ab, zücke die Servietten und setze mich.

»Worauf soll dieses Gespräch hinauslaufen, Papa?«

Er greift nach meiner Hand, drückt sie und sieht mich aus verschleierten Augen an. Schon dabei, meine Hand wieder wegzuziehen, sagt er: »Es tut mir leid, mein Schatz.«

Das will ich nicht hören. Ich erkenne meinen Vater nicht. Er hat sich noch nie entschuldigt. Nicht mal bei Mama.

Wofür also jetzt? Wofür genau? Und warum, zum Henker, ausgerechnet im Bäck & Bistro? Denkt er, eine Entschuldigung würde etwas an meiner Entscheidung ändern? Mit Verspätung ziehe ich meine Hand weg. »Was genau?«

»Alles. Ich denke immer, dass du meinetwegen nicht in Everstein sein willst, dass es dir zu langweilig war. Du hattest immer nur zwei Dinge im Kopf: meine alte Filmkamera und die weite Welt. Und egal, was ich dir hier erbaut hätte, nach der Sache an deinem Geburtstag, da …«

Empört schüttle ich den Kopf. Mir ist schwindelig vor Wut, Überraschung und Verzweiflung. »Meine Leidenschaft hat nichts mit dir zu tun!«

»Als du gegangen bist, hat das etwas in unserer Familie gemacht. Mama und ich machen eine Paartherapie und …«

»Als ich gegangen bin?« Ungläubig sehe ich ihn an. »Ein wenig spät, oder?«

Dennoch lockert sich etwas in mir, dehnt sich auseinander und will überhandnehmen. Was meine Eltern tun und lassen, geht mich nichts an. Auf den Bildern meines vierzehnten Geburtstags waren auch Fotos vom Vortag. Mein Vater mit seiner Geliebten in den Armen. Er hat sie vergessen, nicht die Geliebte, sondern die Aufnahmen. Klar, kurz vor seiner Wahl zum Bürgermeister hatte er viel zu tun, da kann so was passieren.

Ich verschränke meine Arme vor der Brust, um zu verhindern, dass mein Herz für irgendeine Art von Entschuldigung empfänglich wird.

»Schön, dass du und Mama an eurer Beziehung arbeitet. Aber was hat das mit mir zu tun? Ich werde nicht hierbleiben, nur weil du dich für etwas entschuldigst, das vor über acht Jahren seinen Anfang genommen hat.«

»Das will ich nicht, Victoria.«

Ich lehne mich im Stuhl zurück. Für dieses Gespräch bin ich nicht bereit. Ich habe alles erwartet, aber kein derartiges Auftreten von ihm. Diese Bitte um Verzeihung, auf die ein kleines Mädchen mit heftigen Schuldgefühlen viel zu lange gewartet hat. Das sich immer bei seinem besten Freund ausgeheult hat, der nie müde wurde, es aufzuheitern ... »Und, wie schlimm ist das Sommer-Drama heute?« Samus kindliche Stimme dringt in meine Gedanken. »Vorschlag: Jedes Mal, wenn es Drama gibt, sagst du mir, auf welche Gummibären du Lust hast: Die weißen stehen für Ist-morgen-wieder-vergessen, die gelben für Eltern-schweigen-sich-an, und die roten, die stehen für Pyjama-Party-bei-Samu-weil-deine-Eltern-so-tun-als-wäre-alles-perfekt-obwohl-klar-ist-dass-es-das-nicht-ist.« So kam es, dass Samu immer rote Notfall-Gummibären für mich hortete. Bis es irgendwann gar nicht mehr um die Süßigkeiten selbst ging. *Rote Gummibären* wurde zu unserem Codewort; eine einfache SMS reichte aus, und der jeweils andere kam – immer.

Ich friemele am Kragen meines Kleides und bleibe an den glänzenden blauen Augen meines Vaters hängen, die mich wieder an die Realität ketten.

»Ich möchte, dass du verstehst, dass du hierhergehörst, und dass du mir endlich zuhörst. Meine Tochter hat den Newcomer Award für Naturfotografie gewonnen, denkst du, wir wüssten das nicht?«

Ja?

Um meine Finger zu beschäftigen, konzentriere ich mich auf die dekorative Herzwaffel, die im Schmarrn steckt, und knicke sie kaputt. Die Bruchstücke des Herzens streue ich über Himbeeren, getrocknete Erdbeeren und Äpfel, während das Klopfen in meiner Brust immer stärker wird.

»Du kannst doch für deine Arbeit verreisen, aber gleichzeitig ein Zuhause haben, zu dem du immer zurückkehren kannst.« Mein Vater zieht die Brauen zusammen. »Ist es nicht das, was du *willst,* mein Schatz?«

Ich weiß es nicht. Aber ich weiß, dass ich jetzt gehen muss.

Warum streiten wir nicht? Warum höre ich all diese Worte von meinem Vater? Wieso sagt er sie erst jetzt?

»Ich habe noch was vor«, krächze ich und stehe auf. »Tut mir leid, aber ich muss nachdenken. Den Schmarrn nehme ich mit, danke für den Kaffee. Ich melde mich, wirklich«, gebe ich faselnd von mir und schnappe mir meine Jacke.

»Ich warte, bis du dich meldest«, sagt er schwermütig.

Nickend wende ich mich ab, fliehe mit der Schüssel aus dem Bäck & Bistro und stöhne auf, als der Wind sich beim Herausgehen in meine Haare stürzt, als stünde ich mitten in einem hässlichen Tornado.

KAPITEL 24

Samuel

»Kumpel, ich freue mich ja auch, aber du bist kein Fliegengewicht«, sage ich mürrisch zu Cooper, der mit seinen Vorderpfoten auf meinem Schoß herumtapst.

Sobald das Taxi unser Grundstück passiert hat und über den vertrauten ruckeligen Untergrund fährt, sind bei Coop die Happy-Alarmglocken angesprungen. Bei uns beiden. Zwei Tage, und wir vermissen unsere gewohnte Umgebung wie verrückt. Der Wagen parkt vor dem Blockhaus, ich öffne die Tür und kann gar nicht so schnell schauen, wie Cooper von meinem Schoß gesprungen ist.

Ich schultere meine Umhängetasche, bezahle und seufze erleichtert, sobald ich auf die knarrenden Verandastufen trete. Als wir das Vordach erreichen, ist der Wind so übel, dass die Äste meiner Eiche über das Dach schleifen.

»Ich krame schon nach dem Schlüssel, Boss!« Coop kratzt an der Tür, doch ehe ich den Schlüssel ins Schloss stecke, wird die Tür aufgezogen, und meine Großmutter zieht mich in eine feste Umarmung.

»Słońce«, ruft sie und wippt mich hin und her, weshalb mir ein glucksendes Lachen entweicht. Sie zieht mich eilig in den Flur und schüttelt sich beim Blick in den Himmel. »Das Wetter spielt verrückt«, schimpft sie auf Polnisch, dann schließt sie die Haustür. Während ich meine Tasche auf dem Boden abstelle und aus Schuhen und Jacke schlüpfe, bombardiert Bami Cooper mit Fragen zu seiner Übungseinheit und bekommt engagierte Antworten verschiedenster Belllaute. Jep, Coop liebt es, sich zu unterhalten.

Gleich darauf taucht Carla im Flur auf. Mit einem Grinsen im Gesicht, das mir verrät, dass etwas im Busch ist, wedelt sie mit den Händen in der Luft. Dann richtet sie ihren blonden Half Bun und fährt sich mit einer Hand über die Brust, bevor sie das Okay-Zeichen macht, indem sie Zeigefinger und Daumen aneinanderdrückt.

Seufzend halte ich beide Daumen nach oben, ja, mir geht es gut, nur dass ich in diesem kahlen Hotelbett nicht schlafen konnte. Fragend sehe ich Carla an, die belustigt die Brauen zucken lässt, und als Bami sich neben sie gesellt, sich ihre rote Brille von der Nase zupft und in ihr Haar steckt, kneife ich misstrauisch die Augen zusammen. »Was habt ihr ausgeheckt?«

Mir dämmert etwas. Im Haus ist es still. Bevor man von Menschen begrüßt wird, tummeln sich längst Hunde um einen. Normalerweise. Ich lasse die beiden im Flur stehen, fahre mit einer Hand über die Rinde der Eiche, als ich sie passiere, und gehe ins Gästezimmer. Es ist leer.

»Die Hunde sind schon in der Scheune?« Ich sollte erfreuter klingen, als ich mich angehört habe. Ein schwermütiger Schmerz blitzt durch meinen Brustkorb und … Scheiße. Wo kommt der her?

Bami und Carla sind mir gefolgt, und strahlend boxt Carla meiner Oma in die Seite.

»Wir haben vorgestern die Wand zu Ende gestrichen …«

»Papperlapapp«, unterbricht Bami sie, indem sie Carla am Arm berührt. »Ich habe nur aufgepasst, dass du mir nicht von der Leiter plumpst.«

Carla schmunzelt und schaut von Bamis Lippen wieder zu mir. »Wir haben die Betten hergerichtet. Und in der Scheune Zeit mit den Hunden verbracht, sie gefüttert, und Doro hat heute dort geschlafen.« Carla spricht langsam. Wenn man nicht wüsste, dass sie taub ist, würde man es kaum merken. Versucht, bloß nie aufzufallen, dabei sollte sie verdammt stolz sein, die Lautsprache zu beherrschen, ohne sie je deutlich gehört zu haben. Ich spreche bis heute kein fließendes Polnisch und habe in der deutschen Aussprache einen Akzent, obwohl meine Eltern bemüht waren, nur deutsch mit mir zu reden.

Genau, und du warst immer der Pole in der Klasse. Hauptverdächtiger, wenn jemandes Radiergummi verschwunden war. Das Migrantenkind. Aber auch der komische Typ, der sich nie entscheiden konnte, wen er lieben sollte. Was, meinst du, wäre Carla?

Ich schlucke meinen Frust hinunter, stelle mir lieber vor, wie meine Großmutter mit den Hunden in der Scheune geschlafen hat, und atme einmal tief durch. In mir sprudelt ein Emotions-Cocktail: Überraschung, Überforderung, Dankbarkeit. Die beiden haben in meiner Abwesenheit ernsthaft die Scheune fertiggestellt.

Ich ziehe die Tür zum leeren Gästezimmer zu, lege meine Arme um Bami und Carla und gehe mit ihnen in die Küche.

Cooper heftet sich an unsere Fersen und stürzt sich auf seine geliebte Wasserschüssel mit Enten drauf. Dieser Hund hasst es, Wasser woanders zu trinken als zu Hause. Das Einzige, das er auswärts akzeptiert, ist die Hundetrinkflasche, die wir während der Einsätze nutzen. Schwanzwedelnd schlabbert er so theatralisch, dass sich eine Pfütze auf dem Holzboden bildet.

Aber Carla verlangt freudig, fast zappelig meine Aufmerksamkeit, indem sie auf die Küchenzeile zeigt, auf der mein Tablet ein Video abspielt.

»Zum Teufel!«, überkommt es mich.

Carla schüttelt lachend den Kopf, so fest, dass sich ihre schulterlangen Haare unterhalb des Buns hin und her bewegen.

»Helikopterpapa!« Sie drückt mir das Tablet in die Hand.

Die beiden haben sogar schon die Kameras angeschlossen, sodass ich beobachten kann, was die Räuber in der Scheune für Faxen abziehen. Der Bildschirm ist in vier kleine Kästen unterteilt und schwenkt immer wieder in unterschiedliche Ecken. Drei der Hunde chillen auf dem Sofa. Die beiden Beagle jagen sich im Rentnertempo, und die anderen müssen in ihren Rückzugsorten sein. Ich stelle das Tablet zur Seite und ziehe die beiden in meine Arme.

»Ich danke euch«, sage ich, nachdem ich die zwei fest gedrückt habe, und sehe Carla an. »Das darf Lexi nicht erfahren, aber ich habe wirklich ein schlechtes Gewissen, dass die Feier heute nicht stattfindet. Jetzt, wo die Scheune fertig und sogar besetzt ist.«

»Ach«, flötet Bami, »aufgehoben ist nicht aufgeschoben. Bei dem Sturm ist es besser, wenn alle zu Hause sind.«

Carla verschränkt die Arme vor der Brust und nickt. »Du feierst heute ein bisschen mit uns«, sagt sie.

Sie kennt vom Rest (fast) alle, aber sobald mehr Menschen anwesend sind, fürchtet sie sich, mit dem Lippenlesen nicht mitzukommen oder jemanden darauf aufmerksam machen zu müssen. Verdammt, ich hasse die Welt für ihre mangelnde Empathie.

Mit zwei gespreizten Fingern deute ich von meinen Augen zu ihren. »Du kommst, wenn wir nachfeiern.«

Sie schmunzelt augenverdrehend, und ich verfluche mich für meine mangelnde Überzeugungskraft. Doch als Bami sich nach Coopers Wassernapf bückt, hält Carla mich am Arm auf und sieht mich mit schief gelegtem Kopf an. In Zeichensprache formen ihre Finger – langsam, damit ich hinterherkomme –, dass wir später unbedingt reden müssen.

Nachdem wir den Hunden einen Besuch abgestattet haben und ich mich selbst davon überzeugt habe, wie wohl sie sich in der Scheune fühlen, trinken wir im Haus einen Kaffee. Carla ist ruhiger geworden, nachdem die Euphorie um die Scheune geschwunden ist. Als ich nachfrage, wimmelt sie mich mit dem Handzeichen für *Alles klar* ab. Dann lenkt mich Bami ab, der ich drohen musste, sie nie wieder in mein Haus zu laden, wenn sie nicht aufhört, meinen Kühlschrank zu füllen oder meine Küche zu putzen.

Eigentlich haben die beiden warten wollen, bis der Sturm etwas abnimmt, aber es ist schon Mittag und die Alpen sind von so dunklen Wolken umgeben, dass sie nichts Harmloses mit sich bringen können. Darum scheuche ich die zwei in den Flur.

»Oder wir machen eine Pyjamaparty?«, spaße ich.

Carla schlüpft in ihren lila gepunkteten Windbreaker und Bami in ihre roten Gummistiefel.

»In deinem Kühlschrank sind frische Pierogi«, sagt Bami, nachdem sie sturmsicher eingepackt ist, und streichelt mir über die Brust.

»Für ganz Everstein. Habe ich gesehen.« Ich drücke sie. »Haut ab, ehe der Wind Carlas Smart mitnimmt.«

Bami und Carla flitzen in den Sturm, der laut durch den Wald prescht und die Fichten schwanken lässt. Verwundert beobachte ich, wie Bami zwar ins Auto steigt, aber Carla zurück zum Haus deutet. Ach, stimmt, sie wollte noch über etwas reden.

Sobald sie wieder bei mir ist, drängt sie sich in den Flur und sieht mich fordernd an. Ihre Nase ist gerümpft, wodurch ihre Sommersprossen noch mehr zur Geltung kommen, gleichzeitig hebt sie die Arme. Moment, was habe ich getan? Ehe ich wage zu fragen, zieht sie ihren Kånken vom Rücken und angelt daraus mehrere Briefumschläge in einem unangenehmen Senfgelb hervor.

»Du wolltest, dass ich sie vor Doro abfange.« Deswegen ist sie nicht aufgebracht. »Du hast vor Wochen gesagt, dass das alles ein Missverständnis sei, aber nach einem Brief sind wie viele gefolgt? Ich weiß von zehn.« Sie holt tief Luft, und ich beiße die Zähne zusammen. »Jemand hat im Dorf erzählt, dass deine Hunde gefährlich sind, Samu! Du musst dagegen angehen! Dass sie im Wald wildern? Nicht artgerecht gehalten werden? Du sagst zu mir, ich soll mich nicht unfair behandeln lassen, aber was machst du?« Sie gestikuliert zusätzlich so schnell in Gebärdensprache, dass ich zwischen Wörtern und Zeichen die Orientierung verliere. Aber eine Frage stellen ihre Finger wiederholt: Wer?

Ich nehme ihr die Briefe ab.

»Ich kümmere mich darum«, sage ich forscher als beabsichtigt.

Nicht jetzt! Ich kann verflucht noch mal nicht jetzt dagegen angehen! Nicht solange Vic hier ist.

»Du weißt, wer«, sagt Carla erschlagen und rauft sich die Haare. »Warum sagst du es niemandem?«

Scheiße, sie kann nicht nur Lippen lesen, sondern auch

Menschen. Ich schlucke und entspanne meine Finger, die die Briefe zerknüllt haben. »Es ist keine große Sache.« Ich öffne die Schublade meiner Kommode und stopfe die Schreiben hinein, dann sehe ich Carla wieder an und muss mich bemühen, langsam und beherrscht zu reden. »Wenn das Ordnungsamt vorbeikommen sollte, um eine lächerliche Zuverlässigkeitsprüfung zu machen, wird es sehen, dass jede Beschuldigung haltlos ist.«

Carla schüttelt den Kopf. »Glaubst du wirklich, dass es dann aufhört?«

Nein.

»Ich biete keine Angriffsfläche. Irgendwann wandert die Akte in einen Schrank und verstaubt«, antworte ich.

»Du solltest Beschwerde einlegen oder Anzeige erstatten, dass jemand gegen dich hetzt.« Carla mustert erwartend meine Lippen, aber ich sage nichts. Sie seufzt, zieht sich die Kapuze über und tritt auf die Veranda. »Tu etwas!«

Zynisch lache ich auf, was sie wohl nur als Hilflosigkeit quittiert, denn mit einem kurzen Lächeln wendet sie sich ab und eilt zu ihrem Smart.

Scheiße, ich bin nicht hilflos. Ich bin machtlos. Gegen einen Menschen, der denkt, alles haben zu können, und dessen Leben daraus besteht, alles zu bekommen. Nicht jemand hetzt das Ordnungsamt gegen mich. Nein. Der Bürgermeister persönlich zieht die verfluchten Fäden.

Eine Vibration holt mich langsam aus einem eigenartigen Traum. Ich hing an einem Sicherungsseil, taumelte, pendelte hin und her, ohne die Wand zu erreichen, während die Klemmkeile immer weiter aus der spröden Felswand rutschten. Ich musste weitermachen, ich musste die Wand erreichen, bevor ...

Neben der Vibration dringt die Melodie des Lieblingslieds meiner Eltern in meinen Schädel und kappt das Kino in meinem Kopf.

»Scheiße«, keuche ich und spüre einen Druck auf der Brust. Mein Puls rast, und ich checke, dass ich außer Atem bin. Verwirrt taste ich um mich, spüre ein warmes Fellbüschel auf meinem Oberkörper und schnaufe auf, weil die Last den Namen Cooper trägt. Ich bin auf der Couch eingeschlafen.

»Sorry«, krächze ich und lasse den Kopf kurz wieder zwischen die Sofakissen sinken. Cooper macht das in letzter Zeit öfter, wenn ich unruhigen Bullshit träume.

Mein Handy geht erneut, und ich strecke mich danach aus, finde es unter einem Kissen.

»Kochanie«, ruft meine Mutter in den Hörer.

Mit der freien Hand wische ich mir übers Gesicht.

»Was machst du? Ich will mir nicht deine Decke anschauen, Samuel.« Das Lachen meiner Mutter dringt wärmend in mein Herz. Ich muss kurz klarkommen und reibe mir gähnend über die Augen. Dann halte ich das Handy vor mich.

»Ist alles in Ordnung?« Getrieben von ihrem ausgeprägten Muttergen, ist die Besorgnis nicht zu überhören.

»Sehe ich etwa nicht wie der strahlende Sonnenschein aus?«

»Na ja«, druckst sie und kommt näher an die Kamera, als könne sie mich so deutlicher unter die Lupe nehmen.

»Ich habe geschlafen, Mama.«

Manchmal kommt es mir so vor, als plagte meine Eltern ein schlechtes Gewissen, weil sie nach meinem Abschluss ihre Europareise angetreten haben. Sie benehmen sich, als hätte ich den Kindergarten hinter mir und keinen Uniabschluss.

»Ich habe fünfmal angerufen, und Oma meinte, du seist schon lange wieder zu Hause«, sagt sie auf Polnisch. Seitdem ich die Sprache immer mehr verinnerlicht habe, taut meine Mutter auf und spricht in ihrer Muttersprache.

»Warum hast du so oft angerufen? Muss ich mir Sorgen machen?« Ich halte das Handy etwas von mir weg, und Cooper wedelt freudig mit seiner Rute, als ich ihm zeige, wer da auf dem Display zu sehen ist.

»Wir sind ein paar Tage in Tulus, und ich treffe mich morgen mit einem Paten der Tierorganisation.« Seit ich denken kann, setzt meine Mutter sich fürs Tierwohl ein. »Sie haben momentan eine Labrador-Oma, die kein Zuhause findet. Servicehündin, die heute auf strikter Diät ist und einiges an Medikation nehmen muss. Was sagst du? Du meintest ja, dass du noch jemanden für die zehnte Box in deiner Scheune brauchst?« Die Scheune war mal ein Pferdestall. Ich schmunzle, schiebe Cooper von meinem Oberkörper und setze mich auf.

»Hört sich an wie Arsch auf Eimer.« Mein Hals kratzt, deswegen stehe ich auf, um in die Küche zu gehen. Mein Oberteil klebt feucht geschwitzt am Rücken. »Wie sieht's mit Papieren aus?«, führe ich das Gespräch fort, um nicht wieder den Beigeschmack des Traumes zu kosten.

»Du kennst mich doch, alles erledigt.« Meine Mama klopft sich auf die Schulter und strahlt mich an. Ihre Haut ist sonnengebräunt, und sie trägt ihre silberne Lieblingskette. Mein Vater hängt ihr in jedem Land, das sie bereisen, einen weiteren Anhänger dran. Keine gekauften Anhänger, sondern etwas Selbstgemachtes. Ein salzgewaschenes selbst geschliffenes Herz aus Glas vom Strand in Spanien. Ein winziger Bernstein vom Ostseestrand in Polen. Eine Minimuschel, gefunden an der Felsküste Portugals. So etwas.

»Und wie soll sie herkommen?«

»Wir bringen Emilia persönlich. Wird Zeit, dass wir uns

mal wieder blicken lassen und mit unseren Erlebnissen prahlen.« Sie streckt mir die Zunge raus und grinst breit, weil ich sie so verdutzt anschauen muss wie ein überraschtes Wildschwein.

»Ich dachte, ihr plant, erst zu Bamis Geburtstag herzukommen.« Der ist im Sommer. »Ernsthaft?«

»Ja. Na ja. Gut, was?« Ihr lautes Lachen steckt mich an.

»Gut? Gut ist eine Untertreibung, Mama!« Wow. Ich bin mega happy. Mit dem Handy strecke ich meinen Arm aus, balle meine freie Hand zur Faust und lege einen Hüftschwung hin, der ihr das herzhafteste Lachen ins Gesicht zaubert.

»Wann?«, will ich wissen, lege das Handy hochkant auf dem Fensterbrett in der Küche ab und ziehe ein Glas aus dem Fach.

»Irgendwann nächsten Monat. Zur Ferienzeit ist es überall immer voll. Wir setzen Emilia ein paar Hasenohren auf und liefern dir einen echten Osterhasen. Was sagst du?«

Ich muss grinsen, kippe mir das Wasser in den Rachen und fülle mein Glas erneut. Draußen dämmert es langsam, und der Wind scheint sich etwas beruhigt zu haben. Dafür schüttet es wie aus Eimern. Ich will gar nicht wissen, was oben in den Bergen los ist. Aus dem Augenwinkel nehme ich am Scheunenzaun eine Bewegung wahr und komme dem Fenster so nah, dass mein Atem sichtbar wird. Genau den halte ich im selben Moment an.

»Victoria?« Mir rutscht das Glas in die Spüle.

»Was?«, fragt meine Mutter, doch ihre Stimme dringt in den Hintergrund, während meine Augen mir etwas dezent Unmögliches präsentieren.

»Vic versucht, mein Zauntor aus dem Boden zu reißen.« Perplex greife ich nach dem Handy.

»Samu, was? Sagtest du Victoria?«

»Ich melde mich später, Mama«, sage ich und lege auf.

Berechtigt an meinem Verstand zweifelnd beiße ich mir auf die Zunge. Was zum Teufel macht Vic da?

Ich ziehe an meinem Ohrläppchen, sperre mein Handy und hole einmal tief Luft. Klar, ich bin überrascht, aber diese Eskalation in meinem Brustkorb hat etwas weitaus Positiveres zu bedeuten. Verdammt. Das Handy lasse ich auf der Küchenzeile zurück und schiebe viel zu eilig die Terrassentür auf. Laufe barfuß über den Holzboden, trete bis an die Stufen und rufe ihren Namen, aber sie hört mich nicht. Eine erneute Windböe, die mir das Gegenteil von »der Wind hat nachgelassen« demonstrieren will, saust über die Wiese, und Vic rüttelt und zerrt und rüttelt. Wie sie es an dem Fenster in der Wache getan hat. Entschlossen, es zu knacken, koste es, was es wolle.

Ich laufe auf sie zu, rufe sie gegen den Wind, aber erst als ich ein paar Meter vor ihr bin, dreht sie sich zu mir.

Meine nackten Füße dringen in den schlammigen Boden, und meine Knie fühlen sich weich an. Sie ist vollkommen durchnässt, und nasse Strähnen schmiegen sich an ihre geröteten Wangen.

»Vic«, keuche ich. »Was machst du hier?«

Aus ihren Augen blickt mich pure Verwunderung an.

Dabei bin ich verwirrt. Weil sie einfach hier ist und mit einem mitgebrachten Blumenstrauß in den Händen den ganzen verdammten Sturm in den Hintergrund rückt.

KAPITEL 25

Victoria

»Vic? Was machst du hier?«, fragt Samu erneut und hält mich an den Oberarmen fest.

»Die Feier«, murmle ich. Ich bin doch eingeladen, oder?

Seine Lider weiten sich ein Stück, dann ziehen sich seine Brauen zusammen.

»Ich dachte, ihr seid vielleicht alle drin, und … das Tor hat sich verhakt, ich …«

»Scheiße.« Etwas blitzt in seinen Augen auf. »Lex hat dir nicht Bescheid gesagt, oder?« Mein Kopfschütteln quittiert er mit zusammengepressten Lippen.

Unnachgiebiger Wind peitscht mir meine nassen Haare ins Gesicht. Ich umklammere den erbärmlichen Blumenstrauß mit einer Hand und will mit der anderen die Strähnen wegwischen, aber Samus Finger sind schneller. Eine Geste, die ein unangebrachtes Kribbeln auf meiner Wange auslöst, aber nicht zu dem Schnauben passt, das Samu von sich gibt.

»Bist du etwa hergelaufen?«, fragt er. »Zum Teufel, Vic! Hast du das Wetter nicht mitbekommen?«

»Erst auf halbem Weg ist es *so* stürmisch geworden.« Ich hebe die Schultern. »Soll ich wieder gehen?«

»Wenn du scharf darauf bist, von einem Baum umgenietet zu werden.« Wie zur Bestätigung ertönt aus dem Wald ein Knacken.

»Na ja, also«, stammle ich, weil ich nicht einschätzen kann, ob Samu mich anpampt oder aufzieht. Unsere Blicke rasten ineinander ein, fechten etwas aus, bis ein unübersehbares Grinsen seine Lippen umspielt.

»Du bleibst natürlich hier.«

Ich schaue auf seine Füße, die vor mir wieder umdrehen. Keine Sekunde später werde ich an der Hand mitgezogen. Wir laufen über die rutschige Terrasse, passieren die Tür, an deren Schwelle Cooper einen kleinen Freudentanz hinlegt, und kommen vor Samus Kochinsel zum Stehen.

»Ich weiß nicht, ob ich dir den Kopf abreißen oder lachen soll.« Er lässt meine Hand los, fährt sich durch das nasse Haar und zieht an der Schiebetür, um den Sturm auszusperren. Sofort ist es stiller, warm, wie in einem gemütlichen Kokon, dennoch jagt mir die durchgeweichte Kleidung einen Schauer über den Körper.

»Letzteres, bitte. Meinen Kopf würde ich gern behalten.«

Meine Worte lassen ihn schmunzeln, und sein Blick fällt auf den geschundenen Blumenstrauß in meinen Händen.

»Wehe, die sind nicht für mich.« Als er mir den Strauß abnimmt, berühren seine Finger kurz meine. Die meisten Stängel sind kahl, ein paar grüne Blätter sind abgeknickt, und wenn ich richtig sehe, ist nur eine lila Tulpe übrig, die all ihre Blütenblätter beisammenhalten konnte. Warum habe ich dieses Gestrüpp nicht in ein Gebüsch geworfen?

»Sie sind nur ein Witz.«

Ohne etwas zu erwidern, dreht Samu mir den Rücken zu, um aus einem Hängeschrank eine Vase zu ziehen. Er füllt sie bis zur Hälfte mit Wasser und stellt die Blumen dann auf der Kochinsel vor einem hölzernen Weinregal ab. Seine Füße hinterlassen auf dem dunklen Boden eine immer blasser werdende feuchte Spur, während mir bewusst wird, dass ich allein mit Samu bin.

Wie bestellt und nicht abgeholt stehe ich vor der Küchenzeile, da stupst Cooper mich am Bein an, und ich gehe in die Hocke, um ihn zu begrüßen. »Na, du Held«, sage ich amüsiert, aber Cooper hechelt ein wenig. »Bist du etwa kein Fan von Regen?« Ich zupfe an Coopers weichen Ohren, da dringt Daft Punk plötzlich durch den Raum.

»Also, damit habe ich jetzt nicht gerechnet.« Irritiert sehe ich zu Samu, der nur grinsend die Schultern hebt.

»Das ist Coops Sturm-Entspannungs-Playlist, und *Harder, Better, Faster, Stronger* ist definitiv seine Nummer eins.«

»Na, wenn das so ist.« Lächelnd wuschle ich Cooper durchs Fell und stelle mich wieder aufrecht.

Auch Samu hat ein breites Grinsen im Gesicht. »Hoffen wir einfach, dass das Universum uns diese musikalische Eskalation nicht lange antut. Nun zu dir.« Er mustert mich skeptisch. »Wenn du morgen Schnupfen hast, wünsche ich dir, dass dein linkes Nasenloch nicht zu jucken aufhört!«

»Nur das linke?«, frage ich und kann nicht verhindern, dass ein erneuter Schauer durch mich jagt. Diesmal getrieben von einer Wärme, die meinem Herzen zu verdanken ist.

»Na, das rechte ist durchgängig zu«, meint er und schnaubt aufgesetzt. »Deine Wild-Wetter-Wanderung hat dich hoffentlich hungrig gemacht. Denn auch wenn alle – außer dir – in Everstein wissen, dass heute keine Feier stattfindet, hat meine Bami den Kühlschrank bis obenhin mit Pierogi gefüllt.«

»Die Wanderung hat mich sogar richtig hungrig gemacht«, antworte ich. Fast überschwänglich steige ich aus meinen durchnässten Schuhen, wobei sich in mir, neben Freude, ein melancholisches Gefühl von Sehnsucht ausdehnt.

»Fein.« Er deutet mit dem Finger auf mich. »Aber so machst du keinen weiteren Schritt. Du gehst glatt als SpongeBob durch und weichst meinen Boden auf. Ich hole dir was.«

Samu lässt mich im Untergeschoss stehen, und irgendwo im Flur ruft er Alexa zu, den nächsten Song der Playlist lauter abzuspielen. Wenig später nehme ich seine knarrenden Schritte, über mir gefühlt, im Takt von *Break My Baby* von Kaleo wahr und betrachte Cooper dabei, wie er mit seinem Schwanz wedelt.

Meine Kameratasche lege ich auf die Arbeitsfläche neben Samus Handy und schäle mich angeekelt aus meiner Jacke. Sogar mein Pulli ist durchnässt, und meine Leggings gleichen einer zweiten Haut. Die Jacke hänge ich an einen Haken für Küchenhandtücher, rubble an meinen Armen und dränge dieses unangenehme Gefühl von Nässe beiseite. Was gar nicht so schwer ist, denn da ist ein Klopfen in meiner Brust, das pure Überwältigung auslöst – wir zwei in seinem Haus.

Mit einem wachsenden Lächeln fahre ich über den Rand des Weinregals, in dem die Flaschen verstauben, und lasse alles auf mich wirken. Gehe auf das Fenster zu und blicke nach draußen, wo der Sturm den Tag zu vergraulen scheint. Es wird immer dunkler, weshalb ich einen beliebigen Lichtschalter betätige und die großen Glaskugeln über dem Couchtisch den Raum in sanftes Licht tauchen. Auf der Sofaecke vor mir liegen zerwühlte dunkelgrüne und braune Kissen. Vor einem Fenster zwischen Kamin und Sofa steht ein Hundebett. Cooper muss meinem Blick gefolgt sein, denn er flitzt ins Körbchen und legt seinen Kopf auf dem Rand ab.

Auf der Fensterbank über ihm entdecke ich Bilderrahmen. Eine Aufnahme zeigt eine dunkelhaarige Frau und einen bärtigen Mann mit rotem Haar vor einem blauen Wohnwagen, der schon ewig im Besitz der Lowaks ist. Der Anblick von Samus Eltern versetzt mir einen schmerzenden Stich. Es fühlt sich an, als hätte ich diesen Ort vermisst, dabei ist er mir eigentlich fremd.

»Das Gästebad ist hier!«, ruft Samu aus dem Flur.

Ich folge seiner Stimme, aber im Flur bleibe ich stehen und traue meinen Augen aus zwei Gründen nicht.

Samu steht umgezogen auf der Treppe vor mir – mit weitem Häkelpullover, immer noch barfuß und mit perfekten winzigen Locken, die sich über seine Stirn ringeln. Sein Haar ist meistens eher gewellt, wenn es aber genug Feuchtigkeit abbekommen hat, dreht es sich zu kleinen Babylocken.

Warum ich den Blick trotzdem von ihm wenden kann?

»Da steht ein Baum in deinem Haus«, gebe ich japsend von mir. Gleich links von mir behindert ein großer Stamm die Sicht bis zur Eingangstür.

»Ist mir aufgefallen«, flachst er und lacht immer kräftiger. Klar, ich habe diesen Baum gesehen, sogar wie die Äste ästhetisch über dem Dach des Blockhauses wachsen, aber ich habe nicht begriffen, dass er *in* seinem Haus steht. Nicht dicht davor oder dahinter – sondern mittendrin.

»Und wenn du einmal um den Stamm herumgehst, findest du das besagte Bad.« Er kommt die letzten Stufen herunter und reicht mir Wechselsachen.

»Samu, das ist wow. So etwas habe ich noch nie gesehen.«

»Und man denkt, du hast die ganze Welt gesehen.« Da ist kein Vorwurf in seiner Stimme, nur Wärme.

Mit einem breiten Lächeln flitze ich ins Bad, zerre die klammen Sachen von mir und ziehe die trockenen an. Dabei schnuppere ich am Saum des alten *Panic-at-the-Disco*-Shirts und will es am liebsten nie wieder hergeben.

Als ich rauskomme, stelle ich fest, dass Samu auf mich gewartet hat. Er stößt sich vom Baumstamm ab und lässt seine verschränkten Arme sinken. Mit einem Schmunzeln macht er einen Schritt auf mich zu. Etwas in mir will seinem Blick standhalten, doch die Verlegenheit *und* die Vernunft siegen – ich blinzle zum Baum. »Kann ich ihn anfassen?«

»Er beißt nicht.«

Ich gehe ganz dicht an den Stamm heran und sehe aus dem Augenwinkel, wie Samu mich nicht aus den Augen lässt. Warum macht er mich plötzlich so nervös? Mit zwei Fingern streife ich über die raue Rinde, dann lege ich bedächtig die ganze Handfläche dagegen und versuche, diese viel zu schöne Aufregung in meinem Bauch zu ignorieren. »War das deine Idee? Also, dass das Haus genau hier gebaut wird?«

Samu nickt nur und zupft am Ärmel meines – seines – Shirts. Diesmal kann ich nicht anders, als ihn anzusehen, als gar nicht mehr damit aufhören zu wollen, während mein Herz mir bis zum Hals schlägt. Wo ist meine Vernunft?

Sieh ihn nicht so an! Hör auf, albernes Herz.

»Brendon steht dir eindeutig besser als mir«, sagt Samu, und ich muss mich zwingen, die Rinde nicht abzuknibbeln. Bis er schluckt, den Ärmel wieder loslässt und seinen Kopf sanft in Richtung Küche schwenkt.

Samus Esstisch ist winzig. Wir sitzen uns gegenüber, und unsere Füße stoßen ungewollt immer wieder gegeneinander. Flüchtige Berührungen, die sich wie Stromschläge anfühlen und mein Herz mit verwerflicher Hoffnung aufladen – dennoch glaube ich nicht, dass ich Samu falsche Signale sende.

Weil ich heute *das* wandelnde Symbol von unsexy bin. An meine Haare versuche ich gar nicht zu denken. Meine Wimperntusche ist dank des stürmischen Spazierganges kaum noch vorhanden, und die Krönung ist die weite Jogginghose. Trotzdem könnte ich mir den Abend nicht schöner vorstellen.

Die Stimmung ist entspannt, vertraut, wie früher. Wir haben den Tisch gedeckt, die Pierogi aus dem Kochtopf gefischt, sobald sie an der Oberfläche schwammen, und uns dann aus Küchentüchern Servietten gefaltet.

Die mit verschiedenen Obstsorten gefüllten Teigtaschen sind unglaublich lecker, und obwohl wir beide langsam mehr als satt sind, können wir nicht aufhören, einander nachzulegen. Gleichzeitig hänge ich an Samus Lippen.

Immer wenn er eine Pause macht, lächelt er kurz, blickt von mir zum Essen, teilt eine Pierogi, vergisst sie und erzählt weiter von seinen Hunden. Dass sie alle mal Service-, Führ- oder Begleithunde waren, wie sie sich an die Scheune gewöhnen, und ob ich später mit rüberwill, wenn zwei ihre Nachtmedizin bekommen. Aus Samu spricht pure Liebe, eine besondere Art der Verbundenheit, die er schon immer mit diesen Tieren verspürte.

»Dann sind alle nur übergangsweise bei dir?«, frage ich und zerteile eine Teigtasche, die mit Johannisbeeren gefüllt ist.

»Im besten Fall.« Über Samus Augen legt sich ein Schleier, ehe er weiterspricht. »Wer will schon einen Hund, der seinen Job nicht mehr machen kann? Der krank ist, ein Handicap hat oder einfach nur alt ist? Sie haben die Arschkarte des Lebens gezogen und sind schließlich bei mir gelandet.«

Ich lege mein Besteck an den Tellerrand. »Für mich hört sich das nicht nach Pech an.«

Samu hebt nur die Schultern und isst weiter.

Je leerer unsere Teller werden, je später es wird, umso tosender wütet der Sturm. Äste kratzen übers Dach, und aus dem Wind, der in Böen durch den Wald gepfiffen hat, ist ein launisches Jaulen geworden, das Cooper dazu gebracht hat, sich zwischen die Sofakissen zu graben, obwohl Samu seine Playlist noch ein wenig lauter gemacht hat.

»Schande, ich hab's total vergessen!« Plötzlich springt Samu auf. »Möchtest du etwas trinken?« Als wäre er über seine Gastgeber-Skills schockiert, fährt er sich durchs Haar.

Glucksend deute ich zum Weinregal. »Ich habe nichts gegen ein gutes Glas davon.«

Samu nickt, nimmt aus einem Schrank ein großes Weinglas, stellt es vor mir ab und lässt mich zwischen trockenem und halbtrockenem wählen.

»Immer die süßere Variante«, sage ich, und Samu gießt mir ein gut gemeintes Glas ein. Möchte er nichts trinken? Etwas stutzig sehe ich zu, wie er sich wieder hinsetzt, mir mit einem imaginären Glas grinsend zuprostet und sich über seine letzte Pierogi hermacht.

Er hat doch schon immer gern getrunken, selten, aber sobald er einen in der Krone hatte, schrieb er seine – nicht wirklich – vorhandene Trinkfestigkeit seinen polnischen Genen zu. Wie an dem Abend, als wir im Bett gelandet sind. Eine Nacht, die in meiner Erinnerung nur ein Traum ist und in Samus ein Filmriss. Diesen Gedanken ertränke ich mit einem großen Schluck Wein und quetsche Samu weiter zu seinen Hunden aus.

»Wie geht es mit dem Hof jetzt weiter? Mit der Scheune? Ist alles in Ordnung?«, frage ich wenig später. Ich will seine Grenzen akzeptieren, ihn nicht drängen, sich mir zu öffnen. Samu hat mal zu mir gesagt, ich sei sein Für-dich-muss-ich-an-einem-Scheißtag-nicht-lächeln-Mensch. Das will ich wieder sein. Und wenn ich dafür mit Kieselsteinen gegen sein Glashaus werfen muss, nehme ich Splitter in Kauf.

Aber er stellt eine Gegenfrage: »Wie ist der Wein? Meine Eltern haben ihn bei ihrem letzten Besuch aus Portugal mitgebracht.«

»Er ist lecker«, meine ich, nehme noch einen Schluck Mut, stelle das Glas ab und versuche, das Thema von einer anderen Seite anzugehen. »Weißt du, Samu, neulich bei der Scheune – euch zu belauschen, das war nicht meine Absicht.«

Samus Nasenflügel blähen sich kurz, und er sieht mich mit einem Funken Trotz in den Augen an. »Du wolltest also keine Dinge herausfinden, die dich nichts angehen?«

»Nein«, sage ich klar und suche nach den richtigen Worten. »Okay. Also, ja, ich habe ungewollt ein paar Dinge mitbekommen, aber ich wollte und will nichts herausfinden. Es ging mir nur darum, Moritz zur Rede zu stellen. Was mir wirklich wichtig ist«, ich lehne mich vor und nehme seine Hand in meine, »ist, für dich da zu sein.« Ernst schaue ich ihn an und flehe gedanklich, dass er mir den Schlüssel zu seinem Glashaus gibt. »Und du musst mir überhaupt nichts sagen, wenn du nicht bereit bist.«

Er will mir seine Hand wieder entreißen, aber ich lasse es nicht zu. Sein Blick ist auf der Flucht vor meinem und bleibt auf dem aufgedruckten Gesicht von Brendon Urie hängen. »Natürlich«, murrt er, und die Kuhle zwischen seinen Brauen gräbt sich tiefer. Doch er hat den Widerstand aufgegeben.

Und plötzlich kommt mir eine Idee. Damit Samu mich an sich ranlässt, muss ich mich vielleicht öffnen. Meine Seele offenbaren, um sein Vertrauen zu bekommen. Ich stehe auf und stelle mich vor ihn, seine Hand noch immer in meiner.

»Spürst du das?« Ich schlucke. »Nur darauf hätte ich gern eine Antwort, Samu. Sag mir, dass deine Theorie, mit der du mir am Bahnhof keine Wahl gelassen hast, aufgegangen ist. Dass ich dir fremd geworden bin.« Er ballt mit seiner Hand in meiner eine Faust. »Für mich hat das nicht funktioniert. Sogar diese simple Berührung lässt mir Tränen in die Augen schießen, weil es einfach du bist. Weil ich mich nach dir sehne, und glaub mir, ich habe versucht, mir einzureden, dass es nicht so ist. Jahre ändern nichts daran, Jonas' tragischer Unfall nicht und auch nicht, dass wir miteinander geschlafen haben, Samu.«

Mit brennenden Augen versuche ich, Samus Ausdruck zu verstehen, der so voller Emotionen scheint, dass es mir schwerfällt, sie einzuordnen. Ganz langsam formen sich seine Lippen zu einem schmalen Strich, dann steht er auf, und ich drücke meine Hand mit seiner flach an meine Brust. Samu schweigt. Also sage ich alles – die Wahrheit, auch wenn ich mich damit verletzbar mache.

»Die letzten Jahre habe ich gelernt, allein klarzukommen. Und es war so unglaublich hart manchmal. Ich habe es gehasst, bis ich es lieben gelernt habe. Ich brauche dich nicht, aber du bist mein Zuhause, Samuel, mein Safe Space, mein Mit-dir-ist-kein-Tag-richtig-scheiße-Partner. Und das wirst du immer sein, selbst wenn ich es nicht mehr für dich bin.«

Es fühlt sich an, als würden Samus Finger sich etwas ins Shirt drängen, und seine Augen haben einen unübersehbaren Glanz bekommen.

»Aber dann sag es mir. Dass ich alles überinterpretiere, mir nur einbilde, zu sehen, wie es dir geht. Sieh mich an, und sag mir, dass *unsere Verbindung* nicht für dich überlebt hat.«

Mein Herz hämmert gegen meine Brust, so wüst, dass Samu es deutlich fühlen muss. Seine Lippen öffnen sich einen Spalt, doch er sagt noch immer nichts.

»Vic«, haucht er schließlich und bringt damit meinen Puls hoffnungsvoll zum Rasen. Kaum spürbar fährt sein Daumen über den Stoff an meinem Dekolleté, doch dann schließt er seine Augen und entzieht sich meiner Hand. »Was willst du von mir hören? Dass ich ohne dich nicht klargekommen bin?« Samu macht einen Schritt zurück. Noch einen. »Ich brauche einen Moment. Ich muss den Hunden die Nachtmedizin geben.«

Ich. Nicht wir.

Er dreht sich um, schnappt sich einen Schlüssel aus einer Box, die auf der Küchenzeile neben der Terrassentür liegt, und lässt den Sturm wieder ins Haus. Es ist tosend laut, und der Wind zieht erschreckend schnell bis ins Rauminnere, geht mir unter die Haut und lässt mich erzittern.

»Hau nicht vor mir ab«, sage ich.

»Ist doch irgendwie unser Ding.« Samu steigt in ein altes Paar Birkenstock und verschwindet mit einem bitteren Lächeln in den Sturm, der inzwischen so unberechenbar ist, dass das Deckenlicht flackert und aus dem Regen matschiger Schnee geworden ist.

Erst bin ich versucht, Samu zu folgen, doch ich entscheide mich um. Er braucht einen Moment für sich. Ich schiebe die Tür zu, weil Cooper auf dem Sofa aufgesprungen ist, und setze mich zu ihm. Alexa reagiert nicht auf meine Stimme, daher fange ich an, den Hund vollzuquatschen, damit er die Ruhe bewahrt. Das ist gelogen. Damit ich das tue.

Ich drehe eine Locke in Coopers langes Fell, und sein Schwanz klopft sanft gegen die Lehne. Er entspannt sich, und seinen Kopf hat er auf meinen Schoß gelegt. Ich wünschte, es wäre bei Menschen manchmal so einfach, einen Zugang zu finden, wie es bei Hunden sein kann. Zuneigung, Vertrauen, Verbundenheit ganz ohne das Wirrwarr, das Worte erschaffen können. Wie findet man nur die richtigen zwischen zu vielen, zu lauten oder zu leisen? Aber ist Schweigen eine Option?

Cooper schaut zu mir herauf, weil ich aufgehört habe, ihn zu streicheln. Kommunikation besteht nicht aus Worten, sondern darin, sich aufeinander einzulassen. Auch wenn es schwierig wird, vielleicht sogar gerade dann.

Nicht viel später wird die Terrassentür geöffnet, und Samu kommt rein. Er ist durchnässt, schlimmer als zuvor, und sein Brustkorb hebt und senkt sich schnell. Seine Wangen sind gerötet, und in seinem Haar schmelzen Schneeflocken.

Ich kraule Cooper kurz über den Kopf. Dann stehe ich auf, hole tief Luft und warte.

»Was, wenn dir dein Zuhause nicht gefällt?« Er klingt spöttisch, aber seine Augen verraten mir, dass er jedes Wort ernst meint. Samu steigt unbeholfen aus seinen Latschen, schließt die Tür und kommt auf mich zu.

Mir stockt der Atem, denn er zieht dabei seinen durchnässten Pullover aus. »Wenn nichts mehr so ist, wie es mal war. Hm?« Er kommt näher. Das Oberteil klatscht nass auf den Boden. Noch näher. »Ich habe alles dafür getan, Vic. Alles! Um diese Verbindung zu kappen.«

Ich mache einen Schritt zurück, stoße gegen den Rand des Sofas und halte den Atem an, weil Samu mit freiem Oberkörper vor mir stehen bleibt.

»Sieh hin!«

Wie ferngesteuert wandert mein Blick zu seinem rechten Arm und den unbekannten Tätowierungen. An seinem Handgelenk fängt es mit geschwungenen Buchstaben an, darüber ziert ein Gemälde eines in Dunkelheit liegenden Bergsees seinen Unterarm. Der Mond spiegelt sich in tiefem Schwarz, umgeben von weiß gezuckerten Nadelbäumen. Im Hintergrund das Bergpanorama um den Westmann und ein sternenklarer tiefschwarzer Nachthimmel, der sich bis zu Samus Armbeuge ausdehnt. Statt mich meinem Gefühl hinzugeben und mich auf das Sofa fallen zu lassen, strecke ich meine Hände erneut nach Samu aus und fahre vorsichtig über seinen Unterarm. Er lässt es zu. Ich berühre die Stelle, an dem der See pechschwarz erscheint.

»Hat es funktioniert?« Meine Stimme bricht.

Feel the Fear steht auf meinem Unterarm.

Do it anyway stand auf seinem.

»Was denkst du?«, fragt Samu leise.

Ich schüttle den Kopf und will weinen, habe einen Kloß im Hals, aber ich muss auch lächeln, während es mir auf die schönste und schmerzhafteste Weise das Herz zerreißt.

Mit dem Finger fahre ich über die feinen Härchen an seinem Arm hinab, bis zu seinem Handgelenk, auf dem ein mir unbekanntes Wort steht. *Apricity.* Es hört sich in meinem Kopf unglaublich schön an, harmonisch und ruhig. Ich will Samu fragen, was es bedeutet, aber er dreht seinen Arm und lässt seine Hand über mein Tattoo wandern, sie immer weiter hochgleiten. Langsam, aber mit einem gewissen Druck, verschlägt er mir die Sprache. Er hält an meiner Wange inne, und sein Atem wird flacher.

»Bleib hier, Vic.« Er hat eine Gänsehaut. »Bleib heute Nacht hier.«

Ich lege meine Hand an seine, schließe kurz die Augen und fühle zu viel. Mehr, als ich erwartet hätte, mehr, als ich dürfte, mehr, als ich mir je zu erträumen gewagt hätte.

»Okay«, sage ich.

»Okay«, erwidert er, und wir sehen einander an.

Von ihm geht eine Wärme aus, die meine Sehnsucht gierig werden lässt.

Nicht genug, denkt mein Herz.

Doch unterhalb seiner Drosselgrube ermahnt mich ein weiteres kleines Tattoo, mich zu beherrschen. *Behave.*

»Aber du solltest dir wieder etwas anziehen, ehe du dir einen Schnupfen holst.«

KAPITEL 26

Samuel

Vic-Überdosis.

In meinem Kopf.

In meinem Haus.

In meinen Sachen.

Auf dem Sofa.

(Nicht-genug-Vic-Dosis.)

»Der DVD-Player braucht einen Moment. Das Teil ist eine Weile nicht gelaufen.« Ich drücke zum hundertsten Mal erfolglos auf die Open-Taste. Genau wie das Bild, das sich nach der ersten Folge aufgehängt hat, regt sich nichts mehr. Ich kratze mich am Nacken und checke erneut meine wirr aufgebaute Konstruktion. Der Player steht auf dem dänischen Kaminofen, das Kabel reicht gerade so bis zum Fernseher an der Wand, und es fehlt nur ein Ruck, dann ist alles auf dem Boden.

»Ich kappe die Stromversorgung«, beschließe ich, da weder Warten noch Wild-drauf-Rumdrücken etwas bringt. Und dann schmeiße ich den Ofen an und pfeffere dieses peinliche Ding da rein.

»Nein!«, grätscht Vic in mein Vorhaben. Ich sehe zum Sofa, wo sie Cooper über den Kopf streichelt. Er liegt dicht an ihrer Seite und wirkt endlich entspannter. »Was, wenn es dann gar nicht mehr angeht?«

Mit einem Seitenblick zum Bildschirm meine ich: »Du willst Mads Mikkelsen also lieber eingefroren als gar nicht?«

Vic wackelt nonchalant mit den Brauen. »Hau drauf!«, fordert sie.

»Was?« In mein Grinsen mischt sich ein überraschtes »Oh«, weil sie eifrig nickt. »Vic, Gewalt ist keine Lösung.«

»Bei Technik schon.«

Ich ziehe eine Braue hoch. »Du würdest *deine* Kamera schlagen?«

Vic fällt die Kinnlade herunter, doch sie fasst sich schnell. »Niemals. Aber auf sie ist auch immer Verlass.« Sie kichert, und unter meinen Rippen fängt es unregelmäßig an zu pochen. Offensichtlich gibt's hier mehrere technische Probleme.

Ich drehe mich wieder um, verpasse dem DVD-Player mit der Faust einen sanften Wumms und zack – »Was bisher geschah« startet in höchster Auflösung. Gibt's doch nicht.

»Ah! Ich wusste, Hannibal lässt uns nicht hängen!« Vic lacht überschwänglich über ihren flachen Witz. Mit ihren zerzausten Locken, ihrem geröteten Gesicht – vermutlich von dem Glas Wein – und der übergroßen Jogginghose sitzt sie im Schneidersitz zwischen den Kissen. Cooper neben ihr stößt ein herzhaftes Gähnen aus und legt den Kopf auf ihrem Bein ab. Und ich kann nicht aufhören, sie anzusehen. Dieser Abend ist mein Untergang.

Dass ich sie gebeten habe, heute hierzubleiben, hätte mein Alter Ego als Affekthandlung bezeichnet, aber als sie mich vorhin gefragt hat, ob ich die DVDs unserer Wohlfühlserie noch hätte, ist etwas in mir passiert. Es zu leugnen, ist unmöglich. Meine Sehnsucht hat sich an dem unersättlichen Drang beschwipst, ihr nahe zu sein, und ist dabei, mir alle Mittel zu nehmen, gegen etwas anzukämpfen, das ich nicht zulassen sollte.

»Möchtest du eine Decke?«, frage ich.

Vic nickt, und ich hole die einzige, die ich hier unten habe, aus dem Korb neben dem Ofen. Natürlich nimmt der Abend jetzt so seinen Lauf. Wie klischeehaft ist das bitte? Ich verdrehe gedanklich die Augen, tapse ums Sofa und reiche Vic die Decke.

»Danke«, sagt sie, und ich lasse mich neben sie fallen, Cooper zwischen uns. In der Folge zuvor saßen wir nicht so nah aneinander, die bequemste Position haben wir jedoch noch nicht gefunden, da Vic sich vorbeugt und ich mich in die Kissen zurücklehne. Cooper streckt sich und robbt vom Sofaende in sein Hundebett. Aha, jetzt, wo der Sturm abgeflaut ist, besteht der Herr also auf seiner Ruhe.

Sofort vermisse ich die Hundegrenze zwischen uns, denn Vic sinkt automatisch tiefer ins Polster. Immer näher an mich, bis ihre Schulter meine berührt und sie mit einem kaum hörbaren Glucksen die Decke über unsere Beine wirft.

»Ich habe diese Serie lange nicht mehr geschaut«, haucht sie und sieht mich aus dunkel glänzenden grauen Augen an.

»Ich wollte sie nie schauen.«

»Warum?«

Keine so komplizierte Frage, Zeit, mit der Wahrheit zu antworten. »Nicht ohne dich.«

Vic atmet hörbar ein und nimmt den Blick von mir. Ein Lächeln wächst auf ihrem Profil, und im nächsten Moment liegt ihr Kopf an meiner Schulter.

»Ist das okay?«, fragt sie.

»Nein.«

Sofort hebt Vic den Kopf wieder an und sieht mich an.

»Viel zu unbequem«, meine ich und lege neckisch den

Arm über die Sofalehne, um Vic zu verstehen zu geben, dass sie sich an mich kuscheln sollte.

Ich korrigiere: Das ist mein selbst verschuldeter Untergang.

Mein Kinn berührt ihre Schläfe, ihre Haare kitzeln die Haut an meiner Halsbeuge, und ein Prickeln strömt über meinen Nacken. Sie regt sich, bis sie die perfekte Position an meiner Brust gefunden hat, und ich muss den Impuls unterdrücken, nach der Fernbedienung zu greifen, um diesen verräterischen Rhythmus meines Herzschlags zu übertönen. Schon klar, dass der Gedanke im Grunde Quatsch ist, aber Logik und Vernunft checken gerade aus.

Der Versuch, mich auf die Serie zu konzentrieren, scheitert, da mein Blick an Vics Arm hängen bleibt. Sie scheint nicht recht zu wissen, wohin mit ihm. Was für ein herrliches Chaos an Gliedmaßen.

Was ist nur mit uns los? Wir drucksen um etwas herum, das nie ein Problem war, und jetzt benehmen wir uns wie schüchterne Teenager, die in der *Bravo* gelesen haben, wie man den ersten Schritt macht, und schließlich doch die Hosen voll haben.

Den ersten Schritt wohin, Samu?

Ich greife nach ihrem Handgelenk und lege ihren Arm um meinen Bauch. Dorthin, wo er immer hingehört hat.

Mit einem Strahlen im Gesicht, das von zwei tiefen Grübchen flankiert wird, sieht Vic mich an. Als ob etwas von ihr abgefallen wäre, Sorge oder Unsicherheit. Was auch immer es ist, die Intensität ihrer grauen Augen, zusammen mit diesem happy Grinsen, bringt meinen Atem zum Stocken.

»Samu«, sie schaut wieder zum Fernseher und trommelt mit den Fingern auf meinem Bauch herum. »Sieh hin! Gleich kommt die beste Stelle der Folge!«

Ich gehorche und gebe ein Stöhnen von mir. »Das ist so abartig.« Auf dem Bildschirm wird ein Mensch dargestellt, der auf einem Hirschgeweih aufgespießt ist. Doch Vic kichert bei dem grotesken Anblick, eine Vibration, die direkt in meinen Körper dringt. Auf eine unverändert süße und leicht psychopathische Art scheinen die verkorksten Szenen sie immer noch am meisten zu bespaßen.

So geht das die gesamte Folge über, und mein Körper scheint mit jedem Lacher von ihr eine heftigere Reaktion auszupacken. Von Gänsehaut bis Herzflattern ist alles dabei. Als wäre das nicht intensiv genug, schließe ich meine Augen, und der zarte Duft eines mir unbekannten Parfüms vermischt sich mit dem verblassten Kakaogeruch ihres Shampoos. Sie hält sich mit den Fingern am Stoff meines Oberteils fest. Verdammt, ich nehme sogar wahr, wie ihr Atem heiß durch die Fasern dringt. Die anfängliche Unsicherheit sucht immer mehr das Weite, zurück bleibt Vertrautheit. Was sich nach einem Endlich-wieder anfühlt und gleichzeitig nach einem Verschwunden-ist-das-Loch-aus-Zeit-zwischen-uns. Nach Wir-waren-eingefroren. Schockgefroren, wie diese alte DVD, und nun laufen wir weiter, wie es in unserem Skript steht. Als wären die letzten Jahre nur ein gescheiterer Spin-off.

Was mache ich hier?

Ich öffne die Augen und zucke prompt wie ein ängstliches Eichhörnchen zusammen, als ein schriller Sound durch das Surroundsystem kreischt und auf dem Fernseher eine in Dunkelheit gehüllte Gestalt mit Hirschgeweih erscheint.

»Zum Teufel«, krächze ich, setze mich aufrecht hin und ziehe Vic mit mir. »Das kam ... unerwartet.«

Vic hält sich die Hand vor den Mund. Mir rauscht das Blut durch den Körper, und meine verdammten Ohrläppchen glühen.

»Unerwartet also«, säuselt Vic und knufft mich in die Seite.

»Ja«, murre ich gespielt und verschränke die Arme vor der Brust. »Dieser Schockmoment war nicht abzusehen.«

»Nope. Selbst dann nicht, wenn man die Folge schon mindestens fünfmal gesehen hat.« Vic verzieht vielsagend die Lippen und eine Braue. Dann dreht sie sich zu mir, winkelt ein Knie an, und ihre Hände greifen in meine Seiten. Herausfordernd funkelt sie mich an, fängt an, mich zu kitzeln, und ehe mein Lachen eine zu schrille Tonlage erreicht, halte ich sie auf, indem ich unsere Hände miteinander verschränke.

Unser Atem beruhigt sich.

Unser Atem geht tiefer.

Unser Atem wird schneller.

Vic benetzt mit der Zungenspitze ihre Unterlippe, doch sie hält inne. Hat sie mein Starren mitbekommen?

Ich blicke auf, und dass Vic mit einem schiefen Grinsen anfängt, an der Innenseite ihrer Wangen zu kauen, ist Antwort genug. Räuspernd löse ich unsere Hände voneinander und streiche mir durchs Haar. »Ich brauche einen Schluck Wasser. Willst du auch was?«

»Nein, danke. Soll ich so lange pausieren?«

»Bloß nicht! Sonst hängt es nur wieder.«

Wie meine Ohren scheint inzwischen mein ganzer Körper zu glühen, während ich auf den Küchenteil des offenen Wohnbereichs zugehe. Die Hintertür zur Terrasse präsentiert durch die Fenster einen pechschwarzen Himmel. Ich nehme ein Glas aus dem Schrank, fülle es zur Hälfte mit Leitungswasser und drehe mich Richtung Sofa.

Vic hebt gerade die Decke vom Boden, die bei unserer kleinen Kitzeleinheit heruntergerutscht sein muss, und lehnt sich zurück. Gähnend und mit einem kleinen Ächzen streckt sie die Arme über den Kopf und dehnt sich, weshalb das Bandshirt etwas nach oben rutscht und mir einen Blick auf ihren Bauchnabel ermöglicht. Gleich darauf zupft sie das Shirt wieder runter. Was bleibt, ist ein Kribbeln in meinen Fingerspitzen und die verbotene Erinnerung an eine Berührung, die weiß, wie weich sich ihre Haut dort anfühlt.

Den Rest der Folge gebe ich mir größte Mühe, mich auf die Serie zu konzentrieren. Und als ich dabei bin, wirklich hineinzufinden, passiert's: Der Bildschirm friert ein.

Ich will aufstehen, aber Vic drückt ihre Hand gegen meine Brust und lehnt sich halb über mich. Lange Strähnen ihrer Locken kitzeln meine Wangen, und ich spüre den angenehmen Druck ihres Gewichts auf mir.

»Diesmal bringe *ich* Hannibal wieder zum Laufen«, sagt sie, ohne sich sofort zu regen, und mein Magen zieht sich auf eine viel zu wohltuende Art zusammen.

»Okay«, antworte ich, und Vic streift sich das Haar hinters Ohr. Doch es fällt sofort zurück, weshalb ich meine Hände ausstrecke und ihr Haar auf eine Seite lege. Langsam, langsamer als nötig, fahre ich mit den Fingern durch die Locken und ende damit, dass eine Hand von mir auf ihrer ruht. An meiner Brust. So wie ich am frühen Abend ihren Herzschlag fühlen konnte, muss sie jetzt spüren, was da in mir eskaliert.

Ich stelle mir vor, sie zu berühren. Ihre kleine Nase nachzufahren, das Muttermal, das sich wie eine winzige Sichel um ihr Nasenloch schmiegt. Ihre Mundwinkel, ihre Lippen bis hin zu dem rundlichen Kinngrübchen. Ich sollte, aber ich kann nicht aufhören, mir das vorzustellen. Weil sie mir so nah ist. Weil das Wollen dabei ist, meine Vernunft zu killen.

»Samu«, haucht sie, und ihre Stimme hört sich anders an. So tief ... als hätte mein Name nun eine andere Bedeutung.

Verdammt. Ich glaube, sie hat schon wieder bemerkt, wie ich sie anstarre. Sie verlagert ihr Gewicht, stützt sich nur noch mit der einen Hand auf mich, um ... mich mit der anderen zu berühren.

Ich halte die Luft an. Meine Haarspitzen. Meine Brauen. Meine Wangen. Mein rechter Mundwinkel. Mein linker. Alles kribbelt.

»Soll ich aufhören?« Sie fragt so leise, dass ich es nur hören kann, da um uns herum alles still ist.

»Nein.« Mehr bekomme ich nicht raus, dafür lege ich meine Hand um ihren Nacken, und Vic beugt sich tiefer zu mir. Sie schließt ihre Augen und legt ihre Wange an meine, kommt dann meinem Mund nah. So nah, dass ich ihren Atem ... sie einatme.

»Sag stopp«, flüstert sie. Weil sie es nicht kann? Weil sie es nicht will?

»Näher«, sage ich stattdessen und bin emotional so was von bei *Vernunft gekillt* angekommen.

Vic gehorcht, und ihr Mund liegt beinahe auf meinem. Ihre Unterlippe streift meine und löst ein Kribbeln aus, doch sie hält inne und sieht mich an. Sucht mit ihrem Blick unruhig nach Erlaubnis – verflucht, ich wollte nie etwas anderes.

Ein Japsen unterbricht uns, Cooper springt an den Sofarand, und Vic findet als Erste zurück in die Realität. Blinzelnd setzt sie sich aufrecht und streckt ihre Hand nach Coop aus.

»Was hast du denn, hm?«

Sofort springt Coop zu uns, landet mit einer seiner Pfoten zwischen meinen Beinen und entfacht einen Schmerz in meinem Lendenbereich, das mich schlagartig zurück in die echte Welt katapultiert.

Ich unterdrücke ein Stöhnen und sehe mit zusammengebissenen Zähnen zu dem Hund, der mit eingezogenem

Schwanz winselnd nach unserer Aufmerksamkeit fleht. »Er hat eindeutig etwas gehört oder gesehen, das wir nicht mitbekommen haben«, sage ich.

Seine Ohren zucken, und sein Blick huscht zur Decke. Im nächsten Moment erhellt ein heller Blitz den ganzen Raum, und ein gewaltiger Donner scheppert durch den Wald.

Wir alle zucken heftig zusammen.

»Das kam unerwartet«, sagt Vic und schnauft, während Cooper kläglich wimmert und am ganzen Körper bibbert.

»Scheint direkt über uns zu sein«, meine ich und ziehe die beiden an mich.

Cooper zittert wie Espenlaub. Wir haben ihn in sein Körbchen gelegt und unter Kissen und Decken vergraben, während die Playlist laut in Dauerschleife läuft. Langsam scheint er sich unter seiner Burg aus Stoff zu entspannen. Egal, welche Methode ich versucht habe, um Cooper die Angst vor Gewitter zu nehmen, keine hat funktioniert.

Vor dem Fenster wütet eine Mischung aus Schnee und Regen, und glücklicherweise vergeht zwischen Blitz und Donner immer mehr Zeit. Wir haben es also bald überstanden.

Vic kocht Tee, und ich klicke mich an der Kochinsel lehnend seit Minuten durch die Kameras in der Scheune. Aber alles scheint okay zu sein. Mo, Ben und ich haben die Scheune extra doppelt abgedichtet, und die anderen sind entspannter als Cooper, was Lärmbelästigung anbelangt.

»Hier.« Vic reicht mir eine Tasse, und der angenehme Duft von Bergamotte umhüllt mich. »Vorsicht, heiß«, sagt sie, als ich meine Lippen an den Tassenrand lege, und ich halte inne. Gähnend stelle ich die Tasse zur Seite und unterdrücke den Impuls, Vic an mich zu ziehen. Vorhin auf dem Sofa, da ...

»Wir sollten langsam schlafen«, schlage ich vor und unterbreche damit auch meine eigenen Gedanken.

»Sollen wir uns aufs Sofa legen, um bei Cooper zu sein?«

»Ich habe eine bessere Idee. Wir schleppen ihn in Decken gewickelt mit nach oben und nutzen das Bett?«

Ach so, in der Küche verkneifst du dir eine Umarmung, aber gemeinsam ins Bett zu gehen, klingt nach der besten Idee, ja?

Vic sieht mich mit einem frechen Grinsen an, wobei sich ihre Nase ein winziges bisschen rümpft.

Als wir die Tassen geleert haben, klemme ich mir das Tablet unter den Arm und gehe mit Vic auf Cooper zu, um ihn einzusammeln. Das Gewitter ist so gut wie abgezogen, und ich wage sogar, die Playlist etwas leiser zu stellen. Bis ein erneutes Krachen durch den Raum dröhnt und meine Überraschung sich in Vics Ausruf wiederfindet: »Was war das?«

Ich will etwas erwidern, da poltert und kracht es draußen noch mal. Die Hunde in der Scheune fangen so laut zu bellen an, dass man es bis ins Haus hört.

Sofort mache ich das Tablet wieder an und sehe, dass drei der vier Kameras ausgefallen sind. »Was zur ...«

Vic presst sich die Hand auf den Mund, und ich begreife, dass da Äste in die Boxen der Hunde ragen.

»Die Bäume«, ächze ich, lasse das Tablet fallen, greife wie in Trance nach dem Schlüssel und stürme aus dem Haus.

Eiskalter Schneeregen peitscht mir ins Gesicht. Das kann nur ein schlechter Film sein! Zwei der Nadelbäume, die dicht hinter der Scheune standen, sind wie Dominos umgekippt. Sie haben die Pfosten und die dazwischenliegenden Zaunelemente umgenietet und das Dach seitlich eingedrückt. Noch während ich auf die Scheune zusprinte, reißt der Sturm die letzte der drei Fichten aus dem Grund und gibt der Seitenwand den Rest.

Ich höre Vics Rufen, panisches Hundejaulen und Chaos. So viel Chaos. Holzbalken ragen aus der Scheune, wo eigentlich ein Dach sein sollte. Regen geht vollends über in Schnee. Ich bleibe stehen, obwohl ich weiterlaufen muss.

Was passiert hier?

Ein Winseln dringt zu mir durch. Hanne, mein Kurzhaardackel, steht panisch und allein mitten auf der Wiese und wimmert kläglich. So kläglich, dass es mich zerreißt. Sie ist fast taub, blind und ... und trotzdem rufe ich ihren Namen.

Wo sind die anderen? Ich kann sie hören, sehe Schatten, die in den Wald verschwinden, und rege mich nicht. Während eine Stimme in meinem Inneren nur eines zu sagen hat: *Jetzt bekommst du das, was du wirklich verdienst.*

KAPITEL 27

Victoria

Hektisch springe ich in Schuhe und Jacke, schnappe Samus Regenjacke, die an einem Haken zwischen Heizung und Terrassentür hängt, und laufe mit einer lächerlichen Handytaschenlampe nach draußen.

Beim Anblick der Scheune erstarre ich auf halbem Weg. Mir rutscht das Handy in den Matsch, und ich drücke mir eine Hand auf den Mund, weil die Katastrophe trotz Dunkelheit und umhüllt von einer dünnen Schneeschicht unverkennbar ist: Das Dach ist seitlich eingedrückt, und eine der Flügeltüren ist aus den Scharnieren gefallen. Der inzwischen harmlos gewordene Wind wirbelt den Schnee auf dem Holz umher, als wäre er sich keiner Schuld bewusst, und gibt dem Ganzen eine absurde Ruhe, während mir Tränen in die Augen schießen. All die Arbeit, all die Mühe, die Samu sich gemacht hat ... einfach so zerstört. Zitternd bücke ich mich nach meinem Handy.

Samu kommt mir entgegen und drückt mir einen Dackel vor die Brust. Die beiden atmen aufgeregt, aber die Panik, die zuvor Samus Gesicht gezeichnet hat, ist Konzentration gewichen.

»Ich muss mir einen Überblick verschaffen«, sagt er

schnaufend und zeigt zur Scheune, in der ein loses Deckenlicht flackert. »Bringst du Hanne rein? Sie hat die Orientierung verloren, weil sie nicht mehr so gut hört und fast blind ist. Ich glaube, die anderen sind abgehauen.«

»Ja, natürlich«, sage ich und reiche Samu die Jacke und mein Handy. »Sie sind alle in den Wald?« Meine Frage ist überflüssig, die Spuren im Schnee sind eindeutig.

Samu nickt nur und redet schnell weiter. »Bring sie ins Gästezimmer unten, da haben die Hunde bis vor Kurzem geschlafen. Hanne wird sich dort sicher fühlen, ihre Hundebox steht vor dem Fenster. Ich schaue noch in der Scheune nach, dann muss ich die anderen suchen und …«

»Wir, Samu. *Wir* suchen sie, bis wir alle gefunden haben. Wo hast du richtige Taschenlampen? Wir müssen uns vernünftig ausrüsten, und dann brechen wir auf.«

Einen Augenblick kommt es mir so vor, als würde Samu etwas anderes sagen wollen, doch dann erklingt ein gepresstes: »Okay.« Er streift sich die Jacke über und geht ein paar Schritte zurück. »Im Flur steht ein Stahlschrank, da findest du alles.« Und damit rennt er zur Scheune.

Oh bitte, lass keinen der Hunde verletzt sein.

Die ergraute Dackeldame findet es nicht besonders toll, von mir getragen zu werden. Im Gästezimmer setze ich sie ab, und sie flitzt sofort in ihre Box, wo sie hocken bleibt und verzweifelt fiept.

»Alles wird gut, okay? Alles wird wieder gut. Wir finden deine Freunde und bauen euer Zuhause wieder auf, ja?«, sage ich, doch wirklich zu beruhigen scheine ich den Hund nicht. Vermutlich sollte ich lauter sprechen oder die Klappe halten, denn da ist ein Zittern in mir, das ich nicht abschütteln kann. Deswegen streichle ich kurz über das raue Fell und decke den verängstigten Dackel zu.

Im Flur finde ich besagten Schrank, in dem Samus ganze Kletterausrüstung ist, samt Kleidung der Bergwacht. Eilig greife ich nach zwei Stirnlampen und nach festen Schuhen für Samu. Im Gästebad wechsle ich in meine inzwischen trockenen Leggings, schnüre meine Wanderschuhe zu und biege in die Küche, als mein Blick auf Cooper fällt, der vor dem Sofatisch steht und von einer Pfote auf die nächste tapst.

»Willst du mit rauskommen?«, frage ich und mache einen Schritt zur Tür, aber Cooper steht mit eingezogenem Schwanz vor mir. Obwohl der Sturm kaum noch zu hören ist, scheint die Nervosität den Hund nicht mehr loslassen zu wollen. Mir kommt eine andere Idee.

»Du kannst auf Hanne aufpassen!«

Cooper legt den Kopf schief, und ich gehe zurück Richtung Gästezimmer. Er kommt mir tatsächlich nach, und ich zeige zu der belegten Box, mache dann eine flache Hand, und Cooper nimmt auf dem Teppich mitten im Raum Platz, während seine Augen mich unruhig, aber konzentriert mustern.

»Pass auf«, sage ich, hoffentlich überzeugend.

»Vic?«, ruft Samu und taucht im Türrahmen auf. Er trägt einen weiteren Dackel im Arm, an seinem Kinn ist Dreck. Behutsam geht er auf die Box zu und setzt den Hund bei seiner Freundin ab. »Schau, ich habe dein Gegenstück gefunden.« Samus Stimme ist sanft und im Gegensatz zu meiner wirklich beruhigend.

Die Dackel fangen an, sich über die Schnauzen zu schlecken, und drängen sich dicht aneinander, während ihre kleinen Schwänze aufgeregt gegen die Box klopfen.

Samu tastet die beiden kurz ab, und ich kann hören, wie er erleichtert ausatmet, denn beide Hunde sind unversehrt.

»Sind sie immer zusammen?«, frage ich.

»Unzertrennlich.«

»Bald sind sie anderen auch wieder bei euch«, sage ich, und Samu steht auf. Als er sich von den Hunden abwendet, wird die Sorge in seinen Augen überdeutlich, die mit der Tatsache verbunden ist, dass er keinen weiteren Hund gefunden hat.

»Wenn sie davonlaufen konnten, ist sicher keiner verletzt. Wir finden sie, Samu.« Ich hasse es, dass sich das wie eine Floskel anhört. »Das weiß ich, versprochen.«

Samu kommt auf mich zu, drückt meinen Arm kurz und presst die Lippen aufeinander, dann nimmt er mir die Schuhe ab.

Wir greifen nach Leinen und Pfeifen und packen uns dick ein. Die Terrassentür lassen wir einen Spalt weit auf, falls die Hunde von allein zurückkommen, und folgen schmelzenden Spuren im Schnee, die aufwärts Richtung Alm führen.

Leider hat der Schnee den dicht bewachsenen Boden kaum erreicht, und je weiter wir in den Wald vordringen, desto mehr schwindet unsere Hoffnung, die Hunde dank der Pfotenabdrücke zu finden. Wir konzentrieren uns darauf, die Wege abzugehen, die Samu oft mit den Tieren entlangspaziert, schauen zwischen Felsspalten oder Wildtierunterständen nach. Zügig gehen wir die Pfade ab, und glücklicherweise lässt der Wind immer mehr nach, weshalb nur unsere Rufe, der schrille Ton der Pfeifen und unsere angestrengte Atmung durch das geisterhafte Rauschen des Waldes brechen. Bis wir wegen eines Knackens herumfahren und unsere Stirnlampen wirr in die Dunkelheit leuchten.

»Verflucht!«, ruft Samu frustriert, weil zwei Rehe aufgeschreckt flüchten. Ich drücke seine Hand. »Schon das zweite Mal, zum Teufel, wie viele Rehe gibt's denn hier?«

Aufgebracht fährt Samu sich durchs Haar, und für einen Moment scheint seine konzentrierte Fassade zu bröckeln, er kneift die Augen zusammen, ballt eine Hand zur Faust und presst sie sich gegen den Mund. »Ich hätte das verhindern müssen, Vic.«

»Sollen wir die anderen rufen?«

Er schüttelt den Kopf und lässt seine Hand abrupt sinken.

»Wir finden sie, klar! Und nichts davon hättest du auch nur ahnen können. Das ist nicht deine …«

»Auf der Alm«, unterbricht er mich, lässt meine Hand los und zeigt weiter hoch. »Da gibt's ein paar überdachte Picknicktische. Wir haben bei Regen öfter dort ausgeharrt.«

Tatsächlich finden wir in der hintersten Ecke dieser Hütte zwei zusammengekauerte Hunde. Einen Golden Retriever namens Olli, der bis zu den Ohren mit Dreck besudelt ist, und einen blauäugigen Husky, den Samu erleichtert Zara ruft.

»Ich habe so gehofft, euch beide zusammen zu finden«, sagt er und streichelt die Hunde, die genauso froh auf ihr Herrchen reagieren. Zara legt den grauweißen Kopf in den Nacken und jault freudig. Mit einem erleichterten Lächeln erzählt Samu, dass sie gern Ständchen hält, und hebt sie auf seine Schultern. Erst da wird mir klar, dass Zara nur drei Pfoten hat. Dank meiner offensichtlichen Fragezeichen im Gesicht erfahre ich, dass die Amputation noch nicht lange zurückliegt und die Hündin als Trümmersuchhund im Erdbebengebiet selbst unter Felsbrocken geraten ist.

»Nimmst du Olli?« Samu reicht mir die Leine, und ich nehme sie nickend entgegen. »Mach ihm deutlich, dass du da bist. Lass ihn an dir schnuppern, und wenn du ihn kürzer hältst, passt er sich deinem Schritt gut an. Er ist blind, deswegen.« Samu hat seine Stirnlampe gen Himmel gerichtet, um mich nicht zu blenden.

»Was war Ollis Job, bevor er zu dir kam?«, frage ich, während wir zu einer weiteren Alm hinaufgehen.

»Blindenführhund, also stets bemüht, den richtigen Weg für seinen Besitzer zu finden. Na ja, bis er selbst erblindet ist.« Samus Blick begegnet weich meinem, das hoffnungsvolle Lächeln auf seinen Lippen lässt mein Herz höherschlagen.

Über die hügeligen Weiden marschierend pusten wir in regelmäßigen Abständen in die Pfeifen, rufen die Namen der Hunde, und jedes Mal bringt Zara auf Samus Schultern danach ein Ständchen. Bis aus dem Nichts ein schwarzer Lockenkopf aus dem Wald auf uns zuprescht und wir überrascht stehen bleiben. Uns anlachen und zu jubeln anfangen, als wäre der dunkle Wirbelwind auf einer Zielgeraden. Glück strömt durch meine Adern, während Jojo, wie Samu ihn nennt, an seinem Bein hochspringt und auch mich freudig begrüßt, obwohl wir uns noch nie gesehen haben.

»Hör auf, so zu springen! Von mir bekommst du keine Schmerzmittel gegen deine Rückenschmerzen, Opa«, murrt Samu liebevoll und fährt dem kniehohen Wuschel durchs Fell. Während er den Husky auf seiner Schulter behält, leint er Jojo an und reicht mir grinsend die zweite Leine. »Mal sehen, mit wie vielen du überfordert bist.«

»Ich schaffe sie alle«, sage ich herausfordernd, halte die Leinen in einer Hand, und wir setzen unsere Suche fort.

Der Schneeregen hat aufgehört, und die Sterne lassen sich durch dicke Wolken blicken, bevor die Sonne in etwas über einer Stunde aufgehen wird. Auch wenn mir nicht kalt ist, steigt unser Atem dampfend nach oben, daher wickle ich den geliehenen, nach Samu riechenden Schal etwas fester um meinen Hals.

Hinter weiten Koppeln treten wir auf das Gelände eines Bauernhofs und nähern uns über einen frostig knirschenden Weg dem Haupthaus samt Stallungen. Samu will sich umschauen, weil die Hunde den Hof wohl gut kennen.

Da wird die Haustür des alten Backsteingebäudes aufgestoßen und ein Mann in kariertem Flanellschlafanzug, rotem Morgenmantel und Gummistiefeln tritt hervor. »Na endlich, Jung, komm her! Du gehst nicht an dein Festnetztelefon, und uns wird der Kühlschrank leer gegessen«, nuschelt er. »Aber die zwei lieben Traudels Gulasch.«

Samu schaut mit vielsagendem Grinsen zu mir und läuft dann rüber zum Hofbesitzer. Dieser streicht erst über Zaras Kopf, dann über Samus und zieht ihn ins Haus.

Keine Minute später kommen zwei Beagle zusammen mit einem strahlenden Samu wieder heraus.

»Entschuldige wegen des Gulaschs«, sagt Samu und drückt die Hand des Bauern. »Und danke fürs Aufsammeln. Wie geht's denn Traudel?«

»Die alte Liebe rostet nicht, aber die liebe Alte schon«, grunzt er und verschwindet wieder im Haus.

»Was für ein Kauz«, sage ich belustigt, sobald Samu vor mich tritt, und strecke meine Hand nach den Leinen der Beagle aus.

»Dein Mut in allen Ehren, aber Susi und Strolch ziehen, und das würde Olli und Jojo nicht gefallen.«

»Okay, aber ich beweise dir schon noch, dass ich mit ihnen allen spazieren gehen kann!«

Samu verzieht neckisch das Gesicht, als würde er sich bildlich vorstellen, wie ich kläglich dabei scheitere und von neun Hunden über den Boden geschleift werde.

»Du wirst schon sehen! Susi und Strolch also?«

»Geschwister und pensionierte Kriminalermittler.«

»Und das bedeutet genau?«, frage ich und dehne das letzte Wort.

»Leichensuchhunde.«

»Oh.«

Wir verlassen den Hof, winken dem alten Mann und seiner Frau in Schlafhaube zu, die am oberen Fenster stehen, und wandern die Alm wieder herab.

Statt der beiden Beagle fängt Jojo an, an seiner Leine zu ziehen, als wir einen kreuzenden Weg erreichen.

»Er zittert ja, und die Locken sind so nass, dass man sogar seine Haut sieht«, stelle ich kläglich fest.

»Du hast recht, die Hunde sind mitgenommen und Zara kein Fliegengewicht. Lass uns runtergehen. Der Hof ist nicht weit weg, und wir haben das Gelände einmal komplett umkreist.«

Meine Wangen glühen zwar vor Kälte, aber mir ist weder kalt, noch wollte ich damit andeuten, die Suche unterbrechen zu wollen. »Aber ein Hund fehlt noch, oder?«

Samu nickt, und seine Sorge zeigt sich mit der Falte zwischen seinen Brauen. Dennoch deutet er abwärts. »Ich kann mir ehrlich gesagt nicht vorstellen, dass Bonny so weit weggelaufen ist. Ihre ausgedehntesten Spaziergänge haben einen Radius von fünf Metern. Vielleicht hat sie sich auf dem Hof versteckt oder ist sogar schon im Haus.«

»Na schön, und falls nicht, lassen wir die Hunde da und brechen direkt wieder auf.«

»Deal.«

Ein Teil der Berge liegt hinter grauen Wolken verborgen, aber der Himmel sieht nicht mehr so gefährlich aus wie noch vor ein paar Stunden. Sonnenstrahlen brechen hinter den Bergen durch das nachtschwarze Sternenkleid, da treten wir auf die Lichtung. Der Anblick der Scheune in der morgendlichen Dämmerung verpasst der Euphorie, die bei jedem gefundenen Hund gestiegen ist, einen Dämpfer. Besonders Samu wühlt es unübersehbar auf. Er setzt die Huskydame auf dem Gras ab und massiert seine Schultern, doch sein Blick ist mutlos auf das zerstörte Dach gerichtet.

Ich streife seinen Arm, Samu holt tief Luft, schüttelt den Kopf und schaut zum Haus.

»Hoffentlich ist Bonny drin«, sagt er mit einem Seufzen, das weniger hoffnungsvoll klingt als seine Worte von eben.

Kurz vor dem Haus leinen wir die Hunde ab, die vergnügt über die Terrasse poltern und sich durch die Schiebetür quetschen.

»He! He, wehe, jemand springt so dreckig aufs Sofa. Ab ins Zimmer mit euch!«, schimpft Samu liebevoll, schließt die Tür und scheucht die Bande zum Gästezimmer. Wir wechseln Blicke miteinander, und ich schicke eine Million Stoßgebete ans Universum, die letzte Hundedame in dem Raum zu finden.

Olli und Zara verkrümeln sich in ein Bett, das voller Decken und Kissen ist, Jojo flitzt in ein Körbchen und Susi und Strolch in eine große Gitterbox. Und tatsächlich: In einem zartrosa Körbchen entdecke ich einen mir unbekannten Hund, streife mir den Rucksack von den Schultern und sende ein erleichtertes »Danke« ans Universum.

Zufriedenes Hecheln erfüllt zusammen mit Samus Lachen den Raum, und in seinem Gesicht erscheinen Emotionen, die schöner als jeder Sonnenaufgang sind.

»Ihr habt mir eine Angst eingejagt! Eine gigantische! Eine höllische. Ich sperre euch bis ans Ende eurer Tage in dieses

Zimmer, klar?«, knurrt Samu gespielt, streichelt über Bonnys weich aussehenden Bauch und wird prompt von allen Hunden umzingelt. Sogar die Dackel watscheln aus ihrer Box und bringen mein Herz zum Schmelzen.

Ich lehne mich gegen den Türrahmen und sauge den Anblick in mich auf. Ein strahlender Samu, umgeben von wild wedelnden Hunden, die alle froh sind, dort zu sein, wo sie hingehören. Sicher, geborgen und angekommen – genau das bedeutet Zuhause. Ich öffne meine Jacke und muss mir über die Wangen wischen. Nicht nur weil sie durch die Wärme prickeln, sondern weil mich dieser Moment so sehr ergreift, dass mir Tränen kommen.

Meine Kamera! Ich möchte diesen Moment festhalten, deswegen lasse ich die Bande zurück und laufe in die Küche, um meine Canon aus ihrem Kokon zu nehmen. Noch während ich zurückflitze, mache ich sie an und betrete den Raum mit der Linse vor der Nase.

Samu sitzt im Schneidersitz und versucht, jedem Streichelwunsch gerecht zu werden. Sein Lachen ist unbändig, sein Blick findet meinen.

Olli hat sich mit seinen goldenen Vorderpfoten auf Samus Schultern gestellt und schnüffelt durch seine Haare. Die anderen schmiegen und kuscheln sich an ihn, und einer der Dackel hat sich sogar in seinen Schoß gestohlen. Alle buhlen um seine Aufmerksamkeit, und ich verdamme das dezente Drücken von Eifersucht in meinem Bauch, weil ich diese Hunde verstehen kann.

Lieber drücke ich den Auslöser und erwische *meinen* Samu und die pure Definition von Glück in seinem Gesicht. Alle Hunde sind hier, und die Scheune werden wir wieder hinbekommen. Da bin ich mir sicher.

Nach ein paar Aufnahmen klicke ich mich durchs Display

und gebe einen Seufzer von mir, den Samu mit gerunzelter Stirn hinterfragt.

»Bleib ja da! Nicht bewegen«, sage ich und befehle Samu mit dem Finger, auf dem Boden sitzen zu bleiben. »Da fehlt noch jemand auf den Aufnahmen. Cooooper!«, rufe ich über die Schulter. Ein paar Sekunden vergehen, die Beagle unterstützen mein Rufen mit einem Bellen, in das die anderen gern einstimmen.

»So viel zum Thema aufpassen. Der Boss schläft sicher wieder in meinem Bett«, murrt Samu grinsend. Er möchte aufstehen, aber ich hebe drohend meinen Finger.

Stattdessen gehe ich nach oben, ziehe vor den Stufen meine verdreckten Schuhe aus und genieße das Knarren, das die Holztreppen bei meinen Schritten von sich geben. Wie ein kleines Mädchen habe ich ein Dauergrinsen im Gesicht, als würde in meinem Blut nur noch Euphorie fließen.

»Cooper, Schlafmütze«, sage ich amüsiert und klopfe an die offen stehende Schlafzimmertür. Doch das Bett unterhalb der Dachschrägen ist zwar zerwühlt, aber leer. Er liegt nicht darunter oder dahinter. Auch Samus Lesesessel an der anderen Wand ist leer.

Schneller, als ich heraufgegangen bin, eile ich wieder nach unten, passiere die alte Eiche und gehe in den Wohnbereich.

Das Sofa ist verlassen, das Körbchen unbenutzt. Mein Bauch spannt sich an, und eine unangenehme Hitze wandert meinen Hals hinauf, die meinen Puls beschleunigt.

Okay, Vic. Entspann dich. Er ist vielleicht hinter den Kissen? Cooper ist hier im Haus. Wo sollte er sonst sein?

Unruhig tippe ich mit den Fingernägeln gegen meine Kameralinse und drehe mich um die eigene Achse, während ich Samus Lachen von hinten hören kann.

»Cooper?«, rufe ich gedämpft, um Samu nicht zu beunruhigen. Erlaubt sich der Hund einen Spaß mit uns?

Ich gehe noch mal nach oben, wieder nach unten. Suche sogar im Gästebad. Nichts. Hebe alle Kissen vom Sofa und zucke zusammen, als Samus Stimme hinter mir ertönt.

»Wo ist Cooper?«, fragt er, und ich zerdrücke ein grünes Kissen vor meiner Brust, traue mich kaum, mich umzudrehen.

Bitte nicht. Nein. Bitte, bitte nicht.

Samus besorgte Miene lässt einen gigantischen Felsbrocken von Kloß in meinem Hals entstehen.

»Coop?«, ruft Samu.

»Er versteckt sich sicher vor uns«, sage ich heiser und hasse diese Hoffnung, die mich Unsinn reden lässt.

Samu ruft den Namen erneut, rauft sich mit beiden Händen die Haare. Während die Hoffnung in mir wie ein Kartenhaus zusammenfällt, sehe ich, wie in Samus Augen etwas bricht und sie von aufkommenden Tränen geflutet werden.

»Die Tür. Wir hätten die Tür nicht offen stehen lassen sollen. Verflucht, doch nicht nach diesem verdammten Donner.«

KAPITEL 28

Victoria

»Okay. Das bekomme ich unter Kontrolle«, sagt Samu beherrscht und wendet sich von mir ab. Sein Oberkörper wirkt verkrampft, als würde er versuchen, sich innere Ruhe aufzuzwingen und seine wahren Emotionen zu bändigen. »Die richtige Entscheidung ... Ich muss einfach die richtige Entscheidung treffen«, flüstert er und öffnet die Terrassentür. Im Profil sehe ich ihn, wie er zwei Finger an den Mund legt und ein Pfeifen von sich gibt, das mir bis ins Mark fährt. Samus Augen sind starr auf einen Punkt gerichtet, die Hände hat er in seine Hüften gekrallt. »Ich muss da hoch«, murmelt er und wirkt in seinen Gedanken verloren.

Hoch?

Ich trete zu ihm und folge seinem Blick in Richtung Bergkamm. Da will er hoch? Die Sonne bricht durch, das Wetter wirkt jetzt freundlich, doch alles, was vor dem Westmann liegt, ist in dunkle Wolken gehüllt.

»Was? Samu, was ist dein Plan?«, frage ich sanft, bekomme aber keine Antwort und lege meine Hand auf seinen Unterarm.

Da zuckt Samu zusammen und sieht mich an, als wäre ihm entfallen, dass ich überhaupt hier bin. Er blinzelt und wischt sich über die Stirn. »Kannst du auf die Hunde aufpassen? Sie bekommen gegen neun Futter, das in den unteren Küchenschränken in Boxen ist. Sie sind beschriftet, bekommst du problemlos hin.« Er weicht meiner Frage aus und zeigt auf ein Küchenregal, dann geht er in den Flur. Ich stolpere ihm nach.

Die anderen Hunde schlafen, aber die beiden Beagle beobachten unser Tun aufmerksam. Der Stahlschrank gibt beim Öffnen ein quietschendes Geräusch von sich, und die Hunde legen verdutzt die Köpfe schief. Ich hingegen beobachte irritiert, wie Samu Materialien für eine Wanderung aus dem Schrank holt.

»Moment, Samu. Okay, Cooper ist dort rauf. Aber das Gelände ist riesig. Hast du eine Ahnung, wohin er ist?«

Er nickt, aber ich habe das Gefühl, dass er Welten entfernt ist. Während Samu zuvor der Suche nach den Hunden mit konzentrierter Sorge nachging, macht mir diese Ruhe jetzt Angst. Mit gezieltem Griff holt er den Rucksack der Bergwacht aus dem Schrank, öffnet ihn und geht alles durch, zieht aus dem obersten Fach ein Notfallset für Tiere raus und nimmt Seile von einem Bügel: ein Einfachseil, zwei Halbseile samt Gurt. Mir zieht sich der Magen zusammen. Er hat doch nicht vor, ins Hochgebirge zu gehen? Nichts daran ist eine gute Entscheidung!

»Samu, was wird das?«

Mit einer großen Selbstverständlichkeit zieht er Steigeisen aus dem Schrank, und ich reiße sie ihm aus der Hand.

»Geht's noch?«, faucht er und presst die Lippen zusammen, scheint sich zu erinnern, dass er ruhig sein will.

»Wie hoch willst du gehen? Das Wetter ... Nein ... das ist viel zu gefährlich! Wie kommst du darauf, dass Cooper so weit in die Berge gelaufen ist?« Das Eisen rutscht zwischen meinen schwitzigen Fingern, und ich kann es gerade noch greifen und so verhindern, dass es klappernd zu Boden fällt.

»Ich weiß es einfach.« Sein Blick huscht zurück zum Schrank. Er steigt aus seiner klammen Jogginghose und will mit nackten Beinen in eine Skihose steigen, aber ich reiße aus dem Fach eine Baselayer und drücke sie ihm fordernd gegen die Brust. Samu verzieht den Mund, nimmt sie und streift die Leggings über, bis er beherrscht weiterspricht: »Die Tür war offen. Cooper ist ganz sicher zu einer Hütte unterwegs. Das hat er schon mal gemacht ... im Sommer.«

»Welche Hütte?«, frage ich, warte aber keine Antwort ab. »Können wir nicht den anderen Bescheid geben, wenn du weißt, wohin er ist? Sie können helfen, Samu, wir sind seit Stunden auf den Beinen. Was ist mit dem Heli und ...«

»Vic, bitte.«

Ich pfeffere das Steigeisenset zurück in den Schrank und grabe meine Finger in seine Oberarme.

»Sieh mich nicht so an, Vic! Wer soll den Heli bezahlen, hm? Und abgesehen davon sind da viel zu viele Wolken. Soll ich abwarten und einen Gute-Laune-Tee trinken, während ich mir gar nicht sicher bin, ob Coop die Hütte überhaupt erreicht?« Er spricht ruhiger, doch gleich darauf verraten mir seine Kiefer, wie derb er die Zähne zusammenbeißt. Ich halte ihn fester und ignoriere seinen fordernden Blick.

Oh Gott. So kann er doch niemals dort hochgehen!

»Lass mich los, Victoria. Du wirst mich nicht aufhalten.«

»Dann komme ich eben mit!« Ich greife nach einem zweiten Skianzug, woraufhin Samu nach meinem Armgelenk schnappt.

Er hält meine Hand hoch und sieht mich mit lodernden braunen Augen an. »Kommt gar nicht infrage!« Er drängt sich zwischen mich und den Schrank. »*Ich* muss dort hoch. Du nicht!« Er schlingt seine Finger um mein Gelenk, sein Griff ist hart, aber nicht schmerzhaft, und hinterlässt ein zartes Brennen auf meiner Haut. Seine Wut ist offensichtlich, doch das Zittern seiner Hand spüre ich noch deutlicher. Es durchfährt mich und zeigt mir seinen Schmerz, den ich ihm am liebsten abnehmen würde. »Tu das nicht, Vic! Mach es mir nicht ... Das ist meine Entscheidung. Nur ich muss mit den Konsequenzen klarkommen!« Sein Griff wird schwächer, das Zittern heftiger.

»Konsequenzen? Du gehst doch auch sonst alles dreimal durch. Ich meine, du warst sauer, dass ich ein Bild auf dem Everstein poste oder durch den Sturm zu dir gelaufen bin. Was ist jetzt mit der Vorbildfunktion eines Bergretters? Ich will Cooper genauso finden. Ich folge dir. Zusammen oder gar nicht.«

Er gibt ein Seufzen von sich, das kaum noch mit Wut belegt ist, lässt von mir ab und schlägt eine der Schranktüren zu. Aus zusammengezogenen Brauen sieht er mich an und wischt sich mit einer Hand über den Mund, dann zeigt er mit dem Finger auf mich. »Versuch nicht, jemanden in mir zu sehen, der ich nicht bin! Lass das, verdammt! Ich bin kein verfluchter Held, ich will gerade kein scheiß Bergretter sein. Und dein bester Freund bin ich sicher auch nicht. Ich bin fehlerhaft, aber Cooper zu suchen, ist keine falsche Entscheidung, klar? Dir näherzukommen jedoch schon, damals wie heute, einfach immer.«

Diese Worte kommen wohl unbedacht aus seinem Mund, kratzen an dem, was Samu vor mir verborgen hält, und stoßen wie Eispickel in mein Herz. Kurz will ich ihn schütteln, ihn anschreien, doch ich schlucke den Impuls herunter.

»Das klappt nicht mehr«, sage ich gelassen und lächle.

»Mich wegzustoßen, in die Flucht zu zwingen. Wenn du so versuchst, mich davon abzuhalten, dir zu folgen, muss ich dich enttäuschen.«

Samu beißt sich auf die Unterlippe, dreht mir den Rücken zu und zieht sich weiter an. Als ich es ihm gleichtue, hält er mich nicht auf.

Mir ist der Skianzug von Samu nur ein wenig zu groß, und mit einem dickeren Paar Socken werden mich meine Wanderschuhe nicht im Stich lassen. Als würden wir das schon immer gemeinsam tun, packen wir die Rucksäcke für eine Höhentour, und in der Küche befülle ich Wasserflaschen, während Samu die Näpfe der Hunde füllt.

In einem Regal greife ich nach ein paar Proteinriegeln und unterdrücke ein Gähnen. Da wir seit Stunden wach sind, spüre ich die Erschöpfung in meinem Körper. Das gestrige Gespräch mit meinem Vater scheint unendlich weit zurückzuliegen. Die Suche nach den anderen Hunden. All das Auf und Ab dazwischen. Die letzten 24 Stunden waren zerreißend. Und es ist noch nicht vorbei – an Schlaf ist daher nicht zu denken.

Gegen Samus Willen tippe ich Lexi eine Nachricht, erwähne die Hütte, die zwischen Westmann und Kleinmann liegt, damit sie eine Idee davon hat, wo wir sind, sollte etwas passieren. Um Akku zu sparen, schalte ich den Flugmodus an.

Kurz darauf stehen wir aufbruchsbereit in der Küche, erste Sonnenstrahlen wandern die Zeile entlang, und ich klammere mich an die Hoffnung, die ein neuer Tag mit sich bringen kann.

»Wenn wir die Drögelwand hochklettern«, sagt Samu und zeigt mir auf seinem Handy eine Route, »und über den Gletscher gehen, haben wir eine reale Chance, Coopers Vorsprung bis zur Hütte aufzuholen. Je nachdem, ob er direkt nach uns los ist und wie die Verhältnisse sind.«

»Okay. Du kennst den Weg.«

Die Wand ist nicht schwer, der Gletscher ein Witz im Vergleich zu den großflächigen, die man in größerer Höhe findet. Wir kennen uns dort oben beide aus. Und wäre das ein normaler Gebirgsausflug, würde ich mich sicher freuen. Trotzdem vertraue ich seit Jahren auf mein Bauchgefühl, und wenn das mir sagt, geh heute nicht in die Berge, höre ich darauf. Normalerweise.

Samu verschwindet in den Flur und kommt mit zwei Unterhelmmützen und Helmen zurück. Er reicht mir jeweils eins der Dinge. Fast parallel ziehen wir die Mützen über und hängen die Helme an die Riemen unserer Rucksäcke. Wir treten auf die Terrasse, und Samu achtet genau darauf, die Tür zu verschließen. Dann brechen wir schweigend auf.

Nebeneinander hergehend beobachte ich im dämmrigen Licht der aufgehenden Sonne, wie Samus Hände sich zu Fäusten ballen, sich dann wieder entspannen, als würde er sich neu sortieren.

Erst im Wald, wo der Duft von sonnengeküssten Hölzern, Harz und nassem Moos überdeutlich in der Luft schwebt und das mechanische Krächzen eines Tannenhähers hinter uns immer leiser wird, bricht Samu unser Schweigen.

»Vor etwas über zwei Jahren«, sagt er rau und räuspert sich. »Als ich nach der Uni wieder nach Everstein gezogen bin, habe ich eine schwere Zeit durchgemacht.«

Nicht damit rechnend, dass Samu sich jetzt öffnet, schaue ich zu ihm. Er braucht wohl zwei weitere Anläufe, denn erst als sein Mund sich ein drittes Mal öffnet, dringen Worte hörbar heraus.

»Du kannst mich verurteilen, Vic. Mach dich lustig darüber, dass ich wegen eines Hundes dort raufgehe, aber es gab eine Zeit, da war Cooper der einzige Grund, weshalb ich aus dem Bett gestiegen bin, warum ich überhaupt das Haus verlassen habe. Ich hab funktioniert, weil mich die Verantwortung für diesen Hund auf die Beine gezogen hat. Es ist vielleicht nicht die richtige Entscheidung, aber es ist die einzige für mich.«

Was war vor zwei Jahren? Die Frage brennt sich zusammen mit tonnenschweren Schuldgefühlen in mein Innerstes.

Ich komme Samu näher, aber sobald meine Schultern den Stoff seiner Jacke berühren, legt er einen Gang zu.

»Ich würde mich nie darüber lustig machen. Es ist mir wichtig, Cooper zu finden. Wir lassen ihn nicht in Stich!«

Samu erwidert nichts, deswegen halte ich ihn am Ärmel auf, überhole und sehe ihn ernst an. »Wir finden ihn.«

»Natürlich. Können wir uns auf den Weg konzentrieren?«

»Konzentriert und still«, sage ich und zwinge meine Mundwinkel zu einem Lächeln, das schwach erwidert wird.

Mehr als eine Stunde wandern wir bergauf. Hinter dem Bauernhof, auf dem wir zuvor Susi und Strolch gefunden haben, steuern wir geradewegs auf den Westmann zu. Es kommt mir surreal vor, dass wir vor wenigen Stunden schon einmal hier waren. Über den weiten Wiesen liegt glänzender Morgentau, doch die Sicht ist gut, und es ist beinahe windstill. Gutes Wetter, um in die Berge zu gehen, wären die Wolken nicht so unberechenbar und der Boden wegen des Sturmes nicht aufgeweicht. Er bremst uns aus, macht die Weiden zur Rutschpartie und das Entlangschlängeln an Felsen auf immer steiler werdenden Bergwiesen gefährlich. Nach einer weiteren knappen Stunde erreichen wir eine alte Gerölllawine, die an der Steigung um den Kleinmann beginnt und einen Blick auf die Drögelwand ermöglicht.

Stur bestehe ich darauf, dass wir eine Pause machen, und lege meinen Rucksack auf einem Felsbrocken ab. Wir sind aus der Puste, Samus Wangen sind fleckig, und wir müssen etwas trinken, um uns bei Kräften zu halten. Ich setze mich hin, zücke eine Wasserflasche und leere sie fast in einem Zug. Das letzte Mal, dass wir etwas getrunken haben, war beim Pierogi-Essen. Eine Erkenntnis, die Müdigkeit in mir loszutreten versucht, weshalb ich schnell vom Stein aufstehe und mich auf die Drögelwand vor uns konzentriere. Sie ist zur Sonne gerichtet, sieht trocken aus und bis zum ersten Kar sind es nur knapp dreißig Meter hinauf. Einfach. Samu hat mir an dieser Wand das Klettern beigebracht. Trotzdem fühlen sich meine Knie weich an.

»Herumzugehen würde uns drei Stunden kosten«, liest Samu meine Gedanken und erhebt sich ebenfalls vom Stein.

»Ich bin im Himalaja klettern gewesen, Samu. Diese Wand ist vom Schwierigkeitsgrad allerhöchstens eine Drei plus.«

Samu schnaubt, löst die Seile vom Rucksack und setzt, wie ich, den Helm auf. »Das ist die Watzmann-Ostwand auch.« Doch dann rudert er zurück und bereitet die Seile vor. »Ich klettere vor und übernehme die Standplätze. Mo und ich haben vor Kurzem neue Klemmkeile gelegt, sollte schnell gehen.«

Samu reicht mir das Seil, klettert los, und mein Herz schlägt mir drückend bis zum Hals. Eine unbegründete Angst kribbelt in mir, von der ich nicht sagen kann, was sie auslöst und warum sie mich permanent begleitet.

Samu ist ein Künstler an der Wand, und die Leichtigkeit, mit der er sich hinauftastet, beruhigt mich. Als würde er meine Sicherung gar nicht brauchen, klettert er federleicht und gleitet mit seinen Fingern vertraut über das Gestein.

Ich muss schlucken und versuche, mich daran zu erinnern, wann ich ihn das letzte Mal habe klettern sehen und ob er schon da so sicher, so anmutig war. Ein Bild von einem nackten Rücken im Sommer flackert auf, verschwindet jedoch, als Samu »Stand« ruft und ich ihn aus der Sicherung nehme.

Seil ein. Seil aus. Wir gehen jeden Schritt durch, als würden wir täglich gemeinsam klettern.

»Ich habe dich. Nachkommen«, ruft Samu schließlich, und ich benetze meine schwitzigen Hände mit einer dezenten Kalkschicht. Ziehe mich hinauf, setze einen Fuß höher, strecke meine Hand aus und bin erleichtert, dass mein Körper von allein weiß, was er zu tun hat. Bis ich neben Samu zum Stehen komme und seine Hand auf meinem Rücken spüre. Wir atmen tief ein, atmen tief aus, sehen uns an und warten, bis unsere Atmung sich normalisiert.

So legen wir die gesamte Drögelwand zurück, die uns statt drei nur eine Stunde kostet und uns mit einem wundervollen Ausblick Richtung Tal belohnt.

»Dort ist der Hof«, sagt Samu und zeigt auf eine winzig wirkende Lichtung, während er die Seile zusammendreht.

»Malerisch«, erwidere ich und wünschte, wir wären unter anderen Umständen hier. Wünschte, ich könnte Fotos machen und den Ausblick genießen. Wünschte, dass Samu die dunklen Gedanken, die er mir vorhin entgegengeschleudert hat, einfach die Schlucht hinunterwerfen könnte.

Wir lassen das Panorama von Everstein hinter uns und steigen über ein schuttbeladenes Feld weiter hoch. Es wird glatter, Eis wird von alten Schneefeldern überdeckt, die Luft wird kühler und löst ein Knacken in meinen Ohren aus.

Wir wandern über alte Lawinenkegel am Fuße steiler Wände entlang und besteigen den Kamm des Kleinmanns. Vor uns das weite Alpenland, doch nirgendwo kann ich eine Hütte sehen.

Neben mir schaut Samu durch ein Fernglas über die Bergwiesen und Felswände. Besorgt legt sich seine Stirn dabei in Falten.

»Das Wetter ist okay hier«, flüstere ich und streichle über Samus Arm. Er verkrampft sich.

»Sollen wir noch eine Pause machen, ehe wir die letzte Wand zum Gletscher nehmen?«, fragt er mich mit belegter Stimme.

Ich schüttle den Kopf, und so wandern wir den beschwerlichen Weg weiter. In der Ferne haben wir stets den Westmann vor uns, über dessen Gipfel ein wasserfallartiges Wolkenbett schwebt.

Um den Gletscher zu erreichen, der ganzjährig im Schatten liegt, müssen wir nicht über eine Wand klettern, sondern gehen hintereinander. Gesichert sind wir an einem Eisenseil an der Wand, während zu unseren Linken der Abgrund immer steiler wird. Ich beobachte spröde Felskrümel dabei, wie sie Schluchten hinabrieseln, und mache tiefe Atemzüge.

Je höher wir kommen, desto schlechter wird die Sicht, man kann kaum fünf Meter weit sehen, und als wir uns am flachen Boden vom Eisenseil lösen, knirscht der Schnee unter unseren Schuhen. Wispernde Stille umhüllt uns in einer weißen Wolke, abgeschottet vom Rest der Welt. Ein Schauer durchfährt mich, und ich ziehe meine Handschuhe am Arm zu. Unglaublich, dass Cooper eine ähnliche Strecke gelaufen sein muss, um bis in diese Höhe zu gelangen. Auf der anderen Seite ist der Hund darauf trainiert, extreme Situationen auf dem Berg mit Freude zu verknüpfen. So gesehen sollte es mich nicht wundern, dass Coopers Safe Space auf über 2.000 Höhenmetern liegt.

»Ist es noch weit?«, frage ich.

Samu schüttelt den Kopf, aber er sieht mich nicht direkt an. Das macht er nun schon eine Weile nicht mehr. Stattdessen löst er das längste Seil von seinem Rucksack und antwortet beiläufig: »Drei Kilometer, maximal.«

Ich nehme das Ende des Seils an, Samu knüpft Bremsknoten hinein, und mir kommt es so vor, als würde sich mit jeder hinzukommenden Schlinge eine Wand zwischen uns auftun.

»Cooper wird da sein. Wir werden ihn finden, das weiß ich.«

Doch Samu antwortet mir nur mit einem lauten Ausatmen und der stummen Anweisung, das Seil an meinem Gurt zu befestigen und die Steigeisen überzuziehen. Dabei lasse ich mich von ihm über den wilden Gletscher aufklären, der in den vergangenen Jahren mit ein paar Tücken aufgerüstet hat. Durch den Klimawandel schmilzt das Eis beachtlich, der Altschnee ist schwach und weniger geworden, der Neuschnee nicht tragfähig.

»Zuckerschnee, durch den man einfach bricht. Jeder Tritt ein wenig so wie das Tabaluga-Eisschollen-Spiel. Du erfüllst mir einen Kindheitstraum«, sage ich und zwinkere, aber seine Mundwinkel regen sich kaum. »Vertrau mir. Wir werden Cooper …«

»Sag es nicht noch mal, bitte!«

»Aber …«

»Nein«, fällt er mir schroff ins Wort. Gleich darauf steigt sein Atem in unruhigen Stößen nach oben. »Du sagst es wie ein Mantra. Finden, finden, finden. Ich will das nicht hören!«

»Entschuldige«, erwidere ich perplex. Die Angst, die den ganzen Weg über mein Bauchgefühl manipuliert, staut sich zusammen und löst Unsicherheit in mir aus.

»Ich gehe vor, Vic, halte mindestens zehn Meter Abstand, bis wir das Ende des Gletschers erreicht haben.«

KAPITEL 29

Samuel

Fast viereinhalb Jahre zuvor

Was anders hittet? Wenn du lebst, nur dein Herz stirbt – Kollateralschaden.

> Samu, sie finden ihn. Okay? Ist es … wirklich eine Lawine?

> Bin gleich an der Talstation. Wartet auf mich …

> Bin fast in der Gondel. Wo finde ich euch auf dem Berg? Bitte antworte!

> Samu? Die suchenden Einsatzkräfte werden Jonas finden …

Mo, Coop und ich sprangen gerade in eine Gondel der Mittelstation. Es ging von 1.120 auf etwas über 2.000 Höhenmeter – Vic und mich trennte ein verdammter Berg. Die Tür fuhr zischend zu, und ich ließ mich auf die Sitzbank fallen. Seufzend umklammerte ich das Handy und zählte die Sekunden, bis die nächste Nachricht von ihr auf dem Display erscheinen würde. Eins, zwei, drei – Worte ploppten auf, und mein Herz hüpfte erleichtert: Bin gleich bei dir.

»Sie werden Jonas finden«, murmelte ich und fing an, mit den Füßen zu wippen. In der Hektik, mit der Mo mich aus der Wohnung meiner Eltern gezerrt hatte, bin ich bloß in die erstbesten Klamotten und meine Vans geschlüpft. »Jonas würd mich killen ... mit Sneakern auf den Berg ...« Die Gummisohle machte auf dem Aluminiumboden quietschende Geräusche.

Zu Hause hatte Mo von einem Großeinsatz, von vergangenen Stunden und einer Lawine gesprochen ... seit wir losgefahren waren, schwieg er. Nichts hatte ich aus ihm herausbekommen ... Vielleicht war alles ein Witz? Ein Fehlalarm? Ich meine, ein Lawinenunglück Ende September? Unwahrscheinlich. Abgesehen davon war Jonas doch ein Profi. Jonas war immer vorbereitet, Jonas prüfte dreimal, ob man angemessene Schuhe für den Berg trug, Equipment dabeihatte und ...

»Hör auf damit, Mann!«, knurrte mich Mo an, der gegenüber von mir saß. Er hatte sein Schweigen so schroff gebrochen, dass Cooper aufsprang und zu ihm rüberlief. Er zog die Leine und mein Handy mit sich. Es landete auf dem dreckigen Kabinenboden. Als wäre das dem Teil zu viel gewesen, leuchtete das Symbol für einen toten Akku kurz auf und verschwand zusammen mit der Hoffnung, Vic noch den genauen Standort schicken zu können. Ich hörte auf, mit den Füßen zu wippen, und sah zu Mo, der Coop fast wie in Trance über den Kopf streichelte. »Warum durfte sie nicht mit?«, fuhr ich ihn an. »Sag endlich, was genau los ist!«

Fest entschlossen, Mo zu schütteln und mehr aus ihm herauszubekommen, sprang ich auf. Doch stattdessen wurde die kleine Gondel von einer Windböe erfasst, und ich geriet ins Wanken. Unter uns kahle Felsen, in deren schattigen Lücken alte Schneefelder dem Sommer getrotzt hatten ... Wir mussten auf gut 1.700 Metern sein. Gefühlt genauso oft war ich mit Jonas hier hinaufgefahren ... zum Klettern, Wandern ... zum Schreien – andere tanzten Dinge aus, wir schrien auf Berggipfeln unseren Alltagsfrust in den Himmel. Jetzt wollte ich schreien. Doch ich schluckte den Frust über Mos Einsilbigkeit herunter und bückte mich nach meinem Handy. Aber egal, wie oft ich darauf herumdrückte, es blieb aus.

Mo seufzte, und ich ließ mich neben ihn auf die Sitzbank sacken. »Wir werden ihn finden, okay. Ganz sicher. Aber sag mir, warum Vic nicht mitdurfte?« Diesmal hoffte ich, einen Ton getroffen zu haben, der Mo klarmachte, dass ich es nur verstehen wollte. Er hatte Vic zurück in die Wohnung gedrängt und ihren Protest im Keim erstickt, indem er gesagt hatte, dass sie nun mal kein Teil der Bergwacht sei. Aber das war Schwachsinn. »Sie folgt uns eh. Jede Hilfe ist wichtig, und Vic ist fast ein Teil ...«

»Ach ja?« Mo hörte auf, Coop zu streicheln, und presste sich eine Faust an den Mund, sichtlich damit beschäftigt, sich zu sammeln. Ich ließ ihm Zeit, was meine Gedanken beschleunigte: *Ich brauche Vic, wenn ... wir Jonas finden. Wenn das mit der Lawine stimmt, wenn sie schon Stunden zurückliegt, wenn ... Jonas schon ...* Nein, diesen Gedanken konnte ich nicht zu Ende denken. »Ich brauche sie ...«

»Aber Jonas kann der Anblick von dir und ihr wohl erspart bleiben, oder?« Mo fuhr sich durch sein weißblondes Haar und sah mich mit tränengefüllten Augen an. »Er ist mein bester Freund, Mann.«

»Er war auch meiner ...«, sagte ich.

Worte, die einfach über meine Lippen gestolpert waren und deren mögliche zweite Bedeutung eine Welle der Ernüchterung durch meine Adern leitete. »War«, wiederholte Mo. Ich fing an zu zittern; die Gondel schwankte leicht, und wir tauchten in eine Wolkenwand, die uns von der Welt abzuschneiden schien. »Fuck, du hast einfach ... *war* gesagt.«

»Bevor wir zusammengekommen sind«, stellte ich hastig klar und fing an zu erzählen: »Das Team hatte damals noch keine Ahnung gehabt, weil er doch mein Mentor war, aber an meinem Achtzehnten, da haben wir uns heimlich geküsst, weil er wissen wollte, was mich am meisten Überwindung kosten würde. *Wie* mutig ich bin. Da ... waren wir ... also jedenfalls, ab da war er nicht mehr nur mein bester Freund.« Keine Ahnung, warum ich Mo das so ausführlich sagen musste, warum diese Bilder jetzt durch meinen Kopf schossen. »Er hat mir gezeigt, *wie* mutig ich sein kann.«

»*Du* hast ihm doch das Herz gebrochen.«

»Ich weiß ...«, sagte ich. Spürte, wie es in meinem Brustkorb immer schmerzhafter schlug. »Wir haben uns doch ... im Guten getrennt, Mo, schon vor ein paar Wochen. Er hat mich sogar angelächelt und gesagt, dass ich ihn nicht loswerden würde, weil das meine Angst war. Ihn zu verlieren ... also als Mensch ... als Freund.«

Warum hörten sich die Worte so schrecklich falsch an? Ich krallte mich in den Jeansstoff an meinem Oberschenkel und nahm wahr, wie die Wolkendecke vorbeizog. Jonas war der Kerl, der mich inspiriert hatte, mir zu nehmen, was mich glücklich machte ... und als Dank habe ich ihn hintergangen, weil meine Liebe für ihn nicht genug gewesen war. »Mir tut alles so leid ... Ich wollte doch nur glücklich sein – glücklicher. Jonas brauchte nur etwas Abstand, mehr nicht, er ...«

Deswegen war ich auch nicht mit auf dieser Tour gewesen. »Aber das ist egal. Wir werden ihn finden, okay?«

Keine Antwort. Den Rest der Bergfahrt verbrachten wir schweigend, während die Last unserer Gedanken Cooper unruhig machte. Er verstand nicht, was mit uns los war. Nur dass rein gar nichts okay war, musste er spüren. Oben stürmten wir aus der Bergstation und ließen nicht nur den Sommer zurück, sondern auch mein verdammt perfektes Leben.

Mo erzählte von seinem Plan, zur Gaststätte zu rennen, die nur wenige hundert Meter hinter der Station lag; sich am Equipment der Bergwacht zu bedienen, das dort gelagert wurde, das Quad zu borgen und zum Einsatzort zu fahren. Auf den Stufen, die aus der Station führten, kam ich in meinen Vans ins Rutschen, und als wir den Weg erreichten, liefen wir im knöcheltiefen Nassschnee weiter. Ich war außer Atem, und doch ergriff mich eine eisige Ruhe. Gedanklich überschlug ich die Fakten: dass die Temperaturen mit jedem Höhenmeter abnahmen, dass hier manchmal Minusgrade herrschten, während es im Tal noch über zehn Grad waren. Ich wollte nachvollziehen, wie wahrscheinlich Lawinen im September in Everstein waren ... Ich warf all die Gedanken über Bord, sobald wir auf den Pfad zur Gaststätte bogen, und blieb stehen. Kälte schlich sich durch meine nassen Schuhe, meine Beine hinauf, und ich hielt Mo am Ärmel fest.

»Was machen die denn hier? Warum suchen die nicht?« Er sprach die Fragen aus, deren Antwort ich fürchtete.

Vor der Holzhütte tummelten sich Leute der Bergwacht, Einsatzwagen parkten an den Seiten. Das Dach des Hauses schimmerte frostig, und die Alpengipfel dahinter erstrahlten in Weiß. Ich entdeckte Ben, der auf der Wiese davorsaß – davorkauerte traf es eher.

»Sie haben Jonas echt gefunden …«, antwortete ich und ballte meine Hände zu Fäusten. Omar musste uns gesehen haben, er kam uns entgegen, und als er vor uns stehen blieb, erkannte ich Tränen, die über seine geschwollenen Lider quollen – sie erstickten meine Hoffnung.

»Was macht ihr hier?«, fuhr er uns an.

»Wir wollen helfen …«, stammelte ich, und Cooper gab wie zur Bestätigung ein Bellen von sich.

Omar schüttelte den Kopf und sah zu Mo. »Du solltest doch zu Samuel fahren und warten!«, brüllte er, doch seine letzten Worte brachen förmlich zusammen. Ich hatte ihn noch nie so aufgebracht gesehen. Noch nie so emotional.

»Es war wirklich eine Lawine«, sprach ich aus, was schon die ganze Zeit Fakt war. »Ja … wir haben Jonas gefunden«, sagte Omar freudlos. Ich fing heftiger an zu zittern. Weil mir kalt war, ja, aber auch weil eine Erkenntnis sich in mir breitmachte. Eine höllische Kälte erreichte mein Herz, und jeder Schlag ging mit Qualen einher.

Fast zögerlich legte Omar eine Hand auf Mos Schulter und eine auf meine. »Oh Gott, Jungs …« Aus dem Augenwinkel sah ich, wie Mo sich den Arm vors Gesicht hielt und anfing zu schluchzen.

Etliche Atemzüge lang suchte Omar nach den richtigen Worten, ich wusste sie: »Jonas ist tot.« Aber da waren zwei Dinge, die ich begreifen musste. Erstens: »Wie?«

»Wir haben ihn geborgen, aber Samuel, nicht jetzt …«

»Wie?« Ich musste es wissen. Sofort.

»Jonas … er hat zusammen mit seiner Gruppe versucht, verstiegenen Wanderern zu helfen, die in der Nähe des Gletschers, an den Klippen, durch den Neuschnee ins Rutschen gekommen sind. Einer von ihnen ist schwer verletzt, sie wollten über den Kamm zur Station. Die letzten Nächte hat es dort oben geschneit, die Lawine ist auf sie niedergebrochen. Die Sonne, die Bedingungen …«

Zweitens: »Warum … Wo war Jonas' LVS-Gerät?« Lawinenverschüttetensuchgerät. Ein Sender, der das Finden vereinfachte. Wie oft hatte Jonas mir gesagt, wie wichtig dieses kleine Plastikteil war?

Statt Omar anzusehen, fixierte ich die Edelweißblume an seiner Jacke, und er fuhr fort: »Jonas muss gewusst haben, wie riskant der Weg war … Er hat es dem Verletzten gegeben.«

Wow. »Dieser Mann verdankt Jonas sein Leben, Samuel.«

Und was hatte Jonas davon?

Ich wollte so viel mehr wissen. Wo und wann genau? War es absehbar? Hätte jemand eingreifen können? Hätte *ich* es verhindern können? Aber diese Kälte in mir machte mir klar, dass es nichts mehr änderte.

»Samuel …«, setzte Omar an, doch er hielt inne, weil jemand in der Ferne meinen Namen rief. Wie von selbst drehte ich mich um und sah, wie Vic den Pfad heraufrannte. Sie trug das gelbe Kleid von letzter Nacht und eine blaue Jacke sowie Wanderschuhe von meiner Mutter. Ihre Locken wehten umher … Sie wirkte hier so fehl am Platz. Und doch schlug mein Herz so stark, während sie auf mich zustürmte, fast bei mir war und mich fest umarmte, als sie uns erreichte.

So fehl am Platz. Trotz allem erlaubte sich mein Herz, ein bisschen leichter zu schlagen. Glück zu empfinden, trotz allem, was es angerichtet hat … War es schuld? Hat es all das in Gang gesetzt? Nur weil ich nicht dabei war? Weil ich lieber bei Vic sein wollte? Wäre alles anders gekommen, wenn ich … Ich vergrub mein Gesicht in Vics Haar, roch, spürte, fühlte ihre Nähe, ihre Wärme und zählte die Sekunden, in denen nur das wichtig war, bis – eins, zwei, drei – mein Herz wieder von Kälte zerfressen wurde.

KAPITEL 30

Victoria

Heute

Samus Schulter streift meine, sein Schritt ist zügig, zu schnell, um über einen Gletscher zu laufen. Ich folge, als das Seil zu spannen anfängt, und bemühe mich, sicheren Trittes über Samus Spuren zu laufen, während wir in einer dichten Nebelwand verschwinden und ich seine Silhouette aus dem Blick verliere. Obwohl mir kalt ist, schwitze ich, umklammere mit beiden Händen das Seil vor mir und bleibe stehen, als die Spannung nachlässt. Warte. Gehe ein paar Schritte vor, aber Samu muss stehen geblieben sein, denn das Seil dreht sich auf dem Boden ein. Ich gehe weiter und erkenne, wie er sich mit beiden Händen gegen seinen Oberschenkel stützt und keucht.

Der Sicherheitsabstand ist mir egal, ich laufe auf ihn zu und lege meine behandschuhten Hände an seine Wangen.

»Du hast es auch bei Jonas gesagt. Wir finden ihn! Finden. Ich will dieses Wort nicht hören! Ich will ihn nicht finden, wenn er da schon …« Entsetzen blickt mir aus seinem Gesicht entgegen. »Fünfzehn Minuten. Fünfzehn Minuten sind bei Lawinen entscheidend, Vic. Danach sinkt die Überlebenschance radikal.«

Ich fange an zu zittern, kämpfe dagegen an und streichle über Samus Wange. »Hör mir zu. Cooper ist in keine Lawine geraten. Er kann sie schon von Weitem erschnüffeln, okay?«

Aber Samu lässt die Lider sinken und löst uns voneinander, indem er einen Schritt zurücksetzt und seine rechte Hand ausstreckt, anscheinend gezielt in den dichten Nebel zeigt, während ich nicht mal sagen kann, aus welcher Richtung wir gekommen sind. »Vielleicht einen Kilometer von hier, nicht mehr.«

Der gefrorene Boden, auf dem wir stehen, gibt ein Knarren von sich, doch die Bedeutung von Samus Worten schlägt einen weiteren Eispickel in mein Herz. Es geht nicht um Cooper. Samu benetzt seine Lippen, holt zu einem weiteren Hieb aus und presst sich die Hand gegen seine eigene Brust.

»Fünfzehn Minuten, in denen ich der glücklichste Mensch war, weil du in meinen Armen lagst. Der verfluchteste, glücklichste Mensch, verstehst du? Während Jonas um sein Leben gekämpft hat, war ich einfach glücklich!« Mit seinen letzten Worten bricht seine Stimme.

»Sag so etwas nicht, Samu«, flehe ich. Gehe auf ihn zu, aber er weicht zurück.

»Ich brauche mehr Abstand!«, krächzt er, und ich weiß nicht, ob er den Sicherheitsabstand meint oder mich.

»Nichts davon ist unsere Schuld. Glück ist kein Verbrechen.«

»Aber die Konsequenzen unserer Entscheidungen. Ich hätte auch auf dieser Bergtour sein sollen, und komm mir nicht mit ›Es ist nicht deine Schuld‹. Natürlich habe ich die Lawine nicht ausgelöst, aber ich habe die falsche Entscheidung getroffen, weil ich *dich* wollte.«

Mir ist schwindelig. Samu wollte bei mir sein. Samu war der glücklichste Mensch. Samu wollte mich. Worte, die ich mir so oft zu hören gewünscht habe. Die mir alles bedeuten, und doch tun sie jetzt einfach nur weh. So weh, dass eine Kälte durch mich strömt und mich lähmt.

»Glück ist es nicht wert, alles zu verlieren. Wir waren es nicht wert«, sagt er mit zusammengepressten Kiefern.

Ich sehe in dir nur meinen Verlust.

Richtige Person, falsche Zeit. Mir wird schlecht, weil mir dieser Gedanke überhaupt in den Sinn kommt, jetzt, hier, und ich hasse mich für meine Gefühle. Diese Einsamkeit in mir, die sich nichts sehnlicher wünscht, als an das Wollen und das Glücklichsein anzuknüpfen. Hätten wir da weitergemacht? Wäre alles anders gekommen, wenn Jonas nicht gestorben wäre? Hätte Samu sich für mich entschieden? Und ist es richtig, dass wir ... dass wir nicht sein sollen? Trotz allem und nach all der Zeit?

Samu geht an mir vorbei. Das Seil zwischen uns dreht sich langsam wieder auf, hebt sich wackelnd an und wirbelt Schnee umher. Es spannt und gibt mir einen Ruck.

Meine Wangen brennen, ich laufe schneller und hole ihn ein. »Bereust du, dass wir miteinander geschlafen haben?«

»Abstand, Vic«, ruft Samu, doch ich distanziere mich nicht.

»Dann antworte mir!« Ich weiß, ich sollte jetzt nicht darauf bestehen. Ich sollte mich an diesen verdammten Abstand halten, aber da ist eine Angst in mir, die jetzt nach Antworten verlangt, die mich hetzt und ... »Bereust du unsere Nacht? Du hast eben gesagt, du warst der glücklichste Mensch, weil ich in deinen Armen lag. Aber du hast mir geschworen, dass du dich nicht daran erinnerst.«

»Zur Hölle, Vic! Du willst mich nicht verstehen. Nichts

davon bereue ich, okay?« Er greift in den Stoff meiner Jacke, oberhalb meiner Brust und zieht mich so nah an sich, dass sein warmer Atem meine Lippen streift. »Was willst du hören? Dass ich mich an jedes Detail erinnere? An deinen Duft, an das Gefühl deiner nackten Haut unter meinen Händen? Dass ich mich nach deiner Nähe sehne? Scheiße, dass ich mit anderen Frauen, mit anderen Männern geschlafen habe, dass ich mich verloren habe und dass einfach niemand je an dieses Gefühl, das du in mir entfacht hast, herangekommen ist? Dass sich nichts daran geändert hat, dass das Verlangen in den Jahren nur mutiert ist?«

Ich erstarre, er zieht mich noch näher an sich, und unsere kalten Nasenspitzen berühren sich. »Nur was ändert das daran, dass du mein ultimativer Kontrollverlust bist?«

Samu lässt von mir ab, ich gehe einen Schritt zurück, spüre, wie etwas unter mir knackt. Spüre, wie der Boden nachgibt, und ich stürze. Wie ich *wirklich* falle und Samus wunderschönes Gesicht vor Sorge erstarrt, sich entfernt, wie seine Hände nach mir schnappen. Wie ich nach ihm greifen will. Vergeblich. Und da taucht eine Erinnerung in meinem Kopf auf: *Sicherheitsabstand.*

KAPITEL 31

Victoria

Schnee rieselt mir ins Gesicht, das Seil fängt meinen Sturz ab, und ich klatsche wie ein nasser Frosch gegen eine Eiswand. Ein stechender Schmerz schießt durch meine Brust, der erst nach ein paar tiefen Atemzügen verschwindet. Blinzelnd versuche ich, mich zu orientieren, und schaue, von Samus Rufen gelockt, nach oben. An der Kante sehe ich ihn nicht, aber das Seil spannt und wirft mir weiteren Neuschnee entgegen.

»Vic!«, echot Samus Stimme erneut. »Geht's dir gut? Antworte mir, verdammt!« Er stöhnt angestrengt und zieht am Seil. Ich sehe ihn vor meinem inneren Auge, wie er sich im Schnee mit seinem ganzen Körpergewicht gegen meins stemmt.

Das Blut rauscht in meinen Ohren, ich bewege meine Finger, taste mich ab, rege Zehen und Gelenke, und eine warme Erleichterung durchfährt mich. Bis auf mein Herz, das mir in die Hose gerutscht ist, scheint alles an Ort und Stelle.

»Samu«, krächze ich und komme mir mit dem Klang meiner Stimme wirklich wie ein Frosch vor. »Bin okay!« Das bin ich – bis auf den Schock – tatsächlich. Tief durchatmend, schaue ich mich um. Der Riss, in den ich gestürzt bin, ist nicht groß, keine drei Meter lang, und dicht unter mir schließt sich die Spalte wieder. Ich strecke meinen Fuß nach links, um eine kleine Wölbung zu erreichen, und finde dank der spitzen Steigeisen rasch Halt. »Du kannst locker lassen, ich habe festen Stand!«

Ein paar Sekunden später taucht Samu am Rand der Spalte auf, seine Augen weit aufgerissen.

»Alles gut!«, rufe ich, aber erst bei meinem Lächeln seufzt er so erleichtert, dass es klangvoll durchs Eis hallt.

»Sicherst du mich? Ich denke, ich kann einfach hochklettern.«

»Natürlich! Seil kommt sofort.«

Froh darüber, dass wir beim Packen an alles gedacht haben, greife ich über meine Schulter und ziehe Eispickel aus einem Seitenfach des Rucksacks. Gleichzeitig lässt Samu ein Kletterseil herab, das ich an meinen Gurt klicke.

»Bereit?«, rufe ich. Samu antwortet mit einem »Immer«, und ich ramme die Spitze ins Eis. Mit aller Kraft ziehe ich mich hoch, steche mit den Steigeisen ins Eis und lasse eine Angst in der Spalte zurück, die von mir aus hier verrotten kann.

An der Kante fasst Samu meinen Arm und rauft mich die letzten Zentimeter zu sich hoch. »Du bist ja richtig *badass*«, japst er und klingt mindestens so adrenalintrunken, wie ich mich fühle. Er zieht mich an sich, weg vom Abgrund, bis wir im Schnee knien und er seine Arme um mich schlingt.

Alles dreht sich, aber wir lachen erleichtert. Definitiv auch ein wenig hysterisch. Ziehen uns fester aneinander, und ich schiebe meine Hände unter seinen Rucksack, klammere mich in seine Jacke. Unsere Helme klopfen gegeneinander, und doch umfassen wir uns nur noch enger.

Minuten vergehen, und Samu lässt mich nicht los, er hält

mich so fest, als würde er mich nie wieder gehen lassen wollen, und das soll er gefälligst auch nie wieder tun.

»Es tut mir leid«, flüstert er irgendwann. »Ich habe so viel falsch gemacht. Ich war so ekelhaft zu dir und ...« Seine Stimme klingt belegt und hält mich noch ein wenig fester, als befürchte er, ich würde ihm jeden Moment wieder entgleiten und in ein Erdloch stürzen.

»Wir sind Menschen, Samu. Unser größtes Talent ist, zu wissen, wie es besser geht, und es doch immer wieder zu verbocken.«

Er lacht mir heiser ins Ohr, und ich fühle mich, als würde ich schweben. Wenn man einen Gipfel erreicht und die Welt unter Wolken verschwindet, fühlt man sich losgelöst. Alles ist klein. Demut und Stolz durchströmen den Körper. Man fühlt sich besonders und gleichzeitig unwichtig. Weil die Welt sich einfach weiterdreht, weil sie sich immer weiterdrehen wird, und es genau so sein soll.

Aber wichtiger als das Hochkommen ist der Abstieg. Keiner redet darüber, dass die Abstiege *die* Herausforderung sind. Man ist erschöpft, die Motivation verklungen, das Adrenalin lässt nach, und unsere Füße kommen *immer* ins Straucheln.

»Du wirst mich nicht mehr los«, sage ich und stupse Samu sanft eine Faust gegen die Wange. Drehe dieses neue Seil unserer Verbindung, das nie wieder reißen wird. »Selbst wenn du mich zum Teufel jagst.«

Er lacht und sagt heiser, dass er das nicht vorhat, gibt mir mit seinem Helm eine noch sanftere Kopfnuss.

»Jetzt holen wir Cooper.«

Am Ende des Gletschers steigen wir einen Abhang hinab, wie im tiefen Winter rauscht der Wind sanft über die Schneedecke und lässt vereinzelte Flocken emporstieben. Ein Anblick, der nicht von dieser Welt scheint und mit dem anbrechenden Frühling im Tal nichts zu tun hat.

Samu kommt mit knirschenden Schritten auf mich zu. Er legt seine Arme unerwartet über meine Schulter und hält mir ein Fernglas vor die Augen. Ich spüre sein Lächeln im Nacken, fische meine Hände aus den Handschuhen und lege sie ans Fernglas. Von seinen Fingern, die sich an meine schmiegen, lasse ich mich führen und erblicke eine zweistöckige Hütte, die vor dem Westmann auf einem verschneiten Hügel thront. Sie wirkt vor dem steinernen Massiv wie ein Spielzeughaus. Aber das ist nicht der Grund, warum ich den Atem anhalte. Warum ich Samus Strahlen bis unter meine Haut spüre.

Ein winziger Punkt tapst auf der Terrasse herum, und ich bin mir sicher, nie Zeugin eines schöneren Bergpanoramas geworden zu sein. Ich lasse das Glas sinken, schaue zu Samu, der seinen Hund verflucht und doch das größte Lächeln im Gesicht hat.

»Dem mache ich die Hölle heiß«, murrt er, und ich spüre die Vibration seines Lachens an meinem Rücken.

Unterhalb des Hügels, auf dem die Hütte steht, liegt ein zugefrorener Bergsee. Teils umgeben von eingeschneiten Fichten und anmutig hohen Felswänden zeichnet sich ein unglaublich schönes Bild. Wir gehen immer schneller über die steinige Böschung, während die freudige Anspannung, Cooper zu erreichen, greifbar in der Luft liegt.

»Ich kenne diesen Ort gar nicht«, sage ich schnaufend und schaue über einen kleinen Steg hinweg. Über gefrorenes, schimmerndes Gras und die lange Treppe hinauf, die an eine Außenterrasse anschließt. Mit einem Mal wirkt die Hütte mächtig.

»Es war vor ein paar Jahren noch eine Bruchbude. Im letzten Sommer mussten wir jedoch mit den Umbauten pausieren.«

Unter unserer Last knarzen die verschneiten Stufen. »Wir?«, will ich wissen, doch ein ungeduldiges Bellen unterbricht uns, und Coopers Kopf erscheint am Rande der obersten Stufe.

Samu wollte ihn nicht rufen, sollte er verletzt sein, aber ich glaube, sein Hund weiß schon lange, dass wir hier sind.

Samu flitzt los, so schnell, dass es mich wundert, dass er nicht ins Stolpern kommt und zusammen mit Cooper hinunterstürzt, als dieser ihm die letzten Meter buchstäblich in die Arme springt.

Mein Herz macht bei diesem Anblick Luftsprünge.

Cooper schleckt über Samus Gesicht und gibt jaulende Laute von sich, als würde er nicht wissen, wie er seine Freude zum Ausdruck bringen soll. Mit breitem Lächeln bleibe ich neben den beiden stehen und muss heftig gegen Tränen anblinzeln, weil in dem Moment der letzte Brocken Sorge von mir abfällt. Auch wenn Coopers Fell verdreckt, voller klebender Schneekugeln ist und die feinen Härchen an seiner Schnauze eingefroren sind: »Ihm geht es gut«, sage ich schluchzend.

Mit weicher Miene blickt Samu mich an. »Vic«, wispert er und tritt näher an mich. Was sein Hund direkt als Einladung nimmt und sich zappelig zu mir streckt und mit seiner rauen Zunge über meine brennenden Wangen fährt.

Doch ich erstarre, als ich eine rötliche Stelle in Coopers Fell entdecke. Direkt über seinem Schulterblatt ist Blut.

»Ihm geht es gut!«, versichert Samu sofort. »Die Wunde ist oberflächlich, er ist okay.«

Und ich fange an, zu schluchzen, zu lachen und zu weinen. »Es tut mir leid«, japse ich und gluckse, weil Cooper seine Pfote auf meine Schulter legt und mir die Tränen wegschleckt. »Aber ich bin so …«

»So glücklich«, beendet Samu meinen Satz, und ich kann nichts weiter tun, als überschwänglich zu nicken, meine Tränen wegzuwischen und Coopers Brust zu kraulen. Ich fühle mich so ausgelaugt und erschlagen wie noch nie in meinem Leben, spüre jeden Muskel und bin dennoch voller Glück.

»Meinst du, er schafft den Abstieg?«, frage ich. Schaffen wir ihn? Wir würden den Hof nie vor der Dämmerung erreichen.

»Heute? Ganz sicher nicht«, antwortet Samu und deutet mit dem Kopf zur Hütte.

»Hast du etwa einen Schlüssel?«

»Noch nicht.«

Über mir schwebt wohl ein großes Fragezeichen, denn Samus Augen funkeln auf, und gepaart mit dem zuckenden Mundwinkel formt sich mein liebster Ausdruck in seinem Gesicht. Wir setzen Cooper auf den Boden, Samu streift sich den Rucksack von den Schultern und löst die Steigeisen von seinen Schuhen. Er platziert alles auf einer eingeschneiten Tischplatte, ehe er selbst daraufsteigt. Räuspernd wischt er sich die Hände an seiner Hose ab, dreht mir den Rücken zu und geht bis zum Tischrand. Mir dämmert, was er vorhat, und im nächsten Moment streckt er sich und greift gezielt in einen Spalt über einem Fensterrahmen.

»Gibt es etwa ein Geheimversteck?«, frage ich scherzend, und Samu schaut über die Schulter zu mir. Er häuft etwas Schnee von der Fensterbank an und wirft ihn zu mir rüber. »Was, meinst du, suche ich sonst hier?« Zwischen den eingeschneiten Balken zieht er gleich darauf einen Schlüssel hervor und grinst breit. Dann schwingt er sich herunter, öffnet die Haustür und breitet seinen Arm aus, um uns hineinzubitten. Cooper geht leicht humpelnd, aber mit Propellerschwanz hinein, ich schnappe mir Samus Sachen vom Tisch und folge eilig.

»Hilfst du mir, ihn zu versorgen?«, fragt Samu und streift sich den Helm ab. Ich nicke sofort.

In der Hütte riecht es nach geschliffenem Holz und Farbe, was vermutlich von den mit Planen überzogenen Tischplatten kommt, die an die Wände gelehnt sind. Samu hat Cooper wieder auf dem Arm und geht an einer Theke vorbei. Darüber hängt ein Regal, in dem ein paar Schlüsselfächer sind, die den Ort als typische Alpinhütte outen.

Wir lassen den vorderen Teil hinter uns und treten in einen Wohnbereich mit hellem Holzboden und einem roten Teppich. Samu platziert Cooper auf dem Esstisch vor kleinen Sprossenfenstern und streckt die Hand nach seinem Rucksack aus.

»Danke«, sagt er zu mir und gibt Cooper das Kommando, sitzen zu bleiben. Cooper gehorcht mit spitzen Ohren, und mir fällt auf, dass seine Zähne leicht klappern. Auch Samu reibt sich über die Hände. »Arschkalt hier, hm?«

Leider wahr, denke ich mir. Da geht Samu an mir vorbei, schließt die Tür des Wohnbereichs und rubbelt mir kurz über den Arm. »Wir kümmern uns um den Räuber, und dann sollten wir den Kamin anschmeißen und die Bude warm bekommen.«

Coopers Schnittwunde, die er sich vermutlich an einem kantigen Baumstamm zugezogen hat, ist tiefer als gedacht, aber nichts, was sein Herrchen nicht versorgt bekommt. Etwas skeptisch, aber brav macht Cooper auf der Tischplatte Platz und gibt ab und an ein sanftes Murren von sich.

Die kleine Arzttasche liegt ausgebreitet vor mir, und ich bin erstaunt, was Samu darin alles aufbewahrt. Innerhalb von Augenblicken wurde aus dem Esstisch ein Behandlungstisch, die Wunde nicht nur desinfiziert, gesäubert und betäubt, sondern das Fell drumherum auch mit einem Rasierer gestutzt. Samu gibt mir Anweisungen, ihm Tupfer, Mull oder eine Pinzette zu reichen, und ich lasse meinen Blick gebannt vom tapferen Cooper zu Samus Händen und hinauf zu dessen konzentriertem Gesicht wandern. Dabei sehe ich, wie er mit seiner Zunge über einen Mundwinkel fährt, mein Starren mitbekommt und lächelnd seine Lippen schließt.

»Ich wünsche dem Patienten eine feine Wundheilung«, sagt Samu, als die Naht vollendet ist, und zieht die Latexhandschuhe von seinen Fingern. Von Cooper bekommt er ein quiekendes Bellen als Antwort und einen Pfotenpatscher mit der Bitte, ihn vom Tisch zu evakuieren.

Schnell schieben wir einen Sessel und einen Baumstamm-Couchtisch zur Seite und bauen Cooper ein gemütliches Bett aus Kissen und Decken direkt neben dem Kamin.

»Das mit dem Feuer wird dauern. Ich sorge mal dafür, dass wir die Infrarotheizung angeschaltet bekommen. Dafür muss ich nur leider den Sack kontaktieren, weil ich den Code nicht auf dem Schirm habe.«

Perplex sehe ich Samu an, der ein genervtes Knurren von sich gibt, und frage: »Den Sack? Wem gehört die Hütte?«

»Den Landmarks. Das ist eigentlich Mos großes Projekt, bis ihm die Bar dazwischengegrätscht ist«, erzählt Samu, und ich kann nicht leugnen, dass mein schlechtes Gewissen angesichts unseres Quasi-Einbruchs ein wenig schrumpft.

Nachdem Cooper einen halben Napf Wasser und eine Schüssel Trockenfutter vertilgt hat, ist er innerhalb weniger

Sekunden in seinem Bett eingeschlafen. Wir haben unsere Jacken und Schuhe in der Nähe des Kamins abgelegt, in dem mittlerweile ein Feuer prasselt, und ich habe es mir auf dem Sofa gemütlich gemacht. Lausche dem Knistern, Coopers süßem Schnarchen und Samus Stimme einen Raum weiter, der sich als Wirtshausbereich herausgestellt hat und von wo aus er mit Moritz über einen Funker spricht. Die Nachmittagssonne scheint durch die Fenster, und als wäre Coopers Atem die Einschlafmusik schlechthin, werden meine Augen träge. Doch mein Kopf ist über den Wolken, filtert all die Worte, all die Augenblicke zwischen *uns*, die Teil des ganzen Dramas waren.

Wenig später tritt Samu mit zwei Dosen und sichtlich amüsierter Miene in den Raum.

»Gemüse-Ravioli oder Tomatensuppe? Beides mit Ökosiegel, ob's den Dosengeschmack wegmacht, ist fraglich.«

Ich grinse. »Solange das Haltbarkeitsdatum nicht vom letzten Jahrhundert ist«, sage ich und kichere. »Dafür hätte ich Schoko-Proteinriegel zum Dessert im Angebot.«

»Lasst das Festessen beginnen.«

Wie ausgehungerte Ferkel machen wir uns schon in der nebenliegenden Küche über das aufgewärmte Essen her und schaffen es gar nicht zum Esstisch zurück, da sind die Schalen leer.

Wir haben unseren Ausflug Revue passieren lassen, und ich musste Samu schwören, dass keine Berge schöner sind als unsere. Unsere Leichtigkeit ist uns bis hierher gefolgt, und dennoch, oder gerade deshalb, zucke ich zusammen, als Samus Daumen über meine Unterlippe fährt und seine andere Hand mir die leere Schale abnimmt. Ich sitze auf der Küchenzeile und muss schlucken. Doch zum ersten Mal schlägt es in meiner Brust schneller, leichter und kraftvoller als zuvor, weil da diese Angst fehlt, die ich meinem Herzen seit Jahren zugemutet habe. Dabei wusste es schon immer alles besser.

»Mein Herz ist ein Klugscheißer«, murmle ich.

Während Samu mit der Hand über meine Wange streichelt, spüre ich, dass er ganz genau weiß, was mein Gefasel bedeutet.

»Na, wen wundert's, dein Kopf ist auch einer.« Er seufzt gespielt, und ich rutsche feixend nach vorn.

»Wenn das so ist, dann hör mir jetzt gut zu.«

Grinsend spielt er mit einer meiner Locken und schaut mir erwartungsvoll in die Augen.

»Wir bekommen das hin. Alles. Wir kommen hier sicher wieder runter. Coopers Wunde wird gigantisch toll verheilen. Die Hunde haben den Schreck schon längst überwunden, und zusammen mit den anderen bauen wir die Scheune wieder auf.«

Er streift eine Strähne hinter mein Ohr, und ein Kribbeln zieht bis in meinen Nacken. »Dann bist du nicht nur eine Klugscheißerin, sondern auch eine Hellseherin?«

»Deine persönliche.«

»Was für eine Ehre.«

»Es kommt noch besser, denn diese Nachbarn, die dir mit dem Hof was wollen, schicken wir in die Hölle. Versprochen.«

Über seine Augen legt sich ein dunkler Schatten, und ich wünschte, ich hätte die Scheune und den Hof nicht angesprochen. Warum überziehe ich den schönen Moment mit Sorge? Ich knibble an meiner Unterlippe, rutsche von der Küchenzeile und lege meine Hand auf Samus Brust. Die hebt sich langsam an, und zwischen seine Brauen gräbt sich eine Kerbe. Ich kann es sehen, ich habe eine Gedankenlawine in seinem Kopf ausgelöst und würde mich am liebsten ohrfeigen.

Doch er nickt, legt sein Kinn auf meinen Kopf und wispert: »*Wir* bekommen alles hin, Vic.« Er atmet schwer aus und fügt leise hinzu: »Ich weiß nur noch nicht, wie.«

Wir haben unser Geschirr gespült, Samu hat sich eben zum Duschen zurückgezogen. Cooper schläft ausgestreckt auf dem Rücken, und ich bin froh, dass er seine Wunde kaum zu spüren scheint. Behutsam kraule ich seinen weichen Bauch, dann ziehe ich ihm eine Decke bis zu den Pfoten. Das Feuer knistert angenehm, und die Wärme im Raum ist zum Einkuscheln schön. Draußen geht die Sonne langsam unter, und ich erwische mich zum dritten Mal in vielleicht fünf Minuten bei dem Gedanken, Richtung Bad zu gehen. Es liegt gegenüber der Küche und hat statt einer Tür nur einen Duschvorhang, auf dem Wolverine abgebildet ist. Es knarzt, und Leitungen knacken in den Wänden, ich höre das Wasser und sehe einen nackten Samu vor mir.

Soll ich zu ihm gehen? Kann ich? Ich will zu ihm. Aber was, wenn Samu das nicht möchte? Meine Gedanken driften zum Fast-Kuss, zu den Blicken und Berührungen ... *Hör auf, alles zu zerdenken.*

Ich gehe zum Bad, das im Grunde nicht mehr ist als eine viereckige Kammer. Durch einen Spalt im Vorhang sehe ich Samu, der mit dem Rücken zu mir steht. Wasser rinnt über jeden Muskel seines angespannten Rückens, immer weiter hinunter zu seinem Hintern und seinen langen Beinen. Die Stirn hat er gegen die schwarzen Fliesen gedrückt. Ein Anblick, der mir nicht nur ein Ganzkörperprickeln verschafft, sondern eine Sehnsucht entfacht, die viel mehr ist als bloßes Begehren.

Mit flatterndem Atem streife ich den Vorhang zur Seite, die Ringe geben klirrende Geräusche von sich, und Samu dreht sich zu mir um. Nicht erschrocken, eher mit dunklen, erwartungsvollen Augen, als wäre dieser halbe Meter zwischen uns eine quälend große Distanz.

Ohne etwas zu sagen, greife ich an den Saum meines T-Shirts und ziehe es aus. Ehe mich Zweifel, Ängste oder Scham einholen können, entledige ich mich meines Bralettes, meiner Socken, meiner Leggings und meines Slips.

Eine Gänsehaut überkommt mich, weil es überraschend kalt ist, doch Samu zieht scharf die Luft ein. Langsam gehe ich auf ihn zu und trete in den Schwall der Dusche. Eiskalte Tropfen sprenkeln meine Haut, und ich halte die Luft an, kämpfe eine Sekunde damit, dem Wasser entkommen zu wollen, doch dann schlinge ich meine Arme um Samu. Er zuckt nicht mal zusammen, und ich drücke mich gegen seinen nassen Körper. Spüre seine Wärme, trotz der Kälte, die seine Haut überzieht.

»Vic«, sagt er und legt seine Hände an meine Oberarme. »Hier oben läuft nur Kaltwasser.«

Ich hebe die Schultern, schmiege mich an seine Schulter, nehme seinen herben Duft wahr. Die Kälte ist mir egal, da ist nur Samu ... überall Samu. Ich halte mich an ihm fest, während seine Finger an meinem Rücken entlanggleiten, und schließe die Augen. Versuche, mich an das Eiswasser zu gewöhnen, doch als mein Körper unweigerlich zu zittern anfängt, rührt sich Samu, und in der nächsten Sekunde ist das Wasser aus.

»Du kannst nicht alles kontrollieren«, flüstere ich und küsse seine Schulter. Spüre eine Gänsehaut, gleich darauf einen Schauer, der ihn durchzieht und auf mich übergeht. Ich schlage meine Lider auf, wandere mit meinen Händen seine Hüften entlang und ziehe mit den Fingerspitzen eine Spur bis zu seinen Oberarmen. Samu antwortet nicht, dafür verknoten sich unsere Blicke, dringen tief und sehen alles. Mehr als Worte sagen könnten. Verwirrende Worte, die nicht die Gewissheit widerspiegeln könnten, die ich in diesen schimmernden braunen Augen erkenne. Dass wir beide – endlich und genau jetzt – zu viel und gleichzeitig zu wenig fühlen.

»Schließ die Augen«, bitte ich. Er streift mit seinem Brustkorb meine Brust, sein Atem wird flacher, und er schließt unruhig seine Lider. Wie ein Automatismus legt er seine Hände auf meine Hüften. Ich strecke mich zu seinem Ohr, so nah, dass mein Mund sein Ohrläppchen berührt. »Nicht öffnen. Konzentriere dich nur auf das, was du fühlst.«

Das Blut rauscht brennend durch meinen Körper, als ich kleine Küsse an seinem Hals verteile, mit meinen Lippen herum zu seinem Adamsapfel wandere. Er schluckt, ich küsse, und er knetet mit seinen Händen meine Seiten.

Dann hebe ich meinen Kopf ein wenig. Meine Lippen neben seinen, sein Atem in meinem Mund, während ich ihn berühre und jeden Zentimeter seines Körpers mit Sicherheit benetzen will. Ich fahre seine Arme entlang, über sein Tattoo, das seinen ganzen Unterarm verziert, hin zu seinen Schlüsselbeinen. Bis zu dem kleinen Tattoo unterhalb seiner Drosselgrube. *Behave* – ich streiche das Wort mit einem Finger durch, und Samus Mundwinkel regen sich.

Er holt tief Luft, als ich ihn an seinem Po fasse und so noch enger an mich ziehe. Seine Lust ist unverkennbar, reibt sich gegen meine Hüfte und entlockt ihm ein Knurren. Dass er erstickt, indem er seinen Mund an meine Halsbeuge presst.

»Ist das nur ein Traum?«, fragt er, und sein heißer Atem lässt mich erzittern.

»Du willst nicht wissen, wie oft es Fantasie war.«

Er seufzt, während er seine Hände meinen Rücken hochwandern lässt. »Ich will alles wissen, und das detailgetreu.«

»Willst du es nur wissen, oder soll ich es dir zeigen?« Ich mache einen Schritt rückwärts und verschränke unsere Hände miteinander. Trete weiter zurück und will ihn aus dem Bad führen. Er schlägt die Augen auf, und ich flehe stumm, mir zu vertrauen. Und was auch immer Samu in meinen Augen liest, er lässt sich von mir mitziehen. Durch den kleinen Flur, am Esstisch vorbei, neben Cooper, der mittlerweile auf dem Sessel schlummert, bis zum urigen Sofa.

Samu mustert mich, Tropfen rinnen über sein Kinn, und das Haar klebt nass an seiner Stirn. Ich habe noch nie jemand Schöneren gesehen. Obwohl, ich glaube, ich wollte nie jemanden anderen sehen als *meinen* Samu. Der ebenso nach Atem ringt wie ich, der meine Hände drückt und mir verdeutlicht, dass jede Faser seines Körpers Begehren spürt. Nach uns. Ich finde alles an ihm unwiderstehlich. Weil beim Anblick seiner Erektion mein Unterleib zu pochen beginnt, und ich ... nicht weiß, was ich gerade denken wollte. Ich deute Samu an, vor dem Sofa stehen zu bleiben.

Schluckend räuspere ich mich, hebe den Finger an und presse ihn gegen seine Stirn. *Oh Gott, ich kann echt nicht mehr klar denken.*

Mit glühend heißen Wangen lächle ich und drücke Samu zum Sofa. Er setzt sich und will mich auf seinen Schoß ziehen, aber ich schüttle den Kopf.

»Weißt du, wie oft ich mich berührt und mir vorgestellt habe, du seist es?« Ich fahre über seine Brust, fühle seinen heftigen Herzschlag und gleite mit meiner Hand weiter hinunter. Seine Lider pressen sich zusammen, als ich mich hinhocke und zwischen seine Knie rutsche. »Dabei war alles, was ich wollte, *dich* zu berühren, *dich* zu schmecken, *dich* zu spüren. Allein die Fantasie hat mich ...«

»Victoria.« Seine Stimme bricht und bringt meinen vollen Namen rollend heraus.

»Genau so habe ich mir vorgestellt, wie du meinen Namen stöhnst. Wie du deine Hände in meinen Haaren vergräbst und nach mehr verlangst.« Meine Worte werden von einem kehligen Stöhnen abgelöst, sobald mein Mund seine Härte umschließt.

Das hier kommt keiner Fantasie, keiner Serie, keinem Traum auch nur im Ansatz nah. Etwas in meiner Brust explodiert, und ich kann von diesem Gefühl ... von den Geräuschen, die Samu von sich gibt, nicht genug bekommen. Ich stehe in Flammen, und das hat rein gar nichts mit dem Kaminfeuer hinter mir zu tun. Mit meiner freien Hand helfe ich nach, spiele mit meiner Zunge und muss seufzen, weil Samu sich noch immer verspannt.

Lass dich fallen, flehe ich gedanklich. Mit der Hand wischt er sich übers Gesicht, presst den Kopf gegen die Rückenlehne des Sofas und fährt mir sanft durch mein Haar. »Du machst mich wahnsinnig«, raunt er, und seine Lider entspannen sich. Endlich lässt er es zu, sein Becken drückt sich mir entgegen, und sein immer schneller werdender, flacher Atem erfüllt den Raum, stachelt mich an, ihn Richtung Höhepunkt zu treiben.

Samu stöhnt und gibt nicht nur die Kontrolle ab, er gibt sich mir hin – was einem Versprechen gleichkommt, das mich zerstört. Und mich mit Stücken seiner Seele wieder flickt.

»Komm her!« Überraschend klar und fordernd sieht Samu mich aus seinen schmelzend goldenen Augen an. Er greift mir unter die Arme, so bestimmt, dass ich die Luft anhalte, während er mich auf seinen Schoß hievt. Er überlegt nicht, zerdenkt nichts, lässt seine heißen Hände an mir entlangwandern, nicht zaghaft oder sanft, sondern genau so, wie er es will.

Er spielt mit meinen Brustwarzen, ich stöhne heftig auf, bis er mit seinen Händen meine Wangen umschließt und sein Mund meine Geräusche abfängt, einatmet und mir mit einem gierigen Kuss den Kopf vernebelt. Er spreizt meine Lippen mit seiner Zunge, und in meinem Unterleib wütet ein Sturm, der zu lange im Tiefschlaf war. Samus Berührungen sind plötzlich überall, an meinem Rücken, meinem Po, zwischen meinen Beinen. Ich schiebe mich ihm entgegen und suche Halt an seinen Schultern.

»Vic«, keucht er an meinem Mund.

»Samu«, wimmere ich, als er sich mir entgegendrückt, ich mich an ihm reibe und mir daraufhin in die Unterlippe beiße. Ich will nichts anderes mehr, nur mehr von ihm.

Ich lege meine Hände an seine Erektion. Fange an, ihn zu massieren, ohne dass unsere Blicke voneinander ablassen, kann sehen, dass er endlich bei mir ist, dass er sich fallen lässt, und nehme ihm den letzten Funken Selbstbeherrschung.

KAPITEL 32

Samuel

Ich bin nackt, und es riecht nach verbranntem Holz, während Coopers Schnarchen den Raum erfüllt. Aber jemand fehlt in meinen Armen.

»Vic?«, nuschle ich und reibe mir gähnend übers Gesicht. Wir haben die ganze Nacht auf dem schmalen Sofa verbracht, und die Uhr über dem Natursteinkamin will mir klarmachen, dass es schon 06:27 Uhr ist. Meine Wenigkeit hat mindestens zehn Stunden geschlafen.

»Wo bist du? Das unbequemste Bett auf 2.000 Metern lädt noch zum Verweilen ein!«, rufe ich. Doch bis auf Coops Grunzen bin ich von absoluter Ruhe umgeben.

Kurz entschlossen springe ich vom Sofa auf, wuschele Coop über den Kopf, den er daraufhin hebt, und schaue mir die Wunde an. Tadellos. »Ist mir ein Rätsel, wie ich dich für deine Aktion nicht mindestens einen Tag hassen kann.«

Im Bad, in der Baustelle, die mal ein Schlafzimmer sein soll, und auch in der Küche fehlt jede Spur von Vic. Ich schnappe mir meine Klamotten, zwänge mich in die Hose und streife mir schon im Gastrobereich mein Shirt über.

Wo ist meine liebste Frühaufsteherin? Alles ist in Schatten getränkt, doch durch jedes Sprossenfenster, das näher zum

Ausgang liegt, leuchtet der Himmel über den umliegenden Bergen auf. Ein kühler Windzug lockt mich zur offenen Eingangstür, und ich trete nach draußen.

Schimmernder Schnee knarzt unter meinen Sohlen, und Vic steht direkt vor mir am Terrassengeländer. In eine große Häkeldecke gewickelt schaut sie lächelnd über die Schulter, dreht sich zu mir und macht eine einladende Bewegung. Wobei die Decke ein Stück zur Seite weht und ich einen Blick auf Vics Haut erhasche. Sie ist nackt – und meine Lunge vergisst ihre Aufgabe. Im Schatten des Tals und dem beginnenden Sonnenaufgang über dem Bergkamm scheinen ihre Locken und ihre Haut zu leuchten. Verflucht, wenn dieser Anblick die Folge einer Höhenkrankheit ist, will ich nie wieder zur Besinnung kommen.

Ich gehe zu ihr, ziehe sie an mich, und wir hüllen die Decke um uns. Dabei jagt die kühle Haut ihres Rückens ein Prickeln durch meinen Körper, das pure Hitze in meinem Lendenbereich entfacht.

»Du wolltest den Sonnenaufgang also nur für dich haben?«

Vic hält die Decke fest, und ich fahre ihre Oberarme auf und ab. Schmunzelnd reckt sie den Kopf und streift mit ihren weichen Lippen über meine Bartstoppeln am Kinn.

»Du hast mit Cooper so süß um die Wette geschnarcht.«

»Nie im Leben!«

Ihr Lachen kommt ins Stolpern, als ich über ihren Bauch fahre und sie noch enger an mich drücke. Bedacht darauf, dass die Decke nicht fällt, streichle ich mit dem Zeigefinger über ihr Schlüsselbein.

»Der Sonnenaufgang in den Bergen hat etwas Intimes«, flüstert Vic und schaut auf die uns umgebenden Berge, verschneiten Wiesen und den See, an dessen Rand ein Schneehuhn mit seinen weiß befiederten Zehen über das Eis läuft.

Everstein scheint Welten entfernt. Aber in keiner Welt, in keinem verdammten Universum ist es je wieder eine mögliche Konsequenz, dass Vic kein Teil mehr von mir ist.

»Es ist märchenhaft«, murmelt sie.

Ich küsse ihre Schläfe, schließe meine Augen und nehme ihren Duft wahr. Eine ihrer Locken verfängt sich an meinen Lippen, und ich ziehe meine Hand aus der Decke, um sie abzustreifen.

Da hält Vic mich auf und greift nach meinem Unterarm. »Ist es dieser See?«, fragt sie und fährt über das Tattoo.

»Davon inspiriert«, antworte ich und fühle ein Kribbeln bei der Berührung. Doch es sticht in meiner Brust, als sie über der schwärzesten Stelle des Sees innehält. Die Stelle, an der mal unser Tattoo war. *Do it anyway.* Ich habe mich wie ein Heuchler damit gefühlt. Drei Worte, die sich über mich lustig machten. Weil ich alles riskiert habe, nur um alles zu verlieren.

»Es ist wunderschön.« Vic zeichnet mit ihrem Finger die schneebedeckten Tannen nach. Sie gleitet weiter hinunter, bis zu meinem Handgelenk, auf dessen Außenseite das erste Tattoo ist, das ich mir kurz nach ihrer Abreise habe stechen lassen, und ich bekomme eine Gänsehaut.

»Was bedeutet es?«

»Apricity ...«

Sie unterbricht mich, ehe ich ihr eine Erklärung liefere. »Sag das noch mal, bitte.«

»A-pri-ci-ty.« Ich betone jede Silbe und flüstere sie ihr ins Ohr. Langsam küsse ich ihren Hals. Halte genau da inne, wo ihr Puls zu rasen anfängt. Vic schließt ihre Augen, legt ihren Kopf auf meiner Schulter ab, und ich ziehe meine Hand wieder unter die Decke. Mein Herz donnert gegen ihren Rücken, ihr Herz gegen meine Hand.

Mit etwas Druck streichle ich über ihre Brüste und genieße ihr gedämpftes Seufzen. Gestern ist sie meinen Berührungen ausgewichen, wollte, dass es nur um mich ging. Jetzt liebkose ich mit zwei Fingern ihren Nippel, und ihr Becken drückt sich mir entgegen. Ich werde hart.

»Es beschreibt eine Form von Sehnsucht.«

Sie greift in die Decke, und ich streichle ihren weichen Bauch, gleite mit den Händen immer tiefer, und als ich die zart-rauen Härchen ihres Intimbereichs ertaste, machen ihre Beine mir einladend Platz.

Vic haucht meinen Namen, und ihre heiße Nässe wirkt in der umgebenden Kälte berauschend. Sanft reibe ich ihren Kitzler, und sie wimmert auf. Ich spüre, wie mein Puls ansteigt, nein ... Verdammt, mein ganzer Körper gerät durch ihre Nähe in Ekstase. Ich lasse mir Zeit, massiere ihre Vulva und spüre, wie sie leicht absackt. Mit einem Arm presse ich sie fester an mich, schiebe mein Bein zwischen ihre, um ihr mehr Halt zu geben.

»Gut so?«

Sie nickt, legt den Kopf stärker in den Nacken und knetet mit ihren Fingern meinen Unterarm. Ein Oberschenkel drängt sich gegen meine Hand, kurz höre ich in der Bewegung auf und drücke leicht gegen ihre Mitte, wodurch ich ihr ein forderndes Stöhnen entlocke.

»Was für eine Sehn...« Ihre Stimme versagt. Mit lustverschleierten Augen, wie vor einem Sturm, sieht sie zu mir hoch und beißt auf ihre Unterlippe.

Ich dringe mit zwei Fingern in sie ein und schmelze. »Sieh zum Sonnenaufgang, Vic.« Mit halb gesenkten Lidern tut sie, was ich sage, und ich reibe mit dem Daumen über ihren Kitzler. Als sie meinen Namen stöhnt, dringe ich wieder in sie ein, bis ich spüre, dass ihr Inneres sich zusammenzieht.

Ihre Brust hebt und senkt sich schnell, und ich lasse meine Finger langsam aus ihr gleiten.

»Magst du es hier mehr?«, frage ich und streichle ihre obere Vulva, weil mir diese Stelle am sensibelsten wirkt. Keuchend stößt sie ein »Ja« aus und greift in meine Haare. Wenig später erzittert sie am ganzen Körper. Ich lege beide Arme um sie, und ihre Knie geben nach.

Unser beider Atem steigt dampfend gen Himmel, Sonnenstrahlen erreichen uns und lösen eine Wärme auf meiner Haut aus, die ein Witz zu dem Brennen in mir ist.

»Apricity beschreibt …«, raune ich und blicke mit Vic zum anbrechenden Tag, dessen Anblick mir egal ist. Ich fühle nur sie, streife ihr eine Strähne hinters Ohr, betrachte ihre geröteten Wangen und verschränke unsere kleinen Finger miteinander. »Es beschreibt die Wärme der Sonne im Winter. Die tiefe Sehnsucht und das Verlangen nach Frühling.«

Du bist meine Wärme.

Vic dreht den Kopf zu mir, ihre Lippen suchen meine, und ich weiß, dass ich nie wieder frieren werde.

Zum Teufel, das warst du schon immer.

»Ich will mehr«, sagt sie und dreht sich in meinen Armen. »Jetzt.«

Sie presst ihren Mund an meinen, doch diesmal ist ihr Kuss anders, wilder, freier, fordernder, als gäbe es nichts, das sie aufhalten könnte. Vic zieht die Decke um ihre Schultern, gräbt sich in meinen Pullover und drängt mich zur Tür. Im Gastro-Bereich landet mein Oberteil auf dem Boden, und mir rauscht das Blut heftig durch den Körper. Ohne voneinander abzulassen, steuern wir auf den Wohnbereich zu, gleichzeitig zerrt sie mit ihren Fingern an meiner Hose, und ein Knurren dringt aus meiner Kehle. Verdammt. Warum habe ich mich zuvor in diese jämmerlichen Baselayer gezwängt?

Ich stoße die Tür auf, wir stolpern zum Sofa, und ich traue meinen Augen nicht, verdrehe sie, während von Vic ein glucksendes Lachen erklingt. Coop hat sich auf dem Sofa breitgemacht und pennt. Ich will ihn runterscheuchen, aber Vic deutet zum Boden, sammelt Decken und Kissen zusammen und platziert sie vor dem erloschenen Kamin. Nicht wirklich romantisch, vermutlich nicht mal wirklich bequem – aber all das spielt keine Rolle.

Ich entledige mich der restlichen Sachen. Vic zieht mich an sich, und im nächsten Moment liegen wir auf dem Boden. Ich über ihr. Meine Hand an ihrem Hinterkopf, ihre auf meiner Brust. Mit einem Finger ziehe ich ihre Gesichtskonturen nach, betrachte das tiefe Grau ihrer Augen, das wie flimmernder Stein im Sommer schimmert. Ich küsse ihre Stirn, und sie schlingt ihre Beine um mich. Ich küsse sie, als sie meinen Namen flüstert, dränge mich an sie, und unsere Körper reagieren von allein, wissen, was sie wollen. Ich will nie wieder weniger.

»Können wir für immer hier liegen bleiben?«, flüstert Vic. Sie hat den Kopf auf meine Brust gelegt und streichelt meinen Bauch.

»Mhm«, gebe ich schläfrig von mir und drücke sie enger an mich. Ihre Berührung kitzelt, ihr Duft umhüllt mich, mein Kopf ist hellwach, und doch empfinde ich die schönste Form von Erschöpfung. Sex ist das eine, aber diese berauschende Zufriedenheit danach, gepaart mit utopischer Geborgenheit ... Das fühlt man nur, wenn man der richtigen Person nahe gewesen ist.

»Dagegen hätte ich auch nichts«, murmle ich und spüre, wie Vics Mundwinkel sich auf meiner Brust nach oben ziehen.

Eine Feststellung, die auch sein Stichwort sein muss, denn Coop plumpst neben uns vom Sofa und streckt sich. Als hätten wir uns für eine Erkundungstour à la Hund extra auf den Boden gelegt, tapst er schwanzwedelnd auf uns zu und drückt erst mir und dann Vic die Schnauze ins Gesicht.

»Wunderbar«, murre ich angefressen und muss doch grinsen, da Vic Coop liebevoll über den Kopf streichelt. Sie klopft auf einen Platz neben uns, aber der werte Herr stapft dringlich mit seinen Vorderpfoten herum.

»Mister Mein-Schönheitsschlaf-ist-zu-Ende-ich-will-Aufmerksamkeit ist erwacht, und nun drückt die Blase, was?« Ich streife die Decke von mir und ziehe sie Vic bis zur Nasenspitze, halte inne und gebe ihr lieber einen Kuss.

Darin könnte ich mich verlieren, doch der Herr fängt an zu fiepen, weil es plötzlich schnell gehen muss. »Ja, ja, der Escortservice kommt sofort!« Rasch springe ich auf, schlüpfe bloß in meine Schuhe und nehme den Räuber mit nach draußen. Auf halbem Weg schließt Vic zu uns auf, auch nur in Schuhen, dafür mit Handy und Decke im Schlepptau.

»Ich habe da eine Idee«, säuselt sie.

Fragend sehe ich sie an, woraufhin sie nur vorfreudig grinst. Auf der Terrasse zückt Vic ihr Handy, und mir schwant, welches Kopfkino sie umzusetzen plant.

»Mist, mein Akku ist gleich leer«, sagt sie und unterdrückt ein Seufzen. Dann tritt sie an den Rand der Terrasse und richtet die Kamera auf die Sonne über dem Bergkamm, auf den See und dann auf Coop. Nach einigen schnellen Schnappschüssen verlangt sie, dass ich Coop auf den Arm nehme. Grinsend hebe ich ihn hoch.

»Wie willst du mich denn haben?« Verflucht, für sie mache ich jede Stellung.

Im nächsten Moment liegt die Decke auf der Tischplatte,

ich soll mich draufsetzen, und Cooper darf auf der Bank zwischen meinen Beinen Platz nehmen.

»Benutzt du Coop gerade, um meinen Intimbereich zu kaschieren?«

Vic lässt das Handy sinken. Cooper japst, als wollte er mir zu verstehen geben, dass er die beste Penisabdeckung der Welt ist, und ich lache bei Vics ertapptem Gesichtsausdruck. So ein Vic-Moment. Genau diesen Freigeist habe ich schon immer geliebt.

»Geht auch ganz schnell, ehe wir erfrieren«, sagt sie mit einem Zwinkern, guckt auf ihr Handy und gibt ein Stöhnen von sich. Flink presst sie sich das Handy zwischen die Lippen, streift ein Haarband vom Arm, bindet sich einen wüsten Dutt und schaltet wohl in den Profimodus. »Sogar schneller, als mir lieb ist, nur noch zehn Prozent Akku ... Okay! Nicht bewegen, bitte!«

Weil ich mir ein Lachen nicht verkneifen kann, senke ich den Kopf etwas und streiche mir übers Kinn.

»Mist, fünf Prozent. Still halten!«

Ich gehorche und wünschte, der Akku wäre voll oder dass sie ihre Kamera mit dabeihätte. Nicht weil ich darauf stehe, nackt abgelichtet zu werden, sondern weil es so unglaublich ist, Vic bei ihrem Tun zu beobachten. Selbst mit semiprofessioneller Handykamera ist ihre ganze Miene konzentriert, und es stört sie nicht mal, dass eine Ponyfranse sich in ihren Wimpern verheddert. Sie knipst weiter. Schwenkt das Handy hin und her, geht vor und zurück, sogar etwas in die Knie. Die Augen mal weit, dann nur einen Spalt offen, und ihr Mund formt ästhetische Grimassen. Das könnte ich mir ewig anschauen und mir dabei mit einem Grinsen im Gesicht den Arsch abfrieren.

Coop und ich halten eine Weile artig still, und Vic ist so

konzentriert, dass sie zusammenzuckt, als Cooper plötzlich von der Bank springt und bellt.

Nicht. Dein. Ernst!

»Was hat er denn?«, fragt Vic, und ich greife nach der Decke, husche zu ihr und lege sie ihr über die Schultern. »Wenn du kein Gruppen-Nacktshooting möchtest, sollten wir uns schnell was anziehen.«

Ihr perplexes »Waaas?« wird von nahenden Rotorgeräuschen in der Luft beantwortet.

»Hast du Moritz gesagt, man soll uns abholen?«, fragt Vic, während wir kichernd ins Haus stürmen und unsere Sachen suchen.

»Ich habe dem Sack gesagt, dass er genau das *nicht* tun soll!«

KAPITEL 33

Samuel

Moritz sitzt uns im Helikopter gegenüber, und ich zähle den dritten schiefen Blick auf Vics und meine verschränkte Hand. Anscheinend kam er nur mit dem Heli, um Coop den beschwerlichen Weg hinunter zu ersparen.

»Was macht die Baustelle?«, ruft Mo über den Lärm des rasenden Rotors hinweg.

»Sie wartet auf dich«, antworte ich.

Moritz nickt und streichelt Cooper, der zwischen seinen Beinen sitzt. »Wir haben unten genug zu tun.« Sein Blick trifft Vics, die bis eben aus dem Fenster geschaut hat und mit ihrem Daumen nun sanft über meinen Handrücken streichelt.

Nach wenigen Minuten setzt der Pilot über meinem Grundstück zur Landung an. Die Vibration der gewaltigen Maschine geht mir bis ins Mark und bringt beim Anblick der zerstörten Scheune etwas in mir zum Bröckeln. Ich wende den Blick ab und lehne meinen Kopf gegen die Wand.

»Wir bekommen das hin«, hallt es im Zweiklang.

Vic und Mo sehen sich verdutzt an, dabei zieht Mo eine schräge Schnute, und Vic kneift die Augen zusammen, als hätte er ihre Gedanken gestohlen.

»Na, wenn ihr beide einer Meinung seid, kann es nur stimmen«, sage ich und muss grinsen. Und auch Vic und Mo geben nach. Während sie zaghaft lächelt, nickt er ihr zu, hilft ihr nach der Landung sogar aus dem Heli.

Gut zu wissen, dass es nur eine Scheune kostet, damit die beiden sich annähern.

Bevor Mo mit dem Piloten zum nächsten Einsatz aufbricht, erzählt er, dass er später mit den anderen vorbeikommt und Bami und Lex schon im Haus warten.

Wirklich Zeit, mich auf einen Einlauf der Extraklasse gefasst zu machen, bleibt mir nicht. Schon als wir mit Coop hockend im Gras abwarten, bis die Böen des abhebenden Helis abklingen, reißt Bami meine Terrassentür auf, und ich schlucke hart. Zwei der krassesten Frauen, die ich kenne, stemmen bedrohlich die Hände in die Hüften und erwarten unsere Ankunft.

Cooper prescht als Erster vor und wird wie ein Held gefeiert. Aber ich komme mir wie ein kleiner Junge vor, der etwas verbrochen hat, während seine Familie zu Hause ausharrte und ganz nebenbei fünf Wochen Hausarrest plante. Vic bemerkt mein Zögern und stößt mit ihrer Schulter gegen meine. Ihr Blick schnellt zu Bami und zurück zu mir, und plötzlich ist da Unsicherheit in ihren hellen Augen. Warum zögert sie?

»Keiner wird dir den Kopf abreißen«, verspreche ich leise.

Tatsächlich werden wir beide in eine Gruppenumarmung gezogen, mit Drohungen, die ich schmunzelnd über mich ergehen lasse. Lex brummt mir die kommenden Frühschichten auf, und Bami will mir einen Monat nur versalzene Pierogi auftischen.

»Tut mir leid, dass ihr euch gesorgt habt«, sage ich.

»Ach, papperlapapp, Słońce. Sorgen macht man sich immer«, entfährt es Bami. »Nur ist das nicht der … der … Jetzt sag mir schon, wie sagt man *Korpka* auf Deutsch?« Sie hält dabei Vics Hand fest, weil meine Entschuldigung in ihre Begrüßung gegrätscht ist.

Amüsiert antworte ich: »Punkt.«

»Genau.« Sie nimmt auch meine Hand, platziert sie auf Vics und umschließt sie mit ihren. »Genau das ist doch euer Job. Wenn jemand dort oben Hilfe braucht, macht ihr das, was andere nicht können. Wer hätte sonst meinen Coopi gerettet, hm?«

»Na ja, ich bin ja nicht …«, will Vic einwenden und reibt sich mit der freien Hand übers Dekolleté, aber Bami hat diesen speziellen schrägen Blick durch ihre rote Brille drauf, der alles und jeden zum Schweigen bringt.

»Du, *Kwiatek*, bist genau das. Und so viel mehr.«

Vics Augen glänzen auf, und mir ist sofort klar, dass meine Großmutter von Beginn an wusste, *wer* Victoria ist. »Wie hat sie mich eben genannt?«, flüstert Vic, als wir alle reingehen.

Ich nehme ihr den Rucksack ab und stelle ihn achtlos neben meinen. »Sie hat dich bei einem passenden Spitznamen genannt. Als kleiner Junge hat mich Bami nach einem Kosenamen für meine beste Freundin in Everstein gefragt, nur das konnte ich damals aussprechen.«

»Was bedeutet er?« Sie knufft mir in die Seite.

»Blume.«

»Ich und Blume?« Vic schmunzelt.

Auf uns stürmt freudig ein Hunderudel zu, das so etwas wie eine eigene Tanzparty gibt. Ohne Zweifel, das beste Willkommenskomitee.

Während Bami den Hunden Frühstück serviert und ich für alle Kaffee aufsetze, beobachte ich Lex, die an der Küchenzeile lehnt und unruhig mit dem Fuß wackelt. Ich sehe sie vor mir, wie sie gestern Morgen nach Vics Nachricht hergefahren ist und seitdem alle Hebel in Bewegung gesetzt hat, um zu helfen. Aber diese fußkippelnde Unruhe sehe ich selten an ihr.

»Was sind die schlechten Nachrichten?«, frage ich, und sie sieht mich mit ihren Honigaugen an. Ich seufze. »Hau schon raus! Solch ein Gesicht ziehst du nur, wenn wir auf Laborergebnisse unserer älteren Patienten warten.« Ich reiche Vic die gelbe Kaffeetasse.

Für den Bruchteil einer Sekunde zieht Lex die Brauen zusammen. »Die Versicherung wird nicht dafür aufkommen. Sie übernimmt den Schaden erst bei Windstärke acht. Der Wind gestern hat die Sieben aber nicht überschritten.«

Natürlich.

Ich lache erstickt auf. »Ganz unten im Tal vielleicht, aber die Bäume sind nicht von allein umgestürzt.«

Vic stellt die Tasse so wütend auf die Kochinsel hinter sich, dass ich kurz davon überzeugt bin, sie würde zerspringen.

»Na schön.« Ich suche im falschen Schrank nach dem Instantkaffee. »Das wird schon irgendwie.«

Ich hätte ahnen sollen, dass die wirklich schlechten Nachrichten erst in den Startlöchern gestanden haben.

Lex dreht eine helle Strähne um den Finger, und man hört es förmlich rattern. Shit.

»Denk gar nicht daran«, sage ich angefressen und ernte von Vic einen irritierten Blick.

»Woran denkst du, Lexi?«, fragt sie ihre Freundin.

»Wegen der Kosten. Also, Ben und ich haben ein bisschen was angespart. Wir können doch alle was zusammenlegen. Oh! Was wenn wir auf die Praxis einen Kredit auf ...«

»Nein!«, sage ich bestimmt.

Lex und ich fechten ein erbarmungsloses Blickduell aus. Hundebetten, Spielzeug, Futter – okay. Aber ihre Ersparnisse? Ein Kredit? Nie im Leben!

»Wir könnten über Social Media eine Spendenaktion starten. Ich habe so etwas schon ein paarmal gemacht«, schießt Vic dazwischen. »Ich könnte Fotos auf meiner Seite posten, den Account der Bergwacht verlinken, den eurer Praxis? Meine Reichweite wäre auch dafür von Nutzen.«

Vic macht einen Schritt auf mich zu und hebt ihre Hand, die etwas unbeholfen auf meinem Oberarm landet.

In mir zittert etwas auf, bringt die spröden Mauern zum Bröckeln. Bergsturz. Was, wenn ich kurz davor bin, von all meinen Mauern verschüttet zu werden?

Aber was, wenn nicht? Wenn es eine Möglichkeit gibt, diesem verdammten Abgrund das Maul zu stopfen?

»Deine Idee finde ich besser als die von Lex«, sage ich. Enthusiasmus à la Phantom-Samu koppelt sich an meinen Mut. »Ich möchte, dass die Hunde ein neues Heldenlager bekommen, von dem die Avengers nur träumen können.«

Aber ich will kein Sozialprojekt sein.

Als würde sie mein Aber heraushören, haucht Vic nah an meinem Ohr: »Wir kämpfen uns durch. Deal?« Und küsst mich.

Ich schwebe zwischen den Wolken, und doch ist Lexi neben uns der quietschende Beweis dafür, dass wir mehr als echt sind. »Na endlich! Das war ja kaum auszuhalten mit euch«, ruft sie zwischen quiekenden Geräuschen.

Ich halte Vic am Hinterkopf fest und küsse ihre Stirn. »Versprochen.«

Aus dem Augenwinkel sehe ich, wie Bami wieder den Raum betritt und ihre Brauen einen kleinen Freudentanz hinlegen. Sie räuspert sich und erinnert Fangirl Lexi daran, dass sie sie zu einem Arzttermin bringen wollte. »Und deine eigene Praxis wolltest du um zehn öffnen, oder, Sonnenscheinchen?«

Phantom-Samu kann mich mal. Ich hole mir mein Glück zurück.

Fein, krächzt eine gehässige Stimme aus der Tiefe. *Will Vic denn den echten Samu? Auch dann noch, wenn sie die* ganze *Wahrheit kennt?*

Bei strahlendem Frühlingswetter haben Vic und ich die Hunde mitgenommen, die Lust auf einen Spaziergang hatten, und sind über den Everstein bis zur Ferienwohnung gelaufen. Vic wollte frische Sachen holen.

Zurück auf dem Hof hat Vic die Schäden der Scheune fotografisch festgehalten und Frisbee mit Coop, Susi und Strolch gespielt. Davon habe ich mindestens hundert Fotos gemacht.

Als ich die Kamera zurück in die Tasche stecke, lenkt ein Motorengeräusch auf der Auffahrt mich ab. Meine Augen fallen fast aus ihren Höhlen, als Omar und sein Bruder im Traktor seines Baumpflegeunternehmens anrollen.

»Ich habe gehört, ein paar deiner Bäume sind ohnmächtig geworden?« Er scherzt, aber beim Anblick der Scheune machen seine Mundwinkel zusammen mit seiner guten Laune eine rasante Bruchlandung. Doch er holt tief Luft, boxt mit der Faust in die flache Hand und sagt: »Alles klar, dann gehen wir das Problem mal an.«

Lex hat wirklich alle kontaktiert. Wenig später taucht auch sie mit Ben, Moritz, Paulina und – unglaublich, aber wahr – sogar Carla auf meiner Fußmatte auf.

Gemeinsam suchen wir nach Dingen, die in der Scheune noch zu retten sind: Futterboxen, Spielzeug, Leinen und Geschirre, Decken und glücklicherweise auch alle Hundebetten. Selbst das Aufräumen von Schutt und Trümmerteilen fühlt sich nach hoffnungsvollem Vorankommen an. Nicht mal die Tatsache, dass das Dach der Scheune ein grandioser Totalschaden ist, nagt an meinem Optimismus.

»Du hast Pech mit deinem Hof, Mensch.« Brummig legt Omar mir, nach getaner Arbeit, eine Hand auf die Schulter und zieht mich rüber zu einem Baumstumpf.

»Schlimmer geht's nicht mehr, kann also nur noch besser werden«, witzele ich.

»Meine Frau sagt immer, wenn man lange Pech hat, hat man danach nur noch Glück. Hat in meiner Selbstständigkeit funktioniert.« Stimmt, ich erinnere mich daran, wie Omars Büro *Baumwerkstatt* kurz nach der Eröffnung wegen eines Wasserschadens lange schließen musste und die Konkurrenz in der Zeit seine Mitarbeiter abwarb. Trotzdem ist sein Unternehmen heute als eines der besten in der Gegend bekannt.

Ich schmunzle, aber Omars Miene verhärtet sich, und er rauft sich seine kurzen, krausen Haare. »Ich muss dir etwas zeigen.« Bedrückt zieht er seine gelben Arbeitshandschuhe aus und deutet auf eine Stelle am Baumstumpf.

Fragend sehe ich ihn an.

»Die Wasserleitungen vor zwei Monaten waren geborsten. Das war Pech. Aber das hier«, er fährt mit der Hand über eine feine Bruchstelle am Holz, »war Absicht, Junge.«

Ich ziehe scharf die Luft ein. »Jemand soll bewusst an meinen Fichten gesäbelt haben?«

Er reibt sich übers Kinn und nickt zögerlich.

Wow. Irgendwie erwarte ich, dass etwas in mir durchdreht, aber nichts dergleichen passiert. Robert Sommer will mir schaden, und es überrascht mich nicht mal, dass ihm jedes Mittel dafür recht ist. Seit Ewigkeiten versucht er, mir das Leben schwer zu machen ... Ich schaue zu Vic rüber – wenn sie nur wüsste, was ihr Vater für ein Mensch ist ...

»Ich kann dir das schriftlich bestätigen. Lass dich nicht unterkriegen, ja?«

Omar, der regelmäßig mit Sturmschäden und deren Beseitigung zu tun hat, verspricht mir, dass ich die Mail noch heute im Postfach finde, und ich klopfe gegen seinen Traktor, ehe er zusammen mit seinem Bruder gemächlich vom Hof fährt.

Nachdem für heute alles erledigt war, sind wir alle ins Haus. Seitdem nehmen Paulina und Moritz meine Küche auseinander. Mo schaut seiner Schwester über die Schulter und verdreht die Augen. »Stückeln, fuck. Was hat das Gemüse dir getan? Gib das her.«

»Boah, Möchen, jedes Kleinkind kann Tomatensoße. Kannst du mich mal machen lassen?«

Ich verschränke belustigt die Arme vor der Brust und lehne mich neben Vic an die Küchenzeile.

»Kannst du dir vorstellen, dass die beiden in einer WG wohnen?«, flüstere ich Vic zu, die sofort kichert.

»Niemals.« Sie hebt die Schultern etwas, wobei ihre langen Locken über ihren Rücken fallen. Der Duft von Kakao und Vic pur löst schlagartig Sehnsucht in mir aus.

»Eine Katastrophe. Ein paar Monate habe ich es bei ihnen ausgehalten, und dann war ich der felsenfesten Überzeugung, dass ein Haus mitten im Wald das einzig Wahre ist.«

»Wann hast du denn mit ihnen zusammengewohnt?«

»Ich ...«, stottere ich. Verdammt. »Nach der Uni.« Nachdem ich meine Eltern zu ihrer Weltreise gedrängt habe. Als Everstein leer gewesen ist und ich wollte, dass mein altes

Leben in Schutt und Asche liegt? »In der Zeit, als die Ferienwohnung eine Baustelle war.«

An Paulinas Stirn pocht derweil eindeutig eine Ader.

»Warum jagst du die Tomaten nicht gleich durch eine Fleischpresse?« Man kann Mo dabei beobachten, wie er seine Finger davon abhalten muss, in Paulinas Massaker einzugreifen.

»Weißt du was, Chefkoch?«, platzt es aus ihr heraus. »Mach's doch selbst, bevor ich das ach so feine Tomatenaroma zerstöre und aus Gaumenkost nur übliche Tomatensoße zaubere.« Sie drückt Mo das Messer vor die Brust, lässt ihn stehen und reißt Vic mit sich. »Habe doch gesagt, ich bringe ihn dazu, alles selbst zu machen«, murmelt sie laut genug und stapft mit Vic, die entschuldigend zu mir schaut, zum Sofa.

Lex und Ben versorgen dort Cooper, Jojo, Walter und Hanne mit Streicheleinheiten und tuscheln. Aha?

Ich gehe zu Mo. »Wenn jemand aus nichts etwas zaubern kann, dann du«, flachse ich und boxe Mo in die Seite.

»Klar«, knurrt er und deutet auf das Desaster auf dem Kochfeld, das in meinen Augen nach ... na ja, eben Spaghetti in the making aussieht. »Ich glaub's nicht, dass ich das sage, aber zu Weihnachten bekommst du einen Nudeltopf. Was sind das bitte für Mini-Töpfe?«

»Wehe, der wird nicht hübsch verpackt«, sage ich und verkneife mir ein lautes Lachen.

Keinen Plan, warum, aber mich durchflutet ein warmes Gefühl. Es jagt eine Gänsehaut über meine Haut. Mit verschränkten Armen lasse ich meinen Blick wandern und beobachte meine Freunde, die endlich vollständig sind. Paulina, Lexi, Ben und Vic lachend auf dem Sofa, umgeben von Hunden, und Mos Murren als heimelige Hintergrundmusik. Meine Leute.

Ich muss ihnen alles sagen, das weiß ich schon lange, aber nun spüre ich, dass ich ihnen alles sagen *kann*. Dass sie mich verstehen werden. Doch mir fällt auf, dass Carla nicht im Raum ist. Eine starke Vermutung lockt mich durch den Flur ins alte, jetzt provisorische Lager der Hunde im Gästezimmer.

Da es bereits dämmert und der Raum im Schatten liegt, schalte ich das Licht ein und entdecke Carla vor Bonnys Körbchen. Aus müden blauen Augen sieht sie mich an und krault der Hündin das Bäuchlein. Vic hat es auch nie lange mit zu vielen Menschen ausgehalten. Wenn das der Grund ist, warum Carla sich zurückzieht, okay. Hauptsache, sie fühlt sich wohl.

»Alles in Ordnung?«, frage ich und nutze zusätzlich Gebärden. »Ich bin froh, dass du heute hier bist.«

Es zaubert ihr ein Lächeln ins Gesicht. Dann gebe ich ihr zu verstehen, dass ich einen Moment brauche, bis ich meine Finger – hoffentlich – so forme, um ihr eine wichtige Botschaft verständlich zu machen.

Sie tätschelt Bonny kurz und steht auf, kommt auf mich zu. Mit jedem Zeichen wird das Lächeln auf ihren Lippen größer, und ihre Brust senkt sich erleichtert.

»Ich hab's verstanden«, sage ich mehr zu mir selbst, um meine Entscheidung zu verinnerlichen. »Kommst du kurz mit? Ich will mit euch reden. Ich werde nicht zulassen, dass man die Hunde unfair behandelt, und ich bin euch die Wahrheit schuldig.«

Carla kickt mit einem Finger die Haare, die eben noch hinter ihren Ohren geklemmt haben, nach vorn, damit sie ihre Hörgeräte verstecken, und ich strecke die Brust raus. Ich will ihr beweisen, dass es sich immer lohnt, mutig zu sein. Ich will es mir beweisen. Sie drückt mich kurz und flitzt zurück zu den anderen ins Wohnzimmer.

»Ihr könnt gern mitkommen«, sage ich und schaue in tiefenentspannte, aber desinteressierte Hundeaugen.

Zurück bei den anderen zerre ich Mo vom Herd. »Das kann nicht warten, sorry. Ehe mich der Mut verlässt.«

Als Mo meinen ernsten Ausdruck erfasst, ist mein Herd in Sekundenschnelle heruntergedreht, und Mo schwingt sich auf den Esstisch, weil das Sofa eindeutig wegen Überfüllung geschlossen ist. Ich stelle mich vor den Kamin, darauf bedacht, dass Carla meine Lippen gut lesen kann.

Mir flattert das Herz, aber ich habe keine Lust mehr, alles für mich zu behalten. Den ganzen Frust in mich hineinzufressen. Ich bin verdammt bereit, Robert Sommer durch den Dreck zu ziehen, den er selbst verteilt hat.

»Ich muss euch etwas erzählen ...«

»Schon klaaar«, unterbricht mich Ben und sieht von mir rüber zu Vic. Er richtet seine Rundbrille, und ihm huscht ein Grinsen übers Gesicht, als wäre er Detektiv Conan persönlich. »Du und Vic. Entschuldige, aber es ist unübersehbar.«

Na super. So sollte es nicht losgehen ... Ich presse die Lippen zusammen und deute mit dem Zeigefinger auf ihn. »Eh, ich versuche, mich hier gerade zu öffnen. Also halt die Klappe!«

Ich blicke kurz in die Runde und atme tief durch. »Es geht um den Hof und die Hunde.«

Die Situation ist echt ernst, und gleichzeitig scheint meine Pumpe Seilchen zu springen. Viel zu schnell und viel zu aufgedreht und definitiv viel zu beflügelt. Scheiße. Das ist doch nicht normal, oder?

Mit schwitzigen Händen fahre ich mir durchs Haar. »Das ein oder andere Mal habe ich ja erwähnt, dass das Amt mir mit Briefen gern den Tag versüßt. Aber wenn ich ehrlich bin, habe ich die ganze Sache verharmlost und nun ... ist da nur Chaos.«

Die Stimmung verändert sich. Da, wo ich eben noch lächelnde, erwartungsvolle Gesichter gesehen habe, treffe ich nun auf zusammengezogene Augenbrauen und schief gelegte Köpfe.

Dann rede ich mir den ganzen Scheiß von der Seele.

Dass es mit der Forderung anfing, ich solle bei so vielen Hunden einen Zaun um das Grundstück setzen. Es klang logisch, also gab ich einen in Auftrag, aber nach einer Anzahlung und Terminverschiebungen mit haarsträubenden Ausreden passierte bis heute nichts. Weitere Briefe folgten. Meine Hunde würden im Wald wildern, Menschen auf Wanderung angreifen, andere Vierbeiner beißen.

»Ich dachte, irgendwann hört der Scheiß schon auf, aber vor wenigen Wochen kam ein übles Schreiben: Es gebe Zeugenaussagen, die behaupteten, ich würde die Hunde in eine Kammer sperren, in der sie den ganzen Tag jaulen. Das gesundheitliche und psychische Wohlergehen der Tiere wird angezweifelt, und darum plane das Amt, zeitnah eine Zuverlässigkeitsprüfung durchzuführen.«

»Du weißt, dass nichts davon wahr ist«, sagt Carla.

Ich nicke, und doch merke ich, dass meine geballten Fäuste zittern und dass hässliche Gefühle mein Glück zu überlagern versuchen. Ich blinzle gegen die Decke, bis Cooper sich an meinem Bein reibt und ich mich zu ihm hocke.

»Deswegen«, höre ich Vic mit belegter Stimme sagen, »hattest du so einen Stress. Für diese Prüfung sollte auf dem Hof alles stimmen, oder?« Wut flackert in ihren Augen auf, als ich meinen Blick von Cooper zu ihr hebe.

Ich presse die Lippen zusammen, nicke.

»Das bedeutet, jemand will dir schaden. Klarer Fall von Rufmord.« Ben reißt Lexi ein Kissen vom Schoß, die bis eben wild am Reißverschluss gefriemelt hat.

Ich nicke wieder. »Das ist nicht alles. Omar hat mir vorhin gesteckt, dass an einer der gestürzten Fichten gesägt wurde. Ich lege meine Hand dafür ins Feuer, dass ich die Tage Besuch vom Amt bekommen werde.«

In den Gesichtern meiner Freunde spiegelt sich Entsetzen. Ben donnert das Kissen auf den Boden und ruft, dass das kriminell sei. Paulina und Lexi schaukeln sich gegenseitig mit wüsten Flüchen hoch. Vic und Carla sehen mich verzweifelt an. Nur Mo sitzt ruhig auf meinen Tisch und hat die Arme vor der Brust verschränkt.

»Du denkst, die Person, die dir schaden will, hat entweder ausgezeichnete Kontakte oder ist selbst Teil der Behörde?« Und damit spricht Vic den nächsten Punkt meiner Offenbarung an.

Doch statt erleichtert darüber zu sein, endlich alles ausgesprochen zu haben, zieht sich mein Magen fies zusammen.

Vic wackelt mit den Füßen, und sie umklammert fest den Rand des Sofas, schickt offensichtlich die Person, die mir schadet, in Gedanken zum Teufel.

»Ne Ahnung, wer es ist?«, fragt Paulina.

Carlas formende Finger fixieren meinen Blick. *Wer? Wer? Wer?*

Scheiße. Ich habe das Ende dieses Gesprächs nicht bedacht. Wie soll ich Vic sagen, dass es ihr Vater ist? Ich kann diese Bombe nicht vor allen platzen lassen. Kalter Schweiß läuft mir den Nacken runter, und ich sehe Hilfe suchend zu Moritz, dessen Ausdruck wutgeladen ist. Nur er versteht meinen Zorn, meine Verzweiflung. Weil er dabei war ...

»Keinen Plan«, krächze ich.

»Ich wüsste, wer uns helfen kann! Oh Gott, ich kann gar nicht glauben, dass ich das sage, aber wir können meinen

Vater um Hilfe bitten«, ruft Vic und strahlt wie ein Honigkuchenpferd.

Moritz lacht, und ich schüttle kaum merklich den Kopf. Nicht Vic fickt meinen Kopf, sondern das beschissene Universum.

»Den Bürgermeister?«, fragt Lex und klingt dabei begeistert.

»Ja, er ist, wer er ist. Und korrupte Mitarbeitende der Stadt gefallen ihm sicher nicht«, wirft Ben hinterher und macht es noch schlimmer.

»Ach, er hat bestimmt Besseres zu tun«, gebe ich betont gelassen von mir, klammere mich am Rahmen des Kamins fest und beiße die Zähne so fest zusammen, dass es schmerzt.

Vic schüttelt hoffnungsvoll den Kopf, und ihre Locken tanzen dabei. »Wenn seine Tochter ihn darum bittet? Klar, unser Verhältnis ist nicht das Beste, aber er hat sich neulich mit mir getroffen und sich irgendwie richtig bemüht. Ich bekomme ihn dazu, seine Fühler auszustrecken und die Hetze gegen dich zu beenden, da bin ich mir sicher.«

Ihre Augen sehen mich voller Liebe an, und ich krache von Wolke sieben geradewegs in den Abgrund.

»Okay«, sage ich und klinge viel zu schrill.

»Wie gut, dass wir den Bau der Scheune fotografisch festgehalten haben!« Vic rutscht auf dem Sofa vor und greift zu einem Block, der im unteren Fach des Couchtisches liegt. »Wo hast du einen Kuli?«, fragt sie energiegeladen und bekommt von Lex einen Stift gereicht.

»Was hast du vor?«, fragt sie.

»Wir tragen alle Beweise zusammen. Die Bilder, die Briefe. Kann Omar seine Aussage schriftlich bestätigen?«

Ich kratze mich am Hals und hebe die Schultern, weil ich

meiner Stimme gerade nicht traue. Kriege nicht mal raus, dass ich die Mail von ihm schon bekommen habe.

Es würde Vic tief verletzen, wenn ich ihr sage, wer ...

Carla sucht meine Aufmerksamkeit, aber ich ignoriere sie.

Habe ich gedacht, ein verdammtes Vorbild sein zu können?

Robert ist Vics Vater. Scheiße. Er. Ist. Ihr. Vater.

Was, wenn ich mich irre? Bin ich mir zu hundert Prozent sicher, dass er hinter dieser Sache steckt? Selbst wenn nur ein Prozent für seine Unschuld spricht, könnte ich Vics Verhältnis zu ihrem Vater vollkommen zerstören.

Wie um alles in der Welt bin ich auf die Idee gekommen, das vor all unseren Freunden anzusprechen? Erst verschweige ich es ihr, und dann gebe ich eine Dein-Vater-ist-der-Teufel-Party?

»Was fällt euch dazu ein? Wir brauchen den ultimativen Plan, um die Scheune zu retten und Person X zu eliminieren«, sagt Lex.

»Planst du etwa einen Mord?« Kaum zu glauben, aber diesen beschissenen Witz habe ich gerissen.

Vic zwinkert mir zu, und Lexi notiert mit einem anderen Stift einen Punkt auf der Liste: »Also für die Scheune hatte Vic schon die Idee mit der Social-Media-Spendenaktion.«

Und damit geht es los. Ein Schlachtplan, der zum Scheitern verurteilt ist.

Ich ziehe mich unter dem Vorwand, das Essen weiter zubereiten zu wollen, in den Küchenteil zurück und bin froh, das aufgesetzte Lächeln von meinem Gesicht wischen zu können.

Wie in Trance hole ich einen Teller nach dem anderen aus dem Schrank und staple sie. Sieben insgesamt. Ich habe keinen Hunger. Mein Kopf platzt vor Gedanken. Ich weiß, dass Vic mir sofort glauben würde. Dass sie nicht daran zweifeln würde, dass ihr Vater der Bösewicht in dieser Geschichte ist. Weil sie in mir den Typen sieht, der immer alles richtig macht. Ich weiß, dass sie mich zum verdammten Helden küren würde.

»Erst mal sollten wir zusehen, das Essen vorher zu kochen.« Mos Stimme erschreckt mich so krass, dass er kurz darauf tröstend meinen Oberarm drückt. »Sag es ihr, Mann«, flüstert er. »Nimm sie hier raus, und erzähl ihr, was für einen Wichser von Vater sie hat.«

Verflucht. Ich sehe ihn mit mahnenden Augen an. Hört er nicht, wie verkorkst das klingt?

»Das wollte ich«, flüstere ich zurück, »aber ich habe das nicht durchdacht.«

»Willst du mich verarschen?«

»Was, wenn wir falschliegen?« Ich schaue über die Schulter zu den anderen, aber die sind voll bei der Sache, und Vic drückt sich konzentriert den Stift gegen die Nasenspitze.

»Glaubst du selbst nicht, oder?« Da ist ein Beben in seiner Stimme, das zeigt, wie sehr er sich zusammenreißen muss. »Fuck. Du spinnst doch! Erinnerst du dich nicht daran, was er dir an den Kopf geworfen hat, nachdem du seinen Deal ausgeschlagen hast? *Du wirst nie wieder glücklich in Everstein.* Samu, es gibt keinen Zweifel. Denkst du, sie stellt sich auf die Seite ihres Vaters?«

»Sei leise«, zische ich. »Sie würde keine Sekunde zögern, aber sie würde nach dem Warum fragen. Und das ist verdammt noch mal komplizierter, als sie denkt.«

»Diese ganze Sache ist schon komplizierter, als du mir vor ein paar Tagen noch eindreschen wolltest.«

Ich drehe mich zur Kochinsel, klirre zu laut mit dem Besteck und erwidere Vics aufrichtiges Lächeln mit einer schief grinsenden Visage.

Mo kommt meinem Ohr ganz nah, und ich bekomme eine Gänsehaut. »Er will dich klein halten, Mann. Weil du damals etwas gesehen hast, das niemand mitbekommen sollte.«

Robert hat einen Gottkomplex, aber er ist und bleibt Vics Vater, und er ist nicht der einzige Bösewicht.

»Robert hat auch gesehen, wie *ich* etwas getan habe, das … nie passieren sollte.«

»Richtig«, flüstert Mo und schnaubt. »Sag ihr alles.«

»Ich weiß, aber dann ist das alles hier vorbei.«

»Glaubst du das echt, oder bist du einfach zu feige?«

Manchmal hasse ich seine abartige Direktheit.

»Sollen wir euch mit dem Essen helfen?«, ruft Vic vom Sofa und bekommt von Mo die Kannste-knicken-Braue. Sie schaut kurz zu mir und verdreht lächelnd die Augen.

Ich will uns, aber ich weiß nicht, wie.

Mo hat sich das Schneidebrett neben mir auf die Küchenzeile gelegt und misshandelt mit einem scharfen Messer die Tomaten, ehe er sie in eine Pfanne wirft und eine Handvoll Basilikum dazumischt, das er eindeutig selbst mitgebracht hat.

»Weißt du, was gegen ihn spricht? Dich hat er ja damals auch gesehen. Warum macht er also nur mir das Leben zur Hölle?«

Mo schnaubt. »Im Ernst? Ich war nur die Nebenfigur und … Na, für mich macht seine Tochter nicht …«

»Sprich es nicht aus, Mo. Sonst muss ich dich erwürgen.«

Der dampfende Geruch von Tomaten und Olivenöl steigt mir in die Nase, als ich gedanklich meinem Glück ein Ende setze. »Morgen rede ich mit Robert, und dann sage ich Vic alles.«

KAPITEL 34

Samuel

Fast viereinhalb Jahre zuvor

Hoffnung oder Hölle?

Neben mir saß Franz. Der alte Mann, den jeder in Everstein kannte. Seine Schiebermütze hatte er tief ins Gesicht gezogen, nur sein Schnarchen erfüllte das sonst leere Bahnhofsgebäude. Es war scheißkalt – obwohl es gerade mal Oktober war, fror ich wie ein Nackthund im Winter. Ich umklammerte das leere Fotoalbum und zwang mich, auf der Bank sitzen zu bleiben. Das Album war ein Geschenk, ich hätte es Vic geben sollen. Ach ja? Und wie genau? Verpiss dich, aber hier, das ist für dich?

Angespannt schaute ich zur großen Uhr über der Panoramazeichnung von Everstein. Noch zehn Minuten, dann würde der ICE den Motor starten und Richtung München losfahren. Noch zehn Minuten zwischen: »Sollte ich ihr hinterher?«, und: »Vielleicht steigt sie wieder aus.« Ich hatte ihr allen Grund gegeben, in den Zug zu steigen, aber ob ich es schaffen würde, so lange die Füße stillzuhalten?

Um mich zu beschäftigen, wanderte mein Blick die Berggipfel auf dem Gemälde ab, gedanklich ging ich ihre Namen durch, aber mit jeder Minute fühlte ich mich leerer. Letzte Woche schien Everstein so voll zu sein. Jetzt wurde es immer leerer und leerer ... Eine Leere, die sich eiskalt in meine Knochen fraß.

Wie hatte alles so schieflaufen können? Warum konnte ich nicht schätzen, was ich hatte? Vielleicht würde ich wie Franz enden? Der alte Mann, der mittlerweile im Altersheim lebte, aber seit ein paar Jahren täglich zum Bahnhof kam, in der Hoffnung, seine große Liebe Sanne würde aus dem Urlaub zurückkommen, dabei wusste die ganze Stadt, dass sie aus der Ehe geflohen war. Hätte er sie aufgehalten, wenn er das gewusst hätte? Ich hätte alles anders gemacht, wenn ich gewusst hätte, dass meine Entscheidungen ... dass einfach alles außer Kontrolle geraten würde.

Die Flügeltür wurde mit voller Wucht aufgerissen und knallte gegen die Wand. Ich brauchte einen Moment, um zu begreifen, dass es Vincent war. Erst traf mich sein wutentbrannter Blick, dann die Tür zum Bahnsteig, hinter deren Fenster der ICE zu sehen war.

»Ist das noch ihr Zug?«, rief er und steuerte den Ausgang an.

Ich stellte mich ihm in den Weg. Das war die Beschäftigung, die ich benötigte.

»Fuck! Samu, was machst du? Lass mich durch, wir holen sie da jetzt raus!« Er versuchte, sich aus meinem Griff zu befreien. Zur Hölle, allein der Versuch war lächerlich. Er war gerade fünfzehn und eine Bohnenstange. »Wo ist Vicky? Sie ist eingestiegen, oder? Warum tust du das? Lass mich los, du Arschloch! Du hast es versprochen.«

Mit seinen Rufen weckte er Franz, der kurz zu uns herübersah, nur um sich die Mütze wieder ins Gesicht zu ziehen. Ihn interessierte der Rest der Welt schon lange nicht mehr.

»Du hast es versprochen!«, wiederholte Vincent immerzu. Bis ich ihn von mir schubste und er mich aus großen Augen ansah.

»Scheiße, Vince, bist du high?« Seine Pupillen waren trotz des grellen Lichts lächerlich groß.

»Du hast es versprochen!« Erneut ging er auf mich los, ich hielt ihn bloß an den Handgelenken fest. »Du Verräter! Du dreckiger Verräter! Du hast gesagt, du findest es scheiße, wenn sie fürs Studium ins Ausland geht!« Er wollte mit seinen Armen herumfuchteln, ich hielt sie an Ort und Stelle. »Du hast gesagt, du machst ihr klar, wo ihr Zuhause ist.«

»Das habe ich gesagt. Aber ich habe überhaupt nichts versprochen!«

Vincent schaffte es, eine Hand aus meinem Griff zu befreien und mir einen unerwarteten Kinnhaken zu verpassen. Überrumpelt ließ ich ihn los, ein schmerzhaftes Pochen durchfuhr meinen Kiefer, das mich kurz aus der Bahn warf, aber ich fing mich, schnappte Vincent an der Kapuze seines Hoodies, ehe er die Tür erreichte, und drängte ihn gegen den Glaskasten mit dem Fahrplan.

Gar nichts hatte ich versprochen! Ich wollte sie nie vom Hierbleiben überzeugen! Auch wenn mir im Moment ihrer Zusage klar geworden war, was ich fühlte. Wollte ich jede übrige Minute mit ihr verbringen? Hatte ich irgendeine absurde Torschlusspanik? Hatte ich es darauf angelegt, dass wir trotz der Angst, unsere Freundschaft zu riskieren, mutig waren? Ja! Ja! Und ja! Hatte ich mich von Jonas getrennt, weil mir endlich klar war, was ich wirklich wollte – wen ich wirklich wollte? Ja! Und dann ist …

Das Pfeifen des Schaffners jagte für den Bruchteil einer

Sekunde ein Messer durch meine Brust. Meine Lunge brannte, und Vincent sah mich entsetzt an. Sein Atem mindestens so hektisch wie meiner.

»Dann ist Jonas gestorben«, vollendete er meinen Satz und bestätigte, dass ich meine Gedanken laut ausgesprochen hatte. Ich drückte ihn fester gegen den Infokasten, doch er legte mir sanft die Hände an die Oberarme. »Was für ein Scheißtiming«, sagte er mit einem kläglichen Seufzen. Und wässrigen grauen Augen, die denen seiner Schwester viel zu ähnlich waren. »Moment, weiß Vicky das alles? Fuck. Der Zug ... Jetzt ist sie weg. Ich bin nicht high genug für so ein Drama. Wie kann sie einfach fahren? Was hast du denn zu ihr gesagt?«

Mir war kalt. Vincent sah mich mit zusammengepressten Brauen an, sein Zorn wechselte zu Mitleid, und das Scheppern des abfahrenden Zuges vibrierte zitternd über den Boden.

»Die Wahrheit. Dass ich eine falsche Entscheidung getroffen habe.« Was wusste Vincent schon. Aber sein Scheißmitleid brauchte ich nicht. »Und dass ich sie hier nicht ertrage.«

Vincent fuhr sich übers Gesicht, wischte das Mitleid ab und nahm meine Worte zum Anlass, wieder auf mich loszugehen. Diesmal wich ich aus, irritiert von meinem Move kam Vincent ins Straucheln, stolperte über meinen Fuß, fiel und stieß mit dem Kinn an den Rand der Sitzbank. Zum Teufel, Vincent war wie ein Riesenwelpe, der sich seiner Größe nicht bewusst war.

Seine Unterlippe war leicht aufgeplatzt, und Wut loderte in seinem Ausdruck. Sobald er wieder stand, stürzte er sich mit den Fäusten auf mich, und ich ließ es zu.

Irgendwann, als meine Brust, mein Magen und mein Gesicht brannten, flog die Flügeltür erneut auf, und Vics Vater riss uns auseinander. Für den Bruchteil eines Moments war diese immer blasse Miene vor Emotionen gerötet.

»Was soll das?« Es klang wie ein gefährliches Knurren. Robert drängte Vincent bestimmt auf die Bank.

»Du bist zu spät!«, rief Vincent aufgelöst. »Du hast gesagt, du kommst sofort!« Er wurde leiser, als dem Knurren ein eiskalter Blick folgte. »Das ist alles so abgefuckt!«

Die Worte »Reiß dich zusammen« ließen Vincent gänzlich verstummen.

»Setz dich in den Wagen. Er steht vor der Treppe. Sofort!«

Vincent sah mich abfällig an, doch dann gehorchte er. Ich nahm das als Zeichen, meine Sachen zu nehmen und zu verschwinden, doch Robert legte seine Hand auf meine Schulter.

»Lass uns reden, Samuel.« Er bedeutete mir, mich hinzusetzen. Neben ihn. Ich wappnete mich, sicher, dass er mir mit einer Anzeige kommen würde, weil ich mich offensichtlich mit seinem minderjährigen Sohn geprügelt hatte.

»Wie läuft das Studium, Samuel? Fährst du am Montag wieder nach München?«, fragte er mich stattdessen. Mit etwas Fremdem, Warmem in seinem Ton. Also setzte ich mich. Robert war seit Tagen der Erste, der mit mir nicht über Tod sprach, über Schuld, über Trauer, Liebe oder Pech.

»Fokussierst du dich auf deine Karriere?« Er erwiderte mein Nicken zufrieden und fuhr sich über ergraute Bartstoppeln. Sein Interesse war irritierend. Ich war nie mehr als der Sohn seiner Angestellten, der er gekündigt hatte, als sie kürzertreten wollte.

»Mein Sohn macht uns momentan ein paar Probleme, aber er wird bald auch in München studieren. Karriere ist wichtig, Samuel. Es ist die eine Konstante, die du immer kontrollieren kannst.« Er drückte mein Knie, und ich räusperte mich. »Vic hat mir erzählt, dass du nach deinem Studium von einer eigenen Praxis in Everstein träumst. Stimmt das?«

»Ja«, sagte ich heiser und spürte bei Vics Namen Schmerzen im ganzen Körper. Aber dank der Schläge brannte es auch lichterloh in mir, und ich fror endlich nicht mehr. »Bis zum Examen sind es noch fast zwei Jahre.«

»Sehr schön. Es wird schwierig sein, den bestehenden Praxen in Everstein Konkurrenz zu machen. Aber zu deinem Glück hast du gute Kontakte.«

Ich konnte nicht folgen, riss die Brauen hoch, was Robert Sommer ein tiefes Lachen entlockte. »Sieh zu, dass du dein Studium vorbildlich beendest. Ich bin demnächst in München, lass uns dort etwas essen gehen.«

Er stand auf und ging. Kein »Mein Beileid«. Kein »Es tut mir so leid«. Kein »Alles wird gut«. Nur ein »Sieh zu«. Und das würde ich.

Wenige Tage später

Ein Tanz mit dem Teufel

Ich knetete die weiße Tischdecke eines Restaurants der Münchener Schickeria, in das ich so wenig reinpasste wie Robert Sommer in einen Streichelzoo. Roberts Einladung zum Essen hatte ich als Floskel abgehakt, bis er mich heute Nachmittag an der Uniklinik abfing.

Ein Kellner stellte unsere Getränke ab.

»Also, Samu, Victoria spielt in unser beider Leben eine große Rolle«, sagte er, nachdem er – für uns beide – das Gericht »wie immer« bestellt hatte.

»Ich liebe sie«, sagte ich und wunderte mich über meinen Mut, das klarzustellen. Verspottete mich innerlich selbst, weil dieses Geständnis einer Lachnummer glich. Ich war so viel mehr als ihr bester Freund und gleichzeitig gar nichts – mehr.

In Roberts Gesicht schimmerte eine Wärme, die seine kantigen Züge lockerte. »Selbstverständlich, das tun wir beide.«

Ich nickte, nahm einen Schluck von dem überteuerten Rotwein, der genauso schmeckte wie das Zeug aus dem Discounter.

»Vicky richtet sich in London ein, meine Frau ist bei ihr.«

In einem Zug war mein Glas fast leer. Ich konnte nicht über Vic reden, aber unhöflich wollte ich auch nicht sein. »Es freut mich, dass es ihr gut geht.«

Wir hatten seit über einer Woche keinen Kontakt. Scheiße ... Ich konnte mich an keine Zeit ohne ein gewechseltes Wort erinnern. Hätte ich auf ihre Nachrichten antworten sollen? All die roten Anrufe zu grünen machen müssen?

»Vicky weiß nicht, was sie will, aber darum geht es jetzt nicht. Ich will über dich sprechen, Samuel«, sagte er und griff neben seinen Stuhl, zog eine schwarze Mappe mit dem Emblem seines Unternehmens aus einer Aktentasche.

»Nun, erzähl mir von deiner beruflichen Vision. Wo stehst du jetzt, und wo siehst du dich in den nächsten Jahren?«, fragte er mit schmeichelnder, aber bestimmter Stimme. Doch nachdem ich ihm eher rumdrucksend geantwortet hatte, reichte ihm das nicht. Er wollte alles wissen, haargenau. Wie mein Studium lief; welche meine Schwerpunkte waren. Aber vor allem interessierte ihn, was ich von mir selbst erwartete.

»Mich beeindruckt dein Wunsch zu promovieren, mein Junge.«

»Ich möchte meine Arbeit über Hochsensibilität bei Heimtieren mit Fokus auf Hunden schreiben. Im Grunde habe ich meine Doktormutter schon sicher und kann nach dem Examen loslegen.«

»Du bist fleißig.« Robert nickte.

»Meine Eltern haben mir immer gepredigt, dass man jedes Fleißkärtchen mitnehmen muss.«

»Tun sie das jetzt nicht mehr?«

Mir war nicht bewusst gewesen, dass ich in der Vergangenheit gesprochen hatte, aber es stimmte. Ich schüttelte den Kopf und nahm einen weiteren Schluck Wein, während Robert mich erwartungsvoll ansah. »Für sie und meine Freunde bin ich nur noch das personifizierte Häufchen Elend, das man mit Mitleid bewerfen muss. Sie haben sogar vorgeschlagen, das Studium zu pausieren. Plötzlich ist es nicht mehr wichtig, wie schnell oder wie gut ich meinen Abschluss mache. Aber ich bin am Leben, oder? Steuere ich nicht in die nächste harte Zeit, wenn ich meinen Abschluss schleifen lasse?«

»Du erinnerst mich an mich.« Robert musterte mich ernst, und auf eine verquere Weise hörten sich seine Worte wie ein Kompliment an. Vielleicht löste sich deshalb meine Zunge, und ich ließ den ganzen Frust raus. Dass ich mich nicht verstanden fühlte. Dass mein Beruf alles war, das mir blieb. Dass ich es hasste, dass sie mich seit ... der Sache in der Kirche wie ein rohes Ei behandelten. Ich hasste diese Fürsorge.

»Du kommst aus einer Arbeiterfamilie. Da steckt eine ganz andere Arbeitsmoral hinter. Nimm es ihnen nicht übel.«

Wie bitte? Irritiert sah ich Robert an und friemelte am Rand meines Hoodies. Das wollte ich damit nicht sagen.

Aber er legt noch nach. »Sie verstehen nicht, wie herausfordernd und unbarmherzig ein Studienabschluss sein kann. Dass harte Arbeit auch im Kopf stattfindet. Dass du dir deines Hintergrunds bewusst bist und ihm entgegenwirkst, ist löblich.«

»Meines Hintergrunds?«

»Migrantenkinder haben es schwer.« Robert machte eine Handbewegung. »Kellner! Wir hätten gern eine ganze Flasche des Spätburgunders.«

Dann sah er mich mit strahlend weißen Zähnen an. Nichts davon fand ich witzig, trotzdem erwiderte ich sein Lächeln, trank das Glas leer und bekam das Gefühl, dass mir der Kopf nicht vom Alkohol, sondern von Roberts Ratschlägen surrte, die mich diskriminierten und doch auf verkorkste Weise mit Stolz erfüllten.

»Ich könnte dich kommenden Frühling einem alten Freund vorstellen, der in Everstein die einzige fortbildende Tierklinik leitet.«

»Scheiße«, entfuhr es mir.

Robert grinste in sein Glas, stellte es ab und weitete herausfordernd seine Lider. »Spinn das Rad ruhig weiter.«

»Dann müsste ich für die Doktorarbeit seltener nach München kommen, könnte in Everstein Fuß fassen, über einen Facharzt nachdenken und würde dem Traum von einer eigenen Praxis entgegensteuern.«

Das Essen kam. Und der säuerliche Duft des mit Rotwein verfeinerten Eintopfgerichts drehte mir den Magen um.

»Die Spezialität des Hauses. Dieser Bigos kommt bei Weitem nicht an den deiner Mutter ran. Zugegeben, ich sehne mich nach ihren gutbürgerlichen polnischen Spezialitäten.« Auch das fühlte sich nicht wie ein Kompliment an. Ich lächelte trotzdem, lächelte, bis die Teller leer waren.

»Mir gefällt, dass du bald wieder nach Everstein willst, Samuel. Ist die Großstadt nichts für dich?«

»München ist super. Die WG am Gärtnerplatz ist ein Traum, aber Cooper und ich sind definitiv Team Dauerwohnsitz Everstein.« Ich lallte, hatte langsam ordentlich einen sitzen. Möglich, dass es an dem Gefühl lag, dass mein Leben plötzlich aus Möglichkeiten und nicht aus Verlust bestand.

»Die Wohnung, in die letztes Jahr auch Lexi gezogen ist?«

Ich nickte.

»Ihr könntet alle zusammen in der WG leben.«

»Vic hatte andere Pläne.«

Robert schob die Mappe vor, klappte sie auf und bedeutete mir hinzusehen.

Ich überflog die Seiten und fuhr mir durchs Haar. Neubauplanung. Mindestens zweihundert Quadratmeter. Gewerbefläche, Praxisnutzung. Bestlage in Everstein angestrebt. Irritiert sah ich Vics Vater an. »Was soll das sein?«

»Als Bürgermeister fördere ich Sozialprojekte und bin überzeugt, dass du deinen Plan meisterlich umsetzen wirst. Dieses Bauprojekt startet, wann immer du bereit für deine eigene Praxis bist. Wenn du eine Seite weiterblätterst, siehst du einen Vertrag, der SIV dazu verpflichtet, dir das passende Grundstück zu finden, samt Förderungsbonus. Ich übernehme die Anzahlung für einen Kredit und die Raten für zwei Jahre, in denen du Fuß fassen kannst.«

Mir wurde schlecht, und mit schwitzigen Händen klappte ich die Mappe wieder zu. Das war absurd. Das fühlte sich falsch an. »Warum wollen Sie das für mich tun?«

»Du verdienst es. Nenn es Glück, ganz einfach.«

»Wo ist das Aber?«

»Kein Aber, nur eine Bitte: Hol Victoria nach Hause. Sie weiß nicht, was gut für sie ist, und hört auf dich.« Er streckte sich über den Tisch, schob mir den Vertrag zu und stieß dabei fast mein Weinglas um, als er mit seiner Uhr dagegenkam und es schrill erklingen ließ. »Meine Unterschrift steht bereits unten.«

Ich wünschte, das Glas wäre umgefallen und der Wein hätte seine Unterschrift fortgespült.

Zwei Jahre vor Vics Rückkehr

Der Teufel oder doch bloß ein Mensch?

Ich brauchte drei Anläufe, um Mos Nummer zu wählen.

»Samu! Alter, willst du mich verarschen? Dein Hund sabbert mein Bettzeug voll, es ist Primetime, und ich sitze hungernd auf der Couch, weil Paulina meinte, du wärst mit Einkaufen dran gewesen, aber *Surprise* – im Kühlschrank herrscht gähnende Leere. Ich weiß genau, warum du anrufst! Wenn du jetzt erwartest, dass ich deine besoffene Visage wieder irgendwo einsammle, kannste das knicken. In der Bar meines Alten steht 'n Sofa. Ich leg auf, pfiat di.« Dieser Typ redete in Romanen, während gefühlt nur jedes fünfte Wort zu mir durchdrang.

»Cooper sabbert nicht.«

»Sonst noch etwas?« Seine Stimme klang schief. »Ruf dir ein Taxi, Mann.«

»Geht ni…« Mir fiel das Handy aus der Hand, als ich über einen Bordstein stolperte und mit der Schulter eine Straßenlaterne streifte. »Verflucht.«

Ein schnaubendes Lachen drückte sich aus meinem Hals, weil ich mich fast auf den Steinen langgelegt hätte. Was für ein Scheißtag. Die Kneipe, in die ich heute spontan gegangen war, war mit Gute-Laune-Menschen überfüllt gewesen. Leider hatte ich dort nicht nur meine Jacke vergessen, sondern auch mein Portemonnaie. Und der Riss im Display meines Handys schien die Krönung zu sein, aber immerhin erfreute sich die Whiskyflasche in meiner Hand noch halb voller Prächtigkeit.

»Hat Karma dich etwa auf die Fresse fallen lassen?«, hörte ich Mo durch den Hörer knurren.

»Drei von ... vier.« Meine Stimme bebte. Ich wischte das Handy an meiner Hose sauber und stellte den Lautsprecher an. Mir war so scheißkalt. »Keiner will mich, Mo. Niemand.«

Mein Grund, zu feiern. Drei von vier Tierarztpraxen in Everstein hatten auf meine Bewerbung mit einer Absage reagiert.

»Wie viel hast du getrunken, Alter?«

Nicht genug. Weil die ganze Scheiße mich noch immer mehr abfuckte als belustigte. Ich ließ den Korken aufploppen und nahm einen Schluck, noch einen.

Eine Gruppe junger Frauen überholte mich Richtung Marktplatz, kopfschüttelnd drehte sich eine Brünette mit einer Bride-to-be-Schärpe zu mir um. Auf dem Kopf hatte sie einen Kranz voller künstlicher Blumen.

Ich nahm noch einen Schluck. Ging auf den Marktplatz zu, wobei ich den Blick zu der torkelnden Version von mir in den dunklen Schaufenstern nicht ertragen konnte. Eilig stolperte ich in eine Gasse.

»Sprich mit mir!«, erinnerte mich Mo daran, dass er noch da war. »Samuel, du bist so ein ...« Er suchte nach dem richtigen Wort. Mir fiel es ein.

»Niemand«, beendete ich den Satz. »Dr. Niemand.« Meine Stimme zitterte immer heftiger. Ich trank wieder, obwohl der Alkohol mittlerweile bitter auf meiner Zunge schmeckte.

Alle redeten immer nur von Selbstfindung. Aber ich wollte verflucht noch mal nicht mehr ich sein. Ich wollte mich loswerden. Mich entfinden. Jemand anders sein, egal, wer ... nur niemand, dessen Weg so ... so leer wie die Gasse vor mir war.

»Alles ist außer Kontrolle, verstehst du?«

»Nein. Nein, Mann, ich verstehe dich nicht, aber du kannst es mir erklären. Wo bist du?«

Ich fror so heftig. Der Alkohol half nicht mehr. Nicht

gegen die Kälte und lange nicht mehr gegen die Leere. Er machte mich bloß zur noch größeren Lachnummer.

Aus der Gasse trat ich wieder auf den Marktplatz. Das kühle Ende des Sommers trieb die meisten Menschen nach drinnen, während der Mond sich einsam im Wasser des Stadtbrunnens spiegelte. Ich hatte vor, mich an den Rand des Brunnens zu setzen, aber es funktionierte nicht so, wie ich wollte, und plötzlich saß ich auf dem Boden. Keine Kontrolle über mich, über mein Leben, über nichts. Mit angewinkelten Beinen drückte ich mir die Flasche vor die Brust und versuchte klarzukommen.

Ein Pärchen, etwa im Alter meiner Eltern, ging an mir vorbei. Was, wenn meine Eltern mich so sehen würden? Sie warfen mir einen Seitenblick zu und verzogen die Gesichter.

Menschen zogen Probleme an, wie Licht Motten, aber wehe, man war den Problemen anderer plötzlich zu nah. So nah, dass man in die Bredouille kam, helfen zu können. Hinsehen, bloß rechtzeitig wieder wegsehen. Ich wünschte, ich könnte auch wegsehen ... müsste mich nicht wirklich ertragen.

»Antworte mir endlich. Wenn's geht, in ganzen Sätzen.«

Ich legte den Kopf in den Nacken und starrte zum Mond.

»Samu!«

Ich brauchte einen Moment, um zu verstehen, dass Mos Stimme immer noch durch den Hörer schallte, aber auf ihn konzentrieren konnte ich mich kaum. Er war in Bewegung, eine Tür wurde geöffnet, und plötzlich hörte ich Coopers Bellen.

Ein heftiges Schluchzen stürzte aus meinem Mund, mein ganzer Körper fing an zu zittern, und ich rieb mir mit einer Hand übers Gesicht. »Ohne den Job, Mo. Wer bin ich, wenn ich nicht mal mit den Tieren arbeiten kann? Alles, einfach alles aus meinem Leben verschwindet. Jeder. Werde ich auch verschwinden?« Ich verlor den Faden, da war nur dieser endlos lange, leere Weg vor mir.

»Fuck, Samu. Du hörst mir gar nicht zu. Wo bist du?« Seit wann war Mos Stimme so schrill? Coopers Bellen war verschwunden, dafür ertönte für den Bruchteil ein Autoradio einer Sekunde. »Rede mit mir! Erzähl mir, was du siehst.«

In meinem Bauch drehte sich alles, ich schwieg und nahm wieder einen Schluck. Wann wurde das hier endlich lustig?

»Du Sack wolltest schon lange auflegen.«

»Scheiße!«, knurrte Mo.

»Ich ... lege auf.«

»Du Bastard legst nicht auf! Wir bekommen das hin, okay? Sag mir nur, wo du bist!«

Ich hob das Handy an und sah mich? Mein Gesicht, meine Augen, meine Nase ... aber ich sah mich nicht. »Wo bin ich?«

Ich wollte mich wegwischen, und plötzlich war Mo auf dem Display. Weißblonde Strähnen klebten an seiner Unterlippe. Verflucht, ich hatte echt noch nie jemanden gesehen, der von Natur aus so krass leuchtende Haare hatte. Wie der Mond.

»Genau das finden wir heraus. Samu, richte das Handy auf deine Umgebung. Kannst du ... Scheiße, halte das Handy still. Nein, nicht auf deine Beine! Ja, so.«

»Wie konnte alles nur so ausarten? Wäre alles anders gekommen, wenn ich nicht so ticken würde, wie ich es tue?«

Moritz redete und redete, mein Handy lag irgendwo, da waren Autohupen. Aber ich nahm nichts wirklich wahr, ich war ... nicht wirklich ich.

»Es fühlt sich an, als würde ich einfach zerfallen, Mo. Als würde mein ganzes Leben einfach ...«

»Fuck! Samuel, hör zu. Da sind die Stufen hinterm Rathaus zum kleinen Parkplatz. Bin in zehn Minuten …« Ich legte auf.

Zog mich auf die Beine und schloss die Augen, weil sich alles drehte. Die Stufen zum Parkplatz hinter dem Rathaus zu finden, glich einer Tortur, die Treppe zu überwinden, einer noch größeren Herausforderung. Die Laternen flackerten, und mit jedem Schritt schienen sich meine Eingeweide mit Drahtseil zu verknoten. Meine Hände wurden schwitzig, und ich musste die Flasche fest umklammern, damit sie mir nicht zwischen den Fingern entglitt.

Auf dem von Büschen und Mauern umgebenen Parkplatz standen kaum eine Handvoll Autos. Mo war noch nicht da. Mir wurde so schwindelig, dass ich mich an einen Wagen stützte. Mir war so übel, dass ich mich nicht traute, meinen eigenen Speichel herunterzuschlucken. An einem der Wagen lehnend taumelte ich vor und versuchte, langsam ein- und wieder auszuatmen. Tiefer konnte ich echt nicht mehr sinken, oder?

Eine Regung zog meinen Blick ins Wageninnere. Da war eine Frau. Ich musste aufstoßen. Blonde Haare, die sich über dem Schoß eines Mannes auf und ab bewegten. Eines Mannes, dessen eisblaue Augen mich selbst durch die Scheiben stechend scharf fixierten. Ich hielt den Atem an. Wie konnte er nur so unvorsichtig sein? Mit seinen Händen drängte er die Frau weg, die sich über die Lippen wischte, während er seinen Hosenstall schloss. Im nächsten Moment knallte die Fahrertür gegen das nebenstehende Auto. So heftig, dass der Autoalarm ausgelöst wurde. Als Robert Sommer wutentbrannt vor mir stand, brach ich ihm vor die lackierten Schuhe.

»Das beste Leben stand dir bevor, Junge, hättest du mein Angebot akzeptiert. Aber ich schätze, Menschen wie du landen wohl einfach immer da, wo sie hingehören.«

Ehe meine schneckenhafte Reaktionsfähigkeit begriff, was folgen würde, drängte mich Robert gegen ein Auto, der Whisky rutschte mir aus der Hand, und die Flasche zerbrach. Robert schrie irgendetwas von ich würde es bereuen, wenn ich ...

Aber ich musste lachen. Mein Herz raste, alles drehte sich, und ich musste einfach lachen, weil ich auf dem beschissensten Karussell zu sitzen schien, das das Leben zu bieten hatte.

Als ein Auto neben uns quietschend zum Stehen kam, ließ Robert von mir ab. Mo stieß die Beifahrerseite auf, und ehe ich mich hereinzog, half er nach und schloss die Tür.

Wir preschten unter Roberts Grollen vom Parkplatz, und während ich versuchte Moritz deutlich zu machen, was ich gesehen hatte, tippte ich auf meinem Handy herum. Wählte eine Nummer. Drückte mir das Telefon ans Ohr.

Nummer nicht verfügbar.

Ich wiederholte mein Tun.

»Was machst du da, Mann?«

Nummer nicht verfügbar.

»Sie hat ihre Nummer geändert«, krächzte ich. Und versuchte es noch mal, bis Mo mir das Handy wegriss. »Sie ist nicht mehr aktuell! Mo?«

Das Karussell drehte sich immer schneller.

»Fuck. Du rufst seine Tochter an? Und dann was? Hi, lange nichts mehr gehört, ich bin sturzbesoffen. Habe deinen Alten und irgendeine Blondine bei einem Blowjob beobachtet, aber wie läuft's denn so?«

»Ich muss hier raus.« Mit den Händen raufte ich mir die Haare. »Ich muss hier sofort raus!«

Keine Ahnung, was ich mir dachte. Keine Ahnung, warum ich jeden verlor. Keine Ahnung, was ich fühlte. Alles, was ich wusste, war, dass mein Körper eskalierte. Mo blieb an einer Bushaltestelle stehen, ich fiel förmlich aus dem Pick-up, zitterte und schien keine Luft zu bekommen.

»Langsamer atmen!« Moritz kam mir nach, drückte meine Hände gegen meine Brust und zog mich mit sich auf eine Bank. »Wie viele Meter hat der Mount Everest?«, fragte er wenig später.

»W... was?«

»Wie viele Meter, Samu? Los jetzt!«

Zwölf Gipfelzählungen später hatte Mo mir erst eine reingehauen und mich dann in seine Arme gezogen. Er hatte mich so lange festgehalten, bis ich das Gefühl bekam, wieder in mir zu sein. Ich hatte geweint und, wenn meine Erinnerung stimmte, war ich nicht der Einzige gewesen.

KAPITEL 35

Victoria

Heute

Schlachtplan-Liste

- ~~Fotos von der Scheune und den Hunden machen~~
- ~~Ben ein Foto für den Artikel mailen~~
- E-Mail an Kontakt für Spendenaktion
- Social-Media-Aktion planen
- Fotos drucken

»Kommenden Montag geht der Artikel in den Druck.« Ben wedelt mit einem DIN-A4-Zettel vor meiner Nase herum und holt meine Gedanken vom nächsten Punkt der Liste zurück in den Eingangsbereich der Redaktion.

»Das Heldenlager braucht heldenhafte Unterstützung«, lese ich vor und grinse. Die Headline ist etwas aufgesetzt, aber der Schnappschuss der gesamten Rasselbande direkt vor der zerstörten Scheune weckt hoffentlich das Mitgefühl der Leute.

»Wir sind ein gutes Team«, flachst Ben und friemelt verlegen an einer künstlichen Yucca. »Ich tippe das letzte Wort, und du lieferst noch vor der Mittagspause das passende Bild.«

»Wo du recht hast«, säusle ich. »Deine Blitzidee mit dem Artikel war super.«

»Also ja, ähm ...« Ben klingt drucksend und kratzt sich am Kopf. »Jedenfalls, falls du mal Lust hast: Wir engagieren gern freie Fotografinnen.«

Bietet Ben mir einen Job an? Ist das seine Idee, oder hat Lexi auf ihn eingeredet? Egal, welche Intention dahintersteckt, ich finde Bens bedröppelte Art ulkig, und sie schmeichelt mir.

»Ich bin offen für Angebote«, gebe ich grinsend zurück, und Ben schiebt seine Rundbrille die Nase hoch.

»Dann werde ich dich zeitnah mit Details kontaktieren.«

»Meine Mailadresse hast du.« Ich tippe ihm kurz an den Arm. »Das war's, oder? Da sind nämlich noch ein paar andere Dinge auf der Liste, die ich streichen möchte, bevor Samu Feierabend hat. Darf ich den Musterartikel mitnehmen?«

»Klar, aber bis auf deine und Samus Augen – topsecret.«

Mit den Fingern versiegle ich meinen Mund, verstaue das Muster in eine Mappe und möchte mich umdrehen, da gibt Ben ein »Ah!« von sich.

»Vic, Moment. Da wäre schon noch etwas. Ich weiß, gerade haben andere Dinge Priorität, aber ich müsste noch ein, zwei Dinge wegen der Fotostrecke mit dir durchgehen.«

»Oh! Ja, klar, schieß los.« Auch wenn das Chaos auf Samus Hof jetzt im Vordergrund steht, niemand von uns hat die Rettungsaktion für die Wache vergessen.

»Du hast mir nach deiner Anreise gesagt, dass du die Strecke flott beenden möchtest, daraufhin habe ich im Redaktionskalender einen Artikel geplant und deine Fotoausstellung auf den letzten Samstag der Frühlingsferien gesetzt.«

Ich reiße meine Augen auf, zücke mein Handy und zähle die Tage. »Das ist in knapp drei Wochen, Ben«, krächze ich.

Ja, ich hatte vor Ben angedeutet, schnell fertig sein zu wollen. Okay, ich habe ihn angefleht, alles so bald wie möglich zu planen – aber das war, als ich dachte, schleunigst wegzumüssen, bevor ... ich wusste, *was* ich will.

»Bekommen wir das denn so kurzfristig hin? Die Fotos sind das eine, aber ... Ähm, was ist mit der Location und den Einladungen an potenzielle Förderer? Und ...«

»Keine Sorge, ich übernehme die Planung und die Gästeliste. Lexi und ich haben da schon ordentlich Mundpropaganda betrieben. Von dir brauche ich nur zwei Dinge.« Er hebt seinen Zeigefinger. »Ein Ausstellungskonzept«, nun deutet er auf mich und grinst, »und am großen Tag natürlich dich.«

Ich muss über Bens Worte schmunzeln, trotzdem beschleunigt sich mein Puls. Eine eigene Fotoausstellung in Everstein schien bis vor Sekunden ein surreales, weit entferntes Event.

»Okay ... Also dann schicke ich dir die Tage ein paar Ideen?«

»Das klingt gut.«

»Ansonsten brauchst du keine Hilfe?«

»Nope. Deine Hilfe wird gerade woanders gebraucht. Seht zu, dass ihr den Schlachtplan in die Tat umsetzt.« Er sieht mich liebevoll an, und ich atme dankbar aus.

»Genau das habe ich vor.« Mit einer kurzen Umarmung verabschiede ich mich von ihm und verlasse die Redaktion. In meinen Augen ist Ben immer die Ruhe in Person gewesen, aber selbst ihn hat Samus Lage gestern ganz schön aufgewühlt.

Warum hat Samu alles so lange für sich behalten? Nach meiner Ankunft in Everstein bin ich davon ausgegangen, er würde sich nur vor mir verschließen, aber ich glaube, selbst Moritz hatte keine Ahnung. Kurz nachdem Samu seinen Verdacht gegen jemanden vom Ordnungsamt geäußert hat, konnte er seine Wut kaum bremsen. Bei ihrer unübersehbaren Diskussion in der Küche habe ich befürchtet, jeden Augenblick dazwischengehen zu müssen. Es war unmöglich, zu hören, worüber sie geredet haben, aber ihre Mimik und Gestik sprachen Bände. Was ist das Problem? Grumpy Moritz sollte froh sein, dass Samu sich uns endlich anvertraut hat.

Schon auf dem Weg zum Stadtkern schlagen die Glocken dreizehn Uhr und verscheuchen Tauben vom Kirchendach. Nach einem Stoßgebet mit der Bitte, keine Vogelkacke abzubekommen, seufze ich zufrieden auf, denn ich liege gut in der Zeit und komme dem Ende der Liste immer näher. Wenn ich alle Punkte abgearbeitet habe, muss Samu nur noch sein Okay beisteuern.

Vor Produktivität berauscht, recke ich mein Gesicht gen Sonne. Der Frost hat sich endlich in die Alpen zurückgezogen, und die Sonne küsst erste Bienen wach. Selbst in meinem Bauch sind Schmetterlinge, und ich muss automatisch an Samus süße Nachricht denken, die er mir heute früh auf dem Nachttisch hinterlassen hat.

> Nicht wundern: Carla kommt gegen zehn Uhr. Fühl dich wie zu Hause. PS: Du hast mit Cooper um die Wette geschnarcht, da wollte ich euch nicht wecken 😊

Es ist nicht nur die niedlichste Nachricht ever, sie klingt auch nicht betrübt. Gestern konnte ich beobachten, wie das Strahlen in Samus Augen verblasst ist und seine einzige Kommunikation mit uns aus flachen Witzen bestanden hat. Sobald alle weg waren, wollte Samu nur noch schlafen. Kein Wunder: Das alles muss ein Schock für ihn sein. Doch ich bin mir sicher, je schneller wir das mit den Briefen klären und die Scheune wieder aufbauen, desto schneller ist Samu auch seine Sorgen los.

Wenig später sitze ich mit einem Chai Latte am Rand des Brunnens vor dem Rathaus und schreibe mit dem Kontakt, über dessen Seite ich schon mal eine Spendenaktion gestartet habe, als ich im Himalaja unterwegs war. Charlie hat zusammen mit mir in London studiert und eine Art gemeinnützige Plattform erstellt, um transparentes Spenden zu ermöglichen. Weil Samu sich offensichtlich unwohl damit fühlt, Geld anzunehmen, gibt es sogar die Option, potenziellen Spendern ehrenamtlich etwas anzubieten. Ich notiere mir auf der Schlachtplan-Liste, was das sein könnte: Berg- und Wandertouren, ein Fotoshooting mit den eigenen Vierbeinern. Das sind nur die Einfälle, die mir sofort kommen, und ich bin mir sicher, unseren Freunden fällt noch mehr ein.

Gerade möchte ich den Mädels eine Nachricht schreiben, da trudelt eine Instagram-Nachricht vom Account der Bergwacht ein.

Sie schläft in meinem Bett, hat eine Zahnbürste in meinem Haus, kuschelt mit meinem Hund fremd, aber ihre Handynummer habe ich noch immer nicht.

Ich muss lächeln, und ein paar Schmetterlinge rekeln kitzelnd ihre Flügel. Ehe ich etwas erwidern kann, erscheint eine weitere Nachricht.

Carla schreibt, du bist nicht mehr da. Es ist Mittwoch aka ich schließe die Praxis gleich, wo bist du? 😊

Mittlerweile sitzen viele Menschen am Brunnen, und mir strömt der Duft von Eis, Kaffee, Zigaretten und deftigem Essen entgegen. Dennoch gelingt mir eine menschenlose Aufnahme des Chai Latte und von warmen Sonnenstrahlen, die sich schimmernd im Brunnenwasser spiegeln. Ich schicke Samu den Schnappschuss. Dann schreibe ich:

Lust, mir Gesellschaft zu leisten, ehe mich der Bär frisst? ♡

Samu ist nach meinem Bild offline gegangen. Mittlerweile ist mein Chai Latte ausgetrunken, und ich kümmere mich darum, auf meinem Instagram-Account die Spendenaktion anzuteasern.

Als die Story hochgeladen ist, zucke ich zusammen, weil ein Schatten neben mir aufgetaucht ist und nach meiner Mappe greift, die am Rand des Brunnens lehnt. Mein Herz macht einen Notstopp, nur um schlagartig all die Schmetterlinge in meinem Bauch aufzuscheuchen.

»Sag bloß, da sind Bilder von dir drin.« Samu zieht seine Jacke aus und nimmt grinsend neben mir Platz. Sein Gesicht ist leicht gerötet und seine Haare zerzaust. Ist er hergelaufen? Mit der Mappe auf dem Schoß zieht er mit seinem Daumen am Eckspanner, bewegt ihn auf und ab und löst eine Erinnerung in meinem Kopf aus, wie begabt er mit seinen Fingern ist … Oh mein Gott. Mir wird heiß.

»Hi«, quieke ich.

Er lächelt, und in der nächsten Sekunde fährt er mit seiner Hand meine Wange entlang. Ich schmelze dahin, während Samu mich mitten auf dem Marktplatz küsst. Notiz an Teenie-Vic: Die Realität fühlt sich wie ohnmächtig werden *und* fliegen an. Ich greife in den Bund seines Strickpullovers, ziehe ihn näher an mich und grinse in den Kuss hinein. Obwohl Samu meine Gedanken nicht kennt, grinst auch er, und die Berührung seines Lächelns an meinem Mund wandert an die Spitze meiner Lieblingsgefühle.

»Hi, zurück.« Er schaut zum Brunnen. »Hätte nicht gedacht, dass du dich so nahe an den Bären rantraust.«

»Bei diesem Exemplar weiß ich, dass es mir nichts tut. Und ich möchte auch betonen, dass wir einmal zusammen auf Bärensuche in Europa gehen wollten, mein Lieber.«

»Eh!« Liebevoll stößt er mich mit der Schulter an. »Ich wollte! Deine Augen wurden bei dem Vorschlag riesig, und du hast irgendwelche wirren Behauptungen darüber aufgestellt, dass bereits Winnie Puh pures Albtraummaterial verkörpert!«

»Die sind gerechtfertigt! Bären sind scheinheilig süß. Schauen dich aus ihren treudoofen Augen an und im nächsten Moment zerfleischen sie dich mit ihren niedlichen Tatzen.« Vermutlich habe ich tausende Aufnahmen von Tieren auf dutzenden Speicherkarten, aber ich weiß mit Gewissheit, dass man keinen Bären darauf finden würde. Nicht weil ich sie nicht gern festhalten wollen würde, sondern weil es sich nie nach dem richtigen Moment angefühlt hat, sie zu suchen. Seufzend schaue ich zur Statue im Brunnen.

»Ich habe nie welche fotografiert«, sage ich. Richte meinen Pony im spiegelnden Wasser. »Richtige Bären, meine ich.«

»Dann solltest du das nachholen.«

»Nur wenn du mich begleitest.« Wir sehen uns wieder an.

»Sag bloß, du bist bereit, diese Angst zu überwinden?«

»Mit dir jederzeit.« Mein Herz pocht so stark, dass ich die Nachwehen bis in die Zehen spüre und Samus immer tiefer werdendes Grübchen ein neues Fotoalbum in meinem

Kopf öffnet, mit unendlich viel Platz für Schnappschüsse unseres Lebens.

Er sagt nichts weiter, sondern hebt die Mappe an. »Darf ich?«

Ich nicke.

Statt sich den Artikel durchzulesen, geht er die Schlachtplan-Liste rasch durch, blättert um und betrachtet die Aufnahmen von heute Morgen. Bei den Fotos seiner vierbeinigen Helden lässt er sich Zeit.

»War gar nicht so einfach, ein Foto hinzubekommen, auf dem alle in Richtung der Kamera schauen.« Ich habe extra besonders lustige Exemplare ausgedruckt, um Samu aufzuheitern, was mir, dem schelmischen Glanz in seinen Augen nach zu urteilen, gelungen ist.

»Das hier«, er hebt eine Aufnahme an, auf der alle Hunde auf der Wiese herumtoben, »ist beschlagnahmt und wird eingerahmt.« Er strahlt, aber ich kann sehen, dass ihn etwas beschäftigt und er nach Worten sucht, die ihm schließlich über die Lippen kommen: »Hast du eigentlich schon alle Bilder für die Fotostrecke zusammen?«

Gib ihm ein sicheres Gefühl, schießt es mir durch den Kopf. Ich streiche mir eine Strähne zurück, lege meine Hand auf sein Knie und streichle über den rauen Jeansstoff.

»Ich bin praktisch fertig. Noch etwa eine Handvoll Einsätze, ein paar Fotos von der Wache, vom Moe's – sollte Mister Grumpy mir die Erlaubnis geben – und natürlich vom Team. Du musst mir also auch noch vor die Linse!«

Ein anzügliches Grinsen huscht über Samus Mund. »Reicht dir das mit Cooper auf dem Berg etwa nicht?«

Mit gesenktem Kopf schaue ich ihn durch meine Wimpern an und schürze die Lippen. »Ein sexy Bergwachtkalender wäre natürlich auch eine Option.«

Samu hebt eine Augenbraue. »Kommt die Naturfotografin also auf den Geschmack, Menschen abzulichten?«

»Möglich«, erwidere ich schelmisch.

»Und wie geht es weiter? Welcher Job kommt als Nächstes?«

»Das weiß ich nicht.«

Samu knetet seine Handballen, während er geistesabwesend über den Marktplatz blickt und mir die eigentliche Bedeutung seiner Frage klar wird.

»Mein Abreisedatum ist offen. Bevor ich einen neuen Job plane, möchte ich die Dinge hier in Ordnung bringen«, sage ich mit einem Lächeln und strecke meine Hand nach seiner aus. Samu nimmt sie in beide Hände und massiert meinen Handrücken.

»Ich bekomme das alles hier schon hin.« Er erwidert das Lächeln, doch seine Hände fühlen sich immer kühler an.

»Das weiß ich«, flüstere ich. »Ich will trotzdem hier sein. Deinetwegen, meinetwegen, unseretwegen. Wegen des Hofs und aus vielen anderen Gründen habe ich noch nicht vor abzureisen.«

»Du solltest jeden Job annehmen, Vic. Deinen Traum leben, fotografieren, die Welt bereisen.« Er verflicht unsere Finger miteinander, wobei seine mittlerweile nicht nur kalt, sondern auch feucht über meine Haut gleiten.

»Jein. Mittlerweile habe ich mir einen Namen gemacht und das winzige Privileg, nur die Jobs anzunehmen, hinter denen ich stehe oder die mich kreativ herausfordern. Oder ich setze eigene Ideen um.« Ich drücke seine Hand, und er beobachtet mich mit schief gelegtem Kopf. »Davon kann ich leben. Davon will ich leben! Aber ich würde meinen Traum ja nicht aufgeben, wenn ich hierbleiben würde. Um ehrlich zu sein, sehne ich mich nach dem Gefühl, zu wissen, wo ich hingehöre.«

»Und das könnte Everstein sein?« In Samus Gesicht spiegelt sich Überraschung, und durch mich flutet eine warme Gewissheit, weshalb ich den Kopf schüttle.

»Nein, das hat nichts mit dem Ort zu tun, sondern den Menschen. Lexi würde Luftsprünge machen, und meine Familie wäre sicher auch happy. Und ich hoffe, du ...« Ich halte inne, als Samu seine Hand aus meiner zieht und die Brauen kräuselt. Wo sich eben noch Wärme und Erleichterung in seinem Blick gespiegelt haben, lese ich nun eine ungewohnte Reserviertheit. Macht Samu wieder dicht?

»Ich bin so feige, verdammt.« Er springt auf, lacht und fährt sich gleichzeitig übers Gesicht.

Mein Herz weiß nicht, ob es mit Konfetti um sich werfen oder schreiend im Kreis rennen soll. Ehe ich Samus – und meine – Emotionen greifen kann, verwirrt er mich noch mehr.

»Deine Familie. Wenn das kein Wink des Universums ist, dann weiß ich auch nicht.«

Wie bitte? Wovon spricht er?

Er fixiert einen Punkt hinter mir, und ich folge seinem Blick. Aber da ist nichts. Nur das Rathaus.

»Ich muss gehen.«

Hä?

Damit wendet er sich von mir ab und stiefelt los. Ohne einen Gedanken an meine Sachen zu verschwenden, folge ich ihm um den Brunnen und erreiche seinen Arm erst vor den Ratshausstufen.

»Samu, auf der Hütte hast du gesagt, wir schaffen alles. Du weißt nur nicht, wie. Können wir über das Wie reden?«

»Ja.« Er fährt zu mir herum, scheint nicht stillhalten zu können und nimmt rückwärtsgehend die erste Stufe. »Aber nicht jetzt. Vorher muss ich mit deinem Vater sprechen.«

Moment, was? »J… jetzt?«, stottere ich und nicke verdattert. Will er meinen Vater nun doch um Geld bitten?

»Das ist schon längst überfällig.«

»Soll ich mitkommen?«

Samu zeigt mit dem Finger zurück zum Brunnen. »Erst solltest du den verdammt guten Schlachtplan davor bewahren, einen Tauchgang zu machen.«

Samu wartet nicht auf mich. Nachdem ich unsere Jacken und die Mappe vom Rand des Brunnens aufgesammelt habe, eile ich zurück zum Rathaus.

Ich nehme zwei Stufen auf einmal. Völlig aus der Puste stürze ich durch die spätgotische Tür.

»Entschuldigen Sie, das Rathaus schließt um fünfzehn Uhr.« Eine Frau mit weißgrauem Haar und marineblauem Anzug flitzt vom Service Point zu mir.

»Bitte, mein Freund ist eben hier durch. Ich …«, keuche ich.

»Nein. Es ist ziemlich genau fünfzehn Uhr. Kommen Sie zu unseren Öffnungszeiten, oder vereinbaren Sie online einen Termin.« Ihre Worte klingen betont freundlich, aber die Art, wie sie ihre rot geschminkten Lippen verzieht, wirkt gehässig.

Schnaubend gehe ich einen Schritt auf sie zu.

»Halt! Kommen Sie gefälligst morgen ab acht Uhr wieder.«

»Sie haben keine Ahnung, wer ich bin, oder?«

Sie mustert mich missbilligend und hebt ihre Brauen.

»Rufen Sie doch den Bürgermeister an, und fragen Sie ihn, warum Sie seine Tochter nicht zu ihm lassen.«

Die Mimik entgleist ihr, doch sie steht mir noch immer im Weg. »Sie glauben mir nicht?«

Ich friemele meinen Personalausweis aus dem Portemonnaie und halte ihn ihr vor die Nase. Die Frau hält den Atem an.

»Gehen Sie«, bringt sie hervor und glättet ihren Anzug.

Na, geht doch. Es hat sich noch nie so gut angefühlt, den Namen meiner Familie auszunutzen.

Ich laufe auf die Paternosteraufzüge zu und eile in eine Kabine. Früher haben Samu und ich sie auch Beamtenbeamer genannt, und die einzigen Momente, in denen ich es liebte, hier im Rathaus zu sein, waren die, wenn Samu und ich diese unglaublich spaßigen Aufzüge unsicher gemacht haben.

In der letzten Etage springe ich raus und laufe den Korridor entlang, wobei der Geruch von altem Papier und Staub in meiner Nase kitzelt. An den Wänden hängen gerahmte Schwarz-Weiß-Fotografien aus vergangenen Jahren. Alles hier ist so vertraut, und doch regt sich keine große Emotion in mir.

Das Büro meines Vaters liegt hinter verschlossener Tür am Ende des Flurs. Als ich vor ihr stehen bleibe, die Hand bereits zum Klopfen hebe, lässt mich die Stimme meines Vaters innehalten.

»Wie gesagt, du hast lange auf dich warten lassen, Samuel. So weit hätte es doch nicht kommen müssen, wenn du meine Hilfe gleich in Anspruch genommen hättest.« Der Ton meines Vaters ist eiskalt und jagt mir selbst durch die Tür einen Schauer über den Rücken. Zumal er im kompletten Widerspruch zu der eigentlichen Bedeutung seiner Worte steht.

»Dann gibst du zu, dass du etwas damit zu tun hast?«

Seit wann sind Samu und Papa per Du? Was soll Papa zugeben?

»Mach dich nicht lächerlich, mein Lieber«, sagt mein Vater.

Mach dich nicht lächerlich, Victoria, ich habe deine Mutter nicht betrogen. Deine Bilder beweisen gar nichts.

»Ich werde Vic alles sagen. Verflucht, ich ... ich habe mir echt eingeredet, du würdest nicht so weit gehen. Die Hunde waren in der Scheune! Meine Freunde und ich hätten in der Scheune sein können. Deine Tochter hätte da drin sein können.« Samu klingt aufgelöst, seine Verzweiflung quetscht mein Herz zusammen. Und der Sinn seiner Worte erreicht nur langsam meinen Kopf.

»Reiß dich zusammen, mein Lieber.«

Reiß dich zusammen, mein Kind. Willst du unser Leben zerstören?

»Deine Anschuldigungen sind belustigend, wenn auch vollkommen haltlos. Aber wie gesagt: Die Lösung all deiner Probleme«, es raschelt, »befindet sich in diesem Exposé.«

»Was soll ich mit der verdammten Mappe?« Ein klatschendes Geräusch von drinnen lässt mich vermuten, dass Samu sie auf den Schreibtisch gepfeffert hat. »Du willst mich bestechen? Damals hat es nichts gebracht und heute genauso wenig.«

»Nun, heute mache ich dir ein unschlagbares Angebot.«

Weiß mein Vater eigentlich, wie hellhörig seine Räume sind?

»Ich bin nicht hier, um mit dir zu verhandeln, Robert. Ich wollte bloß Gewissheit, damit ich Vic die Wahrheit sagen kann und keine Geheimnisse mehr zwischen uns stehen.«

»Du wirst Victoria gar nichts sagen, sondern diesen vermaledeiten Kaufvertrag unterzeichnen, dich von meiner Tochter fernhalten und dich bei mir bedanken, nicht deinen Hof *und* deine Hunde verloren zu haben.«

»Was?«, spricht Samu entsetzt die Frage aus, die auch durch meinen Kopf schießt. Mir wird schlecht. Was will mein Vater?

Es raschelt wieder. »Ganz einfach. Du musst dich entscheiden, Samuel: alles, womit du mehr als glücklich sein solltest«, mein Vater macht eine bedeutungsvolle Pause, »oder nichts.«

»Ein Kaufvertrag für meinen Hof ist absurd.« Die Verzweiflung ist aus Samus Stimme gewichen, und er klingt deutlich gefasster, als ich mich fühle. »Wir haben Beweise, dass an einem der Bäume hinter der Scheune gepfuscht wurde. Die Briefe sind falsche Anschuldigungen, und was auch immer du vorhast, du wirst mich nicht umstimmen.«

»Keiner deiner lächerlichen Beweise steht in Verbindung zu meinem Namen. Aber klär mich doch kurz auf: Land und Haus wären dir im Ernstfall wichtiger als deine Köter?«

»Natürlich nicht. Ich ... Ich werde nicht mit dir diskutieren!«

»Samuel, ich will dir nur helfen. Nimm mein Kaufangebot an, und ich sorge dafür, dass das Ordnungsamt dich in Ruhe lässt und du genügend Zeit bekommst, etwas Geeigneteres für dich und diese Tiere zu finden.« Ein Schnalzen meines Vaters erklingt, das mir bis ins Mark fährt. »SIV hat derweil allerdings eher nichts in deiner Preisklasse im Angebot.«

Stille.

Ich will da rein, sofort. *Aber das geht ... noch nicht.*

»Du treibst mich in die Enge!«

»Nein, ich gebe dir eine letzte Chance. Der Hof ist verbranntes Land, aus dem nur Profis etwas herausholen können. Keine Basteleien von dir oder sonst wem.«

»Profis? Du willst den Hof ... um Profit daraus zu schlagen?«

Ich schließe die Augen. Was ist mein Vater für ein Mensch? Wie ... wie kann jemand nur so sein? Ich will mir die Haut vom Körper reißen und komme mir ekelhaft vor, eben noch vom Namen meiner Familie profitiert zu haben.

»Nichts davon ist persönlich, mein Lieber. Na ja, bis auf den Teil mit meiner Tochter. Also, wie entscheidest du dich?«

»Gar nicht, Robert.« Ich höre deutlich, wie Samu schwer ausatmet. »Ich werde in meinem Leben nie wieder erzwungene Entscheidungen treffen. Ich hab's satt.« Da sind Schritte, die in die Raummitte führen. Geht Samu auf meinen Vater zu? »So satt. Ab jetzt entscheide ich mich nur noch für mich und das, was mich glücklich macht und sich richtig anfühlt. Und verflucht, wenn ich damit niemand anderem schade, dann kann ich jeden Abend in den Spiegel schauen. Kannst du das auch?«

Wieder herrscht Stille, nur dass diesmal Robert die Worte zu fehlen scheinen.

»Brenn mein Leben nieder, ich baue mir ein neues auf. Und jetzt entschuldige mich, ich muss mit deiner Tochter reden.«

»Du wirst ihr nichts sagen!«, schreit mein Vater. Noch nie habe ich ihn so laut brüllen gehört, aber er hat auch noch nie wirklich in seinem Leben verloren. »Du kleiner Ostblockwurm, wie rein ist deine Weste?«

Samu lacht zynisch. »Ich habe kein Problem damit, uns beide durch den Dreck zu ziehen. Wird Vic mir verzeihen? Keinen Plan, aber das soll sie selbst entscheiden.«

Es poltert laut, und das ist der Moment, in dem ich genug weiß, um die Tür aufzureißen und ins Büro zu treten.

Samu fährt erschrocken zu mir herum, doch in der nächsten Sekunde liegt in seinem Blick nur Wärme, und seine Schultern sacken ab, als würde eine schwere Last von ihm fallen.

»Victoria«, ruft mein Vater aus und wirkt komplett überrumpelt. »Was machst du hier?«

Schluckend presse ich die Kiefer zusammen und erwidere

den Blick dieser eisblauen Augen. Den Blick eines Mannes, der jeden Respekt vor mir verloren hat. Robert hat die obersten Knöpfe seines Hemds aufgeknöpft, und seine Krawatte hängt schief. Seine Hände sind auf den Edelholzschreibtisch gestemmt, während er mich mit erstarrten Gesichtszügen angafft. Ich sehe nur Befremdliches. Einen Menschen, der seinen ekelhaften Charakter vor einem jungen Mann zeigt – der nur helfen möchte und so viel Liebe im Herzen trägt. Einen Menschen, der eine Maske aufsetzt, sobald er seine Familie um sich hat.

»Ich habe … das …«, stammle ich und suche nach meiner Stimme, die wohl noch ein Dampfbad in meiner Wut macht. »Du wirst nichts davon durchziehen. Nichts! Dieser Mist hört sofort auf. Wenn dir diese Familie noch irgendetwas bedeutet, wenn …«

Mein Vater – nein, dieser Mann Robert Sommer lässt sich in seinen Sessel fallen und hebt die Hände. Ich halte inne. Seine Regung hat nichts Herrisches mehr, er knetet mit einer Hand sein Kinn und starrt auf die Mappe. Wirkt, als wäre er verloren in seinen eigenen Konsequenzen.

Mein Herzschlag fühlt sich schwer an, mein Bauch schmerzt drückend, und ich fühle mich schlecht. Das Kind in mir wurde schon wieder enttäuscht, weil es verbissen an ein Konzept von Vater glauben wollte. Diese Enttäuschung schlucke ich herunter und schüttle den Kopf. »Ich bin wirklich froh, dass SIV bald in Vincents Händen liegt.«

Mein Vater schweigt, meidet meinen Blick und richtet ihn auf Samu. »Du wirst ihr alles erzählen?«

Samu nickt prompt. Gedanken schweben im Raum, die ich nicht greifen kann, von denen ich nicht weiß, ob ich sie überhaupt wissen möchte. Ich mache einen Schritt auf Samu zu. Ohne den Blick von meinem Vater zu nehmen, streckt er seine Hand nach meiner aus. Stark und tröstlich gleitet er mit seinen Fingern zwischen meine, und ich presse unsere Hände gegen meine Brust, wobei Robert ein klägliches Seufzen aus der Kehle dringt.

Aber er nickt. »Dann sag ihr eben alles.« Seine sonst so harte Stimme zittert, die Worte hören sich nach einer Mischung aus Resignation und Verzweiflung an und geben ihm, zusammen mit seiner unordentlichen Krawatte, etwas Bemitleidenswertes.

KAPITEL 36

Samuel

Wir spazieren schweigend durch die Straßen der Altstadt, in der Ferne bläst ein Trompeter eine schöne, wehmütige Melodie, und Menschen wuseln um uns herum. Im Büro von Vics Vater habe ich ihre Hand genommen und seitdem nicht mehr losgelassen. Mittlerweile dämmert es, unsere Blicke treffen sich nur, wenn wir an eine Gabelung kommen oder an einer Ampel stehen. Zwischen uns herrscht eine Ruhe, von der ich nicht weiß, wie ich sie beschreiben könnte – melancholisch, traurig, tröstlich. Und obwohl Vic Fragen auf der Seele brennen müssen, wartet sie, als wüsste sie, dass ich ihr alles sagen werde ... sobald ich endlich weiß, wie, wo, wann ich anfangen soll. Ohne ein genaues Ziel gehabt zu haben, bleiben wir schließlich vor dem Bahnhofsgebäude stehen.

»Es ...« Mein Hals kratzt, und ich brauche einen zweiten Anlauf, bis ich wieder Herr meiner Stimme bin. »Das mit deinem Vater ... hat hier am Bahnhof angefangen.«

Hinter uns stößt jemand die Tür auf, und ein älterer Herr mit Stock und Schiebermütze nimmt die Stufen hinunter. Franz. Er hebt den Blick, erkennt mich und schenkt uns einen Moment.

»Es ist leer dort, Bursche!« Er zeigt mit dem Stock zum Bahnhof. »Frisch, ruhig, ich mag's so ja eigentlich. Aba *Kochanie* zieht mich jeden Mittwoch zu diesem Kurs. Wie viele Kaffeetassen solln ma noch töpfern? Für ganz Everstein etwa?«

Moment! Kochanie heißt so viel wie Liebling auf Polnisch. Bedeutet das etwa … Ich sehe Franz mit geweiteten Augen an. »Na, unbedingt! Ich wünsche euch viel Spaß, Franz.«

»Ja, ja. Deine Oma sagt, die Jungen lieben unsere Tassen.« Der alte Mann schwingt seinen Stock und stapft vorwärts.

»Verstehe ich das richtig? Deine Omi und Franz, daten sie etwa?«, fragt Vic, während wir Franz dabei beobachten, wie er in ein Taxi steigt.

»Ich bin mir nicht sicher, aber ganz klar gehen die beiden zusammen töpfern.«

Vics Blick sucht meinen, und auch wenn gefühlt alles in Trümmern liegt oder, konkret gesagt, echt scheiße ist, lächelt sie.

Ich ziehe sie ins Gebäude. »Dieser Bahnhofsgeruch …« Die Bank, auf die wir uns setzen, gibt ein lautes Knarren von sich. »Ich mag ihn. Immer wenn ich von der Uni in Everstein ankam und den vertrauten Duft wahrnahm, war da diese Gewissheit, dieses Ich-bin-zu-Hause-Gefühl.« Wann komme ich eigentlich auf den Punkt? So sitzen wir noch ewig hier.

Vic streichelt über meinen Handrücken und hat ihr Kinn auf ihrem angewinkelten Knie abgelegt. Sie wartet ab, drängt mich nicht.

Und schließlich … »Weißt du, wie schwierig es ist, Menschen zu finden, die dich einfach so nehmen, wie du bist?«

Es hört sich wie eine rhetorische Frage an, aber Vics Schlucken zeigt mir, dass sie weiß, wie ernst ich sie meine. Dann nickt sie und schaut mich aus hellen grauen Augen an.

»Ich wusste es nicht. Ich hatte echt keinen verdammten

Plan. Mir war nicht bewusst, wie privilegiert ich wegen der Menschen in meinem Leben gewesen bin. Denn weder in meiner Kindheit noch in meiner Jugend ... Ich hatte immer das Gefühl, mich selbst erkunden zu können, ich wurde selten in irgendwelche Schubladen gesteckt. Klar, es gab Situationen: Menschen haben Kommentare gebracht, komisch geguckt, und was weiß ich noch, aber das war egal, weil *meine* Menschen nicht so waren. Ihr habt mich nicht verurteilt, ihr habt mir ein gutes Gefühl gegeben. Und das habe ich als Selbstverständlichkeit genommen ...«

»Genau so sollte es sein«, unterbricht mich Vic.

Ich schüttle den Kopf. »Ich war naiv. Ich habe nie gelernt, für mich einzustehen, laut zu sein ... Die Kommentare im Alltag habe ich einfach geschluckt, sie sind an mir abgeprallt, dank meiner Familie und meiner Freunde – besonderer Menschen wie Jonas und dir ... Vor allem immer du – deshalb drangen sie nie wirklich zu mir durch. Aber sie waren da! Mein Selbstwertgefühl war an euch gekoppelt, nur war das weder eure Aufgabe, noch wart ihr eine Selbstverständlichkeit. Erst in den letzten Jahren habe ich gecheckt, wie die Welt auch sein kann, und das ...«

Ich presse meine Hand gegen die Brust. Sie fühlt sich schwer an, und doch fühlt es sich nicht an, als würde ich straucheln.

»Keine Ahnung, ob es Sinn ergibt, aber nachdem mein Leben eine Hundertachtziggradwende gemacht hat, musste ich erst wieder zurück zu mir finden. Und verflucht, das hat so was von überhaupt nicht auf Anhieb funktioniert, weil ich nicht wusste, wie. Wie sollte ich ... ich sein, nach allem, was passiert war? Gleichzeitig schien ich nicht mehr reinzupassen, und das war ein gefundenes Fressen für meine schlimmsten Dämonen.«

Vic gleitet mit ihrer Nasenspitze meine Wange entlang.

Ein Teil von mir will ihr die Wahrheit noch immer nicht sagen, nicht meinetwegen, sondern um das Bild ihres Vaters nicht weiter zu zerstören. Auf der anderen Seite ist die Wahrheit das Mindeste. »Da war so viel Chaos, und dann kam der Part mit Robert. Die Geschichte mit deinem Vater und mir beginnt tatsächlich am Tag deiner Abreise.«

Vic holt tief Luft, als würde sie sich wappnen, und ich erzähle ihr alles. Von der Rangelei mit Vincent, von Roberts Einladung zum Essen. Von seinem Angebot, mir eine Praxis zu finanzieren. Dass ihre Rückkehr die Forderung war. Von meinem inneren Chaos, dem Alkohol. Dass ich ungewollt Zeuge davon geworden bin, wie Robert wieder fremdging. Und dass er mir seitdem Steine in den Weg gelegt hat, die mit den Hunden und der Scheune in einer metaphorischen Lawine endeten.

Hinter den Fenstern des Bahnhofsgebäudes ist es dunkel, ich glaube, der letzte Zug auf dem Fahrplan ist abgefahren, und seit einer gefühlten Ewigkeit hat uns niemand passiert. Erst eben habe ich aufgehört zu erzählen, und Vic hat ihren Kopf auf meine Schulter gelegt.

»Es tut mir leid«, sage ich mit matter Stimme und wische ihr stumme Tränen von den Wangen.

»Als du vor ein paar Wochen plötzlich vor mir standest, war das ein heftiger Flashback, klar. Neben dem Verlust von Jonas und der Sache mit deinem Vater, fühlte es sich genauso an wie nach deiner Abreise. Ich wusste nicht, wie ich alles kontrollieren, noch weniger, wie ich mit dir umgehen sollte.« Meine Stimme klingt wie eine hängende Heavy-Metal-Playlist.

Vic schlingt einen Arm um mich, lehnt ihre Stirn gegen meine und macht ein leises: »Pssst.«

Seufzend lege ich meine Hände an ihren Rücken und schließe die Augen. »Und das mit deinem Vater ...«

»Über den will ich nicht reden. Nicht jetzt.«

Sie fährt mir über meine Haare im Nacken, und ich ziehe sie auf meinen Schoß. Wir halten einander fest, sind genug in der Nähe des anderen, bis ein grelles Piepen unserer Pager durch die Mauern bricht und wir heftig zusammenschrecken. Grinsend drückt Vic ihren Mund auf meinen. Kurz, warm, fordernd und verflucht echt gieren unsere Lippen nach dem, was sie von nun an immer haben wollen, ohne dass es je selbstverständlich wird.

»Wir sollten gehen«, haucht sie, und ich nicke, stehe mit ihr in meinen Armen auf und gehe auf die Eingangstür zu. »Wer, zum Teufel, treibt sich am Abend in den Bergen rum?«

Am Montag ist der Artikel in der Lokalzeitung erschienen und die Spendenaktion in den sozialen Netzwerken gestartet. Bis auf ein paar Likes ist erst mal gar nichts passiert, doch als die erste Bergtour von einer Frau aus Hamburg gekauft wurde, ist der Knoten geplatzt. Die Leute haben sich Besichtigungen der Bergwacht ergattert, Naturschutzwanderungen, verschiedene Fotoshootings im Bergland, Spaziergänge mit der Heldenbande und die schönsten Bergtouren mit den eigenen Vierbeinern – mein winziger Beitrag, zwischen den unglaublichen Ideen meiner Freunde. Selbst als die Aktionen ausverkauft gewesen sind, haben die Menschen weiter gespendet – aus Everstein, der Umgebung, Deutschland, verdammt, sogar aus dem Ausland. Ich bekomme noch immer eine heftige Gänsehaut, wenn ich daran denke, was meine Leute, ohne die ich gelinde gesagt am Arsch gewesen wäre, auf die Beine gestellt haben.

Letzten Donnerstag haben wir auf Instagram ein Live-Video gestartet. Lautstark untermalt von der Rasselbande stand ich vor der Scheune und habe unter süß professioneller Anleitung von Vic in die Kamera gesprochen.

»Sobald wir ein Bauunternehmen gefunden haben, wollen wir euch beim Wiederaufbau des Heldenlagers mitnehmen. Und ich kann euch sagen, dass das vermutlich ganz bald sein wird, denn dank eurer unglaublichen Unterstützung kam schon jetzt eine Summe zusammen, die den Großteil der Kosten deckt.« Das Video hat genau an der Stelle einen Hänger, es ruckelt, und Vic huscht ins Bild. Sekundenlang ist kein weiteres Wort aus meinem Mund gedrungen, weil ich Esel anfangen musste zu heulen. Heißt es nicht, einmal im Netz, immer im Netz? Na wunderbar, aber da war so viel Freude in mir, die einfach rausmusste. Punkt.

Was jedoch ein wenig eigenartig ist, ist, zum Klang der eigenen flennenden Stimme wach zu werden. Verschlafen blinzle ich gegen das helle Sonnenlicht an, das in mein Schlafzimmer fällt, und beobachte Vic, wie sie neben mir am Bettrücken lehnt. Sie hat noch nicht bemerkt, dass ich wach geworden bin, und guckt mit einem breiten Strahlen im Gesicht auf ihr Handy. Das ist schon das dritte Mal, dass ich sie dabei erwische.

»Was ist das nur für ein krasser Typ, den du dir da reinziehst?«, murre ich und schmiege mich an sie.

»Der Beste«, sagt Vic kichernd und legt das Handy weg.

»So? Und mich lässt du hier links liegen. Wart's ab!« Während ich sie kitzle, windet sie sich in meinen Armen, doch als ich die Decke über uns ziehen möchte, macht mir ein haariger Kartoffelsack am Bettende einen Strich durch die Rechnung. So viel zum Thema hundefreie Zone. »Coop!«, knurre ich.

Vic grinst breit, befreit sich aus meinem Griff, verteilt kleine Küsse auf meinem Gesicht und springt aus dem Bett.

Entgeistert sehe ich sie an und zeige auf den Platz neben mir, aber Vic zupft sich das Bandshirt glatt und schüttelt den Kopf. »Coop weiß, dass wir Besseres zu tun haben.«

Mein Gesicht sendet genau eine Message: Nein?! Was hat man an einem Sonntag bitte Besseres zu tun?

Sie drückt ihre Lippen zusammen, dennoch erkämpft sich ein grunzendes Lachen seinen Weg aus ihrem Mund. »Los, Mister Lowak!« Vic schnappt sich ein Kissen vom Sessel und pfeffert es mir entgegen. »Die Hunde wollen versorgt werden, ich muss noch an der Strecke basteln, und deine Eltern kommen heute!«

»Okay, okay!«, gebe ich mich geschlagen, lege das Kissen beiseite und setze mich an den Rand des Bettes. Mein Herz macht einen kurzen Satz, weil da noch etwas ist, das ich mir von der Seele reden muss, deswegen strecke ich meine Hand nach Vic aus, und sie ist sofort wieder bei mir. Als wüsste sie, wie ernst es mir plötzlich ist, schließt sie ihre Finger um meine.

»Ich war zerfressen von Schuldgefühlen, Vic, aber ich will dir endlich sagen, wie es vor Jahren wirklich ...«

»Du musst mir nichts sagen, Samu, alles, was damals war ...«

»Ja, aber ich will«, unterbreche ich sie, und wir lächeln einander an, weil wir eindeutig ein Talent haben, dem jeweils anderen mit den besten Intentionen zuvorkommen zu wollen. »Du hast mich nie nach dem Grund gefragt, warum ich mich von Jonas getrennt habe.« Ich strecke meine freie Hand zu ihr rauf und streiche ihr eine der dicken Locken hinters Ohr. Kaum merklich schüttelt Vic den Kopf. »Der Grund warst du. Meine Gefühle für dich. Ich habe mich getrennt, weil ich verstanden habe, wen ich wirklich will. Ich wollte mit dir schlafen, verdammt, aber nicht nur das: Ich wollte eine Zukunft mit dir, doch dann hat das Universum mir den Mittelfinger gezeigt, und ich konnte mir einfach nicht erlauben – die Schuld hat es mir unmöglich gemacht –, Glück zu empfinden.«

»Samu …«

Ich kann sehen, wie sie nach den richtigen Worten sucht. »Sag nichts dazu, okay? Mir war nur wichtig, dass du das weißt, bevor dir irgendwann wieder in den Sinn kommt, *du* hättest damals etwas falsch gemacht.«

Vics Sturmaugen sind den Tränen nahe, und kurz erkenne ich darin auch einen Funken Protest, doch sie schweigt. Langsam fährt sie mir durch die Haare, beugt sich zu mir und küsst mich. Ein paar Atemzüge lang küsst sie mich so voller Begehren, dass mich ein heftiger Schauer einnimmt. Ich presse meine Lippen gierig gegen ihre und will sie zurück ins Bett ziehen, doch da fängt Vic an, schelmisch zu grinsen, und löst sich von mir.

»Wir haben zu tun, Herr Doktor!«, ermahnt sie mich. Gibt mir einen Handkuss, lässt mich zurück und flitzt barfuß über die Holztreppe nach unten. *Diese Frau!*

Kurz danach höre ich den Wasserkocher blubbern, das Klirren von Kaffeetassen und das Knarzen der Gästebadtür. Ich kann mich an ihrem Gewusel nicht satthören. Obwohl das erst die dritte Nacht gewesen ist, in der Vic bei mir geschlafen hat, ist ihre Präsenz auf die schönste Art vertraut. Mich streckend rutsche ich an den Rand des Bettes und streichle Cooper, der sich freudig auf den Rücken dreht.

»Du hast hier nichts verloren!«, sage ich, gebe ein Schnauben von mir und tue so, als würde ich ihn vom Bett schieben.

Der Räuber versteht nicht, warum er *sein* Kingsize-Bett

jetzt nicht nur mit mir, sondern mitunter auch mit Vic teilen muss.

Aber nur mal so am Rande: Für wen ist noch mal diese verfluchte Kindersicherung an den Stufen zum Schlafzimmer?

Mittags haben meine Eltern angerufen, dass sie erst am Abend in Everstein ankommen werden. Vic hat sich mit Bildern ihrer Fotostrecke in meinem Wohnzimmer breitgemacht – und mir verboten, auch nur einen Blick auf die Aufnahmen zu werfen.

Kurz entschlossen habe ich den ältesten Teil des Rentnerclubs von einer Gassirunde überzeugt. Bonny und die beiden Dackel torkeln im hohen Gras hinter mir her und blinzeln mich, nach gerade mal zehn Minuten, mit vielsagenden Blicken an, die so viel heißen sollen wie: »Wann geht es wieder nach Hause?«

»Die Sonne scheint, es ist trocken. Bewegt ihr euch nicht, werden eure Knochen steif. Also bitte, die Damen und der Herr, voran.« Ich mache eine einladende Bewegung, mich zu überholen.

Nach weiteren Minuten, in denen wir das Haus im Schneckentempo hinter uns gelassen haben, fechten Bonny und ich ein Blickduell aus. Mitten auf der Einfahrt ist sie stehen geblieben und will mir verklickern, dass es eine super Idee wäre, sie für den Rest des Weges zu tragen. Ein Kampf, den sie noch nie gewonnen hat, aber man soll bekanntlich ja niemals nie sagen.

»Weiter geht's«, sage ich, da erklingt ein dumpfes Surren vom sonst stillen Waldrand. Mir sackt der Magen in die Hose, und kurz bin ich wirklich versucht, alle Hunde auf den Arm zu nehmen und zur Seite zu springen. Stattdessen gehe ich ein paar Meter vor, um mich dem unangekündigten Gast in den Weg zu stellen, und nur Sekunden später prescht ein schwarzes Motorrad um die Kurve. Der Fahrer geht in die Eisen, wirbelt Staub auf und kommt dicht vor mir zum Stehen. Erst als er sich den Helm vom Kopf reißt, wird mir klar, dass da Vincent mit weit aufgerissenen Augen vor mir steht.

»Fuuck«, keucht er und drückt sich die Faust gegen die Brust.

Meine Verwunderung siegt über einen patzigen Kommentar zu seinem Tempo. Zumal ihm der Schock über den Fast-Zusammenstoß ins Gesicht geschrieben steht und mit den Worten »Dachte nicht, dass hier jemand ist« die perfekte Untermalung bekommt.

»Wenn ich nicht irgendwie froh wäre, dass du da bist, würde ich jetzt gegen deine aufgemotzte Karre treten.«

Peinlich berührt fährt Vincent sich durch das dunkle Haar, macht das Motorrad aus, steigt ab und hängt den Helm an den Lenker. Alles, ohne mich dabei anzusehen.

»Sorry«, nuschelt er, während er in die Hocke geht und den drei Hunden die Hand hinhält. Bonny, Walter und sogar die blinde Hanne, die den Schreck schon überwunden haben, tapsen mit neugierig wedelnden Ruten auf Vics kleinen Bruder zu.

»Ich habe da so eine exklusive Gassirunde mit euch ergattert, machen wir einfach zwei draus, und ihr vergesst diese Kamikaze-Nummer?« Er streichelt die drei vorsichtig, und spätestens jetzt ist der Frust auf seinen Fahrstil Geschichte. Ich habe nicht erwartet, dass sich jemand aus Vics Familie an der Spendenaktion beteiligt.

»Du bist wohl kaum deswegen hier, oder?«, frage ich mit einem weich gekochten Grinsen und halte Vincent die Hand hin.

Er nimmt sie an und stemmt sich auf die Beine, doch statt meine Hand loszulassen, erhöht er den Druck. Offensichtlich nach den richtigen Worten suchend nagt er an seiner Wangeninnenseite. »Bin eben erst aus München gekommen«, sagt er schließlich. »Vic hat mir erzählt, was hier so abging.«

Wobei sie sicher untertrieben hat, trotzdem verziehe ich zustimmend die Lippen. Einen Tag nachdem Vic die Sache mit ihrem Vater sacken lassen hat, wollte sie mit dem Rest ihrer Familie sprechen. Sie hat sich mit ihrer Mutter im Bäck & Bistro getroffen, mit der Quintessenz, dass sie zwar empört über die ganze Sache mit dem Hof ist, aber weiterhin zu ihrem Mann hält. Ein schwieriges Gespräch, nach dem Vic eine halbe Nachtwanderung durch Everstein gebraucht hat, um ihre Emotionen wieder zu sortieren. Seitdem herrscht zwischen Mutter und Tochter Funkstille.

Auch ihr Bruder hat anders reagiert, als Vic es sich ausgemalt hat. Sobald sie Roberts Untreue erwähnt hatte, hat Vincent aufgelegt.

»Mein Dad kann ein Arsch sein«, sagt er und zieht mich damit in eine hoffnungsvollere Realität.

»Keine Einwände«, antworte ich, und wir geben beide ein schnaubendes Lachen von uns.

»Sag mal, ist Vicky bei dir? Ich habe sie angerufen, aber nur die Mailbox erreicht. Ist irgendwie dringend.«

Na, da haben wir doch den wahren Grund für seinen Besuch. Und genau deswegen bin ich froh, dass Vincent auf der Matte steht. Nickend deute ich die Einfahrt rauf. »Sie ist im Haus und tüftelt Flugmodus-konzentriert an ihrer Strecke.«

Amüsiert schüttelt Vincent den Kopf und hebt den Ständer seines Motorrads an. Zu meiner Verwunderung setzt er sich nicht wieder darauf, sondern schiebt es neben mir her.

»Soll ich dich begleiten?«, fragt er.

»Ähm«, stoße ich aus und richte meine Zeigefinger auf das schnüffelnde Dreiergespann am Wegesrand. »Die haben eine maximale Geschwindigkeit von drei km/h. Geh schon mal vor.«

Als ich wenig später das Haus erreiche, flitzen die Hunde schneller denn je in ihre Körbchen. Durch das Fenster im Gästezimmer entdecke ich Vic und ihren Bruder am Rand der Lichtung. Vincent nickt, mit einem unverkennbaren Lachen im Gesicht, und Vic dreht an einer ihrer Locken. Sie reden nicht nur, sie wirken ausgelassen. Ein Anblick, der einen der letzten Steine von meinem Herzen kickt.

Projekttagebuch

Rettungsaktion Bergwacht Everstein

Erfolgreich fotografierte Einsätze:

- Canyon-Rettung eines Paares, das wegen einer kleinen Gesteinslawine zugeschüttet wurde
- 3 verstiegene Kletterer an der Westmann-Wand
- Verstauchte Beine, Wanderer: 5
- Gestürzte Mountainbiker: 2
- Rettungsaktion Wildwasser, Kajaktruppe
- Skipiste: 10 (Zusammenstöße usw.)
  Der Star: Cooper (Samus und meine Favoriten)

Social Media:

- Instagram: Storys sind der Hit!
- Reels zur Aufklärung: Wie läuft die Ausbildung ab usw.
- Thema Naturschutz findet großes Interesse

Weitere Fotos:

- Die Wache, das Team (für nächstes Jahr ein Kalender? 😊 Idee: Souvenir-Shop, Goodies wie Tassen, Kulis …)
- Fotostrecke: Das Team kocht zusammen
- Fotostrecke: ein Abend im Moe's

KAPITEL 37

Victoria

Meine Spindtür quietscht. Mit einem Lächeln drücke ich sie zu und fahre mit den Fingern über das rot lackierte Metall, wobei mich eine Gänsehaut überkommt. Wegen des Geräuschs, aber auch weil mich seit heute Morgen immer wieder ein eigenartiges, wellenartiges Gefühl von Wehmut überkommt.

Ich gehe in die Hocke, streiche mir meine Locken hinter die Ohren, die entschieden haben, ein wirres Chaos an Selbstbestimmtheit zu sein – klar, wann auch sonst, wenn nicht *heute* – und krame in meinem Rucksack herum. Hole eine Mappe mit dem Logo der Bergwacht heraus und lege sie neben den zusammengerollten Skianzug auf den Boden. Dann stehe ich auf und wische mit meinen schwitzigen Händen über meine Latzhose.

Ich bin nervös. Ich bin traurig. Ich bin so gut gelaunt, dass mein Kopf und mein Herz eine Dauerproduktion von Konfetti in die Wege geleitet haben. Nicht mal in der Nacht konnte ich schlafen, und dass Samu genauso nervös war, hat es nicht leichter gemacht. Noch schwerer war es, ihm zu verheimlichen, dass ich nicht *nur* wegen der Fotoausstellung so hibbelig bin.

Jetzt ist der richtige Zeitpunkt, es ihm zu sagen, schießt es mir durch den Kopf. Ich schiele zur Mappe, und mein Herz macht einen Luftsprung. Schnell zücke ich mein Handy, um Samu zu mir in die Umkleide zu locken.

Rote Gummibären ...

Eine SMS, zwei Worte, die ihn immer zu mir geführt haben. Ich habe gerade erst auf Senden geklickt, da wird die Tür der Umkleide aufgestoßen. Erschrocken, aber sicher, dass es Samu ist, der es nicht länger in der Küche ausgehalten hat, fahre ich herum und spreche die Worte »Ich muss dir unbedingt etwas sagen« schneller aus, als dass ich begreife, wer wirklich hereingeplatzt ist. »Moritz«, sage ich verdattert.

»Mo«, murrt dieser. Irritiert beobachte ich, wie er sich seine weiße Sweatjacke auszieht und auf den Spind neben Samus zustürmt. Dabei ist mir der große braune Fleck nicht entgangen, und ein schadenfrohes Grinsen umspielt meine Lippen. Wegen der Schokoladensoße und ...

»Was für eine Ehre, *Mo*«, säusle ich, und er verdreht die Augen, stopft sein schwarzes Shirt in die Jeans und streift sich die Fleecejacke der Bergwacht über.

»Mit dir in aller Früh für die Häppchen deiner Ausstellung durch den Supermarkt zu hetzen? Einigermaßen erträglich. Samu seit fast zwei Stunden in der Küche der Wache bespaßen, damit er deine Fotos bloß nicht zu Gesicht bekommt? Unzumutbar.« Er schnaubt, und ich kann nicht anders, als zu kichern, während ich Samu nebenbei eine Nachricht tippe, dass er mich in der Umkleide findet.

»Er ist abartig gut gelaunt«, meint Mo. »Und er frisst alles leer. Beschwer dich also nicht bei mir, wenn für deine Gäste gleich nichts mehr übrig bleibt. *Ich* werde die nächsten hundert Muffins sicherlich nicht backen und mich wieder einsauen.« Er schließt seinen Spind. »Und dann labert er mich darüber voll, wie toll deine Fotostrecke sein wird, als müsste ich mir die nicht gleich selbst geben.« Kopfschüttelnd sieht er mich an. Seit wann redet dieser Typ so viel? »Warum grinst du so?«

Ich zucke nur mit der Schulter, er quittiert seine Frage mit derselben Geste, dann deutet er auf die Mappe, die auf dem Boden liegt. »Sag mir, dass du ihm *das* nicht heute sagen willst.« Mein Nicken lässt ihn erneut die Augen verdrehen. »Fantastisch. Er wird noch unerträglicher sein.«

Nur dank Mos und Lexis Ablenkungstalent hat Samu mein langes Gespräch mit Omar und Rosi nicht mitbekommen, bei dem es nicht *nur* um die Fotoausstellung ging. Als Mo vorhin davon erfahren hat, war mir klar, er würde nicht im Ansatz so reagieren wie Lexi, die mir heulend um den Hals gefallen ist. Doch als ich ihn gebeten habe, Samu von den Fotos fernzuhalten und so lange wie nötig in der Küche abzulenken, hat er genickt. Murrend, aber er hat genickt.

Mein Grinsen wird breiter. »Ich kann nicht sagen, warum, aber aus deinen Worten und Taten trieft Nettigkeit, Mo.«

»Sicher nicht, Frischling. Muss die rosarote Brille sein.«

Mo will sich abwenden, da kommt mir etwas in den Sinn. »Ah! Warte ...« Aus dem Seitenfach meines Rucksacks ziehe ich eine alte Aufnahme, die ich in dem Karton gefunden habe, den ich letzte Woche vom Moe's mitnehmen durfte, und reiche sie ihm. »Das habe ich in der Sperrmüllkiste gefunden. Du meintest, ich soll das, was ich nicht für die Ausstellung gebrauchen kann, wegwerfen, aber das gehört nicht in den Müll.«

Auf der Fotografie sind zwei Familien vor dem Moe's abgebildet. Die Männer in Bergwachtmontur, zwei strahlende Frauen und drei kleine Kinder im Vordergrund. Der Junge und das Mädchen mit den weißblonden Haaren sind unschwer zu erkennen. »Der Junge in der Mitte ist …«

»Jonas«, antwortet Mo. Und zum ersten Mal höre ich etwas Warmes in seinem Tonfall. Er öffnet den Mund, zögert aber. Ich glaube, dem Kerl ist noch nie ein Danke über die Lippen gekommen. Tja, also ich erlaube mir, dieses Schnauben und die Tatsache, dass er das Foto annimmt, als solches zu deuten.

In dem Moment wird die Tür erneut aufgedrückt, und Samu betritt mit einem breiten Strahlen den Raum. Sofort kribbelt es von meinem Nacken aus bis über meine Arme und überallhin.

»Hey«, sagt Samu. Doch sein Lächeln bekommt einen Dämpfer, als er das Chaos an Sachen vor meinem Spind entdeckt.

»Vic … Du räumst deinen Spind aus? Jetzt schon?«, fragt er bedrückt, und Mo seufzt erneut, geht an Samu vorbei und knurrt ein: »Unerträglich hoch tausend«, ehe er den Raum verlässt.

»Na ja, also …«, druckse ich herum, hebe die Mappe vom Boden und strecke meine Hand nach Samu aus.

»Sollen wir das nicht später machen?«, fragt er.

Warum bin ich nur so nervös? Schön nervös. *Ameisennervös.*

»Also eigentlich … räume ich den Spind richtig ein.«

Samus Brauen regen sich, und seine Mundwinkel zucken, als würde sein Kopf noch nicht begreifen, sein Herz die Bedeutung aber schon ahnen. Er tritt näher, streckt eine Hand nach der Mappe aus, und ich klappe sie auf, bevor ich sie ihm reiche.

»Ein Ausbildungsvertrag«, flüstert er beinahe ungläubig, und seine braunen Augen leuchten auf.

»Vielleicht kennst du jemanden, der mit mir für die Winterprüfung paukt?«, frage ich und stupse ihn am Arm.

»Mehr bleibt mir nicht zu sagen, außer: Danke, dass Sie so zahlreich erschienen sind. Ich hoffe, die Ausstellung lässt Sie nachempfinden, wie verbunden das Team mit den Bergen *und* den Menschen ist. Dass alles, was hier geleistet wird, von Liebe und Leidenschaft angetrieben wird und uns zeigt, dass jedes Ehrenamt ein Musterbeispiel dafür ist, dass man keine Missgunst, keine Klassen oder Hass für ein funktionierendes System braucht.« Ich räuspere mich und versuche, zu ignorieren, dass das Geräusch lautstark über die Stille der Menge hinweg durch den Eingangsbereich der Wache dröhnt, weil Ben mir ernsthaft ein Mikro in die Hand gedrückt hat.

Ich spüre die Augenpaare dutzender Menschen auf mir. Da sind unendlich viele Menschen, die sich bis draußen vor der Wache tummeln, und mir wird ganz flatterig. Doch als würde sich langsam ein Schleier lichten, lese ich in den Gesichtern hauptsächlich eines: Neugierde. Und auf den zweiten Blick erkenne ich Vertrautheit. Carla steht vor mir und hält ihr Handy angehoben. Sie hat eine Videoschaltung zu Samus Großmutter am Laufen, die auf dem Hof ist, um auf Cooper und den Rest der Hunde aufzupassen. Ganz in der Nähe steht Paulina, die ihre Finger an den Mund legt, pfeift und direkt einen Boxer von Mo kassiert. Auch Rosis Winken entgeht mir nicht. Und als ich Lexi mit feuchten Augen in Bens Arm vor dem Tresen entdecke, auf dem Elvis einen wilden Tanz hinlegt, muss ich lächeln und einen kleinen Kloß hinunterschlucken.

Ich greife das Mikro fester und beende meine Rede:

»Danke, dass Sie neugierig sind. Mein Name ist Victoria Sommer, und ich wünsche Ihnen viel Spaß bei der Ausstellung.«

Mit der flachen Hand deute ich auf einen der großen Bilderrahmen hinter mir, die neben Fotografien an den Wänden in der gesamten Wache aufgebaut sind. Auf den Bildern im Eingangsbereich sieht man Einsätze, Dienstwagen, den Helikopter und ein zum Aufbruch parates Team.

Jeder Raum der Leitstelle erzählt eine Geschichte: von der Planung im Büro von Omar über detailreich dargestellte Einsätze im Konferenzraum. Die Bilder des Teams an ihren jeweiligen Spinden – weshalb ich Samu zuvor noch schnell aus der Umkleide scheuchen musste und mit Lexi alles angebracht habe. Im Pausenraum werden die Aufnahmen familiärer, und zusammen mit den Alben auf dem Couchtisch, die ich in der Sperrmüllkiste gefunden habe, ist es mir hoffentlich gelungen, die Seele der Bergwacht in dieser Ausstellung zu präsentieren.

Ich friemele am Ärmel meiner mit Gänseblümchen bedruckten Bluse und richte den Träger meiner Latzhose. Atme erleichtert aus, während die Menschen ihren Fokus von mir auf die Bilder lenken. Was für ein aufregendes, berauschendes Gefühl, dass jetzt alle meine Arbeit sehen.

»Heftiger Scheiß, Sis.«

Über die Schulter blinzle ich meinen Bruder an, ehe ich mich umdrehe. Er verschränkt die Arme vor der Brust und hat einen undurchdringlichen Blick drauf, dann dreht er sich zur Seite und beugt sich ganz nah an eine Aufnahme. Darauf ist der Helikopter abgebildet, der landend Schnee aufwirbelt.

»Nie im Leben würde ich mich in so 'ne Kiste setzen. Aber wie bekommst du es hin, dass man einfach jede Schneeflocke gestochen scharf sieht? Echt krass.«

»Bleibt ein Geheimnis«, scherze ich. Mein Herz klopft laut und doch auf eine unglaublich schöne Art. Weil sich *echt krasser Scheiß* wie das größte Kompliment anfühlt und ich plötzlich nicht anders kann, als meinen kleinen, zu großen Bruder in die Arme zu nehmen.

Verlegen fährt er sich danach durch seine Locken. »Apropos«, sagt er betont lässig. »Ich habe dir vorhin eine Mail geschrieben.«

Meine Augen werden groß. Ich hätte nicht gedacht, dass er meine Bitte so schnell beherzigt.

»Es sind nicht so viele ... aber drei Mietobjekte könnten dir gefallen. Sag Bescheid, wenn du eine Besichtigung willst.«

Quiekend halte ich mich von einem Luftsprung ab und falle Vince noch mal um den Hals. Damit wäre ein neuer Punkt auf meiner Zukunft-in-Everstein-Liste praktisch abgehakt: eine bezahlbare Mietwohnung finden. Eine weitere Überraschung, die ich Samu mitteilen könnte, wenn ich wüsste, wo er steckt.

»Ähm ... Ja, und ...« Vince drückt mich verlegen wieder von sich und deutet zu ein paar Aufnahmen, die über den Wartestühlen hängen. »Da ist noch jemand, der unbedingt kommen wollte.«

Ich drehe mich um und halte kurz die Luft an.

Meine Mutter betrachtet die Bilder an der Wand, und gleich neben ihr stehen Samus Eltern. Sie lächeln, und Renatas Hand liegt auf dem Rücken meiner Mutter. Die beiden hatten sich immer gut verstanden, bis mein Vater ihr gekündigt hat. Sie gemeinsam zu sehen, schürt Hoffnung in mir. Noch schöner ist die Gewissheit, dass meine Mutter hier ist. Für mich. Obwohl von meinen Eltern nur sie eine Einladung bekommen hat.

Ich weiß nicht, wie sich das Verhältnis mit meiner Familie

entwickeln wird, ich weiß nicht mal, ob ich je bereit sein werde, meinem Vater zu verzeihen, aber ich weiß, dass ich in Zukunft oft genug hier sein werde, um es herauszufinden.

Hastig sehe ich wieder zu Vincent, um ihm zu sagen, dass ich später zu Mama gehen werde, stelle aber fest, dass er gar nicht mehr hinter mir ist.

Als ich kurze Zeit später mit einer kleinen Gruppe von Gästen den Pausenraum erreiche, die von mir genau erklärt haben möchten, wie sie die Wache finanziell unterstützen können, entdecke ich Samu in der Wohnzimmerecke. Er steht vor dem Zweisitzer, scheint gar nicht zu bemerken, dass ich hier bin, sondern betrachtet eine Großaufnahme von Cooper, der sich im Einsatzwagen über die Nase schleckt.

Nachdem ich den Gästen unsere neue Internetseite auf meinem Handy gezeigt habe, wo auch erklärt wird, wie das Unterstützen funktioniert, erzähle ich ihnen noch von der Bedeutung des Raumes. Ertappe mich aber immer wieder dabei, wie ich zu Samu blicke, bis ich wenig später neben ihm zum Stehen komme, so nah, dass sich unsere Schultern fast berühren. Die Arme hat er vor der Brust verschränkt, und obwohl er mich nicht ansieht, lächelt er.

»Ich überlege«, flüstert er, als dürfte um uns herum niemand seine Worte hören, »wie ich diese Aufnahme stehle, ohne dass die Fotografin Wind davon bekommt.«

»Sie könnte so tun, als würde sie es nicht bemerken.«

»Das wäre zu einfach.«

»Nun, ich passe mich den Künsten des Diebes an.«

Ein schnaubendes Lachen dringt aus Samus Mund. Er lässt die Arme sinken, und sein Handrücken streift meinen. Er nimmt meine Hand, zieht mich an sich und ... Was wollte ich gerade noch mal denken?

EPILOG

Victoria

Fünf Monate später

»Dziękuję«, sage ich zu der Busfahrerin, ganz stolz, das Wort endlich drauf zu haben. Sie war so nett, mich direkt am Naturschutzgebiet herauszulassen. Ich springe die zwei Stufen aus dem kleinen Bus und lande auf dem erdigen Boden.

»Was hast du denn da gesagt?«, fragt meine Agentin Sandra, und ich presse mir das Handy fester ans Ohr, um sie über den Lärm des brummenden Motors zu hören.

»Ich habe mich bedankt«, meine ich und klinge wie ein kleines Mädchen, das heimlich in der Stadt war, um sich im Kiosk mit einer Tüte Weingummis einzudecken. Dabei ist das, was ich eben im Zentrum dieser urigen Gebirgsstadt mit einem Zungenbrecher von Namen – Zakopane – besorgt habe, kein Geheimnis. Eher ist es in den letzten Tagen zur Tradition geworden. Ich besorge das Frühstück, drucke im Drogeriemarkt Fotos aus, und Samu läuft seine Runde mit Cooper. Es ist perfekt. Und auch wenn wir uns vorgenommen haben, so viele Köstlichkeiten wie möglich zu probieren, besteht unser Frühstück jeden Tag aus *Jagodzianki* (Zungenbrecher Nummer zwei). Feine Hefeteigtaschen, gefüllt mit Blaubeeren, für die ich morden könnte.

Ich blinzle zu der braunen Papiertasche in meiner Hand und bilde mir ein, den säuerlichen Duft der Beeren und den Puderzucker zu riechen. Erst beim zweiten »Vic?« bin ich gedanklich wieder bei Sandra.

»Sorry. Was sagtest du?«

»Na, wie die Suche nach den Bären im kleinsten Hochgebirge der Welt so abläuft. Es muss ja doch groß sein, wenn ihr noch immer keine Spuren habt.«

Ich glaube, Samu und ich haben sie mit dem Bärenfieber angesteckt. Deswegen kommt auch ein glucksendes Lachen statt einer Antwort über meine Lippen.

Der wolkenlose Himmel und die Sonnenstrahlen machen der Jahreszeit alle Ehre. Mir rinnt der Schweiß schon jetzt den Nacken hinab, dennoch lege ich einen Zahn zu.

»Selbe Antwort wie gestern«, sage ich. »Wir haben noch keinen entdeckt, aber wir sind dran. Und zwei Wochen haben wir ja noch, also keine Panik.«

»Du schickst mir die Fotos sofort!«

»Zu Befehl, Frau Agentin«, säusle ich, und Sandras Lachen schallt aus meinem Handy. Doch dann ertönt ein Schmatzen, das sie immer macht, wenn sie in den geschäftsmäßigen Ton wechselt. »Warum ich eigentlich anrufe: Ich liebe deinen Vorschlag, der letzte Nacht mein Postfach erreicht hat. Hast du schon konkrete Vorstellungen? Ich habe Kontakt mit einem Publikumsverlag, der Interesse an einem Bildband über deine Arbeit bei der Bergwacht hat. Sie waren noch nicht ganz überzeugt. Jetzt jedoch …«

»Moment, was?«, unterbreche ich sie. Ein Buch über die Bergwacht? Mit meinen Bildern?

»Ja! Der Deal ist super und mit deiner Idee, die …«

»Nicht meine«, unterbreche ich sie wieder und bleibe stehen. »Also, dass ich Bergretter auf der ganzen Welt begleiten könnte, das … das war nicht meine Idee. Samu hat mich dazu ermutigt, dir die Idee zu pitchen.«

»Dann weiß ich ja, wem ich demnächst ordentlich die Hand schütteln muss. Was hältst du davon: Ich mache mich mal ans Verhandeln, und wir reden in Ruhe über die Details?«

»Ähm … ja?« Passiert das gerade echt?

»Super!«

An der Lichtung bleibe ich stehen, puste mir eine krause Ponyfranse aus dem Auge und lasse meinen Blick von dem geliehenen blauen Camper von Samus Eltern über die kahlen, prachtvollen Gesteinswände zum Gipfel wandern, auf dessen Spitze ein großes Kreuz steht.

Ein weit entferntes Bellen zieht meine Aufmerksamkeit nach rechts, und gleich darauf erkenne ich Samu und Cooper in winzig klein, wie sie über einen Kamm laufen. Noch habe ich ein paar Minuten, bis sie den Camper erreichen.

»Muss auflegen«, sage ich mit einem breiten Grinsen. Ich bedanke mich bei Sandra für die tollen News und schiebe mein Handy in die Seitentasche meiner kurzen Leggings.

Der Wasserkocher köchelt vor sich hin, und Kaffeetassen stehen zusammen mit den Jagodzianki auf dem Tisch. An der Wand hängt ein Makramee und darüber ein Bücherregal, auf dem eine Schale mit getrocknetem Salbei steht. Gleich daneben hat unser Fotoalbum einen Ehrenplatz bekommen. Ich strecke mich danach und nehme auf einem Hocker Platz. Mit den Fingern fahre ich über den Einband aus Kunstleder und stelle fest, dass es einem Automatismus gleicht. Jedes Mal, wenn ich das tue, muss ich lächeln. Samu hat es mir zum Einzug in mein kleines Apartment in der Altstadt geschenkt und mir verraten, dass er es schon gekauft hatte, als ich die Zusage für die Uni bekommen hatte. Bei dem Gedanken schlägt mein Herz in wohliger Zeitlupe und schickt Wärme durch jede meiner Fasern.

Replace fear of the unknown with curiousity ist auf den Einband gestanzt. Samu hat auch ein erstes Foto hineingelegt, zusammen mit einem besonderen Detail. Ich blättere das Album auf und streife über die Aufnahme von uns beiden. Darauf bin ich höchstens fünf, denn das Biene-Maja-T-Shirt hat meine Einschulung nicht mehr erlebt. Wir schaukeln gleichauf in der Luft, und Samu hat dieses breite Grinsen drauf, weil er so stolz auf sein eigenes Shirt war: ein riesiger Bär, der das Maul aufreißt. Ich kann mich nicht genau erinnern, aber Samu meint, das war der Tag, an dem wir den Deal geschlossen haben, mal gemeinsam auf Bärensuche zu gehen. Mein weit aufgerissener, schokoeisbesudelter Mund, gemischt mit der Panik in meinen Augen, zeigt, was ich damals von dieser Idee gehalten habe.

Auf den folgenden Seiten finden sich mittlerweile unzählige Bilder von uns – in der Wache, beim Wandern, zu Hause, was irgendwie sowohl bei Samu auf dem Hof als auch bei mir ist. Ein weiteres Bild zeigt Samu mit seinen Eltern auf seiner Terrasse, als sie das zehnte Mitglied fürs Rudel mitgebracht haben. Emilia, eine Labrador-Omi und ehemalige Epilepsiewarnhündin. Eine Seite schmücken kleine Aufnahmen von Lexis legendärer Neue-Scheune-Einweihungsparty. Die aktuellsten Fotos sind vom Moe's; das ganze Team stößt an, als klar war, dass die Wache fürs Erste gesichert ist. Nach der Ausstellung sind zahlreiche private Spenden eingegangen, aber auch ein großer Förderer – das Luxus-Resort in Everstein – unterstützt die Wache jetzt.

Mein liebstes Detail in dem Fotoalbum bleiben diese getrockneten lila Tulpenblätter, die Samu neben das Schaukelbild geklebt hat … Kaum zu glauben, aber ich … mag echte Blumen nun doch ganz gern, sehr gern sogar.

Cooper flitzt durch die offene Campertür und holt mich hechelnd aus den Gedanken, fordert einen Krauler ein und huscht in sein Körbchen, das zwischen dem Esstisch und der Küchenzeile liegt. Dann springt Samu herein, und der Wagen schwankt etwas. Er streift sich den verschwitzten Pullover über den Kopf, und ich schmunzle, während er seine zerzausten, feuchten Haare zu bändigen versucht.

»Ich habe Neuigkeiten«, sagt er voller freudiger Spannung, schnappt sich den Wasserkocher und gießt uns beiden ein, ohne gegenüber von mir Platz zu nehmen.

»Die habe ich auch. Aber du zuerst«, meine ich, und Samu dreht an einer meiner Ponyfransen.

»Der Ranger, der die Erlaubnis durchgewinkt hat, dass wir hier campen dürfen …« Dank Sandras Verhandlungstalent haben wir die Genehmigung bekommen, im Naturschutzgebiet Aufnahmen zu machen, und nach Absprache mit dem Ranger auch die Erlaubnis, im Camper zu schlafen. Ich denke, dass er wie wir Bergretter ist, hat schließlich den Ausschlag gegeben. Ich nicke, und Samu erzählt weiter: »Der hat mir vorhin die Hütte am See gezeigt, und nachdem er mir dreimal die Geschichte mit dem Piratenschatz erzählt hat, hat er was von einem Bären an der Grenze zur Slowakei gleich hinter dem Giewont, erwähnt. Er hat mir ein paar Koordinaten gegeben. Die Spuren sollen frisch sein.« Die Fältchen um seine Augen werden auf die schönste Art immer tiefer, und ich springe auf.

»Was? Wir haben eine Spur?«, frage ich euphorisch.

Samu nickt, hält mich etwas von sich und flüstert: »Ich

bin ganz verschwitzt.« Aber ich falle ihm um den Hals, und er dreht sich mit mir. Lacht in unseren Kuss hinein. Und ich kann nicht genug davon bekommen, ihn so zu küssen.

»Was ... was hast du für News?«, fragt er in einer Atempause, und ich schüttle wieder den Kopf.

Küsse ihn. Wieder und wieder.

Tja. Was soll ich sagen? Du hast gewonnen, liebes Herz. Die So-kann-es-bleiben-Aufnahmen sind mir die liebsten.

Dank

Das hier ist tatsächlich die Danksagung am Ende *meines* Buches. Meiner Herzensgeschichte. Wenn ich das nur träumen sollte, dann versucht erst gar nicht, mich aufzuwecken, okay? Sollte das hier aber tatsächlich der Realität entsprechen, dann gibt es eine ganze Liste an Menschen, denen ich am liebsten jeden Tag Pierogi vorbeibringen würde (als Dankeschön, versteht sich; ich meine, wer kann sich nicht vorstellen, diese himmlischen Teigtaschen täglich zu essen, jeden Tag, für immer? Geht klar, oder? 😊).

Aber bevor ich mit (metaphorischen) Pierogi um mich werfe, eines vorweg: Von ganzem Herzen danke ich dir – wer auch immer du bist. DANKE, dass du *A Mountain Between Us* ausgewählt und ein paar Stunden in Everstein verbracht hast. Danke, dass du Vics und Samus Geschichte eine Chance gegeben hast. Ich hoffe, du hattest eine schöne Zeit mit dem Team der Bergrettung und natürlich mit Cooper (er wäre enttäuscht, wenn sein Name hier nicht fällt). Falls du sogar ein Stück deines Herzens an die Truppe verloren hast – das ist okay. Willkommen im Club. ♡

Und da wir schon bei den Charakteren sind – Vic und Samu. Ja, ja, schon klar, ihr seid fiktive Charaktere, aber ich habe euch so viel zu verdanken. Everstein war mein Zufluchtsort, als die echte Welt zu hart kickte. Danke, dass ihr im Urlaub in den polnischen Bergen plötzlich einfach da wart, mich 24/7 auf Trab gehalten habt und ein Feuer in mir entfacht habt, das jedes Zweifelmonster überwunden hat.

Aber zurück zu den (zum Glück, haha) realen Menschen, denen ich nie genug dafür danken kann, meine Fantasie in die echte Welt gedroppt zu haben.

Janika, ich habe dir das Buch gewidmet. Sagt das nicht alles? Danke, dass du mir klargemacht hast, dass ich wirklich schreiben kann. Danke, dass du einfach *du* bist!

Ein großes Dankeschön geht an meinen Agenten Carsten. Bei unserem ersten Call habe ich dir von meinen Traumverlagen erzählt, für die ich gern schreiben würde – *irgendwann.* Du hast gelacht und gesagt, dass ein Debüt dort nicht unmöglich sei. Blanvalet war einer davon. Ich meine … wie soll ich da nicht glauben, dass du magische Fähigkeiten besitzt?

Ein riesiges Danke an meine Verlagslektorin Joëlle, die mir den schönsten Liebesbrief geschrieben hat, den ich je bekommen habe. Danke für die langen Calls, deine Anmerkungen, deine Begeisterung und deine ansteckende Leidenschaft fürs Detail.

Ich danke auch dir, liebe Birthe – ihr zwei habt mir geholfen, das Beste aus dieser Geschichte herauszuholen. Und natürlich danke an Blanvalet – an jede Person, die dahintersteckt –, danke für die Chance und dafür, dass ihr *AMBU* einfach genau so ins Herz geschlossen habt, wie es ist. Ich hoffe, ich wurde allen Erwartungen gerecht.

Kessy, danke für deine Freundschaft, fürs gemeinsame Durchziehen und fürs Keinen-Plan-B-Haben. (Look at us!)

Meine Schreibmädels Anne (My Partner in Crime), Alicia,

Steffi und Johanna, ich mache es kurz – keine Ahnung, was ich ohne euch machen würde. Danke auch Theresa und den anderen Buch-Menschen für eure Freundschaft und euren Support.

Danke an jeden, der etwas Liebe für *AMBU* dagelassen hat, sei es in Form von Kommentaren, Likes, Nachrichten, Videos oder Rezensionen – nichts davon ist selbstverständlich.

Vielen Dank auch an alle Blogger:innen und Buchhändler:innen; es bedeutet mir so viel, dass ihr euch die Zeit nehmt, das Buch zu lesen und zu rezensieren.

Was mir noch am Herzen liegt: Die Bergrettung. Held*innen, wie in *AMBU,* gibt es wirklich. Ihr Mut und ihre Leidenschaft für die Berge haben einen Großteil dieser Geschichte inspiriert. Und wenn ich ein paar Leser*innen auf dieses krasse Ehrenamt aufmerksam machen konnte, dann freut mich das sehr!

Danke an die zwei wichtigsten Frauen in meinem Leben, Mama und Oma. Danke, dass ihr immer hinter mir steht!

Die letzten Worte in diesem Buch widme ich dem Menschen, der es liebte, das letzte Wort zu haben – Opa. Ich denke so gern daran zurück, wie du eine deiner Mitternachtszigaretten auf dem Balkon geraucht hast, während ich an dieser Geschichte geschrieben habe, und wie wir dann ewig über das Schreiben philosophiert haben. Du hast noch mitbekommen, wie dieser Traum in Erfüllung ging, und du hast zu mir gesagt: Sieh zu, dass das läuft – das mache ich, versprochen.